真相

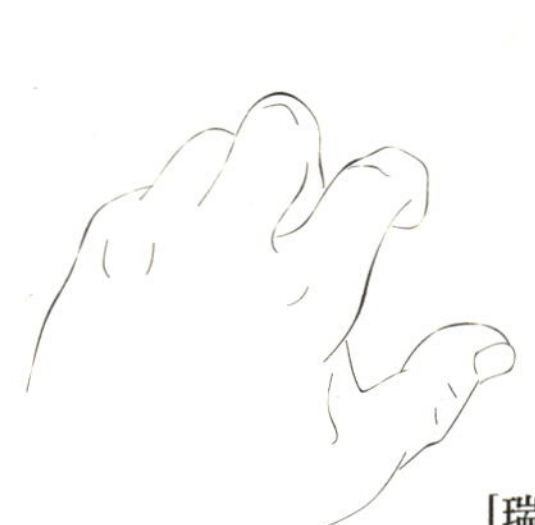

Joel Dicker

[瑞士] 若埃尔·迪克 著

陈睿 杨通 译

La vérité sur
l'Affaire
Harry Quebert

CNS PUBLISHING & MEDIA 湖南文艺出版社 HUNAN LITERATURE AND ART PUBLISHING HOUSE 博集天卷 CS-BOOKY

献给我的父亲母亲

目录
CONTENTS

真相

La vérité sur
l'Affaire Harry Quebert

仅一本书，一本书就让我看到一种新的生活正为我敞开大门：那些身家百万的年轻明星所拥有的生活。我从住在新泽西州蒙特克莱尔的父母家中搬了出来，找了一套豪华公寓作为安家之所。

失踪之日

（1975年8月30日　星期六）

“这里是报案中心，请问你有什么事吗？”

“你好，我叫德波拉·库佩，住在河溪湾路，刚才我好像看到一个男人在树林里追赶一个小女孩。”

“你能说得具体一些吗？”

“具体我也不清楚。当时我就在窗边，正好朝树林的方向望过去，就看到一个小女孩在树林里狂奔……身后跟着个男人……她似乎正在拼命地摆脱他。”

“他们现在在哪儿？”

“我……我已经看不到他们了，他们应该还在树林里。”

“夫人，我们马上就派巡逻队过来。”

“谢谢，你快一点吧。”

由这通电话引出的一则社会新闻震惊了新罕布什尔州的整个欧若拉小镇。就在那天，15 岁的诺拉·凯尔甘，本地的一位小姑娘，就这样失踪了。人们再也没有找到过她留下的任何踪迹。

序幕
（2008年10月　失踪33年后）

所有人都在谈论我的书。我再也不能在纽约的街头巷尾悠闲漫步，也无法在中央公园的小道上自在地慢跑了。在那儿散步的人总会认出我来，然后惊呼："嘿，是戈德曼，那书就是他写的！"甚至有人会跟着我跑上几步，然后问我一些困扰着他们的问题："你书中所写的是真的吗？哈里・戈贝尔真的能干出这样的事儿？"在那家我常去的西村咖啡馆里，一些客人为了能和我聊聊也总会毫不犹豫地在我的桌边坐下："我正在读你的书呢，戈德曼先生，我根本停不下来！你的第一本书已经很棒了，但这一本！你写这本书时真收了他们100万美元吗？你多大了？得有30岁了吧？30岁！你就已经发了这么一大笔财。"甚至我楼里的门房，也在工作之余抓紧时间翻阅我的书。他刚一读完，就把我堵在了电梯口，好好地和我倾诉了一番他的读后感："嘿，这就是诺拉・凯尔甘的遭遇吗？实在太可怕了，这事儿是怎么发展成这样的？嗯？戈德曼先生，这怎么可能呢？"

序幕
Prelude

真相
La vérité sur
l'Affaire Harry Quebert

我的书让整个纽约城为之着迷，刚出版两个星期，就已经有望成为全美年度最佳畅销书了。所有人都想知道 1975 年在欧若拉到底发生了些什么。到处都在谈论着这本书：电视上、广播里、报纸上。我还不到 30 岁，这本书也仅仅是我作家生涯的第二部作品，可它已经让我一举成为全国最受瞩目的作家。

而此书的创作灵感来源于几个月前一桩震惊全美的案件。那时正值初夏，一位失踪了 33 年的小姑娘的遗体被找到。而在新罕布什尔州由此引发的一连串事件，我会在此慢慢道来。如果没有这些事件，欧若拉小镇将永远不会为美国其他地区的人所熟知。

第一部分

作家之病

（书出版之前八个月）

仅一本书，一本书就让我看到一种新的生活正为我敞开大门：那些身家百万的年轻明星所拥有的生活。我从住在新泽西州蒙特克莱尔的父母家中搬了出来，找了一套豪华公寓作为安家之所。

31.
记忆的鸿沟

“第一章是至关重要的，马库斯，如果读者不喜欢它，就不会再读剩下的部分了。你准备怎样给你的小说开头呢？”

“我不知道，哈里。你认为我有一天会成功吗？”

“怎样算成功？”

“写一本书。”

“确信无疑。”

2008 年初，大概就在我因第一部小说成为美国文学界新宠的一年半之后，我陷入了一种可怕的危机当中：在白纸上，我不能再写出半个字来。这病似乎在一夜成名的作家中并不少见。它并不是突如其来的，它早已在我的体内慢慢生根发芽。我的大脑如同中了招一般，一点点地僵住了。刚开始出现症状的时候，我并没有多加注意。我对自己说，灵感明天就会回来的，不然就是后天，再不然就是大后天。但是，时间一天天、一周周、一月月地过去了，灵感仍然无法找回。

我好像坠入了地狱一般，在这期间我经历了三个阶段。对于所有让人眩晕的坠落来说，飞速的攀升是不可或缺的，这就是我经历的第一阶段。

我的第一部小说卖出了200万册，这也让年仅28岁的我一下子跻身成功作家之列。那是2006年的秋天，我的名字在几周内传遍了大街小巷。人们在电视里、报纸上、杂志封面上都能看到我，我的头像甚至还出现在了地铁站的大型广告牌上。即便是东岸各大日报最苛刻的评论家也异口同声地说：年轻的马库斯·戈德曼将成为一位伟大的作家。

仅一本书，一本书就让我看到一种新的生活正为我敞开大门：那些身家百万的年轻明星所拥有的生活。我从住在新泽西州蒙特克莱尔的父母家中搬了出来，找了一套豪华公寓作为安家之所。随后，我把我的三手福特车换成了带有色玻璃窗的崭新黑色路虎。我开始光顾那些高档餐厅，还找了一位文学经纪人帮我安排日程，并开始在我新家的巨大电视屏幕上观看棒球比赛。我在离中央公园只有几步之遥的地方租了一间办公室。知情识趣的秘书黛妮思替我接收邮件，准备咖啡，归类重要文件。

在新书出版之后的头六个月里，我很满足地享受着甜蜜的新生活。早上，我到办公室里看一看那些有关我的文章，读一读每天几十封的读者来信，黛妮思在我看完后会把它们一一归类整理好。工作做得差不多的时候，我就会心满意足地到曼哈顿闲逛一会儿。那儿的人在我走过时总会低声地说些什么。一天余下的时间里，我会充分享受名气赋予我的新权利：购买任何我想要的东西，去麦迪逊花园广场上的贵宾包房里看流浪者队的比赛，和那些我年少时崇拜的歌星一起走红毯，还能和人人觊觎的当红电视剧女主角莉迪亚·戈洛尔约会。我是位有名的作家，我感觉自己从事着世界上最美好的职业，并且深信我的成功会一直持续下去。就在这个时候，出版商和我的经纪人却已经开始让我重新回到工作中来，并催促我进行下一部小说的创作，而我对这些劝说毫不在意，并认定成功会一直伴随着我。

在接下来的六个月里，我开始意识到快要“变天”了：读者来信越来越少，渐渐没人在大街上认出我来。不久之后，那些还能认得我的路人开始问道：“戈德曼先生，你下一部书的主题是什么？什么时候会出版？”我明白是时候开始重新投入写作了：我随手在纸上记下了一些思路，然后在电脑上写出了一些故事梗概，可最终并没有写出什么好东西来。我也曾想过其他思路和内容，却没有什么起色。于是，我给自己买了一台新电脑，盼望着它能给我带来新的灵感，启发我想出一些精彩的故事脉络，但还是徒劳无功。我开始尝试变换工作方式：让黛妮思帮我记录下我想出的好文字、好句子以及一些不错的小说评论，这样的工作经常会持续到深夜。但是第二天一看，这些文字显得那么乏味不堪，句子变得那么平庸无奇，就连评论也都毫无意义了。于是，我的病就进入了第二阶段。

2007 年的秋天，我的第一部小说已经出版一年了，而我的下一部小说还一个字都没有写。当已经没有信件需要整理的时候，当在公共场所不再有人认出我的时候，当我的头像海报从百老汇的大书店里消失了的时候，我才明白这种光鲜的生活原来是那么转瞬即逝。它就像一个饥饿的戈尔贡[1]，没有办法喂饱她的人马上会被新人取代。如今，我的关注度正是被那些当红政客、那些最新的真人秀明星，以及那些刚刚崭露头角的摇滚乐队给抢走的。可是，我的第一本书才出版了短短 12 个月啊！对我来说，这何其短暂，但从全人类的角度来看，却又何其漫长。在这一年当中，仅仅在美国就有 100 万人出生，100 万人死亡，几万人被枪杀，50 万人染上了毒瘾，100 万人成功变身为百万富翁，1700 万人换了新的移动电话，5 万人因车祸丧生，200 万人因车祸不同程度地受伤。对我而言，这段时间也仅仅是写出了一本书而已。

在出版我的第一部小说时，有权有势的纽约施密特・汉森出版社给了我一笔可观的收入并对我寄予厚望。可是现在，出版人开始揪住我的经纪人道格拉斯・克莱恩不放，克莱恩则转而催促我。他说时间很紧迫，我必须得拿出新小说的底稿了。为了安慰他以及自我安慰，我肯定地对他说，

[1]译者注：西方神话故事中的蛇发女妖。

第二本小说进展很好，完全不必担心。事实上，即便我把自己关在办公室里几小时，我面前的纸上也还是一片空白：灵感悄无声息地走了，再也找不回来了。夜里，我一个人在床上难以入眠，幻想不久以后，在伟大的马库斯·戈德曼 30 岁之前，他就将不复存在。这个念头吓坏了我，于是我决定去度度假，换换脑子。我在迈阿密的一家豪华酒店里住了一个月，美其名曰给自己充电。我暗自以为在棕榈树下的休憩能重新唤醒我的创作天赋，然而佛罗里达之行显然只不过是一次美妙的逃避现实之旅。早在两千年前，哲人塞内卡[1]就经历了同样的困境：无论你逃到哪里，问题都会躲在行李箱里如影随形。这话真是一点不假，我刚从迈阿密机场出来的时候，便有一位好心的古巴行李搬运工跑过来对我说：

“您就是戈德曼先生吧？”

“嗯。”

“这是给您的。”

他递给我一个信封，里面装了一沓纸。

“这些白纸是给我的？”

“是的，戈德曼先生，您离开纽约的时候不是应该把它们也带上吗？”

就这样，我独自一个人在佛罗里达度过了一个月。我和那些缠着我的“病魔”一起孤零零地被关在了一间套房里，悲愤不已。在我那台没日没夜开着的电脑里，那个我命名为“新小说”的文件一直空着。某个晚上，我在酒店的酒吧里喝酒时，为那里的钢琴师点了一杯“玛格丽特”，就在那个时候，我才知道我得了一种在艺术界很常见的疾病。这位钢琴师坐在吧台前，主动和我攀谈起来。他说他一生只写了一首歌，而这首歌风靡一时。巨大的成功使他从此再也写不出其他曲子了。而如今，在不幸和潦倒中，他只能靠为酒店里面的客人们弹奏其他人的成功之作来勉强度日。“曾经

[1]译者注：古罗马时期著名哲学家。

我也在全国最大的音乐厅里举办过超大型巡演。”他紧紧揪着我的领口说，“一万人一起高喊我的名字，一些女孩儿直接晕了过去，另外一些女孩儿还向我扔她们的小内裤，感觉真是太棒了！”他像小狗一样舔了舔酒杯边的残余物，接着说道，“我发誓我说的都是真的，糟糕的是，这一切都过去了。”

我一回到纽约之后，病情的第三阶段便拉开了序幕。在我从迈阿密回程的飞机上，我读到了一篇报道一位年轻作家的文章，他刚出的一部小说受到了评论界的一致好评。我刚抵达守卫者机场，就看到他的大型海报出现在了行李提取大厅里。命运开始嘲笑起我来，很可悲的是，人们不仅忘记了我，而且我正在被其他人所取代。道格拉斯来机场接我，他看上去一副完全不知所措的样子。原来，施密特·汉森出版社已经失去了耐心，他们急于确认我的写作是否进展顺利，并希望我很快就能给他们拿出一部新小说的手稿。

“这回坏了，”在用车把我送回曼哈顿时，道格拉斯对我说，“快告诉我，佛罗里达给你带来了很多灵感，你的小说已经写得差不多了！现在大家都在议论着那个家伙……他的书在圣诞节期间肯定会大卖。你呢？马库斯，圣诞节你能拿出什么来？”

“我马上要开始写了！”我叫道，心里却害怕极了，“我能写完，到时候我们在宣传上下点功夫，准能行。大家不是很喜欢我的第一本书吗，他们肯定也会喜欢接下来的这一本。”

“马可，你根本没明白，我们几个月前就应该做这个事情了。这是我们的战略：乘胜追击，讨好读者，提供他们想要的东西。读者想看马库斯·戈德曼的书，可是他自己一个人跑到佛罗里达静养去了，所以，读者们都跑去买其他人的书了。你学过一点经济学吧，马可？书籍现在已经成了可替代产品：人们喜欢看书只是为了放松和得到消遣。如果不是你来给他们写这本书，就会是你的同行，那时也就是你被当作垃圾扔掉的时候了。”

道格拉斯的一番教导让我陷入了无尽的恐慌，于是我以从未有过的姿态投入工作当中去：早上六点就开始写作，不到晚上九点或十点之前绝不停下来。我一整天一整天地在办公室里工作着，在极度绝望中，我不停地写着，遣词造句，堆砌小说的构思。最终，我还是痛苦地发现自己没能写出任何有价值的东西。黛妮思开始没日没夜地担心起我的境况来。她显得有些无所事事，因为她再也不用给我做笔录，不用分拣邮件，也不用冲咖啡了。她只能在走廊里不停地踱来踱去。最后，她实在忍不住了，使劲地敲着我的房门。

“求求你了，马库斯，开开门吧！”她带着哭腔说道，“出来看看吧，去公园走走，今天你还什么都没吃呢。”

我没好气地说：“不饿！不饿！写不出来，我就不吃饭了！”

她几乎要哭出来了。

“别说得这么可怕，马库斯，我现在就去街角的那家熟食店给你买你最喜欢吃的烤牛肉三明治。我这就去，我这就去！”

我听到她一把抓起了包，朝大门跑去，然后飞快地下了楼梯。似乎她这样急急忙忙地跑出去就能让我的境况变得好一些。我突然意识到我的病因了：从零点出发写一本书对我来说很容易，但是现在我已经到了一个巅峰，在这个时候要重新施展我的才华，重新走一遍当初迈向成功的艰辛之路，再写出一本好书来，我却感到无能为力了。我被作家们的通病打倒，没人能帮得了我：我要是跟别人谈起这个问题，他们都会说没什么大不了的，这肯定很常见，即使我今天写不出来，明天也会写出来。于是，我回到了蒙特克莱尔我父母的家中，花了两天时间尝试在我以前的房间里工作。就是在这个房间里，我找到了写出第一本书的灵感。但是，这次尝试再度以可悲的失败告终。母亲对此也许并不感到意外，在这两天里，她一直坐在我旁边，看着我笔记本电脑的屏幕，不停地跟我说：“这真是太棒了，马可。”

“妈妈，我一行字都没有写出来。”我终于忍不住冒了一句。

“但是我感觉你的新书会很不错的。”

“妈妈，能让我单独待一会儿吗？”

“为什么要一个人？是不是肚子不舒服了？你想放屁吗？你可以当着我的面放屁的，亲爱的，我是你妈妈呀。”

“不，我不想放屁，妈妈。”

“你是不是饿了？想吃煎饼吗？还是来点华夫饼？要不来点咸的？鸡蛋怎么样？”

“不用了，我不饿。”

“那为什么你想一个人待着？你的意思是那个把你生下来的女人让你心烦了？”

“没有，你一点也不烦，但是……”

“但是什么？”

“没什么，妈妈。”

“你应该去找个女朋友，马可。你难道以为我不知道你和那个电视剧明星分手了吗？她叫什么名字来着？”

“莉迪亚·戈洛尔。其实我们并没有真的在一起过，妈妈。我想说，也就这么回事吧。”

“也就这么回事？！现在年轻人都这样，总是不当回事。等到50年过后，头发都掉光了，还是孤零零一个人。”

“这和秃头有什么关系，妈妈？”

“没什么关系。但我是从杂志上才知道你和这个姑娘在一起的，你觉得这正常吗？哪个儿子会这样对母亲，嗯？告诉你，就在你正准备去佛罗里达之前，我去了申格兹那里，就是那个理发师，不是那个肉店老板。那儿所有人都用异样的眼光看着我。我问大家到底发生了什么，于是头上戴着烫发器的伯格太太给我看了那本她正在读的杂志。上面有一张你和那位莉迪亚·戈洛尔的照片，当时你们正一起走在街上，但是标题说你们已经分手了。理发店里的所有人都知道你分手的消息，而我，我甚至连你和这个女孩儿在一起的消息都不知道！我当然不想被她们看作傻瓜，于是我就说：这是个不错的女孩儿，她还经常来我们家吃晚饭。"

"妈妈，我没告诉你完全是因为我觉得我没跟她认真谈过恋爱，她不适合我，你明白吗？"

"当然不可能合适！你就没有遇到过对的人，马可，这才是问题！你觉得那些电视明星懂得操持家务吗？告诉你，昨天我在超市碰到艾美尔森太太了，她女儿正好也是单身。我觉得你们俩就是天生一对呢！还有，她的牙齿很漂亮。你想让我现在叫她过来吗？"

"不想，妈妈。我在工作！"

就在这时，门铃响了。

"我想应该是她们到了。"母亲说道。

"什么她们？"

"艾美尔森太太和她的女儿啊，我邀请她们下午四点过来喝茶的。现在正好是四点，一个守时的女人肯定是个好女人，难道你不喜欢这样的吗？"

"你居然已经请她们过来喝茶了？快让她们走吧，妈妈！我不想看到她们，我有书要写！该死，我没闲工夫跟她们玩过家家，我要写我的小说！"

"哎，马可，你真的需要找个女朋友，一个你将来可以和她订婚、结婚的女朋友。书的事，你考虑得太多了，该想想你结婚的事了。"

没人能体会到此时事态的严峻：我无论如何都得写出一本新书来，按照出版商和我签订的合同里的条款，就必须如此。2008 年 1 月，施密特·汉森出版社的社长罗伊·巴尔纳斯基把我叫到他在拉斐特大道一栋大厦 51 层的办公室里，向我发出了严重警告。"那么，戈德曼，我什么时候才能看到你新作品的手稿？"他对我咆哮着，"我们的合同里计划要出五本书，你必须给我赶快动起来，要快！我要看到结果，要看到实实在在的数字！你已经比预期晚了，你现在什么都晚了！你知道那个在圣诞节前出书的家伙了吧？在读者心里，他已经把你取代了。他的经纪人说他下一本书已经在收尾了。而你呢？你让我们损失了一大笔钱。你该醒醒了，重新振作起来吧。出一招厉害的，给我写本好书出来，这也是在拯救你自己。我给你六个月的时间，就到6月。”六个月的时间就要写出一本小说，而我已经在长达一年半的时间里被“困”住了，这根本是不可能的。更糟糕的是，巴尔纳斯基在给我强加这个期限的同时，并没有告诉我，如果我没有按要求完成会承担什么样的后果。这个情况最终是由道格拉斯来负责向我通报，两个星期之后，我们在我的公寓里进行了第N次谈话。他对我说：“你必须得抓紧写了，我的老兄，这回你可不能再逃避了。你签了五本书的合同，五本！巴尔纳斯基很恼火，他就快要失去耐心了……他告诉我给了你六个月的期限。你知道假如完不成会发生什么情况吗？他们会撕毁合同，将你告上法庭，然后把你‘吃’得连渣都不剩。他们会掏光你所有的钱，然后你就可以和你的美好生活说再见了：你的高级公寓、你的意大利咖啡机、你的大汽车，到那时你什么都没有了，他们会将你榨干的。”这就是我，一年前才被公认为全国文坛新星，现在却成了让人失望透顶的作家、北美出版界的超级大懒虫。于是，我吸取了第二个教训：荣誉不仅仅是转瞬即逝的，而且不得不因此要承担相应的后果。就在道格拉斯向我发出警告的第二天夜里，我打了电话给那个我认为唯一可以将我救出困境的人：哈里·戈贝尔，我原来的大学老师，更重要的是，他是拥有最多读者、最德高望重的美国作家之一。我和他在十多年里一直保持着紧密联系，这一切都还得从我在马萨诸塞州巴若斯大学读书时说起，当时他教过我。

在给他打电话时，我已经有一年多没有见过他了，在这段时间里，我也几乎没有给他打过电话。他家在新罕布什尔州欧若拉，我直接拨通了他家的电话。一听到我的声音，他就略带嘲讽地对我说：“哦，马库斯！真是你在给我打电话吗？不可思议啊！自从你成了明星之后，我就再没你的消息了，上个月我曾试着给你打电话，是你的秘书接的，她说你谁也不见。”

我硬生生地打断了哈里的话，说道：

"哈里，我现在糟透了。我想我已经不是作家了。"

他也立刻变得严肃起来："你在说些什么，马库斯？"

"我不知道怎么写作了，我完了，我的稿纸上一片空白。这种状况已经持续好几个月了，甚至可能有一年了。"

他突然笑了起来，热情的笑声让人感到安心。

"马库斯，我想只是你的思维暂时'塞'住了，就是这么回事。这种'白纸症'和'性功能障碍'一样愚蠢至极：这是天才们特有的恐惧，就好比你正要和一个爱慕你的姑娘做爱，想让她体验到地动山摇一般的性高潮时，你的'小弟弟'突然疲软了。别总把自己当成天才，成天患得患失的，至少先把文字一行行地排出来，灵感自然而然会回来的。"

"你真这么认为？"

"当然。不过你必须先远离那些灯红酒绿的聚会，放下你那些微不足道的挫败感。写作是一件严肃的事情，我应该向你反复强调过这一点吧！"

"但是我一直很努力啊！除了这件事，我什么都没干！即便如此，我还是什么也没能写出来。"

"如果是这样的话，你缺少的应该是一个有益于创作的环境。纽约确实很华丽美好，但也过于嘈杂。你为什么不来这儿呢？来我家，就好像你还是我学生时那样。"

远离纽约城，换换空气。这一邀请对于试图逃离现实生活的我再合适不过了。为了寻找新书的创作灵感，去美国的乡下，在那里还有我的老师作陪，这不正是我需要的吗？于是一个星期以后，也就是 2008 年 2 月中旬，我去了新罕布什尔州的欧若拉小镇，并在那里安顿了下来。而我将要讲述的那些惊心动魄的事情就发生在几个月之后。

在 2008 年夏天震惊全美的那件事情发生之前，没有人听说过欧若拉。

这是一个海滨小镇，离马萨诸塞州的边界只有15分钟的车程。小城的主干道上有一家电影院，里面上映电影的时间总是比全国其他地方要晚。街上还有几家商店、一家邮局、一个警察局和屈指可数的几间餐厅。其中“克拉克之家”可以算是小城里年头颇为久远的餐厅了。道路四周的住宅区很安静，房子的外墙都由彩色木板拼成，还带有颇具风情的挑棚，屋顶铺的是深灰色的板岩，花园中的草坪都被修剪得整整齐齐。这里是典型的美国内地乡镇，居民们关门都不上锁。这种地方似乎只会在新英格兰地区出现，这里，安静到让人有一种与世隔绝的感觉。

我对欧若拉小镇很熟悉，因为当我还是哈里学生的时候就经常来这里。哈里那美丽的房子是由石头和大块的松木搭建起来的，位于城外朝缅因州方向的第一大道旁。它的边上是一个海湾，在地图上被称为鹅弯。这座屋子简直就是为作家而建的，它面朝大海，还带有露台，天气好的时候可以到上面坐一坐，露台的楼梯直接通向沙滩。房子笼罩在一片原始的静谧之中：海滨树林、成片的鹅卵石和一排排的巨石、湿润的蕨类植物和青苔，还有几条可漫步的小径顺着沙滩延伸开来。如果不是知道几英里之外就有人类文明的痕迹，我们甚至会以为自己到了世界尽头。在这里，可以很轻易地想象这样的场景：那位老作家在他的露台上，从潮汐和日落中获取灵感，写出了一本本绝世佳作。

2008年2月10日，我的稿纸上还是空空如也。我忍无可忍，离开了纽约。那时，整个国家已经因总统预选开始沸腾起来。就在几天前，“超级星期二”（那一年该活动特意从3月挪到了2月，这也预示着那年的与众不同）的结果已经让共和党候选人、参议员麦凯恩拿到了一张总统大选的门票。而在民主党那一边，希拉里·克林顿和贝拉克·奥巴马激战正酣。我一口气就从纽约开车到了欧若拉，冬天里的大雪把我的四周变成了白茫茫一片。我喜欢新罕布什尔州，喜欢它的宁静，喜欢这里巨大的森林。我喜欢那些铺满睡莲的池塘，夏天可以下水游泳，冬天可以在上面滑冰。我喜欢这里不需要为收入上税。这是一片自由的乐土，那些从我车边飞驰而过的汽车车牌上印着“要么自由地生，要么死”，这句口号正是对这种自由精神的概括。每一次到欧若拉暂住的日子里，我都会强烈地感受到这种精神，并为之折服。我记得我到达哈里家的那天十分寒冷，大雾弥漫。一到这里，我的内心立刻变得宁静祥和。哈里就在他家的门廊下等着我，身上裹着厚厚的冬衣。我下了车，他走上来迎接我，将双手放到我的肩上，对我报以灿烂的微笑，他的笑容让我感到安心。

“你怎么了，马库斯？”

“我不知道，哈里。”

“嘿，别多想了。我知道，你一直是个多愁善感的年轻人。”

还没来得及整理好行李箱，我就和哈里在客厅里聊了起来。他端来了咖啡。壁炉里的火燃烧着，发出了噼噼啪啪的响声。屋子里很温暖，然而从巨幅的落地玻璃窗向外望去，大海在寒风中呼啸翻滚，白雪飘落在露出海面的礁岩上。

“我几乎忘了这里有多美。”我低声道。

哈里表示赞同。

“放心吧，我的小马库斯，我会好好照顾你的。你将会为我们写出一本惊世之作。千万别着急，所有优秀的作家都会经历这种艰难的时刻。”

他那从容自信的神情对我来说是何等熟悉。在这个男人的身上，我从未见过一丝迟疑：他充满自信，浑身散发出天生的威严。他就快 67 岁了，但仍然精神矍铄。他那一头银丝总是梳理得整齐得当。他有着宽阔的肩膀和强壮的身躯，这得益于他常年参加拳击训练。不错，他是一位拳击手，也正是因为这项运动，这项我曾经玩命练习的运动，才使得我们俩在巴若斯大学建立了深厚的友谊。

哈里和我的相识，我将在下文中细说，那些将我俩紧密相连的事件都非比寻常。1998 年，他走进了我的生活，当时我刚进入马萨诸塞州的巴若斯大学。那时哈里 57 岁，已经在这所规模不大的乡下大学的文学系任教差不多 15 年了。这里气氛祥和，学生们友好礼貌。在此之前，和所有人一样，我知道哈里・戈贝尔是位知名的大作家。但在巴若斯大学，我认识了那个简简单单的哈里，即使我们年龄相差甚远，他最终变成了我最亲近的知己，也是他教会了我如何成为一位作家。20 世纪 70 年代中期，哈里凭借他的第二本小说《罪恶之源》一举成名。这本小说卖出了 1500 万册，也让他斩获了国内最权威的两项文学大奖：国家文学奖和美国国家图书奖。之后，他会定期出版书籍，并在《波士顿环球报》上负责撰写一个深受读者喜爱的专栏。他绝对算得上美国知识界的一位大人物：他举办过很多个人讲座，经常被邀请参加重要的文化活动。他的政治观点也备受重视。他是一个受人敬仰的人，是国家的骄傲，是美国的精英之一。我希望在他家待上几个星期，让他把我重新变成一个作家，重新教会我如何跨越这“白纸症”的深渊。我有一种感觉，哈里虽然知道我的处境艰难，但是他并不觉得这有多么不正常。“作家们都会有大脑空白的时候，这是这个职业所要面对的风险，”他对我解释道，“你需要做的就是重新投入到工作当中去，问题自然会一点点解决。”他让我在一楼的书房里工作，他就是在那里写出了一本本小说，当然也包括《罪恶之源》。我在书桌前待了好长时间，却一直被窗子另一侧的海洋和白雪所吸引。在给我送咖啡和食物的时候，他看到我一副绝望的神情，于是试图让我打起精神。有一天早晨，他终于开口对我说：

“别难过了，马库斯，你这个样子看起来像是要死了一样。”

“差不多。”

“别这样，你可以担忧这个世界是否正常运转，又或者对伊拉克战争忧心忡忡，但实在没必要为了几本破书而烦扰不堪！一切都才刚开始呢。你现在觉得自己很可悲，是因为你没有了写作的灵感。但是你应该看到事情的另外一面，你已经有一本很棒的作品了，而且声名大噪，你的新书只是在构思上遇到了困难，这没什么大不了的。”

“但是你……你就没有遇到过同样的问题吗？”

他大笑了起来。

“白纸症？你开玩笑吧，我可怜的朋友，我遇到的问题比你能想到的要糟糕得多。”

“我的出版商说，假如我写不出新书来，我就彻底完蛋了。”

“你知道出版商都是些什么人吗？他们都是一些不成功的作家，凭着老爸的几个臭钱才能将别人的才华据为己有。放心吧，马库斯，一切都会重回正轨的。大好的前程就摆在你的面前，你的第一本书已经很了不起了，第二本书会更好的。别担心，我会帮助你重新找回灵感。”

我不相信逃离到欧若拉就能找回灵感，但不可否认的是，这确确实实让我好受了很多。对于哈里来说也是一样，我知道他常常感到孤单：他没有家人，也没有太多娱乐消遣。这是一段非常美好的日子，事实上，这也是我们一起度过的最后一段幸福时光。在那段时间里，我们会一起沿着海岸漫步，一走就是很久。我们会一起重温那些经典的歌剧，一起在雪道上踏行，一起参加当地的文化活动，一起到当地的超市里采购那些为捐助美国退伍军人而贩卖的鸡尾酒、小香肠，它们是哈里的最爱，他认为这是美国攻打伊拉克唯一的好处。我们也经常去“克拉克之家”吃午饭，在那儿一待就是一下午，一边喝咖啡一边谈论人生，就像我还是他的学生时那样。欧若拉人人都认识哈里，那里的每一个人都很敬重他。过了一段时间，大家也开始认识我了。其中，和我打交道最多的两个人要数“克拉克之家”的老板娘珍妮·道恩以及小城图书馆的志愿管理员厄恩·平卡斯了。厄恩和哈里走得很近，他有时会在傍晚来鹅弯喝一杯苏格兰威士忌。我每天早上都会去图书馆读一读《纽约时报》。我去的第一天，就看到厄恩把我的书放到了前面很显眼的展架上。他带着骄傲的神情对我说："瞧，马库斯，你的书一直排在第一位。它是过去一年被借得最多的书，你的下一本书什么时候出来？"

"老实说，我现在提笔有些困难。我就是为了寻找灵感才来这儿的。"

"别着急，你肯定能找到一个绝妙的构思，我确信无疑。你会写出引人入胜的故事的。"

"什么样的故事呢？"

"我不太清楚，你才是作家，但是必须选一个能让大家产生浓厚兴趣的题材。"

30 年来，哈里在"克拉克之家"总是坐在同一张桌子前，也就是那张 17 号桌。珍妮在上面钉了一块金属牌，上面写着：

1975年夏，哈里·戈贝尔在此写出了《罪恶之源》。

这块牌子我很久以前就见过，但是从来没有好好留心看过。直到这一次故地重游，我才对它有了兴趣，并认真端详起来。这一连串刻在金属牌上的字让我看得出了神：在这张残留着油渍和枫树汁的简陋木桌上，在这个位于新罕布什尔州的小饭馆里，哈里写下了那本让他成为文学界传奇人物的巨著。他是怎么得到灵感的呢？我也想坐在这张桌子旁边写作，和灵感来一次不期而遇。于是我真的拿着纸笔坐到了桌子旁边，并在那儿待了两个下午，但还是一无收获，我忍不住问珍妮：

"嘿，他就是坐在那张桌子旁边工作的？"

她点了点头。

"一整天，马库斯，他一整天里分秒不停地写。那是 1975 年的夏天，我记得很清楚。"

"1975 年的时候，他是多少岁？"

“和你差不多，三十来岁吧，或许比你再年长几岁。”

我感到一股怒火在我内心里翻滚：我也想写出一本伟大的作品，我也想写出一本代表作。在欧若拉待了差不多一个月的时候，哈里发现我还是没能写出一行字来，于是他对我的情况更加了然于心了。3 月初的某一天，当我在鹅弯等待神赐予我灵感的时候，哈里穿着围裙，给我带来了几个他刚做好的炸糕。

“写得怎么样了？”他问我。

“我写出了一些不错的东西。”我一边回答一边把三个月前那个古巴行李工递给我的那沓纸拿给他看。

他把盘子放在了一旁，迫不及待地想看我写出的东西，可是翻开一看，发现只是一堆白纸而已。

“你什么都没写？三个星期以来什么都没写出来？”

我怒声回答：“没有，没有，一点有价值的东西都没写出来，有的只是一些属于滥俗小说的写作框架。”

“上帝啊，马库斯，如果你不想写一般小说的话，你想写什么呢？”

我不假思索地答道：“巨著！我想写一本巨著出来。”

“巨著？”

“是的，我想写一部伟大的小说，里面有伟大的思想！我想写一本让人难以忘怀的书。”

哈里看看我，笑了起来。

“你的‘远大志向’真是让我受够了，马库斯，我老早就和你说过。你会成为一位伟大的作家，我一直对这件事深信不疑。但是，你想知道你的问题在哪儿吗？你太急于求成了，你现在才几岁啊？”

“30 岁。”

“才 30 岁！你就已经想成为与索尔·贝洛和阿瑟·米勒不相上下的作家了？名利会来的，但不要太着急。我现在已经 67 岁了，我产生了很强的恐惧感：时间飞逝，你很清楚，每过一年就少一年，而我却无法挽留。马库斯，你是怎么想的，你这个样子怎么能写出第二本小说来呢？做事需要慢慢累积，我的老朋友。要想写出一本好的小说，并不需要有多么不凡的思路：要学会相信自己，你一定能成功的，我对你一点都不担心。我教文学已经 27 年了，在这 27 年当中，你是我教过的最出色的学生。"

"谢谢。"

"不用谢我，这只是简单的道理。但别老是像个懦夫一样无病呻吟，而这只是因为你还没得到诺贝尔奖而已。天哪，30 岁而已……啧啧，别老想着写出什么惊世骇俗的东西来……要是有吹牛皮诺贝尔奖的话，你绝对够资格。"

"但是哈里，你是怎么做到的，你在 1976 年的时候就写出了《罪恶之源》。那本书绝对是本巨著！那只是你的第二本书……只是你的第二本书啊！你是怎么写出这本巨著的？"

"马库斯，巨著不是写出来的，它们自己本身就存在着。你也一定知道，在很多人眼里，这是我写出的唯一一本书……我想说的是，我之后出版的书，成就再也无法超越它了。当人们谈论我的时候，都会一下子想到《罪恶之源》。这很可悲，因为如果在 30 岁的时候有人跟我说我已经到达了事业的顶峰，我肯定会跳海自尽的。所以，不要太着急。"

"你后悔写这本书吗？"

"也许吧……一点点……我不知道……我不喜欢后悔这个词，它意味着我们不能正视自己的过去。"

"那我需要怎么做呢？"

"做你一直以来最擅长的事情：写作。马库斯，如果我能给你一个建议的话，我希望你不要像我一样。我们有很多相似的地方，我恳求你，不要重蹈我的覆辙。"

"什么样的覆辙？"

“我和你一样，在 1975 年夏天来到这里的时候也满脑子想着怎么能写出一本巨著来，我完全受困于想成为一名伟大作家的欲念。”

“但是你成功了。”

“你不明白：如今，我如你所说成了知名作家，但是我孤零零一个人住在这幢大房子里。马库斯，我的生活空空如也，千万不要像我一样……不要被你的宏图大志冲昏了头脑。要不然，你的心会变得孤寂，这样怎么能妙笔生花呢？对了，你为什么没有交女朋友呢？”

“我没交女朋友是因为我没有遇到真正喜欢的人。”

哈里的言传身教并没有帮上多大忙，我还是被那个问题困扰着：为什么他能在和我差不多大时灵光乍现，写出了《罪恶之源》？这个问题让我百思不得其解。于是，我趁着哈里让我在他书房里写作的机会，自作主张地乱翻了起来，也因此有了我万万想不到的惊人发现。当我为了找钢笔而打开一格抽屉的时候，我看到了一则手稿和几张散乱的纸页：这些应该都是哈里的真迹。我兴奋起来，这对我来说绝对是一次千载难逢的机会，因为我终于可以了解哈里是如何工作的了。我要好好看看这些纸页上是不是画满了修改符号，还是灵感让他能做到一气呵成。在好奇心的驱使下，我开始在他的书柜里翻来翻去，试图找到其他一些手稿。但是想要完全不被发现，我就得等哈里出门的时候才能“行动”。星期四是哈里在巴若斯大学上课的时间，他需要很早出门，一般要到下午晚些时候才能回家。而就在 2008 年 3 月 6 日下午，发生了一件让我想立刻忘记的事情，我发现：哈里在他 34 岁的时候和一位 15 岁的女孩子曾经有过一段恋情。那时正好是 1975 年。

这个秘密是这样被发现的：当时我发了疯似的在他的书架上乱翻，终于在几本书的后面发现一个上了铰链的大漆盒。我预感到里面肯定藏着大秘密，可能就是《罪恶之源》的手稿。我拿着盒子，把它打开。和我预感的不一样，我并没有发现什么手稿，只看到一些照片和一些从报纸上被裁下的文章。照片上的哈里还很年轻，应该是三十多岁，正当黄金年华，优雅而自信，他的旁边是一位年轻的姑娘。盒子里有四五张照片，而她出现在了所有的照片当中。其中的一张，我看到哈里坐在沙滩上，光着上身，身材健硕，皮肤被晒成了古铜色。他亲吻着怀里的这位年轻姑娘，她微笑着，金色的长发下半掩着太阳眼镜。照片的背面写着一行字：1975 年 7 月底，马尔莎葡萄园下的我和诺拉。那时，我完全沉浸在自己的新发现里，根本没有察觉到哈里比平时都要回来得早得多，也完全没有听到他的雪佛兰科尔维特轿车的轮胎在鹅弯的沙石路上发出的摩擦声，更没有听到他进门时发出的声音。我之所以什么都没有听见，是因为在盒子里，在照片的后面，我找到了一封没有日期的信。这是一张很漂亮的信纸，可以看出来，这是一个小孩的笔迹。

不要担心，哈里，不要为我担心，我会自己想办法去那边找你的。在8号房间等我吧，我喜欢这数字，这是我最喜欢的数字。晚上七点在这个房间里等我，然后我们一起远走高飞。

我是那么爱你。心中充满柔情。

诺拉

这个诺拉是谁？伴随着强烈的心跳，我开始浏览那些剪裁下来的旧报纸：所有的文章说的都是一个叫诺拉·凯尔甘的人在 1975 年 8 月的一个晚上失踪的事情。报纸照片上的诺拉和哈里收藏的照片中的诺拉是同一个人。就在这个时候，哈里走进了书房，手里的托盘上放着咖啡和一碟饼干。他用脚踢开门，发现我蹲坐在地毯上，身前撒了一地小盒子里的东西。瞬间，托盘从他的手里掉了下来。

“天哪，你在这儿干什么呢？”他大喊道，“你在找什么，马库斯？我把你请到家里来，就是让你来翻我的东西的吗？你这算哪门子的朋友啊？”

我结结巴巴地胡乱解释一通。

“哈里，我是无意中发现的。我绝对是偶然发现了这个盒子，但我不应该把它打开……对不起，哈里。”

“你绝对不应该这么做！谁给你的权力，浑蛋，是谁让你这么做的？”

他把照片从我手中抢了过去，并把地上的照片捡了起来，把所有东西放进盒子里面，带到了自己的房间，关上了房门。我从来没有见过他这个样子。我无法知晓这是出于恐惧还是愤怒。隔着房门，我编了种种借口向他解释说我并不想伤害他；我是无意中发现的盒子，里面的东西我也没看。他再次从房间里出来，已经是两个小时以后了，他直接到客厅喝了几杯威士忌。我看到他稍微冷静下来一些后，便走过去。

“哈里……这个女孩子是谁？”我轻声问道。

他低下了双眼：“诺拉。”

“谁是诺拉？”

“不要问我诺拉是谁，求你了。”

“哈里，谁是诺拉？”我又问了一遍。

他摇了摇头，道：“我曾经爱过她，马库斯，爱得很深。”

“但为什么你从来没和我提起过这件事？”

“很复杂……”

“对于朋友来说，没有什么事情能称得上复杂。”

他耸了耸肩。

“既然你看到了照片，我也没什么好隐瞒的了……1975 年当我来到欧若拉的时候，我爱上了这位只有 15 岁的小姑娘。她的名字叫诺拉，是我一生的女人。”

他有一段时间没有说话，我有些被触动了，继续问道：“诺拉到底怎么了？”

“这是一个丑恶的故事，马库斯，她失踪了。1975 年 8 月底的一个晚上，住在附近的一位居民曾经看到她浑身淌着血。如果你打开过那个盒子，你肯定看过那些文章。我们再也没有找到她，没有人知道在她身上到底发生了什么。”

“真可怕啊。”我叹了口气。

他使劲点了点头。

“你知道，”他说，“诺拉改变了我的人生。如果我能把诺拉留在身边的话，什么伟大的哈里·戈贝尔，什么大文豪，什么我今天所取得的名利，什么家财万贯，什么伟大的人生，所有这些对我来说都不重要。如果不是因为她那个夏天跟我在一起，给我的生活注入了新的意义，恐怕在接下来的日子里，我什么事情也做不成。”

这是我自从认识哈里以来第一次见到他情绪如此激动。他凝视着我，继续说道：“马库斯，没有人知道这段故事。你是第一个知道这件事的人，你一定得替我保守秘密。”

“当然。”

“对我发誓。”

“我发誓，哈里。这是我们两人之间的秘密。”

“如果欧若拉小镇里有人知道我曾经和诺拉·凯尔甘有过恋爱关系，我可能就会惹上大麻烦……”

“你可以相信我，哈里。”

这就是当时我所了解的关于诺拉·凯尔甘的全部。我和哈里再也没有说起过她，还有那个盒子。我决定将这段故事埋葬在我的记忆深处，殊不知几个月后，由于几件事相继发生，诺拉又“回到”了我们的生活中。

3 月底，我重新回到了纽约，在欧若拉的六个星期里，我并没有写出新的小说。离巴尔纳斯基给我的最后交稿期限只有三个月了，我心里很明白，这一次，我的作家生涯是没救了。我好像一只折翼的鸟，已经开始衰亡，我很不幸，是纽约新兴作家当中最无能的一个。时间一周周地飞逝：我把大半时间用来准备迎接最终的失败。我给黛妮思找了份新工作，我联系了一些律师，他们可能在施密特·汉森出版社要将我告上法庭的时候帮上一点忙。我列了一份我最在乎的东西的清单，我需要在执法人员来敲我的门之前把它们藏到我父母家里去。6 月对我来说是死亡的月份，当这个上断头台的月份来临时，我开始倒数我的艺术生涯结束之前的最后时光。短短 30 天后，我就会被叫到巴尔纳斯基的办公室里，接下来会被拉上“刑场”。倒计时开始，我完全没有料到，一件惊天动地的事情扭转了我面临的死局。

30.
神奇小子

“你的第二章很重要，马库斯。它必须足够犀利，足够有爆发力。”

“好比什么呢，哈里？”

“好比拳击。假如你是右撇子，但在防守的时候，你的左手总是放在前方。也就是说，第一拳要震慑你的对手，第二拳则由你的右手发出致命一击。你的第二章也应该像这个样子：这一拳要直接打中读者的下巴。”

2008 年 6 月 12 日就这样来临了。早上，我在客厅里阅读。外面虽然下着雨，但还是很热。纽约已经下了三天的温热细雨了。差不多下午一点的时候，我接了个电话。一开始似乎没听到电话那边有什么人在讲话，但不一会儿，我就听到了有人哽咽的声音。

“喂，喂？是谁啊？”我问道。

“她……她死了。”

他的声音此时几乎无法辨认，但我还是马上听出了这是谁的声音。

“哈里？哈里，是你吗？”

“她死了，马库斯。”

“死了，谁死了？”

“诺拉。”

“什么？到底是怎么回事？”

“她死了，都是我的错。马库斯……我到底做了什么，浑蛋，我到底做了什么呀？”

他哭泣不止。

“哈里，你在和我说什么啊？你到底想对我说什么？”

他挂断了电话。我马上打电话到他家，没有人接。我又给他的手机打了，还是没人接听。我接着试了很多次，给他的电话里留了几条语音信息，但是也没有他的任何回音。我焦急万分，完全不知道，那时的哈里是从康科德州警察局总部给我打来的电话。我也不知道当时发生了什么事情，直到将近下午四点的时候，道格拉斯给我来了个电话。

“马可，天哪，你知道了吗？”他扯着嗓子对我说。

“知道什么？”

“天哪，快打开电视！在播哈里·戈贝尔的事情！戈贝尔的事！”

“戈贝尔，什么戈贝尔？”

“快打开电视，别啰唆了！”

我马上转到了新闻频道。在电视屏幕上，我惊讶地看到了哈里在鹅弯的房子，画面中传来了播音员的声音：*今天警方在此处挖出了尸体残骸，这里是位于新罕布什尔州的欧若拉小镇，作家哈里·戈贝尔在这里被抓获。初步调查结果显示，所挖出的残骸很可能属于一个叫诺拉·凯尔甘的女孩。这位少女在1975年8月无故失踪，当时年龄15岁，没有人知道后来发生了什么……*我顿时觉得天旋地转，一下子倒在了沙发上，整个人都傻了。我什么也听不到：听不到电视里传来的声音和道格拉斯的声音，电话的那一头大声嚷嚷了起来：“马库斯？你在那儿吗？喂，他杀死了一个小姑娘，他杀死了一个小姑娘。”我的脑袋乱成了一团糨糊，就像做了噩梦一样。

整个美国都为之震惊了，也就是在这个时候，我才得知几个小时前，就在清晨时分，哈里叫了一家园林公司的人来到他在鹅弯的家，在旁边栽一些绣球花。园林工人把土翻开的时候，在距离地面一米深的地方发现了一具骸骨，他们随即向警方报了案。就在这具尸骨“重见天日”之后，哈里被捕了。

电视台对案件进行了实时跟踪报道。画面不停地在欧若拉、案发现场和位于东北边 60 英里处的新罕布什尔州首府康科德之间切换。哈里就是被拘留在州警察局刑事犯罪科的牢房里。记者们早已赶到了现场，进行跟踪报道并了解相关情况。已经有迹象显示，所发现的骸骨可能就是诺拉·凯尔甘的。如果这个消息得到了警方确认，那哈里有可能会被怀疑谋杀了另一位叫德波拉·库佩的人。正是德波拉·库佩在 1975 年 8 月 30 日报的警，她是最后一个看见诺拉的人，可是就在那一天，库佩在报警之后被人杀死了。整个事件简直可以用骇人听闻来形容。接下来，谣言四起，关于案件的各种消息通过电视、广播、综合网站和社交网络立刻传遍了全国上下：哈里·戈贝尔，67 岁，20 世纪下半叶的大文豪之一，竟然是杀死一个小姑娘的无耻之徒。

我过了好长时间，差不多有几个小时吧，才意识到发生了什么事情。晚上八点的时候，当道格拉斯焦急地赶来我家看我是否安好的时候，直到那一刻，我还一直觉得这整个案件就是一个错误。我对他说：“他们怎么能在还没有确定尸体是不是诺拉的时候，就指控他是杀死了两个人的杀人犯呢？”

“不管怎么说，在他家的花园里发现了一具尸体。”

“那为什么他让人在他有可能埋了一具尸体的地方挖坑呢？这完全说不通啊！我得去好好看一看。”

“你要去哪里？”

“去新罕布什尔州。我要去为哈里辩护。”

道格拉斯拿出了他作为美国中西部人特有的现实态度，回答我说：“千万不要，马可。不要去那里，别把你自己搅和到这件事情里去。”

“但是，哈里给我打了电话……”

“什么时候？今天？”

“今天下午快一点的时候。我想，他在被收监之前按照法律赋予的权利打的唯一的电话，就是打给了我，所以我必须去帮助他。这很重要。”

“重要？现在最重要的是你的第二本书。你别再给我添乱了，我们最好在月底之前把手稿拿出来。巴尔纳斯基已经快要放弃你了。你清楚哈里会发生什么事情吗？不要多管闲事了，马可，你还太年轻，可别自毁前程啊。”

我什么也没说。在电视里，州检察官助理走到了众多记者的前面。她一一细数了哈里受到的指控：首先是绑架，其次是双重谋杀。这说明，哈里已经正式受到了谋杀德波拉・库佩和诺拉・凯尔甘的指控。要把绑架罪和谋杀罪一起算起来，他有可能被判处死刑。

然而，哈里这一天的遭遇仅仅是开始。第二天的初次聆讯受到了全国的关注，在几十台摄像机的聚光灯和如潮水般涌来的摄影记者的闪光灯下，哈里被警察铐上了手铐，押解着走上了法庭。他的气色非常不好：整张脸都阴沉着，没有刮胡须，头发乱糟糟的，衬衣敞开着，眼睛也肿了。他的律师本杰明・洛特就跟在他的身旁。洛特是康科德有名的律师，他以前就经常给哈里出谋划策，而我对他了解甚少，只在鹅弯见过他几次。

现代电视技术让整个美国都得以收看这一次审讯的直播，电视里的哈里对自己遭受的指控予以否认，法官最后宣判将哈里暂时拘留在新罕布什尔州州立监狱里。而这只是这场狂风暴雨的开端：在那个时候，我还傻傻地期盼着哈里能很快脱身。但是就在审讯后一小时，我接到了本杰明・洛特给我打来的电话。

“哈里把你的电话给了我。”他对我说，“他执意让我给你打电话，他想让我对你说，他什么人都没杀，他是无辜的。”

“我知道他是无辜的！”我回答道，“我完全确定，他现在怎么样了？”

“很糟糕，你肯定也能想象得到。警察对他施了压。他承认曾经和诺拉有过一段恋情，就在她失踪的那个夏天。”

“我知道他和诺拉的故事，其他的事情呢？”

洛特迟疑了片刻，然后说道：“他否认了，但是……”他停了下来。

“但是什么？”我焦急地问。

“马库斯，我不想对你隐瞒什么，现在真的很困难。他们有了重大发现。”

“你的重大发现指的是什么？快说，浑蛋！我一定要知道！”

“这必须是我与你之间的秘密，其他任何人都不能知道。”

“我什么也不会说出去，你可以相信我。”

“就在这个小姑娘的骸骨被发现的同时，警方的调查人员还发现了《罪恶之源》的书稿。”

“什么？”

“就像我刚才说的，这本书的书稿和诺拉埋在了一起。哈里这回麻烦大了。”

“他对此做出解释了吗？”

“是的，他说他这本书是为她而写的。诺拉当时经常到鹅弯来，她曾经向他借这些稿纸来读。然后在她消失的前几天，她把书稿拿走了。”

“什么？”我惊呼道，“他是为了诺拉写的这本书？”

“是的，任何时候都不能走漏了风声。你可以想象得到，如果媒体知道过去50年美国最畅销之一的书只是在简单地记述一段爱情故事，一段34岁男人和15岁女孩之间的禁忌之恋，那肯定会成为最令人震惊的丑闻。”

“你觉得现在能将他保释出来吗？”

“保释？你根本就没有意识到形势的严重性。马库斯，如果是严重的刑事犯罪，我们没有保释的权利。哈里可能被注射毒针执行死刑。十几天以后，他会被移交给陪审团，再由陪审团来决定指控是否有效以及提出诉讼。这一般来说只是程序上的事情，诉讼是肯定会有的，不是在六个月后，就是在一年后。”

“在此期间呢？”

“他会被关在监狱里面。”

“但是，假如他是无辜的呢？”

“法律就是这么规定的。我再重复一遍，现在形势很严峻，他被指控谋杀了两个人。”

我一下子倒在了沙发上，我需要和哈里谈一谈。

“让他给我打电话！这很重要。”我的声音严厉起来。

“我会给你带口信的……”

“告诉他，我必须马上和他说上话，我会等他的电话的。”

刚挂了电话，我就从我的书房里找出了《罪恶之源》。在书的第一页，有我的老师为我亲笔写下的致辞：

献给我最出色的学生，马库斯

你的朋友哈里·L.戈贝尔

于1999年5月

我重新沉浸在这些年我最常翻阅的这本书中。这是一个用简单记叙和书信体方式讲述的爱情故事。一个男人和一个女人深爱着彼此，却没有权利彼此相爱。他就是以这样的方式写下了那个我当时还一无所知的神秘女孩。当我在深夜时分又一次将书读完的时候，我的目光久久地停在了书的标题上。这是我第一次揣测起它的意义来：为什么是《罪恶之源》，哈里说的是什么样的恶行呢？

在之后的三天里，对DNA和牙纹的研究已经确定在鹅弯发现的骸骨正是诺拉·凯尔甘的。而对骨头的研究则确定受害者是一个大约15岁的女孩。这说明，诺拉应该是在她失踪之后不久遇害的。最重要的是，在她头骨后方的一条裂痕，即便是在案发30年以后，也可以让人完全确定，受害者死于不止一次的重击：诺拉·凯尔甘是被打死的。

一直没有哈里的消息。我尝试通过州警察局、监狱或者是洛特来和他取得联系，但是都没有成功。我在公寓里急得团团转，我心中有一万个疑问，更被他那天的神秘来电所深深困扰。周末来临之际，我实在是忍不住了，除了去新罕布什尔州一探究竟，我没有其他任何办法。

2008年6月16日星期一刚刚来临，我就把我的行李箱放进了我的路虎车的后备厢。我从富兰克林·罗斯福大道离开了曼哈顿，这条路就沿着东河的方向走。我和纽约渐行渐远：布鲁克林、哈勒姆、布朗克斯、海边的扬基体育场、乔治·华盛顿大桥和高速路旁边的洛克菲勒大道，从那儿看，整个城市就像是原始丛林中的一个小岛。因为害怕自己会半途停下来然后乖乖地回家，我一直开进了新泽西州的腹地之后才通知我的父母，我已经在去新罕布什尔州的路上了。母亲知道后认为我完全是疯了："马可，你在干吗啊？你要去为这个野蛮的罪犯辩护吗？"

"他不是一个罪犯，妈妈，他是我的朋友。"

"好吧，那你的朋友都是些罪犯！你爸就在我旁边，他说你因为写书的事情而在纽约很烦心。"

"我有什么可烦的？"

"那你是因为一个女人烦心了？"

"我和你说了，我没烦。而且我现在没有女朋友。"

"你什么时候有女朋友呢？我觉得你去年给我介绍的那个叫娜塔莉亚的女孩子是个不错的姑娘。为什么不再联系她了呢？"

"你曾经很讨厌她。"

"那你怎么不写书了？当你还是个大作家的时候，大家都很喜欢你。"

"我一直是一名作家。"

"快回家吧。我给你做些好吃的热狗和热苹果派，配上香草冰激凌，一放上去就会融化开来。”

“妈妈，我已经 30 岁了。我要是想吃的话可以随时给自己做热狗。”

“你爸爸已经不能再享受热狗的美味了，这是医生说的。（我听到父亲在后面嘟囔着，他还可以偶尔吃一下，母亲随即又把话重复了一遍：不能再吃热狗和其他垃圾食品了，医生说你吃了之后，什么都会堵上。）我的马可小宝贝，你爸说你应该写一本关于戈贝尔的书，你的事业就能重回正轨了。因为所有的人都在议论戈贝尔，因此所有的人也都会谈论你的书的。你为什么不回来家里吃饭，马可？你好久没吃我做的美味苹果派了。”

当我刚刚穿过康涅狄格的时候，为了收听电台里的新闻，我切掉了正在播放的歌剧音乐，哪知却听到警方透露的最新消息：媒体已经得知，在发现诺拉·凯尔甘骸骨的同时，也一并发现了《罪恶之源》的书稿，而哈里正是从他和这位小姑娘的恋情关系中得到了灵感，写出这本书的。也就是一个早上的时间，这桩案件的这些新发现就已经传遍了全国。刚过密斯提克，我就找了一个加油站给车加满了油。在那里，我看到一位加油工人一动不动地盯着电视上循环播放的新闻。我靠近了他，并让他把声音调大一些。他看着我惊讶的神色，对我说：“你没听说吗？这几个小时，大家都在谈论这个事情。你不是从火星上来的吧？”

“我刚才在开车呢。”

“啊，你车上没广播吗？”

“我刚才在听歌剧，歌剧能让我换换脑子。”

他上下打量起我来。

“我感觉在哪儿见过你。”

“是因为我长了一张大众脸吧。”

“不，我确定以前见过你……你曾经在电视上出现过，是吧？你是演员？”

“不是。”

“你是做什么的？”

“我是一名作家。”

“啊，对！去年，你的书在这里卖过。我还记得，你的照片就在书的封面上。”

他在书架之间来回翻找，想找到那本肯定已经不再卖的书，最终在仓库里面翻了一本出来。他带着胜利的神情跑回了柜台：“看，这是你吧！看看，这就是你的书，马库斯·戈德曼，上面还写着你的大名呢。”

“正如你所说。”

“嘿，你在写新书吧，戈德曼先生？”

“老实说，我还没什么新作品。”

“如果你不介意的话，我能问问你这是要到哪儿去吗？”

“去新罕布什尔州。”

“好地方。特别是那儿的夏天，你要去那儿做什么？去钓鱼吗？”

“是的。”

“钓什么鱼啊？那边有不少很好的、能钓到黑鲈的地方。”

“去钓烦心事。我要去那边找一个遇到麻烦的朋友，特别特别大的麻烦。”

“嘿，估计现在没有谁能遇到比哈里·戈贝尔更大的麻烦了。”

他大笑起来，热情地握了握我的手。在这个地方，见到名人还真是一件稀罕事。在上路之前，他给我冲了一杯咖啡。

这个案件颠覆了一切：不仅仅是在诺拉的骸骨旁边发现了书稿毫无疑问地加大了哈里犯案的可能性，更让人深感难以接受的是哈里写这本书的灵感源自他和这个15岁小女孩的爱情故事。今后人们会如何看待这本书呢？美国人是不是有病啊？当初竟然把哈里捧上天，让他成为明星作家。在对这一丑闻刨根问底之后，记者们开始探究各种可能促使哈里·戈贝尔杀害诺拉·凯尔甘的原因。是因为她要公开他们之间的恋情吗？还是因为她想要分手，而他因此失去了理智？在到新罕布什尔的途中，我把这些疑问一个个在脑子里过了一遍。我一度想把电台里的广播重新换成歌剧，以便让自己的脑子透透气。但是此时此刻，不去想哈里，我做不到。而每当想起他的时候，我同时又会想到那个在地下躺了30年的小姑娘，就躺在那一幢我认为度过了我人生最美好时光的房子里。

经过五个小时的车程，我终于抵达鹅弯。我开车的时候就没动脑子：为什么不是直接去康科德找哈里和洛特，却跑到这里来了？在一号大道的路边停着一排卫星转播车，而在通往戈贝尔那栋房子的小沙石路的岔路口旁，记者们还在进行着不间断的现场报道。正当我准备转一个方向的时候，所有人都围到了我的车旁，堵住了我的去路，想看看到底是谁来了。其中的一位认出了我，惊声道："嘿，这不是我们的大作家吗？马库斯·戈德曼来了！"人群骚动起来，摄像机镜头贴到了我的车窗上。我听到他们提出的各种各样的问题："你觉得这姑娘真是哈里·戈贝尔杀的吗？""你知道他的《罪恶之源》是为她而写的吧？""这本书应该会停卖吧？"我不想发表任何意见，一直关着车窗，太阳镜也始终挂在脸上。幸好现场的欧若拉警察分开记者和好奇的行人，同时也给我开出了一条道，让我能在桑树和高大的松树丛之间得以脱身，消失在小路上。我还能听见几个记者朝我大喊："戈德曼先生，你为什么会来欧若拉啊？你来哈里·戈贝尔家做什么？戈德曼先生，你为什么会在这里？"

为什么我会在这里？因为这是哈里的家，而他可能是我最好的朋友。就在那个时候，我才意识到这个让我都感到惊讶的事实：哈里是我拥有的最值得珍惜的朋友。我在高中和大学阶段，都无法与我的同龄人建立起任何亲密的、可以维持一辈子的友情。我的生活里只有哈里，对我来说，无论他是否真的犯下了受到指控的罪行，其实都不重要，都丝毫不会改变我对他的深厚友情。这是一种奇妙的感觉：我觉得我可能更希望自己能够恨他，能够像全国其他人那样朝他的脸上吐口水，这样或许还会更简单一些，但是这桩案件完全没有改变我对他寄托的情感。我顶多会对自己说，他也是一个人，人的身上都会有邪恶的一面。所有人都有邪恶的一面。问题只在于你对这个邪恶面究竟能够忍受到什么程度。

我把车停到了沙石铺就的停车场上，就在挑棚的旁边。哈里的红色科尔维特轿车还在车库的前面，他总是会把车停在那里。我仿佛觉得我的老师就在家里，就好像什么事情都没有发生一样。我想到屋子里边去，但是门被锁上了。这是我印象中第一次在这里被拒之门外。我转了一圈，发现警察们都走了，但是宅子的后门被各种横幅和标语给挡住了。我只能远远地看一看这个外延一直伸展到树林边界的大宅子。远处隐约可以看到院子里那个张开的大口子，由此足以想见警方当时的挖掘搜查是多么深入。而就在旁边，一些被遗忘的绣球花正在一点点地枯萎。我就这样差不多待了一个小时，然后听到身后传来汽车的声音。车上的人正是洛特，他是从康科德来的。一在电视上看到我，他就赶了过来。而他见到我的第一句话是："所以，你最终还是来了？"

"是的，为什么这么问？"

"哈里说你一定会来的。他说你是一个驴脾气，你才不会怕来这儿会不会把自己搅进这桩案件里。"

"哈里很了解我。"

洛特在他的衣服口袋里翻了一下，拿出了一张纸。

"这是他给你的。"他对我说。

我翻开纸，上面是用手写的一封信。

我亲爱的马库斯：

当你在读这封信的时候，证明你已经来新罕布什尔州打探你老朋友的消息了。

你是一个勇敢的家伙，对此我从不怀疑。我在这里向你发誓，我是清白的。但是，我想我会在监狱里待一段时间吧，你有更多重要的事情要做，而不是跑来掺和进我的事情里。为你的前程好好努力吧，好好写你月底就要向出版商交出的小说。在我看来，你的前程更加重要，不要在我的身上浪费时间。

祝好

哈里

附言：如果万一你不顾一切想在新罕布什尔州停留一段时间，或者不时来这儿逛一逛，鹅弯都是你的家。你可以在这里想待多久就待多久。我只想让你帮一个小忙：给海鸥们喂食，在阳台上放点面包。给海鸥喂食对我来说很重要。

“不要离开他。”洛特对我说，“戈贝尔需要你。”

我点了点头。

“这些事对他有什么影响？”

“太糟糕了。你看了那些新闻吗？所有人都知道那本书的事情。这对他来说简直就是大难临头。我知道得越多，就越想要帮他辩护。”

“消息是怎么传出去的？”

“我看是直接从检察官那儿传出来的。他们为了给哈里施压，就想用公众舆论来压垮他。他们想要哈里说出关于这件事的全部供词，他们很清楚，像这种已经过了 30 年的旧案子，没什么比供词来得更实在了。”

“我什么时候能见他？”

“明早以后。州监狱就在康科德的出口处。你要住在什么地方？”

“就这里，如果可能的话。”

他撅起了嘴。

“我不太确定。”他说，“警察封锁了他的宅子，因为这是案发现场。”

“案发现场难道不是那个坑所在的地方吗？”我问道。

洛特去看了看大门，然后很快绕着房子转了一圈，他回到我的身边，笑呵呵地朝我走过来。

“你觉得我现在可以在里边住下了？”

“我觉得你并没有被禁止住在里边。”

“我不是很确定我是否明白你的意思。”

“这正是美国法律的美妙之处，戈德曼：当没有法律的时候，你可以自己去编一个。如果他们和你争辩起来，你可以直接告上最高法院，而他们会判你上诉得直[1]，然后颁布带有你名字的判决书：戈德曼挑战新罕布什尔州政府胜诉。你知道为什么在这个国家，当你被逮捕的时候，警方要对你读出法律赋予你的权利吗？因为在20世纪60年代，曾经有一个叫埃尔纳斯托·米兰达的人因为承认自己有强奸行为而被判刑。后来，你肯定想象不到，他的律师辩护说这不公平，因为这位诚实的米兰达没上过几天学，他并不知道权利法案可以给予他保持缄默的权利。这个律师将这桩案子弄得尽人皆知，并上诉到了最高法院，而接下来你可能更想不到的是，这个傻瓜居然胜诉了。他自己供认的证词无效，米兰达在与亚利桑那州的官司中笑到了最后。自从这个事件之后，警察在将你关进监狱之前，就必须对你说：‘你有权保持缄默，并且有权聘请律师。如果你没有能力的话，我们将自动为你委派一位律师。’简单来说，这些我们在电影里听到的愚蠢至极的台词，源头都是从我们的老朋友埃尔纳斯托那里来的。这真是一件令人鼓舞的事情。戈德曼，北美的法律是集体工作的成果：所有人都可以参与其中。就住在这个地方吧，没有什么能阻止你这样做。如果警方胆敢来找你麻烦的话，你就对他们说这是法律的漏洞，告诉他们我刚才说的高级法院的事，并且威胁他们可能会遭受到巨大的利益损失。这样准能把他们吓跑。话说回来，我没有房子的钥匙。”

---

[1] 原审败诉的诉讼当事人向上诉法庭提出上诉，上诉法庭认为原审有误而撤销原审判决，并改判上诉方胜诉。含义与“驳回上诉”相对。

我从我的口袋里拿出了一串钥匙。

“当年哈里交给我的。”我说。

“戈德曼，你简直就是个魔术师啊。但是千万得注意，不要跨过警察设的警戒线。要不然，我们就会有麻烦了。”

“我保证不会。说到这儿，我想知道警方在封锁了房子之后有什么新进展吗？”

“没有什么进展。警察什么都找不到。这正是现在可以自由进入这幢房子的原因。”

洛特走了，我钻进了这幢空旷的大房子里。我把门上了锁，直接去到办公室里找那个盒子。但是它已经不在那里了，哈里究竟会怎么处置这个盒子呢？我真的很想找到它，于是我开始在哈里的书房和客厅里乱翻一气。可是依然徒劳无功。我决定认真地搜查房子里的每一层，想要找到一切能够帮助我搞明白 1975 年到底发生了什么事情的蛛丝马迹。诺拉·凯尔甘会是在这里面的其中一间房里被谋杀的吗？

最后，我发现了几本我以前从来没有看到过的相册。我拿出一本打开来，里面有我和哈里在我大学时代的照片。课堂上、拳击房里、校园里，在我们经常光顾的餐厅里。我甚至还发现了我被颁发学位证书时候的照片。而另外一本相册里则装了一些裁剪下来的关于我和我的书的报刊文章。一些段落被红笔圈了出来，或者画上了线。直到那时，我才知道，哈里一直以来都在很用心地关注着我的成长，他因此精心保留了所有相关的物件。我甚至找到了《纽瓦克日报》上的一段节选，它报道了一年半以前我曾经就读的费乐顿高中为我举办的庆典。他是怎么弄到这些文章的？我清楚地记得，那是 2006 年圣诞节的前几天：我的第一本小说突破了 100 万册销量大关。我曾经就读的费乐顿高中的校长有感于我所取得的成功的巨大声势，决定为我举办一个致敬的仪式，他觉得这是我应得的。

仪式是一个星期六的下午在学校的大礼堂里举行的，排场盛大，出席的有在校学生、毕业生代表以及当地的记者。在场的所有人都乖乖地坐在折叠椅子上，对面就是一块大大的幕布。校长致辞完毕之后，幕布被拉下，展现在大家眼前的是一个玻璃柜子，上面刻着：向从 1993 年到 1998 年就读于本校的神奇小子马库斯・P. 戈德曼致敬。玻璃柜子里面放了一本我的小说、我以前在学校发表过的一些文章，还有几张照片，以及我曾经穿过的曲棍球球衣和竞走队队服。

我笑着重新朗读了关于我的这篇文章。费乐顿是位于纽瓦克北部的一所分外安静的学校，里面的学生一点都不闹腾，我在这里度过了我的高中生涯，这深深地印在了大家的记忆里，当时老师和同学们都叫我“神奇小子”。然而，在 2006 年 12 月的那一天，当所有人都在这个象征了我的荣誉的玻璃柜前鼓掌的时候，却没有一个人知道我当年赢得这样的名声其实仅仅是得益于一连串的误会，一开始是偶然，到后来则是有意识地精心策划，结果就使我在费乐顿高中那漫长而美妙的四年里成为毫无争议的闪亮明星。

“神奇小子”的神奇之旅是从我高中一年级的时候开始的，这和我必须要为自己的课程补上一门体育课这件事密切相关。当时我想要不就选橄榄球，要不就选篮球。但是选这两个项目的名额是有限的。不巧的是，注册当天我很晚才来到报到处。“今天下班了。”教导处主任是一个体形肥硕的女人，她一看到我就这样对我说，“明年再来吧。”“求求你了，夫人，”我央求道，“我必须注册到一门体育课，要不然，我的考试就得挂了。”“叫什么名字？”她叹了一口气道。“戈德曼，马库斯・戈德曼，夫人。”“什么项目？”“橄榄球，或者篮球。”“这两项都已经满了，现在就剩下健美操和曲棍球没报满了。”

曲棍球还是健美操？这还不如干脆让我选瘟疫还是霍乱呢。我很清楚，假如我选了健美操的话肯定会招来同学的嘲笑，所以我毫不犹豫地选了曲棍球。但是，费乐顿过去20年都没有出过好的曲棍球队，以至于后来都没人愿意搭理这支球队了。所以球队里的人要么是被其他项目踢出来的，要么就是和我一样注册时来晚了的。就是这样，我加入了这支毫无战斗力的蹩脚球队，但是我在这里赢得了无限荣耀。为了使自己在学期结束之前被橄榄球队挖过去，我决定做出点成绩来让大家看一看。于是，我拿出了前所未有的动力疯狂训练，两个星期后，我们的教练在我身上看到了他期待已久的明星潜质。接下来没多久，我就被他选为球队的队长，我还没有出什么大力气就已经被大家公认为是校史上最优秀的曲棍球球员了。我毫不费力地打破了学校过去20年保持的进球纪录，但其实这个纪录本来就“不堪一击”。为此，我的名字还被刻到了学校的荣誉榜上，这还是一年级新生头一回享受如此殊荣。在这件事情以后，我吸引了全校师生的注意。我也一下子明白了，要想成为人们眼中的“神奇小子”，只需要显得跟别人不同就可以了，说到底，这其实也就只是一个会不会装腔作势的问题。

我很快就进入了角色。现在再也不考虑离开曲棍球队了，因为我唯一的目标就是不择手段地成为最好的那一个，成为聚光灯下的人，不计一切代价。当时还进行了一个叫科学小制作的比赛，得第一名的是一个叫莎莉的科学怪才，而我只排到了第16的位置。当在学校的阶梯教室里颁奖的时候，我费尽力气拿到了说话的机会，一开口就胡编乱造出了一个个我作为志愿者帮助智障患者度过周末的故事，我解释说，这些志愿活动大大地影响了我参加科学小制作的工作，而在最后结束演讲之前，我还从眼里挤出了泪水。“如果我能给那些得唐氏综合征的朋友带去一丝丝幸福，得不得第一对我来说真的不重要。”所有的人都被我感动了，这也使我成功地在老师和同学面前完全盖过了莎莉的风头。而出乎我意料的是，莎莉本人也有一个重度残疾的弟弟，听完我的故事之后，她拒绝领奖，执意要把一等奖让给我。经过这段插曲之后，我的名字不仅同时出现在了学校荣誉榜的体育板块和科学板块，还获得了一个特别的友情奖。可是，我私底下把这个荣誉榜叫耻辱榜，我耍的那些鬼把戏，我自然比谁都清楚。但是我已经无法停止这些“罪行”了，就好像被什么困住了一样无力自拔。一个星期之后，我打破了摇彩票销售的纪录，办法就是，我用两个夏天打扫市游泳馆前面草坪挣来的钱自己把彩票给买了。很快，全校的人都在说：马库斯·戈德曼是一个非比寻常的学生。而正是因为这些共识才导致全校的学生和老师开始叫我“神奇小子”，这个称号成了我的标签和我成功的砝码。我的名声马上传遍了我在纽瓦克所住的小区，这给我的父母带来了巨大的满足感。

这种“虚假”的名声让我有了去学拳击的想法。我一直对拳击这项运动充满热情，而且我一直都是一个爱动动拳脚的人。至于选择去离我家有一个小时火车车程的布鲁克林的一家俱乐部偷偷训练，那是因为在那里没人认识我，在那里我可以不那么完美。我去那里想要的是被比我强大的人击败的感觉，是可以在别人面前丢脸的权利。这是我唯一能够逃离那个由我自己创造出来的所谓“完美怪兽”的办法：在这家拳击俱乐部里面，“神奇小子”可以失败，他可以不那么优秀。而那个真正的马库斯由此可以重新走出来。因为如果不是这样的话，我追求第一的欲念就会一点点地超出想象的范围。我得到的越多，就会越怕失去。

到了我高中的第三年，由于学校财政紧缩，校长决定解散曲棍球队，这完全就是一支入不敷出的队伍。困境又重新降临到我的身上来了：球队的解散意味着我要重新选一门体育课。加入橄榄球队和篮球队听上去自然是不错的选择，但是我很清楚，加入其中的任何一支队伍都意味着我将遇到那些比我的曲棍球队兄弟们更有天赋、更加信心勃勃的队友。这样的话，我的光芒就有可能被掩盖，我就会重新变成一个默默无闻的小角色，或者更糟，直接“一落千丈”。当人们听说那个当年的曲棍球队队长，那个 20 多年来进球最多的纪录保持者只能在橄榄球队里面端茶倒水的时候，他们会作何感想？那两个星期，我一直烦闷不堪，一直到我听说学校里有一个极不为人知的竞走队时心情才好了起来。这是一支由两个需要趴着走路的矮胖子和一个手无缚鸡之力的“瘦猴”组成的队伍。这也是费乐顿高中唯一不参加高中联赛的项目。这样一支队伍让我可以完完全全不用担心遇到能与我相抗衡的人。于是带着轻松的心情，我毫不犹豫地加入了费乐顿竞走队。而就在入队之后的第一堂训练课，我就不费吹灰之力地打破了我那些平庸队友保持的纪录，而旁边果然也投来了我的粉丝和校长的爱慕眼光。

我的生活一直安好，直到我们的校长在看到我的可喜成绩之后，产生了那个荒诞的想法：他想组织一次地区内高中之间的竞走大赛，目的是为了让我为校争光，他十分确定他的学生“神奇小子”将夺取桂冠。在听到这个消息之后，我紧张万分，毫不松懈地练了整整一个月。然而，我很清楚在面对其他学校那些已经习惯了比赛的强手时，我什么都不是。我，只是一个绣花枕头、一块空心板：我马上就会让自己成为笑柄，而且还是在我自己的“领地”上。

比赛的那一天，整个费乐顿高中的学生以及一大半我所在社区的居民都前来给我加油助威。发令枪响，正如之前所担心的，我与其他参赛者的距离很快就被拉开。情势已经非常危急了，我的名誉也危在旦夕。这是六英里的长距离比赛，也就是说要围着体育场竞走 25 圈。这等于我要被羞辱 25 次。再这样下去，我肯定会最后一个完赛，被打败，名誉扫地，甚至还有可能被第一名套圈。我必须不惜一切代价挽救“神奇小子”的名声。于是，我铆足了全身的力气，积聚了我所有的能量，不顾一切地、疯了一般地冲了出去：在给我加油的欢呼声中，我冲到了领走的位置。这个时候，我开始执行我赛前精心安排的计划：在我暂时抢到第一位，并且觉得力气快要用光的时候，我就装作自己的脚被地面绊了一下，然后摔倒在地上，还虚张声势地转了几圈。一阵惊呼，一阵尖叫，最后，我的腿出人意料地摔断了。在付出了手术和两个星期在医院静养的代价之后，我的名誉才得以保全。在这场意外发生一个星期后，学校的日报上给我写下了以下一篇简报：

在这场史诗一般的比赛中，当“神奇小子”马库斯·戈德曼远远领先对手、胜利在望的时候，却成了赛道质量问题的牺牲品。他狠狠地摔在了地上，一条腿折了。

这成了我作为竞走运动员生涯的终结，也是我体育生涯的终结。因为受伤严重，我一直到高中结束时都不用再修体育课了。出于我坚韧不拔的精神和我做出的牺牲，学校在荣誉橱窗里增设了一块我的名牌，而那里已经放着我的曲棍球队队服了。我们的校长先生起劲地咒骂着费乐顿高中陈旧的硬件设施，他花费重金重新铺设了体育场的赛道。为了给施工筹钱，他削减了学校外出的预算，同时也禁止了下一年级学生所有的课外活动。

在我的高中结束时，由于我有优异的成绩，还有优秀毕业生证书和很多封推荐信，我需要做的就只是选一所好的大学。那一天下午，我躺在房间的床上，手里拿着三封录取通知书，一封是哈佛大学的，一封是耶鲁大学的，还有一封是马萨诸塞州无名学府巴若斯大学的。我要去的就是巴若斯。去一个好的大学，我可能会丢失我“神奇小子”的名号。哈佛、耶鲁，这样的大学起点实在太高。我完全没有兴趣去面对那些从全国四面八方来的精英，他们的名字肯定会写满学校的荣誉栏。而能让我的名字出现在巴若斯大学的荣誉栏上显然是一件更容易的事情。“神奇小子”可不愿意自折双翼。“神奇小子”想一直神奇下去。巴若斯大学对我来说再好不过了，在这所小学校里我肯定能发光发热。我完全不费力气就让我的父母相信，巴若斯大学的文学系在任何方面都比哈佛和耶鲁强。就这样，在那个 1998 年的秋天，我离开了纽瓦克，朝这个马萨诸塞州的小工业城市进发了。在那里，我认识了哈里・戈贝尔。

夜幕刚刚降临，我还一直坐在阳台上看着那些相册，重拾那些久远的记忆。就在这个时候，我接到了道格拉斯的来电，他好像刚刚经历了什么灾难似的。

“马库斯，我的上帝！我简直不敢相信你跑到新罕布什尔去了，你怎么不通知我呢！我接到记者的来电，他们问我你去那里干什么，而我完全还被蒙在鼓里。我是开了电视之后才知道的。趁现在还来得及，快回纽约来。这桩案件，你完全无法驾驭。你必须明天一大早就离开那个是非之地，马上给我回到纽约来。戈贝尔的律师很棒，你让他做好他的工作，你也应该好好想想你自己工作的事情了。15 天以后，你就得给他们交稿了。”

“哈里现在需要一个朋友待在他身边。”我说。

他在电话那头静了一会儿，然后低声嘟囔起来，似乎他直到现在才搞清楚这几个月他一直受到困扰的事情。

“你还没写出来吧？现在离巴尔纳斯基给出的最后交稿时间还剩下两个星期了，你还不赶紧把稿给我赶出来！是这样的吗，马可？你到底是在帮你的朋友还是在逃离纽约？”

“别说了，道古。”

电话那头又安静了一会儿，他接着道：“马可，快跟我说你现在已经想好写什么了，快跟我说你已经有一个大概的脉络了，快跟我说你去新罕布什尔也是出于别的原因。”

“别的原因？出于友情，这个原因足够吗？”

“浑蛋东西，你到底欠了他什么东西，才让你跑到那边去？”

“所有，所有的一切。”

“什么意思，所有？”

“这说起来很复杂，道格拉斯。”

“马库斯，你到底在和我说些什么，小浑蛋！”

“道古，我有一段故事从没有向你提起过……在我高中毕业的时候，我很有可能就误入歧途了。然而我遇到了哈里……他在某种程度上救了我。他给了我现在拥有的一切……没有他，我永远也不可能成为一名作家。故事就开始于1998年马萨诸塞州的巴若斯大学。我的一切都是他给的。”

29.
你会爱上一个15岁的小姑娘吗？

“我想教你如何写作，马库斯，不是要让你知道怎么写作，而是要让你成为一名作家。因为能写书，这可并不是什么微不足道的小事：所有人都会写作，但并不是所有人都能成为作家。”

“我们怎么才能知道自己是作家呢，哈里？”

“没有人会知道自己是不是作家。能不能成为一名作家是由其他人来决定的。”

所有记得诺拉的人都对她赞不绝口。说到她，人们都会想起她的温婉和体贴，她的多才多艺，光彩照人。她似乎总是乐呵呵的，就连最阴郁的下雨天也能被她的光彩照亮。她每星期六都会到“克拉克之家”当服务员，她灵巧地在餐桌之间穿梭，金黄色的头发像波浪一样在空气中舞动。她对每一位顾客都恭敬有加。所有人的目光都集中在她的身上。诺拉，就是这样一个单纯的小姑娘。

她是大卫·凯尔甘和路易莎·凯尔甘的独生女。这一家是来自亚拉巴马州南部杰克逊市的福音教徒，诺拉是于1960年4月12日在那里出生的。当她的父亲成为欧若拉最大社区圣雅各教区的牧师之后，凯尔甘一家人就于 1969 年秋天迁居到了欧若拉。当年，到教堂来的人总是熙熙攘攘。位于城南入口处的圣雅各教堂是一座恢宏的木质建筑，但如今已经不复存在了，因为财政紧缩，欧若拉和蒙布里市合并，教徒也越来越少。如今，在教堂的旧址上新建了一家麦当劳快餐厅。当年，凯尔甘一家人来到这里之后，就住进了一幢只有一层的美丽宅子里，就在特雷斯大道 245 号，这个房子也属于教区。六年之后，诺拉很可能就是从她卧房的窗户爬出去，然后消失在森林里的，那一天是 1975 年 8 月 30 日。

我到欧若拉的第二天早上就去了“克拉克之家”，而上面所说的这些情况就是那家餐馆的常客为我讲述的关于诺拉的最初描述。那一天清晨，我就睡醒了，不知道自己在这里要做什么，一下子就觉得烦躁起来。在沙滩上晨跑之后，我喂了喂海鸥，我在心里问自己，来新罕布什尔的原因应该不会就是给这些海鸟喂食的吧？我和本杰明·洛特约好了十一点在康科德见面，然后一起去看哈里。在此之前，因为我不想一个人待着，就到“克拉克之家”去吃了点煎饼。当我还是学生的时候，每次来哈里家，他都习惯一大早对我进行训练：天不亮他就会把我叫醒，用力摇晃我，然后叫我赶快穿好运动服。之后，我们会沿着大海慢跑、打拳。当他累的时候，就会摆出教练的姿态，停下来纠正我的动作和姿势，而我也很清楚他这么做其实只是为了喘口气。在晨练和慢跑中，我们经过了鹅弯和欧若拉市之间隔着的那几英里沙滩，顺着大沙滩的岩石路一直上去，随后又穿过了还在沉睡中的城市。城市的主干道还被笼罩在黑暗中，而远处初升的红日一点点地在餐馆窗户映衬下的海湾上升起。它是唯一这么早开门的店。店里很安静，路过欧若拉在此短暂停留的匆匆过客以及一声不吭大口吃着早餐的服务员是店里为数不多的客人。我们能听到店里的电台在不停地播放着新闻，声音极小，根本听不到播音员播报的内容。即便是清晨也很炎热，悬在屋顶的风扇无力地转动着，发出嘎吱嘎吱的声音。让顶灯周围的灰尘也跳动了起来。我们在 17 号桌旁边坐了下来，珍妮马上过来给我们送上了咖啡。她的笑容里总是带有母性的光辉。她对我说："我可怜的马库斯，是他让你这么早起床的吧？自从我认识他以来，他就一直都是这个样子。"说完，我们都笑了。

2008 年 6 月 17 日，虽然还是同样的早晨，但"克拉克之家"里面已是骚动不安。所有的人都在谈论这桩案件以及我的来访。那些我认识的老顾客都凑过来问我这件事是不是真的，哈里是不是和诺拉有一段恋情？他是不是真的杀了诺拉和德波拉·库佩？我回避了一切问题，径直走到 17 号桌的旁边坐了下来，这才发现那块原本钉在桌上的哈里的荣誉牌已经被摘走了。剩下的只有木桌上两个钉子被拔走之后留下的窟窿，还有变色的清漆上留下的金属牌印记。

珍妮过来给我上了杯咖啡，冲我礼貌地打了个招呼。她似乎有些忧伤。

"你要来哈里家里住吗？"她问我。

"是的，是你把那块牌子摘掉的吗？"

"是的。"

"为什么？"

"他是为那个小女孩写的这本书，马库斯。一个只有 15 岁的小女孩。我不能再把那块牌子留在那儿。这种关系真让人恶心。"

"我认为事情并非如此简单。"我说道。

"我个人认为，你不应该把自己卷到这桩案子里面来，马库斯。你应该赶快回纽约，远离这个地方。"

然后，我点了一些煎饼和香肠。一本沾了油的《欧若拉之星》被扔在了桌上，书的封面上方是一张哈里风华正茂时的大照片，带着令人尊重的神色，目光深邃，自信满满。下边是一张他准备进入康科德审判庭时的照片，铐着手铐，一副落寞的样子，头发散乱，疲惫不堪，面容十分憔悴。诺拉和德波拉·库佩的圆形肖像画也被放到了旁边。文章的标题是：《哈里·戈贝尔到底做了什么？》

厄恩·平卡斯比我来得稍微晚一些，他要了杯咖啡，坐在了我的身旁。

“我昨晚在电视上看到你了。”他对我说，“你要搬到这里来住吗？”

“是的，可能吧。”

“为了什么呢？”

“我不知道，是为了哈里吧。”

“他是无辜的，是吧？我无法想象他能做出这种事情来……这真是荒谬至极。”

“我什么都不知道，厄恩。”

在我的要求下，平卡斯向我讲述了几天前，警察是如何在鹅弯地下一米深处挖出诺拉的骸骨的。就在那个星期四，整个地区警车遍布，高速路上，警方的巡逻小队频频检查各种可疑车辆，甚至还来了一辆警方技术刑侦队的专车。各种警车汽笛长鸣，把整个欧若拉所有的人都搞得紧张兮兮的。

“当我们知道有可能是诺拉的骸骨时，”平卡斯对我说，“所有人都感到无比震惊！没有人相信这是真的：这么多年来，那位小姑娘原来一直就在那里，就在我们的眼皮子底下。我的意思是说，我去过哈里家多少次啊，就在阳台上，喝过多少次苏格兰威士忌酒……就差不多在她的旁边……马库斯，你真的觉得那本书是为她而写的吗？我不能想象他俩曾经相爱过……在这一方面，你知道些什么吗？”

我不想说什么，于是就用咖啡勺在杯子里转出了漩涡。我只是简单地说：

“问题很复杂，厄恩。”

过了一会儿，欧若拉警察局警长、珍妮的丈夫查韦斯·道恩过来坐到了我的桌子旁边。他也是我在欧若拉认识了很长时间的人之一。这是一个性格温和的人，60多岁，头发已经变白了，一看就是一个不管见到谁都面相和善、性格随和的美国乡村警察。

“很抱歉，我的孩子。”他一见面就冲我来了这么一句。

“为什么要说抱歉？”

“因为现在闹得沸沸扬扬的这件事。我知道你和哈里走得很近，你接受起来肯定很不容易。”

他是第一个关心我此时所想的人。我摇了摇头，问他：

“为什么以前我来这里的时候，从来没听人说起过诺拉·凯尔甘？”

“因为在我们重新找到她的尸体之前，这都是老故事了。这种旧事，都没人愿意提。”

“查韦斯，1975 年 8 月 30 日到底发生了什么？还有，在德波拉·库佩身上又发生了什么呢？”

“这件事真的让人难以启齿，马库斯，真可以说是骇人听闻了。那一天，因为我值班，所以亲身经历了这一切。那时，我还只是一个普通的警察，那个打到警察局总部的电话就是我接的……德波拉·库佩是一个慈祥的小老太太，自从她的丈夫死后，她就一直独居在河溪湾路的树林边上。你知道河溪湾路在哪儿吧？鹅弯过后再走两英里的地方，那片大大的树林边上。我对库佩妈妈还有很深的印象。那时候，我进警局还没多长时间，但是她常常给我们打电话。特别是在晚上，她经常因为她家周围的一些风吹草动报警。在树林边的这所大房子里住着，她难免会有些担心，所以时不时要人去她家里，算是给她吃颗定心丸。每一次，她都会为自己给警方带来的不便道歉，然后给他们拿一些糕点和咖啡。通常在第二天还会跑来警局给我们带点小东西。她真是个不折不扣的好心人，就是那种你会不厌其烦地帮助她的人。简单一点说吧，1975 年 8 月 30 日，库佩妈妈给警局打来了紧急电话，她在电话里说看到一个男人在那片林子里追赶一个年轻姑娘，我是那天唯一在欧若拉巡逻的人，于是我就马上赶到她家里去了。这是她第一次在白天给我打电话。我到的时候，她已经在门口等我了。她对我说：‘查韦斯，你可能会觉得我疯了，但是我真的看到了很奇怪的东西。’于是我到树林边巡查了起来，她就是在那儿看到的那位姑娘。最后，我发现了一块红布。我马上意识到事态严重了，于是立即把事情告诉了当时欧若拉警局的普拉特警长。他正在休假，但听到消息后也马上赶了过来。树林很大，即便我们两个人一起搜起来也不容易，但我们还是一点点朝着树林深处走去：一英里之后，我们发现了血迹、一些金色发丝还有一些红色碎布头。我们还没有时间去思考这些问题，就听到德波拉·库佩住的房子里传出了一声枪响……我们一起赶了回去，在厨房里发现库佩妈妈的时候，她已经倒在了血泊中。我们后来才知道，她后来又给中央警局打过电话，说那个她刚看到的女孩子躲到了她的家里面。”

“那个女孩子跑回了她家？”

“是的，当我们还在树林里的时候，她就这么重新出现了，身上带着血，想要寻求帮助，但是当我们赶到的时候，除了库佩妈妈的尸体，再也没有看到别的什么人。真是太荒诞了。”

“那个女孩就是诺拉？”我问道。

“是的。我们当时没过多久就查明了情况。首先是因为她爸爸在事发后不久给警局打了电话，说了她失踪的事情，后来，我们也知道了，当德波拉·库佩在给警局打电话的时候，也明确说了就是她。”

“那后来又发生了什么？”

“在库佩妈妈第二次报警之后，整个区域的警察都出动了。在经过河溪湾路旁边的树林时，一位副警官发现有一辆黑色的雪佛兰蒙特卡洛轿车在往北逃跑。于是警方马上派人前往追捕，但是即便设置了路障，还是让那辆车逃走了。接下来的几个星期，大家都在找诺拉，整个地区都被我们翻了个底朝天。可是，谁又能想到她就躺在鹅弯，埋在哈里的家里呢？当时，所有的迹象都表明她就在树林里的某个地方，于是我们无数次地进行了搜寻，从这片森林一直绵延到佛蒙特州，我可真不是在开玩笑。我们再也没能找到那辆黑色的轿车，再也没能找到那位小女孩。如果有可能的话，我们会搜遍全国，但是真的很遗憾，三个星期后，州警察局总部的高官们明确表示搜寻工作太过昂贵，而且结果太不确定，我们不得不停止了搜查。”

“当时你们有嫌疑人吗？”

他迟疑了片刻对我说：

“没有正式的嫌疑人，但是……我们怀疑过哈里。我们有我们的理由。我是想说，他才来欧若拉三个月，诺拉·凯尔甘就消失了。这种偶然很奇怪是吧？还有，当年他开的是什么车呢？就是一辆黑色的雪佛兰蒙特卡洛。但是，我们能收集到的资料还不充分。说到底，这份书稿正是我们33年来想要找的东西。”

“我不相信，不会是哈里干的。否则，他怎么可能在尸体旁边留下一个这么对他不利的证据呢？他又是为什么要叫那些园林工人在那个埋下尸体的地方挖坑呢？这完全说不过去啊！”

查韦斯耸了耸肩膀：

“相信我作为一个警察的经验：我们永远都想象不到一个人能做出什么事情来，特别是那些我们认为很了解的人。”

说完这些话后，他直起身来，亲切地和我说了声再见。“如果我能帮得上你什么忙，你千万不要客气。”在走之前，他这么对我说。而平卡斯，在他说完之后，马上带着怀疑的表情接过了话茬：“好吧，我从来都没想过警方会怀疑到哈里的头上……”我什么都没有说，只把报纸的第一页撕了下来，尽管时间尚早，但我还是带着那一页报纸踏上了去康科德的路。

新罕布什尔州州立监狱就在康科德城北面的北州大道281号。要从欧若拉到那个地方去，只需要在经过市政大厦商业中心之后驶出93号高速路，到假日酒店的拐角处转上北大街，然后再直着走十多分钟，经过花山公墓和河边一个呈马蹄形状的湖之后，就是绵延的铁丝网和刺铁栅栏，这一下就不用再怀疑走错地方了，再往前走一会儿，就出现了标明监狱所在的正式路牌，然后就可以看到一些红砖砌成的简陋房子，四周被一堵很厚的墙围着。最后，监狱大门的铁闸门终于出现了。而就在马路的另一边，还有一家汽车经销店。

洛特已经在停车场等着我了，嘴里还抽着一支廉价雪茄。他看起来倒还算平静，没有跟我打招呼，只是像老朋友一样拍了拍我的肩膀。

“是第一次到监狱来吧？”他问我。

“是的。”

“一定得放松。”

“是谁跟你说我不放松的呢？”

他向我示意了一下在旁边“严阵以待”的记者们。

“现在到哪里都能看到他们。”他对我说，“你千万别回答他们的任何问题。他们就是一群秃鹫，在你能给他们透露一些有爆点的新闻之前，他们是不会放过你的。你必须态度坚决，守口如瓶。否则，你所说的任何话都可能被曲解，到头来还是我们遭殃，我为哈里辩护的法子很可能就行不通了。”

“你的法子是什么？”

他带着很严肃的表情看着我：

“一概否认。”

“一概否认？”我把他的话又重复了一遍。

“他们之间的关系、绑架以及两项谋杀，所有这一切，我们都要坚持无罪。最终，我不仅会让法庭将哈里无罪释放，还要让新罕布什尔州政府赔偿哈里几百万美元的利益损失。”

“你打算怎么处理警方掌握的那份和尸体一块儿找到的书稿呢？还有，哈里不是已经承认他和诺拉之间的关系了吗？”

“这份书稿什么都不能证明！写小说可要不了人的命。况且，哈里也给出了站得住脚的解释：诺拉在失踪之前拿走了书稿。至于他们之间的那点关系，只不过是激情使然。不算什么太恶劣的东西，这并不能构成犯罪。你看好了，检察官什么都证实不了。”

“我和欧若拉的副警长查韦斯·道恩谈过，他说当年警方曾经怀疑过哈里。”

“胡说八道!”洛特回应道。他总是很容易在生气的时候忍不住怒骂几句。

“很显然，当时，嫌疑人开了一辆黑色的雪佛兰蒙特卡洛汽车。查韦斯说，这正好是哈里当时开的车的型号。”

“荒谬!”洛特越发气愤了，“但是这些消息还是有些用的。干得好，戈德曼。这就是我现在需要的信息。另外，你要是认识那些住在欧若拉的乡巴佬的话，就应该去了解一下，假如他们被传召到法庭作证的话，他们会对陪审团成员说些什么。你还要尽可能地了解哪些人是酒鬼，哪些人打过他们的老婆。因为一个酒鬼或者是打老婆的人是不会被当作可信的证人的。”

“这样的伎俩会不会太卑鄙了呢?”

“现在是在打仗，我的戈德曼。布什为了攻打伊拉克，把整个美国都给骗了，但这是必需的。看见了没，我们把萨达姆踢了出去，解放了伊拉克人民，世界变得更美好了。”

“大部分美国公民还是反对这场战争的。它就是一场灾难。”

他露出了失望的神情:

“哦不。”他说，“我敢肯定……”

“什么?”

“你这是要给民主党投票吧?戈德曼!”

“我当然要把选票投给民主党。”

“你看好了吧，他们会向你们这样的富人阶层征收重税的。到那个时候，你想哭都晚了。要管理美国，必须拿出点胆色来。大象[1]总比一头驴[2]的胆量要大些，这是基因决定的，没办法。”

“你还真让人大开眼界哈，洛特。总而言之，民主党实际上已经赢得了这场总统大选。因为共和党像你这样的美好战争论调早就在老百姓中变得

[1]译者注:美国共和党的象征。

[2]译者注:美国民主党的象征。

如此不受欢迎，以至于胜利的天平倒向了民主党那一边。”

他嘲讽地一笑，甚至露出了一副不敢相信的表情：

“得了，你可千万别跟我说你还真的相信这个！一个女人和一个黑人，戈德曼！一个女人和一个黑人！嘿，你可是个聪明人，别开玩笑好吗？谁会选一个女人或者是一个黑人来管理美国呢？你简直都可以就此写一本书了，当然应该是科幻小说。如果这都行的话，那下一次的候选者会是什么呢？波多黎各女同性恋者和印第安首领？”

由于我的要求，在通过了必要的手续之后，洛特就留下我一个人在哈里一直等待着的房间里单独跟他说几句话。他就坐在一张塑料桌子前面，穿着犯人的囚服，面容枯槁。当我走进去的时候，他的脸一下子有了些神色。他站起身来，我们久久地相互拥抱，随后坐在了桌子两边，沉默着。最终，还是他先开了口：

“我好害怕，马库斯。”

“我们会帮你摆脱困境的，哈里。”

“我在这里能看电视，能看到电视里面都在说些什么。我真的完了。我的事业就此终结了，我的生命也走到了尽头。这就是我下行曲线的开始：我感觉自己正在一点点往下坠落。”

“永远不要害怕跌倒，哈里。”

他的笑容里带着忧伤。

“谢谢你来这里。”

“这是朋友之间应该做的。我到鹅弯住了下来，还喂了海鸥。”

“你知道，假如你想回纽约的话，我完全理解。”

“我哪儿也不会去。洛特这个人有些滑稽，但是做事还算稳当。他说你会被宣布无罪释放的。我会留在这里帮他。我会用尽全力查明真相，为你洗去冤屈。”

“那你的新书呢？你的出版商这个月底就要让你拿出来吧？”

我把头低了下来。

“不会有什么小说了，我已经江郎才尽。”

“这是怎么回事，江郎才尽？”

我没有回答。为了转移话题，我把几个小时前在“克拉克之家”撕下来的那张报纸从口袋里拿了出来。

“哈里，”我说，“我需要搞清楚一些事情。我需要知道真相。我一直难以抑制地去回想那天你给我打的电话，你自问自己对诺拉做了些什么……”

“这是情绪波动的结果，马库斯。我当时刚刚被警方逮捕，我被告知，有权给一个人打电话，我当时唯一想到的人就是你。不是想对你说我被捕的事情，而是要告诉你，她死了。因为，你是唯一知道诺拉故事的人，而我需要找个人帮我分担一下我当时的痛苦……这么多年以来，我一直认为她还在什么地方活着，但是没有想到她已经死了很久了……我认为在任何情况下，我对她的死都是负有责任的，或许是因为我没能好好保护她吧。但是，我从来没有对她做过任何坏事，我保证，所有加到我身上的指控都是诬陷，我是无辜的。”

“我相信你，那你是怎么对警方说的？”

“真相，也就是说，我是无辜的。要不然，我怎么可能让人在那个地方种花呢？这完全是引火烧身的做法！我也对他们解释，我真的不知道为什么会在那个地方发现我的书稿。但是，他们也应该知道，我的那本书写的就是诺拉，是在她失踪之前为她而创作的。我还告诉警方，诺拉和我曾经彼此相爱，我们一起度过了一个夏天，也就是她失踪之前的那个夏天，结果，我从中得到了灵感，写出了一部小说。然后，我保留了两份底稿，一份是原稿，手写的，另一份是打印的。诺拉对我写的小说很感兴趣，甚至还帮着我一起创作。有一天，打印版的底稿丢了，我再也没能把它找回来。当时，正好是8月底，就在她失踪之前……我想应该是诺拉把它拿去看了，她有时会这么做。看完后会向我反馈一些她的想法，她总是不经我同意就自己拿去了。但是那一次，我再也不能问她有没有拿过我的底稿了，因为她没多久就失踪了。而在我这里剩下的就只是一份手写的书稿，那本书也就是你知道的《罪恶之源》，它在几个月后大获成功。”

“也就是说，你的这本书真的是为诺拉写的？”

“是的，我在电视上看到，现在这本书正被撤下书架。”

“那你和诺拉之间发生了什么？”

“一段爱情故事，马库斯，我当时疯狂地爱上了她，让我有些意乱情迷。”

“警察现在还掌握了其他什么对你不利的信息？”

“我不知道。”

“那个盒子呢？你那个装着信件和照片的盒子，我找不到了。”

他还没来得及回答，房间的门就开了，他向我示意，让我不要再说话。进来的人是洛特，他来到我俩的桌子前面。就在他坐下来的时候，哈里偷偷地把我放在桌上的笔记本拿了过去，在上面写了几行字，不过，我当时还没来得及看他写的到底是什么。

洛特首先详细解释了整个案子的进展以及相关的法律程序。在一个人讲了半个小时后，他问哈里：

“关于诺拉，你没有什么忘了告诉我的事情吧？我必须了解一切，这很重要。”

哈里静了一会儿，然后在盯着我们看了很长时间后，才开口说道：

“有些事情你们理应知道。1975 年 8 月 30 日，也就是诺拉失踪的那天晚上，她本来应该是来找我的……”

“来找你？”洛特把话重复了一遍。

“警察问过我，在 1975 年 8 月 30 日的晚上做了什么。我说，我到城外去了。其实我撒了谎。这是我唯一没有说真话的地方。那天晚上，我到了欧若拉郊区，在通往缅因州方向的一号大道旁边有一家小汽车旅馆，我当晚就在那家旅馆的房间里。那家旅馆叫‘海滨汽车旅馆’，这家店现在还在那里。当时，我就躺在8号房间的床上，像个少年一样抹了香水，手里拿着她最喜欢的蓝色绣球花，等待着。我们约好了在晚上七点见面，我一直在等，她却始终没有出现。到了晚上九点，那时她已经迟到两个小时了，可是她从来都不会迟到的。从不。我在盥洗盆里接上水，把花放进去，然后打开收音机放松一下。那是一个沉闷的暴风雨之夜，我感到太热了，西服简直都要把我勒晕了。我从我的口袋里拿出了那张字条，又重新读了十遍，甚至可能有上百遍吧。那是她几天前写给我的，其中，她向我表达爱意的那些字句，我永远也不会忘记：

不要担心，哈里，不要为我担心，我会自己想办法去那边找你的，在8号房间等我吧，我喜欢这数字，这是我最喜欢的数字。晚上七点在这个房间里等我，然后我们一起远走高飞。

我是那么爱你。心中充满柔情。

诺拉

“我还记得，当时收音机里传来了十点整点报时的声音。已经晚上十点了，诺拉还没有出现。我最后穿着衣服在床上睡着了。当我重新睁开眼睛的时候，已经是白天了。收音机还开着，当时播报的是早上七点的新闻：……在15岁少女诺拉·凯尔甘于昨晚大约七点失踪之后，整个欧若拉市都响起了警报。警方正在搜寻一切能给他们提供任何信息的人……在她失踪时，诺拉·凯尔甘身穿一条红裙……我一下子吓得跳了起来。我赶快把花丢到了一边，还没来得及穿衣服和整理头发，就火速赶回了欧若拉。房间是提前就付了钱的。

“我从来没在欧若拉见过那么多警察，看样子，各个地方的警车都赶过来了。在第一大道上，警方设置了路障，控制出入的车辆。我看到了警长加雷特·普拉特，他手上拿着一把滑膛枪。

"'警长，我刚听到了广播里的消息。'我对他说。

"'浑蛋，该死。'他答道。

"'发生了什么事情？'

"'没有人知道。诺拉·凯尔甘从她的家里失踪了，有人昨晚在河溪湾路边看见过她，之后，她就消失得无影无踪了。整个地区都被封锁了，还派了人去树林里搜查。'

"收音机里不停地传来有关诺拉的介绍：白人女孩，5 英尺 2 英寸高，100 磅重，头发为金黄色长发，绿色眼睛，身着红裙，脖子上戴着一条金项链，她的名字诺拉就刻在上面。

"红色裙子、红色裙子、红色裙子，收音机里不停地重复着。那条红色裙子是她的最爱，她是特地为我穿的。就是这样了，我 1975 年 8 月 30 日晚上就干了这些事情。"

洛特和我都有些惊呆了。

"你们当时是准备要私奔的？"我问道，"她失踪的那天，你们是打算一起私奔吗？"

"是的。"

"就是因为这个，你才认为这都是你的错吧，所以那天你在给我打电话的时候才会这么说。你们当时约好了见面，然而她在赴约的过程中失踪了……"

他点了点头，表情十分痛苦：

"我觉得要不是因为这次约会，她也许现在还活着……"

当我们从房间里走出来的时候，洛特对我说，他们当年策划的这次私奔简直就是一场灾难，这个消息不能让任何人知道。如果控方知道了的话，哈里必死无疑。我们在停车场分开了，我一个人回到车里，打开笔记本，看到了哈里在上面写下的话：

马库斯——在我的书桌上面有一个陶瓷的花瓶。在最里面，你可以找到一把钥匙，那是我在蒙特贝利的健身房更衣柜的钥匙。201号柜，所有的东西都在里边。把它们都烧了，我现在很危险。

蒙特贝利是欧若拉旁边的一个小城，需要朝内陆的方向再走十多英里。当天下午，我先去了鹅弯，在那个花瓶里找到了藏在一堆回形针当中的钥匙，然后我穿过鹅弯，赶到了哈里说的那个地方。在蒙特贝利只有一家健身中心，就在城中主干道上那座有玻璃外墙的现代化建筑里面。在空无一人的更衣室里，我找到了 201 号柜子，然后用哈里给我的那把钥匙打开了门，里面有厚运动衫、一些葡萄果糖、练哑铃用的手套，还有我几个月前在哈里家书房里找到的那个木盒子。所有的东西都在里边：照片、文章、诺拉写的信，我还发现了一沓装订好、发黄的纸页。首页上没有写一个字，没有什么标题。我朝后翻了翻：这是一份手写的底稿，我没读几行就知道这就是那本《罪恶之源》的底稿。这份几个月前我翻箱倒柜想要找到的底稿，原来就保存在这家健身中心的更衣柜里。我坐在长条凳上，心中夹杂着无限的热情和焦虑不安的情绪，开始用心浏览每一页的内容。书稿写得十分整齐，完全没有修改的痕迹。其间，人们来来去去，在旁边更换衣服，但我连眼皮都没有抬一下：我的双眼一刻也不能离开这份稿件。这就是我朝思暮想想要写出的巨著，而哈里就这么完成了。他坐在一家咖啡馆的桌子旁边，写下了那些让人叫绝的文字，那些无可挑剔的句子，写下了那本震撼了全美的书，那本里面巧妙地隐藏着他和诺拉·凯尔甘爱情故事的书。

在回到鹅弯之后，我一五一十地把哈里交代的事情都做了。我在客厅的壁炉里点上了火，把盒子里面的东西全都扔了进去：那封信，那些照片，那些裁剪下来的报纸，最后，还有那份手稿。“我现在很危险。”他在我的笔记本上是这么写的。但是，他说的到底是什么危险啊？火焰大了起来，诺拉的信纸化成了灰烬，照片也从四边到中心一点点缩小，最后完全消失在炙热的火焰中。手稿瞬间变成了一团明黄色的火焰，里边的纸页也散了开来，化身成了炉火。我坐在炉子前面，看着哈里和诺拉的故事就这样化成了灰烬。

1975 年 6 月 3 日　星期二

那天天气很糟。下午的时间就要过去了，沙滩上空无一人。自从他来到欧若拉之后，天空从来没有这么阴沉过，从来没有像这样乌云密布。狂风让大海翻腾了起来，伴着漫天的飞沫，发怒了一般。暴雨即将来临。是这样的坏天气促使他从家里走了出来：他沿着木质楼梯一直向下走，从他宅子的露台走进了沙滩，坐在了细细的沙子上。他的笔记本放在膝盖上面，他的笔很随意地划过了纸页：即将来临的暴风雨给予了他灵感，现在，他已经有了写出一本好书的思路。这几个星期，他已经为自己的新书想出了不少好点子，但是每一个都未能延续下去，不是在开头的时候遇到问题，就是在收尾的时候遇到麻烦。

雨点开始从天上飘落。一开始只是星星点点，然后瞬间大雨倾盆。他正想找个地方避避雨，她突然映入了他的眼帘。她光着脚走在沙滩上，手里拿着凉鞋，沿着海岸，在雨中和海浪一起曼舞。他惊呆了，愣愣地看着她，眼前的景象让他着了迷。她转着圈，但十分小心地不让海水浸湿她的裙摆。一不留神，海水漫过了她的脚踝，她惊了一下，却哈哈地放声大笑起来。她往前向着灰蒙蒙的大海又走了几步，打着转，将自己融到这无边无际之中，好像整个世界都属于她。她的金发随风飘舞，头上的黄色花形发卡让刘海儿乖乖地留在了额头。这时，天上的雨越下越大。

她突然发现他就在离她十多米远的地方，于是停了下来。因为被人看到而有些难堪的她大喊了起来：

“对不起……我没有看到你。”

他能感到他的心在跳。

“千万别说什么对不起。”他回答道，“继续，请你继续吧！这是我第一次看到有人这么喜欢下雨。”

她的脸上露出了美丽的笑容。

“你也喜欢吗？”她很急切地问道。

“什么？”

“雨。”

“不……我……我其实挺讨厌下雨的。”

她笑得越发美丽了。

“怎么会有人讨厌下雨呢？在我看来，没有什么东西比它更美了。看看！快看看！”

他抬起了头，雨珠打到了他的脸上。当他看到这千百万条细线在天地间划过时，他转了起来，她也跟着转了起来。他们都笑了，全身上下都已湿透。最后他们躲到了露台的柱子下面，他从口袋里拿出一盒香烟，有一半还没被大雨打湿，他点了一支抽起来。

“能给我一支吗？”她对他说。

他把那盒烟递了过去，她也抽了起来，而他彻彻底底地被迷住了。

“你是作家，是吧？”她问道。

“是的。”

“你是从纽约来的……”

“是的。”

“我有一个问题要问你：为什么要从纽约来这个没人知道的小地方呢？”

他笑了笑：“我想换换环境。”

“我很想去纽约看看！”她说，“我会在城里走上几个小时，看百老汇的所有演出。我会是一位小名人，纽约城里的名人。”

“真对不起。”哈里打断了她的话，“我们在哪儿见过吗？”

她笑了，还是那种让人愉快的笑容。

“没有，但是所有人都知道你是谁。你是位作家。欢迎你来到欧若拉，先生，我叫诺拉，诺拉·凯尔甘。”

他向她伸手致意，她却握住他的手臂，将她整个人撑了起来，踮起脚，在他的脸颊上亲了一下。

“我得走了，你不会告诉别人我抽烟的事吧？”

“不会的，我保证。”

“再见了，作家先生，希望我们还能再见面。”

她就这样消失在了雨中。

他此时整个人都已躁动不安。这个女孩子是谁？他的心猛烈地跳动着。他久久地站在露台上，一动不动，直到天空变成了漆黑一片。他已经分不清到底是雨还是夜幕降临。他在猜她大概有多少岁。她年纪还很小，这一点他很清楚。但是他已经完全被征服了，她点燃了他心中的火焰。

还是道格拉斯的电话将我拉回了现实。两个小时过去了，夜幕降临。在壁炉里，只剩下燃烧之后的炭火。

“所有人都在谈论你。”道格拉斯说，“没有人能搞清楚你到底来新罕布什尔做什么……所有人都认为，你在做你人生中最蠢的事情。”

“所有人都知道我和哈里是好朋友，我不能坐视不理。”

“但是这次不同了，马可。这一次事关谋杀，还有那本书。我想你还没有认清事态的严重性。巴尔纳斯基已经发怒了，他怀疑你根本就不可能给他们拿出新的小说来。他说，你跑到新罕布什尔躲了起来。我觉得他说的是实话……现在已经是 6 月 17 日了，马可。13 天后，交稿日期就到了。13 天后，就是你的末日。”

“我的老天，你难道觉得我不知道吗？你就是为了这个给我打电话？为了提醒我当前的处境？”

“不是，我给你打电话，是因为我现在想到了一个点子。”

“什么点子？说来听听。”

“写一本关于哈里·戈贝尔事件的书。”

“什么？不行，完全不行。我不会牺牲哈里来拯救我的事业。”

“为什么是牺牲？你跟我说你想去为他辩护，是吧？那么现在你就写一本书来证明他是无辜的吧。你应该想象得到，这会获得多大的成功吧？”

“用十天的时间来做这件事情？”

“我已经和巴尔纳斯基谈过这件事了，先要让他们平静下来……”

“什么？你……”

“你先听我说完，马可，别忙着和我抬杠。巴尔纳斯基觉得这是一次天赐良机。他说，由马库斯·戈德曼来讲述哈里·戈贝尔的案件，这绝对是一桩价值千万美元的买卖，很可能成为年度好书。他们已经准备好重新修订你的合同了，以前的事情一笔勾销：他们打算和你重签一份合同，之前的合同就当失效了，除此之外，还决定付给你50万美元的定金，你知道这意味着什么吧？”

这意味着：只要写这本书就能重振我的写作生涯，这肯定会成为最佳畅销书，肯定会收获巨大的成功，也肯定能给我带来一座金山。

“为什么巴尔纳斯基能给我开出这样的条件？”

“他不是为你而做的，为的是他自己。马可，你还没明白。现在所有人都在议论这桩案子，写一本这样的书，绝对能成为世纪经典。”

“我觉得我无能为力。我已经不会写作了，我甚至不清楚我是不是真的曾经写过什么东西。至于调查嘛……警察已经在做这个工作了。我也不知道他们是怎么调查的。”

道格拉斯坚持道：

“马可，这是你人生的一次重大机会。”

“我会考虑的。”

“当你这么说的时候，说明你根本没在考虑。”

最后的这句话把我们两个都逗笑了，他真的很了解我。

“道古……一个人真的可能爱上一位 15 岁的少女吗？”

“不会。”

“你为什么这么肯定？”

“我什么都不敢肯定。”

“爱情到底是什么东西？”

“马可，饶了我吧，现在别和我讨论这些哲学问题。”

“但是，道格拉斯，他爱她！哈里疯了一般地爱着这个女孩子。他今天在监狱里就是这么对我说的：当时，他就在他家前面的沙滩上，这时他看到了她，然后就一发不可收地爱上了她。为什么是她，而不是另外一个人？”

“我不知道，马可。但是我很想知道，你为什么会对戈贝尔这么死心塌地。”

“神奇小子。”我说道。

“他是谁？”

“神奇小子。一个在他的人生中不能再继续前行的年轻人，直到他遇到哈里才发生了改变。是哈里教会我如何成为一位作家的，是他让我知道，学会跌倒有多么重要。”

“你在说些什么，马可？你喝酒了？你成为作家的原因是你天赋异禀。”

“完全不是，没有一个人生下来就是作家，都是后天造就的。”

“这就是 1998 年在巴若斯发生的事情吗？”

“是的，他将他知道的全部传授给了我……我现在的一切都是他给的。”

“你不想跟我说说这个吗？”

“如果你愿意听的话。”

那天晚上，我向道格拉斯倾诉了我和哈里之间发生的那些事情。说完后，我走出屋子，向下走到了沙滩上。我需要呼吸新鲜空气。在漆黑一片的夜晚，我隐约看到了厚厚的云层：天空阴霾重重，暴雨将至。突然一下子起风了，树木开始猛烈地摇摆，似乎它们也听说了，哈里·戈贝尔的末日即将来临。

我很晚才回去。到大门口的时候，我发现当我不在的时候，有一个我认不清笔迹的人给我留了封信。信封很简单，没有多余的标记，在里面，我拿出了一封用电脑打出的信，上面写着：

快回你的家，戈德曼。

28.

学会跌倒的重要性

（马萨诸塞州，巴若斯大学，1998年—2003年）

“哈里，如果在你教给我的所有内容里只能留下一条，那应该是哪一条呢？”

“我把这个问题转回给你。”

“要我说的话，我觉得应该是：学会跌倒的重要性。”

“我非常同意。人生就是一次漫长坠落的过程，马库斯。最重要的就是要学会跌倒。”

1998年，一场冻雨使得整个美国北部和加拿大部分地区瘫痪，并在几天之内让数以百万计的受难者在漆黑中度过漫漫长夜。我和哈里就是在那一年相识的。那年秋天，我从费乐顿高中毕业，进入了巴若斯大学。校园里维多利亚式的建筑和预制板结构的屋子周围是大片大片修葺整齐的草坪。我就住在学生宿舍东侧一个别致的单间里，我的室友来自爱达荷州，名叫加尔德，他是一个热心肠的人，很瘦。这位好心的黑人兄弟戴着一副眼镜，他刚刚从一个大家庭的束缚里走出来，很显然对于他刚刚得到的自由还有些战战兢兢，总是要问能不能这样、能不能那样。

“我能买罐可乐吗？我能在晚上十点后才回学校吗？我能在宿舍里放食品吗？假如我生病了能不去上课吗？”我回答他说，自从宪法第十三条修正案生效以来，奴隶制就已经被废除了，他有权利去做任何他想做的事情。他听了之后，笑得很开心。

加尔德有两样必须做的事情：复习和给他妈妈打电话，向她报平安。而我呢，我只有一样事情要做，那就是成为一位有名的作家。我花了很多时间给校刊写短文。但是校刊只刊登了其中的一半，而且还是在最不起眼的版面上，在那些留给什么卢卡斯印刷店、福斯特尔清洁公司、弗朗索瓦理发店，又或者是朱力·胡花店等地方小公司做广告的角落里，根本不会引起任何人的注意。我觉得这种状况对我非常不公平，而且让我感到十分尴尬。说老实话，自从我入校以来，遇到了一个可怕的对手，叫多米尼克·雷恩哈慈，他当时是大三学生，写作技巧十分突出，在他面前，我多少显得有些黯淡无光。他借助校刊赢得了所有荣誉，每一次有新期刊出来的时候，我总会在图书馆里无意间听到其他学生在议论他时毫不吝啬的赞美之词。而唯一一直无条件支持我的人就是加尔德。每当我的短文从打印机里打印出来的时候，他就会热情满满地拿起来读，要是在刊物上发表了，他还会认真地再读一遍。新期刊出来，我总是想送他一本，但他总是坚持跑到期刊室去花两美元把它买回来，而这些钱都是他周末在校园里打扫卫生辛苦挣回来的。我认为，他一直对我有着无限的崇拜。他经常对我说：“你真是个有本事的人，马库斯……你这尊大佛是怎么跑到马萨诸塞州巴若斯这座小庙里来的？”初秋的一个夜晚，我们一起到校园里的草坪上躺着喝啤酒和欣赏夜空。加尔德的第一句话一如既往地是：我们能不能在校园里喝啤酒，然后又问晚上我们能不能到草坪上来，然后，他看到了流星在天空中划过，叫了起来：

“快许个愿，马库斯！许一个愿！”

“我许的愿是希望我们都能在人生中取得成功。”我对他说，“你的人生目标是什么，加尔德？”

“我只想做一个好人，马可，你呢？”

“我想成为一名大作家。我的书要有成百上千万的销量。”

他睁大了双眼，两个眼球在夜空中闪耀着，如同明月一般。

“你肯定能行的，马可，你是一个大好人。”

我心里在想，一颗流星或许是美丽的，但由于担心自己太过闪耀，所以才跑得很远。这一点倒是和我很像。

星期四，加尔德和我都不会错过大学里一位大人物的课，他就是哈里·戈贝尔。这是一个非凡的人，有魅力，有个性，是一位不同寻常的教师，学生们爱戴他，老师们也尊重他。他在巴若斯大学绝对是一个呼风唤雨的人物，每个人都听他的话，遵循他的意见。这不仅仅因为他是哈里·戈贝尔，伟大的哈里·戈贝尔，美国的名作家，而且还因为他气度非凡，有伟岸的身形，有天生的优雅气质以及既温暖又有力的声音。在教学楼的过道里和校园里的走道上，所有人见到他都会转过身来跟他打招呼。他是那么出名，学生们都很感激他能在这么小的一所大学里教课。大家都很清楚，假如他愿意的话，只要一个电话就能马上到全国最负盛名的讲坛上讲课。他也是全校唯一只在大礼堂里上课的老师，这个礼堂一般只有在举行学位颁发典礼或者是进行戏剧表演的时候才会开放。

1998 年也是莱温斯基事件发生的年份。这一年的美国总统性丑闻让全美民众惶恐不安地发现，荒淫无度之事已经侵入了这个国家最高层的机构，而我们受人尊重的总统比尔·克林顿不得不因为他让一位忠实的女实习生舔了他的私处这件丑事而在全国人民面前忏悔。这则桃色新闻就这样挂在了老百姓的嘴边：在校园里，所有人都只在谈论着这一件事，我们假惺惺地关心着我们的好总统将来会变成什么样子。

10 月末一个星期四的早上，哈里·戈贝尔以这样的方式开始了他的课程：“女士们、先生们，大家现在应该都很关心华盛顿现在发生的事情吧？

莱温斯基事件。你们应该知道，自从乔治·华盛顿以来，在整个美国历史上，只有两种情况才会让总统的任期终止，一种是公认的无耻之徒，例如理查德·尼克松；还有一种就是死亡。直至今日，已经有九位总统因为这两种情况的其中一种而任期终止。尼克松是自己辞职的，而另外八位都是在任上死亡，其中四位更是遭到了谋杀。可是，现在看来，美国总统的任期终止可以加入第三种情况了：口交，又叫'吹箫'。每一个人都应该想一想，当我们的总统解下他自己的裤子的时候，他还是我们那个能干的总统吗？我们从这件事情当中也能看出美国人都热衷于什么：有关性的故事，有关道德的讨论。美国就是'小弟弟'的天堂。几年以后，你可能就会发现，没有人还记得我们的克林顿先生曾经挽救国家的经济于水火之中，在参议院由对手共和党人把持的情况下，他依然治国有方，还让拉宾和阿拉法特握手言和。相反，所有的人都会记得莱温斯基事件，因为'吹箫'事件，女士们、先生们，它会一直刻在人们的记忆里面。不过，这又有什么大不了的，我们的总统也喜欢时不时让人吸一下自己的私处，那又能怎么样？我想，他肯定不会是唯一的一个。今天在座的各位有谁也喜欢做这种事情？"

讲完之后，哈里停了下来，他的眼光在讲台下巡视。整个教室里鸦雀无声：大多数学生都在低头看自己的鞋子。坐在我旁边的加尔德也闭上了双眼，以免与哈里的目光交接。此时，坐在最后一排的我突然举起了手。哈里示意让我站起来，并说道：

"我年轻的朋友，请站起来。好好站起来，让大家都清清楚楚地看看你，你也说说你的心里话吧。"

我自豪地站在了我的椅子上。

"我喜欢被人'吹箫'，就像我们的好总统一样，老师。我的名字叫马库斯·戈德曼。"

哈里把他讲课时才戴的眼镜朝下拨了拨，他好像是被逗乐了一般，看了看我。此事过了很久之后，他向我坦白："那天，当我看到你的时候，马库斯，看到那个站在椅子上身体强健、自信满满的年轻人时，我对自己说：天哪，这真是块璞玉啊。"可是在当时，他只是简单地问我：

"告诉我们，年轻人，你是喜欢小伙子给你口交还是姑娘呢？"

"姑娘，戈贝尔老师。我是一个普通的异性恋者和一位美国良民。愿上帝保佑我们的总统，保佑美国这片性自由的国度。"

全体学生都惊呆了，接着是哄堂大笑，掌声雷动。哈里一边高兴地笑着，一边向同学们说：

"大家都看到了吧，今后再也没有人会用同样的眼光来看待这位可怜的青年了。所有人都会说：这就是那位喜欢性爱的恶心家伙。从此，他的才华、他的品行都已经不重要了，他将会被打上'吹箫先生'这个烙印。（他又向我这边看了看）'吹箫先生'，现在你能否告诉我们，为什么在你的同学都选择保持缄默的时候，你要向大家透露这些个人隐私呢？"

"戈贝尔老师，因为在'小弟弟'的天堂里，性能让一个人迷失，也能把一个人推向顶峰。我也想趁大家现在都在看着我的这个机会告诉你，我写的短文很棒，已经在校刊上刊登了。下课后，想买这些文章的人可以过来找我，每本售价五美元。"

下课后，哈里在教室的出口处找到了我。同学们已经几乎将我准备的校刊抢购一空，他正好买下了最后一本。

"你总共卖了多少本？"他问我。

"我带来的都卖完了，一共 50 本。另外大家还向我订了 100 本，定金都已经预付了。我是两美元买来的，现在我卖五美元一本。而且校刊委员会的一位成员刚刚跟我说，让我去当这本刊物的主编。他说我给校刊做了个大大的广告，而这样的事情，他也是头一次见到。哦，我差点忘了：有十多个女孩子给我留了她们的电话。你说得很对，我们就是活在一个'小弟弟'的天堂里。每个人只要恰如其分地把握这种性自由就好了。"

他笑着朝我伸出了手。

“哈里・戈贝尔。”他这么介绍自己。

“我知道你是谁，先生。我是马库斯・戈德曼。我的梦想是成为一位伟大的作家，和你一样，我希望我写的东西你能喜欢。”

我们紧紧地握了握手，他接着说：

“亲爱的马库斯，我毫不怀疑，你一定能走得很远。”

实际上，那天我去得最远的地方就是文学系系主任达斯丁・佩尔加勒的办公室了。他气冲冲地把我叫了过去。

“年轻人，”他紧紧扣住靠背椅的扶手对我说，带着鼻音的声音略显兴奋，“你是不是今天在礼堂上课的时候说了一些污言秽语？”

“污言秽语？没有。”

“你是不是还当着300名同学的面，高声赞美了一番口交呢？”

“我谈了谈‘吹箫’这件事，先生。这我不否认。”

他翻了个白眼。

“戈德曼先生，你是否承认在一句话里使用了诸如上帝、保佑、性、异性恋、同性恋、美国等字眼？”

“我不记得具体是怎么说的了，不过，是的，里面确实有这些字眼。”

他努力保持冷静，然后一字一顿地说：

“戈德曼先生，你能和我解释一下，在什么样的话里能出现这些淫秽的词呢？”

“哦，主任先生，请你放心，这和淫秽二字毫不相关。这只是一种简单的对上帝、对美国、对性、对所有衍生出的行为的赞美。左边、右边、前边、后边，各个方向，你应该懂我的意思吧。你应该很清楚，我们美国公民是很热衷于祝福这一件事情的吧。这源于我们的文化，每当我们开心的时候，都会忍不住祝福一番。”

他的眼睛又朝天上翻了翻。

“你是不是后来又在下课后，在礼堂的大门口摆了一个摊儿自行贩卖校刊？”

“一点都没错，先生。但是我本意并非如此，我很乐意给你解释一下。那些文章是我花了很长时间写的，但是编辑总是把我的文章排到不起眼的角落里。我因此需要给自己做些广告，要不然没人会看我的文章。如果没人看的话，写作的目的是什么呢？”

“是淫秽小说吗？”

“不是的，先生。”

“我想看看。”

“我很乐意。五美元一本。”

佩尔加勒这回真的被激怒了。

“戈德曼先生，我想你还没搞明白事态的严重性！收起你‘语不惊人死不休’这一套吧，其他学生都已经开始抱怨了。现在这种情况对你、对我、对所有人都很不好。你在课堂上估计是说了（他看着桌子上面的一张纸读了起来）：‘我喜欢被人“吹箫”……我是一个普通的异性恋者和一位美国良民。愿上帝保佑我们的总统，保佑美国这片性自由的国度。’但是看在上帝的分儿上，你能告诉我，你这到底是在演哪一出好戏吗？”

“这只是实话实说，系主任先生，我真的是一位简单的异性恋者和一位美国良民。”

“我不想知道这个。没人会在意你的性取向，戈德曼先生！你在你的双腿之间喜欢做的事情，也不关你的同学的事！”

“但我仅仅只是回答了戈贝尔老师的问题。”

听到这一句话，佩尔加勒一下子噎住，几乎说不出话来。

“你……你说什么？戈贝尔老师的问题？”

“是的，他问谁喜欢被吮吸私处，而我当时正好举了手，因为我觉得不回答别人提出的问题不是什么礼貌的行为。就是这样了。”

“戈贝尔教授竟然问你喜不喜欢被……？”

“就是这样的，你应该很清楚，系主任先生。这是克林顿总统的错，总统做的事，大家也都想跟着做。”

佩尔加勒起身到墙上挂着的文件夹里翻出了一份文件，然后重新坐回到办公桌前，直勾勾地看着我的眼睛。

“你到底是谁，戈德曼先生？给我介绍一下你自己吧。我很好奇，你是从哪儿来的。”

我回答说，我 20 世纪 70 年代末出生在纽瓦克，母亲在一家大商店里工作，父亲是工程师；我来自一个普通的美国中产阶级家庭，是家中的独子，智商超群，而童年和青少年时期过得还算幸福；高中是在费乐顿度过，在那里获得了“神奇小子”的名号；我是巨人队的球迷；14 岁的时候戴过牙套；假期曾在俄亥俄州的姨妈家和佛罗里达州的祖父母家度过，为的是去晒晒太阳和品尝那里的橙子；都是些稀松平常的经历；没有过敏史，没有需要上报的严重疾病；在八岁的时候，曾经在童子军夏令营的活动中吃鸡肉中毒；喜欢狗，但不喜欢猫；常做的运动有曲棍球、竞走和拳击；梦想是成为一位有名的作家；从不抽烟，因为这会导致肺癌，早上起来的时候口气会很不好闻；适度喝酒，最喜欢的饭菜是牛排和奶酪空心粉；会时不时吃吃海鲜，特别是在佛罗里达的乔・斯通螃蟹餐厅里吃海鲜，尽管我母亲说因为我们的信仰，吃这些东西可能会给我带来噩运。

佩尔加勒纹丝不动地听完了我的自述，当我结束的时候，他只对我说：

“戈德曼先生，你还是省省你这些故事吧。我刚才已经看了你的资料。我打了几个电话，也和你在费乐顿高中的校长谈了一下。他说你是一位成绩优异的学生，你完全可以选择去最好的大学。那么请你告诉我，你到这里来干什么？”

“不好意思，系主任先生你的意思是？”

“戈德曼先生，你不去哈佛、耶鲁，跑到巴若斯来干什么？”

我在礼堂里上演的这一幕彻头彻尾地改变了我的人生，尽管这差点导致我不能继续在巴若斯上学。当时，在和我谈话结束后佩尔加勒对我说，他要好好想一想，可是到了最后，这桩事情也就这么不了了之了。

很多年以后，我才知道，佩尔加勒当时坚持认为，出过一次问题的学生今后还会出问题，于是他就想把我劝退，是在哈里的坚持下，我才得以留在巴若斯。

在这件难忘的事情发生后的第二天，我被推举来接管校刊，为它注入新的活力。我延续了“神奇小子”的一贯作风，注入的新活力就是停止刊登雷恩哈慈的作品，接着又霸占了头版的文章。不久之后，我偶然在学校的拳击房里撞见了哈里，这是我入校后就经常光顾的地方。然而，这是我第一次在那里看到他。这个地方门可罗雀，巴若斯大学里喜欢拳击的人少之又少。除了我之外，经常来的就是加尔德，在我的劝说下，他同意每隔两个星期的星期一来陪我练上几个回合，因为我实在是需要一个同伴，最好是很弱的那种，这样我才能确定每次将他击倒。因此，每隔差不多 15 天，我就能略带快感地为那个自己想一直拥有的“神奇小子”封号除一除锈迹了。

星期一，当哈里来训练房的时候，我正忙于对着镜子练习防守姿势。他穿着运动服和他穿西装时一样优雅。进来的时候，他冲我远远地打了个招呼，对我说：“我真不知道你也喜欢拳击，戈德曼先生。”然后，他在房间的一个角落里自己冲着沙袋练了起来。他的动作无可挑剔，敏锐而又迅捷。我多么想去告诉他，在他那次上课之后，我是怎样被佩尔加勒给叫去的，又是怎样说起“吹箫”和言论自由的事情的，告诉他我成了校刊的主编，而我个人又是多么崇拜他。但是，太多的忌惮令我没能走过去和他搭话。

之后的一个星期一，他又出现在了拳击房里。那时候，正赶上我每两个星期“修理”一次加尔德的时候。在拳击台的旁边，他饶有兴致地看着我不折不扣、毫不顾惜情面地“修理”了一顿我的同伴。看完之后，他对我说，他觉得我是一个很不错的拳击手，他自己也想为了保持体形把拳击这项运动再重新拾起来，因此他很乐意听一听我的意见。当时的他已经有55岁了，但透过他肥大的T恤，我仍能依稀看到他健硕的身材。他还是可以很灵活地击中对手，由于年轻时打下的基础很好，他的步伐虽然有些迟缓了，但仍然很稳固，他的防守和反应仍然无可挑剔。我建议他先拿沙袋练一会儿，结果我们一练就是一晚上。

之后的一个星期一，以及接下来的星期一，他都来了。我似乎成了他的私人教练。就是这样，哈里和我因为拳击训练开始慢慢走得越来越近了。我们通常会在训练结束之后在更衣室的长凳上聊一会儿，也利用这点时间让身上的汗干一干。三个星期后，发生了一件可怕的事情：哈里走上拳击台跟我打了三个回合。很明显，我不敢和他玩真的，他却毫不留情面地在我的下巴上用右拳来了几次重击，几次将我击倒在地。他乐坏了，说有好多年没这么酣畅淋漓地打过比赛了，甚至连自己都忘了这种美妙的感觉。在将我像个软蛋一样狠狠地教训了一顿之后，他邀约我一起去吃饭。我把他带到了巴若斯大学一条很热闹的主干道上，那里有一家学生餐厅。我们一边吃着多油多汁的汉堡包，一边谈论着书籍和写作。

“你真是一位优秀的学生。”他对我说，“知道的东西真不少。”

“谢谢，你看我的新小说了吗？”

“还没有。”

“我十分想知道你读过之后有什么看法。”

“嗯，好吧，朋友，如果这样能使你感到高兴的话，我向你保证，我会去看一看，然后告诉你我的想法。”

“可千万别给我留情面啊。”我说道。

“一言为定。”

他管我叫朋友，这真的让我喜出望外。那天晚上，我给爸妈打电话跟他们分享了这条喜讯：才来大学几个月，我就和伟大的哈里·戈贝尔先生吃上饭了。我那高兴得快要疯掉的母亲，听完后马上给所有认识的人打了电话，告诉他们，她的天才儿子马库斯，她的小马库斯，“神奇小子”已经和文学界的高层人士有了来往。马库斯会成为一位伟大的作家，这已经是板上钉钉的事。

拳击训练之后一起共进晚餐已经成了我们星期一晚上的惯例，那个时间，没有什么事情能够打扰我们，我作为“神奇小子”的虚荣心也一次次得到满足。我和哈里的关系让我得到了某些“优待”：每次星期四上他的课的时候，别的同学发言，他最多称呼他们某某先生、某某女士，而我则被他亲切地叫作马库斯。

几个月后，就是一二月份的时候吧，那时圣诞假期刚刚过完。我借着一次星期一晚上和他吃饭的机会，又一次问他对我的短篇小说是怎么看的。直到那时，他还没有对此发表任何看法。他犹豫了一会儿，问我：

“你真的想知道吗，马库斯？”

“是的，说出你的看法吧，我就是来向你学习的。”

“你写得很好，你很有才华。”

我乐得脸都红了。

“其他的呢？”我迫不及待地大声问道。

“你很有天赋，这毫无疑问。”

这时，我已经乐得找不着北了。

“那在你看来，我还有什么地方要改进的吗？”

“哦，那当然了。也许你不知道，你很有潜力，但是说到底的话，其实我没读到什么好东西。老实说，真的很糟。没有任何价值。其他所有你在校刊上发表的文章也一样。我们为了印刷这种类型的文章来砍伐树木等于是在犯罪。全国肯定没有足够的树用来印刷这个国家所有‘烂笔头’写出的文章来。写作得要花费更多的精力。”

这当头的一棒让我又惊又气。事实证明，哈里不仅是文学界的巨匠，也是一个大浑蛋。

“你说话一直都是这个样子的？”我气恼地问他。

他整个人都被我逗乐了，带着审视的样子看了看我，似乎很享受当时的那一刻。

“你觉得我怎么样？”他问我。

“真是难以忍受。”

他哈哈大笑起来。

“你知道吗，马库斯，我很清楚你是什么样的人。不知天高地厚的井底之蛙，你大概以为纽瓦克就是世界中心吧。这倒和中世纪的欧洲人有些相似，直到他们乘船到达了大洋彼岸，才发现其实大多数的文明都比他们更加先进，他们为了遮丑，甚至进行了野蛮的屠杀。我想说的是，马库斯，你算得上是一块好材料，但是如果你不多努力的话，很可能会浪费自己的才华。你写的东西很不错。但是任何方面都需要再修改：风格、句子、构思、观点。你需要多质疑自己，然后多进行修改。你的问题就是你还不够努力。你很容易满足，当需要斟词酌句的时候你却不假思索，这我可以感觉得出来。你觉得自己就是天才吧？嗯？那就错了。你的作品可以用马虎了事来形容，这样的东西一文不值。所有的工作都需要重来，你明白我的意思吗？”

“我不确定……”

我已经怒火中烧了。即便他是戈贝尔，也不应该这样和我说话。他怎能和一个曾经被人追捧为“神奇小子”的人说这样的话呢？

他又接着说道：

“我要给你举一个很简单的例子。你的拳击打得还不错。这是事实，你知道在拳击场上应该如何去战斗。但是你得仔细看看，和你较量的只是那个瘦弱的可怜家伙，你每次把他教训得服服帖帖之后的那个得意劲儿，看了真让我想呕吐。你只和他较量，因为你确定自己能打败他。这就可以显示出你的懦弱。马库斯就是一个胆小鬼、一个软蛋，他什么都不是，什么都算不上，只是个虚张声势、唯唯诺诺的人。你总想耍些鬼把戏骗人，更糟糕的是，你居然乐此不疲。你需要找一个真正的对手！拿出一点勇气来吧，在拳击场上谁也骗不了谁，拳击场是一个真正让我们知道自己有几斤几两的地方：要么我们击败对手，要么被对手击败，我们不能自己骗自己，也骗不了别人。而你呢，你总是用尽一切办法让自己光彩夺目。你就是我们所说的招摇撞骗的人。你知道为什么校刊会把你的文章放到最后吗？因为写得太差了。相反，为什么雷恩哈兹的文章总能引起一片赞誉呢？因为它们写得很好。本来这是一个激发你自我超越、疯狂工作然后写出更好文章的契机，结果却只是让你用尽了坏点子来抹去雷恩哈兹。你只是希望把你的文章发表出来，却从不质疑你自己的工作态度。如果我没猜错的话，你一生大概都是这样的一个人，我没说错吧？”

我已经怒不可遏了，于是高声回击道：

“你根本什么都不知道，哈里！在中学的时候，人人都很喜欢我，我是他们眼中的‘神奇小子’。”

“但是，看看你自己吧，马库斯，你不会学着跌倒！你害怕跌倒。如果你再不做出改变的话，你将会变成一个没有思想和无趣的人。我们活在这个世界上，怎么能不学会跌倒呢？看看你自己吧，我的天，你来巴若斯大学是要做什么？我看过你的材料，我曾经和佩尔加勒争论过，他差不多要把你赶出巴若斯大学了，我的小天才。你本来可以去上哈佛和耶鲁的，或者说你愿意的话，所有常春藤的大学你都可以去上。但是你跑到这里来了，因为上帝很不幸地让你天生胆小如鼠，因此你根本没有勇气去和那些真正的对手进行较量。我同样也和费乐顿高中的校长通过电话，他真是被你玩弄于股掌之中的可怜家伙。他用带着泪的声音向我讲述了‘神奇小子’的故事。马库斯，你来这里的原因完全是因为你知道自己在这里能保住你费尽心思打造的那个‘战无不胜’的形象，而这个形象在现实生活中完全不堪一击。你在来这里之前老早就知道你完全没有‘跌倒’的可能。我知道你的问题是什么，你还根本没有意识到学会跌倒的重要性，如果你继续如此的话，这会成为你最后失败的原因。”

说完后，他在餐巾纸上写下了一个在马萨诸塞州洛威尔的地址，离这儿有一个小时的车程。他对我说，这是一个拳击俱乐部的地址，每个星期四，在这个地方都会举办面向全体大众的比赛。说完便离开了，留下我一人结了账。

之后的那个星期一，戈贝尔没有来拳击房，接下来的那个星期一也没来。在课堂上，他开始称呼我先生，言谈也显得傲慢起来。我最后决定在一次下课后去找他。

“你不会再去拳击房了吗？”我问他。

“我很喜欢你，马库斯，但是正如我和你所说的一样，你只是一个自以为是的爱哭鬼，我的时间很宝贵，我不想把它浪费在你的身上。你在巴若斯找不到自己的位置，我也对此无能为力。”

一气之下，就在那个星期的星期四，我开了加尔德的车子，去了哈里跟我讲过的那家拳击俱乐部。那是在工业区的厂棚里，一个可怕的地方。里边的人真不少，空气里弥漫着汗臭味和血腥味。在中央的拳击台上，正在进行着一场引起众人围观的激烈较量。观众甚至都把身子贴到了场边的护栏上，粗野的尖叫声此起彼伏。我还是怕了，想逃跑，我想认输，但是还没来得及跑，一个身形硕大的黑人突然站到了我的面前。后来我才知道，他正是这家俱乐部的老板。他对我说：“是来打拳的？白人佬？”我说是的，于是他把我领到更衣室换衣服。一刻钟后，我已经站在拳击台上了，对手正是他，我们要进行的是两回合的对决。

我一辈子都忘不了那天晚上他给予我的那一顿痛打，当时我差不多以为我要死了。这就好像一场大屠杀一样，在现场的嘘声和喧闹声中，一个从纽瓦克来的白人学生乖乖仔被彻头彻尾地狠狠修理了一顿。即便我早已遍体鳞伤，但还是坚持撑到了规定时间结束的时候，这对我来说是尊严的问题。当结束的钟声敲响时，我狠狠地倒在了地上，被击败了。我虽然被打得伤痕累累，但感谢老天爷还是让我活了下来。当我重新睁开眼睛的时候，我看到哈里正俯身看着我，手里拿着一块毛巾和水。

“哈里，你怎么会在这里？”

他小心地用毛巾擦拭着我的脸，笑着说：

“我的小马库斯，你的勇气超越了你的理智：那人估计比你重 60 多磅……你这场打得太漂亮了，我真的很为你感到骄傲……”

我努力着想站起身来，他阻止了我。

“别动，我想你的鼻子是断了。你真是好样的，马库斯。我已经料到了，但是你用实际行动证明了我的猜想。在这场比赛之后，你向我证明了我从见到你第一天起就对你寄予的希望并不是无用的，你用自己的行动证明了你可以面对自己，超越自己。从今往后，咱们可以算作真正的朋友了。我想对你说，你是我这些年见过的最出色的人。毫无疑问，你会成为一位伟大的作家，我会助你一臂之力的。”

在洛威尔具有里程碑意义的“惨败”之后，我和哈里之间真正的友谊也算是揭开了序幕。从此，他白天是我的文学课老师，而在星期一晚上就成了那个简简单单的哈里、我的拳击训练伙伴。在某些假日的午后，他又是我的良师益友，想要教我如何成为一位真正的作家。我们通常会在星期六的下午找一家学校附近的餐馆，并在里面的一张大桌子旁边坐下。这样，我们就可以把书和纸页铺开，他会重新读一读我的文章并给出意见，然后重新构思我的词句。“一篇文章总是能挑出毛病。”他对我说，“只是有时候，有一些文章看起来没有那么糟糕而已。”在我跟他碰面之前，我会花很长时间在我的房间里工作，重新修改我的文章。就是这样，那个总是在生活中如鱼得水的我，那个觉得可以蒙骗得了所有人的我，开始遇到了一块硬骨头。但怎么能把他叫作硬骨头呢？哈里·戈贝尔成了第一个，也是唯一让我学会面对自我的人。

哈里不仅仅满足于教我写作，他还教我如何开拓精神世界。他会带我去看歌剧、看展览、看电影。在波士顿的歌剧院里，他说一段演绎得很好的歌剧会让他落泪。他总是觉得我和他很像，他也会经常和我提起他以前的作家生活。他对我说，是写作改变了他的人生，这种变化就发生在20世纪70年代中期。我还记得，有一天我们一起到特内特里吉那边欣赏退休老人合唱团的表演，就在那个时候，他向我敞开了尘封多年的记忆。他是在1941年出生于新泽西的本顿，母亲是一位秘书，父亲是一位医生，而他是家里的独子。我想，他的童年是很幸福的，没有太多值得讲述的事情。在我看来，他的人生故事真正的开端是在20世纪60年代末，当时，哈里刚刚结束了自己在纽约大学文学院的学业，之后就在皇后区的一所高中里当语文老师。但是，很快他就感受到教室带给他的局限性，一直以来，他只有一个梦想，那就是写作。1972年，他发表了第一部小说，对此他寄予了厚望，但是，这本书的发行量很小。于是，他就决定迈出人生重要的一步。“有一天，”他对我说，“我把银行里所有的积蓄都取了出来，整装待发。我对自己说，是时候应该写出一本好书来了。我开始在海边找房子，想在那里安安静静地待几个月，平心静气地写作。最后，我在欧若拉找到了一幢房子，我马上就知道，这正是我想要的。我在1975年5月底离开了纽约，把家安到了新罕布什尔，以后再也没有离开那里。因为，在那年夏天写出的那本书为我打开了荣誉之门。是的，马库斯，就是在那一年，在我搬到欧若拉之后，我写出了《罪恶之源》。我用版税买下了这幢房子，在里边住了下来。这是一个非同凡响的地方，你会看到的，你得抽时间来看一看……”

2000年1月，我第一次来到了欧若拉。那时正好是圣诞节假期，我和哈里已经认识有差不多一年半了。我记得，当时我给他带了一瓶酒，还给他的妻子准备了一束鲜花。哈里在看到我手里捧着的一大束鲜花后露出了奇怪的神色，他对我说：

“鲜花？这太有意思了，马库斯，你是要向我坦白些什么吗？”

“这是给你的妻子的。”

“我的妻子？但是我没有结过婚啊。”

我突然意识到，尽管我和他认识已久，但是我们从来没有谈论过他的私人生活。看来，没有什么哈里·戈贝尔夫人，没有什么哈里·戈贝尔一家，只有戈贝尔一个人，孤孤单单的一个人。戈贝尔是因为在家里一个人太无聊，才想和他的一个学生交朋友吧。这个猜想是我在看到他的冰箱后得出的结论。在我来到之后不久，哈里和我就坐到了墙壁上装饰着墙裙和书架的客厅里，哈里问我要不要喝点什么。

“柠檬水？”他向我建议道。

“行啊。”

“冰箱里，我特意为你准备了满满一壶。你自己去拿吧，请给我也倒一杯过来，谢谢。”

我照他说的去做了。当打开冰箱的时候，我发现里面空空如也，只是孤零零地站着一壶柠檬水，可以看得出来是用心做的，里面还有星形的冰块、柠檬皮和一些薄荷叶。这真是一个单身男人的冰箱啊。

“你的冰箱真空，哈里。”我回到客厅的时候对他说。

“哦，我待会儿会去买点东西，请见谅，我不习惯有客人来家里做客。”

“你一个人住在这儿？”

“当然，你还想让我和谁一起住？”

“我是想说，你没有家人吗？”

“没有。”

“没有妻子，也没有孩子吗？”

“什么都没有。”

“连个女朋友都没有？”

他苦笑了一下：“没有女朋友，什么都没有。”

我在欧若拉的第一次短暂居住让我意识到，哈里的形象是多面的：他在海边的宅子很大，但是也很空。哈里·L.戈贝尔是美国文学界的明星人物，是受学生敬重爱戴的老师，魅力无限、风度翩翩、优雅、拳击练得很棒、神圣不可侵犯。可是当回到在新罕布什尔小城的家里的时候，他就是一个普通的哈里，一个在生活上已退无可退、有时略带哀愁的人。他喜欢在他家下面的沙滩上散步，很久很久，喜欢给海鸥喂一些干面包。他把面包就放在一个上面刻有“缅因州，洛克兰留念”字样的白铁皮盒子里。我想，在这个男人的生命里到底发生过什么事情，让他变成了今天这个样子？

哈里和我的友情不可避免地招来了闲言碎语，这让我很难堪。其他学生看到我和哈里的关系很亲近，都在猜想我和哈里是不是同性恋人。某一个星期六的下午，在受够了我的同学的风言风语后，我贸然地问他：

“哈里，你为什么一直单身啊？”

他摇了摇头，眼睛里闪现出了光芒。

“你是在和我谈论爱情吗，马库斯？但是，爱情这件事情很复杂，非常复杂。这可能是最美妙的事情，也可能是最坏的事情。你将来会知道的。爱情有可能会让人很难受。但是你千万不要害怕尝试，特别是不要害怕坠入爱河，因为爱情同样可以是很美好的，和其他一切美好的事情一样，它能将你诱惑，也能让你伤心欲绝。这也是为什么我们通常在相爱之后会痛哭流涕的原因。”

自从那一天之后，我开始常常到哈里在欧若拉的家里拜访。有时候，我从巴若斯来只待一个白天，有时候又会在那里过夜。哈里教我如何成为一个作家，而我也竭尽所能让他少一点感到孤独。在接下来的那些年里，一直到我的大学生活结束之前，我在校园里认识的是明星作家哈里·戈贝尔，而在欧若拉，我陪伴的则是那个普普通通的哈里，孤单的哈里。

2003 年的夏天，在巴若斯大学里待了五年后，我获得了我的文学学位。颁发学位证书的那一天，在礼堂里举办了庆典后，我代表毕业生进行了发言。我的家人和朋友也从纽瓦克赶来，在他们充满深情的眼里，我还是那个“神奇小子”。后来，我和哈里在校园里随便走了走，顺着梧桐树下，不知不觉中又走到了拳击房。当天阳光很明亮，是美妙的一天。我们最后一次瞻仰了那些沙袋和拳击台。

“所有的故事都是从这里开始的啊。”哈里说，“你之后准备干吗？”

“回纽约，写书，成为一名作家。这是你教给我的东西，成为一部伟大小说的作者。”

他笑了：“一部伟大小说？耐心一点，马库斯，你还有一辈子的时间来完成这件事情。你会时不时回到这里来吧？”

“当然。”

“欧若拉永远恭候你。”

“我知道，哈里，谢谢。”

他看看我，拍了拍我的肩膀。

“从我们相识的那一天起，到现在已经过了几年。你变了很多，现在是个真正的男人了。我已经迫不及待地想要看到你的第一部小说了。”

我们久久地互相注视着对方，他又说道：“说到底，你为什么想要写作呢，马库斯？”

“我不知道。”

“这不算是一个答案。为什么你要写作？”

“因为，写作流淌在我的血液里……当我早上醒来的时候，这就是我第一件想到的事情。我所能说的就这么多了，那你呢？哈里，为什么你成了一名作家？”

“因为，写作为我的生命赋予了意义。或许你还没有发现：生活本身，一般是没有意义的。除非你努力为它赋予一种意义，每天努力奋斗，完成上帝赐予的这个目标。你才华横溢，马库斯，给你的生命赋予一些意义吧，让凯旋之风向你吹过来。要成为作家，首先要学会真正地生活。”

“那要是我不行呢？”

“你肯定行的，这会很难，但是你肯定能行。当写作开始赋予你生活的意义的时候，你就是真正的作家了。而在那一天到来之前，千万不要害怕跌倒。”

我用接下来的两年时间写出了把我推向顶峰的小说。有好几家出版商想要买下我的底稿，最后在2005年，我和纽约久负盛名的施密特・汉森出版社签下了一份让我收益不菲的合同。而它的总监罗伊・巴尔纳斯基，作为一名精明的商人，还和我签下了接下来五本书全球出版的代理合同。2006年秋天，我的第一本书刚一出版就收获了巨大成功。费乐顿高中的“神奇小子”成了有名的小说家，但新的生活也让我有些不知所措：我只有28岁，而我已经很富有、很有名、才气非凡。我万万也想不到，哈里对我的警告才刚刚开始。

27.
在那里，我们种下了绣球花

“哈里，我对我正在写的东西很不确定。我不知道我写得好不好，是不是值得我花这么大工夫……”

“把你的运动短裤穿上，马库斯。出去跑步吧！”

“现在？但外面正在下暴雨呢。”

“省一省你的抱怨吧，胆小鬼。雨可杀不了人。如果你没有勇气在雨里奔跑的话，就没有勇气写出一本书来。”

“这算是你给我的又一条建议吗？”

“是的，对于你在生活中扮演的所有角色：男人、拳击手、作家，这个建议都同样有效。有一天，当你对你正在做的事情感到怀疑时，就去跑步吧，直到跑得快要失去意识。然后你就会感到内心中升起一种征服的欲望。你知道吗，马库斯，以前我也很讨厌下雨……”

“是什么改变了你的看法呢？”

“某个人。”

“谁？”

“快出发吧！现在就走，不到筋疲力尽不要回来。”

“你什么都不告诉我，还能指望我学到什么呢？”

"马库斯，你的问题实在是太多了。好好跑步去吧！"

这是一个外表随和、身形矫健的男人。一个有着一双大手的非裔美国人，紧绷的上衣包裹着他强壮有力的身躯。我第一次见到他的时候，他用手枪指着我，这还是第一个用武器威胁我的人。这个人在2008年6月18日星期三走进了我的生活，那一天也是我正式开始调查诺拉·凯尔甘和德波拉·库佩谋杀案的日子。那天早上，在鹅弯整整待了48个小时后，我觉得是时候去看一看宅子旁边那个被挖了足足有20米深的坑了。此前，我只是满足于站在远处观望，而这一次，从警察拉起的警戒线下面钻过去后，我久久地审视着这块我熟悉的土地。鹅弯被沙滩和海滨森林环抱着，屋子附近没有设置任何栅栏或者是标明私人属地的禁行标志。无论是谁都可以随意进出，因此在这里经常可以看到有人沿着沙滩散步，或者穿过附近的树林。那个大坑就位于露台和树林之间，在可以俯瞰大海的一块草地上。当我向前走去的时候，脑海中翻腾着千万个问题，尤其让我脑袋发涨的是，我曾经在这个露台上，在哈里的书房里度过了那么多个小时，而那个女孩的尸体一直就沉睡在那里。我用手机拍了几张照片，甚至还录了几段视频，心中一直想象着那具尸骸支离破碎的情形，当警方发现它的时候应该就是那个样子吧。我整个心思都陷入了犯罪现场，以至于我完全没有意识到后面有人在一点点靠近。正当我转过身来想要量一量从犯罪现场到露台的距离时，我突然看见有一个男人在离我只有几米远的地方拿枪指着我。我大叫起来：

"别开枪！别，天哪！我是马库斯·戈德曼！我是一名作家！"

他听到我这样说后，立刻放下了他的武器。

"你就是马库斯·戈德曼？"

他把枪放回到了腰带上挂着的枪套里，我随即发现了他身上佩着的徽章。

“你是警察？”我问道。

“加洛伍德警长，州警察局犯罪调查科的。你在这儿做什么呢？这可是犯罪现场啊。”

“你经常这么干吧，拿枪指着人？我要是联邦调查局的人呢？你看起来也不像什么好人。我命令你马上离开这个地方。”

他放声大笑起来。

“你？警察？我观察你已经有十多分钟了，你为了不弄脏你的鞋子，踮着脚走路。联邦调查局的人可不会一看到武器就吓得尖叫起来。他们会拿出自己的武器，朝着所有在走动的物体开枪。”

“我看你像个歹徒。”

“因为我是黑人吗？”

“不是，因为你长了一张歹徒的脸，你戴的是印第安人的吊坠吗？”

“是的。”

“已经完全过时了。”

“你不会不准备告诉我你到这里来干什么吧？”

“我住在这里。”

“什么？你住在这里？”

“我是哈里·戈贝尔的朋友，他让我在他不在家的时候帮忙照看房子。”

“你真的是疯了！哈里·戈贝尔现在被指控双重谋杀，他的房子已经被搜查过了，现在不准任何人进入。我可以逮捕你，我的老兄。”

“但是，你没有在他的房子上贴查封的印条。”

他迟疑了一会儿，然后回答我道：“我还真没想到一个毛头小作家竟然会跑到这里来‘占山为王’。”

“你得学会思考，尽管这对警察来说并不是一件容易的事情。”

“我还是得逮捕你。”

“这是法律的漏洞。”我高声道，“没有查封印，也没有禁入令。我就待在这儿不走了，要不然，我就把你拉到最高法院去，我会告你持械威胁罪。我会让你赔偿上百万美元的损失费。我可是什么都录下来了。”

“是洛特教你这么做的吧？”加洛伍德叹了口气。

“是的。”

“呸，真是个坏东西。要是能为他的客人摆脱罪名的话，他可以把他的母亲放到带电的椅子上去。”

“这是法律的漏洞，警长先生，这是法律的漏洞。我希望你不要因此而迁怒于我。”

“我当然要生气。不过，不管怎么说，这个屋子对我们来说也没有什么意义了。只是，我命令你不要越过警方设置的警戒线，你不会不识字吧？上面写着‘犯罪现场—请勿跨越’呢。”

在打了一场漂亮的“翻身仗”后，我掸了掸衬衣上的灰尘，朝坑的方向走了几步。

“警长，你要知道，我正在调查此案。”我正儿八经地解释道，“所以，你最好把你知道的此案相关情况都跟我说一下。”

他又扑哧一声笑了。

“我不是在做梦吧：你在调查？这还真是件新鲜事儿啊，另外，你还欠我 15 美元呢。”

“15 美元？为什么？”

“这是我买你的书的时候付的价钱。我去年刚把它读完。写得实在太糟糕了。毫无疑问，这是我读过的最差的书，所以我要向你索赔。”

我直勾勾地看着他，说：“一边凉快去吧，警长。”

由于我没有看脚下而一直向前走，一不小心就掉进坑里了。我又大叫起来，要知道，诺拉当时就是死在了这个坑里。

“你真是不可理喻！”加洛伍德站在坑的斜坡边上怒吼。

他把手伸给我，帮我爬了出来。我们一起坐在了露台上。我想付给他钱，但是我只有一张 50 美元的钞票。

“你有零钱找吗？”我问他。

“没有。”

“那拿着，不用找了。”

“谢谢啊，作家。”

“我已经不是作家了。”

我很快就看出，加洛伍德警长是一个性子很急而且很倔强的男人。不过，在我三番五次的要求下，他还是告诉我，在尸体被发现的那天，他正好值班，他是第一批站在这个坑边的人之一。

“当时，我们看到了一些尸骨的残骸，一个皮包，上面刻了诺拉·凯尔甘的名字。我把它打开，看到了一份书稿，保存得还算不错。我想这应该是皮革起了作用。”

“你们是怎么知道这份书稿属于哈里·戈贝尔的呢？”

“当时我并不知道，我在审问室里把这个东西拿给他看，他立刻认了出来。我随后也对书进行了检查，结果发现和他 1976 年出版的《罪恶之源》一字不差，而书的出版就是在这桩惨案发生后不到一年的时间。这可是天大的巧合，不是吗？”

“他为诺拉写了一本书并不能证明就是他杀死了诺拉。他跟我讲过，这份书稿曾经遗失过，现在看来，是诺拉拿走了它。”

“我们在他家的花园里找到了这个女孩子的尸体，旁边一起被发现的还有他的书的底稿。请给我找出足以证明他清白的证据来，我的作家，也许那样，我会改变我的判断。”

“我想看看那份书稿。”

“不可能，这是证物。”

“但是，我和你说过，我也在调查此案。”我继续说道。

“你的调查，我没兴趣，作家。只要在戈贝尔出庭受审以后，你就可以马上了解到案件的相关信息。”

我想证明我并不是闹着玩的，我也对案件有所了解。

“我和欧若拉现在的警长查韦斯·道恩谈过了。显然，在诺拉失踪的时候，他们得到了一条线索，就是那辆黑色的雪佛兰蒙特卡洛。”

“我知道这件事情。”加洛伍德答道，“你可能猜不到吧，我的福尔摩斯先生，哈里·戈贝尔当时就有一辆黑色的雪佛兰蒙特卡洛。”

“你怎么知道雪佛兰的事情？”

“我看过这个案件的档案。”

我想了想后说：“等一等，警长，如果你这么聪明的话，请告诉我，哈里为什么会让人在他埋下诺拉的地方种花呢？”

“他可能以为花匠不会挖得那么深。”

“这完全说不通，你自己也能想明白。哈里根本就没有杀诺拉·凯尔甘。”

“你怎么就能这么肯定呢？”

“他爱她。”

“他们这些人在审讯的时候都会这样说：‘我太爱她了，以至于我杀了她。’可是，当我们爱人的时候，我们不会杀人。”

话音刚落，加洛伍德就从椅子上站了起来，意思是他和我的谈话结束了。

“你这就要走了，警长？我们的调查才刚刚开始啊！”

“我们的调查？也许你应该说是我的调查吧。”

“我们什么时候再见面？”

“永远不会了，我的作家，永远不。”

他没说“再见”就直接走了。

加洛伍德没把我当回事儿，而查韦斯·道恩则是另外一种情况。不久之后，我就在欧若拉警察局找到了他，并且把前一天晚上发现的匿名信交给了他。

“我来找你是因为我在鹅弯发现了这个。”我一边说一边把信放到了他的桌子上。

他拿起来读了读。

“快回你的家，戈德曼。这是什么时候发生的事情？”

“就在昨天晚上。我从沙滩上散步回来的时候，发现这封信被卡在入口处的门洞里。”

“我猜你并没有看见……”

“什么都没看见。”

“第一次发生这种事情？”

“是的。哦，对了，我在那儿只待了两天。”

“我会把你说的情况登记备案。小心一点，马库斯。”

“我感觉好像是我妈在和我说话。”

“别这样，这是个严肃的问题，不要低估了这种事情在情绪方面的影响。我能留下这封信吗？”

“它属于你了。”

“谢谢，我还能为你做点什么？我想，你来这里肯定不仅仅是为了和我讨论这张小字条吧。”

“如果你有时间的话，我想请你陪我去趟河溪湾路，我想去看一看当年的案发现场。”

查韦斯不仅答应带我到河溪湾路去，同时还带我“回到”了33年前。我们坐在他的巡逻车上，一起又重新走了一次当年他在接到德波拉·库佩电话后所走的那条路。从欧若拉开始，我们沿着第一大道朝缅因州方向进发，这条路一直沿着海边，在经过鹅弯几公里后，我们来到了河溪湾路旁边的森林，而在和河溪湾路交叉的那条路的尽头就是德波拉·库佩曾经居住的地方。查韦斯转了一个弯，我们就来到了那幢房子的面前。这是一个别致的屋子，面朝大海，周围都是树林，看起来风景很美但太过偏远。

“真是一点都没有变。”当我们绕着房子观看的时候，查韦斯对我说，“油漆似乎重新刷过，比以前更亮了一些，而其他的部分和原来一模一样。”

“现在，谁住在这里？

“一对从波士顿来的夫妇，他们每年夏天都会在这里待两个月。他们通常是 7 月份来，8 月底就走了。其他时间，这里就没有其他人了。”

他把我带到了后门，从那里一进去就是厨房。他又说道：

“我最后一次在德波拉·库佩还活着的时候看到她，就是在这扇门的前面。当时，普拉特警长刚刚赶到。他让她乖乖地在房间里待着，不要害怕，然后我们就出发去森林里搜查了。谁能想到，就在 20 分钟后，她就被一颗子弹击中了胸膛呢？”

查韦斯一边说着，一边朝着森林的方向走了过去。我知道，他是要回到 33 年前，他和普拉特警长一起走过的那条小路上。

“普拉特警长现在怎么样了？”我跟上他的脚步问道。

“他已经退休了，一直住在欧若拉，住在山岭大道。你肯定和他碰过面，他是一个在任何场合都穿着高尔夫球裤的健壮家伙。”

我们慢慢地深入树林。透过茂密的枝叶，我们可以看到沙滩，就在树林的下边。走了一刻钟后，查韦斯在三棵笔直的松树前面停了下来。

“就在那里。”他对我说。

“那里什么？”

“就在那里，我们发现了血迹，一些金色的发丝还有一块红色的布料。真是太残忍了。我永远都能认出这个地方：石头上没有青苔了，树也都长高了，但是对我来说，一切都没有改变。”

“你们接下来做了什么呢？”

“我们知道，肯定发生了严重的事情，但是我们根本没有时间在这里多停留哪怕一秒钟，因为我们听到了那声枪响。这真是太不可思议了，我们居然什么都没有找到……我想说，我们肯定在某个时候碰到过那个小女孩或者是杀死她的人……但我们怎么就能让他溜了呢……我想，他应该是躲在树林里的某个地方，然后他堵着她的嘴不让她出声。树林太大了，要想不被人发现并不是一件困难的事情。我猜想，她一定是趁凶手一不留神挣脱了魔爪，然后跑到德波拉的屋子前寻求帮助。而他也跟着跑到了这幢房子里来找她，然后就终结了库佩妈妈的生命。”

“所以，当你们听到枪声的时候，就立刻回到了屋子里。”

“是的。”

我们顺着原路往回走，然后重新来到了德波拉的屋子里。

“所有的一切都是在厨房里发生的。”查韦斯说，“诺拉从树林里赶来寻求帮助，库佩妈妈把她接进家里，然后到客厅给警察打了电话，告诉我们这边的情况。我知道，电话就在客厅里，因为在此一个小时前，我曾经用它给普拉特警长打过电话。而当库佩打电话的时候，凶手趁机溜进厨房来抓诺拉。就在那个时候，库佩出现了，于是他当场将她打死，然后带走了诺拉，用车把她掳走了。”

“那辆车在哪儿？”

“就在一号大道的边上，紧挨着这片该死的树林，我带你去看看。”

离开了那幢屋子后，查韦斯又把我带到了林子里，但是，这次走的是另外一个方向。他在树林中带着我穿行，步伐坚定不移。过了不久，我们就来到了第一大道。

“黑色的雪佛兰就在那里。当年，路两边的树木并没有像现在这样被清开，而那辆车就被隐藏在灌木丛的下面。”

“我们怎么知道这就是凶手所走的路线？”

“从屋子到这里一直有血迹。”

“那车呢？”

“人间蒸发了。就像我之前跟你说过的那样，一位副警官当时从这条路上赶来支援我们，他无意中发现了这辆车。于是我们就展开了追捕，在整个地区都设置了路障，但他还是从我们的手心里溜走了。”

“凶手是怎么成了漏网之鱼的呢？”

“这个我也很想知道。我想说的是，33 年来，对于这桩案子，我问过自己很多问题。你必须得知道，没有一天我在上车的时候不问自己，假如那天我们抓到了那辆该死的雪佛兰，这件事情会怎么演变？或许，我们能救下那个小姑娘……”

“你觉得，她当时应该在车上……”

“既然我们如今在距离这里两英里的地方找到了她的尸体，那我觉得这已经很明显了。”

“你同样也认为，当年是哈里在开着那辆黑色的雪佛兰吧？”

他耸了耸肩：“要知道，在看到最近发生的这些事情后，我不认为这还有可能是其他人。”

就在当天，我去拜访了当年的警长加雷特·普拉特，他对于哈里犯罪的可能性似乎和他当年的部下持有同样的观点。他是在他家的门厅下接待我的，还是穿着高尔夫球裤。他的妻子叫艾米，在给我们送来喝的东西后，她装作在一旁整理装饰挑棚的花盆，实际上是为了偷听我们的谈话。她倒是对此没有刻意隐瞒，时不时在她丈夫说话的时候插上两句。

“我以前见过你，是吧？”普拉特问我。

“是的，我经常来欧若拉。”

“他就是写书的那位优雅的年轻人。”他的妻子在一边提醒道。

“你该不会就是能写书的那些家伙吧？”他又把话重复了一遍。

“是的。”我回答道，“我就是这些家伙当中的一个。”

“加雷特，我刚和你说过。”艾米插话道。

“亲爱的，别打岔，行吗？是我在接待客人，谢谢。好吧，戈德曼先生，你为什么要来拜访我呢？”

“实话实说，关于诺拉·凯尔甘谋杀案，我有几个问题想搞明白。我和查韦斯·道恩已经谈过了，他对我说，你当时也怀疑过哈里。”

“是的。”

“是基于什么呢？”

“我们想到了几个疑点，尤其是那场大追捕没有结果之后，我们认为，凶手应该是住在这个地区的家伙。他必须对这块地方很熟悉，才能在附近所有市镇警察都出动的情况下消失得无影无踪。还有就是那辆黑色的蒙特卡洛，我们曾经对整个地区有这种车型的车主都做过调查，在他们中间，只有戈贝尔不能提供不在场证据。”

“但是，你也没有查到那天哈里·戈贝尔的去向……”

“没有，因为除了关于这辆汽车的猜想之外，我们没有任何真正足以控告他的证据。所以，我们很快就把他从我们的嫌疑犯名单中划去了。但是，在他家的花园里发现了这位可怜女孩子的尸体，这证明我们错了。真是难以相信，我对这家伙一直感觉不错……我是想说，如果我没弄错的话，戈德曼先生，你应该很了解他吧。当你知道在他的花园里挖出了小女孩的尸体之后，你就没有想过，某一天他曾经对你说过什么或者做过什么可疑的事情吗？”

“没有，警长。至少在我的记忆里没有。”

回到鹅弯后，我看到在警方设立的警戒线之后，那个大坑旁边的绣球花正在枯萎，根都露在了外面。于是，我到紧挨着屋子的小车库里拿出了一把小铲子。然后，我钻进了“禁止入内”的地方，在一块松软的土壤上挖了一个坑，面朝着大海，我把那些花种了下去。

2002年8月30日

“哈里？”

那是大概早上六点钟的时候，他就已经在鹅弯的露台上了，手里还拿着一杯咖啡。他转过身来。

“马库斯，你已经满身大汗了……不要告诉我你已经去跑步回来了？”

“是的，我已经跑了八英里。”

“那你是几点起来的？”

“很早。你记得吗？两年前当我刚来这里的时候，你曾经逼着我在清晨时分起床。之后，这个‘坏毛病’就养成了。我每天都起得很早，这样，我感觉世界是属于我的。你呢，你在外面干什么？”

“我在观察，马库斯。”

“观察什么？”

“你看到松树中间面朝大海的那片小草坪了吗？我老早就想在那儿做点什么。这是这块地上唯一平坦的、可以拿来做个小花园的地方。我想给自己弄一块雅致的园地，安两张长凳、一张铁桌，周围都是绣球花。很多很多的绣球花。”

“为什么是绣球花呢？”

“我认识的一个人很喜欢这种花。我想种下大片大片的绣球花来让她永远地活在我的记忆里。”

“那是你曾经爱过的人？”

“是的。”

“你似乎有些悲伤，哈里。”

“不用管我。”

“哈里，你为什么从来都没有跟我说起过你的恋情？”

“因为没有什么好说的。好好看看吧，或者就把眼睛闭上！哦，是的，闭上眼睛，不让一缕阳光照进你的眼球。你看到了吗？有一条路从露台开始一直延伸到有绣球花的地方。那里有两张小凳子，我们可以从那里看到大海和美丽的鲜花。有什么能比同时看到大海和鲜花更让人愉悦的事情呢？那里还应该有个小池子，中间有一个形状像雕塑一般的喷泉。如果喷泉够大的话，我还会在里面放上一些日本锦鲤。”

“鱼？它们活不了一个小时，海鸥会马上吃了它们。”

“海鸥有权利在这里做它们想做的事情，马库斯。但是你说得对，我不应该在小池子里放上锦鲤。快去洗个热水澡吧，要是你死了，你的父母应该会怪罪我没把你照顾好的。好了，我去准备早餐了，马库斯……”

“嗯，哈里？”

“如果我有一个儿子的话……”

“我知道，哈里，我知道。”

2008 年 6 月 19 日，我去了“海滨汽车旅馆”，它的位置很容易找，从河溪湾路开始，沿着第一大道往北走四英里，我们无论如何也不会错过那块写着“海滨汽车旅馆餐厅，1960 年营业至今”的巨大木牌子。

哈里等待诺拉的地方一直都在那里。我从这条路经过了不下百次，但是从来就没有怎么留意过这里。话说回来，在今天之前，我又有什么理由去注意这样的一家旅馆呢？这是一幢木质的房子，屋顶是红色的，四周栽着蔷薇花。旅馆后面就是森林，所有一层的房间都面朝停车场，我们可以从外边的一部电梯到达二层的房间。根据我从接待人员那里得到的消息，这幢房子从建成以来就没有变过，只是里面的房间重新装修过，另外在主楼的旁边新加了一间餐厅。为了要向我证实他所讲述的都是真的，他拿出了一本旅馆 40 年的纪念册，向我展示里面的老照片。

“你为什么对这个地方这么感兴趣？”他最后终于开口问我。

“因为我在找一个很重要的信息。”我答道。

“你请说。”

“我想知道，1975 年 8 月 30 日星期六到 8 月 31 日星期天的晚上，某个人是否在这里的 8 号房间入住过一晚。”

他笑了起来。

“1975 年？你不是开玩笑吧，自从我们的信息数字化以后，我最多也就只能找到两年之内的信息。我能告诉你 2006 年的 8 月 30 日是谁住在那个房间里，当然，这也只是从技术的角度来讲可行，因为我并没有权利为你提供这些信息。”

“那么，就没有其他任何办法了？”

“除了入住记录之外，我们这里还有为顾客发电子宣传资料时保留的邮件地址。你有兴趣接收我们的电子宣传资料吗？”

“没兴趣，谢谢。但是如果可以的话，我想看看 8 号房间。”

“你不能去看。但是它现在空着，你可以住一个晚上，就 100 美元。”

“牌子上不是写着所有的房间都是 75 美元一晚吗？好了，我给你 20 美元，你带我去看看房间，这样我们互不相欠。”

“你可真是会讨价还价啊，不过，我接受了。”

8 号房间就在一层，这是一间没有什么特别之处的房间。一张床，一个迷你吧，一台电视，一张书桌和一间浴室。

“为什么你对这间房子这么感兴趣？”这位服务员再次问我。

“这很难回答。我的一位朋友告诉我说，他在 30 年前曾经来这里住过一个晚上。如果这是真的，那就说明，对他的所有指控都是不成立的。”

“他受到了什么指控？”

我没有回答他的问题，而是接着问道：“为什么这家旅馆要叫‘海滨旅馆’？从这里根本就看不到海啊。”

“不是的，这里有一条穿越森林直通沙滩的小路。这在宣传册子上都写着呢。但是，客人们往往觉得这很可笑，因为来这里落脚的人都不会到沙滩上去。”

“你的意思是说，我们可以从欧若拉沿着大海，穿越森林来到这里？”

“从技术的角度上说，是可以的。”

在那天余下的时间里，我都待在市图书馆里面查阅一些相关资料，试着还原当年事件发生的原貌。在这个方面，厄恩·平卡斯帮了我大忙，他不惜牺牲自己的时间来帮我一起找资料。

据当年报刊的记载，没有人在诺拉失踪的那天发现任何异常。既没有发现逃跑了的诺拉，也没有发现什么在她家门口闲逛的人。很多人都认为，此次失踪是一个很大的疑团，而德波拉·库佩的死更加重了其中的神秘成分。还是有很多目击者（其中大部分是诺拉的邻居）说那天他们听到从凯尔甘家里传来了一些噪声和尖叫声。但是也有人说，那是牧师先生在听音乐，只不过声音太大了而已。《欧若拉之星》的调查显示，凯尔甘的父亲当时在车库里干些零活，在他干活的时候喜欢听些音乐。他调高音量只是为了掩盖工具的声音，他认为音乐就是音乐，即便音量再大，也比锤子发出的声音强。所以，当时如果他的女儿呼救的话，他应该什么都听不到。平卡斯说，凯尔甘的父亲一直对当时把音乐的声音开得太大这件事后悔不已。从此他再也没有离开过在特雷斯大道的家，过上了隐居的生活。他会不停地反复播放那一张音乐碟，听得耳朵都快聋了，以此来惩罚自己。凯尔甘的双亲现在只剩下他一个人了。她的母亲路易莎已经去世很久。大家也许都能想象得到，在得知被挖出来的就是诺拉的骸骨之后，大批记者跑到诺拉的家里“围攻”可怜的老大卫·凯尔甘。“那画面真是太凄惨了。”平卡斯对我说，“他当时似乎是这么说的：‘好吧，她真的死了……我还一直攒着钱等着供她上大学呢。’就在第二天，五个假冒的诺拉出现在他家门前，都是为了来骗钱的。这位可怜人当时真的不知所措了。现在就是一个不可理喻的年代，人们的良心都给狗吃了。马库斯，我就是这么想的。”

“那她的父亲经常这样做吗？把音乐声开到最大？”我问道。

“是的，一直是这样。你知道吗？说到哈里……我昨天在城里碰到道恩太太了……”

“道恩太太？”

“是的，她是‘克拉克之家’以前的老板。只要别人愿意听她说话，她就会说，哈里一直觊觎诺拉的美色，而且当年她手里还有一条不可辩驳的证据。”

“什么样的证据？”我问道。

“我不知道。你有哈里的消息吗？”

“我明天会去看他。”

“代我向他问好。”

“如果你愿意的话，可以自己去看他……这样他肯定会很高兴的。”

“我不太确定自己是不是愿意。”

我知道，平卡斯是一位从康科德纺织厂退休的75岁老人。他没有读过书，一直都很遗憾自己除了志愿到图书馆当管理员之外，就没有什么其他的办法来一展自己的文学热情。他一直对哈里充满了感激，因为哈里答应他可以随时到巴若斯大学听他讲文学课。我以为，他会是哈里最忠实的支持者之一，没想到，现在连他也选择和哈里保持距离。

“你知道吧，”他对我说，“诺拉是个与众不同的女孩子，对每一个人都很温柔善良。这里的所有人都喜欢她！她就好像是我们的女儿一样。但哈里怎么能……我的意思是，即便他没有杀害她，但他也写下了这本书！真该死，她当时才15岁！还是个小姑娘！难道对她的爱就要让他写出这样一本书来，一本表明爱恋的书！我和我的妻子结婚都50年了，也从来没有给她写过什么书。”

“不过，这是一本巨著啊。”

“这本书，就是恶魔，是一本变态的书。另外，我把我们这里库存的这本书都扔了，这里的每个人都对这件事情无比震惊。”

我叹了口气什么也没有说，也不想再和他争论些什么，只是简单地问道：

“厄恩，我能把一个包裹寄到这里来吗，就寄到图书馆？”

“一个包裹？当然可以，为什么呢？”

“我让我的保姆到我家帮我拿一样重要的东西，并让她用联邦快递寄过来。不过，我还是想让她寄到这里来。我并不是经常待在鹅弯，那里的信箱总是被各种杂七杂八的信塞得满满的，我可能根本就不会打开看……至少在这里，我确定那个包裹能被收到。”

鹅弯的信箱真实地反映出了哈里个人声誉的变化情况：整个美国曾经那么敬仰他，后来却开始对他喝倒彩，而现在更是向他寄出了成千上万封辱骂的信件。出版史上最大的丑闻正在进行中：《罪恶之源》就这样从书店的书架上和学生的教材中消失了，《波士顿环球报》终止了与哈里的合作，而巴若斯大学的行政会议更是立刻撤销了哈里在学校的一切职务。报纸杂志也不厌其烦地开始把他描述成为一个性欲狂，他成了所有谈话和议论的焦点。罗伊·巴尔纳斯基在这个时候却嗅到了一个无论如何也不能错过的商机：出版一本关于这桩案件的书。因为道格拉斯一直没有办法说服我，巴尔纳斯基最后亲自给我打了电话，给我上了一堂市场经济的课。

“大家都想看到这样的一本书。”他跟我解释道，“在我们出版社的楼下，甚至有一些人一直在呼喊你的名字。”

他把扬声器打了开来，然后向他的女助手们示意，于是她们一起声嘶力竭地高喊了起来：“戈德曼！戈德曼！戈德曼！”

“这根本就不是什么粉丝，罗伊，这就是你的女助手。你好，玛丽莎。”

“你好，马库斯先生。”玛丽莎答道。

巴尔纳斯基拿起了话筒：“戈德曼，好好考虑一下吧。我们秋天的时候出这本书，绝对会大获成功的！给你一个半月的时间写书，你觉得怎么样？”

“一个半月？我第一本书可是花了两年时间啊！另外，我都不知道在里面写些什么好，因为，我现在还不知道当时到底发生了什么。”

“你知道的，我会给你准备一些影子写手[1]，这样书能写得更快一些，我们不需要写出有多高文学价值的书来。大家只是想知道戈贝尔和这个小姑娘之间到底发生了什么。你只要说的是事实就行了，对了，最好还有点悬疑和一些情色以及对性的描写。”

“对性的描写？”

“嘿，戈德曼，这就不用我来教你了吧！如果没有关于这个老男人和那个七岁女孩之间猥亵场面的内容，还有谁会去买这本书呢？这就是大家想要的。即便这本书写得不好，我们也能大卖。这才是重点，不是吗？”

“哈里当时 34 岁，诺拉 15 岁。”

“别啰啰唆唆的了……如果你答应把书写出来，我就取消我们之前的合同，还会给你付 50 万美元的定金来答谢你友好合作的态度。”

我依然拒绝了，巴尔纳斯基马上发起了火：

“那好吧，你小子要是使坏的话，戈德曼，我也就奉陪到底了：11 天后，你必须给我拿出一本书的底稿来，否则我们就只能在法庭上见了，要真是那样的话，可就太糟糕了。”

他说完就把电话挂了。没过多久，当我在城里主街的百货商店买东西的时候，我接到了道格拉斯的来电。我猜想，多半是巴尔纳斯基又给他施加了压力，促使他再来说服我。

“马可，在这件事情上，你不能不配合。”他对我说，“我提醒你，巴尔纳斯基还揪着你的小辫子呢！你之前的合同还在生效，你要想取消这份合同，唯一的办法就是接受他的建议。然后，你的事业就会平步青云。50 万

[1]译者注：这是一个源自英语的词，指的是在文学界被称为“捉刀人”的写手，也就是说他们并不是自己署名，而是以别人的名义写作。在盎格鲁—撒克逊地区，人们创造出这样一个词，是为了表明从事这种职业的残酷性。

美元的定金，这肯定不会是你遇到的最不好的事情吧？”

“巴尔纳斯基想让我写一本乱七八糟的书！这完全不可能。我不想写这样一本书，我不想写一本用几个星期的时间就堆积出来的垃圾书。要想写好书，需要时间。”

“但这就是现代人赚钱的方法啊！那些整天做梦，等待着白雪从天而降带来灵感的作家已经过时了。你的这本书，虽然现在还一个字都没写，但已经足以让人迫不及待地想要去买了，因为每个人都想知道一切隐情。另外，用不了多久，图书市场很快就会萎缩了：今天秋天有美国总统大选，到时候，那些候选人肯定会出书，而且还会抢占所有媒体报道的版面。现在，大家就已经在谈论贝拉克·奥巴马的书了，难以置信吧？”

我什么都不会相信了。结了账，刚回到停在路边的车里，我就发现在汽车的雨刷后面塞了一张小字条。上面写着同样的话：

快回你的家，戈德曼

我看了看周围：没人。旁边只有几个在露台上坐着的人，还有一些人正从百货公司走出来。到底是谁在跟踪我呢？谁不想看到我继续调查诺拉·凯尔甘的案件呢？

这件事发生之后的第二天，也就是6月20日星期五。我又去监狱里看了哈里。在离开欧若拉之前，我去图书馆转了一下，正好我的包裹刚刚寄到。

“这是什么？”平卡斯问道，好奇的口吻说明，他很想让我在他面前把这个包裹打开。

“一样我需要的工具。”

“什么工具？”

“工作需要的工具。感谢你代我接收了这个包裹，厄恩。”

“稍等一下，你不想喝杯咖啡吗？我刚做好的。你需要剪子把它剪开吧？”

“谢谢，厄恩。下次吧，我要走了。”

来到康科德之后，我在警察局所在的街区转了个弯，决定去见一见加洛伍德警长，跟他说说自从我们第一次见面后，我心中演绎出的一些推测。

新罕布什尔警察局总部是一幢位于康科德市中心赫仁街33号的红砖房。当时差不多快到下午一点了，我被告知，加洛伍德警长出去吃中饭了，对方让我在走廊的长条凳上等他回来，旁边是一张桌子，上面摆着一台付费咖啡机还有一些杂志。一个小时过后，他带着一脸不愉快的表情回来了。

“是你？”他一看到我就爆发了，“有人给我打电话了，说：‘佩里，快回来，这里有个人已经等你一个小时了。’而我还剩最后一点没吃完，就匆匆赶回来看看究竟。我还以为可能是什么重要的事情，没想到是你，作家。”

“别那么恨我……我觉得我们的调查出发点就不对，我想或许……”

“我真是恨透你了，作家，别再废话了。我的太太读过你的书，她觉得你英俊聪明。她把你书后的头像摆在她的床头柜上供了好几个星期。你居然‘住’进了我们的卧室里！你和我们一起就寝！你和我们一起用餐！你和我们一块儿去度假！你和我的妻子一块儿洗澡！你把她的女伴们都逗得哈哈大笑！你毁了我的生活！”

“你已经结婚了，警长？真荒唐，像你这么不讨人喜欢的人，我还以为会根本没有家人呢！”

他愤怒地低下了头，脑袋都快陷到双下巴里去了。

“看在上帝的分儿上，你到底想干什么？”他怒吼道。

“搞明白。”

“对像你这样的人来说，这还真不是一件容易的事。”

“我知道。”

“让警察来处理，好吧？”

“我需要信息，警长。我什么都想知道，这是一种病态。我是一个焦虑狂，我想掌控一切。”

“既然是这样，那你得先把自己给控制好了！”

“我们能到你的办公室去吗？”

“不行。”

“告诉我，诺拉是不是在 15 岁的时候死的？”

“是的，对骨骼的分析已经证实了这一点。”

“所以，她的绑架和被杀是在同一时间发生的？”

“是的。”

“但是，那个包……为什么那个包和她一起被埋在下面？”

“这个我不知道。”

“如果她带着一个包，难道这还不能让我们想到她是在离家出走吗？”

“如果你离家出走的时候要带个包，你总会在里面装上衣服，对吧？”

“对。”

“但是包里只有那部书稿。”

“说老实话，”我说道，“你的洞察力确实让我赞赏，但是这个包……”

他打断了我：“那天我真不应该跟你说包的事，我真不知道我是怎么了……”

“这个我也不知道。”

“是出于怜悯吧，我想。是的，就是这样。当我看到你茫然的神色和你那满是灰尘的皮鞋时，我心生怜悯了。”

“谢谢，如果可能的话，你能再跟我说一下尸体解剖的结果吗？对了，假如只是一堆骸骨的话，尸体解剖这个词还能用吗？”

“我不知道。”

“或许，‘法医检查’这个词更贴切一些？”

“我并不介意这个词用得有多准确。我想对你说的是，有人击碎了她的脑袋！击碎！梆！梆！”

他手舞足蹈地边说边模仿着击打的动作，我随即问道："也就是说，她是被打死的？"

"我不知道，妈呀，该死的！"

"是男的还是女的？"

"什么？"

"打她的人会是个女人吗？为什么一定是男人？"

"因为当年的目击者德波拉·库佩确定看到的是一个男人。好吧，讨论结束，作家，你已经让我够心烦的了。"

他从他的钱包里拿出了一张家人的照片。

"我有两个女儿，作家，一个14岁，一个17岁。我不敢想象自己如果有凯尔甘父亲那样的遭遇，我该怎么办。所以，我想要真相，我想要正义。而正义并不是简简单单的事实堆砌，而是一个复杂得多的工程。我会继续调查下去的，如果我发现戈贝尔是无辜的，相信我，我一定会放了他。但是，如果他是有罪的话，我也绝对不会让洛特对陪审团耍那些虚张声势却只是为了给罪犯洗脱罪名的鬼把戏。因为，这也不是正义应有之意。"

加洛伍德，在他公牛一般的野性外表下，有着让我欣赏的人生哲学。

"说到底，你真是个很棒的家伙，警长，我给你买一点烤薄饼，咱们边吃边聊？"

"我不要什么烤薄饼，我想你应该走了，我还有工作要做。"

"但是，你得教我怎么调查案件，我不会做调查，我应该怎么做？"

"再见了，作家。接下来的一个星期里，我都不想再见到你，也有可能，我这一辈子再也不想见到你了吧。"

他没有把我当回事，这让我感到有些失望，于是我就没有再多说什么。我伸出手来跟他道别，他那一双巨掌在和我握手的时候差不多要把我的指骨捏断了。我转身离开。当我走到外边的停车场上时，我听到有人在叫我："作家！"我回过头来，看着他那巨大的身躯慢慢向我的方向靠近。

“作家，”他气喘吁吁地跑过来对我说，“好的警察通常不会去关注杀人犯……而是要想一想受害者。你需要做的是去多了解受害者，应该从头开始，也就是说要了解谋杀案发生之前的事情。而不是之后。你要是一开始就把精力集中在谋杀这件事情上，那就错了，你得先问问自己，受害者是什么样的一个人……你应该先问问自己谁是诺拉……”

“那德波拉・库佩呢？”

“依我看来，所有的事情都和诺拉相关。德波拉・库佩只是一个间接的受害者。搞清楚诺拉是谁，你就能同时查出杀害她和库佩妈妈的凶手。”

诺拉・凯尔甘是谁？这也是我在州立监狱里面问哈里的问题。他当时脸色很憔悴，看起来似乎特别关心他放在健身房更衣柜里的那些东西。

“你找到了吗？”他还没和我打招呼就问我。

“是的。”

“那你把东西都烧了吧？”

“是的。”

“底稿也烧了吗？”

“底稿也烧了。”

“为什么你没有告诉我已经把这件事做好了？我都快要急疯了！你这两天都到哪里去了？”

“我在自己调查案件。哈里，为什么那个盒子会出现在健身房的更衣柜里？”

“我知道，这事在你看起来可能会有点怪……你 3 月份来我家拜访后，我担心会有其他人发现那个盒子。我觉得，不管是毫无恶意的访客，又或者是家里的保姆，谁都有可能在不经意间发现它。出于谨慎考虑，我觉得应该把我的‘私人记忆’放在其他地方。”

“也就是说，你是把它们藏起来了？但是这样的话，你就更显得可疑了。这份底稿……这就是《罪恶之源》的底稿吗？”

“是的，最初的那一稿。”

"我能认出书里的内容。但是，为什么封面上没有标题……"

"书的名字，我是后面突然想出来的。"

"你的意思是在诺拉消失以后吗？"

"是的，但是不要再提这份底稿了，马库斯，它应该是被诅咒了，所以才给我招来了身边这一切不幸。看吧，诺拉死了，我现在也被捕入狱了。"

我们互相看了看对方。我在桌子上放了一个塑料袋，里面放的就是我收到的包裹中的东西。

"这是什么？"哈里问道。

我没有回答，而是拿出了一台接了话筒的卡带录音机，坐在了哈里的面前。

"马库斯，真该死，你到底在搞什么鬼？别告诉我，你一直留着这该死的机器……"

"当然了，哈里，我一直都小心地留着它呢。"

"快把它放回去，好吗？"

"不要大惊小怪了，哈里……"

"那你到底要拿这个东西做什么？"

"我想要你和我说说诺拉的故事，欧若拉的故事，所有的一切。1975年的夏天，你的书。我需要知道所有这些事情。哈里，真相应该就隐藏在这些事当中的某个地方吧。"

他露出了悲伤的笑容。我打开了录音的开关，让他开口讲出那些故事。这是一个美妙的场景：在监狱会客室里的塑料台子两头，丈夫和妻子团聚，父亲和儿子重逢，而我和我的老导师再度相会，听他将故事娓娓道来。

那天傍晚，我很早就在开车回欧若拉的路上吃了一顿晚饭。饭后，我不想直接回鹅弯独自一人待在那空荡荡的大房子里，于是就开着车沿着沙滩跑了很长一段时间。白天将逝，大海泛着波光，美不胜收。我经过了"海滨汽车旅馆"、河溪湾森林、河溪湾路、鹅弯，穿过欧若拉，最后来到了格兰德沙滩。我走到了水边，坐在沙砾上静静地看着夜幕降临。在波光的映衬下，远处欧若拉的灯光在起舞，海鸟发出了一声声刺耳的长鸣，夜莺在附近的树丛中歌唱，我听到了灯塔上传来的雾笛。而录音机里的磁带不停地转动着，哈里的声音就在黑暗中回响。

你知道格兰德沙滩吧，马库斯？那是我们从马萨诸塞州开往欧若拉经过的第一个沙滩。有时候，我会在夜晚刚刚降临的时候去那里，远眺城市的光亮，然后回想过去30年里发生的事情。当年我第一次来欧若拉的时候就曾经在这个沙滩停下来。那是1975年5月20日。当时我34岁。那个时候，我刚刚决定将命运攥在自己的手里，从纽约来到了这个地方。我抛下了之前生活中的一切，放弃了文学教师的职位，将我所有的钱都集中起来，我决定开启一段作家之旅：隐居于新英格兰，在那里写出我梦寐以求的小说。

我最初想在缅因州租一所房子，但是在波士顿的房产经纪人的劝说下，我选择了欧若拉。

他给我介绍了一套他认为完全符合我要求的房子，就是鹅弯。在我真的站在这幢房子前的那一刻，我立刻就爱上了它。这就是我想要找的地方，一个安静而有些荒凉的隐居地，但又不是完全与世隔绝，距离欧若拉也就是几英里。对这个城市，我也是情有独钟，那里的生活显得十分恬静。孩子们完全无忧无虑地在大街上玩耍，这里的犯罪率接近零，就好像是在风景明信片里才会有的地方。鹅弯那幢房子的租金其实远远超过了我能承受的水平，不过中介公司同意我分两次来支付。我算了算：只要平时少花一点钱，还是勉强可以应付下来的。那个时候，我就有一种预感：我的这个选择是正确的。而后来的情况也证明我果然没有搞错，因为这个决定改变了我一生的轨迹：那个夏天我在这里写下的书，后来使我成了一个既有钱又有名的人。

我想，当年我在欧若拉之所以那么愉快，主要是很快就在那里找到了一种特别的感觉：在纽约，我只是一个中学的教师，同时也是不知名的作家；但在欧若拉，我是哈里·戈贝尔，从纽约到这里来写自己下一部小说的作家。你知道的，马库斯，你有那段“神奇小子”的经历，当你在高中的时候，你不走寻常路，通过实现与其他人的差异化来让自己发光发亮；而我从大城市纽约来到这个小城，经历的恰恰正是这样一个过程。我那时候是一个充满自信的年轻人，和蔼友善，长得很帅，身体强健又有教养，特别是还住在鹅弯那个漂亮的大屋子里。于是，欧若拉城里的居民尽管还不知道我的名字，但从我待人接物的态度以及我所居住的房子来看，他们已经认定我是一个成功人士。更有甚者，还把我想象成了一个来自纽约的明星，他们觉得我在朝夕之间就能成为一个重要的大人物。就这样，在纽约我还什么都不是，而在欧若拉，我已被当作备受尊敬的作家。来到欧若拉的时候，我带来了几本我的处女作，后来就送给了当地的市政图书馆。你能想象得到吗，在纽约被可悲地视作一堆废纸的东西，在欧若拉这里竟然激起了当地居民极大的阅读热情。那是在 1975 年，新罕布什尔州的这个小小城市正在摸索探寻着自己存在的理由，别忘了那可是因特网以及其他各种新科技还远远没有到来的时候，这个小城的人们就这样在我的身上找到了他们一直以来孜孜以求的本地明星形象。

我回到鹅弯的时候是晚上十一点左右。当我转到通往大屋子的砾石道上后，汽车大灯的光束照到了一个蒙着脸的黑影，正在往森林里面逃窜。我猛地刹住了车，一下子跳了出来，一边高声尖叫，一边准备奔去追赶这个入侵者。就在这个时候，我的视线突然被一道剧烈的火光吸引：在大屋子的旁边有什么东西烧着了。我跑过去看到底发生了什么事情：哈里的那辆科尔维特轿车正在熊熊燃烧。火焰已经升得很高，一缕黑烟飘到了半空中。我想喊人帮忙，但这附近一个人都没有。周围，只有无尽的森林陪伴着我。科尔维特轿车的玻璃在热力的作用下迸裂开来，连钢板都开始熔化，火苗四处肆虐，“舔”着车库的四面围墙。我无能为力。一切都将化为灰烬。

26.
诺-拉
（1975 年 6 月 14 日星期六，新罕布什尔州，欧若拉）

“如果说作家往往会很脆弱，马库斯，那是因为他们要经历两种情感的痛苦，也就是说是普通人的两倍：爱的痛苦以及写书的痛苦。写一本书，就好像是爱一个人：这个过程十分痛苦。”

服务须知

致所有员工

你们可能已经注意到了，最近一个星期以来，哈里 · 戈贝尔每天都会到我们的餐馆来吃午饭。戈贝尔先生是来自纽约的一位大作家，我们理应对他特别关照。大家务必尽力满足他的一切需要。千万不要打搅他。

在发布新指令之前，17 号台要一直为他预留，无论他什么时候来，都要安排他坐在那里。

塔玛拉 · 奎因

那一瓶槭糖汁的重压最终令托盘失去了平衡。她刚刚把那个瓶子放上去，托盘就垮下来了；她想伸手去够，结果连自己也失去了平衡，在一连串惊天动地的噼里啪啦声中，她和托盘一起砸到了地上。

哈里从柜台上面探出头来。

“诺拉？还好吧？”

她站了起来，有点举止失常。

“是，是啊，我……”

他们俩一起环视了一下周围散落一地的东西，然后一起大声笑了起来。

“别笑了，哈里。”诺拉最后轻声谴责了他，“如果奎因夫人知道我又打翻了盘子，那我可就有得好受了。”

他绕过柜台，蹲下来帮助她在满地的芥末酱、蛋黄酱、番茄酱、槭糖汁、黄油，以及糖和盐当中捡起散布的玻璃碎片。

“该死的。”他说，“有没有谁能跟我解释一下，这一个星期以来，为什么每当我要点什么东西的时候，这里的人就会给我同时拿出这么一大堆调料来？”

“都是因为那个通知。”诺拉回答。

“通知？”

她用眼神示意着贴在柜台后面的便条。哈里站起身，拿起字条就大声读了起来。

“不，哈里！你在干什么呢？你是不是疯了！如果奎因夫人知道……”

“别担心，这里没有人。”

当时是早上七点半，“克拉克之家”还空空如也。

“这个通知到底是什么意思？”

“奎因夫人下达的指令。”

“对谁？”

“对所有员工。”

有顾客进来，打断了他们的谈话。哈里很快就回到了他的座位上，而诺拉则急急忙忙地收拾着。

“我马上就给你再拿一些烤面包片过来，戈贝尔先生。”她郑重其事地说道，然后就消失在了厨房里面。

藏身于还在来回摆动的门后面，她幻想了一阵子，然后一个人笑了：她喜欢他。自从两个星期前在沙滩上遇到他以来，自从她那天偶然散步到了鹅弯，在那里与一场美妙的大雨不期而遇以来，她就喜欢上了他。她心里很清楚。那种怦然心动的感觉错不了，她以前从来没有类似的经历：她觉得自己整个人都不同了，心里更加快乐，就连天空似乎都变得更加美丽了。特别是当他在那里的时候，她感到自己的心都跳得比平时快得多了。

在沙滩初次见面之后，他们又偶遇了两次：一次是在主干道上的百货商场里，还有一次就是在“克拉克之家”了，她每个星期六都会来这里兼职当服务员。那两次相遇，每一回，都在他们之间产生了一种微妙而特别的“化学反应”。从此以后，他就养成了每天都到“克拉克之家”去写作的习惯。而哈里的大驾光临又促使这家餐馆的女老板塔玛拉·奎因在三天前接近傍晚时分召集她所有的“姑娘们”——她通常都是这样称呼自己的服务员——开了一次紧急会议。就是在那次会议上，她向全体员工展示了那份现在已经人人皆知的服务通知。“小姐们，”塔玛拉·奎因让她的雇员们像军人一样列队，然后对她们说，“最近的一个星期，你们肯定也注意到了，来自纽约的伟大作家哈里·戈贝尔每天都会来我们这里。这就足以证明，他认为我们雅致讲究，是东岸最好的餐厅。‘克拉克之家’就是品质的保证：我们必须满足最挑剔的客人提出的任何要求。由于你们当中有些人的脑子还没有小豌豆那么大，我就写了一张服务须知，这样就能提醒你们应该如何招待戈贝尔先生了。你们一定要读它，再读它，把它记到心里去！我会时不时抽查你们的。这份通知将会贴在厨房里，还有柜台的后面。”塔玛拉·奎因接着重点强调了：“千万不要去打搅戈贝尔先生，他需要安静，需要全神贯注。手脚要麻利一些，让戈贝尔先生有在家里面一样的感觉。根据他此前在本餐厅用膳的情况来看，他只愿意喝黑咖啡：因此，只要他一进入餐厅，就马上给他送上黑咖啡，什么也不要加。而如果他想要点其他东西，或者他感到肚子饿了，他自己会跟我们说的。永远不要去打搅他，不要像对待其他顾客那样要求他在我们这里消费。如果他点什么东西吃的话，马上给他端上所有的调料和所有的配菜，这样他就不必再自己开口要了：芥末、番茄酱、蛋黄酱、胡椒粉、盐、黄油、糖和槭糖汁，所有都拿上。不能让伟大的作家来开口要东西，要让他安安静静地搞创作。他正在写的这本书，还有他一直坐在那里好几个小时不断记下的笔记，有可能就会是一部伟大巨著最初的草稿，那样一来，整个美国很快就会谈论起‘克拉克之家’了。”就这样，塔玛拉·奎因幻想着这本书将会带给她的餐厅本来就应该有的盛名。赚到钱之后，她要去康科德开第二家分店，然后是波士顿，然后是纽约，然后是东岸一直到佛罗里达，所有的大城市。

就在这个时候，有一个名叫敏蒂的服务员请求奎因夫人进一步解释一下：

“可是，奎因夫人，你怎么能确定戈贝尔先生就只喝黑咖啡呢？”

“我就知道。就是这么简单。在大的餐馆里面，重要的贵宾不需要自己下单，餐馆的员工应该了解顾客的习惯。我们这里是不是一家大餐馆呢？”

“是的，奎因夫人。”员工们集体回答。“是的，妈妈。”这样吼着的是珍妮，因为她是老板的女儿。

“在这里，不要再喊我‘妈妈’。”塔玛拉命令道，“这只会让人想到那些乡村小菜馆。”

“那我应该怎么喊你呢？”珍妮问道。

“你不用喊我，你只要听我的指令，然后点头听命。不需要讲话，明白吗？”

珍妮摇了摇脑袋，算是做了回答。

“明白还是不明白？”她的母亲又问了一遍。

“呃，是吧，我明白了，妈妈。我点头就是了，那个……”

“啊，很好，亲爱的。你看，你学得多快。来吧，姑娘们，我要看一看你们所有人点头听命的样子……就这样……很好……现在，点头。来吧……就这样……从高到低……很好，这样很好，就好像是在马尔蒙特城堡[1]一样。”

塔玛拉·奎因并不是唯一因为哈里·戈贝尔来到欧若拉而感到极其兴奋的人：实际上，整个小城都沸沸扬扬起来。有些人首先确认，哈里在纽约是一个大明星，而其他人也跟着附和，唯恐不那么做的话会被当作没文化的人。厄恩·平卡斯把哈里的几本处女作摆到了市政图书馆的架子上，他表示从来没有听说过这个戈贝尔作家。可是，说到底，又有谁会去理会这个对纽约上层社会一无所知的工厂工人的看法呢？尤其是，所有人都在异口同声地说，并不是谁都可以随随便便地入住鹅弯那幢富丽堂皇的大宅子的，那里已经有好多年没有人居住了。

另外一个令人非常兴奋的话题与那些正好处在适婚年龄的年轻女子，特别是与她们的父母有关：哈里·戈贝尔还是单身呢。这个青年的心有待征服，而由于他的名声、他的文学修养，他的财富以及他匀称的身材，这一切都构成了一个理想的丈夫形象，备受关注。在“克拉克之家”，每一个员工都很快就意识到，珍妮·奎因，这个24岁的前欧若拉高中女子啦啦队队长、美丽性感的金发女郎已经迷上了哈里。珍妮在工作日的每一天都要上班，而她也是这个餐馆里面唯一在光天化日下胆敢不执行那份服务须知的人：她可以随随便便地跟哈里开玩笑，不停地跟他聊天，时不时打断他的工作，而且从来都不会一次同时把所有的配菜带给他。不过，珍妮周末不上班，星期六，这是属于诺拉的。

厨师摁响了服务铃，把诺拉从想象中拉回到现实：哈里的烤面包片做

[1]译者注：位于洛杉矶的著名酒店。

好了。她把装着烤面包片的碟子放到了托盘上面，而在返回大堂前，她特意整理了一下别在自己头发上的镀金发卡，然后才推开门，骄傲地走了出去。也就是两个星期的时间，她已经坠入爱河。

她把哈里点的东西拿了过去。“克拉克之家”里的顾客渐渐多了起来。

“祝你用餐愉快，戈贝尔先生。”她说道。

“就叫我哈里吧……”

“在这里不行。”她低声说，“奎因夫人会不高兴的。”

“她不在这里。没有人会知道……”

她用目光瞟了瞟周围的其他顾客，然后向他们的桌子走去。

他匆匆几口吞下了烤面包片，同时在面前的纸页上草草画了几笔，写下了日期：1975 年 6 月 14 日。他已经写满了好几页，实际上连他自己也不知道写的是什么：自从他来到这里三个星期以来，他还没有办法开始写他的小说。脑海里倒是时不时会闪过一些念头，但最终都没能延续下去，而且他越是要努力地想，结果得出来的东西越少。他有一种感觉，就好像自己在慢慢地枯萎。他知道自己是摊上了他这一类人有可能遇到的最可怕的灾难：他得了“作家病”。每一天，他心中的“白纸恐惧症”就会加剧一分，以至于他都开始质疑自己的此番计划是否真的足够理性：他刚把自己的全部积蓄都用来租这幢海边的大房子，一直到 9 月份为止，这的确是他一直梦想的所谓“作家的房子”，可是如果作家都已经再也不知道该写什么了，那这一切还有什么意义呢？当初在签下房子的租赁合同时，他的计划看起来可是无懈可击的：在这里写一本一级棒的小说，在 9 月份之前要取得很大进展，这样他就能先把小说的前面部分寄给纽约的各大出版社，他们一定会深深着迷，争着想要来买下这本书的出版权。为此，出版社就将提前支付给他一大笔稿费，让他能够顺利完成书稿。这样一来，他的“钱景”无忧，而他也就能摇身一变，成为他一直梦想的那种文学明星了。可是，到了现在，他的梦想已经快要幻灭成灰了：他连一个字都还没有写出来。按照这样的节奏，等到秋天返回纽约的时候，他就将既没有钱也没有书，只能回去哀求曾经工作过的那个中学的校长重新聘用他，同时把自己心中追求的光荣梦想永远地埋葬。如果有必要的话，他还得再找一份晚上守夜的工作，这样说不定还能额外多赚一点钱。

他看着诺拉，她正在跟其他的顾客聊天，光芒四射。他听到她在笑，于是写下了：

诺拉、诺拉、诺拉、诺拉、诺拉

诺–拉、诺–拉

“诺–拉”，这两个字改变了他的世界。

诺拉，自从他遇见她以来，这个娇小的女人就让他神魂颠倒。在沙滩初次见面后隔了两天，他在城里的大商店门口又碰到了她。当时，他们一起沿着主干道走到了海边。

“他们每个人都在说，你来到欧若拉是要写一本书。”她对他说。

“没错。”

她的热情一下子被点燃了：“哦，哈里，这真是太令人兴奋了！你是我遇见的第一个作家！我有那么多问题想要问你啊……”

“比如说？”

“怎么样才能写书呢？”

“就是这样自然而然的，各种想法在你的脑袋里打转，直到化成句子，在纸上一一展开。”

“作为一个作家，肯定是棒极了！”

他望着她，就这样疯狂地爱上了她。

“诺－拉”。她说过，她每个星期六都会到“克拉克之家”兼职，于是在接下来的那个星期六，一大早，他就来了。一整天，他就在那里凝视着她，她的每一个举动都让他着迷。然后，他突然想起她只有 15 岁，于是不禁为自己感到羞愧：如果这个小城里有谁开始怀疑他对“克拉克之家”的这个小服务员有不轨企图，那他的麻烦可就大了，甚至有可能为此而进监狱呢。于是，为了打消别人的怀疑，他每天中午都来到“克拉克之家”吃午饭。就这样持续了一个多星期，他装作是对这家餐厅习以为常的样子，每天来到这里工作，假装对周围的一切都漠不关心：没有人会知道，到了星期六，他的心跳就会加速。而在此期间的每一天，不管是在鹅弯还是在“克拉克之家”，坐在工作的台子面前，他能写下的只有诺拉的名字。“诺-拉”。就这样写满了整页，都是她的名字，都是对她的观察，都是对她的描述。这些纸页，他回到家后都会撕碎，然后放到他的铁垃圾桶里烧毁。如果有人哪一天看到他写下的这些内容，那他就完蛋了。

快到中午的时候，餐厅里的工作热火朝天，但诺拉让敏蒂替了她的班，这可有点非同寻常。她很礼貌地走过来跟哈里道别，旁边站着一个男人，哈里意识到这就是她的父亲——大卫·凯尔甘牧师。他是在接近晌午的时候来的，一来就到柜台上喝了一杯石榴汁。

“再见，戈贝尔先生。”诺拉说，“我今天下班了。我只是想跟你介绍一下我的父亲，凯尔甘牧师。”

哈里站了起来，两个男人很友好地握了握手。

“那么，你就是那个著名的作家。”牧师笑着说。

“而你，一定就是那个大家经常谈起的凯尔甘牧师了。”哈里回答道。

大卫·凯尔甘看起来很高兴：“不要太在意这些人说的话，他们总是喜欢夸大其词。”

诺拉从口袋里面取出一张小字条，递给了哈里。

“这是我们今天在学校举行的年终表演。就是为了这个，我今天得提早一点走。下午五点钟，你来吗？”

“诺拉，”她的父亲轻声谴责她，“让可怜的戈贝尔先生安静一会儿。你想要他去中学的表演晚会做什么呢？”

“我们的表演很好看！”她热情地为自己辩解着。

哈里谢过了诺拉的邀请，并向她致以敬意。透过玻璃窗洞，他看着她消失在街角，然后他就回了鹅弯，继续跟他的草稿“做斗争”。

已经是下午两点了。“诺-拉”。他坐在书桌前面两个小时，却什么也没能写出来：他的眼睛直勾勾地盯着手表。他不应该到那个中学去，绝对不行。可是，没有一道墙，甚至连监狱也不能阻止他想跟她在一起的心：他的身体还关在鹅弯，但他的心已经在沙滩上跟诺拉翩翩起舞。下午三点了，然后是四点。他攥紧了圆珠笔，不能离开这间办公室。她还只有15岁，这种爱情是要被禁止的。“诺-拉”。

下午四点半，哈里穿着一身优雅的暗色西装，走进了中学的大会堂。大厅里面都是人，似乎整个小城的居民都来到了这里。当在人群中穿梭前行的时候，他有一种感觉，就好像所有的人在他经过的时候都在窃窃私语，而那些学生的家长在跟他视线相交的时候，仿佛都在说：“我知道你为什么要来这里。”他感到极其不自在，于是随意挑了一排座位，坐到了椅子上，这样大家就再也看不到他了。

演出开始了。先是一曲十分蹩脚的合唱，然后是一团乱糟糟毫无节奏感的喇叭合奏。所谓的明星舞蹈团毫无星质可言，钢琴双人四手联弹完全没有形成共鸣，而唱歌的也没有一副好嗓子。接下来，舞台上的灯光全都熄灭了，在黑暗中，唯有一个射灯的光晕从空中滑落，在舞台上打出了一个圆形的光环。她就这样出现了，穿着一身绿色带有闪光片的裙子，在灯光照射下，闪耀出千百道亮光。“诺-拉”。观众席突然安静了下来，她坐到了一张酒吧凳上，整理了一下自己的发卡，调好了刚刚被放到她面前的麦克风的高度，脸上绽放出了吸引着所有观众注意力的灿烂笑容。然后，她弹了弹吉他，突然唱起《情不自禁爱上你》(Can't Help Falling in Love with You)，这是一个经过她自己改编的版本。

底下的观众全都听呆了。而哈里就在这一刻终于明白，命运之神让他来到欧若拉，为的就是要把他引上通往诺拉·凯尔甘的这条路。他从来没有遇见过这么非凡的一个人，而以后在他的生命中再也不可能遇见第二个了。或许，他命中注定不是要成为一名作家，而是要与这个非同寻常的年轻女子相爱一场。还能有比这个更美妙的命运安排吗？他深受震撼，以至于演出结束之后，当其他人还在鼓掌致意的时候，他就已经从椅子上站了起来，逃走了。他急急忙忙地赶回到鹅弯，坐到了露台上面，大口大口地喝着威士忌，一边疯狂一般在纸上写着：诺-拉、诺-拉、诺-拉。他再也不知道接下来应该怎么办。离开欧若拉？可是，去哪里呢？回到嘈杂的纽约？他跟这幢屋子的主人签下了四个月的合约，而且已经支付了一半的租金。他来这里是为了写书，必须坚持下去。他一定要收拾心情，真正地像一个作家那样拿出行动来。

一直到在纸上写得手腕生疼，一直到威士忌喝得头昏脑涨，他才走下沙滩，闷闷不乐地靠在了一块大岩石上，凝视着远方的地平线。突然，他听到身后传来一阵脚步声。

“哈里？哈里，发生什么事了吗？”

是诺拉，还穿着那件绿色的裙子。她快步来到他的身边，跪在了沙滩上。

“哈里，天哪！你有什么不舒服吗？”

“什么……你在这里搞什么？”他只能问出这样一句话作为回答。

“演出结束后，我就在等你。我看到你在掌声中离去，然后就再也看不到你了。我感到有些担心……你为什么这么急着要离开？”

“你不应该来这里，诺拉。”

“为什么？”

“因为，我喝了酒。我想说的是：我有点醉了。现在，我有点后悔了。

如果早知道你要来的话，我就一滴酒都不沾了。”

“你为什么要喝酒呢，哈里？你看起来好悲伤……”

“我感到很孤独。我感到自己太孤独了。”

她依偎在他身上，眼睛闪闪发光，似乎要看到他的心里去。

“哈里，可是，你的身边有那么多人！”

“孤独感快要搞死我了，诺拉。”

“那么，我就来一直陪着你吧。”

“你不应该这样……”

“我渴望这样。除非，你觉得这样是在打搅你。”

“你永远也不会打搅我的。”

“哈里，为什么作家都显得那么孤独呢？海明威、梅尔维尔……他们全都是这个世界上最孤独的人！”

“我不知道是作家们特别孤独呢，还是说这种孤独感推动着他们去创作……”

“那为什么所有作家都要自杀呢？”

“并不是所有作家都会自杀。只有那些别人不再读他们的书的作家才会自杀。”

“我读你的书。我到市政图书馆借来了那本书，一个晚上就读完了！我太喜欢了！你是一个很伟大的作家，哈里！哈里……今天下午，我是为你唱的。那首歌，我是为你唱的！”

他笑了，看着她。她把她的手放到他的头发里，无尽温柔地摩挲，嘴里还在重复着说：

“你是一位很伟大的作家，哈里。你不应该感到孤独。我在这里呢。”

25.
关于诺拉

“说到底，哈里，怎样才能成为作家呢？”

“永远也不要放弃。你知道的，马库斯，自由，或者说对自由的渴望就好像是一场跟自己进行的战争。我们生活在这样一个社会里，大部分人都只是唯唯诺诺的办公室职员。要想摆脱这种命运，就必须同时跟自己以及整个世界做斗争。自由是一场每时每刻都在进行的战斗，而我们有时候自己都没有意识到。我这个人就从不屈服。”

美国内陆小城的不便之处，其中一个是城里只有志愿消防队，而他们的反应速度显然无法跟职业的消防队员相提并论。2008 年 6 月 20 日晚，当我看到科尔维特车身上火焰四射，并逐渐蔓延到用作车库的那间小房子的时候，我立刻报了警，可是志愿消防队过了很长一段时间才赶到鹅弯。所以，到最后，这幢大屋子本身没有被火烧到真是算得上一个奇迹。不过，在欧若拉消防队队长看来，主要因为车库其实是房子旁边一个单独的建筑物，这场火灾才能迅速地得到控制。

当警察和消防队在鹅弯开始忙起来的时候，查韦斯·道恩也得到消息，并赶了过来。

“你没事吧，马库斯？”他边问边朝我快步走来。

“我没事，就是整个房子差点烧着了……”

“到底发生了什么事？”

“我从格兰德沙滩回来经过沙石路的时候，看到一个在树林里逃窜的身影，然后我就发现车子起火了……”

“你当时看清楚那个人是谁了吗？”

“没有，一切发生得太快了。”

当消防员赶来的时候，一位警察也来到了现场，现在他正在屋子的周围搜查。突然，他把我们叫了过去，因为他在大门的门洞里发现了一张字条，上面写着：

快回你的家，戈德曼

“真该死！昨天我也收到了一张同样的字条。”我说。

“还有一张？在什么地方？”查韦斯问道。

“在我的车上。我在百货公司里待了十分钟，回来的时候，就发现有一张同样的字条夹在了雨刷的后面。”

“你觉得是有人在跟踪你吗？”

“我……我不知道，当时我没有留意这个，这到底意味着什么呢？”

“我觉得这次的火灾多半是一次警告，马库斯。”

“警告？为什么会有人要警告我？”

“似乎有人不太喜欢你在欧若拉出现，大家都知道你问了很多问题……”

“也就是说，有人害怕我发现诺拉的事？”

“可能吧。不管怎么说，我不喜欢这样，我对这件事有不好的预感。今晚，我会在这里留一支巡逻小队，这样会更安全一些。”

“不需要巡逻小队，这家伙如果想来找我，那就来吧，我会奉陪的。”

“冷静点，马库斯。不管你喜不喜欢，今天晚上在这里都会有一个巡逻小队看守。如果正如我所说的这是一次警告的话，那意味着还会有其他行动。你千万要小心。”

第二天一大早，我就赶到州立监狱把这件事告诉了哈里。

“快回你的家，戈德曼？”在我跟他说起字条的事情之后，他又将我的话说了一遍。

“就是这样的，是电脑打印的字体。”

“警察都做了什么？”

“查韦斯·道恩来了。他拿走了那张字条，说要叫人研究一下。他认为这是一次警告。可能有人不希望我再继续调查这个案件。有人或许认为你是一个理想的犯罪嫌疑人，所以不想我出来搅局。”

“是那个杀死诺拉和德波拉·库佩的人吗？”

“有可能。”

哈里的表情严肃了起来。

“洛特跟我说，我下星期二就要面对陪审团了。一小撮优良市民会研究我的情况，决定对我的指控是否成立。一般来说，陪审团总是遵循检察官的意见……这简直就是噩梦，马库斯，每过一天，我就感觉自己陷得更深，更加茫然失措。一开始，我被逮捕的时候，我对自己说这是个错误，用不了几个小时就能搞清楚了。可是现在，一直到案件审理完结之前，我都要被关在这里了，天知道这个过程还要持续多久啊，况且我还有可能会面临死刑。是死刑，马库斯！我时时刻刻都在想这件事情，害怕极了。”

哈里变憔悴了，我看得很真切，而他在这里才关了刚刚一个星期多一点，很显然，他应该撑不过一个月了。

“我们会把你从这里救出去的，哈里。我们会找出真相。洛特是一个很好的律师。我们要有信心。继续和我说一说你的故事，好吗？跟我说说诺拉。你继续讲下去，后来又发生了什么事情？”

“后来？”

“就是在沙滩上的那件事以后。那个星期六，诺拉在表演结束后来沙滩找到你，她对你说，你不应该感到孤独。”

我一边说着，一边将录音机打开放到了桌上！他勉强笑了笑。

“你是个好人，马库斯。这很重要：诺拉来到了沙滩上，对我说不要感到孤单，她会陪着我……说到底，我其实一直是一个很孤独的人，但是突然就变得不同了。和诺拉在一起，我感觉我是某个整体的一部分，一个由我们两个一起组成的整体。当她不在我身边的时候，我感觉内心空荡荡的，有一种之前从未体验过的依恋别人的感觉，就好像是，当她一走进我的生活之后，我的世界没有她就再也不能运转了。我知道我的幸福离不开她，我也知道她和我的关系很复杂。我的第一反应就是压抑我的情感：这原本应该是一段不可能发生的故事。那个星期六，我们一起在沙滩上待了一会儿，然后我就对她说现在已经很晚了，她应该回家，要不父母得着急了，她听了我的话，后来就走了，沿着沙滩，我看着她一点点远去，期盼着她能回过头来，哪怕只有一次，向我招招手。‘诺-拉’，我必须把她从大脑里清除……因此，在接下来的一个星期里，我尝试着主动接近珍妮以便忘掉诺拉，就是那个现在已经成了‘克拉克之家’老板的珍妮。”

“等一等……你的意思是，你和我说的珍妮，那个 1975 年‘克拉克之家’的服务员，就是珍妮·道恩，查韦斯的太太，现在‘克拉克之家’的老板吗？”

“就是她。30 年后的她。当时，她还是一位美丽的姑娘，当然，她现在也很美。你要知道，她完全可以去好莱坞碰碰运气什么的，比如去当个演员。她经常这么说。离开欧若拉，到加利福尼亚去过上等人的生活。但是她没有这么做，而是留在了这里，从她母亲那儿接过了这家餐厅，她可能这一辈子就只能卖汉堡包了吧。这是她自己的错：人的命运都是自己选择的，马库斯。我知道自己在说些什么……”

“你为什么和我说这个？”

“这不重要……我只是随便说说，可能有点太陷到自己的故事里了吧。我刚才和你说到珍妮，24岁时候的珍妮真的是一位美女：她高中的时候就是校花，一个能让任何男人都会回头多看一眼的金发女郎。当时，所有的人都想要赢得她的青睐。而我，白天都是由她陪伴在‘克拉克之家’度过的。我在那家餐馆建了一个账户，我所有的账都记在了上面。我对自己的开销毫不在意，实际上我已经为租鹅弯的房子几乎用尽了所有的积蓄，手头也越来越吃紧了。”

1975年6月18日

自从哈里来到了欧若拉之后，珍妮·奎因每天早上就得多花一个多小时用来梳妆打扮。从第一天看到他开始，她就爱上了他。她以前从来没有过类似的感受：他就是她生命中的那个男人，她知道的，而他也就是她一直在等待的那个人。每当看到他的时候，她都会幻想他们在一起的生活，幻想他们盛大的婚礼和在纽约的日子。鹅弯会成为他们夏日的度假屋，在这里，他能静静地审阅小说的底稿，而她也能回来探望父母。他就是那个将带她远离欧若拉的人，从此，她再也不用收拾布满油污的桌子，再也不用清洗这个乡巴佬餐厅的厕所了。她会到百老汇开始自己的演艺生涯，她会去加利福尼亚拍电影。到时候，各家报刊都会津津乐道于他们这一对情侣。

她这并不是在胡思乱想，她的这一番想象也不是空穴来风：在哈里和她之间肯定发生了些什么。他同样也爱着她，这毫无疑问。要不然，他为什么每天都要来“克拉克之家”呢？每一天啊！还有，他们之间的谈话，在吧台啊！她多么喜欢他坐到吧台前，来和她聊聊天啊。他和她之前见过的所有男人都很不一样，比他们都好了不止一点半点。她的妈妈塔玛拉向“克拉克之家”的员工们下达了严格的指令，尤其是不允许她们和哈里说话，以免分散他的注意力。她也曾经在家里面责备过她的女儿，因为她觉得女儿的行为太不合适了。但是，她的妈妈什么都不明白，她根本不知道哈里爱她的女儿爱到可以为她写出一本书来。

已经有好几天了，她一直对这本书有些疑问，而那一天，她终于得到了答案。哈里清晨时分就来到了“克拉克之家”，当时还不到六点半，餐厅也才刚刚开门。他很少会这么早来到这里，通常只有长途货车司机和常年在路上的办事员才会在这个点进餐厅吃饭。他刚刚在他的桌子旁边坐下，就开始疯狂一般地写了起来，整个人差不多都要趴在纸上了，似乎是怕别人看到他在写些什么。有时候，他会停下来，久久地看着他眼前的纸页，她装作什么都没有看，但是她知道，他正在目不转睛地盯着他写的东西。一开始，她并不明白他的目光为何会如此执着。快到中午的时候，她突然明白了，他正在为她写一本书。对，就是她，珍妮·奎因就是哈里·戈贝尔新创作巨著的主人公。这就是他不想让别人看到他在写什么的原因。当她意识到这一点的时候，感到体内涌起了一股极大的兴奋感。既然现在已经是吃饭的时候了，她就借这个机会拿了菜单过去，打算顺便跟他聊两句。

一整个早上，他都在纸上重复写着两个字：诺-拉。她的样子一直在他的脑海里，她的面容俘虏了他的全部思绪。有时候，他会闭上双眼想象着她的样子，然后为了让自己好过一点，他又会努力地看着珍妮，希望能将她忘记。珍妮是一个美丽的姑娘，为什么他就不能爱上她呢？

当快到中午的时候，他看到珍妮拿着菜单和咖啡走了过来，他用一张白纸盖住了他在写的那张纸，每次有人靠近的时候，他都会这么做。

“该吃点东西了，哈里。”她用妈妈一般的口吻说道，“这一整天，你除了一升半的咖啡外什么都没有吃，你要是再这样空着肚子下去，会胃酸的。”

他努力地在脸上堆出一个礼貌的微笑，然后和她聊了几句。他感到他的前额上出了汗，就用手背擦了擦。

“你很热吗？哈里。你工作得太努力了！”

“可能吧！”

“你现在有灵感了吗？”

“是的，可以说，这一段时间，进展得还不错。”

“你一个早上连头都没有抬起过。”

“是的！”

她露出了朋友一般的微笑，想让他知道，她关心他现在正在写的书。

“哈里……我知道这有些不太合适，但是……我能读一读吗？就几页？我非常好奇，你现在在写什么呢，应该都是一些优美的文字吧！”

“现在，我还没有写完呢……”

“肯定已经很棒了。”

“我们以后再看吧。”

她又笑了笑。

“让我给你倒杯柠檬水，让你凉快些吧。你想吃点什么东西吗？”

“我想吃点鸡蛋和熏肉。”

珍妮马上消失在了厨房里，但他听见她对厨房里的人嚷道：“给我们伟大的作家准备些鸡蛋和熏肉！”她的妈妈看到她在餐厅里和客人聊天，就想要提醒她遵守规则。

“珍妮，我希望你不要再打扰戈贝尔先生！”

“打扰？哦，妈妈，你当时没在，我是给他带去灵感呢。”

塔玛拉·奎因疑惑地看着她的女儿。她的女儿是个好姑娘，但是太过单纯。

“你哪来的这么多废话？”

“我知道哈里喜欢我，妈妈。我觉得在他的新书里面，我肯定是举足轻重的。就是这样的，妈妈，你的女儿这一辈子不用再送熏肉和咖啡了。你的女儿会成为一个大人物。”

“你在和我胡扯什么啊？”

为了让她的妈妈能更好地明白，珍妮略微有些夸大其词。

“哈里和我马上就要正式确定关系了。”

她带着胜利者的姿态狡黠地一笑，然后像第一夫人一般走回了餐厅。

塔玛拉·奎因无法再抑制她满心的欢喜和笑容。如果她的女儿真能抓住戈贝尔的心，那么全国人民都会知道“克拉克之家”的。谁知道呢？也许婚礼还能在这里举行。为此，她会想办法说服哈里的。到那个时候，整个街区都会被围起来，街上会撑起白色的观礼帐篷，客人们成群而至，大半个纽约的名流都会到场，几十个记者也会来报道婚礼的盛况，周围闪光灯的声音会一直响个不停。他就是珍妮的真命天子啊。

那一天，哈里下午四点就匆匆忙忙地离开了“克拉克之家”，好像是突然受到了钟声的惊吓。他迅速地钻进了停在餐厅前面的车子，然后飞快地开走了。他不想迟到，不想错过她。他刚走不久，就有一辆欧若拉警察局的警车停到了他刚空出来的那个地方。查韦斯·道恩警官悄悄地往餐厅里看了看，手紧紧地扣在了方向盘上。他发现里面还有很多人，有点不敢进去。于是，正好利用这个时间来重复他准备好要说的话。只有一句，他一定能说好的，他不应该如此害羞。这句话虽然只有十多个字，但让他备受煎熬。他看着后视镜，对着自己说：“你好啊，珍妮，我是说，我们星期六能不能一起去看电影（因为紧张而口齿不清）……”他狠狠地骂着自己：这根本就不算一句话！一句根本就不难的话，可他就是记不住。他将一张折好的字条打开，重新把上面的字念了一遍：

你好，珍妮：

我想说，如果你有空的话，我们星期六晚上能一起到蒙特贝利去看场电影吗？

这其实一点都不难。他只需要带着微笑走进“克拉克之家”，到吧台点一杯咖啡。当她往杯子里冲咖啡的时候，他把这句话说出来就可以了。他重新整理了一下头发，装作在对着车上的对讲机讲话，这样如果有人看到他的话，会以为他正在执行公务。他等了十分钟，四位客人一起走出了“克拉克之家”。现在前路无阻了，他的心怦怦直跳，他的胸膛，他的手，他的头，似乎连他的指尖都能感受到每一次心脏的跳动。他从车里出来，将字条紧紧地攥在手心。他爱她。从上高中开始，他就爱着她，她是他见过的最迷人的女人。他就是为了她才留在欧若拉的。在读警察学院的时候，他的才华备受赏识，大家都建议他把眼光放高点，而不要局限在一个小的地方警局。有人建议他去试一试州立警察局，甚至是联邦调查局也有可能。而一个从华盛顿来的人就曾经对他说过：“小子，不要把你的时间浪费在这块不毛之地上。联邦调查局正在招人呢，这算得上是一件大事吧？”这可是联邦调查局。曾经有人邀请他加入联邦调查局啊。也许，他甚至还能请求加入旨在保护总统和国家高层人士的那个大名鼎鼎的美国特勤处。可是，在欧若拉还有这位“克拉克之家”的服务员，这位他一直深爱的姑娘，这位他希望有一天能赢得她垂青的姑娘。出于这一份爱，他请求加入了欧若拉警察局。没有珍妮，他的生活就没有意义了。他走到餐厅前，深吸一口气，然后走了进去。

她想着哈里，机械地擦着已经擦干的杯子。这段时间，他总是在下午快四点的时候离开。她想知道，是什么事情能让他这么准时地离开。是约会吗？和谁呢？就在这个时候，一位客人坐到了吧台的旁边，打断了她的思绪。

“你好，珍妮。”

来的人是查韦斯，她那个成了警察的高中好朋友。

“嘿，查韦斯，我给你来杯咖啡吧。”

“好的。”

他闭上双眼，定了定神。他必须对着她把那句话说出来。她把咖啡杯放在他的前面，添满。出击的时候到了。

“珍妮……我想对你说……”

“嗯？”

她清澈的眸子看着他，他一下子不知所措起来。接下来说什么？对，电影。

“电影。”他说。

“什么电影？”

“我……在曼彻斯特的电影院里发生了一桩抢劫案。”

“哦，是吗？在电影院里发生了抢劫案？这真有意思。”

“哦，我想说的是在曼彻斯特邮局。”

他到底为什么要说抢劫的事情啊？电影，他应该说的是电影的事！

“到底是邮局还是电影院啊？”珍妮问道。

电影。电影。电影。电影，说电影的事情！他的心快要爆炸了，于是，他终于说了那句话：

“珍妮……我想说……我的意思是要不……嗯，要是你想的话……”

就在这个时候，在厨房里的塔玛拉开始呼唤她的女儿，珍妮只能打断了他那句即将说出来的话。

“对不起，查韦斯，我得过去了。妈妈最近的脾气坏透了。”

就这样，这位年轻的姑娘还没等我们年轻的警官把话说完，就消失在了厨房那两扇摆动的门后面。他叹了口气，低声对自己说：“我想说，如果你有空的话，我们星期六晚上能一起到蒙特贝利去看场电影吗？”他留下了5美元，而他那杯还基本没喝过的咖啡其实只卖50美分。然后，他就失落地离开了“克拉克之家”。

“那些天，你下午四点钟都到什么地方去了，哈里？”我问道。

他没有马上回答，而是透过旁边的窗子望出去，我仿佛在他的脸上看到了一丝幸福的微笑。最后，他对我说：“我是多么需要见到她……”

“诺拉，嗯？”

“是的，你知道，珍妮是一位非常迷人的姑娘，但她不是诺拉。和诺拉在一起，那才算是在这个世界上真正地活着。我不知道还能怎么跟你解释。反正，每一秒和她在一起的时间，那一秒钟才能算是我生命中真正充实的一秒。我认为这就是爱情的意义。那个笑声，马库斯，就是那个笑声，在我的脑海里回荡了33年。那个美丽非凡的眼神，那双闪烁着生命力的眼睛，它们总在我的眼前闪动……还有她的每一个动作，她整理头发的姿势，她咬嘴唇的样子。她的声音，也都一直在我的头脑中回响，有时候，我能感觉到她就在那里。每当我到市中心，到码头，到百货商店的时候，我都仿佛能够看到她就在我身边跟我畅谈人生和书籍。1975年6月，她才走进我的生活不到一个月，但是我已经有一种感觉，就好像她一直是我生命当中的一部分。当她不在我身边的时候，我会感到一切都失去了意义。没有诺拉的一天，就是迷失的一天。我每一天都想见到她，而根本无法等到下个星期六。所以，我就开始到她的中学门口去等她，这就是我每天下午4点从“克拉克之家”出来之后做的事情。我开着我的车，到欧若拉中学去。我把车停到正对着学校大门的教师停车场里。我就在那儿，藏在汽车里，等着她出现。只要一看到她，我就会感到自己又充满了活力，浑身是劲。只要能看到她，我就已经觉得很幸福很满足了。我会看着她登上学校的大巴车，我就这样一直待在那里，看着大巴车消失在路的尽头。我当时应该是疯了吧，马库斯？”

“不，我并不这样认为，哈里。”

“我就知道一点，那就是诺拉存在于我的身体里。千真万确。又是一个星期六来临了，一个阳光灿烂的星期六。那一天，由于天气很好，大家都去了沙滩。‘克拉克之家’显得有点冷清，于是我和诺拉进行了一次长谈。她说她经常想我，想到我的书，还说，我现在写的书肯定会是一部巨著。等到她下午六点工作完以后，我提议用车送她回家。我把她送到了她家附近一条没人的小路旁边。她问我是否想和她散散步，我对她说，这可能不太好。因为要是有人看到我们一起散步的话，肯定会有很多闲言碎语的。我记得她当时对我说：‘散步并不是犯罪，哈里……’‘我知道，诺拉，但是我担心这会让人胡乱猜疑。’她轻轻噘了噘嘴：‘我很想陪着你，哈里，你是一个了不起的人。如果我们两个不用躲躲藏藏的，如果我们能有更多的时间在一起，那该有多好啊。’”

1975 年 6 月 28 日

已经下午四点了，珍妮·奎因还在“克拉克之家”的吧台后面忙来忙去。每一次店门打开的时候，她都会跳起来，心里期望着开门的人就是他。但是每一次希望都落了空。她变得有些神经兮兮，恼羞成怒起来。门又被打开了一次，而这一次还不是哈里，是她的妈妈塔玛拉。她被自己女儿身上穿的衣服吓到了：珍妮穿了那套她一般只在庆典上才穿的迷人的乳白色套装。

“我亲爱的，你怎么穿成这个样子？”塔玛拉问道，“你的围裙呢？”

“也许我再也不会穿你那些丑陋的围裙了，我穿上它们之后丑极了。我有权利时不时穿漂亮一点，不是吗？你觉得像这种每天端送牛排的活儿，我很爱干？”

珍妮的眼睛里这时已经噙着泪水了。

“到底发生了什么事？”她的母亲问道。

“只有星期六，只有星期六我不工作！我周末从不工作的！”

"诺拉向我请求今天休息一天的时候，是你坚持要顶替她的啊。"

"是的，可能吧。我不知道。哦，妈妈，我真是太不幸了。"

珍妮用两只手无聊地把玩着一瓶番茄酱，一不小心把它摔到了地上。瓶子被摔得粉碎，她那雪白的法兰绒衣服也溅满了红色的番茄酱。她突然哭了起来。

"我的小宝贝儿，你到底怎么了？"她的妈妈担心地问道。

"我在等哈里，妈妈！他每个星期六都来的……今天他怎么没来啊？哦，妈妈。我真的是个傻瓜！我怎么能以为他爱我呢？一个像哈里那样的男人永远也不会想要一个像我这样整天送汉堡包的下贱小服务员。我真是傻透了。"

"别这么说。"塔玛拉一边抱起珍妮，一边安慰她，"快去玩玩，享受一下你的休息日。我来顶替你，我可不想看到你哭。你是一个好姑娘，我肯定哈里是喜欢你的。"

"那他为什么今天没有来？"

奎因夫人想了想。

"他知道你今天工作吗？你可是星期六从来都不工作的，如果你不工作的话，他为什么要来呢？你知道我是怎么想的吗？哈里应该很难过，因为他知道星期六看不到你。"

珍妮的脸舒展了开来。

"哦，妈妈，为什么我没想到啊！"

"你应该去他家找他。我肯定他见到你会很开心的。"

珍妮的脸上露出了笑意。她的妈妈分析得实在太好了！去鹅弯找哈里，给他带点吃的东西。这个可怜的男人肯定在努力地工作，他肯定忘了吃午饭了。于是，她跑到厨房去看看有没有一些做好的菜。

就在同一时刻，在 20 英里外，缅因州的小城洛克兰，哈里和诺拉正在海边野炊。诺拉向长鸣的大海鸥扔出了面包屑。

“我很喜欢海鸥！”诺拉大声叫道，“这是我最喜欢的鸟，或许是因为我爱大海的原因吧，有海鸥的地方，就能看到大海。真的是这样，就算是天际被树木遮挡，天空中飞翔的海鸥还是会提醒我们大海就在后面。在你的书里说说海鸥吧，哈里？”

“如果你想的话，我会在书里放进你想要的任何东西。”

“书里边写的是什么？”

“我很想告诉你，但是我不能。”

“这是一个爱情故事吗？”

“某种程度上，是吧。”

他高兴地看着她，拿出了手里的本子，试着用铅笔勾勒出当时的景象。

“你在做什么？”她问道。

“在素描。”

“你还会画画？天哪，真是多才多艺，快给我看看！”

她走了过来，在看到画的时候显得很兴奋。

“太美了，哈里！你真是个才华横溢的人！”

她温柔地向他依偎了过来，但是他像条件反射一样将她挡了回去，然后看看周围是否有人看到了他们。

“你为什么要这么做？”诺拉生气地说道，“你是因为我而感到羞耻吗？”

“诺拉，你只有 15 岁……我已经 34 岁了。人们是不会认可我们的。”

“世人都是些蠢货。”

他笑了，然后用几笔勾勒出了她生气的样子。她又向他靠了过来，这次他没有将她挡开。于是他们一起看着海鸥争抢面包屑。

这次偷偷的约会是他们几天前决定的。他在她放学后到她家旁边等她。就在学校的巴士停靠的地方。当她见到他的时候，真是又高兴又吃惊。

“哈里，你在这里干吗呢？”她问道。

“嗯，我也不知道。我就是想见见你。我……你知道的，诺拉，我重新考虑了你的提议……”

“就只有我们两个人在一起？”

“是的。我们这个周末或许能一起出去。就去不远的地方，比如说洛克兰。在那个地方，没有人会知道我们。这样我们会感到更自由。当然，这还得你愿意才行。”

“哦，哈里，这简直是太棒了！但是只能是星期六，因为我不能错过星期天的弥撒。”

“好的，那就星期六。你那天能有空出来吗？”

“当然！我会去向奎因夫人请假的。我也知道怎么和我的父母解释，你不用担心。”

她知道怎么去和她的父母解释。当听到她说这句话的时候，他心里在想：为什么自己会喜欢上一位这么年轻的姑娘？而如今在洛克兰的沙滩上，他又想起了诺拉的父母。

“你在想什么呢，哈里？”诺拉依偎在哈里身旁问道。

“在想我们正在做的事情。”

“我们现在做的事情有什么不对吗？”

“你应该很清楚吧，呃，或者也可能未必。你对你的父母是怎么说的？”

“他们以为我和我的朋友南希·海特薇在一起，以为我们很早就从家里出来，然后会到她的男朋友泰迪·巴普斯特父亲的船上玩一天。”

“南希在哪里？”

“她正和泰迪单独在船上待着呢。她对泰迪的父母说，我和他们在一起。这样，他的父母就能让他们单独在那里待着了。”

“也就是说，她的妈妈相信她和你在一起，而你的妈妈也相信你和南希在一起。而就算她们互相打电话的话，得到的信息也都会是一致的。”

“是的，这是一个天衣无缝的计划。我需要在晚上八点前赶回去，我们还有时间跳舞吗？我很希望我们能够一起跳舞。”

珍妮到鹅弯的时候已经是下午三点了。当她把车停到屋子前面的时候，发现哈里的那辆雪佛兰不在那里。她想，哈里可能是出去了吧，尽管如此，她还是按了门铃。正如她所料，屋里没人回应。她又绕了一圈，看看他是不是在露台上，但没有发现任何人影。最后，她还是决定到屋子里去看看。哈里可能是出去让脑子休息一下，透透气吧。这段时间，他一直工作很辛苦，需要休息休息。她带来了夹肉三明治、鸡蛋、奶酪、配上了她秘制沙拉酱的生菜拼盘、一小块馅饼，还有几个味美多汁的水果。等他回来的时候，看到一桌的好菜，肯定会很高兴的。

珍妮还从来没有到鹅弯的屋子里面看过，里面的一切对她来说都很美。这是一所装修别致的大房子，屋顶上能看到横梁，墙的四周有很大的书架，地板是用漆过的木头铺就的，透过屋里的大落地窗，还能看到迷人的海景。她忍不住幻想和哈里一起住在这里：夏天的时候在露台上吃早餐，冬天就待在热乎乎的地方。到时候，他们会坐在客厅的壁炉旁边足不出户，让他好好地在那里推敲他新小说里的词句和段落。为什么要去纽约呢？就算在这里，只要他们能在一起，他们也能很快乐。他们不需要其他东西，只要拥有彼此就好了。想到这里，她把带过来的菜放到了餐厅的桌子上，然后又在一个橱柜里找到了碗碟，拿出来一一摆放好。当这一切完工后，她就坐在椅子上，静静等待着。希望能带给他一个惊喜。

她等了差不多一个小时。他到底去干什么了呢？因为等得有些无聊了，她决定看看屋子里的其他地方。她走进的第一间房间就是一楼的书房。地方虽然有点小，但是也算安排得井井有条。里面有一个很大的壁橱，一张乌木做的写字台，一个靠墙的书架和一张很大的书桌，上面摆满了纸和笔。哈里就是在这里工作的吧！她朝书桌走了过去，只是想随便看看。她并不是要窃取他的作品，也不想辜负他的信任，她只是想看一看他整天在那里写，究竟是怎么样描写她的。而且，应该没有人会知道她看过他的东西。在确认自己有权这么做后，她翻开了那一堆纸的第一页，然后开始读了起来，她的心跳很快。第一行字被黑色的笔给涂黑了，以至于她无法辨认他到底在写什么。但是接下来，她清楚地看到了以下文字：

我去“克拉克之家”只是想看到她。我去那里只是为了来到她的身边。她是我梦想的全部，我的心被占领了。我像着了魔一样。但是我没有权利，我不应该这么做。我不应该去那边，我甚至不应该来这座给我带来痛苦的城市。我应该离开，逃走，永远不再回来。我没有权利爱她，这是不允许的。我是疯了吗？

珍妮幸福得一下子笑开了花，开始亲吻起那张纸来，并将它紧紧地抱在了胸口。然后，她舞动了一下自己的身躯，高声叫道：“哈里，我的爱人，你并没有发疯！我也爱你，你对我有着和别人一样的权利。不要逃走，我亲爱的！我是那么爱你！”在兴奋劲过后，她赶快把纸放回书桌上，然后跑回了客厅里，生怕被人发现。她躺倒在沙发上，将裙子卷了上来，露出了她的大腿，同时解开了她的衣扣，露出了她的一对乳房。没有人为她写过这么美丽的话语。等他一回来，她就要把自己的全部都交给他。她会为他献上处子之身。

就在这个时候，大卫·凯尔甘走进了“克拉克之家”，坐到了吧台旁边，同往常一样点了一大杯温热的石榴汁。

“你的女儿今天不在这里工作，牧师。”塔玛拉一边送上了他点的东西一边对他说，“今天她休假了。”

“我知道，奎因夫人。今天她和她的朋友们去海上玩儿去了。是清晨出发的。她对我说让我好好在床上休息，她可真是一个好女儿。”

“你说得一点都没错，牧师。她也让我很满意。”

大卫・凯尔甘笑了笑。塔玛拉端详了一下这位乐呵呵的小个子男人。他和善的脸上戴着一副眼镜，约有 50 岁，很瘦，但是脆弱的外表下透出了一股强大的力量。他的声音平和而稳重，他说话的声音从来不会高过和他说话的人。她很欣赏他的为人，就像城里的其他人一样。她也很喜欢他的布道，即便他说话的时候带有南方人那种细碎的口音。他的女儿和他很像：温和可爱，待人热心亲切。大卫和诺拉・凯尔甘都是好人，美国好公民，好基督教徒。欧若拉的人都很喜欢他们。

“你在欧若拉已经有多长时间了，牧师？”塔玛拉・奎因问道，“我感觉你似乎一直住在这里。”

“已经快六年了，奎因夫人。美好的六年。”

牧师扫视了一下其他客人，作为这里的常客，他立即发现 17 号桌子是空着的。

“瞧，”他指了指，“作家没来吗？这可真是少见啊，是吧？”

“今天确实没来，这是一个很有魅力的人，你应该知道吧！”

“他对我也很好，我在这里见过他。他很客气地来观看中学今年的期末演出。我很想让他成为我们教区的一员。我们需要这样的人物来帮助整个城市进步。”

塔玛拉想到了她的女儿，脸上露出了笑容，她已经忍不住要和别人分享这个好消息了：

“你千万别跟别人说，牧师，他和我的珍妮之间擦出了一些小火花。”

大卫・凯尔甘笑了笑，然后喝了一大口他点的石榴汁。

洛克兰下午六点。露台上阳光普照，哈里和诺拉在吮吸着果汁。诺拉想让哈里给她讲他在纽约的生活。她什么都想知道。“把一切都告诉我吧。”她说道，“告诉我，在那边当一个明星是什么样的感觉。”他知道，在她的想象中，那是一种灯红酒绿的生活，但是他要怎么跟她说呢？告诉她，他并不是大家在欧若拉所想象的那样？告诉她，他的第一部小说无人问津，到现在为止还只是一个无名的中学教师？告诉她，他几乎身无分文，因为所有的钱都拿来租了鹅弯的房子？告诉她，他什么都还没写出来？告诉她，他就是一个骗子？告诉她，那个著名的作家，住在海边一所豪华别墅、在咖啡馆里写作的超级哈里·戈贝尔其实只剩下一个夏天的时间了？他不能把这个令人失望的事实告诉她，这样很可能会失去她。于是他决定编故事，决定继续扮演他的角色。那个天赋超群、受人尊敬的艺术家，厌倦了红毯和纽约的喧嚣，从而跑到新罕布什尔的小城里来为找回灵感而小憩。

“你真幸运，哈里。”听了他的故事之后，她惊喜万分，“你的生活真是精彩啊！有时候，我真想从欧若拉远远地飞走。你知道吗？我在这里都快窒息了。我的父母对我要求很多。我的父亲是位勇敢的人，但是他为教会工作，难免有一些固执的想法。而我的母亲对我真是太苛刻了！我想，她大概从来没有年轻过吧。还有每个星期天早上的弥撒，我真是受够了！我不知道自己是不是相信上帝，哈里，你相信上帝吗？如果你相信上帝的话，那我也相信。”

“我不知道，诺拉。我不知道。”

“我的母亲说，我们必须相信上帝，要不然，他就会狠狠地惩罚我们。有时候，我心里会想，如果心中不确定的话，那最好还是赶紧开溜吧。”

“说到底，”哈里回应道，“唯一知道上帝是否存在的人就是上帝本人。”

她大笑起来，笑声天真无邪。她温柔地握住他的手，问道：

“我们有权利不爱我们的母亲吗？”

“我认为是吧。爱并不是强迫出来的。”

“但是这一条就在十诫里面。爱你的父母。第四条，或者是第五条，我不记得了。尽管如此，第一诫是要相信上帝。但如果我不相信上帝的话，我是不是就不用爱我的母亲了呢？我的母亲太严厉了。有时候她会把我关在屋子里，还说我是个放荡坯子。我一点都不放荡，我只是想要自由。我想要拥有梦想的权利。我的天，已经快六点了，我多想让时间停下来，可是我要回去了。我们甚至都没有时间跳舞。”

“我们以后会跳的，诺拉。我们会跳的。我们有一生的时间可以一起跳舞。”

晚上八点的时候，珍妮突然惊醒了。在沙发上等着等着，她就慢慢睡着了。这个时候，太阳已经下山了，夜幕笼罩着大地。而她就这样躺在长沙发上，嘴角挂着一丝口水，口里喘着粗气。她将内裤拉了上来，重新将乳房用衣物盖上，急急忙忙地将她带来的食物重新包好，害羞地从鹅弯的屋子离开了。

几分钟后，他们回到了欧若拉。哈里将车停到了港口旁边的一条小路上，以便诺拉能和她的好友南希在那里会合，再一起回家。他们在车里坐了一会儿。路上很冷清，白天也已经过去，诺拉这时从她的包里拿出了一个盒子。

“这是什么？”哈里问道。

“快打开，这是给你准备的礼物。我在市中心的一家小店里发现的，我们还在那儿一起喝过果汁。这是一件让你永远不要忘记今天的礼物。”

他打开了包装，里面是一个铁盒子，上面刷了蓝漆，还刻着一行字：*缅因州，洛克兰留念*。

“这是用来放干面包的。”诺拉说，“这样，你就可以喂你家的海鸥了。喂海鸥这件事情很重要。”

“谢谢，我向你保证，永远都会喂海鸥。”

“现在，和我说几句甜言蜜语吧，我亲爱的哈里。跟我说，我是你亲爱的诺拉。”

“亲爱的诺拉……”

她笑了，将她的脸凑过去想要亲吻他。他突然向后退了一下。

"诺拉，"他突然说道，"这不可能。"

"嗯？为什么？"

"你和我要在一起太复杂了。"

"有什么太复杂的？"

"所有的一切，诺拉，所有的一切。你现在就赶快去找你的朋友，已经很晚了。我……我想，我们应该彼此再不见面了。"

他迅速走下车，为她把车门打开。她最好赶紧走，因为要忍住不对她说他有多么爱她，这真的是无比痛苦。

"也就是说，在你家厨房里的面包盒就是你们在洛克兰那天的纪念品喽？"我问道。

"是的，马库斯。我喂海鸥的原因就是诺拉曾经让我这么做。"

"洛克兰之后发生了什么事？"

"那一天真的太美好，反而让我心生恐惧。这真的很美好，但是太过复杂。后来，我决定远离诺拉，转而去追求另一位姑娘。一位我可以有权利喜欢上的姑娘，你猜猜是谁？"

"珍妮。"

"完全正确。"

"然后呢？"

"我下次再跟你说，马库斯。我们已经说了很多了，我现在累了。"

"当然，我很理解。"

我关掉了录音机。

24.
国庆节的回忆

“快站好防守姿势，马库斯。”

“防守姿势？”

“是的，快！抬起拳头，双腿站稳，准备战斗。你现在有什么感觉？”

“我……我感觉自己已经准备好面对一切了。”

“很好。你看，写作和拳击很相似。我们站好防守姿势，这就说明我们决定投入战斗了，我们抬起拳头，冲向对手。一本书，或多或少，差不多就是这样。一本书，就是一场战斗。”

“你不应该再调查下去了，马库斯。”

这是我到“克拉克之家”找她，想要让她给我讲述 1975 年她和哈里之间发生了什么故事的时候，她对我说的第一句话。地方的电视台已经报道了那次火灾，这个消息也因此渐渐地传开了。

“有什么原因能让我停止调查呢？”我问道。

“因为我很担心你，我不喜欢这样的事情……（她的声音中带有母亲的温柔）一开始可能是放火，到最后会演变成什么样的结局，我们根本不知道。”

“在弄清 33 年前发生的事情之前，我是不会离开这个城市的。”

“你可真倔，马库斯！倔得像头驴一样，真是和哈里没什么两样！”

“我会把你的这句话当作褒奖的。”

她笑了：“好吧，那我能为你做点什么？”

“我想和你谈谈，如果你愿意的话，也许我们可以到外面边走边聊。”

她将“克拉克之家”的工作交给了店里的一位员工，然后我们就一起下到了港口。我们面对着大海坐在一张长椅上。这时，我开始端详起这位已有50多岁的女人来。岁月掏空了她的身体，她现在太廋了，皱纹已经爬上了她的脸庞，她的眼睛下也出现了厚厚的眼袋。我开始在脑海中勾勒哈里口中那个美丽而年轻的金发女郎，体态丰满，高中时期的校花。突然，她问我：

“马库斯……那东西到底是什么感觉？”

“什么东西？”

“功名利禄。”

“会让人很痛苦。就是这么一个东西，经常会带来痛苦。”

“我记得，当你还是学生的时候，你和哈里会来‘克拉克之家’共同讨论写作。他曾经把你批评得狗血淋头。然后你们就一起在桌子边上待几个小时，重读你写的文章，重新起草，重新开始写作。我还记得你在这里的那些日子，当你和哈里在晨跑的时候和你们不期而遇，嘿，那可是当时你们雷打不动的习惯啊。你知道吗，当你来的时候，他就会很高兴，就像换了一个人似的。我们都会提前知道你来的日子，因为他几天前就会和大家说起。他见人就讲：‘我跟你说，马库斯下个星期就要来拜访我了。他真是个了不起的家伙啊。他一定能在写作这条路上走得很远的，我知道。’你的来访改变了他的生活。你的出现改变了他的人生。大家都不是傻子，我们知道哈里一个人在他的屋子里是多么孤独。从你一开始走进他生活的那一天起，一切都改变了。就仿佛是一次重生，又好像是这个孤独的老人终于让一个人喜欢上了他一样，你在这里的时候给他带来了极大的欢愉。而在你离开的日子里，他总会和我们喋喋不休地提到马库斯这，马库斯那。他是那么因你而感到骄傲。就像一个父亲对儿子的那种情感。你是他不曾拥有过的儿子，他无时无刻不在提起你，好像你从来都没有离开过欧若拉，马库斯。然后某一天，我们看到你上了报纸。人们称之为马库斯·戈德曼现象。一位伟大的作家诞生了。哈里将百货商店里所有的报纸都买了下来，还在‘克拉克之家’设了香槟酒宴。这一切都是为了马库斯，马库斯万岁！我们在电视上看到了你，我们在广播上听到了有关你的报道，整个美国一时间都只在讨论你和你的书。他买了好几十本，然后到处送人。而我们都问你怎么样了，你什么时候再回来？他说你一定过得很好，但是已经没有太多你的消息了。说你肯定是太忙了。然后逐渐地，你就不再给他打电话了，马可。你忙于做你认为重要的事情，忙着上报纸，忙着在电视上走秀，但是你让他失望了。你不再回来这里。他是那么为你感到骄傲，那么想得到你哪怕一点点的消息，但是从来都没有盼来。你是成功了，你是获得名利了，所以你不再需要他了。”

“不是这样的！”我叫道，“我确实是被成功冲昏了头脑，但我还是会想到他。每一天都想，不过那个时候，我自己也不再拥有自己的时间，哪怕是一秒钟。”

“甚至没有一点时间来给他打个电话吗？”

“我当然给他打过电话了。”

“你是在遇到大麻烦的时候才给他打电话的。因为在卖掉不知道几百万册书之后，大作家先生突然胆怯了，不知道写什么东西了。就连这件事，他也跟我们做了‘直播’，这就是我为什么知道这么多的原因。哈里当时跑到‘克拉克之家’来，坐在吧台旁边，焦虑万分，因为他刚收到了你的电话，说你很失落，因为你失去了写作的思路，而你的出版商要把你亲爱的每一分钱都给拿走。然后突然，你就灰溜溜地出现在欧若拉，哈里却竭尽所能来安慰你。我可怜而不幸的小作家，你还能写出什么来呢？就这样过了两个星期，好吧，奇迹出现了：丑闻大爆发，然后又是谁大驾光临了呢？是高尚的马库斯。可是，你来欧若拉搞什么鬼呢，马库斯？是来为你的下一部书寻找灵感吗？"

"是什么让你这么想的？"

"我的直觉。"

我愣了一下没有马上回答，过了一阵子才说：

"我的出版商建议我写一本书，但是我不会写的。"

"问题恰恰是，你不能不去这么做，马可！因为写这样一本书，可能是唯一能向整个美国证明哈里不是一个禽兽的方法。他什么都没有做，我确信无疑。我在内心深处很了解他。你不能放任他不管，他也只有你能指望了。你是个名人，人们会听你说的话。你应该写一本关于哈里的书，写这么多年你们两个在一起的事。向大家说一说这是一个多么非凡的人。"

我低声问道："你还爱着他，是吧？"

她的眼皮低垂了下去："我觉得我不知道爱意味着什么。"

"我觉得恰恰相反，你知道的。尽管你那么努力地想要恨他，但是只需要看一看你是怎么说起他的，一切也就明白了。"

她苦笑了一下，带着哭腔说："30多年来，我每一天都在想着他。我看到他是那么孤独，我是多么想让他快乐起来。而我呢，看看我吧，马库斯……我曾经憧憬着成为一名电影明星，但最终只是成了一位油炸明星。我没有得到我想要的生活。"

我感到她此时已经准备要说出一些心里话来，于是就向她发出了请求：

"珍妮，请和我说说诺拉吧……"

她的笑中充满了苦涩。

"这是一位十分好心的姑娘。我的妈妈很喜欢她，她总是在我面前说她的好，这让我很生气。因为在诺拉来这里之前，我一直是这座城市里公认的美丽小公主。每个人都会多看我几眼。而她刚来的时候只有九岁，当时也没有人注意她的存在。之后的某一个夏天，常常发生在青春期少女身上的事情发生了：所有的人都注意到小诺拉长成了一位美丽的年轻姑娘。她有着迷人的双腿、丰满的乳房和天使一般的面庞。当这个新生的诺拉穿起泳装的时候，确实挺招人喜欢的。”

“你当时对她有点妒忌？”

她想了想，然后说：“是的，今天我可以对你说了，这已经不怎么重要了：是的，当时我的确有些嫉妒。男人们都会看她，而作为一个女人，我能感觉得到。”

“但是她只有 15 岁啊！”

“她完全没有小女孩的感觉，相信我。这就是一个女人，一个漂亮的女人。”

“你曾经怀疑过她和哈里吗？”

“一点都没有！在这里，没有人会往那方面去想。不会是哈里，也不会是其他任何人。她确实是一位美丽的姑娘，但是，她只有 15 岁，所有人都知道，她是凯尔甘牧师的女儿。”

“所以，你们之间不会因为哈里而产生敌意吧？”

“我的天，当然不会。”

“那哈里和你之间曾经有过什么故事吗？”

“算是有吧。我们在一起的时间不少。这里有很多姑娘都喜欢他。我想说的是，一位纽约名流跑到这么个穷乡僻壤来……”

“珍妮，我有一个问题可能会令你感到惊讶，但是……你知道当哈里来这里的时候，他其实还什么都不是吗？当时他只是一位花光了所有积蓄在鹅弯租了一幢房子的无名高中教师而已。”

“什么？但他当时已经是一位作家了啊……”

“他当时是出版了一本书，不过，他是用自己的钱出版的，而且没有任何反响。我想，那个时候，你们对于他的名声可能有一些误解，而他也利用了这种误解，在欧若拉获得了他想在纽约获得的东西。再之后，他又出版了《罪恶之源》，所以当初的那种‘误解’也就不是误解了。”

她听后笑了，像是被我逗乐了。

“原来是这样啊！我当时真的不知道。这个哈里啊……我记得，我们第一次约会的那一天，我是那么兴奋。我还记得那个日子，因为那天是独立纪念日。1975 年 7 月 4 日的独立纪念日。”

我在脑袋里迅速地算了算：7 月 4 日正好是洛克兰出游的几天之后。那个时候，哈里正准备将诺拉从他的脑海里抽离。于是，我让珍妮继续往下说：“和我说一说 7 月 4 日那天的情况吧。”

她闭上了眼睛，似乎在重温当时的一切。

“那是美丽的一天。哈里那天也来到了‘克拉克之家’，然后他邀请我一起去康科德看那里的烟火表演。他对我说，下午六点来接我。我一般六点半才下班，但我还是对他说没问题。而妈妈那天也让我早一点离开，好好梳妆打扮一下。”

1975 年 7 月 4 日　星期五

奎因家的房子在诺福克大街的旁边，当时是下午 5 点 45 分，家里已经忙得热火朝天了，因为珍妮还没有准备就绪。她穿着内衣疯了似的在楼梯上跑上跑下，每一次都在手里拿着一条不一样的裙子。

“这一条呢，妈妈，你觉得这一条怎么样？”她问这个问题的时候已经是第七次回到客厅里了，她的妈妈就站在那儿。

“不行，不能穿这一条。”塔玛拉严厉地说，“这条穿起来显得你的屁股太大了，要是你不想让哈里·戈贝尔认为你是一个暴饮暴食的家伙的话，就给我去换一条。”

珍妮迅速上楼回到她的房间里，她边哭边想自己是一个丑姑娘，她没什么可穿的，她会这样一直丑陋地孤独终老。

塔玛拉很焦急。她的女儿要能配得上哈里·戈贝尔，他和欧若拉其他的年轻人可不是一个层次的，她的女儿不能出半点闪失。她刚刚得知她女儿约会的消息，就悄悄地让她赶紧从“克拉克之家”离开了。要知道，当时还是中午，餐厅里坐满了客人。但是，她不想让她的珍妮再在这满是油烟味的餐厅多待哪怕一秒钟，生怕这些味道会留在她的皮肤和头发上。她今晚必须在哈里的面前展现完美的一面。她让珍妮去了美发店，还让珍妮去做了美甲。而她则把家里打扫得一尘不染，然后准备了一些她认为别致的小点心，要知道，哈里可能在路过的时候会进来吃点点心。她真是激动坏了，她已经迫不及待地想到婚礼了：她的女儿终于能出嫁了。她听到大门咔地响了一声，是她的丈夫——罗伯特·奎因回来了。他是康科德一家手套加工厂的工程师。她突然瞪大了眼睛，惊恐万分。

罗伯特一进门就发现一楼被打扫得一尘不染，在入口的地方放了一束鸢尾花，在桌子上还铺了桌布，这些他以前都没看到过。

“天哪，这到底是怎么了，小宝贝儿？”他在走进客厅的时候问道。在那里已经摆好了一张小桌子，上面放了一些精致的小甜点、一些咸食、一瓶香槟和小长脚杯。

“哦，波波，我的小波波。”她有些生气，不过还是努力装出友好的样子回答他，“你来得真不是时候。我不需要你现在来瞎掺和，我已经给手套厂留过言了啊。”

“我没收到，你怎么说的？”

“让你不要在晚上七点之前回家。”

“啊？为什么这样？”

“因为哈里·戈贝尔今晚请珍妮到康科德去看烟火表演。”

“谁是哈里·戈贝尔？”

“哦，波波，你得拓宽一点你的社交生活了！他就是5月底来的那位大作家。”

"啊，那为什么我不能回家呢？"

"'啊'？这人居然和我说'啊'。一个大作家垂青于我们的女儿，而你却在这里和我说'啊'。好吧，我不想让你回家的原因是你不懂得与名流说话的方式。你要知道，哈里·戈贝尔可不是什么小人物，他可是在鹅弯租房子住的人。"

"鹅弯的房子？好家伙。"

"对你这样的人，在鹅弯租一套房子可能是很大的一笔钱，但对他来说，可不就是等于往水里吐口唾沫那么简单吗？这就是纽约的名流！"

"往水里吐口唾沫？我可没听过这种说法。"

"哦，波波，你真是一无所知。"

罗伯特有些不高兴，走到他妻子准备的冷餐前。

"波波，什么都别动。"

"这些都是什么东西啊？"

"这不是东西，这是一桌精心准备的开胃菜，这叫作雅致。"

"但是，你跟我说过今晚有邻居邀请我们去他们家吃汉堡包啊！7月4日的时候，不是都要到邻居家去吃汉堡包吗！"

"是的，我们会去的。但是要晚一点！你可千万别和哈里说，我们会和一般人一样吃汉堡包的事！"

"但我们就是普通人啊。我喜欢吃汉堡包，而你开的也是一家汉堡包餐厅。"

"你真是什么都不懂，波波！这很不一样，我有很多宏大的计划。"

"我可不知道，你从来就没跟我说过。"

"我不是什么都跟你说的。"

"为什么不能什么都跟我说？我可是什么都跟你说的。今天我肚子疼了一下午。肚子胀气胀得很厉害。我甚至把自己关在办公室里，疼的时候就手脚着地趴在地上放屁。你看，我可什么都跟你说了。"

"够了，波波！你已经让我不能集中精力了。"

这时，珍妮穿了一条红裙子重新出现在客厅里。

"穿得太过了！"塔玛拉怒吼道，"你要穿出品位，但同时也要显得轻松自然。"

罗伯特·奎因趁他妻子的注意力转移的时候坐到了他最喜欢的椅子上，自己给自己倒了一杯苏格兰威士忌。

"不准坐下来！"塔玛拉叫道，"你会把所有的东西都弄脏的。你知道我花了多长时间来打扫吗？快去换衣服。"

"换衣服？"

"去换一套西装，我们总不能穿着拖鞋来接待哈里吧！"

"你把我们存着留到重大场合才会喝的香槟拿出来了？"

"现在就是一个重大场合！你想不想让我们的女儿嫁个如意郎君？快去换衣服吧，别在这里啰唆了，他应该快到了。"

塔玛拉陪着她的丈夫一直走到了楼梯旁，以便确认他按照她说的去做。在这个时候，珍妮哭着下了楼，就穿着一条内裤，袒露着乳房。她哭着说要取消所有的计划，因为这对于她来说太折磨了。罗伯特也趁机抱怨说他想读报纸，而不是想和这位大作家高谈阔论。而且，他也从来不读任何书籍，因为一看书他就会睡着，因此也不知道应该怎么和大作家交谈。现在已经是下午 5 点 50 分了，离约会还有十分钟，而他们三个人还在客厅里争论不休。就在这个时候，门铃响了。塔玛拉一度以为自己被吓出心脏病来了。他到了，我们的大作家提前到了。

有人按了门铃。哈里朝大门走来。他穿了一套亚麻材质的西装，头上戴了一顶轻便的帽子，他已经准备好去接珍妮了。他开了门，发现是诺拉。

"诺拉？你在这里干吗？"

"来问声好，有礼貌的人不都在见面的时候互相问好吗？而不是一上来就问你在这里干吗？”

他笑了：“你好，诺拉。对不起，我只是没想到会在这个时候看到你。”

“发生什么事情了，哈里？自打洛克兰回来以后，我就再也没有你的消息了。一整个星期都没有消息！是我不够好吗，还是我让你烦心了？哦，哈里，我多么怀念在洛克兰的那一天。真是太美妙了。”

“我一点都没有生气，诺拉。我也很怀念我们在洛克兰的那一天。”

“但是为什么我一点都没有收到你的消息？”

“都是因为我的书，我最近工作很辛苦。”

“我想每一天都和你在一起，哈里。一生一世。”

“你真是一位天使，诺拉。”

“我们今后可以在一起了，我不用去上学了。”

“什么意思，你不用去上学了？”

“现在学期结束了，哈里。现在是假期，你不知道吗？”

“不知道。”

她已经露出了愉快的神色。

“这很棒，不是吗？我想过了，我觉得我可以来这里照顾你。你在这里工作应该比在‘克拉克之家’喧嚣的环境中好很多。你可以在露台上写作。我觉得大海很美，我确信它肯定能给你带来灵感！而我呢，我会照顾你的起居。我保证肯定会全心全意地照顾好你的，让你做一个幸福的男人！我求求你了，让我来把你变成一个幸福的男人吧，哈里。”

他发现她带着一个篮子。

“这是给你带来的菜。”她说，“给我们两个今晚准备的。我还带了一瓶酒，我觉得我们可以在沙滩上野餐，那可是再浪漫不过了。”

他不想要浪漫的野餐，他不想接近她，他不想爱她，他需要忘记她。他后悔在那个星期六去了洛克兰，他和一位 15 岁的少女在她父母不知情的情况下到另一个州去幽会。如果警察逮到他们的话，完全可以认定他绑架了她。这个女孩会让他迷失自我，他需要将她排除到他的生活之外。

“今晚不行，诺拉。”他冷冷地说道。

她露出了极其失望的表情：“为什么？”

他或许应该对她说，他今晚会和另外一个女人约会。她听到这个消息肯定会很难过，但是她或许应该知道，他们之间是不可能的。但是，他又一次没能说出口，又一次地撒了谎：

“我要去康科德见我的出版商，他们 7 月 4 日特地来的。这真的很没意思，我其实很想和你单独做点其他什么的。”

“我能和你一起去吗？”

“不行，我觉得你会感到无聊的。”

“哈里，你穿这件衬衣的时候真帅。”

“谢谢。”

“哈里……我爱你。自从在沙滩上看到你的那个下午开始，我发了疯一般地爱上了你，我想和你一起共度余生。”

“别说了，诺拉。别这么说了。”

“为什么？这是事实啊！没有你在我的身边，我一天都受不了。每一天我只要看到你，就会感觉我的生命是最美好的！但是你，你应该很恨我吧，是吗？”

“不！当然不是！”

“我知道你肯定是觉得我丑。而且在洛克兰的时候，你肯定是觉得我很无趣，也正是因为这样，你才不再和我联络了。你肯定认为我是一个无趣又丑陋的小傻妞。”

“别乱说。来，我这就把你送回家去。”

“叫我亲爱的诺拉……快这么对我说。”

“我不能，诺拉。”

“求你了！”

"我做不到，这些话是不能说的！"

"为什么？为什么，看在上帝的分儿上？为什么我们明明爱着对方却不能相爱？"

他又把刚才的话重复了一遍："来，诺拉。我开车送你回家。"

"但是，哈里，假如我们没有爱的权利，为什么还要活着呢？"

他什么都没有回答，只是把她带到了他的黑色雪佛兰车旁。她哭了。

刚才敲门的并不是哈里·戈贝尔，而是欧若拉警察局警长的妻子——艾米·普拉特。作为夏日舞会的组织者，她通常会挨个儿敲门通知，这是这个城市最重要的活动之一，今年会在7月19日举行。当听到门铃响起的时候，塔玛拉马上把她半裸着的女儿和她的丈夫赶到了楼上，当她发现敲门的人是艾米·普拉特，而不是那位名流客人的时候，才松了一口气。艾米是为了舞会当晚的摇彩活动来卖票的。今年的一等奖是到马萨诸塞州马尔莎葡萄园岛上的一家高级酒店里度假一个星期，很多明星都喜欢到那里度假。当听到一等奖是什么的时候，塔玛拉的眼睛闪过了一丝光芒，于是她买了两打票。其实她原本是想给这位客人倒一杯橙汁的，要知道这是一位她一直很欣赏的女人，不过她还是冷冰冰地没有让客人进屋，因为当时已经是下午5点55分了。珍妮也终于平静了，穿着一条夏天穿的绿色裙子走了下来，她的父亲跟在后面，身上穿了三件套的西装。

"来的不是哈里，而是艾米·普拉特。"塔玛拉意兴阑珊地说道，"我就知道肯定不会是他。看你们都吓得像兔子一样乱窜了。哈哈，我就知道不会是他，因为他可是一位风雅之人，要知道，他那样的人可从来不会早到。记住了，波波，你就总是害怕约会迟到。"

客厅里的时钟响了六下，全家人都在大门后站成了一排。

"千万要显得自然一点！"珍妮恳求道。

"我们都很自然。"她的母亲回答道，"嗯，波波，我们是很自然吧？"

"是的，宝贝儿。但是我想我的肚子又胀气了。我感觉肚子里就像装了时钟一样，随时都可能爆炸。"

几分钟后，哈里按响了奎因家的门铃。他刚刚把诺拉送到她家的路边，以免被人看到，他离开的时候，诺拉还在哭呢。

珍妮告诉我，7 月 4 日的那一天对她来说特别美好。她动情地和我描述着那天晚上的一切：节日的集市，他们共进的晚餐，还有康科德上空的烟火。

在她谈论哈里的过程中，我能看出，她这一生都从来没有停止过爱哈里。而如今她对他表现出来的这种厌恶仅仅是因为他抛下了她，却为了诺拉——那个星期六才上班的小服务员，写出了一本巨著，这一点尤其让她感到痛苦。在和她道别之前，我又问了她一个问题：

"珍妮，在你看来，谁能跟我讲更多关于诺拉的故事？"

"关于诺拉？当然是她的父亲。"

对，当然是她的父亲。

23.
熟知她的那些人

“那些人物呢？你的人物都是从什么人身上得到的灵感？”

“所有的人，一位朋友，一位家庭主妇，一位银行的柜台员工。但是请注意，不是这些人本身激发你的灵感，而是他们的行为，他们做事的方法会让你联想到你小说中的某一个人物会做的事情。那些说他们不用从任何人身上获得灵感的作家都是在骗人，但他们那么说也是有理由的，因为这样能让他们少很多麻烦。”

“这是什么意思？”

“作家们的特权，马库斯，就是你可以通过你写的书来和你周边的人算清总账。只是不要把他们的姓名说出来就好了。永远不要提他们的名字，要不然就会招来官司和麻烦。这是我给你的第几条建议了？”

“23。”

“那好，这就是第23条建议。马库斯，你永远都只能写虚构的故事，其他方式只会给你带来烦恼。”

2008年6月22日，星期天，我第一次见到了大卫·凯尔甘牧师。那天是新英格兰地区独有的夏日阴霾天，海浪卷起的大雾很厚，停在树梢和房顶上久久不愿离去。凯尔甘家住在特雷斯大道 245 号，一个美丽的社区里。似乎从他们来到欧若拉的那天起，房子就没有变过。墙的颜色还是一样，周围被灌木丛环绕着。旁边新栽下的蔷薇花已经长得郁郁葱葱，房前的樱花树在十年前枯萎后又换上了一棵同种的新树。

我来到这里的时候，从屋子里传出了巨大的音乐声。我敲了几次门，但是都没有回应。最后，一位路过的人对我说："如果你要找的是凯尔甘牧师，那就别在这儿瞎忙活了，他应该在车库里。"于是我就去敲了车库的门，音乐声就是从那里传出来的。在敲了很长时间之后，门终于开了，我看到，在我面前站了一位小老头，看起来很弱小，头发和皮肤都发灰了，身上穿着在车库里工作时的套衫，眼睛上还戴着防护眼镜。这就是 85 岁的大卫・凯尔甘。

"有什么事吗？"在大到不能忍受的音乐声中，他大声问道。

我似乎只有把手放在嘴巴两旁做成喇叭的样子才能让他听到我在说什么。

"我叫马库斯・戈德曼。你应该不认识我，但是我现在正在调查诺拉的死因。"

"你是警察吗？"

"不，我是作家。你能把音乐关了，或者把音量调低一些吗？"

"不行，我从来不会关掉音乐的声音，但是如果你愿意的话，我们可以到客厅说话。"

他带我进了车库，这个地方已经完全变成了一个手工作坊，中间放了一辆收藏版的哈雷 – 戴维森摩托车。角落里，一台接着音响的老式电唱机放着典型的爵士乐。

我本以为自己的来访会遭到冷遇，我想，凯尔甘牧师最近在饱受记者们的"围攻"之后，肯定会希望能有一点自己的清静空间。但是他让我感到很热情。我虽然来过欧若拉很多次，但是从来没有见过他。他显然也不知道我和哈里之间的关系，我也就没有向他提起。他为我俩冲了两杯冰茶，然后我们就一起坐到了客厅里。他没有取下脸上戴的防护眼镜，似乎随时都有可能再回到他的摩托车旁边，而那震耳欲聋的音乐声也一直在空气中回响。我试着想象出33年前这个男人的模样，那时，他还是圣雅各教堂里活力四射的牧师。

“你为什么来这里，戈德曼先生？”在带着好奇的眼神审视了我一番之后，他这么问我，“是为了写书吗？”

“我其实也不太清楚，牧师。我想知道在诺拉身上发生的事情。”

“请不要叫我牧师，我已经不是了。”

“我为你女儿的事情感到十分难过，先生。”

他露出了很温暖的笑容。

“谢谢，你是第一个表示慰问的人，戈德曼先生。最近两个星期，整个城里的人都在谈论我的女儿。所有的人都跑去看报纸，了解最新的情况。但是没有一个人来这里问问我的近况。除了记者，唯一会敲我门的人就是那些来抱怨噪声的人。在哀悼中的父亲总有点听音乐的权利吧，不是吗？”

“当然，先生。”

“你在写一本书？”

“我已经不知道我是否还能写作了。能写出好书，这是一件很难的事情。我的出版商让我写一本关于这桩案件的书。他说这能重振我的事业，你会反对我写一本有关诺拉的书吗？”

他耸了耸肩。

“不会，如果这能帮助家长，让大家更加谨慎的话。你知道吗？我女儿失踪的那天，她就在她的房间里，而我就在车库里，开着音乐。我什么都没有听到。她房间的窗子是开着的，她就是这样消失得无影无踪的。我没看好我的女儿。为家长们写一本书吧，戈德曼先生。父母们都想看好他们的孩子。”

“当时你在车库里干什么，当天？”

“我在修那辆摩托车，就是你看到的哈雷。”

“是辆不错的车。”

“谢谢，是当年我在蒙特贝利一家修车行里淘到的。当时修车的人说这个机器对他已经没有用了，于是他象征性地收了我五美元。这就是我女儿失踪的时候我在做的事情：我当时就是在修那辆不能再用的摩托车。”

“你一个人住在这里？”

“是的，我的妻子很久以前就去世了……”

他站起身来，给我拿出了一本相册。他给我看了诺拉小时候的照片，还有他的妻子——路易莎。他们一家人看起来很幸福。他在完全不了解我的情况下，和我说了这么多心里话，令我感到很惊讶。我相信，他其实只是想借这个机会再回忆一下他女儿的事情。他跟我说，他们是 1969 年的秋天从亚拉巴马州的杰克逊市来到这里的，那里的教区虽然在扩张，但是来自大海的召唤似乎更有吸引力。当时，欧若拉教区在寻找一个新的牧师，他就这样去了。来新罕布什尔的一个主要原因就是想找一个安静的地方把诺拉抚养长大。那个时候，国内乱作一团：除了各种政治纠纷，还有种族之间的分离以及越南战争。特别是 1967 年在圣康坦发生的种族骚乱以及在纽瓦克和底特律黑人街区发生的动乱，让他们决定开始寻找一个远离一切纷争的避世之所。那一年，当他的小汽车拖着沉重的旅行挂车来到蒙特贝利满是睡莲的大池塘边上的时候，他正准备冲下斜坡开往欧若拉，远远地就看到了这个美丽而又安静的小城。那一瞬间，大卫・凯尔甘对自己的选择感到惊喜万分。然而，又有谁能想到，六年后，他的女儿就是在这里失踪的呢?

“我曾经路过你的教堂。”我说道，“现在已经变成麦当劳了。”

“现在整个世界都快要变成麦当劳了，戈德曼先生。”

“那个教堂到底发生了什么事？”

“很多年以来，这里一直风平浪静。但在诺拉失踪后，一切都改变了。好吧，或许只有一件事情改变了：那就是我不再相信上帝了。如果上帝真的存在，孩子们是不会失踪的。从此，我开始为所欲为，但是没人敢赶我走。渐渐地，这个教区就重新分崩离析了。15 年前，由于经济上的原因，欧若拉教区和蒙特贝利教区合并。他们把教堂的房子也卖了，现在，教徒们每个星期日都去蒙特贝利。在诺拉失踪之后，我虽然是六年后才正式辞退职务的，但是在这期间，我其实已经没有办法再继续履行我的职责了。教会还是一直给我发放年金，而且他们几乎没要什么钱就把这幢房子转让给我了。”

大卫·凯尔甘然后给我讲述了那些年在欧若拉幸福无忧的日子。他说，这是他一生最美的时光。他还记得那些夏日的夜晚，他准许诺拉在挑棚下一整个晚上“挑灯夜读”的场景，他多么希望那些夏夜永远都不会结束。他还跟我说起他的女儿会把在“克拉克之家”每星期六挣到的钱攒下来，然后她想用这笔钱去加利福尼亚追寻她的明星梦。而他每次去“克拉克之家”的时候也会很骄傲，因为他总会听到客人们还有奎因夫人对她都是那么满意。在她失踪之后很长一段时间里，他都会问自己，她是不是去了加利福尼亚。

“为什么要走呢？”我问道，“你的意思是说，她想要离家出走？”

“离家出走？她为什么要离家出走？”他反问道。

“那哈里·戈贝尔呢？你很了解他吗？”

“没有，了解一点点吧。我遇到过他几次。”

“一点点？”我有些惊讶，“但是你们在同一个城市里住了 30 多年。”

“并不是所有的人我都认识，戈德曼先生。而且你也知道，我过着相对封闭的生活。那件事是真的吗？哈里·戈贝尔和诺拉？他真的为她写了一本书？这本书意味着什么，戈德曼先生？”

“实话实说，我觉得你的女儿爱着哈里，哈里也爱着她。这本书讲述的是两个人出身于不同社会阶层而不能相爱的故事。”

“我知道。”他大声道，“我知道，这么说，那个戈贝尔只是用所谓‘社会阶层差异造成的隔阂’代替了‘变态情感遇到的阻碍’，这样他的故事也就披上了合理合法的外衣，然后他就能卖几百万册？他把和我的女儿——我的小诺拉之间发生的淫乱故事写成了书，所有的美国人都读过，并且竟然在过去的30多年里一直对它拍手叫好！”

凯尔甘牧师失去了平静，他吐出最后几个字时带着的怒气，简直让我不敢相信是从这样一位外表孱弱的人的嘴里面迸出来的。他安静了一会儿，然后绕着圈踱起了步子，好像怒气还是难以平复。而巨大的音乐声也一直在空气中回荡。

我对他说：“哈里・戈贝尔没有杀害诺拉。”

“你怎能如此确定？”

“我们对任何事情都无法做到确信无疑，凯尔甘先生。也就是由于这个原因，人的存在才会如此复杂。”

他撇了撇嘴：“你想知道什么事情，戈德曼先生？你来这里应该是想要问我一些问题吧？”

“我想要知道到底发生了什么事情。在你女儿失踪的那一天，你没有听到什么吗？”

“什么都没有。”

“一些邻居说，当时听到了一些叫声。”

“叫声？没有任何叫声。当时在这幢房子里面，我没有听到什么叫声。怎么会在别的地方反而听到了呢？那天，我整个下午都在车库里。七点钟过后，我开始准备晚餐，于是到她的房间里去找她，让她来帮帮我，但是她已经不在那里了。我一开始还在想她可能是去散步了，虽然她并不会经常这么做。我等了一会儿，然后由于很着急，就到街区里转了一圈。我在人行道上还没走几步，就撞见了一群邻居。他们都说，在河溪路边发现了一位浑身是血的年轻姑娘，到处都是警车，整个地区都被封锁了。我马上跑到最近的一个邻居家，给警察局打了电话，告诉他们，那个姑娘可能是诺拉……她的房间就在一楼，戈德曼先生。30多年来，我一直问自己，我的女儿到底怎么样了。我也经常对自己说，假如我还有其他孩子的话，我会让他们睡在阁楼里。但是，我没有其他孩子了。”

“在你女儿失踪的那个夏天，你没有发现她有什么异常的举动吗？”

“没有，我不知道。我根本不相信。这是另外一个我经常问自己但同样找不到答案的问题。”

不过，他还是依稀记得那年夏天，当诺拉的暑假刚开始的时候，她总是显得很忧愁。他当时还以为这是她进入青春期的原因。我接着请求去看一下他女儿的房间。他就好像博物馆里的向导一样一路紧跟着我，并嘱咐我说：“千万别碰任何东西。”自从她失踪以来，他就没有动过这个房间里面的东西。所有的一切都原封不动地摆在那里：一张床，放着洋娃娃的架子，一个小书架，一张上面胡乱放着各种笔的书桌，一把长铁尺和一些泛黄的纸页。这些都是信纸，就是那种她给哈里写信用的纸。

“这些纸都是她在蒙特贝利的一家文具店里买的。”他看到我对房间很感兴趣，就又解释道，“她很喜欢这些东西，总是把它拿在手边，写一些她想记下的东西，或是用来给别人留个信。这些纸跟她形影不离，她总是会在家里预存好几摞备用。”

在房间的一个角落里，还放了一台雷明顿打字机。

“这是她的吗？”我问道。

“是我的，但是她也会用。在她失踪的那个夏天，她经常拿过去用，她说她有很重要的东西要打出来，她还经常把打印机带出去。我跟她说可以开车带她去，但她从来不要我这样做。她喜欢抱着打印机，自己走路出去。”

“那么，这个房间的现状跟她失踪时候的样子没有什么区别吧？”

“所有的东西都没动过。这个空空的房间就是我当年来找她的时候看到的样子。窗子大大地开着，微风轻轻地卷起窗帘。”

“你觉得，那天晚上是有人闯进了她的房间，然后将她掳了出去？”

“我不能这么对你说，因为我什么都没有听到。但是你也可以看得出，这里完全没有打斗的痕迹。”

“警察发现她带着一个皮包，那个上面刻着她名字的包。”

“是的，他们还让我去辨认过。那个包是我送给她的 15 岁生日礼物。有一天，我们一起到蒙特贝利去，她就是在那里看到的这个包。我还记得那家店，就在主干道上。第二天，我就回去把它买了下来。我还在一家皮具店请人把她的名字刻在了上面。”

我突然有了一种想法：

“那么，如果这是她的包，是她把它带走的。而如果是她把它带走的，那就应该是她自己去了什么地方，不是吗？凯尔甘先生，我知道这只是一种联想，但是，你不觉得诺拉是自己逃走的吗？”

“戈德曼先生，我真的已经弄不清楚了。30 年前，警察就问过我这个问题，几天前又重新问了一次。但是这里什么东西都没有少。衣服、钱。你看，她的存钱罐还放在架子上，还是满满当当的。（他拿起了架子最上层放着的一个饼干盒对我说）看，里面还有 120 美元！ 120 美元，如果她要离家出走的话，为什么还把钱留在这里？警察还说，她的包里还放着那本该死的书，是这样吗？”

“是的。”

一个个问题在我的脑海中出现：为什么诺拉逃走的时候，钱和衣服都没带？为什么她只带了那份底稿？

车库里，音乐碟上的最后一首曲子也播完了，诺拉的父亲急忙又过去从头开始播放。我也不想再继续打扰他了，于是在和他道别之后就离开了，在经过他身边的时候，我拍了一张哈雷 – 戴维森摩托车的照片。

回到鹅弯以后，我去沙滩上练拳击。令我意想不到的是，在这里待了没多久，我就碰到了从屋子那边走过来的加洛伍德警长。因为耳朵上戴着耳机，所以直到他拍我肩膀的时候，我才反应过来。

“你看起来状态不错。”他看了看我赤裸的上身对我说，然后将他满是汗的手往裤子上擦了擦。

“我在努力保持身体状态。”

我从口袋里拿出录音机，摁下了停止播放键。

“迷你卡带机？”他露出了不屑的神色，“你知不知道苹果公司已经在全世界展开了一场革命，我们现在可以在一个硬盘上存下数不清的音乐，而这种东西就叫 iPod。”

“我不听音乐，警长。”

“那你在做运动的时候都听些什么？”

“这不重要。快告诉我，是什么风把你给吹来的？要知道，今天可是星期天啊。”

“我接到了道恩警长的电话，他跟我说了星期五晚上发生的火灾。他很焦急，说老实话，我很理解他。我也不希望事情朝着这个方向发展。”

“你是想对我说，你在担心我的生命安全？”

“完全不是。我只是不想让局势恶化。我们很清楚，青少年被谋杀的案件总能在人群中引起非同寻常的反响。我可以向你保证，每当电视上谈及这个死去的小姑娘的时候，毫无疑问都会有很多受过良好教育的父亲想去把戈贝尔干掉。”

“完全不是这回事。这次针对的人是我。”

“这就是我来这里的原因。为什么不跟我说你收到了匿名信这件事？”

“因为，那天是你把我赶出办公室的。”

“你说得没错。”

“你要喝啤酒吗，警长？”

他犹豫了一下，然后同意了。我们一起回到鹅弯的家中，我找了两瓶酒，和他一块儿在露台上喝了起来。我对他讲述了前一天晚上，从格兰德沙滩回来的时候，我是怎么遇到那个纵火者的。

“要描述他真是一件不可能的事。”我说，“那个人蒙着脸，我只看到一个侧影。然后，我就收到了那张写着同样内容的字条：快回你的家，戈德曼。这已经是第三回了。”

“道恩警长跟我说过。有谁知道你在调查这个案件？”

“所有人。我的意思是，整个白天我都在问别人问题，这可能是任何人。你是怎么想的，你觉不觉得是有人不想让我知道更多的情况？”

“是一个不想让你知道关于诺拉真相的人。你的调查进行得怎么样了？”

“我的调查？怎么，你现在开始感兴趣了？”

“可以这么讲吧。不得不说，自从有人威胁你让你闭嘴的时候开始，你的可信赖程度飞速提升了。”

“我和凯尔甘先生谈过，他是一个老实人，还带我看了诺拉的房间，我猜你也已经看过了吧……”

“是的。”

“如果这是一次离家出走的话，你怎么解释她为何什么都没带走？衣服和钱都没带。”

“因为这不是一次离家出走。”加洛伍德对我说。

“那是什么呢？如果这是一次绑架，又为什么没有打斗的痕迹？为什么她要把那个装着底稿的包带走？”

“假如她认识谋杀她的人，那就能解释这一切了。也许他们之间还存在着某种关系；也许，他经常到她的窗前来，那天也不例外，他可能让她跟着他；也许就只是为了出门散散步。”

“你指的就是哈里吧。”

“是的。”

“然后呢，她就带着底稿跳到窗子外面去了？”

“是谁告诉你她当时带了那份底稿的？谁又告诉你她曾经拿过那份底

稿？这只是戈贝尔的托词，是他在底稿和诺拉的尸体一起被发现后，为了摆脱嫌疑而做出的解释。”

在那一瞬间，我在犹豫要不要告诉他我了解到的关于哈里和诺拉之间的事情，他们曾经约好一起在“海滨汽车旅馆”见面，然后一起私奔。但是，当时我决定还是什么都不说，生怕会给哈里带来什么不利。我只是问了问加洛伍德：

“那你的设想是什么呢？”

“戈贝尔杀害了那位小姑娘，然后把底稿和她葬在了一起。也许是出于悔恨。这是一本关于他们爱情的书，他们的爱杀死了她。”

“你为什么会这么想？”

“在底稿上写着几个字。”

“几个字？写着什么？”

“我不能对你说，这是机密。”

“哦，别跟我胡说八道了，警长！你已经跟我透露了太多的信息，但或许还远远不够：你不能总是在情况对你有利的时候，才把你自己藏在要保守调查秘密的幌子后面。”

他叹了口气，还是屈服了。

“上面写着：永别了，亲爱的诺拉。”

我突然一下子说不出话来。“亲爱的诺拉”，这不就是诺拉在洛克兰的时候让哈里这么叫她的吗？我努力保持着冷静。

“这几个字，你们打算怎么处理？”我问道。

“我们将拿去做一个笔迹检测，希望从中获得更多的信息。”

我完全被警方的这个发现打乱了阵脚。“亲爱的诺拉”这几个字和哈里所说的一模一样，我还录了音。

我整个晚上都在想这个问题，却不知道应该怎么办。在晚上九点的钟声敲响之后，我接到了母亲的电话。显然，她已经从电视上看到了关于那场火灾的报道。

“天哪！马可，你是要为这个该死的罪犯而牺牲自己的性命吗？”

“冷静点，妈妈，冷静。”

“这里的人都在谈论你。如果你想知道的话，我可以告诉你，都不是些什么好话。在我们这个社区里，大家都琢磨着，你为什么还会和这个哈里搅在一起？”

“没有哈里，就根本不可能有伟大的戈德曼，妈妈。”

“你说得对，如果没有这个家伙，你会成为一个更伟大的戈德曼。自从你在大学里遇到这个家伙以后，你就变了。你可是‘神奇小子’，马可。你还记得吗？就连超市那位矮小的收银员郎夫人到现在都还问我：‘神奇小子’现在怎么样了？”

“妈妈……从来就没有什么‘神奇小子’。”

“从来就没有‘神奇小子’？从来就没有‘神奇小子’？（她呼唤着我的父亲）尼尔森，快点来这里，快点！马可说他从来就不是什么‘神奇小子’。（我听到我的父亲在后面支支吾吾地嘀咕着什么）你听到了吗？你的爸爸也和我说的一样，你在高中的时候，可是‘神奇小子’啊！我昨天遇到了你原来的校长。他说，他对你有很美好的回忆……我想他都要哭了，他说的时候是那么心潮澎湃。然后他对我说：‘嘿，戈德曼夫人，我都不能想象你的儿子现在遇到了多大的麻烦。’你看到了吧，这多么让人伤心啊！就连你以前的校长都问了这样的问题。那我们呢？为什么你宁愿去救一个上了年纪的老师，都不愿意去找一个女人呢？你已经 30 岁了，但你居然还没有结婚！你想让我们到死都看不到你的婚礼吗？”

“你才 52 岁，妈妈，我们还有的是时间呢。”

“不准狡辩！谁教你狡辩的？这也是你从这个天杀的戈贝尔那里学来的吧。你为什么不想想怎么给我们带回家一个好姑娘呢？嗯？嗯？你回答不上来了吧？”

“最近一段时间，我没有遇上我喜欢的人，妈妈。我要写书，还要参加巡回签售，然后是下一本书……”

“都是借口，就这么简单！你的下一本书？这次是一本关于什么的书呢？关于变态性故事的书？我已经不了解你了，马可……我的马可小宝贝，我要问你：你是不是喜欢上这个哈里了？他把你变成同性恋了吧？”

“没有，完全没有！”

我听到她对我的父亲讲：“他说不是，这就意味着是。”然后她悄悄地问我：

“你不是得了什么病吧？就算你得病了，你的妈妈还是一样爱你。”

“什么？什么病？”

“就是那种对女人过敏的病。”

“你是要问我是不是同性恋吗？不是！就算我是，也不是什么病。我喜欢一堆女人，妈妈。”

“一堆女人？什么意思，一堆女人？你应该喜欢的是一个女人，然后和她结婚；可以吗？你是想对我说，你不会忠诚于一个女人吗？你是一个性爱狂吗，马可？你想不想去看看心理医生，让人给你做些心理治疗呢？”

最后，我气愤地挂了电话。我感到很孤独，于是一个人来到了哈里的书房里，把录音机打开，他的声音传了出来。我需要一些新的线索，一个可以改变整个调查进程的确凿证据，我需要某种启示来帮我完成这个令人头晕的拼图，可是，现在我只能找到哈里、底稿和去世的小姑娘这三个碎片。就在我思考分析的时候，我的体内突然涌起了一种很久没有过的奇怪感觉：我想写作，我想把我现在经历的，把我现在所想的写下来。很快，各种想法就开始在我的大脑中翻腾。现在，我已经不再是想要写作，而是需要写作了。这种感觉已经有一年半没有到来了，就像一座突然苏醒的火山，正准备进入喷发的状态。我飞快地拿出了我的笔记本电脑。在考虑了一会儿怎么开头之后，我写下了我下一本书的头几行字：

2008 年的春天，在我成为美国文学界新宠差不多一年后，发生了一件我想深埋于记忆深处的事情：我发现我的大学老师哈里·戈贝尔，这位在全国备受尊重的作家，在他 34 岁的时候和一位 15 岁的少女有过一段非同寻常的关系。故事发生在 1975 年的夏天。

2008 年 6 月 24 日，人民陪审团确认了检察官对哈里的起诉符合法律，并正式控告哈里犯有绑架罪和双重杀人罪。当洛特在电话里把陪审团的决定告诉我的时候，我在电话里就怒骂了起来："你是学法律的，你能不能跟我解释一下，他们这些无知的决定，有什么证据？"洛特的回答很简单：他们的决定是基于警方提供的调查资料。作为哈里的辩护方，在哈里正式被起诉之后，我们就有权查阅警方的这些资料了。那天上午，我和洛特一起研究警方的材料，气氛十分紧张，尤其是他一边挨个儿翻看，一边不停地说："哦，妈呀，这可不好，这真是一点也不好。"每当他这么说，我就会马上接茬儿："说这不好那不好有什么用，只要你好不就行了，对不对？"可是，他就只会装出一副茫然不知所措的表情，让我对他作为律师的才能越来越不敢抱什么期望。

警方的材料包括一些照片、证词、报告、专业检测结果和审问笔录。其中一些照片是在 1975 年拍摄的，上面有德波拉住的地方，然后是她横躺在厨房的地板上，倒在血泊中，最后是在树林里发现血迹、头发和衣服碎布的那个地方。然后，我们跨过 33 年的时光来到鹅弯，在那个警察挖出来的大坑深处，可以看到有一具像胎儿一般躺着的骸骨。其中一部分骨头上还连着几块皮肤的碎片，头颅顶上还零星留着稀疏的毛发。她穿着一条已经快被腐蚀一半的红裙，在旁边就是那个皮包。我突然感到一阵恶心。

"这是诺拉？"我问道。

"是她，就是在这个包里装着戈贝尔的底稿。里面只有底稿，没有别的东西。检察官说，要是一个小姑娘离家出走的话，不会什么都不带的。"

对尸体的剖析报告显示，在她的头颅部分有一个很大的裂口。诺拉曾经受过重击，从而造成了枕骨的裂痕。法医推测，杀人凶手用的是很重的棍棒，或者是类似的物品。比如说棒球棒或者是警棍。

我们之后又看了不少证词，包括园林工人的、哈里的，还有一份是由塔玛拉·奎因亲手签了字的。她在证词中对加洛伍德说，当年她就发现哈里情迷于诺拉。她本来有一份证据，后来却人间蒸发了。结果，没有一个人相信她说的那些话。

“她的供词是可信的？”我担心地问道。

“对于陪审团的成员来说，是的。”洛特推测道，“我们没有可以进行反驳的东西，哈里自己都在接受审问的时候承认和诺拉有过一段情。”

“好吧，那么在这份材料里，还有没有对哈里稍微有利的东西？”

洛特突然想到了什么，他开始翻起了文件，然后给了我一大沓用粘条粘在一起的纸。

“这就是那份所谓的底稿。”他对我说。

这沓纸的封面是空白的，没有标题，显然，哈里是后来才想到的书名。而在封面中间，我们可以清晰地看到有一行用蓝色墨水手写的字：

永别了，亲爱的诺拉

洛特和我长篇大论地解释起来。他认为用这份底稿来作为控告哈里的主要证据是检察官所犯的重大错误，我们应该做一次笔迹鉴定，结果马上就会揭晓。他确认他们肯定会还哈里一个清白，所有这些调查材料的论据也都会被推翻。

“这是我辩护的最大砝码。”他得意扬扬地对我说，“要是运气足够好的话，我们甚至可以不用让哈里经受审判。”

“可是，如果检测结果证明这个笔迹就是哈里的，那该怎么办？”我问道。

洛特带着奇怪的表情看了看我："为什么就一定是呢？"

"我必须告诉你一件很严重的事情：哈里曾经跟我说过，他和诺拉到洛克兰的那一天，她让他叫她'亲爱的诺拉'。"

洛特突然不说话了。他对我说："你必须明白，不管怎么说，如果他是写下这些文字的人……"还没把话说完，他就收拾起东西，然后拽着我走上了前往州立监狱的路。他已经无法自我控制了。

刚刚走进监狱的会客室，洛特就将底稿举到了哈里的鼻子跟前，然后喊道："她让你叫她'亲爱的诺拉'？"

"是的。"哈里回答完后低下了头。

"你看到上面都写了什么？就在你这本该死的东西的封面上！你还有什么要和我说的吗，浑蛋？"

"我可以向你保证这不是我写的。我没有杀她！我没有杀诺拉！天哪，你们都知道的，你们都应该知道，我不是杀害这个小姑娘的凶手。"

洛特冷静了一点，坐了下来。

"我们知道，哈里。"他说道，"但是，所有的这些巧合实在是太棘手了。诺拉的离家出走，这行字……为了替你辩护，我要面对的陪审团将会是一群在参加审判之前就已经想判你死刑的好市民。"

哈里的脸色很难看。他站起来，在铁栏杆围着的房间里面转来转去。

"全美国人民都站在了我的对立面，估计不久之后，大家都想要我的命了。就算现在还没到那种程度……但他们把那些连他们自己都不知道是什么意思的词用在了我的身上：恋童癖、性变态、精神病。他们会玷污我的名声，焚烧我写的书。但是你们必须知道，我在这里再重申一遍：我并不是杀人狂徒，诺拉是我唯一爱过的女人，不幸的是，她只有 15 岁。爱情，妈的，可不是你想怎样就怎样的！"

"但是，我们在这里讲的可是一位只有 15 岁的少女！"洛特又发起了火。

哈里面带怒色，转过头来对着我。

“你也是这么觉得的吗，马库斯？”

“哈里，让我感到难过的是，你从来没有和我说过这些……我们已经作为朋友相处十年了，你从来没有说过诺拉。我还以为我们是很亲近的人。”

“但是上帝啊，你让我如何启齿？‘啊，我亲爱的马库斯，事实上，我从来没和你说起过，1975 年 5 月，在我到欧若拉的时候，我爱上了一位 15 岁的少女，一位改变了我整个人生的少女，但是在三个月之后她失踪了，就在一个夏末的夜晚，而我再也没能从此走出来……’”

他一脚将一张凳子踢飞到了墙上。

“哈里，”洛特说，“如果不是你写的这些字，我就相信你。那你觉得会是谁写的呢？”

“不知道。”

“谁知道你和诺拉的事情？塔玛拉・奎因说，她一直都对你们的感情有所怀疑。”

“我不知道，也许诺拉和她的一些朋友说过我们之间的事情。”

“你是否觉得有人会知道你们之间的事？”洛特追问道。

突然一下子安静下来，哈里露出了那种让我看了心疼的痛苦表情。

“快说吧。”洛特催促哈里继续说下去，“我确信你还有一些事情没跟我说。你如果还藏着一些事情不说的话，让我怎么帮你辩护呢？”

“曾经……曾经有过一些匿名信。”

“什么匿名信？”

“在诺拉失踪后，我开始收到一些匿名信。我每次外出回家的时候，都会在大门的门框上发现匿名信。当时，我吓得够呛。这意味着可能有人跟踪我，并等待我外出的时候才到我家里来投信。曾经有一段时间，我实在是怕得要命，于是每收到一封信，就给警察打一次电话。我告诉他们，似乎看到了鬼鬼祟祟的人，于是一支巡逻队就赶了过来，这让我安心了许多。当然，我不能对他们说出真正令我感到害怕的原因。”

“但是，是谁给你写的这些信呢？”洛特问道，“谁知道你和诺拉之间的事情？”

“我完全没概念，这事大概持续了六个月，然后就什么都没有了。”

“你还保留着这些信吗？”

“是的。在我家的书房里有一本《百科全书》，在里面夹着。我认为警察还没有找到，因为还没有人跟我提起过。”

在回到鹅湾后，我马上开始寻找他说的那本《百科全书》。在这本书中，我发现了一个装着十几页纸的牛皮纸袋，都是一些已经泛黄了的信纸。每一张的上面都用打印机打出了相同的内容：

我知道你对这位 15 岁的少女做了什么，

很快，全城的人都会知道。

有人知道哈里和诺拉之间的事，有人在 33 年间一直保守着这个秘密。

在接下来的两天里，我试着询问了所有可能认识诺拉的人。厄恩·平卡斯又一次帮了我的大忙。他先在图书馆的档案里找到了 1975 年欧若拉高中的年鉴，然后又通过电话簿和因特网为我搞出了一份联系人名单，上面列出了大部分还住在附近大区内的诺拉同学的联络方式。但是这并没有带来什么实质性的进展。这些人到现在都差不多 50 岁了，他们只是和我聊了聊儿时的回忆，却似乎不太在乎案件的进展。后来，我发现名单上有一个我似曾相识的名字：南希·海特薇，就是那个在哈里和诺拉去洛克兰幽会的时候，帮诺拉“打马虎眼”的人。

平卡斯说，南希·海特薇开了一家缝纫店，就在通往马萨诸塞州的第一大道和城外不远处一个工业区的交界处。我第一次到这个地方去是在

2008 年 6 月 26 日星期四。这家店格外别致，店的门面色彩斑斓，就在一家五金店和快餐店的中间。里面唯一我能看到的人就是一位 50 岁出头的女士，留着灰白的短发。她就坐在书桌前，戴着眼镜。在她和我打过招呼后，我问她："你是南希・海特薇吗？"

"我就是。"她站起身回答，"我们认识吗？你的脸我好像在哪里见过。"

"我的名字叫马库斯・戈德曼。我是……"

"一名作家。"她打断了我的话，"我现在想起来了，大家都说你问了很多关于诺拉的问题。"

她露出了小心的神色，却立刻接着说道："我想，你来这里的目的不是为了缝缝补补什么的吧。"

"当然不是。我确实对诺拉・凯尔甘之死很感兴趣。"

"这关我什么事？"

"如果我没有搞错的话，在你们都只有 15 岁的时候，你应该很了解诺拉。"

"谁告诉你这些的？"

"哈里・戈贝尔。"

她马上从椅子上站了起来，走到门边。我以为她是要请我离开，但是她把窗前的牌子翻到了"停止营业"那一面，并且把门关了起来。然后她就朝我走了过来，问我："要不要喝杯咖啡，戈德曼先生？"

我们就这样在她店铺后面的房间里待了一个多小时。她正是哈里和我说起的南希，那个诺拉儿时的朋友。她后来也没有结婚，所以一直保留了她的姓氏。

"你从来就没有离开过欧若拉？"我问她。

"从来没有。我对这座城市的感情很深，你是怎么找到我的？"

"网络，网络真是一样神奇的东西。"

她点了点头。

"那你具体想知道什么，戈德曼先生？"

“请叫我马库斯。我想听一听关于诺拉的故事。”

她笑了。

“诺拉和我当年是同班同学。自从她到欧若拉后，我们就成了好朋友。我们住的地方离得很近，都在特雷斯大道上，她经常到我家来。因为她说我有一个正常的家庭。”

“正常？你想说的是？”

“我想，你应该已经见过凯尔甘先生了……”

“是的。”

“他是一位很古板的人。很难想象他能有诺拉这么一个女儿：聪明、温柔、善良，还总是带着微笑。”

“你对凯尔甘牧师的介绍让我感到有些奇怪，海特薇小姐。我几天前见过他，我觉得，他是一个很慈祥的父亲。”

“他可能会给人这种感觉，至少在公共场合。他好像在亚拉巴马创造过什么奇迹，于是便被叫来重振濒临废弃的圣雅各教区。果不其然，在他接手之后不久，圣雅各教堂里每个星期都会坐满了人。但是除此之外，在凯尔甘家里真正发生的事情，真的很难说……”

“你想说什么？”

“诺拉曾经被打。”

“什么？”

南希·海特薇和我提到的这件事，根据我的估算大约发生在 1975 年 7 月 7 日星期一，应该就是在哈里主动不接近诺拉的那段时间。

1975 年 7 月 7 日　星期一

这是暑假里的一天，天气好极了。南希来诺拉家，约她一起去沙滩。当她们一起走在特雷斯大道上的时候，诺拉突然问道：

“南希，你认为我是一个坏女孩吗？”

“坏女孩？完全没有啊，这是哪门子的事呀！为什么你要这么问我？”

“因为，家里人说我是一个坏女孩。”

“什么？为什么要对你这么说啊？”

“这不重要了。我们要到哪儿去游泳啊？”

“到格兰德沙滩去。快告诉我，诺拉，为什么要对你这么说？”

“也许这就是事实吧。”诺拉回答道，“也许是因为我们在亚拉巴马时发生的事情。”

“在亚拉巴马的时候？在那边发生什么了？”

“这不重要。”

“我看你不是很开心，诺拉。”

“我很难过。”

“难过？现在可是假期！我们在假期的时候怎么能难过呢？”

“这事很复杂，南希。”

“你是遇到什么麻烦了？如果你遇到麻烦了，你应该和我说说。”

“我爱上了一个不爱我的人。”

“谁？”

“我不想说这件事。”

“是科迪吗？那个对你有意思的二年级学生？我知道你肯定喜欢他！和一个二年级的家伙交往感觉怎么样？不过，这是个傻帽，一个大傻帽！你知道的，并不是说只要能进入篮球队的就一定是帅小伙儿。上个星期六，你就是和他出去的？”

“不是。”

“那是谁？快告诉我吧。你们是不是上床了？你已经和一个男生上床了？”

“没有！你脑子有问题吗？我还要留给我生命中的那个男人呢！”

“但是，你上星期是和谁出去的？”

“是一个年纪更大的人。但是这不重要。总而言之，他永远不会爱我的。没有人会爱上我的。”

她们来到了格兰德沙滩。这个沙滩并不是很美丽，但从来也不会空无一人。特别是巨大的潮汐每一次都会带着海浪往后退却三米，于是在巨大凹陷的礁石之间就留下了一个天然的阳光泳池。她们喜欢懒洋洋地躺在上面，里面的水比海里的水更暖和。这个时候，沙滩上没有其他人，她们不需要藏起来换泳衣，南希突然发现诺拉的胸口有一些瘀青。

“诺拉！太可怕了！你怎么了？”

诺拉捂住了她的胸部。

“别看！”

“但是我看到了！上面有一些瘀青……”

“这没什么。”

“这还没什么！这到底是什么？”

“星期六妈妈打的。”

“什么？别和我开玩笑……”

“是真的，就是她对我说的，我是一个坏女孩。”

“你到底在说什么啊？”

“这就是事实！为什么没有人相信我！”

南希不敢继续追问下去，于是岔开了话题。她们沐浴之后，一起去了海特薇家。南希赶快到她母亲的浴室找来了一些药膏，帮诺拉敷到红肿的乳房上。

“诺拉，”她说，“你母亲的事情……我想你应该找人说一说。到学校去，要不就找护士桑德夫人吧……”

“忘了这件事吧，南希。求你了……”

当回想起她和诺拉在一起的最后一个夏天时，她的眼里闪现了泪光。

“在亚拉巴马发生了什么？”我问道。

“我不知道，我一直都不知道。诺拉也从来没有跟我说过。”

“这和他们离开那边有关系吗？”

“我不知道，我希望我能够帮到你，但是我不知道。”

“还有关于爱情带来的痛苦，你知道那是因为谁吗？”

“不知道。”南希答道。

我怀疑和哈里有关，同时我也想搞明白她是否知道这件事。

“那你知道她当时去见谁了吗？”我问道，“如果我没有搞错的话，当时你们两个为了去约会，都帮对方撒了谎。”

她笑了。

“我可以看出来，你知道的不少……我们第一次这么做的时候，是想到康科德去玩一天。对我们来说，去康科德就像是一次历险，到那边总能做很多事情。我们觉得自己已经是大姑娘了。后来，我们又第二次这么做了，不过，我是为了单独去和我当时的男友在船上约会，而她呢……你知道的，当年我一直怀疑她是去见一个比她年长的男人。她对我透露过一点。”

“所以，你知道她和哈里·戈贝尔的事情……”

她立刻不假思索地说道：“我的天，没有。”

“什么没有？你刚才不是说，诺拉可能去见一个比她年长的男人吗？”

气氛突然陷入了尴尬的平静中，我意识到，南希肯定掌握着一个她不想和其他人分享的信息。

“这个男人是谁？”我问道，“不是哈里·戈贝尔吧，嗯？海特薇小姐，我知道你不了解我，我就突然这么出现，还要让你重新挖掘你记忆深处的东西。如果我有更多时间的话，我肯定会做得更妥当的。但是时间非常紧迫：哈里·戈贝尔此刻就蹲在监狱里面，而我肯定他没有杀死诺拉。所以，如果你知道什么东西能帮到我的话，你一定得跟我说。”

“关于哈里我一无所知。”她对我说，“诺拉从来没有对我说起过他，和大多数人一样，我是十天前才从电视里知道的……但是她跟我说过一个男人。是的，我知道她和一位比她年长很多的男人有过一段恋情。但是，这个人不是哈里·戈贝尔。”

这个消息让我震惊到无以复加的地步。

“这是什么时候的事情？”我问道。

“我已经记不得整个故事的细节了，因为时间太久了。但是我可以告诉你，1975 年的夏天，当哈里·戈贝尔搬来这里的时候，诺拉曾经和一位 40 多岁的男人有过一段恋情。”

“40 多岁？那你记得他的名字吗？”

“我差不多都快忘记了。是一个叫艾力雅哈·斯腾的人，他可能是新罕布什尔最富有的人之一。”

“艾力雅哈·斯腾？”

“是的，她对我说她曾经在他的面前赤裸着身体，任由他摆布。那个时候，她要到他在康科德的家里去。斯腾先生派了他的亲信来接她，那是一个很奇怪的家伙，叫卢塞·卡勒。他来欧若拉接她，然后把她带到斯腾先生的家里。我知道这件事，是因为我亲眼看到了。”

22.
警方的调查

“怎么才能保证任何时候都有写书的能力？”

“一些人有，一些人没有。你会有的，我知道你会有的。”

“你为什么能这么确定？”

“因为这是你与生俱来的。有一点点像一种疾病——作家病。马库斯，这并不是说不能写，而是不想写了，偏偏你就是没有办法阻止这种情况发生。”

哈里·戈贝尔事件摘要

2008年6月27日7点30分。我在等待加洛伍德警官。这桩案件才开始了短短十几日，我却感觉仿佛已经过了好几个月。我认为，小城欧若拉藏着很多可笑的秘密。人们说的总是比他们实际知道的要少很多。关键就是要知道为什么所有人都闭口不言……昨天晚上，我又一次收到了同样的信：快回你的家，戈德曼。有人就是故意想让我神经紧张。

我想知道，加洛伍德在听说我新发现的艾力雅哈·斯腾的情况之后会有什么反应。我在网上调查了他的信息，他是一个金融巨鳄的继承人，而且他把这家公司管理得很成功。1933年，他生于康科德，之后一直住在那里，今年65岁。

在书桌前写下这段话的时候，我正在康科德州警察局总部加洛伍德办公室前面的走廊里等着他，突然，这位警长没精打采的声音打断了我：

“作家，你在这里干吗呢？”

“我有了一些惊人的发现，警长。我必须跟你说一说。”

他打开了办公室的门，将咖啡杯放到了一旁的桌子上，随手把上衣扔到了椅子上，然后把窗子的卷帘拉了上去。

“你要知道，你是可以给我打电话的。有教养的人都是这么做的。我们定下见面的时间，然后你在我们约定好的时间来到这里。做事情得要守规矩。怎么啦？”

我长话短说：“诺拉曾经有一位叫艾力雅哈·斯腾的情人。哈里曾经在当时收到了关于他和诺拉的匿名信，所以，有人肯定知道这件事。”

他吃惊地盯着我看了一会儿：“你是怎么知道这些事情的？”

“我在自己进行调查，我跟你说过的。”

他马上开始低声嘀咕起来：“你让我烦透了，作家，你完全搅乱了我的调查。”

“你心情不好，警官？”

“是的，因为现在才早上七点，你就已经在我的办公室里对我指手画脚了。”

我问他有什么东西能让我在上面写字，他默许了，并把我带到了旁边的一个房间里。墙上的软木板上贴着河溪湾路旁边和欧若拉的一些照片。他朝我指了指旁边的一块白板，然后给我递了一支毡笔。

“开始吧。”他叹了一口气，“我听着呢。”

我在白板上写下了诺拉的名字，然后用箭头标注了和这桩案件有联系的人。第一个就是艾力雅哈·斯腾，然后是南希·海特薇。

“如果，诺拉·凯尔甘并不是大家对我们描述的那个‘模范小姑娘’呢？”我说道，“我们知道她和哈里有过一段恋情，现在，我又知道她和一个叫艾力雅哈·斯腾的人还有另一段恋情，而这都发生在同一时期。”

“艾力雅哈·斯腾，那个商人？”

“就是他。”

“谁跟你胡说八道的？”

“诺拉当年最好的朋友，南希·海特薇。”

“你是怎么找到她的？”

“1975 年欧若拉高中的年鉴。”

“好吧，你想和我说什么，作家？”

“我想说，诺拉是一位不幸的姑娘。1975 年的夏天，她和哈里之间的故事很复杂：哈里拒绝了她，她很失落。而她的母亲曾经狠狠地打过她。警长，我越想越觉得她的失踪和那年夏天发生的一件件离奇的事情有关，而不是大家想要让我们相信的那个样子。”

“继续说。”

“好的，我认为肯定有其他人知道哈里和诺拉之间的事情。也许这个南希·海特薇就知道，但是我不确定，她对我说她什么都不知道，而且我看她很诚实。不管怎么说，当时有人给哈里写了一些匿名信……”

“关于诺拉的？”

“是的，你看。这些是在哈里家里发现的。”我一边说，一边给他看一封我拿过来的信。

“在他家里？但是我们曾经搜查过这个地方。”

“那不重要，这至少说明有一个人一直以来都知道这件事情。”

他大声读了起来：

“‘我知道你对这位15岁的少女做了什么，很快，全城的人都会知道。’戈贝尔是什么时候收到这些信的？”

“就在诺拉失踪之后不久。”

“你知道是谁给他写了这些信吗？”

“很不幸，我不知道。”

我转身向墙上的软木板上钉着的照片和记录看去：“这是你调查的结果，警官？”

“完全正确。如果你愿意的话，可以从头看起。诺拉·凯尔甘在1975年8月30日晚上消失了。当时欧若拉警方的记录显示，不能确认这到底是一桩绑架案还是离家出走事件。没有任何的打斗痕迹，没有任何证人。但是，如今我们更倾向于从绑架案这方面进行调查。特别是因为她没有带走任何钱财和行李。”

“我认为她是离家出走。”我接着说道。

“好吧，就让我们顺着这种可能性想下去。”加洛伍德说，“她从窗子上翻了出去，然后逃走了。那她去了哪里？”

是时候把我知道的说出来了。

“她要去见哈里。”我回答道。

“你是这样想的？”

“我知道，这是哈里对我说的。我现在才对你说，是因为我害怕这会对他不利，但是，我觉得现在是摊牌的时候了。在诺拉失踪的那天晚上，她原本应该去和哈里在位于第一大道上的一家汽车旅馆里见面的。他们准备一起私奔。”

“私奔？为什么？怎么私奔？私奔到什么地方？”

“这个我就不知道了，但是我会去了解的。不论怎样，那天晚上，哈里在一家汽车旅馆里面等诺拉。诺拉给他写信说，她会到那里找他。哈里在那里等了她一个晚上，但是她一直没有出现。”

“什么汽车旅馆？这封信在什么地方？”

"'海滨汽车旅馆'。就在河溪湾路北边几英里的地方，我去过那里，这个旅馆现在还在。至于那封信……我已经把它烧了，为的是保护哈里……"

"你把它烧了？你是不是疯了，作家？瞧瞧你都做了些什么？你有可能因为销毁证据而被判刑。"

"我的确是不应该这么做。我后悔了，警长。"

加洛伍德拿出了一张欧若拉的地图，把它放到了桌面上。他在地图上给我指出了市中心、沿着海岸线的第一大道、鹅弯，还有河溪湾路旁边的森林。他一边想一边大声地说：

"如果我是不想被人看到离家出走的小女孩，我应该会到离我家最近的沙滩上，然后沿着海岸一直走到第一大道。这意味着，要么通向鹅弯，要么通向……"

"河溪湾路。"我说道，"一条在森林里的小路将海岸和汽车旅馆连了起来。"

"正确！"加洛伍德突然嚷了起来，"所以，我们能很快地推断出，小女孩当天是从家里逃了出来。旁边就是特雷斯大道……然后最近的沙滩就是……格兰德沙滩！所以，她可能经过沙滩一直沿着海岸到达了森林。但是，之后在这片该死的森林里到底发生了什么事情呢？"

"我们可以这么设想：在穿过森林的时候，她遭遇了一些不好的事情。也许是一个想要对她进行性侵犯的狂徒，对方拿着一根坚硬的树枝将她谋杀了。"

"我们是可以这么想。作家，但是你忽略了一个可能带来很多问题的细节：那份书稿，还有这行用手写的字——永别了，亲爱的诺拉。这意味着，杀害她并将她埋葬的人认识她，而那个人对她感情很深。要是这个人不是哈里的话，我想要知道，她是怎么得到他的书稿的。"

"是诺拉自己带着的，确定无疑。她虽然离家出走，但是她不愿意带着行李。因为这样可能会吸引别人的注意力。特别是要避免在出逃的时候被她的父母撞破。况且她什么都不需要，她应该以为哈里很富有，当他们在一起开始新生活的时候，他能购买他们需要的一切。那么，她应该带的唯一的东西是什么呢？就是那个无法代替的东西：哈里刚刚写出来的新书的底稿。她此前把书稿拿过去读了，她经常这么做。她知道这份书稿对哈里来说很重要，所以她把它放到了包里，然后带着它一起出走了。”

加洛伍德想了想我的推测。

“所以，在你看来，”他说，“杀人凶手把她的包、书稿和她葬在一起是为了销毁证据？”

“对。”

“但是这也不能解释，为什么要在底稿上写下那行表达爱意的话。”

“这个问题问得很好。”我不得不承认，“可能这证明了杀害诺拉的凶手也爱着诺拉。也许，我们可以考虑一下由于感情原因而造成犯罪这种可能性？也许，一时的大脑发热促使凶手写下了这行字，为的是不让诺拉葬身之地成为一座无名坟冢？有一个人喜欢诺拉，但是无法接受她和哈里之间的关系？有人知道她要离家出走但是无法劝阻？这样的人或许宁愿杀了她也不愿意失去她？这是一种说得过去的推测，不是吗？”

“这是说得过去，作家。但是正如你所说，这只是一种推测，我们现在需要证实它。其他的推测也一样成立。现在，我可以欢迎你加入我们困难重重而细致入微的工作里了。”

“你觉得应该怎么办，警长？”

“我们对戈贝尔进行了笔迹鉴定，但是结果还要过一段时间才能出来。还有另外一个需要搞清楚的问题：为什么要把诺拉葬在鹅弯？案发现场是在河溪湾路的旁边，为什么要花力气将尸体运到两英里以外的地方埋葬？”

“没有尸体也就没有谋杀案。”我提醒道。

“我也是这么想的。凶手可能感到被警察包围了，所以就只能找一个近一点的地方……”

我们一起看着墙上的白板，在上面，我刚刚写下了一份名单：

哈里·戈贝尔　　　　　　　　塔玛拉·奎因
南希·海特薇　　诺拉　　　　大卫·凯尔甘和路易莎·凯尔甘
艾力雅哈·斯腾　　　　　　　卢塞·卡勒

“所有的人可能都和诺拉或者这桩案件有关。”我说，“这份名单很有可能包含潜在嫌疑犯的名字。”

“这份名单最有可能的后果是扰乱我们的思维。”加洛伍德说道。

我没理会他的批评，接着说我的名单：

“南希 1975 年的时候只有 15 岁，没有任何交通工具。我想，我们可以将她排除了。塔玛拉·奎因对所有人都说，她知道哈里和诺拉的事情……所以，她有可能是给哈里写匿名信的人。”

“女人们我可是从来都不了解的。”他打断我说，“要把诺拉的头颅伤成那个样子，需要很大的力气，我觉得更有可能是一个男人。而且德波拉·库佩当时也很清楚地表明了，追赶诺拉的是一个男人。”

“那诺拉的父母呢？她的妈妈痛打过她……”

“痛打她的女儿，这真不是什么光彩的事情，但是这与诺拉受到的暴行仍然相去甚远。”

“我在网上看到过，一般孩子失踪的案件，凶手都会是家庭当中的一员。”

加洛伍德翻起眼睛望向空中。

“我还在网上看到有人说你是一位大作家。你瞧，网络上有多少骗人的消息。”

“不要忘了，还有艾力雅哈·斯腾。我觉得我们需要立刻审问他。南希·海特薇说他曾经派他的司机卢塞·卡勒来接诺拉，然后把她带到位于康科德的家里。”

“冷静一下，作家。艾力雅哈·斯腾是一位出身于大家族的有影响力的人。他势力强大。对于这种人，一般在没有十足证据的情况下，检察官都不会去招惹的。除了那个在案发的时候还是小女孩的证人，你有什么可以拿得出来控告他的东西吗？现在，她的这些证词都已经没用了，我们需要的是一些确凿的证据。我仔细研究了欧若拉警察局的报告，里面既没有提到哈里，也没有斯腾，更没有卢塞·卡勒。”

“南希·海特薇给我的感觉是，她是一个诚实的人……”

“我不会反驳你的这个说法，但是我要怀疑30年后重新浮现的记忆是否准确，作家。我会自己试着去了解这段故事的，我需要得到更多的证据，才能真正考虑斯腾这一条线索。我不会在手里连一点可以指证的东西都没有的情况下，就轻率地跑去审问一个和州长打高尔夫球的家伙。”

“还有就是，凯尔甘一家从亚拉巴马搬到这里是有具体的原因的，只不过没有人知道。诺拉的父亲对我说，他是来这里寻找一个清静的环境，而南希·海特薇表示，诺拉说过，他们一家还住在杰克逊的时候曾经发生过一件大事。”

“嗯……所以这个地方可以仔细挖掘一下，作家。”

我决定在没有确凿证据的时候，不对哈里说起任何有关艾力雅哈·斯腾的事情。但我和洛特说了，因为我认为这件事情对于哈里的辩护来说，可以起到扭转乾坤的作用。

“诺拉·凯尔甘和艾力雅哈·斯腾有过一段恋情？”电话里，他的声音像是一下子被噎住了。

“正如我告诉你的那样，我有确切的信息来源。”

“干得好，马库斯。我们会让斯腾上法庭的，到时候，我们就可以通过指证他来扭转局势了。我简直不敢想象，当听到斯腾在《圣经》前发完誓，并开始讲述他和凯尔甘小姐之间那些丑事的时候，陪审团的成员们会是什么样的表情。”

“不要对哈里说任何事情，一定不要。至少在我没有进一步了解之前，不要说。”

那天下午，我去了监狱，在那里，哈里向我证实了南希所说的话。

“南希·海特薇告诉了我关于诺拉被打的事情。”我说。

“哦，马库斯，这是多么可怕的事情……”

“她也对我说起了那年初夏的时候，诺拉看上去很忧伤。”

哈里伤心地摇了摇头：

“当我试着推开诺拉的时候，她伤心极了，这也酿成了可怕的后果。在我和珍妮一起到康科德过完国庆节之后的那个周末，我更加控制不住我对诺拉的情感了。我必须远离诺拉。所以7月5日那天，我决定不去‘克拉克之家’了。”

当我录下了哈里对我讲述的1975年7月5日和6日那个周末发生的事情，我才知道《罪恶之源》确确实实是叙述了他和诺拉之间的故事，书中加入了很多现实中发生过的片段。所以说，哈里对他们之间的故事从未有过隐藏，他向全美国讲述了他与诺拉不可能被接受的爱情。我最后打断了他的讲述，对他说：

“哈里，你说的这一切都在你的书里写着啊！”

“所有的一切，马库斯，所有的一切。但是没有人曾经试着去理解。所有人都在花工夫研究我的遣词造句，他们眼中所谓的暗喻、象征性和人物代表的意义，其实连我自己都不知道还有这样的含义。我只是想写一本关于我和诺拉的书而已。”

1975年7月5日

现在是凌晨四点半，城里的道路还是空荡荡的，空气里只有他的脚步声在回响。他满脑子都是她。自从决定不再和她见面之后，他再也无法入眠了。他会准时在清晨前苏醒过来，然后就睡意全无。他只好穿上运动衫去跑步。他会把跑步的地点选在沙滩，在那里可以追逐海鸥，他会学它们飞行的样子，然后就这样一路小跑到欧若拉。从鹅弯到那里有足足五英里，他会用箭一般的速度跑完全程。一般在从城市的一头跑到另一头之后，他都会假装是要踏上前往马萨诸塞州的路，就好像他准备逃走一样，然后在格兰德沙滩那里停下来看日出。但是那天早上，当他来到特雷斯大道那一段街区之后，他停下来喘了喘气，一身的汗，额角猛烈跳动着，他在一排排房子之间穿行。

他路过了奎因家住的房子。前一天晚上和珍妮一起度过的无疑是他有生以来最无聊的一晚。珍妮是一位美丽的姑娘，但是她不会让你笑，也不会让你想入非非。能让他产生无限幻想的只有诺拉。他继续往前走，然后沿着路下了坡，直到走向那幢他本不应该路过的房子——凯尔甘的家。前一天晚上，他曾把哭泣的诺拉送回到这里来。他努力摆出了一副冷酷的样子，想让她明白，但是她什么都没明白。她说："你为什么要这样对我，哈里？你真是坏极了！"之后的整个晚上，他都在想着她。在康科德吃晚饭的时候，他甚至还一时离开餐桌跑到电话亭里去了。他拨了电话，并让接线员接到了欧若拉凯尔甘的家里，但当电话铃声响起的时候，他就挂断了。当他回去的时候，珍妮还问他是不是有哪里不舒服。

他突然定在人行道上无法前行，他朝窗子看了看，试着想想她会睡在什么样的房间里。诺-拉。亲爱的诺拉。他就这样站了好长一段时间。突然，他听到了什么声响，他想马上撤退，但是不小心碰翻了旁边的金属垃圾箱，发出了叮叮当当的声音。房间里有灯光亮了起来，哈里飞快地逃离了这个地方。他回到了鹅弯，坐进了书房准备开始写作。当时已经是 7 月初了，他那本伟大的小说却还没有开头。他到底是怎么了？如果他写不出来的话，会发生什么事情？他就将一无是处。这时，他第一次有了轻生的念头。他在书桌上睡着了，头就靠在那些被修改得乱七八糟的稿纸上面。

中午十二点半，在“克拉克之家”的员工卫生间里，诺拉用水洗了洗脸，想让哭了一早上之后红红的眼睛看起来好一点。那天是星期六，哈里没有来。他不想再见到她了。这是他第一次主动拒绝诺拉。不过，当她醒来的时候，她的心里又充满了希望。她对自己说，他会来为伤害了她的那些事情向她道歉，然后她就会原谅他。能再见到他的念头让她心情舒畅。在梳妆打扮的时候，她还特意涂了一些玫瑰色的腮红，为的都是讨他的欢心。但是在吃早餐的时候，她的母亲严厉地责骂了她：

“诺拉，我想知道你心里到底藏着什么？”

“什么都没有，妈妈。”

“不要和你妈妈说谎！你难道觉得我没有发现吗？你把我当傻瓜吗？”

“哦，妈妈！我从来没有这么想过！”

“你难道觉得我没有发现你最近老是往外跑，整天兴高采烈的，你还往脸上涂脂抹粉吗？”

“我没做坏事，妈妈。我可以保证。”

“你以为我不知道你和南希·海特薇那个轻佻的姑娘一起到康科德去的事情吗？你真是个坏姑娘啊，诺拉。你让我感到羞耻。”

凯尔甘牧师这时正从厨房出来，准备到车库里去待着。为了把敲敲打打的声音都盖住，他打开了他的电唱机。

“妈妈，我保证没做任何坏事。”诺拉又重复了一遍她的话。

路易莎·凯尔甘带着蔑视和厌恶的表情盯着她的女儿，然后又接着说道：

“没做坏事？你知道为什么我们从亚拉巴马搬出来吗……你知道为什么吗，嗯？你要我帮你回忆吗？跟我过来。”

她一把抓起了诺拉的胳膊，把她拽到了她的房间里。她让诺拉在她面前把衣服脱光，然后看着诺拉穿着内衣在她面前吓得颤抖起来。

“为什么你穿了胸衣？”路易莎·凯尔甘问道。

“因为我的胸部开始发育了，妈妈。”

“你不可能有乳房，你还太小，把你的胸衣摘掉，然后过来这里。”

诺拉光着身子靠向她的母亲，她的母亲从诺拉的书桌上拿起了一把铁尺。她先从上到下将她打量了一遍，然后将铁尺高举在空中，并向她的乳头打了过去。她出手很重，而且还一连打了几次，此时她的女儿已经因为疼痛蜷作一团。她不许诺拉出声，否则她就会一直打下去。路易莎还边打边说：“不准和妈妈撒谎，不准做一个坏女孩，懂吗？不准再把我当成傻瓜！”而在车库那边，可以听到一阵阵爵士乐正在传出来。

诺拉还剩下一丝到“克拉克之家”工作的力气，因为她知道在那里能看到哈里，他是唯一能给她生存力量的人，她为了他而活着。但是他没有来，她的心情一下子跌到了谷底，一早上都躲在厕所门后不停地哭。她拉起自己的衬衣，在镜子里看着自己被打伤的乳房，上面都已经瘀青了。她对自己说：母亲是对的，她是一个丑陋的坏女孩，哈里就是因为这个原因不想和她在一起的。

突然，她听到了敲门声，是珍妮：

“诺拉，你在干吗呢？现在外面人都满了，你应该开始工作了！”

诺拉把门打开了，一副惊慌失措的样子。珍妮是因为其他员工都抱怨她在卫生间里待了一早上才被叫来的吗？事实上，珍妮是偶然经过的，或者说是希望能在这里遇到哈里。但是她一来才发现，餐厅里的服务全都乱套了。

“你哭了？”珍妮在看到诺拉伤心的表情之后问道。

“我……我感觉不舒服。”

“快用水洗洗脸吧，然后赶快到大厅里去。我是来帮你‘救场’的，现在厨房里已经忙得不可开交了。”

在中午忙过之后，又恢复了平静。珍妮为了安慰诺拉，给她倒了一杯柠檬水。

“喝了它。”她好心地说道，“这样你会舒服很多。”

“谢谢。你会告诉你的母亲今天我工作得很糟糕吗？”

“不要担心，我什么都不会说。每个人都会有失落的时候，你怎么了？”

“恋爱的痛苦。”

珍妮笑了：“嘿，你还这么小！将来你会遇到一个合适的人的。”

“我不知道……”

“好了，好了，快笑一个！你会遇到的，什么都会来的。你知道吗？不久前，我和你的处境相同，我感觉自己很孤独很痛苦。然后，哈里来到了这个城市……”

“哈里？哈里·戈贝尔？”

“是的！他真是太完美了！你听着……本来这事还没最终确定，我也不应该和你说什么，但我们不是好朋友吗？我很高兴能和某个人分享这件事：哈里喜欢我，他喜欢我！他为我写了一本爱情的独白。昨天晚上，他约我一起到康科德去过独立纪念日。那真是太浪漫了。”

“昨天晚上？他难道没去见他的出版商吗？”

“他是和我在一起的，我可以向你保证呢！我们一起在河上看了烟火表演，简直太棒了！”

“也就是说，哈里和你……你们……你们已经在一起了？”

“是的，诺拉。你不应该为我感到高兴吗？别和其他人说这件事。我不想每个人都知道。你知道，人的天性都是容易嫉妒的。”

诺拉感到她的心紧了一下，她感到那么痛苦，还不如死了算了：原来哈里爱的是另一个人。他爱的是珍妮·奎因。什么都完了，他不愿意再要她了。他寻到了新欢。一下子，她的脑袋天旋地转。

下午六点钟，在结束了一天的工作后，她迅速地绕过她家赶到了鹅弯。哈里的汽车不在那里。他去哪里了呢？她努力噙住泪水，顺着台阶朝挑棚走了过去，然后从口袋里掏出了给哈里的信，并把它塞到了门框里。里面有两张在洛克兰照的照片，一张上面有成群在海边飞舞的海鸥，另一张是他们野炊的时候的合影。除此之外，她在她最喜欢的纸上写下了这样一封信：

亲爱的哈里：

我知道你不爱我，但是，我会永远爱着你。

我给你带了一张海鸥的照片来，你在画板上将它们描述得是多么生动，还有一张我们俩在一起的照片，这样你就永远不会忘了我。

我知道你不愿意再见到我了，但是请给我写信吧。一次就好，能让我把它当成纪念的几行字就好。

我永远不会忘记你的。你是我遇到过的最与众不同的人。

我永远爱你。

她飞快地离开了鹅弯，来到了下面的沙滩上。她脱去了凉鞋，向海水跑去，就好像她遇到他的那天一样。

哈里·戈贝尔《罪恶之源》节选

自从她在屋子的大门口留下了那一封信后，他们就开始了书信的往来。那是一封她对他倾诉爱意的信。

亲爱的哈里：

我知道你不爱我，但是，我会永远爱着你。

我给你带了一张海鸥的照片来，你在画板上将他们描述得是多么生动，还有一张我们俩在一起的照片，这样你就永远不会忘了我。

我知道你不愿意再见到我了，但是请给我写信吧。一次就好，能让我把它当成纪念的几行字就好。

我永远不会忘记你的。你是我遇到过的最与众不同的人。

我永远爱你。

他是几天之后，在鼓足了勇气之后，才给她回的信。写信，本没有任何意义，但给她写信，就如同创作一部史诗。

我亲爱的：

你怎么能说我不爱你呢？现在我就为你写下爱的词句，这些来自我内心深处的永恒的词句。这些话是要告诉你，当我每天早上苏醒的时候，当我每天晚上入睡的时候，我都在想着你。你的脸频深深地印在了我的脑海里，当我闭上双眼，你就能浮现。

今天，我又一次在清晨时分站在了你家的屋子前面。我要对你坦白，我经常这么做。我会盯着你的窗户看，里面还漆黑一片。我会想象你睡得像一位天使。后来，我看到穿红裙的你是多么迷人。那种带印花的红裙，你穿着很好看。但我能看得出你有些忧伤。为什么要忧伤呢？快和我说说吧，我会分担你的忧愁。

附言：通过邮局给我寄信吧，这更安全。

我是那么爱你，每一天，每一夜。

我亲爱的：

我在读完你的回信后就立刻给你写下了这封信。跟你说老实话吧，你的信我看了不止十遍，可能甚至有一百遍！你写得真好。你所用的每一个词都令人惊叹。你真是天资过人。

你为什么不过来看我呢？为什么你现在要一直藏着？你为什么不愿意和我说说话？为什么不来看我，但又跑到了我家窗前？

快出现吧，我求你了。自从你不和我说话之后，我就一直伤心。

快给我回信吧，我已经迫不及待想要看到你的下一封来信了。

他明白在没有权利相见的情况下，这样的通信就是他们相爱的证明。他们亲吻着信纸，就像他们迫不及待地想要相拥在一起。他们等待发信，就像在火车站的站台上等待着对方的来临。

有时候他会悄无声息地跑到她住的街道边，然后找个角落躲起来，等待邮递员的到来。他会看着她从家里急急忙忙地跑出来，冲向信箱去拿那些珍贵的信件。她似乎只为那些爱的词句而活着。这是一个多么美好又多么悲痛的场景。相爱是他们最珍视之物，但是他们又被剥夺了这种权利。

我温柔的诺拉：

我不能出现在你的面前是因为这会给我们带来太多的伤害。我们不是一个世界的人，世人是不会理解的。

我为自己的生不逢时痛苦不已！为什么要生活在别人定的规矩之下？为什么我们不能排除一切分歧，简单地相爱？看看今天的这个世界吧！这是一个相爱的人不能互相携手的世界。这就是今天的世界，太多的繁文缛节。就是这些没有感情的规矩禁锢了人的心灵，让它失去了光彩。我们，我们的心是纯净的，它们不应该被封锁。

我对你的爱是永恒的，一直未变。

我的爱人：

谢谢你给我的最新一封来信，请你永远不要停止写信，这太美妙了。

我的母亲问我，谁给我写了这么多信，她想知道我为什么会去不停地翻信箱。为了让她消停下来，我对她说，是去年夏令营的时候认识的一位女性朋友。我不喜欢撒谎，但是这样做会简单很多。我们什么都不能说，我知道你是对的。要不然人们都会刁难你的。我们隔得很近，却还要去邮局寄信联络，这让我痛苦万分。

21.
爱的困境

“马库斯，要想知道你爱一个人爱得有多深的唯一方法是什么？”

“不知道。”

“就是失去这个人。”

在到蒙特贝利的路上，有一个在整个大区都闻名遐迩的湖。在夏季天气好的时候，总有许多家庭和儿童夏令营团队到这个地方来。这个地方从早上开始就人满为患。湖的岸边铺满了沙滩巾，插满了遮阳伞。家长们都懒洋洋地躺在下面，而孩子们则在温暖、碧绿色的湖水里嬉戏打闹。不过在岸边，水流也把人们野炊留下的垃圾卷成了堆，湖水拍打在这些垃圾堆上冒起了泡泡。自从两年前有一个小孩在这里踩到了用完被扔在湖岸上的医疗注射器之后，蒙特贝利市政府就加大力度进行了整顿，在湖的沿岸摆设了野炊和烧烤用的桌子，以免人们在草坪上燃篝火以至于留下坑坑洼洼像月球表面一样的痕迹。另外，垃圾箱的数量也大幅度增加了，同时还设置了活动公共卫生间，湖边的停车场也进行了扩建，并用水泥重新改造。每年从 6 月到 8 月，会有专门的维护队每天都到这里来清理湖岸上的垃圾、避孕套和狗粪。

我为了写书来到湖边的那一天，一群孩子逮到了一只青蛙。他们正在拽着它的两条后腿准备将它“五马分尸”，而这只青蛙或许是这片水域里最后存活的生物了。

厄恩·平卡斯说过，这个湖的变化是人类品质败坏之风席卷美国的最好印证，当然世界上其他地方也是如此。就在 33 年前，来这个湖的人还不多。当时要到这里来很困难，需要把车停靠在路边，然后经过一片森林，还要在杂草丛和野蔷薇林中走上大概一英里半才能到达。即便如此，也很值得。当时，这个湖无比美丽，湖面上满是粉色的睡莲，四周有很多高大的垂柳。透过清澈的水面，可以看到金黄色的小鲈鱼群游动着划出的水纹。成群的苍鹭守候在旁边的芦苇丛中，时刻准备着捕食，而在芦苇丛的极远处，甚至还有一小片灰色的沙滩。

为了避开诺拉，哈里曾经来过这片湖的湖边。7 月 5 日星期六的那一天，他就待在这个地方，而当时诺拉正把第一封信塞进他家的门框里。

1975 年 7 月 5 日

他到湖边的时候上午已快结束。厄恩·平卡斯已经到了，懒洋洋地躺在湖岸上。

“你终于来了，”平卡斯看到他后高兴地说，“能在除了‘克拉克之家’的其他地方见到你，真让我吃惊。”

哈里笑了。

“你跟我讲过那么多次这个湖，我怎么可能不来一趟呢？”

“这里很美，不是吗？”

“真的太美了。”

“这就是新英格兰，哈里。这是一个被庇护的天堂，我喜欢这个地方。全美国的其他地方，都在用混凝土大兴土木。但是这里不一样。我敢说，30 年后，这个地方还会像现在一样。”

在清凉的水中沐浴过后，他们到阳光下一边让身上的水晒干，一边谈论起了文学。

“你的书进展得怎么样？”平卡斯问道。

“不怎么样。”哈里只能这么说。

“别装出一副垂头丧气的样子，我知道书写得一定很棒。”

“不，我觉得写得很糟糕。”

“让我看看吧，我保证会给你一些客观的建议。你不喜欢哪些地方？”

“什么都不喜欢。我没有灵感，不知道怎么开头。我甚至觉得自己没有什么可说的。”

“书里的故事是什么？”

“一个爱情故事。”

“啊，爱情……”平卡斯叹了一口气，“你是坠入爱河了吗？”

“是的。”

“这已经是一个不错的开头了。哈里，你现在还没有太怀念大城市里的名人生活吧？”

“没有，我在这里过得很好。我需要安静的环境。”

“你在纽约到底是干什么的？”

“我……我是一名作家。”

平卡斯略一犹豫，然后接着说：“哈里……希望你别多想，我和我在纽约的朋友聊过……”

“然后呢？”

“他们说，从来没有听说过你。”

“当然不是所有人都知道我……你知道美国有多少人吗？”

为了显示出自己没有恶意，平卡斯笑了笑。

“我觉得没有人认识你，哈里。我联系了给你出书的出版商……我想要多买几本……我不知道这个出版商，我想或许是我孤陋寡闻了……后来，我才知道其实就是布鲁克林的一家印刷厂……我给他们打了电话，哈里……你给一家印刷厂付了钱，让他们帮你出书？”

哈里害羞地低下了头。

“那你什么都知道了？”他低声问道。

“我都知道什么了？”

“我是一个骗子。”

平卡斯像朋友一般将手搭在他的肩膀上。

“一个骗子？好了，别瞎说了！我读过你的书，我很喜欢！这也是我为什么要买更多你的书的原因。这是一本佳作，哈里。为什么出名的作家才能是好作家呢？你很有天赋，我确定很快你就会很出名的。谁知道呢？也许你现在写的书就会成为一本巨著。”

“那要是我写不出来了呢？”

“你肯定行的，我知道。”

“谢谢，厄恩。”

“不用谢我，我只是在说一个事实。你不用担心，我不会和任何人说的。这件事就只有你知我知。”

1975 年 6 月 6 日　星期日

下午三点，塔玛拉·奎因让她的丈夫好好地站到了她家的挑棚下面，他手里拿着一杯香槟，嘴里叼着一支雪茄。

“千万别动。”她用命令的口吻说道。

“但是这衬衫让我痒痒了，宝贝儿。”

“闭嘴，波波！这件衬衫很昂贵，昂贵的衬衫是不会让人痒痒的。”

他的心肝宝贝是在康科德一家有名的商店里帮他买下的这件新衬衣。

“为什么我不能穿其他的衬衣？”波波问道。

“我和你说过的，我不想在一位大作家来我们家的时候让你穿那些恶心的旧衣服。”

“我也不喜欢雪茄的味道……”

“另一边，傻瓜！你把反的那一边放到你的嘴巴里了。你没看到小圈上写着吸口吗？”

“我以为这是一个套子呢。”

“你对品位真是一窍不通。”

“品位？”

“这些都是有品位的东西。”

“我不知道大家把这种东西叫品位。”

“那是因为你什么都不懂，我可怜的波波。哈里15分钟以后就要来了。你快拿出点样子来，你得给他留下好印象。”

“我应该怎么做？”

“一边抽雪茄烟，一边露出一副若有所思的表情。就像那些企业家一样，当我们和你说话的时候，你得摆出一副高姿态。”

“你说的高姿态，怎样才能做到？”

“问得好，鉴于你笨得像头驴，而且什么都不知道，那你就让自己显得高深莫测好了。这样，你就用提出问题的方式来回答问题。如果他问你：‘你是支持还是反对越南战争？’你就回答：‘既然你问了这个问题，那你对这个问题一定已经有了自己具体的看法喽？’这样就够了，然后你就给他倒香槟酒，我们把这个叫‘把问题推回去’。”

“好的，宝贝儿。”

“不要让我失望。”

“好的，宝贝儿。”

塔玛拉回到了房间里，罗伯特面带怒气地坐在了藤条椅上。他很讨厌这个哈里·戈贝尔，有人把他当作“作家之王”，但他其实更像是“装腔作势之王”。他也很讨厌将来要看到自己的妻子跟他在女儿的婚礼上跳一场舞。他现在如此忍让只是因为她向他保证，今晚他可以和她共享男女乐事，他甚至还被允许睡在她的房间里。要知道，奎因夫妇可是一直分床睡的。一般来说，罗伯特总是要哀求很长一段时间，她才会每隔三四个月同意和他行一次夫妻之礼，但是到现在为止，他已经很久没有和她在一张床上睡过了。

在楼上，珍妮已经准备就绪：她穿了一条很长的晚礼裙，裙身宽松，垫肩的地方鼓鼓囊囊的，看上去廉价感十足。她的唇上抹了很厚的口红，手上还戴了很多个略显累赘的戒指。

塔玛拉帮她的女儿整理了一下裙子，然后笑着说："你真是美极了，亲爱的。戈贝尔在见到你的时候一定会目瞪口呆的。"

"谢谢妈妈，但这样穿得有些过于隆重了吧？"

"过于隆重？不会的，这可以说很完美。"

"但是我们只是去看场电影啊！"

"然后呢，要是你们之后去高档餐厅吃饭呢？你想过吗？"

"在欧若拉没有高档餐厅啊。"

"那也许哈里在康科德的一家大餐馆里给她的未婚妻预订了一张台子呢？"

"妈妈，我们现在还没有订婚。"

"哦，亲爱的，很快的，我十分确定。你们已经亲吻过了吗？"

"还没有。"

"无论如何，假如他想要和你有肌肤之亲，看在上帝的分儿上，你一定别拒绝。"

"好的，妈妈。"

"去看电影是多好的一个点子啊！"

"其实是我想出来的。我在鼓足勇气之后给他打了电话，我对他说：'我的哈里，你工作得太辛苦了！今天下午我们去看电影吧！'"

"他就这样答应了？"

"是，立刻就答应了！没有丝毫犹豫。"

“你看，这跟他想出来的有什么两样？”

“我总担心打搅了他的工作……因为他在写的书是关于我的。我知道，我读过一页。他说他来‘克拉克之家’只是为了看我。”

“哦，亲爱的！这消息太振奋人心了！”

塔玛拉一把就把脂粉盒抓了过来，一边给她女儿化妆，一边做着她自己的美梦。他为她写了一本书：不久之后在纽约，所有人都会谈论“克拉克之家”和珍妮。可能还会把小说拍成电影。这是多么美妙的未来啊！这个戈贝尔就是她多年坚持做祷告的结果。他们一直都是好基督徒，这一下终于算是得到了回报。她此刻已经想到很远了，下个星期天，她一定得准备一个花园聚会，然后正式公布这条消息。距离那天已经没有多少时间了。而且再下个星期六，全城将举办夏日舞会，到时候，全城的人都会带着惊奇和羡慕的眼光看着珍妮靠在我们的大作家怀里。所以，在舞会之前，就应该让她的朋友们知道她的女儿已经和哈里在一起了，然后在舞会的当天晚上，他们一准能成为最耀眼的明星。天哪，这是多么幸福的事情！她曾经是那么担心她的女儿，女儿可能的归宿就是和一个路过的长途卡车司机结婚。或许还可能更糟，她会跟一个社会主义分子在一起，甚至是黑人。想到这里，她打了一个寒战：她的珍妮和一个黑人。突然，她又有了另一种担忧：很多作家都是犹太人。如果戈贝尔是一个犹太人呢？太可怕了！或者他是一个犹太血统的社会主义分子！犹太人的肤色可以是白色，那我们可就辨认不出他来了。至少黑人都是黑皮肤的，我们可以一眼就看出来。犹太人真是够狡猾的。她突然感觉肚子不舒服，胃似乎扭动了起来。自从罗森伯格案件[1]之后，她就很怕犹太人。他们甚至还把原子弹交给了苏联人。怎么知道戈贝尔是不是犹太人呢？她突然有了一个想法。她看了看表，

[1]译者注：又称核弹间谍案，两位当事人是犹太人裘利斯·罗森伯格与埃瑟尔·罗森伯格夫妇，他们被控替苏联人窃取核机密。当年的庭审曾轰动一时，夫妇二人被判死刑，1953年6月坐上了电椅。

在他来之前还有点时间去一趟百货商店。她去了之后很快就回来了。

现在是下午 3 点 20 分，奎因的家门口停下了一辆黑色的雪佛兰蒙特卡洛。罗伯特·奎因惊异地看到哈里从里面走了出来，要知道这是一款他十分中意的轿车。他还注意到，这位大作家穿得极为休闲。哈里看到他之后很有礼貌地对他打了声招呼，而他则有板有眼地按照他妻子说的马上就给他送上了颇有“品位”的饮料。

“香槟？”他高声问道。

“嗯，事实上，我就不是一个爱喝香槟的人。”哈里回答道，“如果可以的话，能不能给我来杯啤酒……”

“当然！”罗伯特兴奋地说。

他很了解啤酒，他甚至还有一本介绍美国所产的全部啤酒的书。他赶快去冰箱里拿了两瓶冰冻啤酒来，然后告诉在楼上的两位女士，那位“不是太有品位”的哈里·戈贝尔已经来了。两个人坐在挑棚下面，卷起了袖口，直接拿着酒瓶碰了起来，并开始谈论轿车。

“为什么你买了一辆蒙特卡洛？”罗伯特问道，“我的意思是，以你的身家地位，你可以选任何一种车型，你却选了蒙特卡洛。”

“这是运动型的一款车，很实用。而且我很喜欢它敞篷双座的设计。”

“我也是！我去年差点就买了。”

“你应该买下来的。”

“我太太不喜欢。”

“你应该先斩后奏。”

罗伯特哈哈笑了起来。他看到的戈贝尔其实是一个简单、亲切、热情的人。就在这时候，塔玛拉冲了下来，手里拿着她从百货公司刚买来的一盘猪肉熟食。她大声说道：“你好，戈贝尔先生！欢迎光临！你想吃一点猪肉吗？”哈里和她打完招呼后，拿了一点火腿肉。塔玛拉在看到她的客人吃下了猪肉后，顿时感到浑身舒畅了起来。他就是那个完美男人：不是黑人，也不是犹太人。

她回过神来，才发现罗伯特已经解下了领带，两个男人正在直接用瓶子喝着啤酒。

“你们到底在这里干吗？你们不喝香槟吗？罗伯特，你怎么已经衣冠不整了？”

“我很热！”波波抱怨道。

“我更喜欢喝啤酒。”哈里解释道。

就在这时候，珍妮出现了，穿得有些过于隆重，但是穿上这条裙子后的她很美。

同一时间在特雷斯大道245号，凯尔甘牧师发现她的女儿正在她的房间里哭泣。

“怎么了，亲爱的？”

“哦，爸爸，我太难过了。”

“为什么？”

“是由于妈妈的原因……”

“不要这么说……”

诺拉坐在地上，眼里全是泪水。牧师看到这一切，痛苦万分。

“要不我们去看电影吧？”为了安慰她，他提议道，“我们一起去，再买一大袋爆米花！电影下午五点开始，我们还有时间。”

“我的珍妮是一个很特别的女孩。”塔玛拉说道。而罗伯特则趁他的妻子不看他的时候，偷吃起了那些熟食。“你要知道，她在十岁的时候就已经是我们这个大区选美比赛的冠军了。珍妮，你还记得吗？”

“是的，妈妈。”珍妮显得有些不自在地拉长声音说道。

“要不我们一起看看以前的照片吧？”罗伯特一边大口吃着东西，一边提议道。这是他妻子之前教他说的。

“对！”塔玛拉兴奋地说道，“看照片！”

她急忙跑去把照片拿了过来，这些照片记录了珍妮24年来的生活。刚一打开相册的第一页，她就惊呼道：“这么美丽的小姑娘是谁啊？”然后她和罗伯特一起答道：“是珍妮！”

在看完照片之后，塔玛拉命令她的丈夫往杯子里斟满香槟，然后她决定把下个星期日举办花园聚会的事情说一下。

“如果你有空的话，下个星期天来吃午饭吧，戈贝尔先生。”

“乐意之至。”他回答道。

“不用担心，没什么很复杂的事情。我只是想说，我知道你来这里的原因是想要远离纽约的喧嚣。下个星期天那个活动也就只是我们这些体面人搞的一次乡间午餐罢了。”

下午差一刻四点的时候，诺拉和他的父亲走进了电影院。而那辆黑色的雪佛兰蒙特卡洛就停在外边。

“快去给我们找两个位子。”大卫·凯尔甘对他的女儿说道，“我去买爆米花。”

诺拉进入放映室的时候，哈里和珍妮刚刚走进电影院。

“快去找位子吧。”珍妮对哈里说，“我先去一下洗手间。”

哈里进入了放映厅，在嘈杂的环境中，他撞见了诺拉。

当他看到她的时候，他感到他的心似乎要跳了出来。他是那么想念她。

当她看到他的时候，她感到她的心似乎要跳出来了。她或许应该对他说，如果他是和珍妮一起来的话，他最好告诉她，她需要知道真相。

“哈里，”她说，“我……”

“诺拉……”

就在这个时候，珍妮从人群中出现了。诺拉在看到她的时候就明白了，哈里是和她一块儿来的，然后她马上跑出了放映厅。

“还好吗，哈里？”珍妮并没有看到诺拉，她问道，“你看起来有些奇怪。”

“是的……我……我去去就来。你去给我们选好座位吧。我去买点爆米花。”

“好的！爆米花！让他们多放一点黄油。”

哈里走出了放映厅的大门，他看到诺拉穿过了大厅，然后去了二楼的展厅。这个展厅一般不向大众开放。他大跨步地冲上台阶，想要追上她。

二楼空荡荡的，他追到了她，抓住了她的手，然后将她按到了墙上。

“放开我。”她说道，“不放开我，我就叫了！”

“诺拉！诺拉！请不要生我的气。”

“你为什么要躲着我？为什么你不去‘克拉克之家’了？”

“我很抱歉……”

“你觉得我不漂亮，是吧？你为什么不告诉我你已经和珍妮·奎因订婚了？”

“什么？我没有和谁订婚啊。谁跟你这么说的？”

她听了后长长地舒了一口气。

“也就是说，珍妮和你没有在一起？”

“没有！我向你保证。”

“那你也不觉得我难看？”

“难看？诺拉，你知道你有多美吗？”

“真的吗？我十分难过……我以为你不想和我在一起。我甚至想跳窗了结自己。”

“不许你这么说。”

“那你对我说我很美……”

“我觉得你很美，我为给你带来的痛苦懊悔万分。”

她笑了，今天整晚都是一个误会！他爱她。他们彼此相爱，她低声道：

“别说了，快把我揽进你的怀里……我觉得你是那么迷人，那么英俊，那么优雅。”

“我做不到，诺拉……”

“为什么？如果你觉得我真的很美，你就不要抛弃我！”

“我觉得你很美。但你还是一个孩子。”

“我不是一个孩子！”

“诺拉……你和我，是不可能的。”

“为什么你总是这么对我？我不要再和你说话了！”

“诺拉，我……”

“快放开我，放开我，不要再多说什么了。你别再和我说话了，不然我就告诉所有人，你是一个性变态。快去找你亲爱的吧！是她告诉我说你们在一起的。我什么都知道了！我恨你，哈里！快滚！滚！”

她将他推开，飞快地下了楼，然后跑出了电影院。哈里带着怒气回到了放映厅。他在开门的时候，看到了凯尔甘先生。

“你好，哈里。”

“牧师！”

“我来找我的女儿，你看到她了吗？我让她进来给我们占位子，但是她似乎不见了。”

“我……我想她刚走。”

“走了？怎么回事？电影还没开始呢。”

在看完电影之后，他们到蒙特贝利吃了一顿比萨。在回欧若拉的路上，珍妮兴奋不已：这真是一个难忘的夜晚。她想和这个男人度过所有的夜晚，度过她的一生。

“哈里，请不要马上送我回去。”她请求道，“今晚一切都如此美好……

我想让今夜继续。我们可以一起到沙滩上去。”

“沙滩？为什么是沙滩？”哈里问道。

“因为那会很浪漫！你能停到格兰德沙滩边吗？那边没人。我们可以像学生一样在那边谈情说爱，然后一起睡在汽车的引擎盖上。一起看星星，享受这个夜晚。求你了……”

他想拒绝，但是她一直坚持这么说。他最后建议到树林里去，而不是沙滩。沙滩是留给诺拉的。就这样，他把车停到了河溪湾路旁边，他刚熄掉油门，珍妮就跳到了他的身上拥吻他。她双手扣住了哈里的脸颊，在没有得到他允许的情况下就用舌头撬开了他的门齿，这让他一时感到窒息。她的手开始在他的身上到处游动，口里还发出了拙劣的呻吟声。就在这个车子狭小的空间里，她坐到了他的身体上。他感到她发硬的乳头顶到了他的前胸。她是一位美丽的女人，她可以成为一位标准的好太太，而她想要的也就是这个。他第二天就可以毫不犹豫地娶了她，像珍妮这样的女人是很多男人梦中的情人。但是在他的心里，已经有两个字占据了所有空间：诺–拉。

“哈里，”珍妮说，“你就是那个我等了很久的男人。”

“谢谢。”

“你和我在一起幸福吗？”

他没有回答，只是礼貌地将她推开了。

“我们应该回家了，珍妮，我不知道已经这么晚了。”

汽车启动后，朝着欧若拉的方向驶去。

当他将她送回家的时候，他没有发现她在哭泣。为什么他没有回答她的问题？他不爱她吗？为什么她感到如此孤独？她想要得到的并不多，她全部的梦想，就是得到一个爱她的好心男人，一个可以保护她，然后不时会送她鲜花，并带她去餐厅吃饭的男人。如果他没有钱的话，即便是热狗也无所谓，只要能够一起出去就足够快乐了。如果能找到一个她爱并爱着她的人，她曾经的好莱坞梦想又有什么重要呢？顺着挑棚，她看到那辆黑色的雪佛兰在黑夜中渐渐远去，她突然哭了起来。她用双手捂住了脸，这样，她的父母就听不到她的哭声了。特别是她的妈妈，肯定不会理解她是怎么想的。她一直等到楼上的灯熄灭了之后才走进家门。这时，她突然听到了发动机的声响，她立刻抬起了头，顿时心中充满希望，应该是哈里回来想把她抱在怀里安慰她吧。但是，她看到的是一辆警车停到了她家的门口。她认出了查韦斯·道恩，他因为巡逻碰巧经过了奎因的家。

“珍妮，还好吧？”他透过车窗问道。

她耸了耸肩。他把油门熄灭后打开了车门。在走出车前，他将口袋里一张折得很好的字条打开，然后很快地读了一遍上面写的东西：

我：你好，珍妮，最近好吗？

她：你好，查韦斯！有什么事？

我：我碰巧经过这里。你看上去真迷人。我想问，你有没有为你的夏日舞会找到舞伴？我想我们能不能一块儿去？

下面是即兴发挥部分——

邀请她去散步，或者请她喝一杯奶昔。

他走到了挑棚前，然后坐在了她的旁边。

“发生什么事了？”他焦急地问道。

“没什么。”珍妮擦擦眼睛说道。

“肯定有事。我看到你哭了。”

“有人让我很伤心。”

“什么？谁？告诉我是谁！你可以什么都跟我说……我会去找他算账的，你看好吧。”

她露出了苦涩的笑容，然后将头靠到了他的肩膀上。

“这不重要，但是谢谢你，查韦斯，你真是一个热心的家伙，我很高兴你现在在我的身边。”

这时，为了安慰她，他鼓起勇气用手搂住了她的肩膀。

“你知道吗？”珍妮接着说道，“我收到了一封我们高中同学艾美莉·库宁汉的来信，她现在在纽约生活，并在那里找到了一份很不错的工作，现在已经怀上了她的第一个孩子。有时候，我觉得所有人都离开这里了，除了我之外的所有人。你呢？为什么你要留在欧若拉，查韦斯？”

“我不知道，这得看情况……”

“比如说呢？你为什么留在了这里？”

“我想留在一个我深爱的人的身边。”

“谁啊？我知道她吗？”

“嗯，你知道的。你知道吗？珍妮，我想……我想问你……嗯，如果你……关于……”

他用手紧紧地握着兜里装着的字条，然后尽量保持冷静。快向她提舞会上做她舞伴的事情。这很难吗？但就在那一刻，房子的大门嘎吱一下打开了。塔玛拉出现在他们的眼前，身上穿着睡衣，头上还戴着发卷。

“珍妮宝贝儿，你在外面干吗呢？我刚才似乎听到些声音……哦，原来是我好心的查韦斯，你好吗，小伙子？”

“你好，奎因夫人。”

“珍妮，你回来得正是时候。快来帮我一下，好吗？我需要把头上的这些东西拿下来，而你的父亲真是完全帮不上忙。我都怀疑上帝是不是在应该给他放手的地方装上了脚。”

珍妮站起身来，和查韦斯挥手道别。她消失在房子里，而他则在挑棚下一直待了很久。

那晚的午夜时分，诺拉为了去找哈里，从她房间的窗子上逃了出去。

她想要知道为什么他不再喜欢她了？为什么他甚至没有回复她的信件？为什么他也没有再写信了？到鹅弯要走半个小时。她看到露台上有灯光，哈里正坐在他的大木桌前面，看着大海。当听到她叫他的名字的时候，他惊得跳了起来。

“天哪，诺拉！你吓死我了！”

“这就是我能给你带来的吗？是恐惧吧？”

“你知道不是这样……你来干吗？”

她哭了出来。

“我什么都不知道。我太爱你了。我从来没有这样的感觉……”

“你从家里逃出来了？”

“是的，我爱你，哈里。你听到了吗？我从来没有这么爱过一个人，也再不会这样去爱另一个人了。”

“别这么说，诺拉……”

“为什么？”

他肚子里一阵疼痛。在他的前面，那页他藏起来的稿纸就是他下一本小说的第一章。他终于写出了开头。这是一本关于她的书。这书是为她而写的。他是那么爱她，所以愿意为她写一本书。但是他还不敢跟她说。他很害怕他爱上她之后可能会发生的事情。

“我不能爱你。”他装出了一副毅然决然的表情。

眼泪已经浸润了她的眼眶。

“你撒谎！你是一个浑蛋、一个骗子！为什么要约我去洛克兰？为什么有之前发生的一切？”

他试着硬下心肠。

“这是一场错误。”

“不！不！我觉得你和我在一起的时候有一种特别的感觉！是因为珍妮吗？你爱她，对不对？她有什么是我没有的，嗯？”

哈里被问得哑口无言，他看着哭泣的诺拉消失在了黑夜中。

“这是一个残忍的夜晚。”在州立监狱的接待室里，哈里跟我讲述着这些故事，“我和诺拉的感情很深，非常深，你明白吗？那种感觉近乎疯狂，好像就是那种一辈子只会有一次的爱情！那个晚上，我眼看她在沙滩上跑着消失在黑夜里。我问自己应该怎么做。我应该去追她吗？还是留在家里？我有勇气离开这个城市吗？接下来的几天里，我去了蒙特贝利的那个湖边，为的只是不想继续待在鹅弯，也为了不让她再来找我。至于那个让我倾家荡产来到欧若拉的写书计划也停滞不前了。更严重的问题是，我虽然开始写下了新书的前几页，但是我的思路又一次被塞住了。这是一本关于诺拉的书，在没有诺拉的情况下怎么能写得出来呢？怎么能写出一个注定要失败的爱情故事呢？我在稿纸前面一待就是几个小时，但也只能留下几个字、三行话。三行糟透了的文字，平庸至极。在这种令人失落的时候，你会讨厌一切可能的书籍和文字创作，因为似乎谁都比你写得好，甚至会觉得一家餐厅的菜单上的文字都透着很高的才华。T 骨牛排：8 美元，多么高超的写作技巧啊，这值得我们好好想一想！这真是太可怕了，马库斯。我当时可以用痛苦万分来形容。而且因为我，诺拉也同样痛苦。在差不多一个星期的时间里，我都尽可能躲着她。她曾经几次在晚上跑到鹅弯来，她拿来了一些她给我采集的野花。她敲着门，乞求道：‘哈里，亲爱的哈里，我需要你，让我进来吧，求求你了，哪怕只是让我和你说说话。’我装作死人一般。我能听到她顺着门瘫了下去，泣不成声，然后越发使劲地敲起了门。而我就在门的另一边，一动不动。我能听到她的声音，有时候她能在那里待上一个小时。然后，我听到她把鲜花放到了门边，离开了。我飞快地冲向厨房的窗口旁，看着她在沙石路上远去。老天爷知道我有多爱她。但是她只有 15 岁。爱上一个 15 岁的少女让我发狂！我把她送给我的花拾了起来，我把每一次她送给我的花都放到了客厅的一个花瓶里。我很孤独，很痛苦。然后，就在接下来的那个星期天，1975 年的 7 月 13 日，发生了那件可怕的事情。”

1975 年 7 月 13 日

一群人挤着站在特雷斯大道 245 号门前，这个消息已经传遍了整个城市。在普拉特警长接到从凯尔甘家打来的紧急电话之后，消息就从他那里，或者说从他的妻子艾米口中传了出去。艾米·普拉特马上把事情告诉了她的邻居，她的邻居又给她的一位朋友打了电话，这位朋友通过电话把事情告诉了她的妹妹，而她妹妹的孩子们都骑上自行车去敲了他们同学家的门。一件很严重的事情发生了，在凯尔甘家的门口停着两辆警车和一辆救护车，查韦斯·道恩在人行道上拦住行人。而在旁边的车库里，我们还能听到音量放得很大的乐声。

是厄恩·平卡斯在上午十点的时候把事情告诉哈里的。他急促地敲着哈里家的门，在看到对方穿着睡衣、头发乱作一团的时候，他才意识到自己把哈里吵醒了。

“我来是因为我觉得其他人不会跟你说这件事。”他说道。

“跟我说什么？”

“关于诺拉的事情。”

“诺拉怎么了？”

“她想要做傻事，她想自杀。”

20.
花园聚会当天

“哈里，你给我的这些建议分先后顺序吗？”

“是的，当然……”

“那是怎样的顺序？”

“嗯，你要是这么问……可能事实上就没有了。”

“哈里！这很重要！如果你不帮我的话，我恐怕搞不清楚。”

“好啦！我的顺序不是很重要，说到底还是你自己列的顺序才重要，我们现在到哪儿了？第 19 条？”

“第 20 条。”

“好的，第 20 条：胜利就在你自己的身体里面，马库斯，你只需要让它自己出来就好。”

罗伊·巴尔纳斯基在 6 月 28 日星期六的早上给我打了电话。

“亲爱的戈德曼，”他对我说，“你知道星期一是几号吗？”

“6 月 30 日。”

“6 月 30 日，对！时间跑得实在是太快了。戈德曼，时光如梭啊。6 月 30 日是什么日子？”

“是全国冰冻奶昔苏打日。”我回答道，“我正好读到了一篇介绍这个的文章。”

“6月30日，你要交的书就到期了，戈德曼！这就是那天要发生的事情，我刚和你的经纪人道格拉斯·克莱恩聊过。他已经快疯了。他说他不会再给你打电话了，因为你已经不再听他的话了。‘戈德曼就是一匹脱缰的野马。’这就是他的原话。我们试着向你伸出援助之手，试着找到一种挽回的方式，但是你呢？你自己在这里漫无目的地瞎跑，然后一头撞到了墙上。”

“援助之手？你是想让我讲一个关于诺拉·凯尔甘的色情故事。”

“嘿，你就不要小题大做了，马库斯。我只是想娱乐大众，让他们有欲望去买书。现在，越来越少人买书了，除非我们能在里面看到一些惊世骇俗的东西，而这些故事又和他们现实中一些无法启齿的欲望相连。”

“我不会为了拯救我的事业而写这样一本垃圾书。”

“随你的便。以下就是6月30日将要发生的事情：我的秘书玛丽莎你应该很熟悉，她每个星期一会到我的办公室来开例会，回顾每周到期将要交稿的书。接着她就会说：‘马库斯·戈德曼今天应该给我们交一份手稿，但是我们什么都没有收到。’然后，我会带着严肃的表情点头对此表示认同。白天的时间可能会平安无事，毕竟我也还是想把我那不得不履行的‘可怕义务’尽量往后拖，然后到下午五点半的时候，我会怀着痛苦的心情，给法律部的负责人理查德森打电话，把情况跟他通报一下。我会告诉他马上起诉你，因为你没有履行合约条款，然后我们就会向你索要高达1000万美元的赔偿金。”

“1000万美元？这太荒唐了，巴尔纳斯基！”

“你说对了，1000万美元！”

“你就是个浑蛋，巴尔纳斯基。”

“嘿，那你可就错了，戈德曼。浑蛋的是你！你想跻身名流，却不遵守名流圈的规矩，就好像是你想打美国职业冰球联盟，却拒绝参加季后赛。这么办事可不行。你知道我会怎么办吗？拿着和你打官司赢来的赔偿金，我会砸重金签下一位野心勃勃的年轻写手来写一写马库斯·戈德曼的故事，或者写一位前途远大但又多愁善感的家伙是怎样自毁前程的。然后他会来佛罗里达你那破陋的小屋里采访你。那时候的你为了避免过多地回顾往事，就会去找个地方躲起来，从上午十点开始就喝得烂醉如泥。再见了，戈德曼，我们法庭上见。”

他挂了电话。

在打完这个让我“受益匪浅”的电话之后不久，我就到“克拉克之家”去吃午饭，在那里正巧遇到了“2008 年版的奎因一家”：塔玛拉正在吧台边因为这样那样的事情教训她的女儿。罗伯特一个人躲到了角落里的长椅上，一边吃炒蛋，一边看《康科德早报》上的体育新闻。我坐到了塔玛拉旁边，随意地翻开了一份报纸，然后装作一副专心看报的样子，其实是在听她如何发泄不满，看她如何抱怨在厨房里感到脏乱，服务效率不高，咖啡有些凉，装枫树糖浆的瓶子太黏了，盛糖的器皿是空的，桌子上都沾满了油污，餐厅里太热，吐司面包片的味道不好，她不会为她点的菜付一分钱，两美元一杯的咖啡简直是抢钱，假如她女儿把这家餐厅弄成一家低档次的咖啡馆，她就永远不会把餐厅交给她打理，她对这家餐厅一直寄予厚望，在当年，整个州的人都会跑到这里来吃她做的汉堡，吃完都会称赞说是整个地区最好吃的。无意中，她发现了我正在听她们的对话，于是用鄙夷的眼神看了看我，然后怒声道：“嘿，那边那个年轻的家伙，你为什么偷听我们讲话？”

我装出了一副一本正经的样子，然后朝她们转了过去：“我？女士，我没在听你们说话啊。”

“你当然在听，要不然你为什么要回我的话，你是从哪里来的？”

“纽约，女士。”

她立刻平静了下来，似乎纽约这两个字对她来说有镇静的作用。然后她用温柔了很多的声音对我说：

“像你这么风度翩翩的纽约年轻人到欧若拉来干吗？”

“写书。”

她的脸一下子阴沉了下来，然后又是大叫：

“写书？你是作家？我太讨厌你们这些作家了。你们就是一群无所事事、一窍不通、满口胡言的人。你靠什么活着？国家补助？现在是我女儿在管这家餐厅，我警告你，她可不会给你赊账，假如你没钱，最好赶快离开，要不然，我就要给我的女婿打电话了，他可是警察局的警长。”

珍妮就在吧台的后面，一副痛苦茫然的表情。

“妈妈，这是马库斯·戈德曼，他可是一位著名的作家。”

塔玛拉一听马上呛了一口咖啡：

“你就是那个跟着戈贝尔的尾巴到处转的小婊子养的？”

“谁，女士？”

“你长大了不少啊……似乎过得还不错。你想听听我是怎么看戈贝尔的吗？”

“不，谢谢，女士。”

“我还是要跟你说。他就是一个老浑蛋，他就应该被放到电椅上电死。”

“妈！”珍妮抗议道。

“这是事实！”

“妈！别说了！”

“闭嘴，女儿。是我在这里说话呢。记好了，浑蛋作家。如果你还有一点良知的话，就把关于哈里·戈贝尔的真相都写出来：他是最卑鄙的家伙，一个性变态，一个无耻之徒，一个杀人狂徒。他杀了小诺拉和库佩妈妈，他还在某种程度上杀了我的珍妮。”

珍妮跑到了厨房里。我想应该是在那里躲着哭泣。而塔玛拉·奎因则端坐在她的酒吧椅上，身体绷直得像一个字母“I”，眼睛里闪射着怒火，手指在空中指指点点，她就这样开始对我讲述她如此生气的理由，以及哈里·戈贝尔是如何自毁名声的。她告诉我的事情发生在 1975 年的 7 月 13 日，那一天对奎因一家人来说至今难忘。就是在那一天，他们在自家花园里刚刚修整好的草坪上，从中午时分（这正是他们向十来个客人发出的邀请函上所列出的时间）开始了一场花园聚会。

1975 年 7 月 13 日

这可是一次盛大的活动，塔玛拉·奎因把它看得很重。花园里搭起了帷帐，餐桌上放好了银餐具和桌布，午饭是在康科德一家熟食店订的自助餐，里面有餐前的开胃鱼类小吃，一些冻肉，海鲜拼盘和俄式沙拉。他们还请来了一位颇有经验的服务员，以确保在上鲜鱼和意大利红酒的时候，能给客人提供最好的服务。什么都显得完美无缺！这次午餐将会成为一次上流人士的聚会。珍妮已经准备好向欧若拉上流社会的几位名流正式介绍她新认识的男朋友。

离正午还有不到十分钟。塔玛拉自豪地检视着花园里的布置：一切都已准备就绪。因为天气很热，她将会一直等到最后一分钟才开始上菜。到时候，所有人都会一边享受着可口的深海贝壳、文蛤和小龙虾，一边听哈里·戈贝尔才华横溢地跟他搂在怀里的绝色美女珍妮谈天说地。盛大的场面即将来临，塔玛拉一边幻想一边快乐得轻轻颤抖了起来。她为自己今天为这次聚会而做的准备感到骄傲，然后她最后一次核对了各人的座位，为了把这些位置都记住，她还把它们记在了纸上。一切都准备妥当，现在就只待来宾入席了。

塔玛拉邀请了她的四位朋友和她们的丈夫。对宴请来宾的数量，她曾花费了一番心思。这真是一次困难的选择：人太少会显得这次聚会很失败，人太多又会让她优雅的午餐多了几分乡村游园会的感觉。于是，她决定先从全城最能散布惊世骇俗谣言的女人们下手。有了这些人，不久就会传出消息说，塔玛拉自从有了一位美国文坛之星女婿之后，就开始举办非常上档次的小众聚会了。所以她邀请了艾米·普拉特，因为她是夏日舞会的组织者；贝尔·卡尔顿，因为她的丈夫每年都换一辆新车，她自然成了高品位的代名词；辛迪·特斯腾，因为她是很多女性俱乐部的负责人；还有唐娜·米歇尔，因为她是一位话痨，并且永远不停地炫耀她孩子的成绩。塔玛拉已经准备好让她们大吃一惊了。在收到邀请函之后，她们都给她打了电话，问她此次宴请的原因。但是为了保留悬念，她只是含糊其词地说："我会告诉你们一个很重要的消息。"她已经迫不及待地想要看看，当她们发现她的珍妮和戈贝尔在一起的时候，脸上会露出怎样的表情。用不了多久，奎因一家就将是所有话题的中心，也会引来艳羡无数。

塔玛拉，因为太关注她的午餐会，所以是城里少数几个没去凯尔甘家门口看热闹的人。上午快结束的时候，她和所有人一样得知了这个消息，她开始担心起她的花园聚会来。诺拉试图自杀，但幸好上帝保佑，这个小姑娘最终自杀未遂，她的心里更多了几分侥幸的感觉。首先因为如果诺拉死了的话，她的聚会就必须被迫取消。在那样的情况下举办庆祝活动始终不合时宜；其次，幸好今天是星期天而不是星期六，因为如果诺拉是在星期六自杀的话，还要请人替她在"克拉克之家"接班，这样就太复杂了。诺拉能选在星期天早上做这件事，而且还未遂，她真是一位好姑娘。

在满意地看过了外面的布置后，塔玛拉进房去看了看是否一切准备就绪。她看到珍妮已经站到门口准备迎接客人。该好好去教训一下她可怜的波波了，他现在已经穿上了衬衣，戴上了领带，但是还没有把裤子穿上，因为星期天他有在阳台上穿着内裤读报纸的权利。他特别喜欢风吹进内裤的感觉，因为这样里面会感觉很凉快，特别是当风吹过有体毛的部分的时候。

“现在不是光着身子的时候！”他的妻子对他大吼，“你是在干吗？难道伟大的哈里·戈贝尔成为我们女婿的时候，你还这样穿着内裤到处乱走？”

“你知道吗？”波波回答道，“他似乎不是大家想象中的那种人。事实上，这是一个很简单的家伙，他喜欢汽车的引擎，喜欢喝冰啤酒，我想他在看到我穿着星期天习惯的“衣服”时是不会生气的。另外，我还想问他……”

“你什么都别问！吃饭的时候不准你说一句胡言乱语！说白了，我就是不想听到你说话。哦，我可怜的波波，要是合法的话，我就把你的嘴缝起来，这样你就不会说话了。你每次都是狗嘴里吐不出象牙来。从现在开始，以后星期天都只能穿衬衣西裤。就这么定了。不许再让我看到你在家里面只穿着内裤到处走。我们今后就是重要的人物了。”

在她说话的时候，她看到她的丈夫在面前茶几上的一个纸片上快速写下了几行字。

“你在写什么？”她大声道。

“一些东西。”

“给我看看！”

“不行。”他抓起了纸片反抗道。

“波波，我想看看！”

“这是私人信件！”

“好的，我们家的‘先生’现在开始写私人信件了，快给我看看！这个家是我在做主，是不是？”

他想把它藏在报纸下面，但是她一把就把纸片从他的手里抢了过来。纸片上画了一只小狗，然后她用嘲笑的音调开始读起了上面的内容：

亲爱的诺拉：

我们希望你尽快康复，希望能尽快在“克拉克之家”见到你。

希望这些糖能给你的生活送去甜蜜。

祝好！

奎因一家

“你写这些无用的东西干吗？”塔玛拉叫道。

“这是一张给诺拉的明信片，我还想去买一些糖果，然后给她送去。这样她看到会开心的，你不觉得吗？”

“荒唐，波波！这张带狗的明信片就是一个笑话，你在上面写的东西也可笑之极！我们希望能尽快在‘克拉克之家’见到你？她刚刚试图自杀，你真认为她现在有心情回去送咖啡？还有那些糖果，你想让她拿着糖果干吗？”

“给她吃啊，我觉得她吃了以后会好过一些。你看吧，你就是喜欢搞破坏，就是因为这个，我才不愿给你看的。”

“别装好人了，波波。”塔玛拉生气地将明信片撕成了四片，“我会给她送花过去的，到蒙特贝利的一家高档店里选一些有品位的鲜花，而不是你到超市里买来的糖果。祝福的话，我会自己来写，就写在一张白色的小纸片上。我会用我美丽的字体在上面写：早日康复，奎因一家和哈里·戈贝尔敬上。快去把你的裤子穿好了，我的客人马上就要到了。”

唐娜·米歇尔和她的丈夫在十二点的时候准时按响了门铃，然后艾米和普拉特警长也很快到了。塔玛拉于是吩咐服务员给花园里的客人们端上迎宾鸡尾酒。普拉特警长开始谈起他今天早上是怎么被电话从床上喊醒的：

“凯尔甘家的小姐吃下了大把的药片。我感觉她把什么都给吃下去了，里面还有几片安眠药呢。但是还不是太严重。她之后被送到了蒙特贝利的医院洗胃。她说她当时发烧了，然后吃错了药。我觉得……最重要的是小姑娘能好起来。”

“幸好这事情发生在早上而不是中午。”塔玛拉说道，“要不然，你们不能光临就实在太可惜了。”

“说得对，那你有什么重要的事要向我们公布呢？”唐娜已经跃跃欲试地想知道了。

塔玛拉咧嘴给出了一个大大的微笑，然后表示，她想等所有的客人都到齐了之后再宣布。特斯腾一家不久之后也到了，而卡尔顿夫妇则是在12点20分到的。所有人都到了。所有人，除了哈里·戈贝尔。塔玛拉于是给他们上了第二杯迎宾鸡尾酒。

“我们在等谁呢？”唐娜问道。

“你们会看到的。”塔玛拉说。

珍妮微笑着，今天肯定会是特别美好的一天。

中午12点40分，哈里还是没有来，大家都已经喝上第三杯鸡尾酒了。然后是12点58分的时候，又喝上了第四杯。

太阳炙热地烤着，大家都有点头晕。“我饿了！”波波终于开口说道，刚说完，他的脖子后面就立刻狠狠地挨了一巴掌。然后是1点15分了，哈里还是没有来。塔玛拉感到她的肚子里一阵绞痛。

“我们等了很久。”塔玛拉在“克拉克之家”的吧台上对我说，“上帝知道我们等了有多久！那天真是热得够呛，每个人都汗如雨下……”

“当时，我真是渴死了。”罗伯特也尝试着加入我们的谈话。

“你给我闭嘴！现在，被询问的人是我，问的是我知道的东西，像戈德曼先生这样的伟大作家对你这种蠢得像驴的人是不会有一点兴趣的。”

她朝他的方向扔了一把叉子过去，然后转过来对我说：“总而言之，我们一直等到了下午一点半。”

塔玛拉希望是他的车坏了，甚至是发生了什么意外。不管怎样，只要他不是“放她的鸽子”就行。她于是找了个借口说厨房里还有事干，其实是跑去给哈里鹅弯的家里打了好几个电话，但是都没有人接。然后她听了听广播，在新罕布什尔州也没有任何著名作家死亡的消息。有两次，她家门口有汽车的声音传来，她每一次心都会一跳：是他！但不是，车里的只是她那些傻瓜邻居。

客人们到那个时候都已经无法忍受了，由于天气太热，他们都躲到了帷帐下去偷得一时的阴凉。他们开始入座，在死一般的寂静中显得百无聊赖。“我希望这是一条天大的消息。”唐娜开口说道。“如果再多喝一杯鸡尾酒的话，我估计我就得吐了。”艾米表示。最后，塔玛拉吩咐服务员把菜放到冷餐桌上，然后告诉客人们可以开始用餐了。

下午两点，午饭已经开始很久了，但是依然没有哈里的任何消息。珍妮的肚子里一阵阵绞痛，不能吞下任何一点东西。她压抑着自己以免在大家面前突然哭起来。塔玛拉此时已经被气得浑身颤抖，都已经迟到两个小时了，看来是不会来了。他怎么能干得出这种事情？一位绅士怎么能有这样的行为？唐娜似乎还嫌不够乱，又开始一而再再而三地问塔玛拉，要向大家通报的消息到底是什么。塔玛拉哑口无言。可怜的波波为了挽救当前的局面和她女儿的颜面，从椅子上站了起来，显出一副庄重的样子。他举起了酒杯并向所有客人自豪地说：“我亲爱的朋友们，我想和你们说的是，我们换了一台新电视机。”客人们默不作声，露出了费解的表情。塔玛拉再也忍受不了这样的羞辱，终于站起身来说：“罗伯特得了癌症，他就要死了。”所有人一片哗然，其中也包括了波波本人。他自己都不知道自己快要死了，也不知道医生是什么时候给家里打的电话，为什么他的妻子什么都没有对他说。罗伯特突然哭了起来，因为他现在还不想死。这时，所有的人都跑过来拥抱他，并向他保证，他们在他咽下最后一口气之前都会来医院看他的，他们永远不会忘记他。

哈里没去参加塔玛拉·奎因花园聚会的原因是他当时就在诺拉的床头。平卡斯刚把消息对他说了之后，他就赶到了诺拉所在的蒙特贝利医院。他在停车场里待了几个小时，握着汽车的方向盘不知如何是好。他觉得自己有罪，因为如果她想要去死的话，肯定是由于他的原因。一想到这里，他自己也有了轻生的念头。他任由自己的头脑被这种情绪占据，到了这一刻，他才意识到自己对诺拉的感情到底有多深。他痛恨自己有这样的一份爱情。当她在他身边的时候，他还以为他俩的感情不是那么深刻，他需要将她排除在他的生活之外，但是直到他要失去她的时候，他才发现自己根本无法想象生活中没有她的样子。诺拉，亲爱的诺拉，诺-拉。他是那么的爱她。

他鼓起勇气进入医院的时候已经是下午五点了。他希望不要遇到任何人，但是在大厅里，他看到了大卫·凯尔甘。他已经哭红了眼睛。

“牧师……我听说诺拉。我真的很难过。”

“谢谢你能过来表达你的关爱，哈里。你肯定听说了诺拉想自杀的事情，这并不是真的，她只是头有些不舒服，然后吃错了药。她就和别的孩子一样粗心大意。”

“当然。”哈里答道，“可恶的药片。诺拉在哪个房间？我想去跟她问一声好。”

“谢谢你的好意，但是你应该知道，现在最好不要让她见什么人，最好别让她劳累，你知道吗？”

凯尔甘带了一个小本子，访客可以在上面写下名字。哈里在上面写下了：早日康复，H.L. 戈贝尔，然后就装作离开了。他回到了他的雪佛兰车里，又在里面等了一个小时。等他看到凯尔甘牧师转过停车场，向他的车子走去之后，他悄悄地回到了医院的大堂，然后在那里找到了诺拉的病房号：二楼，26 房。他敲了敲门，心跳得很厉害。没有回应。他轻轻地打开了门：诺拉一个人在里面，坐在床边。她转过头来，看到了他。她的眼神先是突然闪出了光芒，然后又马上恢复了痛苦的神情。

“让我一个人待着，哈里……让我一个人，要不然我就叫护士了。”

“诺拉，我不能让你一个人待着……”

“哈里，你真是个狠心的人。我不想再看到你了，你只会给我带来痛苦，就是因为你，我才有了想死的念头。”

“原谅我，诺拉……”

“除非你接受我，我才会接受你的道歉，否则，就让我一个人安静地待着吧！”

她看着他的眼睛，他露出了痛苦和忏悔的表情，她忍不住冲他露出了微笑。

“哦，亲爱的哈里，别再露出这种难过的表情。向我保证你永远不会对我那么坏了。”

“我保证。”

“那么多天你都不给我开门，把我一个人晾在门外，向我道歉。”

“对不起，诺拉。”

“你的道歉必须更加有诚意。快跪下，跪下，向我道歉。”

他毫不犹豫地跪下了，然后将脑袋搭在了她的膝盖上，她弯下身来，轻抚他的脸庞。

“快起来吧，哈里，快坐到我的身旁，亲爱的。我爱你。从我第一天看到你的时候起，我就开始爱你了。我想要成为你一辈子的妻子。”

当哈里和诺拉在医院的小病房里“破镜重圆”的时候，在欧若拉举行的花园聚会已经结束一个小时了。珍妮把自己关在她的房间里，带着被羞辱和痛苦的心情泣不成声。罗伯特想来安慰她，但是她拒绝把门打开。恼羞成怒的塔玛拉已经到哈里的家去讨说法了。她恰巧错过了在她走后不到十分钟就按响了门铃的访客，罗伯特去开的门，发现原来是查韦斯·道恩。他低垂着双眼，穿着阅兵时穿的制服，一边向他送出一大捧玫瑰，一边一刻不停顿地背出以下的话：

“珍妮请你和我一起去夏日舞会吧，求你了，谢谢！”

罗伯特大笑了起来。

“你好，查韦斯，你是有话要对珍妮说吗？”

“奎因先生，我……我很抱歉。我真的太没有用了！我只是想……嗯，你同意我带你的女儿去夏日舞会吗？当然这还得让她同意。也许已经有人约她了，她已经有人选了，是吧？我就知道！看我有多傻！”

罗伯特像个朋友一样拍了拍查韦斯的肩膀。

“好了，小伙子，你来得真是时候，进来吧。”

他将这位年轻的警察带到了厨房，然后从冰箱里拿了一瓶啤酒给他。

“谢谢。”查韦斯说完之后把花放到了厨房的吧台上。

“不，这是给我的。你可得喝更烈的酒。”

罗伯特拿起了一瓶威士忌，然后给自己来了一杯双料加冰的。

“把这杯一口喝了，没问题吧？”

查韦斯照他的话做了，罗伯特接着说：

“小伙子，你看起来紧张极了。你应该放松一些，姑娘们都不喜欢紧张兮兮的男人。相信我，对这种事，我还算略知一二。”

“其实我不是一个爱害羞的人，但是看到珍妮的时候，我整个人就会僵住了。我不知道这是因为什么……”

“这就是爱情，傻小子。”

“你真这样觉得吗？”

“当然。”

“你的女儿真的非常迷人，奎因先生。她是那么温柔，那么聪明，那么美丽！我不知道是不是应该跟你说这个，但是有时候我去‘克拉克之家’就只是为了透过落地玻璃窗去看看她。我就那样看着她……我看着她，感觉一颗心快要在胸口爆炸了，就好像我要在我的制服里憋死一样。这就是爱情，嗯？”

“当然。”

“你知道吗，一般在那个时候，我都会想从车里出来，走进‘克拉克之家’向她问好，并问她是不是愿意在下班之后跟我一块儿去看电影。但是，我从来没有勇气走进去。这也是爱情吗？”

“不，这简直就是在开玩笑。我们就是这样和我们喜欢的姑娘擦肩而过的。不要害羞，小伙子，你很年轻，很英俊，很优秀。”

“那我应该怎么做呢，奎因先生？”

罗伯特给他倒了一杯威士忌。

“我很想把珍妮叫下来，但是今天下午对她来说简直糟透了。如果你想听我的建议的话，你得忍一忍，先回家去吧。把这套制服给换了，穿一件衬衣就行。然后你再给我们打电话，约珍妮到外面吃晚饭。你对她说，你想到蒙特贝利吃汉堡。那边有一家她很喜欢的餐厅，我会把地址给你。你很快就会知道，你来得简直再巧不过了。夜晚降临之后，当你发现气氛很放松的时候，你可以向她提议去散散步。然后你们两个就可以坐在一张长凳上，一起看星星，到时候，你指着天上的星座对她说……”

“星座？”查韦斯突然打断他的话，露出了失望的神色，“但是我一个都不知道！”

“你给她指大熊星座就够了。”

“大熊星座？我分不出哪个是大熊星座！该死的，这回我完了！”

“好吧，你就随便指着天空中一个发亮的地方，然后随便给它起个名字就行。女人们觉得男人了解天文是一件很浪漫的事情。不要把流星认成飞机就好。在此之后，你再问她愿不愿意让你成为她的夏日舞会舞伴。”

“你觉得她会同意吗？”

“我肯定她会同意的。”

“太好了，奎因先生，真的非常谢谢你。”

在将查韦斯劝回家之后，罗伯特终于让珍妮从她的房间里走了出来，然后一起到厨房吃了冰激凌。

“现在我还能和谁一起去舞会呢，爸爸？”珍妮问道，一副可怜的样子，“我到时候谁也找不到，大家都会笑我的。”

“别把事情说得那么糟，我肯定有很多小伙子都会愿意陪你一块儿去的。”

珍妮咽下了一大勺冰激凌。

“我想知道都会有谁！”她嘴里的东西还没下咽就带着哭腔说道，“因为我自己连一个都不知道！”

就在这时候，电话铃响了。罗伯特让他的女儿去接电话，只听见那边传来：“啊，你好，查韦斯。”“什么？”“好的，我很乐意。”“半个小时后，太好了！待会儿见。”她挂了电话，兴冲冲地跑过来告诉她的爸爸，说是她的朋友查韦斯给她打的电话，约她到蒙特贝利共进晚餐。罗伯特装出了一副惊喜的表情。“你看吧。”他对她说，“我跟你说过，你不会一个人孤零零地去参加舞会的。”

此时此刻，塔玛拉正在鹅弯哈里的家里进行搜查。她敲门敲了很长时间，还是没有人回应。就算哈里藏起来了，她也要把他给找出来。但是里面空无一人，于是，她决定进行一次小搜查。她从客厅开始，然后是卧室，最后搜到了哈里的书房。她把哈里散乱在桌上的稿纸乱翻一气，然后找到了他刚刚写好的一页稿纸：

我的诺拉，亲爱的诺拉，我的爱人诺拉。你都做了什么啊？为什么要寻死呢？难道这都是由于我的原因吗？我爱你，我爱你胜过一切。不要离开我，如果你死了，我也会随你而去。在我生命中最重要的东西，诺拉，就是你。就两个字：诺－拉。

塔玛拉惊愕于眼前看到的这些文字。她把这页稿纸装在了兜里，暗下决心要置哈里·戈贝尔于死地。

19.
哈里·戈贝尔事件

“那些连夜赶稿的作家只是摄入过多咖啡因和卷烟的病人，简直就是荒唐，马库斯。你必须要学会自律，这跟拳击训练是一回事。我们要严守作息，要重复练习：保证规律性，坚忍不拔，做事要有章法。这就是抵抗作家最凶恶的敌人的三大法宝。

“这个敌人是谁？”

“期限，你知道期限意味着什么吗？”

“不知道。”

“就好比你的思想本质来说是没有羁绊的，但是需要按照另一个人的思想框出一段固定的时间。这跟做送货员是一样的道理，你的老板要求你在某一个时间到某一个地点，那么无论是遇到了交通阻塞还是你的车胎爆了，你都得自己想办法按时到达。你永远不能迟到，要不然就玩完了。这跟出版商给你设置的交稿期限是一个道理。出版商既是你的妻子，又是你的老板：没有她，你就什么都不是，但是你又不可能忍住不去恨她。所以千万千万要遵守期限，马库斯。不过，如果你能够应付得来的话，就赌一把试试。那肯定会更加有趣。”

在“克拉克之家”和塔玛拉说过话之后的第二天，她本人亲口告诉我，是她从哈里家里偷走了那张稿纸。她的故事引起了我的好奇心，因此我就到她的家里去找她，让她给我讲更多的故事。她是在客厅里接待我的，对我的到访，她很是激动。鉴于她两个星期前在警察局做过口供，于是我就问她是怎样知道哈里和诺拉之间的关系的。也就是在这个时候，她才对我说起了在那个星期天花园聚会之后的晚上，她一个人跑到了鹅弯去找哈里。

“我看到书桌上那张稿纸上写的话之后，真是想吐。”她对我说，“小诺拉看到之后肯定不知有多害怕。”

我从她说的话里可以听出，她从来没有想过在哈里和诺拉之间可能真的发生过什么爱情故事。

“你从来没有想过他们之间会产生爱情吗？”我问道。

“爱情？好了，别说傻话了。戈贝尔就是一个臭名昭著的变态，这不用多说了。我根本无法想象诺拉会屈服于他的不轨行为。老天爷知道他对诺拉做了些什么……我可怜的小诺拉。”

“然后呢，你是怎么处置这张稿纸的？”

“我把它带走了。”

“为什么？”

“我要毁了哈里，我想让他去坐牢。”

“你跟其他人说过这张稿纸的事情？”

“当然！”

“和谁？”

“和普拉特警长。就在发现这张稿纸后的几天。”

“只和他说过？”

“在诺拉失踪之后，我就跟更多的人说了，戈贝尔当时是警方不应该忽视的嫌疑人。”

“所以，如果我没有听错的话，当你发现哈里喜欢诺拉的时候，除了普拉特警长你并没有跟任何人说过。直到小姑娘两个月后失踪的时候，你才跟其他人提起这件事。”

“是的。”

“奎因夫人，”我说道，“因为我认识你的时间不长，我不太明白，当你刚发现这张稿纸的时候，你为什么不马上拿出来让大家都知道哈里干的错事，因为他没有去参加你举办的花园聚会，这件事上做得很过分……我是想说，虽然我很尊敬你，不过你应该是那种本来会把这张稿纸贴到市里的布告栏上或者把它群寄到你邻居的信箱里的人吧？”

她垂下了双眼：“你难道还不明白吗？我觉得受到了羞辱，莫大的羞辱！哈里・戈贝尔，这位来自纽约的大作家因为一个 15 岁的小丫头抛弃了我的女儿。她可是我的女儿！你觉得我能怎么想？我觉得这简直是奇耻大辱。真是天大的羞辱！我已经传出了哈里和珍妮在一起的话，还说这已经是八九不离十的事情了！你能想象别人会怎么看这件事吗……而且，珍妮很爱哈里。她知道后肯定会寻死觅活的。所以我决定将这个秘密保留在我这里。你要是看到一周之后那个夏日舞会上的珍妮就什么都明白了。她是那么忧伤，即便有查韦斯的胸膛依偎也没有用。”

“普拉特警长呢？你在和他说了这些之后，他对你说了什么？”

“他说他会自己调查。在诺拉失踪的时候，我又和他说了一遍，他说这或许是一种可能性。但问题是在此之前，稿纸不翼而飞了。”

“什么？不见了？”

“我把它放到了‘克拉克之家’的保险箱里，我是唯一能把它打开的人，然而在 1975 年 8 月上旬的某一天，这张纸就神奇地不见了。稿纸没有了，指证哈里的证据也就没有了。”

“是谁拿的？”

“完全不知道！这一直是个谜。那是一个很大的铸铁保险箱，我是唯一有钥匙的人。在里面有‘克拉克之家’的账本，发工资用的钱和一些下订单时用的现金。一天早上，我突然发现纸不见了，但是没有撬锁的痕迹。所有的东西都在里面，就除了那页该死的纸。我完全不知道发生了什么事情。”

我把她说的话都录了下来，一切听起来越来越有趣了。我又问道：

“这话就在我们之间说，奎因夫人，当你发现哈里对诺拉的感情的时候，你是怎样的一种心情？”

“生气，恶心。”

“你不会因为想要报仇而给哈里写一些匿名信吧？”

“匿名信？我是会做出那种事的人吗？”

我没有过多地纠缠于这个问题，于是接着说：

“你觉得诺拉和欧若拉的其他男人会有暧昧关系吗？”

她差点被她的冰凉茶呛住了。

“这完全不可能，完全不可能！这是一位好姑娘，十分可爱，非常乐于助人，勤劳肯干，聪明伶俐。你满脑子都是些什么淫秽不堪的故事啊？”

“这只是一个问题，就这么简单。你知道一个叫艾力雅哈·斯腾的人吗？”

“当然知道。”她带着一副理所当然的表情答道，“他是哈里来之前那屋子的主人。”

“什么屋子？”我问道。

“当然是鹅弯的屋子。这幢屋子原来就是艾力雅哈·斯腾的。他以前会经常来这里。我觉得这应该是他们家族的房子。有一段时间，我们经常能在欧若拉见到他。在他接手了他父亲康科德的生意之后，他就没有时间再来这个地方了，所以他才把鹅弯的房子租了出去，最后又将它卖给了哈里。”

真是太不可思议了。

“鹅弯的屋子以前是艾力雅哈·斯腾的？”

“是的，你怎么了，我们从纽约来的客人？你的脸色难看极了。”

2008年6月30日上午10点30分，纽约。在位于老佛爷大街的施密特·汉森大厦的51层楼上，罗伊·巴尔纳斯基和他的秘书玛丽莎的每周例会开始了。

“马库斯今天要给你交他的底稿。”玛丽莎提醒道。

“我猜他还什么都没传给你吧……”

“没有，巴尔纳斯基先生。”

“我猜也是，我星期六和他说过。这真是一头犟驴，真是太可恨了。”

“那我应该怎么做？”

“把情况和理查德森说一下，告诉他，我们要起诉马库斯。”

就在这个时候，玛丽莎的助理敲响了办公室的门，打断了正在进行的会议。她手里拿着一页纸。

“我知道你们在开会，巴尔纳斯基先生。”她表示抱歉，“但是，你刚刚收到一个邮件，我认为这很重要。”

“谁发的？”巴尔纳斯基怒声问道。

“马库斯·戈德曼。”

“戈德曼？快拿过来给我看看！”

发件人：m.goldman@bobooks.com

时间：2008年6月30日星期一 10:24

亲爱的罗伊：

我不会追着焦点话题出“垃圾书”，这样赢不了读者的心。

我不会因为你的强逼利诱而写作。

我不会为了自我救赎而写作。

我写作只因为我是一名作家。这是一本讲述了某些事实的书。书里讲述了一个人的故事，因为他，我才能拥有今天所拥有的一切。

请参阅附件中此书的头几页。

如果你喜欢，请给我打电话。

如果你不喜欢，请直接给理查德森打电话，然后我们法庭上见。

祝你和玛丽莎开会愉快，并替我向她问好。

马库斯·戈德曼

“你把附件打出来了没有？”

“还没有，巴尔纳斯基先生。”

“快去给我把它打出来！”

“好的，巴尔纳斯基先生。”

哈里·戈贝尔事件

（临时标题）

马库斯·戈德曼　著

2008 年的春天，在我成为美国文学界新宠差不多一年之后，发生了一件我想深埋于我记忆深处的事情：我发现我的大学老师哈里·戈贝尔，这位在全国备受尊重的作家，在他 34 岁的时候和一位 15 岁的少女有过一段非同寻常的关系。故事发生在 1975 年的夏天。

这个发现始于我 3 月在他新罕布什尔州欧若拉市家里短住的一天。在翻阅他书房里的书时，我意外地发现了一封信和几张照片。我当时完全没有预料到这会成为 2008 年最令人震惊的一件丑闻的前奏。

[……]

艾力雅哈·斯腾的故事是从一位诺拉当年的同学那里得来的，她叫南希·海特薇，一直住在欧若拉。当年，诺拉曾向她坦白说和一位在康科德叫艾力雅哈·斯腾的商人有过亲密的往来。斯腾曾经让他的司机，一个叫卢塞·卡勒的人来欧若拉接她到他家里去。

我现在还没有了解到关于卢塞·卡勒的任何信息。至于斯腾，加洛伍德警官现在拒绝对他审问。他认为现在看来，还没有任何理由将他纳入案件的调查中来。我因此决定自己去拜访他。我从网上了解到，他曾经就读于哈佛大学，现在还一直在该大学校友会的活动中十分活跃。他对艺术很有热情，并且是一位知名的文艺事业赞助人。看起来，他是一位各方面都很优秀的男人。但是一个巧合特别让我疑惑不解：哈里在鹅弯住的那幢房子曾经属于艾力雅哈·斯腾。

这些段落是我写下的关于艾力雅哈·斯腾的最初的文字。我刚刚写完，就把它连同余下的文件一并发给了罗伊·巴尔纳斯基，那天是2008年6月30日。然后，我就直接去了康科德，下定决心去和他见上一面，想要了解他和诺拉之间的关系。当我的电话响起的时候，我已经在路上开车开了半个小时。

“喂？”

“马库斯？我是罗伊·巴尔纳斯基。”

“罗伊！嘿，你收到我的邮件了吧？”

“你的书，戈德曼，简直太棒了！我们就这么干。”

“真的？”

“真的！我太喜欢了！真的太喜欢了，妈的！我们一定要知道结尾。”

“我自己也很想知道故事的结尾。”

“听好了，戈德曼，你把这书写出来，我们就把之前的合同给解除了。”

“这书得按照我的方式来写。我不听你那些淫秽的建议，我不想听你给我的思路，我不想受到任何的限制。”

“就按照你觉得好的方法来写，戈德曼！我只有一个条件：就是这本书在今年的秋天出版。自从奥巴马星期二成了民主党候选人之后，他的自传都快卖疯了。所以必须赶快把这本书给拿出来，要不然，就会被总统大选的狂潮淹没。所以，你必须在 8 月底之前把底稿给我拿出来。”

“8 月底？那我只有还不到两个月的时间了。”

“完全正确。”

“太短了。”

“自己想办法吧，我想把你这本书打造成秋季书市的焦点。戈贝尔知道这事吗？”

“还不知道。”

“快对他说，这是我作为朋友给出的建议。然后，随时告诉我你的进展。”

在我快要挂电话的时候，他又说道：

“戈德曼，等等！”

“什么？”

“是谁让你改变了主意的？”

“我经受了好几次恐吓。有人似乎很害怕我发现些什么。我对自己说，也许真相值得用写书的方式公之于众。为了哈里，也为了诺拉。这就是作家的使命，不是吗？”

巴尔纳斯基没继续听我说些什么，他的全部注意力都集中在了“恐吓”上。

“恐吓？”他说，“那简直太棒了！这是将来为书做广告时天大的好材料。要是你自己也是谋杀计划的受害者，你就可以直接在销售量上加一个零，要是你死了，就能直接加两个零。”

“那我也得在写完书之后再死才行。”

“这当然。你现在在哪儿？信号不是特别好。”

“我现在在高速路上。我要去艾力雅哈·斯腾的家里。”

“那你是觉得他肯定和这桩案件有关了？”

“这也是我想知道的。”

“你真是疯了，戈德曼，这就是我喜欢你的地方。”

艾力雅哈·斯腾住在康科德高处的一所庄园里。大门是敞开着的，所以我开着车直接到了里面。一条石头铺成的小路一直延伸到主人的房子前，令人赏心悦目的鲜花丛环绕左右。在房子的前面还有一片广场，上面有铜狮形状的喷泉。而在喷泉的一旁，穿着制服的司机正在擦着一辆豪华轿车的座椅。

我把轿车停在了广场上，远远地和司机打了个招呼，仿佛和他结识已久的样子。然后，我便兴冲冲地去敲了房子的大门。一位女佣给我开了门，我报上了姓名，告诉她我想见斯腾先生。

“你有提前预约吗？”

“没有。”

“那这恐怕不行，斯腾先生从不接待不速之客。你是怎么到这儿来的？”

“外面的大门开着，怎样才能和你的老板预约呢？”

“一般是斯腾先生主动约人。”

“就让我见他几分钟，不会太长时间。”

“不可能。”

“告诉他，我是为了诺拉·凯尔甘来的。我认为这个名字一定能让他想起些什么。”

女佣让我在门外等了没多久就回来了。“斯腾先生要见你。”她对我说，“你应该是个重要的人物。”她带着我穿过大厅一直到了有细木墙裙和挂毯做装饰的书房。一个风度翩翩的男人就坐在里面的一把靠椅上，他用刻薄的神色上下打量起我来。这就是艾力雅哈·斯腾。

“我叫马库斯·戈德曼。”我对他说，“谢谢你的招待。”

“戈德曼，作家？”

“是的。”

“你这次造访是为了什么？”

“我正在调查凯尔甘的案件。”

“我并不知道有凯尔甘这个案件。”

“我认为还有一些没有弄清楚的疑点。”

“这不应该是警察的工作吗？”

“我是哈里 · 戈贝尔的朋友。”

“这和我有什么关系？”

“我听说你在欧若拉住过，还听说，现在哈里在鹅弯的房子曾经属于你。我想确定这些是否属实。”

他示意我坐下。

“你所得到的信息是正确的。”他对我说，“这所房子是我 1976 年卖给他的，当时他正好获得了事业上的成功。”

“那你是认识哈里 · 戈贝尔这个人的喽？”

“基本也可以说不认识。他刚搬来欧若拉的时候，我们见过几次，但是我们从来没有真正保持联系。”

“那我想知道，你和欧若拉的关系是什么？”

他带着不悦的神色看了看我。

“你这是在审问我，戈德曼先生？”

“完全不是，我只是对像你这样的人在欧若拉这样的小城市有一所房子这件事情感到好奇。”

“像我这样的人？你好像想说很富有的人？”

“是的，和周边的城市比起来，欧若拉没什么让人特别兴奋的地方。”

“这所房子是我父亲让人建造的。他想找一个靠海而又离康科德不远的地方。而且欧若拉也是一个别致的地方，就在波士顿和康科德之间。当我还是孩子的时候，在那里度过了很多美好的夏天。”

“那你为什么把它卖了？”

“我父亲去世的时候给我留下了一笔巨额遗产。我从此就没有时间住在鹅弯的房子里了，它也就这样被我废弃了。在差不多十年的时间里，这房子一直都是租给别人的。但是房客不多，所以在大多数时间里，房子都是空的。当哈里·戈贝尔向我提出要购买它时，我立刻就答应了。话说回来，我卖给他的价钱不高，我也不是为了赚钱才卖这幢屋子。令我感到很高兴的是这所房子一直存在。其实我一直很喜欢欧若拉。从我开始在波士顿做生意以来，我经常在那里逗留。一直以来，我都在赞助那边的夏日舞会。那里的‘克拉克之家’做的汉堡是全大区最好吃的，至少当年是这样。”

“那诺拉·凯尔甘呢？你认识她吗？”

“我对她的认识很模糊。要知道，在她失踪的时候，全州的人都听说了她的事情。这真是一段让人毛骨悚然的故事，现在，我们总算在鹅弯找到她的骸骨了……那本戈贝尔为她写的书……真是不知羞耻啊。你要问我后不后悔把房子卖给他吗？是的，当然。但是当时我怎么能知道这些呢？”

“但是，从严格意义上来说，诺拉失踪的时候，你还是鹅弯房子的主人……”

“你想暗示什么？我和她的死有关？我已经连续十天问自己，哈里买下这幢屋子是不是为了确保不会有人发现埋在花园里的那具死尸。”

斯腾说对诺拉的印象很模糊，我是不是应该告诉他我有一个证人声称他们之间曾经有过一段恋爱关系？我决定先留一手。为了刺探一下他，我说起了卡勒。

“那卢塞·卡勒呢？”我问道。

“什么，卢塞·卡勒？”

“你认识一个叫卢塞·卡勒的人吗？”

“既然你问我这个问题，那你一定知道他是我多年的司机。你在耍什么把戏，戈德曼先生？”

“一位目击者曾经在诺拉失踪的那个夏天看到她几次上过他的车。”

他带着警告的神色用手指指着我：“不要侵扰已逝之人，戈德曼先生。卢塞是一位勇敢、正直、值得尊敬的人。我不会容忍任何人跑来诋毁他的名誉，更何况他现在已经无法做出任何辩护。”

“他死了？”

“是的，已经去世很久了。要是有人对你说他经常到欧若拉去，这是事实。我把房子租出去的那段时间，他就替我照看房子。他需要确保房子完好无损。他有着高贵的品格，我不允许你来这里诋毁他死后的清誉。一些在欧若拉爱说三道四的人也许还会对你说他很奇怪。是的，他无论在什么方面都和一般人不一样。他的相貌丑陋：脸已经严重变形，下巴也长歪了，这让他说话的时候总是口齿不清。但是他有美好的心灵，心思极为敏感。”

“所以，你不认为他和诺拉的失踪有关系？”

“不，我很确定。我认为哈里·戈贝尔才是凶手，似乎他现在就被关在监狱里……”

“我不确定罪犯是不是就是他，这也是我来这里的原因。”

“好了，我们在他的花园里找到了那位姑娘的尸体，而底稿就在她的旁边。那本书就是为她写的……你还需要更多的东西来证明吗？”

“写作和杀人没有关系，先生。”

“这是因为你的调查遇到了很大的阻碍，你才会来这儿和我聊起我的过去和这位好人卢塞。现在采访结束了，戈德曼先生。”

他于是招呼女佣将我送到了出口。

我就这样很不愉快地离开了书房，这次见面没有起到任何实质性的作用。我后悔自己没在他面前把南希·海特薇告诉我的话说出来，但是我也没有足够的证据来指证他。加洛伍德警告过我，仅靠这个证词是不够的，这充其量只是公说公有理婆说婆有理而已，我还需要一个更确凿的证据。于是，我想也许应该好好看一看这所大房子。

在回到这幢屋子巨大的门厅之后，我问这里的女佣，在离去之前是否能够借用一下卫生间。她一直把我领到了一楼的访客卫生间，然后对我说，出于礼貌，她将在屋子的大门口等我。她刚一消失，我就快步走进了旁边的走廊里，想要看看这个屋子的侧翼里面有什么东西。我其实不知道自己想要找的是什么，我只知道我必须快点行动。这是我找出斯腾和诺拉之间联系的唯一机会。我的心跳得很快，一路随机地打开遇到的房门，祈祷着在打开的门后面没有人。可是，所有的房间都是空的：一连串全都是装潢华丽的会客室。透过落地玻璃窗，我可以看到外面美丽的花园，我继续小心翼翼，尽量不发出任何声响地找下去。又一扇门打开了，里面是一个小书房。我快速闯进去，打开了柜子：里面有许多文件夹，还有成堆的文件。我很快浏览了一遍，但里面没有任何对我有意义的内容。我在找东西：可是到底是什么？在这个屋子里，时隔 33 年，有什么东西能突然闪现在我的眼前并且帮得到我呢？时间很紧，女佣不会耽搁太久，如果我不尽快赶回去的话，她就会到卫生间来找我的。我最后来到了第二条走廊里面。这条走廊只通向一个门，我壮着胆子去把门拉了开来：门里面是一个天花板和墙壁都是玻璃的大阳台，四周爬满了藤蔓植物，看起来就像在丛林里一样，令这个房间里面的私密性有了很好的保障。这里有一个画架，几幅尚未完工的油画，还有几把画刷就搁在一个斜面架子上。这是一个画画的工作室。墙上挂着一个系列的油画，都画得不错。其中有一幅吸引了我的注意力：我马上就辨认出，这正是快到欧若拉之前位于海边的一个吊桥。于是，我意识到，所有这些画，画的都是欧若拉的场景：有格兰德沙滩，有城市的主干道，甚至还有“克拉克之家”，画面的真实感令人震撼。所有的这些画都有同样的署名：LC，而且所有的日期都是 1975 年。这时，我发现了另一幅比其他画都更大的画，它被挂在了角落里，也是唯一一幅有灯光照着的画。那是一幅年轻女人的肖像，我们只能看到她的乳房上方的部分，但是很显然她赤裸着身体。我又走近了一些，这张脸对我来说并不是完全陌生的，我又看了看，然后突然一下子惊得愣在了原地：这是一幅诺拉的肖像。就是她，完全没有错。我用我的手机照了几张相片，然后马上逃出了这间屋子。女佣已经在门口踱起了步子，我礼貌地向她道了别，就一溜烟地走了，此时已经一身冷汗的我不停地颤抖起来。

半个小时后，我火速赶到了加洛伍德位于州立警察局总部的办公室。他听到我没有提前征求他的意见就去见了斯腾之后很生气。

“你真是让人难以忍受，作家！真是让我忍无可忍了！”

“我只是去拜访了他。”我解释道，“我敲了门，请求和他见上一面，然后他就接待了我，我没看出有什么不对的地方。”

“我让你等等！”

“等什么，警长？神的祝福？证据从天上掉下来？你和我抱怨过不想去招惹他，那只能我自己行动了。你就继续抱怨吧，让我来行动！你得看看我在他家找到了什么！”

我给他看了我手机里照的相片。

“一幅画？”加洛伍德不屑地对我说。

“好好看看。”

“天啊……这不会是……”

“诺拉！在艾力雅哈·斯腾的家里藏有诺拉·凯尔甘的画。”

我把照片用邮件发给了加洛伍德，他把照片用大页的纸张打印了出来。

“就是她，就是诺拉。”他对照着案件文档里面的照片说道。

画面尽管不是十分清晰，但是我们丝毫不用对此怀疑。

“所以，斯腾和诺拉之间肯定有不一般的关系。”我说道，“南希·海特薇说诺拉和斯腾之间有过一段恋情，现在，我又在他的画室里找到了一幅诺拉的肖像画。这还没完呢：哈里现在的家直到 1976 年都是属于艾力雅哈·斯腾的。这样说来，在诺拉消失的时候，斯腾还是鹅弯的主人。这真是一个天大的巧合，不是吗？好了，你快去申请搜查令，然后调来一个刑侦队，这样我们就可以对斯腾的家好好搜一番，然后他就该被送进警察局了。”

“一份搜查令？我可怜的朋友啊，你可真是完全疯掉了！有什么根据呢？就靠你的这些照片吗？它们甚至是不合法的！这样的证据没有任何法律效力：你这可是在没有取得授权的情况下搜查人家的屋子才搞到的。我无能为力。要想指控斯腾，还需要其他的东西，而在此之前，他当然早就把这幅画给处理掉了。”

“可是他并不一定知道我看到过这幅画。我跟他提起了卢塞·卡勒，结果他就发火了。至于诺拉，他自称并不太了解她，但事实上他却拥有一幅她半裸的画。我不知道是谁画的这幅画，不过在那个画室里面还有其他的一些画，署名都是 LC。会不会是卢塞·卡勒呢[1]？”

“这件事发展到这个地步，这可是我不乐意看到的，作家。如果我开始调查斯腾，而他因此投诉我的话，我可就要吃不了兜着走了。”

“我知道，警长。”

“去跟哈里聊一聊斯腾。看看能不能从他那里得到些什么。至于我嘛，我会去‘挖一挖’卢塞·卡勒这个人的情况。我们需要一些站得住脚的证据。”

在开车从警察局总部前往监狱的路上，我从收音机里得知，几乎整个美国所有的州都把哈里写过的书从教学大纲里面剔除了出来。这简直是谷底的谷底：在不到两个星期之内，哈里失去了曾经拥有的一切。从今往后，他就只是一个被明令禁止的作者，一个被学校抛弃的教授，一个全民皆恨的对象。不管最终调查和审判的结果如何，他的名字已经被永远打上了污点。以后如果有谁再谈论起他的那本著作，就不可能不提及他跟诺拉度过的那个引起大家巨大争论的夏天；而为了避免遭到非议，各种文化活动的组织者以后肯定再也不敢把哈里·戈贝尔请去做嘉宾了。这对他来说，简直就好像是一种文化的电椅。而更糟糕的是，哈里他自己完全明白他目前

[1]译者注：卢塞·卡勒的姓名头一个字母缩写为LC。

的处境。在进入监狱的会客室之后，他对我说的第一句话就是：

“他们是不是要杀了我？”

“没有人会杀你，哈里。”

“可是，我不是已经死了吗？”

“不，你还没有死！你是伟大的哈里·戈贝尔！知道摔倒的重要性，你还记得吗？跌倒并不可怕，因为跌倒是不可避免的，重要的是要知道如何站起来。而我们这一次也一定能够重新站起来的。”

“你真是一个很棒的家伙，马库斯。不过，友情就好像是一个马眼罩，让你看不到事实的真相。归根结底，问题其实并不在于我是否杀了诺拉，或者德波拉·库佩，或者甚至是肯尼迪总统。问题在于我跟这个未成年少女有了不寻常的关系，而这才是不可原谅的行为。至于这本书，我是不是有什么毛病才会去写这本书啊！”

我重复着自己的上一句话：

“我们将会重新站起来的，你就看着吧。你还记得当年在洛威尔，在那个改造成地下拳击场的货仓里，我是怎么遭到痛击的吧。你看，那一次之后，我重新站起来，感觉从未这么好过。”

他在脸上勉强挤出了一丝笑容，接着问我道：

“那你呢？还有收到新的威胁信吗？”

“这么说吧，每一次我回鹅弯的时候都会想，那里到底还有什么在等着我。”

“找出是谁干的，马库斯。找到他，然后给他雷霆一击。一想到有人威胁你，我就感到难以忍受。”

“别担心。”

“你的调查怎么样了？”

“有一些进展……哈里，我开始写一本书了。”

“那太好了！”

“这是一本关于你的书。我在里面提到了你，还有巴若斯大学。我还讲了你跟诺拉的故事。这是一本关于爱情的小说。我很欣赏你们的爱情故事。"

"这个人物构思不错。"

"那么，你同意我这么写了？"

"当然，马库斯。你知道，你曾经可能是我最亲近的朋友之一。你还是一个非凡的作家。对于成为你下一本小说的主角，我感到很荣幸。"

"为什么你要说'曾经'？为什么要说我'曾经'是你最亲近的朋友？我们一直都是这样的，不是吗？"

他露出了悲伤的神情：

"我是实话实说。"

我抓住了他的双肩："我们永远都是朋友，哈里！我不会抛下你不管的。这本书，就是我坚贞不渝友情的见证。"

"谢谢，马库斯。我很感动。不过，友情不应该是你写作这本书的动机。"

"怎么说？"

"你还记得，在你获得巴若斯大学文凭的那一天，我们进行的那次谈话吗？"

"是的，我们一起在校园里走了很长一段距离。我们一直走到了拳击房。那个时候你问我打算干什么，我回答说打算写一本书。于是，你问我为什么要写书。我回答说，我写书是因为我喜欢，而你则对我说……"

"是啊，我对你说什么？"

"你说，生活本没有太多的意义，而写作赋予了生活意义。"

"就是这样，马库斯。这就是你有几个月曾经犯下的错误。当巴尔纳斯基要求你交出新的小说底稿的时候，你那个时候写作只是为了写一本书，而不是要赋予你自己的生活以意义。只是为做而做，从来也不会有意义：因此你有一段时间一句话也写不出来，这也就一点不奇怪了。写作的天赋并不是体现在能否正确地写好，而是体现在能否赋予生命以意义。每一天，有人诞生，有人死亡。每一天，一群又一群不知名的劳动者在灰色的建筑物里面来来去去。幸好还有作家。我相信，作家过着比其他人都更紧凑的生活。

马库斯，不要以我们友情的名义创作。写作是因为这是你把细微渺小被称作‘生命’的这个东西转变成一段有价值有意义的人生经历的唯一方式。”

我久久地注视着他，心里有一种感觉，就好像在听着老师给我上的最后一堂课。这种感受真是让人难以承受。最后，还是他开了口：

“她喜欢听歌剧，马库斯。把这个写到小说里。她最喜欢的曲目是《蝴蝶夫人》。她说过，最美的歌剧讲的都是悲伤的爱情故事。”

“谁？诺拉？”

“是的。这个 15 岁的小姑娘喜爱歌剧到了极致。在她自杀未遂之后，她到一个叫‘夏洛特山’的康复中心待了十几天。这种地方在今天是被称作精神疾病诊所吧。那几天，我总是偷偷地去看她。我给她带去了一些歌剧音乐碟，在那里用一个便携式电唱机放出来。她被感动得热泪盈眶，她还说，如果不能到好莱坞成为演员，她就要去百老汇做一个歌手。然后我就跟她说，她将会是美国历史上最伟大的女歌手。马库斯，你知道吗，我一直以为诺拉·凯尔甘本来有可能在这个国家留下她的印记……”

“你是否认为她的父母有可能会对她不满？”我问道。

“不，我觉得这不太可能。别忘了还有那份书稿，还有书稿上面的留言……不管怎么说，我很难想象是大卫·凯尔甘谋杀了他自己的女儿。”

“不过，她挨了那些打……”

“那些被打的痕迹嘛……那是一件很古怪的事情……”

“还有亚拉巴马呢？诺拉跟你提起过亚拉巴马吗？”

“亚拉巴马？凯尔甘一家就是来自亚拉巴马，是的。”

“不，还有其他的事情，哈里。我相信，在亚拉巴马发生了什么状况，而这件事呢，很可能跟他们离开亚拉巴马有关。不过，我也不知道是什么事……我不知道还能找谁去了解这方面的情况。”

“我可怜的马库斯。我感觉你越是深入挖掘这个事情，碰到的谜团就越多啊……”

"确实是这样的，哈里。另外，我还发现奎因夫人知道你跟诺拉之间的事情。她跟我说的。在诺拉试图自杀的那一天，她去了你的家里，非常气愤，因为她为你组织了一场花园聚会，而你放了她的'鸽子'。可是你当时不在家，于是她就去搜了你的书房，在那里，她找到了你刚写下的一张关于诺拉的字条。"

"既然你现在提到了这个，那我想起来了，我确实丢了一张字条。我后来找了很久都没找到。我还以为是把它搞丢了呢。这在当时令我觉得非常惊讶，因为我一直都是很有条理的。她拿那张字条干了什么？"

"她说她把字条留了起来……"

"那些匿名信，是她？"

"我觉得不太可能。她甚至从来就没考虑过在诺拉和你之间真的有可能发生什么爱情。她只是以为你对她想入非非。说到这里，我想知道普拉特警长有没有问过你关于诺拉失踪的事情。"

"普拉特警长？从来没有。"

这很奇怪：为什么普拉特警长在塔玛拉告诉了他关于哈里的事情之后，从来没有在调查诺拉失踪一案中审问哈里呢？接下来，我又提到了斯腾的名字，但是并没有说他跟诺拉的事情，也没有讲到那幅画。

"斯腾？"哈里对我说，"是的，我认识他。他曾经是鹅弯那房子的主人，我是在《罪恶之源》大获成功之后从他手上买过来的。"

"你很了解他吗？"

"没有啊，我和他在 1975 年夏天见过一两次。第一次是在夏日舞会上，当时我们就坐在同一张桌子旁边。他为人友善，我在那次之后又和他见过几次。他很富有，并且相信我的才华。他对文化颇有研究，总之，他是一个颇有深度的好人。"

"你最后一次见他是什么时候？"

"最后一次？那应该是我在 1976 年买他房子的时候了，但为什么你突然和我提到这个人？”

“没什么具体的原因。哈里，快告诉我，刚才你说的夏日舞会是不是就是那个塔玛拉想让你带着她的女儿一起去参加的舞会？”

“就是那一次。最后我是一个人去的，那是多么美妙的一个夜晚……当时我得了摇彩一等奖，奖品是到马尔莎葡萄园度假一周。”

“你最后去了吗？”

“当然。”

那天晚上，在回到鹅弯之后，我收到了罗伊·巴尔纳斯基给我发来的一封邮件，里面就我新书给出的报价，任何一位作家都不可能拒绝。

发件人：r.barnaski@schmidandhanson.com

时间：2008 年 6 月 30 日　19:54

亲爱的马库斯：

我十分喜欢你的新书。在我们今早通过电话之后，我给你在邮件里附了一份我认为你将不会拒绝签署的合同书。

赶快给我发书的新内容吧，我已经和你说过，我希望书能在秋天出版，到时候肯定能大获成功。事实上，我对此已经确信无疑了。“华纳兄弟”已经表示有兴趣将这部小说搬上银幕了。当然，到时候还会和你就电影版权再做详谈。

我打开了附件里的合同，在合同上，他向我承诺了 100 万美元的定金。

那天晚上，我到很晚都难以入睡，脑子里各种想法乱作一团。在晚上 10 点 30 分的时候，我接到了母亲的电话。电话那头传来了一些噪声，她的话音也不太清楚。

“妈妈？”

“马可！马可，你肯定猜不到现在我和谁在一起。”

“和爸爸？”

“是的。其实不是！你能想到吗？我和你爸爸决定到纽约玩一个晚上，然后我们就到哥伦布圆环旁边的意大利餐厅去吃晚餐，你猜我们在门口撞见谁了？黛妮思，你原来的秘书！”

“哦，原来是这样。”

“别和我装蒜，你以为我不知道你做了什么吗？她把全部的事情都和我说了，全部！”

“都说了什么？”

“她说你把她给开除了。”

“我没有开除她，妈妈。我给她在施密特·汉森出版社找了一份工作。当时我不能再继续雇她了，没有新书，没有具体的计划，什么都没有了！但我还需要帮她考虑考虑她的未来，不是吗？我可是给她在市场部找了一份相当不错的工作啊！”

“马可，我和她互相拥抱。她说她想你了。”

“求求你了，妈妈。”

她继续压低声音说话，我几乎听不到她在说些什么。

“我有一个想法，马可。”

“什么想法？”

“你知道那位伟大的杰克·伦敦吗？”

“那位作家？是的，为什么提起他？”

“我昨晚看了一部关于他的纪录片，这真是巧啊。你知道吗，他和他的秘书结婚了，他的秘书！而今天我遇到的又是谁？你的秘书！这绝对是一个信号，马可！她长得还不错，最重要的是，我能感到她雌性激素旺盛！

女人在这方面的直觉都特别灵，她看上去就是个能生孩子并且言听计从的女人，以后她每九个月就能给你生个孩子！我会教她怎么养孩子的，这样，以后孩子们就都能按照我的意思来发展了。这是不是很棒啊？”

“这绝不可能，她丝毫不能勾起我哪怕一点兴趣。对我来说，她的年龄偏大了，而且她已经有男朋友了。再说，一般人不是不会和他们的秘书结婚吗？”

“但是如果伟大的杰克 · 伦敦在这件事上开了先河，这就说明这么做是可以的。不错，那天她旁边是跟着个家伙，不过那人一看就是个窝囊废！他身上飘着一股超市里卖的古龙水的味道。而你是一位大作家，马可。你是‘神奇小子’。”

“‘神奇小子’已经被马库斯 · 戈德曼打败了，妈妈，我正是从那一天起才拥有了真正意义上的生活。”

“你在说什么啊？”

“没什么，妈妈。你让黛妮思静静地用餐吧，求你了。”

一个小时后，一支警察巡逻队到这边来巡查，来的是两个和我年龄相仿的年轻警察，人很友善。我给他们冲了些咖啡，他们说会在屋子前边巡视一会儿。夜很静，透过敞开的窗子，能看到他们坐在车上一边抽着烟，一边谈笑着。听着听着，我突然觉得自己很孤独，离这个世界很远。现在有人愿意出天价出版我的新书，这无疑又能将我推向舞台的前端，这是让多少美国人羡慕不已的生活啊，但是我自己总感觉还缺点什么，缺少一种真正的生活。我用我生命最初的篇章来实现我的宏图大志，然后我的下半辈子又要努力去维持这些我已经实现的东西。想到这里，我开始自问：什么时候我才能过上真正有意义的生活、简单的生活？我看了看我的脸书（facebook）账号上的好友，里面有哪怕一个能在接到我的电话之后就出来和我喝啤酒的人吗？我需要的是这样的一群朋友：能和我一起看曲棍球锦标赛，能在周末和我一起去露营。我需要一位善良而娴静的未婚妻，她能逗我笑，让我浮想联翩。我不想就这样继续一个人生活下去。

在哈里的书房里，我盯着那张画的照片看了好长一段时间，加洛伍德将照片放大之后给了我一张。谁是这张画的作者？卡勒？斯腾？这是一幅很美的画。我打开了迷你光碟机，重新听了一遍那天给哈里录下的对话。

“谢谢，马库斯。我很感动。不过，友情不应该是你写作这本书的动机。”

“怎么说？”

“你还记得，在你获得巴若斯大学文凭的那一天，我们进行的那次谈话吗？”

“是的，我们一起在校园里走了很长一段距离。我们一直走到了拳击房。那个时候你问我打算干什么，我回答说打算写一本书。于是，你问我为什么要写书。我回答说，我写书是因为我喜欢，而你则对我说……”

“是啊，我对你说什么？”

“你说，生活本没有太多的意义，而写作赋予了生活意义。”

遵照哈里的建议，我重新回到了我的电脑前开始写作。

鹅弯，午夜时分。透过书房打开的窗户，轻柔的海风吹进了房间。空气中弥漫着悠闲的气味。明亮的月光把窗外的大地照得透亮。

调查取得了进展。或者应该说是，加洛伍德警长和我逐渐发现了这起案子的背景有多么深。我相信，这应该不只是一个不道德的爱情故事那么简单，也不会仅仅是“在一个夏天的夜晚，一个小女孩离家出走却被流浪者所害”这种负面的社会新闻故事。因为，这里面存在着太多悬而未决的问题：

——1969 年，凯尔甘一家离开了亚拉巴马的杰克逊，然而那个时候，诺拉的父亲主管着一个欣欣向荣的教区，他为什么要走呢？

——1975 年夏天，诺拉与哈里·戈贝尔经历了一场爱情，而这带给了哈里灵感，令他写出了《罪恶之源》。可是，诺拉同时也跟艾力雅哈·斯腾有一段非同寻常的关系，他还为她画了裸体画。她的真实面目是什么？是能带给作家灵感的缪斯，还是开始发情的牝鹿？[1]

——南希·海特薇告诉我卢塞·卡勒曾经到欧若拉来找过诺拉，并把她带往康科德。他在这件事里面扮演了怎样的角色？

——除了塔玛拉·奎因之外，还有谁知道诺拉和哈里的事情？是谁给哈里送去了那些匿名信？

——负责调查诺拉失踪一案的普拉特警长，在听了塔玛拉·奎因汇报的情况之后，为什么不去审问哈里？他有没有盘问过斯腾呢？

——到底是哪个家伙杀了德波拉·库佩和诺拉·凯尔甘？

——还有，想要阻止我说出这段故事的那个躲在后面的黑影又是谁？

哈里·L. 戈贝尔著《罪恶之源》节选

悲剧发生在星期天。她感到很难过，于是就想结束自己的生命。

她的心如果不是为了他，就再也没有力气跳动了。她必须拥有他才能够继续活下去。而自从终于明白过来这一点之后，他就每天偷偷地跑到医院来看她。像她这么美丽的人儿怎么会自杀呢？他很恨自己，就好像是他动手伤害了她一样。

每一天，他都会偷偷地来到诊所周围的一个大公园里面，坐在凳子上等着她出来晒太阳的那一刻。他看到她还活着。而活着是如此重要。然后，他趁着她不在房间的时候，进去在她的枕头下面放一封信。

我温柔的爱人：

你不应该去死。你是一个天使。天使是不会死的。

[1]译者注：法语单词muse同时具有以上两重意思。

你瞧，我从来都没有远离过你。擦干眼泪吧，求求你了。看到你难过的样子，我就无法忍受。

我要拥抱你，为你减轻痛苦。

亲爱的爱人：

在睡觉的时候发现你的信是多么令人惊喜的事啊！我现在在躲着给你写信：晚上，我们在熄灯之后就要睡觉了。这里的护士可真凶啊。但我还是忍不住要给你写信：我只要读过你的这些字句就一定要马上回信。我多么想请求你带我去参加夏日舞会，但是我知道你并不希望这样。你一定会说，如果大家看到我们两个在一起，那我们就完了。况且，我想我到那个时候也还不能离开这里。不过，如果不能相爱的话，我们还活着干什么呢？这就是我对自己干那件事的时候，心里面所想的问题。

我永远都是你的。

我的神奇小天使：

总有一天，我们会一起跳舞的。我向你保证。总有一天，爱情会战胜一切，我们将能够在光天化日之下彼此爱慕。到时候，我们就一起跳舞，我们去沙滩上跳舞。在沙滩上，就好像我们第一次见面时那样。你在沙滩上的时候是那么的美丽。

快点好起来！总有一天，我们会一起跳舞，就在沙滩上。

亲爱的爱人：

在沙滩上跳舞。我现在就只想着这个了。

告诉我，将来的某一天，你要带我去沙滩上跳舞，只有你跟我……

18. 马尔莎葡萄园

（马萨诸塞州，1975 年 7 月底）

“在我们这个社会里，马库斯，人们最崇拜的是那些建立起桥梁、摩天大楼和商业帝国的人。可是实际上，最值得自豪和最值得敬仰的应该是那些成功地建立爱情的人。因为，这个世上就没有比爱情更伟大更困难的事业了。”

她在沙滩上跳舞。她在跟海浪嬉戏，在沙滩上奔跑，秀发随风舞动。她在欢笑，活得如此幸福。在酒店的露台上，哈里凝视了她一阵子，然后他就继续埋头于身前的桌子上铺满的纸页中。他写得很快，而且很好。自从他们来到这里以后，他已经写了几十页，写作的速度堪称疯狂。这一切都是拜她所赐。诺拉，亲爱的诺拉，就是他的生命，就是他的灵感源泉。“诺-拉”。他终于开始写他的长篇巨作了，这将是一部爱情小说。

“哈里。”她喊道，“休息一下！来游泳吧！”他于是放下了手头的工作，回到房间里面，把手稿放回到手提箱里，然后换上了他的游泳衣。他在沙滩上找到了她，两人沿着海岸线往前走，离开了酒店，离开了露台，离开了其他的客人和那些游泳的人。他们经过岩石群，来到了一个僻静的小港湾。在那里，他们就可以自由地恋爱了。

“抱我吧，亲爱的哈里。”当其他人再也看不到他们的时候，她对他说道。

他抱住了她，而她则揽住了他的脖子，紧紧地抱着。然后，他们一起浸入海水中，欢快地互相泼着水，接着又睡到了属于酒店的白色大躺椅上面晒太阳，她的脑袋搁在他的胸脯上。

“我爱你，哈里……我爱你，从来就没有这样爱过。”

他们一起笑了起来。

“这是我这辈子最美好的假期。”哈里说道。

诺拉的脸上放出了光芒：

“我们来照相吧！我们来照相，这样我们就永远都不会忘记了！你带了相机吗？”

他从口袋里掏出相机，递给了她。她紧紧贴着他，用手抓住相机的机身尽量离远一点，镜头对着他们两个，拍了一张照片。就在摁下快门之前，她转过头在他的面颊上久久地吻了一下。然后，他们都笑了。

“我想，这张照片一定很棒。”她说，“你一定要一辈子都留着它。”

“一辈子。这张照片永远都不会离开我。”

他们在那里已经待了四天了。

两个星期之前

传统的夏日舞会是在7月19日星期六那一天举办的。连续三年了，夏日舞会不是在欧若拉，而是在蒙特贝利的乡村俱乐部进行。自从艾米·普拉特主持这个舞会以来，她就努力地想要把它搞成一个高档次的派对。在她看来，也只有蒙特贝利的乡村俱乐部够资格来承办这种规模的活动了，因此她就把原本在欧若拉中学体操馆里进行的夏日舞会转移到了这个俱乐部。而原本舞会上大家吃的是自助餐，来到这里之后，就变成了大家正襟危坐，每个人都安排了座位的正餐了。此外，艾米·普拉特还要求参加舞会的男士全部都要打领带，并且还在晚餐结束之后，舞会开始之前，安排了抽奖活动来为大家助兴。

早在舞会开始之前一个月，人们就经常看见艾米·普拉特大步穿行在城市里，高价售卖她的那些抽奖券。没有一个人敢对这些抽奖券说不，因为生怕就此受到报复，在舞会上被安排到角落里。有些人认为，卖抽奖券颇有油水，这些钱都直接跑到她的口袋里去了。可是，没有哪个人敢公开抱怨：跟她保持好关系很重要。据说有一年，她跟另外一个女人吵了架之后，就故意假装忘记了，而没有给人家安排就餐的座位。于是，在吃饭的时候，整个会场就只有那个可怜的女人一直站着。

哈里起初并不打算去参加舞会。尽管他早在几个星期之前就已经买了票，但是现在他可没有什么心情出去参加这样的活动：诺拉还一直待在诊所，而他心里面很不痛快。他就想一个人待着。可是，就在那天早上，艾米·普拉特过来敲了他家的门，因为她已经有好几天没在城里看到他，他也不再去“克拉克之家”了。她来是想确认他这一次不会“放她的鸽子”。他必须出现在舞会上，因为她已经向所有人宣布了他会来的。第一次有一个纽约的大明星将会出席她的舞会，谁知道呢，或许在明年，哈里就会带着影剧业的名流回到这里。然后再过几年，说不定整个好莱坞，以及整个百老汇的人都会来新罕布什尔参加这个未来东岸最摩登的盛会。“哈里，今天晚上你会来吗？嗯，你会来的吧？”她在门前扭来扭去，发出呻吟一般的声音。她不停地求他，而他最终还是答应了，因为他是一个不懂得怎么说不的人。不仅如此，她甚至还成功地让他再买了50美元的抽奖券。

那一天晚一些时候，他去诊所看了诺拉。在前往诊所的路上，他又到蒙特贝利的一个商店里买了一些歌剧碟片。他没有办法控制自己，因为他知道音乐能让她感到非常快乐。可是，他花了太多的钱，再也不能这样下去了。他已经不敢再去想自己现在的银行账户状况，他甚至都不想知道自己现在到底还剩下多少钱。他的积蓄已经如烟飘逝，按照这个趋势，很快他就再也没有钱去支付那幢屋子直到这个夏天结束之前的租金了。

他来到诊所之后，他们就去了旁边的公园里散步。在一个小树林里，她抱住了他。

“哈里，我想离开这里……”

“医生说，再过几天你就可以从这里出去了。”

“你没明白我的意思：我是说想离开欧若拉。跟你一起走。在这里，我们永远都不会快乐。”

他回答道：

“总有一天。”

“什么，‘总有一天’？”

“总有一天，我们会离开的。”

她的脸上放出了光芒。

“真的？你会把我远远地带走？”

“很远。我们将会幸福的。”

“是的，很幸福！”

她把他紧紧地抱在怀里。每一次她靠近他，他都会感到自己的身体在轻微地颤抖。

“今天晚上，就是夏日舞会了。”她说。

“是的。”

“你去吗？”

“我不知道。我答应了艾米·普拉特要去的，不过我现在没这个心情。”

“哦，我想你还是去吧！我好想去那里。一直以来，我就梦想着有一天能有个人带我去参加那个舞会。可是，我永远都别想去……妈妈不愿意。”

“我一个人去那里干什么？”

“你不会是一个人，哈里。我也会在那里，在你的脑袋里跟你一起去。我们一起跳舞！不管发生什么事情，我一直都会在你的脑袋里！”

听到她这么说，他发怒了：

“怎么说，‘不管发生什么事情’？你这是什么意思，嗯？”

“没什么，哈里，亲爱的哈里，不要生气。我只是想跟你说我永远都爱你。”

为了跟诺拉的爱情，他还是去参加了舞会，不情不愿的，一个人去了。刚到那里不久，他就后悔做出这个决定了：看到那么多人，他感到很不自在。为了故作镇定，他在吧台前面站了一会儿，喝了几杯马提尼克酒，看着众人在他面前走来走去。会场很快就挤满了人，人们谈话的嗡嗡声越来越响。他自己觉得所有人的视线都集中在他的身上，似乎这里的每一个人都知道他爱上了一个 15 岁的小女孩。酒劲有点上来了，他于是就去了卫生间，用水泼了一下脸，然后把自己锁在了一个厕格里，坐在马桶上想让自己清醒一点。他深深地吸了一口气：必须保持冷静。没有人会知道他跟诺拉的事情。他们一直是那么谨慎、那么小心。没有任何理由为此而担心。一定要显得自然一点。他最终让自己放宽了心，同时感到肚子轻松了很多。于是，他就打开了厕格的门。就在这个时候，他看到面前卫生间的镜子上有一行用红色唇膏写下的字：

恋童癖变态狂

他的心里感到了一丝恐惧。“是谁，谁在这里？”他喊了一句。看了看周围，他又去推开了每一个厕格的门，但里面都没有人，这个厕所里面就只有他一个人。他急忙扯过了一块布，沾了水，抹去了那一行字，在镜子上留下了长长厚厚的一条红色印迹。然后，他匆匆逃出了卫生间，生怕被人当场撞破。尽管感到恶心不舒服，额头上全都是汗，太阳穴剧烈地跳动，但他回到人群中还是装作一副什么事情都没有发生的样子。究竟是谁知道了他跟诺拉的事情?

在大厅里面，晚餐已经开始了，大家都在向餐桌走去。他感到自己简直都快要疯了。就在这个时候，一只手突然抓住了他的肩膀。他吓了一跳。

原来是艾米・普拉特。他汗如雨下。

"还好吗，哈里？"她问道。

"还好……还好……就是有点热。"

"你在主桌。来吧，就在那里。"

她把他一直领到了一个铺了鲜花的大台子面前。已经有一位 40 岁出头的男子坐在了那里，一副百无聊赖的样子。

"哈里・戈贝尔。"艾米・普拉特以一种充满仪式感的腔调宣布了哈里的到来，"让我来给你介绍艾力雅哈・斯腾，本次舞会的主要赞助人。正是由于他的帮助，这次舞会的票才会卖得这么好。他同时还是你在鹅弯住的那幢屋子的主人。"

艾力雅哈・斯腾笑着伸出了手，而哈里也笑了起来：

"你就是我的业主，斯腾先生？"

"叫我艾力雅哈吧。很高兴能认识你。"

在吃完一道主菜之后，两个男人走出去抽烟，顺便在乡村俱乐部的草坪上散了一会儿步。

"那幢房子，你住得满意吗？"斯腾问道。

"非常满意，屋子棒极了。"

又大大地吸了一口烟之后，艾力雅哈・斯腾充满怀念之情地回忆起，鹅弯曾经是他们家族度假的屋子，有好多年了：他的母亲有严重的偏头痛，按照医生的说法，海边的空气对她有好处，于是斯腾的父亲就在那里建了这样一幢房子。

"当我的父亲看到大洋边的这片土地之后，他就一见钟情，毫不犹豫地把它买了下来，建起了屋子。是他自己亲自设计的图纸。我也超喜欢这个地方。我们在这里度过了那么多美好的夏天。可是后来，随着时间的流逝，我的父亲过世了，我的母亲则去了加利福尼亚定居，然后就再也没有人来这里住了。我很喜欢这幢屋子，几年前还让人翻修了一次。可是，我没有结婚，也没有小孩，因此我也不会有机会来住这个对我来说实在有点太大的房子。于是，我就把它托付给了中介，让他们帮我放租。一想到这个屋子没人居住而荒废，我就感到难以承受。而现在，是像你这样的人在那里居住，我很高兴。”

斯腾还向哈里解释说，他在欧若拉度过了自己的童年，在这里经历了他人生的第一次舞会和最初的爱情。后来，他就每年回欧若拉一次，都是利用夏日舞会的机会，也算是怀念一下自己的青葱岁月吧。

他们又点着了第二支烟，然后在一张石凳上坐了一会儿。

“那么，哈里，你现在在忙些什么呢？”

“一本爱情小说……其实应该说，我想试着写一下吧。你知道，这里所有的人都以为我是一个大作家，但其实这只是一场误会。”

哈里知道斯腾不是那种容易被糊弄的人。后者听他这样说，就回答道：

“这里的人是很感性的。只要看一看这场舞会被搞成这么可怜的样子，你就能明白了。那么，是一本爱情小说？”

“是的。”

“你写到哪儿了？”

“仅仅是刚开始。老实讲，我有点写不出来。”

“这个，这可是一个作家的烦心事。有烦恼吗？”

“如果去想的话。”

“你谈恋爱了？”

“为什么要问我这个？”

“因为好奇。我在想，是不是一定要在恋爱当中，才能写得出爱情小说来。总而言之，我对作家很有好感。这可能是因为我自己也曾经想过要当作家，又或者说是艺术家吧，如果说得更广泛一点的话。我对于绘画有着无条件的热爱。可是很不幸，我在艺术方面真是完全没有一点天赋。你这本书的书名是什么？”

“我还不知道。”

“说的是哪一种爱情故事呢？”

“一段不为世人所接受的爱情。”

“听起来，这真的很有意思。”斯腾很热情地说，“我们有必要多碰碰面。”

到了晚上九点半，在大家吃完甜品之后，艾米·普拉特宣布幸运大抽奖开始了，一如往年，她的丈夫充当了抽奖嘉宾。普拉特警长把麦克风拿得有点太靠近嘴边了，他一个一个地抽出了中奖的号码。奖品大多数都是由当地的商家提供，并不是很高档。唯有头等大奖，吸引着所有人的注意力：那是到马尔莎葡萄园豪华酒店住一个星期的双人套餐，所有的费用全部不用自理。“请大家注意了。”警长声嘶力竭地喊道，“头等大奖的得主是……注意了……是 1385 号！”大厅里一片安静。突然，哈里意识到这正是他拥有的一个号码，于是就站了起来，十分惊愕。大厅里响起了雷鸣一般的掌声，无数人拥过来向他表示祝贺。一直到晚会结束，在场的人都一直盯着他看：他就好像是整个世界的中心。可是他没有正眼看过任何人，因为他的世界的中心——她，还躺在 15 英里外的医院小病房里睡觉。

当哈里在凌晨两点从舞会离开的时候，他在更衣间里遇到了艾力雅哈·斯腾，他也正好要走。

“摇彩的头奖啊。”斯腾笑了，“必须得说，你真是一个够幸运的人。”

“是吧……要说我还差点就没有买抽奖券呢。”

“需要我捎你回家吗？”斯腾问。

“谢谢，艾力雅哈，但我有一辆车。”

他们一直走到了停车场。一辆黑色的小轿车在等着斯腾。车前面有个人正在抽着烟。斯腾看着他说：

“哈里，我想向你介绍一个我深深信任的人。这真是一个非凡的家伙。另外，如果你不会觉得不方便的话，我想派他到鹅弯去帮我打理一下那里的玫瑰花。马上就该是时候要对这些花进行修葺了，而他还是一个很出色的园丁，跟中介公司派过来的那些没用的家伙完全不同，那些家伙去年夏天几乎把我全部的植物都给弄死了。”

“当然没问题。这是你自己的家啊，艾力雅哈。”

在走近那个人的时候，哈里注意到他的外表看起来很恐怖：他的身体很壮，肌肉发达，他的脸上都是伤疤，整个都扭曲变形了。两人相互握了握手。

“我是哈里·戈贝尔。”哈里说。

“晚上好，戈贝尔先生。”那个人讲话很困难，发音很不规范，“我……我叫卢塞·卡勒。”

舞会过后第二天，整个欧若拉小城都躁动了起来：哈里·戈贝尔将会带谁去马尔莎葡萄园呢？城里的人从来没有在这里看到他跟任何一个女人来往。他在纽约是不是有一个女朋友呢？说不定是一个电影明星呢。又或者，他会不会带一个欧若拉的年轻女子去那里？在这个城市当中，他是不是有一个极度秘密的交往对象？而在各家报纸关于明星的板块里面，会不会提及这件事情呢？

唯一一个对此次旅行毫不在意的恰是哈里本人。7 月 21 日星期一早上，他待在自己的家里，心里焦虑得抓狂：谁知道了他跟诺拉的事情？谁跟着他一直到了卫生间里？谁敢在镜子上写下那么难听的话？既然是用唇膏写的，那肯定是一个女人了。可是究竟是谁呢？为了分散一下注意力，他坐到了书桌前面，决定整理一下他的稿纸，就在这个时候，他突然意识到，稿纸里缺了一页。关于诺拉的一页，是在她试图自杀的那一天写的。他记得很清楚，当时就放在那里。已经有一个星期了，他一直都是任由草稿纸堆放在书桌上面，不过为了以后整理方便，他都是按照时间顺序在每一页上都写下了清晰的页码。所以，现在当他整理这些稿纸的时候，他就发现里面缺了一页。而且这一页还很重要，他记得很清楚。他把稿纸又整理了两遍，还把文件夹清空了再看，但是始终找不到丢失的那一页。这不可能啊。他在离开“克拉克之家”的时候总是很小心地检查他坐的桌子，以免遗漏任何东西。而在鹅弯，他也只是在书房里写作，即便是偶尔坐到了露台上，他也会把写完的东西收到书桌上。他不可能自己搞丢这张稿纸，那么它到底到哪里去了呢？在把整个屋子翻了一遍依然一无所获之后，他开始问自己，会不会有人闯进了这里来寻找对他不利的证据。是不是也是这个人在舞会那天晚上到卫生间里在镜子上写下了那句话呢？一想到这种可能性，他就觉得肚子不舒服，甚至有了想呕吐的冲动。

同一天，诺拉离开了“夏洛特山”诊所。刚一回到欧若拉，她的第一个念头就是去找哈里。她在快到黄昏的时候来到了鹅弯，只见他在沙滩上，随身带着那个马口铁盒子。她一看到他，就冲过去扑到了他的怀里；他把她举在半空，带着她转了起来。

“哦，哈里，亲爱的哈里！我真是太怀念这里，太想跟你在一起了！”

他用尽全身力气抱紧了她。

“诺拉！亲爱的诺拉……”

“你过得怎么样啊，哈里？南希告诉我说你赢得了摇彩的大奖啊！”

“是的！你已经知道了？”

“两个人去马尔莎葡萄园度假啊！那是什么时候呢？”

“日子可以自己选。我只需要在想去的时候给酒店打电话预订就可以了。”

“能带我去吗？哦，哈里，带我去吧，在那里我们就不需要躲躲藏藏了，那该有多幸福啊！”

他没有回答，在沙滩上又踱了几步。他们一起注视着海浪，海浪奔腾到沙滩上，陷入沙子里面停了下来。

“这些海浪是从哪里来的？”诺拉在问。

“很远的地方。”哈里回答，“它们远远地奔过来，就是为了看一看大美利坚的海岸，然后就‘死’了。”

他盯着诺拉看，突然愤怒地抓住了她的脸庞。

“该死的，诺拉！为什么要去死？”

“这并不是要去死。”诺拉说，“而是再也不能活。”

“可是，你还记得吗，学校期末演出的那一天，就是在这个沙滩上，你对我说不要去想到死，因为你在这里。而你如果是自己先去死了，那还怎么能够守护我呢？”

“我知道了，哈里。对不起，请你原谅我。”

就在这个他们第一次相遇并一见钟情的沙滩上，她跪了下来，请求他的谅解。同时，嘴里还在说：“带我去吧，哈里。带我一起去马尔莎葡萄园。带上我走，我们相爱到永远。”在那一刻欣喜愉快的气氛下，他答应了她的请求。可是不久之后，当她转身回家，当他看着她在鹅弯的路上远去的时候，他心里面想，还是不能带她去。那是不可能的。已经有人知道他们的事了。如果他们两个一起离开的话，整个城市就都会知道了。那样一来，他就肯定是要进监狱了。他不能带她去，而如果她再跟他提这个要求的话，他就干脆把这个不能去的旅行往后推好了。如果有必要，他甚至可以永远地把这个计划搁置下去。

第二天，他时隔多日第一次回到了“克拉克之家”。就像往常一样，珍妮在里面上班，当她看到哈里进来的时候，她的眼睛都亮了：他又回来了。是因为那次舞会吗？他看到她跟查韦斯在一起是不是心生嫉妒了？他会不会想要带她去马尔莎葡萄园呢？如果他最终没带她去，那就说明他并不爱她。这个想法让她如此困扰，以至于她甚至都没有顾得上给他下单，就直接抛出了这个问题：

“你要带谁去马尔莎葡萄园，哈里？”

“我不知道。”他回答说，“有可能谁都不会带。有可能我一个人到那里去写我的书。”

她撇了撇嘴：

“这么好的一次旅行机会，就一个人去？这听起来太糟糕了。”

她其实心里暗暗地希望他会说：“你说得对，珍妮，我的爱人，我们应该一块儿去，一块儿在那里的夕阳下拥吻。”但他只是冷冷地来了一句：“请给我一杯咖啡。”她也只能乖乖地照办了。这时，在里屋办公室里做账的塔玛拉·奎因走了出来。当在哈里常坐的那张桌子边上看到他的时候，她连招呼都不打，就气冲冲地跑上去对他说：

“我现在正在查账，以后你就别想在这里继续赊账了，戈贝尔先生。”

“我明白。”哈里不想跟她当众争吵，“我很抱歉，上星期未能赴约……我……”

“我不想听你的解释，你送的花我已经扔到垃圾桶里了。我希望你务必在这一周内把你的账结清。”

“没问题，请你把账单给我，我马上付钱。”

她把账单的明细表给他拿了过来。一看之下，他差点没当场窒息：他足足欠下了 500 美元。在花钱的时候，他完全没多加考虑，竟然在吃喝上就花了 500 美元，仅仅为了看到诺拉，500 美元就这么轻易地花掉了。除了在餐厅赊的账，第二天早上，他又收到了租房中介的来信。他之前已经支付了在鹅弯暂住期间一半的房租，也就是到 7 月底。信中说如果他还想住到 9 月，他就要再支付 1000 美元，而按照事先的约定，这笔钱应该直接从他的账户上扣除。但是他根本就没有 1000 美元，他现在几乎已经没钱了。“克拉克之家”的账单让他几近破产，支付这样一幢房子的房租对他来说已经是不可能的事情了。他不能继续住下去，这到底应该怎么办呢？反过来想想，其实也没有必要。他根本就没有写出自己期望中的巨著，他只是一个骗子。

在想清楚了整个事情之后，他给马尔莎葡萄园的酒店打了电话。他决定不继续租这幢房子，是时候永远地结束这场骗局了。他会和诺拉一起去马尔莎待一个星期，好好享受他们相爱的最后时光，然后他就会彻底消失。酒店的前台告诉他，从7月28日到8月3日还有一间空房。他很清楚现在自己应该做什么事情：再最后爱诺拉一次，然后永远地离开这座城市。

在订好酒店后，他给租房中介打了电话。他说已经收到了他们的来信，但是出于种种原因，他已经没有钱再继续付鹅弯的房租了。因此他要求从8月1日起终止他的租赁合同，为了更方便一些，他还说服了中介的员工让他把房子留到8月4日星期一，到时候，他会直接在回纽约的路上把钥匙交还到该公司在波士顿的营业点。电话里，他的声音已经开始哽咽，这意味着所谓的大作家哈里·戈贝尔的旅程算是就此结束了，那本他期望写出的大作，连开头三行都没能完成。在他的情绪濒临崩溃的一刻，他说完了下面的一句话，然后就挂了电话：“太好了，先生，那我就在8月4日回纽约的路上把鹅弯房子的钥匙还到你们的营业点去。”在他挂了电话之后，突然听到后面传来了另一个哽咽的声音：“你要走，哈里？”他吓了一跳，原来是诺拉。她没敲门就走进了房间，并且听到了刚才的对话。她的眼里已经泛起了泪光，然后又重复了一遍：

“你要走了，哈里？发生了什么事情？”

“诺拉……我遇到了些麻烦。”

她朝他跑了过去。

“麻烦？什么麻烦？你不能走啊，哈里，你真的不能走啊！要是你走了，我怎么活下去？”

“不，别这么说。”

她顿时跪了下来。

“不要走，哈里！看在上帝的分儿上！你走了，我就什么都没有了。”

他也一下子跪倒在了她的旁边。

“诺拉……我必须和你说清楚……我从一开始就在编造着谎言。我不是什么有名的作家……我说谎了！我在所有的事情上都撒了谎！我现在没钱了！没有了！我现在没钱再继续住在这所房子里了。我不能在欧若拉再继续待下去了。”

“我们会找到办法的！你会成为一位有名的作家的，对于这一点我毫不怀疑。到时候，你就会挣很多钱！你的第一本书绝对是一部佳作，而你现在倾注全部心血在写的这本书肯定也会大获成功的。我对此确信无疑，这绝对错不了的！”

“诺拉，这本书太可怕了，我写出的都是一些可怕的文字。”

“什么是可怕的文字？”

“那些关于你的我不应该写出来的文字，但是这些都是源自我的真实情感。”

“你的什么情感，哈里？”

“爱，无时无刻不在的爱！”

“那就把这些感受用最美丽的文字记录下来吧！你快开始工作吧，把那些最优美的文字写出来。”

她抓住了他的手，然后带他来到了露台。她为他准备好了纸笔和小册子。她冲了些咖啡，放起了歌剧唱片，打开了客厅的窗户，让他在外面也能听到。她很清楚，音乐能让他集中精神。他也开始乖乖地理了理自己的思绪，重新投入到创作当中。他写的是一部关于爱情的小说，就好像他跟诺拉真的有可能谈情说爱一样。他一连写了两个小时，文字似乎是自己蹦出来的一样，自然而完美，从笔尖流淌出来，又在纸上翩翩起舞。这是他到欧若拉以来，第一次感到他的小说真真正正在一点点诞生。

当他抬起头，眼睛离开稿纸的时候，才发现诺拉在柳条编制的椅子上坐着。为了不打扰哈里，她一个人躲在后面坐着，居然睡着了。突然间，他感到生活里因为有了这部小说，有了诺拉，有了海边的这幢房子而一下子变得无比美好。突然，离开欧若拉对他来说也不再是一件坏事了，他可以在纽约完成他的小说，成为一位著名的作家，然后在那里等着诺拉的到来。事实上，离开并不等于失去诺拉。或许，事情会朝着相反的方向发展，等诺拉高中一毕业，她就可以到纽约来上大学，从此他们就能在一起了。在此期间，他们就相互写信，然后在假期的时候相会。时间会一天天过去的，到时候，他们的爱情就将不再是不被允许的爱情了。他轻轻地叫醒了诺拉，她伸了伸懒腰，微微笑了笑。

“你写得怎么样？”

“非常好。”

“太棒了！我能看看吗？”

“很快就可以了，我保证。”

一群海鸥在这时飞过了海面。

“把海鸥加进去吧，把海鸥加进你的书里面。”

“在每一页都会有，诺拉。我们几天后能一起去马尔莎葡萄园岛度假吗？下个星期，那里会有一间空的客房。”

“嗯，我去，我们一起去。”

“那你怎么跟你的父母说呢？”

“不用担心，亲爱的哈里，我来想办法去跟我的父母说，你只用专心写好你的小说，然后爱我就够了。那这样的话，你愿意留下来了？”

“不，诺拉，我月底之前就得离开，因为我没有钱再继续付房租了。”

“月底？那不等于就是现在吗？”

“我知道。”

她的眼里又泛起了泪光：“别走，哈里。”

“纽约其实并不远，你可以来找我，我们可以写信，可以打电话。你为什么不来纽约上大学呢？你曾经跟我说过，你一直梦想去看看纽约的样子。”

“大学？那可是三年以后的事情了。要我度过三年没有你的生活，我做不到，这样的日子，我撑不下去。”

“别这样，时间会很快过去的。当我们相爱的时候，时间会飞快地流逝。”

“不要离开我，哈里，我不想让马尔莎葡萄园成为我们的永别之旅。”

“诺拉，我已经没钱了，我没办法在这里继续待下去。”

“不，哈里，可怜可怜我吧。我们会找到办法的，你爱我吗？”

“是的。”

“那既然我们彼此相爱，就一定会找到解决的办法，相爱的人总能找到办法继续相爱下去，至少你应该答应我再考虑考虑，好吗？”

“我答应你。”

一星期之后的某个清晨，他们出发了，那天是1975年7月28日星期一。对于哈里此次无法避免的别离，他们彼此心照不宣。他很懊悔自己被不切实际的抱负和一心成名的美梦所驱使：他怎么就天真地以为，在短短的一个夏天里自己能写出一部巨著呢？

他们凌晨四点钟在码头停车场上碰了面，欧若拉还在沉睡，天还黑着。他飞快地开着车，来到了波士顿，并在那里吃了早餐。吃完之后，他一口气把车开到了法尔茅斯，在那儿，他们上了游艇。当夕阳西下的时候，他们终于来到了马尔莎葡萄园。自从上岛了之后，他们就好像活在了梦里面一样，他们一起散步，一起在酒店偌大的餐厅里，面对面共进晚餐，没有人看他们，也没有人问他们问题。在马尔莎葡萄园，他们终于能真正地开始生活了。

到现在，他们来到这里已经四天了，躺在温热的沙滩上，在这个小港湾中，没有其他人注视的目光，他们心里只有彼此，感受到的只有彼此在一起的快乐。她不停地把玩着相机，而他一直在构思着创作。

她告诉哈里，她的父母以为她去了她的一位朋友家里，但其实她对哈里撒了谎，她没告诉任何人就从家里逃了出来，因为要找理由离开整整一个星期，这实在是太难了。于是，她没有说什么就走了。清晨时分，她从她房里的窗子上翻了出来。当她和哈里懒洋洋地躺在沙滩上的时候，凯尔甘牧师在欧若拉已经急成了热锅上的蚂蚁。星期一的早上，他发现她的房间是空的，但是他没有马上报警。一开始是闹自杀，现在又离家出走。如果他把这件事跟警察说的话，那么全城的人都会知道了。他给了自己七天的时间来找她，七天，一个星期，也就是天主创造世界所用的时间。他整天都开着车，在这个地区里到处寻找他的女儿。他做了最坏的打算，如果七天之后还是找不到，他就报警。

哈里完全没有任何的怀疑，他已经被爱情蒙蔽了双眼。就在那天出发去马尔莎葡萄园的早上，当诺拉凌晨和他在码头停车场碰面的时候，他根本没有发现一个黑影就藏在黑暗之中注视着他们。

他们在 1975 年 8 月 3 日星期天的下午返回了欧若拉。当车子穿过马萨诸塞州和新罕布什尔州的边界时，诺拉哭了出来。她对哈里说，她的生活里不能没有他，他不能走，而像她和哈里之间的这种爱情，她一辈子只会有一次。她央求道："不要离开我，哈里，不要把我一个人留下。"她对他说，这几天他的小说进展得很顺利，现在他可不能冒丢失她这个灵感源泉的风险。她恳求道："我会好好照顾你的，而你只需要专心写作。你现在正在创作一部精彩无比的小说，怎么能现在就把一切都毁了呢？"她说得有道理，她是他的缪斯女神，是他的灵感来源。完全是因为她，他才能突然下笔如有神。但是一切都太晚了，现在他已经没有钱再交房租了，他不得不选择离开。

他在她家附近的一个街角把她放下，然后他们最后拥抱了一次。她的脸上都是泪水，她紧紧抓住他不放，想要留住不让他走。

"告诉我，你明天早上还在那里！"

"诺拉，我……"

"我给你带热乎乎的奶油蛋糕，我给你泡咖啡。我什么都为你做。我将会是你的女人，而你将是一个伟大的作家。告诉我，你会在那里……"

"我会在那里。"

她的脸上有了光芒。

“真的吗？”

“我会在那里的，我保证。”

“保证还不足够，哈里，发誓，以我们的爱情发誓，你不会留下我一个人。”

“我发誓，诺拉。”

他撒了谎，因为这简直是太难了。她刚在街角消失，他就赶快回到了鹅弯。他得赶紧行动了：万一她一会儿又跑过来，他可不想在溜走的时候被逮个正着。今天晚上，他就会去波士顿了。在屋子里面，他飞快地收拾着自己的东西：他把行李箱塞到了汽车的后备厢里，并且把其余能带走的东西全部都堆到了后排座位上。然后，他关上了百叶窗，关掉了煤气、水和电。就这样逃走了，他逃离了自己的爱情。

他想给她留言，于是就草草写下了几句话：“亲爱的诺拉，我不得不离开。我会给你写信的，我永远都爱你。”他匆匆忙忙地在一小片纸上写完之后，把纸片塞到了门缝里，但马上又拿了下来——万一其他人发现了这张字条怎么办？没有留言，这恐怕更保险。他用钥匙锁上门，上了车就赶忙发动起来，然后全速逃离了这个地方。永别了鹅弯，永别了新罕布什尔，永别了诺拉。

这下子一切都该结束了。

17.
试图逃离

“你必须像准备一场拳击比赛那样去准备你的文字，马库斯：在参加战斗之前的那几天里，训练的时候应当只拿出70%的状态，这样就能让心中的激情在体内不停地酝酿、上升，直到比赛的那个晚上才一下子爆发出来。”

“这对于写书来说有什么意义呢？”

“也就是说，当你心里面有一个想法的时候，先不要急着就把它写下来，然后印到你主编的那份校刊的头版上去，这只会是一些让人没有办法读下去的东西。相反，你应该把这个想法收藏在自己内心的深处，等待着它在那里慢慢成熟。你要阻止它过早地出来，要让它在你的心里逐渐长大，直到有一天一切都水到渠成。这就是第……我们这已经是第几条建议了？”

“第18条。”

“不，我们这是第17条。”

“既然你都知道了，还问我干什么？”

“这是为了确认一下你是不是在留心听着，马库斯。”

“好吧，第17条，哈里……让心里的想法……”

“……最终变成灵感。”

2008 年 7 月 1 日星期二，在新罕布什尔州立监狱的会客室里，我激动地倾听着哈里讲述 1975 年 8 月 3 日晚上的故事。那一天，当他准备离开欧若拉，刚转上第一大道，正全速前进的时候，一辆车在跟他擦肩而过之后突然掉了个头，然后就跟他在公路上展开了追逐。

1975 年 8 月 3 日　星期日晚上

他一度以为这是警察的车，但是对方既没有警灯也没有警笛。这辆车紧追着他不放，一路在按喇叭，他都不知道究竟是怎么一回事，然后突然就开始感到害怕，这会不会是抢劫啊。他试图加速跑，但是对方成功地超过了他，然后把车横过来，迫使他停到了路肩上。哈里一下子就从驾驶舱里跳了出来，准备跟对方打一架，就在这个时候，那个人也下了车，他认出来了，那是斯腾的司机卢塞・卡勒。

“你这是完完全全疯掉了啊！”哈里冲着他嚷道。

“希望你能原谅我，戈贝尔先生。我其实并不想吓唬你。是斯腾先生，他想跟你见一面。我找你都找了好几天了。”

“斯腾先生想要什么？”

哈里颤抖着，觉得体内的肾上腺素都快要让他的心爆炸了。

“我也不知道，先生。”卢塞说，“不过，他说这很重要。他在他的家里等着你。”

由于卢塞的坚持，哈里不情不愿地跟着他去了康科德。夜幕已经降临。他们径直来到了斯腾家巨大的宅院，卡勒一声不吭地领着哈里走进屋子，一直来到了一个巨大的露台上。艾力雅哈・斯腾穿着一身轻便的睡袍，端坐在桌子旁边，喝着柠檬水。一看到哈里进来，他就站起来迎接，很明显是松了一大口气：

“该死啊，亲爱的哈里，我还以为再也找不到你了呢！我很感谢你在这个时候还来到我这里。我给你家里打了电话，还给你写了一封信，每一天都会让卢塞去你那里看一看。可是没有你的一点消息。你究竟跑到哪里去了？”

“我没在城里面。有什么事情这么紧急？”

“我什么都知道了！所有的一切！你还想对我隐瞒到什么时候？”

哈里感到一阵寒意：斯腾知道诺拉的事情。

“你在跟我说什么呢？”他结结巴巴地说，期望能争取一点思考的时间。

“当然是鹅弯的那幢房子啦！你为什么不告诉我，你由于钱的原因要把这幢房子交还给中介呢？是波士顿的中介公司通知我的。他们说，你打算明天就把钥匙带给他们。想一想，这事有多急人啊！我必须要跟你谈一谈！你要是走了，那该有多遗憾哪！我不需要出租那幢房子的收入，我只想支持你的写作计划。我希望你能够待在鹅弯，一直到写完你的书为止，怎么样？你跟我说过，这个地方能带给你灵感，那为什么还要走呢？中介公司那方面，我已经都安排好了。我很喜欢艺术和文化：如果你在这幢房子里面感觉很好的话，那就再待上几个月吧！要是能为一部伟大的小说出一份力，我将会感到非常骄傲。你就不要拒绝了吧，我并不认识很多作家……我真的从心底里很想帮助你。”

哈里长舒一口气，瘫倒在了椅子上。他马上接受了艾力雅哈·斯腾的好意。这真是一个没有预料到的良机：还能够在鹅弯再住好几个月，这样他就能在诺拉的灵感刺激下，写完他的那本伟大小说了。以后只要节省一点，既然不用再支付租房子的费用了，那么他应该可以勉强应付得过来。他跟斯腾在露台上又待了一会儿，两人谈了谈文学，而他其实这么做完全是为了在这位帮助他的好心人面前保持礼节，实际上他心里面只想着快一点回到欧若拉，去找诺拉，告诉她他找到了解决问题的办法。然后他又在想，她会不会已经出其不意地去了鹅弯，会不会发现门已经上了锁？会不会发现他已经逃走，已经准备抛弃她了？他感到肚子里搅成了一团。等到终于可以告辞的时候，他马上全速赶回了鹅弯。他急急忙忙地重新打开这幢屋子的门，打开百叶窗，重新接通水、煤气和电，然后把所有的东西都摆回到原来的位置，试图抹去他曾经想逃走的一切痕迹。诺拉永远也不应该知道这一点。诺拉，他的缪斯之神，他的灵感源泉。没有她，他就什么也做不了。

“就是这样。”哈里对我说，“我得以继续留在鹅弯，继续写我的书。接下来的那些个星期里，我做的唯一的事情就是写作。像一个疯子一样狂热地写着，一直写到忘记了白天和黑夜，忘记了口渴和饥饿。我就这样不停地写着，到后来，先是眼睛不舒服，接着是手腕不舒服，头也不舒服，最后全身都不舒服，甚至写到想呕吐。整整三个星期，我日夜不停地写。而在这期间，诺拉一直照顾着我。她来叫醒我，她来给我做饭，她来让我睡觉，而当看到我已经写不下去的时候，她还带我去外面散一散步。她就这样偷偷过来，没有人看见，而在这里，她又是无所不在，由于她，一切都有了可能。另外，她还带来了一部小巧的手提雷明顿打字机，用这个把我写出的手稿全部重新打了出来。有很多时候，她还会把一部分手稿带回家去看。就算我不问，第二天，她也会把自己的读后感与我分享。她总是褒奖有加，对我说这真是一部棒极了的作品，说她从来没有读过这么美妙的文字。这些话语，再加上她爱意绵绵的眼神，令我的心中充满了无与伦比的信心。”

“关于那幢屋子的事，你是怎么跟她说的？”我问道。

“我对她说，我爱她胜过一切，我要一直留在她的身边，为此我跟我的银行达成了妥协，以便能够继续支付租金。马库斯，完全是因为她，我才能够写这本书。我再也不去‘克拉克之家’了，实际上，大家在城里面已经很少再看见我了。她一直看护着我，照料我的一切。她甚至还跟我说，我不能一个人去商场购物，因为我都不知道自己真正需要什么。因此，我们就一起去离欧若拉很远的超市买东西，在那里，没有人认得我们。而如果她知道我哪一天没有吃饭，或者只是啃了几块巧克力条当晚餐的话，就会发脾气。可是，她发脾气的样子真可爱……我是多么想让她这种温柔地发脾气的样子出现在我的书里面，甚至陪伴我一辈子啊。”

“也就是说，你真的就在这几个星期里写出了《罪恶之源》？”

“是的，一种我以前从来没有经历过的写作狂热占据了我的身心。它是不是由爱情所触发的呢？毫无疑问，是的。我相信，在诺拉失踪之后，我体内的一部分写作才能也就跟着她去了。你现在应该能够理解，当你找不到写作灵感的时候，我为什么请你不要那么焦虑了吧。”

监狱的看守对我们宣布，探望时间快要结束了，他要求我们长话短说。

“那么，你刚才说诺拉会把稿纸带走？”我抓紧时间问道，以便继续我们刚才的话题。

“她会把已经重新打出来的那部分稿纸带走，拿回去读完之后，再告诉我她的想法。马库斯，1975 年 8 月，简直就是天堂。我那个时候是那么幸福。我们，那个时候是那么幸福。可是，尽管如此，我还是时不时会想起，有人知道了我们两个人的事情。这个人既然可以在一面镜子上留下恐怖的话语，那么同样也可能藏身在树林里，看到我们在屋子里的一切。这个想法让我感到很不舒服。”

“这就是你们想要离开的原因吗？你们约好了在 8 月 30 日晚上一起离家出走，为什么？”

“这个嘛，马库斯，这里面有一个悲惨的故事。你在录音吗，现在？”

“是的。”

“为了让你能够理解我们的决定，接下来我要向你讲述一段很沉重的插曲。不过，我不希望这件事情传得满城风雨。”

“相信我，放心吧。”

“你知道的，我们在马尔莎葡萄园待了一个星期。她后来跟家里说是跟一个女性朋友一起外出玩一玩，但其实就是离家出走了，因为她走的时候跟谁都没有说。而在我们从葡萄园回来之后的第二天，当我再看到她的时候，我发现她非常非常伤心。她告诉我，她的母亲打了她，打得她的身上青一块紫一块的。说着说着她就哭了。就是在那一天，她对我说，她的母亲会毫无缘由地惩罚她，不仅用铁尺子打她，还用上了关塔那摩美军虐囚的那一套肮脏的办法：在一个盆子里放满水，然后抓着女儿的头发，把女儿的脑袋死命摁到水里去。她说这是为了拯救她的女儿。”

“拯救她？”

“从痛苦之中拯救她。我猜，这是一种宗教仪式，有一点像耶稣基督在约旦河的经历那样。刚听到这个的时候，我简直不敢相信自己的耳朵，可是，证据就明明白白地在那儿。于是，我就问她：‘可是，谁对你做出了这种事情呢？’‘妈妈。’‘那你的父亲就一点反应都没有吗？’‘爸爸把他自己锁在车库里听音乐，而且开得很大声。当妈妈惩罚我的时候，他总是这样子。他那是不想听见这一切。’诺拉再也坚持不下去了，马库斯，她再也没办法坚持下去了。我想解决这个问题，去凯尔甘家找他们谈一谈。这件事必须到此为止了。不过，诺拉却请求我什么都不要做。她说否则的话，就会有很大的麻烦，她的父母肯定会带着她离开这个城市远走高飞，那样一来，我们两个恐怕就再也见不到面了。但是，显然也不能让当时的那种状况就这么无休无止地继续下去了。于是，到了 8 月底的时候，大概 20 日吧，我们就决定必须一起离开那里，越快越好，而且当然要悄悄地走。最后，我们约定了 8 月 30 日出发，原本打算一路向北，奔往加拿大，在佛蒙特州穿过边境，可能会去不列颠哥伦比亚省吧，就在那里找一个木头小屋定居下来，在湖边过上美好幸福的生活。而到了那个时候，就再也没有人会知道我们的陈年往事了。”

“那么，这就是你们两个打算一起离家出走的原因喽？”

“是的。”

“可是，你为什么不希望我把这件事说出去呢？”

“这个嘛，马库斯，这只是整件事情的开端而已。接下来，我又发现了关于诺拉母亲的一些更恐怖的事情……”

就在这个时候，一位监狱看守打断了我们的谈话。探监时间已到。

“我们下一次再继续聊这个话题吧，马库斯。”哈里一边站起来一边对我说，“在此期间，务必保守秘密，别说出去。”

“我答应你，哈里。只是再告诉我一下：如果你们逃出去了，你打算怎么处理那份书稿呢？”

“那我可能就是一个流亡的作家了。又或者什么作家都不是。在那个时候，这已经不重要了。只有诺拉对我才有意义。诺拉，就是我的整个世界。其他的东西都已经不重要了。”

我待在原地万分震惊。这就是哈里30年前打算实施的疯狂计划：跟这个他发狂了一般爱上的小姑娘一起逃到加拿大去。他想跟诺拉一起走，到一个湖边过隐居的生活，只是万万没有想到，就在他们计划逃走的那个晚上，诺拉消失了，被人杀害了。而正因为没有走成，同样让他没有想到的是，他创纪录地用那么短的时间写出来的这本书，他计划跟诺拉出走时打算放弃的书，后来竟然成为近半个世纪以来图书史上最成功的一部伟大著作。

在跟我第二次见面的时候，南希·海特薇对我讲述了她关于马尔莎葡萄园那个星期的故事版本。她告诉我，在诺拉从“夏洛特山”康复中心回来以后的那个星期里，她们两个每天都会去格兰德沙滩旁的海里游泳，有好几次，诺拉后来都留在了她家吃饭。可是接下来的那个星期一，当南希到特雷斯大道245号，打算像前几天那样喊上诺拉一起去沙滩的时候，她却被告知，诺拉病得不轻，必须卧床休息。

“接下来的那一整个星期，”南希对我说，“都是同样的陈词滥调：‘诺拉病得很严重，她甚至不能接待打算去看她的朋友。’就连我的母亲，听说这个情况之后都感到很纠结，但她也没能跨过他们家房子的门槛。我当时都快被搞疯了，我知道肯定发生了什么状况。就在那个时候，我才意识到：

诺拉失踪了。”

“是什么使得你想到这种可能性的呢？她确实有可能生病而卧床不起啊……”

“当时，是我妈妈注意到了这个细节：他们家的房子里再也没有音乐了。那一整个星期，从他们家就没有传出来过一次音乐声。”

我暂时扮演了“辩护律师”的角色。

“如果她真是病了，”我说，“家里人可能不想开音乐，以免打搅她。”

“已经很久很久了，这还是第一次，他们家里没有音乐。这可是一点也不正常。为了搞清楚这个事情，在听了一千遍所谓诺拉生病卧床不起的说辞之后，我就偷偷地钻进了他们家的后院，从诺拉房间的窗户看进去，房间里面没有人，连床铺都没有摊开。诺拉不在里面，这是肯定无疑的了。然后在星期天晚上，音乐声又回来了。还是那种该死的音乐，从车库里面传出来。而第二天，诺拉就重新出现了。你能把这个叫作巧合吗？那天很晚的时候，她来了我家，然后我们一起走到了主干道的大广场上。在那里，我让她说出了实情，尤其是她背上的那些伤痕。我逼着她到矮树丛后面掀起了裙子，结果看到她被打得很惨的样子。我坚持想要知道究竟发生了什么事情，而她最终对我承认，她因为离家出走一整个星期而受到了惩罚。她是跟一个男人一起走的，一个比她大很多的男人。斯腾，毫无疑问就是他。她告诉我那段经历是那么美妙，她甚至觉得为此即便回来之后在家里挨几顿打，那也是值得的。”

我并没有告诉南希，诺拉其实是跟哈里而不是斯腾去马尔莎葡萄园住了一个星期。况且，她看起来似乎对于诺拉和斯腾之间的关系也知之甚少。

“我想，她跟斯腾之间的关系不是那么纯洁。”她接着说道，“特别是现在我再重新想一想，就更加觉得是这样了。卢塞·卡勒开着一辆蓝色的福特野马来欧若拉接诺拉。我知道他然后就把她带到了斯腾那里。显然，所有的这一切都是偷偷进行的，不过我有一次看到了这一幕。当时，诺拉对我说：‘尤其是，永远不要再提及这个事！以我们之间友谊的名义发誓。否则的话，我们两个都会有麻烦。’而我就问她：‘可是诺拉，为什么你要去这个老家伙家里啊？’她回答我说：‘为了爱情。’”

“可是，这是什么时候开始的呢？”我问道。

“这我没法告诉你。我是在那年夏天知道这个事的，可是具体记不得是什么时候了。那个夏天，发生了那么多事情。有可能啊，这个事情已经持续很长一段时间了，甚至可能有好几年了，谁知道呢。”

“可是，在诺拉失踪之后，你最终还是跟某个人说过这个事，对不对？”

“当然！我跟普拉特警长说过。我告诉了他我知道的一切，告诉了他所有我对你说过的这些话。他叫我不要再管这个事了，还说他会搞清楚的。”

“那么，你愿意在法庭上重复对我说过的这一切吗？”

“当然，如果有必要的话。”

我很想跟加洛伍德一起去找凯尔甘牧师再谈一次话。于是，我就给警长打了电话，并提出了我的想法。

“一起去对凯尔甘家的父亲问话？我猜你这么做肯定是有原因的喽？”

“可以说有，也可以说没有。我想去跟他谈一谈我调查时的最新发现：他女儿跟别人的关系，还有她为什么挨了打。”

“你想要我干什么？跑去问那个父亲，是否碰巧他的女儿就是一个荡妇？”

“来吧，警长。你知道我们马上就能够把这个案子里的一些要素搞清楚。在过去的一个星期里面，你之前所有确定无疑的东西都开始动摇起来。今天，现在，你还能告诉我真实的诺拉·凯尔甘是什么样子吗？”

“好吧，作家，你说服了我。我明天就来欧若拉。‘克拉克之家’，你知道吗？”

“当然。怎么？”

“十点钟在那里见面。我到时再跟你解释。”

第二天早上，我比约好的时间稍早一点来到了“克拉克之家”，这样我就能跟珍妮再聊一聊过去的事情了。我跟她提起了1975年夏天的那一场舞会。她告诉我说，那是她这一辈子关于舞会最糟糕的回忆，因为她原本是梦想挽着哈里的胳膊去那里的。更糟心的是，当哈里赢得了摇彩的大奖之后，她还偷偷地期盼着自己能成为那个幸运儿，期盼着哈里有一天早上来找她，并带她去欢度一个星期的阳光爱情之旅。

“我当时心怀希望，”她对我说，“我是那么期盼他能选上我。每一天，我都在等他。然后，到了7月底，他消失了一个星期。于是，我就明白了，他很有可能是抛下我而去了马尔莎葡萄园。只是，我不知道他是跟谁去了那里……”

为了稍微维护她的自尊，我撒了谎：

“一个人，他说他是一个人去的。”

她笑了起来，就好像是舒了一口气。然后她接着说：

“自从我知道哈里跟诺拉的事情，自从我知道他为她写了这本书，我简直都要怀疑我还是不是女人了。他为什么要选择她？”

“这种东西是没有理性可言的。你就从来没有怀疑过他跟诺拉？”

“哈里跟诺拉？得了吧，谁还能想到会有这样的事情啊？”

“你的母亲，不是吗？她告诉我，她早就知道了。而在此之前，她就从来都没有跟你提起过吗？”

“她从来没有讲过，在他们之间有什么关系。不过，在诺拉失踪之后，她的确是跟别人讲她怀疑哈里。另外，我现在想起来了，那个时候星期天查韦斯往往会来我们家吃午饭，他那会儿正在追求我呢，而妈妈总是会重复着说：‘我敢肯定哈里跟这个小姑娘的失踪有关！’对此，查韦斯回答说：‘这需要证据，奎因夫人，否则的话没有用的。’而我妈妈还会一遍遍说：‘我曾经有一个证物，一个不容置疑的证物。可是，我把它搞丢了。’至于我嘛，我从来就不信。妈妈她因为那次花园聚会的事情，恨哈里恨得要死。”

加洛伍德在10点整的时候，到“克拉克之家”找到了我。

“你的手指头摸得还真准，作家。”他刚在我的旁边坐下来就对我这样说。

“为什么这么说？”

“我调查了一下这个卢塞·卡勒。这可一点也不容易，但我还是找到了一些东西：他是在1940年出生于缅因州的波特兰。我不知道他为什么会跑到我们这里来，不过在1970年到1975年期间，他屡次因为对妇女有不轨行为而被康科德、蒙特贝利和欧若拉的警方留下案底。这家伙总是在街上闲逛，到处招惹女人。甚至还有某个当时叫珍妮·奎因，后来改姓道恩的女人投诉了他。正是这个女人现在掌管着这家餐厅。1975年8月，她向警方投诉他性骚扰。而这就是我安排我们在这里碰面的原因。”

“珍妮曾经投诉卢塞·卡勒？”

“你认识她？”

“当然了。”

“请你喊她过来吧。”

我找了一个服务员，请他到厨房里去喊珍妮出来。加洛伍德介绍了自己的身份，然后请她讲一讲卢塞。她耸了耸肩膀：

“没有什么好说的，你要知道，他是一个好小伙子。尽管外表吓人，但其实他很温柔。他时不时会来这里，到‘克拉克之家’来。我总是会给他上一份咖啡和三明治，从来都不要他付钱，这是一个可怜的家伙。看到他，我总是有点难过。”

“但是，你曾经投诉过他。”加洛伍德说道。

她看起来很惊讶：

“我看你调查得很彻底啊，警长。这是很久以前的事了。当时是查韦斯让我投诉他的。那个时候，他告诉我，卢塞很危险，最好离他远一点。”

“为什么危险呢？”

“那年夏天，他总是在欧若拉闲逛。他有时候对我还有点凶。”

“是什么原因使得卢塞·卡勒显得很暴力呢？”

“暴力这个词有点夸张了。就说是有点凶吧。他坚持要……唉，这对你们来说可能会显得有点可笑……”

“告诉我们一切，夫人，这有可能是一个重要的细节。”

我点了点头，鼓励珍妮说下去。

“他坚持要给我画画。”她说道。

“给你画画？”

“是的。他说我是一个美女，他觉得我棒极了，还说他唯一的期盼就是能给我画画。”

“他后来怎么样了？”我问道。

“从某一天开始，我们就再也没有看到过他了。”珍妮回答我说，“据说，他是开着汽车自杀的。最好去问问查韦斯，他肯定知道。”

加洛伍德向我确认，卢塞·卡勒是在一次交通意外中丧生的。1975年9月26日，也就是说在诺拉失踪之后四个星期，在距离欧若拉200英里之外，马萨诸塞州萨加莫尔附近的一个悬崖下面，人们发现了卢塞开的汽车。另外，他还曾经在波特兰的一个艺术学校旁听课程。按照加洛伍德的分析，我们可以认真地考虑是卢塞为诺拉画了那幅裸画的可能性。

“这个卢塞看起来似乎是一个奇怪的家伙。”他对我说，“他会不会是曾经企图对诺拉不轨？他会不会到河溪湾路旁边的森林里瞎转悠？由于一时的暴力冲动，他把她杀了，处理好尸体，然后逃到了马萨诸塞州去。由于懊悔不已，而且知道自己将会成为追捕的对象，于是他就开车从一个高高的悬崖上面冲了下去。他在缅因州的波特兰还有一个妹妹。我曾经试图跟她联系，但没成功。我会继续联络她的。”

“为什么警方当时没有考虑到他的死跟这个案子有关呢？”

“要想让这两个案子有关联，就必须首先假定卡勒是嫌疑犯。然而，在当时的材料里面，没有任何一点证据是指向他的。”

我于是问道：

“我们能不能回过头去盘问斯腾？正式地请他协助调查，甚至搜查他的那间屋子。”

加洛伍德带着一副被打败了的表情撇了撇嘴：

“他很有能量。到现在为止，他一直玩弄我们于股掌之间。可是，只要我们没有找到其他更有力的证据，检察官就一定不会同意检控他的。我们还需要更坚实的东西。证据，作家，我们需要证据。”

“他家的那幅画。”

“那幅画只是一个不合法的证据，我还要跟你重复多少遍？现在，你还不如告诉我，打算到诺拉的父亲那里干什么？”

“我有几个问题需要澄清。我越了解到关于他和他妻子的事情，心里面的疑问就越多。”

我对他说了哈里和诺拉偷偷去马尔莎葡萄园的事情，诺拉的母亲经常打她，每当这个时候，那个父亲就会躲到车库里面去。依我看来，在诺拉周围有一个很厚的谜团：这是一个既阳光又阴暗的女孩。按照大多数人的说法，她魅力无限光芒四射，然而同样是这个人却又曾经想要自杀。于是，我们吃过了早餐之后，就上路去找大卫·凯尔甘。

特雷斯大道他家的房门打开着，但是他不在家。从车库里面也没有传来音乐声。我们就站在门廊下面等他。过了半个小时，他才开着一辆发动机噼里啪啦作响的摩托车回来了。他骑的正是那辆他修了整整 33 年的哈雷·戴维森摩托车。他没有戴头盔，耳朵里面塞着耳机，耳机线的一头连在一个便携式 CD 播放机上面。由于耳朵里面还在响着音乐的缘故，他简直是吼着跟我们打招呼的。他下车关掉了 CD 机里的音乐，但马上又打开了车库里的电唱机，瞬间，震耳欲聋的音乐声响彻了整间屋子。

“警察来我这里干预了好几次。”他对我们解释，“由于我播放的音乐声太大，所有的邻居都投诉过。查韦斯·道恩警长亲自来试图说服我关掉音乐。我回答他说：‘你还想要我怎么样呢——音乐就是对我的惩罚。’于是，他去给我买了这个便携式播放器，还有黑胶唱片的CD版，我就不停地重复播放。他告诉我，这样子，我就可以听爆我自己的耳膜，而同时又不至于让警察局的电话被投诉的邻居打到爆了。”

“这辆摩托？”我问道。

“我终于把它修好了。看起来很漂亮，嗯？”

自从女儿失踪的那个夜晚开始，他就一直在修这辆摩托车，现在女儿的命运已经知道了，而他的这辆摩托车也就修好了。

大卫·凯尔甘让我们坐在了餐厅里，然后为我们倒上了冰的茶水。

“警长，你们什么时候能够把女儿的尸骸还给我？”他问加洛伍德，“现在是时候把她安葬了。”

“很快就好，先生，我知道这很艰难。”

这个父亲摩挲着他的杯子。

“她很喜欢冰的茶水。”他对我们说，“夏天的夜晚，我们常常带上一大瓶，到沙滩上，一边喝着茶一边看着太阳在海平面上落下，海鸥在天空中飞舞。她也很喜欢海鸥。她是那么喜欢海鸥。你们知道吗？”

我点了点头说：“凯尔甘先生，在你女儿的档案里面有一些阴影部分我不明白。这也是加洛伍德警长和我来到这里的原因。”

“阴影部分？我倒是可以想象……我的女儿可是被谋杀之后埋到了一个花园的下面。你们还了解到什么新的情况吗？”

“凯尔甘先生，你认识某个叫艾力雅哈·斯腾的人吗？”加洛伍德问他。

“如果要论私人关系，那不能算是认识。我在欧若拉碰见过他几次。不过，那已经是很久以前的事了。他是个有钱人。”

“他身边有个打杂的，叫卢塞·卡勒，你认识吗？”

“卢塞·卡勒……这个名字我没有一点印象。当然你们知道，我也可能是忘记了。时间流逝，有时候就好像强力洗衣粉一样会洗去记忆。为什么要问我这些问题？”

“一切迹象表明，诺拉曾经与这两个人有联系。”

“联系？”大卫·凯尔甘重复了一句，他可是一点也不傻，“在你们警察的外交辞令里面，‘联系’指的是什么意思？”

“我们认为，诺拉跟斯腾先生之间有着特殊的关系。以这么直接的方式告诉你这个消息，我感到很难过。”

那个父亲的脸庞好像染上了绛紫色。

“诺拉？你们在这里想暗示些什么？我的女儿是一个妓女？我的女儿就是那个肮脏该死的哈里·戈贝尔杀死的。这个众所周知的恋童癖变态狂应该马上被送进死囚监狱里面去！你赶紧去管一管他，警长，而不要再到我这里来玷污死者的名誉了！谈话到此结束。再见了，先生们。”

加洛伍德顺从地站了起来，然而我还有几个疑点想要澄清。我说：

“你的妻子打她，嗯？”

“你说什么？”凯尔甘几乎噎住了。

“你的妻子，她虐待诺拉，这是不是真的？”

“你简直是完全疯掉了！”

我没有让他继续讲下去：

“在1975年7月底，诺拉曾经离家出走。她离家出走了，而你没有告诉任何人，难道我说错了吗？为什么？你是感到耻辱吗？在1975年7月底，当她从你们家逃走的时候，你为什么不打电话报警？”

他开始解释：

“她会回来的……证据就是，一个星期之后，她就回来了！”

“一个星期！你等了一个星期！但是，在她失踪的那个晚上，你在确认她不见了之后，仅仅一个小时就给警察打了电话。为什么？”

这位父亲开始号叫：

“这是因为那个晚上，当我到处去找她的时候，我听说在河溪湾路有人看到一个浑身是血的小女孩，于是我就马上联想到了她！你到底想要我怎样，戈德曼？我已经没有了家庭，已经失去了一切！你为什么还要来揭开我的伤疤？赶紧滚，现在！赶紧给我滚！”

我可不会被他震住：

“在亚拉巴马又发生了什么事情，凯尔甘先生？你为什么要来欧若拉？在 1975 年，这里到底发生了什么？回答我！回答，看在上帝的分儿上！你欠你的女儿一个回答！”

凯尔甘站了起来，像一个疯子一样冲向我。他猛地抓住我的领口，我还真没想到他竟能有这么大的力气。“赶紧从我的家里面滚出去！”他一边把我向后推一边吼道。如果不是加洛伍德在旁边拉住我，我想我已经摔到地上去了，最终，他拖着我走出了凯尔甘的家门。

“作家啊，你是不是疯了！”在我们回到他车上去的时候，他痛骂了我一顿，“或者你就是这么个非同一般的大笨蛋？你难道想让所有潜在的证人都与我们为敌吗？”

“你必须承认，这一点并不是那么明显……”

“这还不明显？我们刚刚去把人家的女儿当成了荡妇，他发脾气，这不是很正常的吗，难道不是吗？不过话又说回来，他刚才差点让你吃不了兜着走。一个是壮汉，一个是老头。我可从来没想到你是这么不堪一击。”

“我很抱歉，警长，我不知道是被什么冲昏了头脑。”

“还有，那个什么亚拉巴马的故事，又是怎么回事？”他问道。

“我跟你讲过这个：凯尔甘一家当初是离开亚拉巴马来到这里的。而我相信一定是有某个原因导致他们离开那里。”

“我会去了解一下。但是你要向我保证将来做事情要规矩一点。”

“我们会成功的吧，嗯，警长？我是说：哈里可以慢慢地证明他的清白，难道不是吗？”

加洛伍德直勾勾地看着我：

“在这里妨碍我的，作家，就是你。我嘛。我正在做着我的分内之事，我在调查两起谋杀案。而你呢，看起来你是不顾一切地想要洗刷戈贝尔谋杀诺拉的罪名，就好像你要对全美国所有人说：你瞧瞧，他是无辜的。既然如此，那大家对这位勇敢的作家还有什么好指责的呢？可是，大家对他的指责，戈德曼，还有就是他迷恋上了一个只有 15 岁的孩子！”

“我当然知道这个！我每时每刻都在思考这个问题，你简直无法想象！”

“既然如此，那为什么从来都没有听你谈起这个话题？”

“我是在丑闻发生之后才来到这里的。还没来得及仔细考虑，我脑海里第一个想到的就是我的朋友，我的老兄弟哈里。按照正常的计划，我原本只是在这里待上两三天，让我的良心能够过得去，然后我就要火急火燎地赶回纽约去。”

“既然如此，那你还跑到这里来把我给拖下水干吗？”

“因为哈里·戈贝尔是我唯一的朋友。我已经 30 岁了，而我只有他一个朋友。他教给了我一切，他是我过去十年里唯一的亲人兄弟。除了他，我一个朋友也没有。”

我想就是在那一刻，加洛伍德开始同情我了，因为他接着就邀请我到他家里面去吃饭。“今天晚上就来吧，作家。我们一起研究一下案件，再吃点东西。你还可以认识我的妻子。”然而就好像偶尔善良一次就会把他杀了似的，他马上又恢复了那种最不客气的语调，“唉，也就是我的妻子会感到特别满意。她烦我好久了，老是催我邀请你到家里面来。她梦想着要认识你。多么奇怪的梦想啊。”

加洛伍德一家住在康科德东部的一个住宅小区里面，房子不大但很漂亮。警长的妻子海伦很有风度，而且让人感到很舒服，也就是说正好完全跟她的丈夫相反。她很友好地款待了我。“我很喜欢你的书。”她对我说，“那么，你真的是在跟佩里一起做调查喽？”她的丈夫咕咕哝哝地说什么我并不是在调查，他才是负责人，而我只是天上派下来让他经受考验的。他的两个女儿一看就是生活得很舒适安逸的小女孩，她们也走过来很有礼貌地向我打招呼问好，然后就躲到了她们自己的房间里面去。我对加洛伍德说：

“说到底吧，你就是这个房子里面唯一不喜欢我的人。”

他笑了：“得了吧，作家。得了吧。我们一起到外面喝一杯冰啤酒吧。那种感觉会很爽。”

我们在露台上待了很长一段时间，舒舒服服地坐在藤条编制的椅子上，喝光了冷冻箱里的啤酒。加洛伍德身上穿着制服，脚上却踩着一双旧拖鞋。这个晚上刚刚开始的时候，天还很热，能听见孩子们在街上嬉戏的声音。夏天的感觉真好。

“你真是有一个很棒的家。”我对他说。

“谢谢。你呢？有老婆吗？孩子呢？”

“没有，都没有。”

“狗？”

“没有。”

“连狗都没有？那你可真的确确实实是够孤独的了，作家……让我来猜一猜：你在纽约很时尚的街区有一个对你来说太大了的公寓。而这个大公寓总是没人住。”

我甚至都没有费力去否认这一点。

“以前，”我说，“我的经纪人还会到我那里去看棒球比赛。我们一起做烤干酪玉米片吃。感觉很好。可是经历过这次这件事之后，我都不知道我的经纪人还想不想来我家了。已经有两个星期没有听到他的任何消息了。”

“你害怕了，嗯，作家？”

“是的。但更糟糕的是，我都不知道我在怕什么。我正在写一本关于这个案子的新书。这本书将会带给我至少 100 万美元。这本书肯定能够大卖。可是在我的内心深处，我却感到不快乐。依你看来，我应该怎么办？”

他几乎是震惊地看着我：

“你这是在向一个每年只赚五万美元的家伙请教吗？”

“是的。”

“我不知道我应该跟你说什么，作家。”

“如果我是你的儿子的话，你会给我什么样的建议？”

“你，我的儿子？让我先吐一吐。你应该去找心理医生看看，作家。你知道吗，我有一个儿子。比你更年轻，他现在 20 岁了……”

“我不知道啊。”

他在口袋里摸索了一会儿，拿出了一张贴在硬纸片上以免变形的小照片。那是一个身穿海军陆战队军礼服的年轻男子。

“你的儿子是军人？”

“第二步兵团的。他在伊拉克服役。我还记得他参军的那一天。在商业中心的停车场上摆放了一张美国军队在全国巡回招募军人的办公桌。对于他来说，这是一个无须多加考虑的决定。他回到家，告诉我他已经做出了人生的选择：他不打算去上大学了，他要去打仗。这都是因为‘9·11’的那一幕一直萦绕在他的脑海中。于是，我就拿出了一张世界地图，然后问他：‘伊拉克，在哪里？’他回答我说：‘伊拉克，就是那个必须要去的地方。’你是怎么想的呢，马库斯（这是他第一次喊我的名字）？他是对还是错？”

“我不知道。”

“我也不知道。我所知道的是，生命就是一系列选择的过程，而关键是要知道如何去承受自己选择的后果。”

这真是一个美好的夜晚。我已经好久好久都没有感到这么受欢迎了。吃完晚饭之后，加洛伍德帮着他的妻子收拾，而我则一个人在露台上待了一会儿。夜幕已经降临，天空是墨一样的一片黑色。我辨认着大熊星座，它向我眨了眨眼睛。一切都是那么宁静。孩子们已经离开了街道，四周只有蟋蟀在发出抚慰人心的歌唱。当加洛伍德上来找到我之后，我们就一起研究起了案情。我向他介绍了斯腾是如何让哈里免费住在鹅弯的。

“这还是那个跟诺拉保持着特殊关系的斯腾吗？”他提出了疑问，“所有这一切都是那么奇怪。”

“我可没有让你这么说啊，警长。另外，我可以跟你确定的是，当时就有人知道哈里和诺拉的事。哈里告诉我，在人人参与的那个大型夏日舞会的晚上，他在卫生间的镜子上看到有人留下了‘恋童癖变态狂’这样的字句。说到这一点，那个写在诺拉携带的书稿上面的留言怎么样了？你什么时候才能拿到相关的字迹分析报告？”

“一般来说，下个星期就可以了。”

“那么，我们很快就能知道了。”

“我仔细研究了警方对诺拉失踪一案的调查报告。”加洛伍德接着对我指出，“也就是普拉特警长搞的那一份。我可以跟你确认，那里面既没有提到斯腾，也没有提到哈里。”

“这很奇怪啊。因为南希·海特薇和塔玛拉·奎因都跟我肯定地说，她们两个在诺拉失踪之后，都把她们分别对于哈里和斯腾的怀疑告诉了普拉特警长。”

“但是，那份报告的确是普拉特自己签的名。他知道这些情况，但什么都没有做？”

“所有的这些情况可能说明了什么呢？”我问道。

加洛伍德的眼神黯淡了下来：

“他有可能也跟诺拉·凯尔甘有着特殊的关系。”

“他也有？你认为……天哪……普拉特警长和诺拉？”

“明天早上我们要做的第一件事情，作家，就是去找他问一问。”

2008 年 7 月 3 日星期四上午，加洛伍德来到鹅弯接上我，然后我们一起去山岭大道普拉特警长家里找他。给我们开门的正是普拉特警长本人。他起先只看到了我一个人，于是很热情地招呼着我。

“戈德曼先生，是哪阵风把你给吹到我这里来了？在城里面，大家都在说，你自己在做着调查……”

我听见艾米在问外面是谁，普拉特回答道：“是作家戈德曼。”然后，他终于看到了在我身后几步开外的加洛伍德，于是又说道：

“那么，这次是正式的拜访喽……”

加洛伍德点了点头。

“只是问几个问题，警长。”他解释说，“调查取得了一些进展，而我们还需要了解更多的情况。我相信你一定能够理解的。”

我们在客厅里安坐。艾米·普拉特过来跟我们打了声招呼。然后她的丈夫就要求她去拾掇一下外面的花园，于是她就戴起了帽子，很匆促而慌张地走出去照料她的栀子花了。这一幕原本都已经快要引得我跟加洛伍德偷笑了，但是由于一个我现在暂时还不能说的原因，普拉特家客厅里的气氛突然就变得紧张起来。

我让加洛伍德主导了这次问话。这是一个很棒的警察，而且他对于人的心理也颇有研究，唯一值得商榷的就是他的言语中有时候会带有一种潜在的侵略性。他首先问了几个很普通的问题，要求普拉特简单地回顾一下当年诺拉·凯尔甘失踪之前发生的一系列事情。不过，普拉特很快就失去了耐性，他说早在 1975 年就已经写了一份报告，我们只要去看一看就可以了。加洛伍德等的就是这个，他于是回应道：

“好吧，老实讲，我看过了你的报告，但是里面的内容并不是那么有说服力。比如说，我知道塔玛拉·奎因跟你讲过，她知道关于哈里和诺拉的事情，但是在你的报告里面根本就没有提到这一点。”

普拉特可不是那么容易被唬住的：

“塔玛拉·奎因来找过我，是没错。她跟我讲她什么都知道，还说哈里痴迷于诺拉。可是，她没有任何证据。我也没有。”

“你在撒谎。”我插了一句，“她给你看了一张哈里手写的字条，其中的内容很明显是对他不利的。”

“她对我出示了一次。后来，那张纸就不见了！她再也没有什么证据，你还想要我怎么办？”

“那么艾力雅哈·斯腾呢？”加洛伍德装出一副想要让气氛缓和下来的样子，“关于斯腾你知道些什么？”

“斯腾？”普拉特重复着加洛伍德的话，“艾力雅哈·斯腾？他跟这件事情有什么关系？”

加洛伍德开始发力了。他的语调虽然非常平静，但说出的话很有分量，令对方根本无法腾挪闪躲：

“不要再演戏了，普拉特，我已经知晓了一切。我知道你并没有尽到自己的本分去进行调查。我知道，在那个小姑娘失踪以后，塔玛拉·奎因告诉了你她对于戈贝尔的怀疑，而南希·海特薇也向你报告了诺拉与艾力雅哈·斯腾之间存在着不正常的关系。你本来应该锁定戈贝尔和斯腾，你本来至少可以盘问他们，搜查他们的房子，澄清他们的问题，并且把一切情况都写到你的报告里面去。这才是正常的操作程序。可是，以上所有这一切，你都完全没有做！为什么？为什么，嗯？别忘了，这一次可是有一个妇女被人谋杀，还有一个小姑娘就在你们的眼皮底下失踪了！”

我感到普拉特有点狼狈。他提高了嗓门，想要重新找回自己的自尊：

“我用好几个星期的时间排查了整个地区。”他像牛一样吼叫，“甚至连假都没有休！我一心想要找到这个小姑娘！所以，不要来这儿，到我家里来质疑我的工作，侮辱我！警察不会对警察做这样的事情！”

“你翻遍了这片土地，甚至搜到了海底。”加洛伍德驳斥道，“但明知道这里有人值得盘问，你却什么都没有做！为什么？我的天哪，你到底在回避什么？”

屋子里一片沉静。我看着加洛伍德，真是令人震撼啊。他盯着普拉特看，脸上的神态是一种暴风雨即将来临之前的平静。

“你到底在回避什么？”他又重复了一遍，“说啊！我的天哪，你倒是说啊！那个小姑娘究竟遇到了什么事情？”

普拉特的眼神飘忽不定。他起身，面对着窗户站在那里，避免与我们的眼神交流。他定定地看了一会儿在屋子外面的妻子，她正在除去栀子花上已经枯死的叶子。

“那是在 8 月初。”他以几乎听不清楚的声音说道，“就是那个该死的 1975 年，8 月刚刚开始的时候。有一天下午，你们信也好不信也罢，那个小姑娘来到警察局我的办公室里找我。我听到有人在敲门，然后诺拉·凯尔甘就走了进来，甚至都没有等待我的回应。我当时坐在办公室里面正在看一份材料。看到是她，我感到很惊讶。我跟她打了个招呼。并问她有什么事。她的神态很奇怪。一句话都没有跟我说，她就关上了门，还用钥匙从里面锁上，然后她就定定地看着我，她向我走过来，走向办公桌，就在那里……”

普拉特停了下来。很显然，他有些激动，激动到无语。但加洛伍德并没有丝毫的怜悯，他无情地问道：

“在那里怎么了，普拉特警长？”

“不管你信不信，警长。她走近办公桌就蹲下去……她……她拉开了我裤子的拉链，她抓住我那个东西，就放到了自己的嘴巴里。”

我跳了起来：

“这是什么乱七八糟的？”

"这是事实。她为我口交，而我就任由她那么做了。她对我说：'警长，你放松一点。'然后，当一切都结束了的时候，她继续说：'这一下，你就是一个罪犯了。'"

我们两个呆若木鸡：这就是普拉特事后不去拷问斯腾或者是哈里的原因。因为他也是，跟那两个人一样，直接被牵扯到了这个案件里面。

现在既然已经松开了口，普拉特也就想要彻底讲清楚了。他告诉我们，后来诺拉又为他口交了一次。不过，如果说第一次是诺拉主动的话，那么第二次就是他强迫她做的了。他对我们回忆了第二次的情况，当时他是一个人在巡逻，正好遇到诺拉，她从沙滩边步行回家。那是在鹅弯附近。她随身带着一个打字机。他向她建议说捎她走一段路，但是他没有开往欧若拉的方向，而是去了河溪湾路旁边的树林。他对我们说：

"就在她失踪之前几个星期，我带着她去了河溪湾路。我把车停在森林旁边，在那一片地区没有一个人。我拉着她的手，让她去碰我那已经鼓鼓囊囊的下体，然后我就要求她再为我做一次上回那种事。我拉开了裤子拉链，抓住她的脖子，让她给我口交……我不知道是被什么冲昏了头脑。这件事已经困扰了我 30 年！我再也坚持不下去了！带走我吧，警长。我希望被拷问，我希望被审判，我希望得到原谅。对不起，诺拉！对不起！"

当艾米·普拉特看到她的丈夫戴着手铐走出屋子的时候，她开始大声尖叫，惊动了周围所有的邻居。好奇的人们纷纷走到门前的草坪上看到底是发生了什么事情，我听到有个女人在喊她的丈夫莫要错过奇观："警察带走了加雷特·普拉特！"

加洛伍德把普拉特塞到了警车里，然后拉响警笛，开往康科德的州警察局总部。我留在了普拉特家的草坪上：艾米还在哭，跪在她的栀子花旁边，她的邻居，她的邻居的邻居，然后是一整条街，接着是整个社区，没过多久，几乎大半个欧若拉的居民都拥向了位于山岭大道的这间屋子。

刚刚获知的这个事情令我深感震惊，我最终坐在了一个消防桩上，然后给洛特打电话，告诉了他相关的情况。我没有勇气去面对哈里，我不希望是由我来告诉他这个消息。反正，电视新闻用不了几个小时就会公布一切。所有的新闻频道全都跟进了这个新闻，一场新闻大战又开始了：前欧若拉警察局警长加雷特·普拉特刚刚承认与诺拉·凯尔甘曾经有过性行为，并因此成了这一案件新的犯罪嫌疑人。哈里在下午刚开始的时候，用监狱里面的座机给我打了电话，他在电话里哭了。他要求我去看他，他不敢相信电视里说的一切都是真的。

在监狱的会客室里，我对他讲述了刚刚在普拉特警长家里发生的事情。他完完全全被这个事搞垮了，眼里不停地流着泪。我最终对他说：

“这还不是全部……我想现在是时候让你知道了……”

“知道什么？你让我感到害怕了，马库斯。”

“那一天，我跟你提起了斯腾，因为我去过他的家里。”

“嗯？”

“我在那里找到了一幅诺拉的画像。”

“一幅画？怎么回事，一幅画？”

“斯腾有一幅画，画的是裸体的诺拉，就在他家。”

我随身带着那张放大打印出来的照片，于是我拿给他看。

“是她！”哈里号叫着，“是诺拉！是诺拉！这到底是什么意思？这么肮脏不堪的东西，到底是什么情况？”

监狱的看守要求他不要太激动。

“哈里，”我说，“尽量保持冷静。”

“可是，斯腾在这件事情里面到底扮演了什么角色？”

“我不知道……诺拉从来没有跟你提起过他？”

“从来没有！从来没有！”

“据我所知，诺拉跟这个艾力雅哈·斯腾曾经保持过一段关系。就在

1975 年的那个夏天。”

“什么？什么？这到底是什么意思，马库斯？”

“我想……唉，根据我的理解……哈里，你必须面对这个问题，你可能并不是诺拉在这个世界上唯一的男人。”

他就像疯了一样，一下子蹦了起来，把他坐的塑料椅子砸到了墙上，号叫着：“不可能！不可能！她爱的人是我！你听到了吗？我，她爱的是我！”

监狱的看守们赶紧冲了过来，控制住哈里，把他带了回去。我听见他还在喊着，“为什么你要这么做，马库斯？为什么你要来毁掉这一切？愿上帝诅咒你们！普拉特，还有斯腾！”

就是在这一次之后，我开始撰写诺拉·凯尔甘的故事。这位 15 岁的小女孩令美国的一个内陆乡村小城中所有的人都为她侧目。

16.
《罪恶之源》

“哈里，写一本书需要多久的时间？”

“这要看情况。”

“看什么情况？”

“所有的情况。”

1975 年 8 月 11 日

“哈里！哈里！哈里！”

她手握着稿纸，跑着进了房间。现在上午才刚刚开始，还不到 9 点，可哈里这时正在他的书房里翻着桌子上一大摞一大摞的稿纸。她走到了门边，手里挥舞着装满了那些珍贵稿纸的书包。

“到哪里去了？”哈里焦急地问自己，“那该死的底稿到哪里去了？”

“哦，对不起，哈里，亲爱的哈里……请你一定不要生我的气。我昨晚把它拿走了，你睡着之后，我就想把它拿回家读一读……我知道我不应该这么做……但这是多么优美的文字啊！真是太美妙了！真的太美了！”

她笑着把稿纸递还给了他。

“嗯，你喜欢吗？”

“你是在问我喜不喜欢？”她做出了惊讶的表情，“你是在问我喜不喜欢吗？我真的太喜欢了！这是生命给予我的最美好的东西。你是一位才华超群的作家！这本书一定会成为一部巨著！你会声名大噪的，哈里。你明白我的意思吗？我说的是声名大噪！”

说到这里的时候，她还跳起了舞。她先是在走廊里跳了起来，然后一直跳到了客厅，然后是露台。她的舞姿中充满了幸福的气息，对，她很幸福。她在露台上整理起桌子来：先擦去了上面的露珠，然后铺上了一块桌布，她又拿出了纸、笔、一些写好的草稿和她从沙滩上捡来做镇纸的石头。这样一来，她的小办公桌就算布置好了。接着，她又拿来了咖啡、华夫饼、饼干还有水果，她在椅子上放了一个靠垫，这样坐上去就会舒舒服服的了。她想给他的工作创造最好的环境，这样他一坐下来，她就可以回到房子里面休息了。然后，她会把家务都做了，接着准备吃的，她要把一切事情都做好，这样，他就能心无旁骛，全身心地投入到写作当中，而把其他的事情都交给她来负责了。每当他写出一些新的文稿，她都会拿来读一遍，做一些修正，然后再用她的那台雷明顿打字机工工整整地重新打一遍，她的工作热情和专注不亚于任何一位兢兢业业的秘书。也只有当她把所有的事情都做好之后，她才会回到哈里身边。她不会贴得太近，生怕干扰到他，而只会在一旁默默地看着，幸福地看着他。她觉得自己已经是一位作家的太太了。

那一天，她在午后不久就离开了。和往常一样，在走的时候，她这样嘱咐哈里：

“我给你做了三明治，就在厨房里，在冰箱里还有凉茶，你一定得好好吃饭，还得适当休息一会儿，要不然你肯定会头痛的。亲爱的哈里，你知道你在过度工作之后会怎么样吗？你的偏头痛会发作得很厉害，然后你的脾气也会跟着变得很糟糕。”

说完，她紧紧地抱住了他。

“你晚些时候还会再回来吗？”哈里问道。

“不，哈里，我有其他的事情要做。”

“其他什么事情？为什么你走得这么早？”

“有事就是有事，我不想多说了。女人必须要保留一点神秘感，这是我在一本杂志上读到的。”

他笑了：“诺拉……”

“嗯？”

“谢谢。”

“谢什么，哈里？”

“所有的一切。我……都是因为你，我才能开始写这本小说。”

“亲爱的哈里，这就是我一生想做的事情：照顾你，永远在你的身边，协助你进行创作，和你一起组建家庭！想象一下我们在一起会有多幸福吧，你想要多少个孩子，哈里？”

“至少得有三个吧！”

“嗯，甚至还可以要四个！两个男孩、两个女孩，只要他们不整天吵吵闹闹的就好。我想成为诺拉·戈贝尔夫人，那个世界上最为她的丈夫感到骄傲的妻子。”

她走了，沿着鹅弯前面的路一直走到了第一大道。这一次，她还是没有注意到那个藏在树林里跟踪她的黑影。

她走了大概30分钟才回到了欧若拉，这样的路程，她一天得走两趟。刚一到，她就转到了主路上，然后一直走到了城里的小广场上，她和南希约好了在那里见面。

“为什么要约在小广场，而不是沙滩呢？”南希看到她的时候抱怨道，“这里真是太热了！”

“今天下午我约了人……”

“什么？不是真的吧，别跟我说你今下午又要去见斯腾！”

“别把他的名字说出来！”

“你让我来，不是又要让我给你提供不在场的证据吧？”

“哦，我求求你了，帮帮我吧……”

“但是我已经一直在帮你了！”

“那就再帮一次吧，就一次，求求你了。”

“别去了！”南希恳求道，“不要去那个家伙家里了，这种事情不能再这样继续下去了！我很为你担心，你们在一起都干什么了？你和他上床了吧，嗯，是这样的吗？”

诺拉此时脸上的神色既温柔又平静。

“不用担心，南希。真的不用担心，你会帮我的，是吧？请保证帮我瞒着这件事，你肯定能想象得到，如果家里人知道我撒谎的话，会是什么样的后果，你知道在家里，他们是怎么对我的……”

南希叹了口气，答应了：

“好的，我会在这里一直等到你回来为止。但是，我最晚只能等到下午六点半，要不然，我妈妈就得骂我了。”

“一言为定，如果大家问起你，你怎么回答呢？”

“我就说我们在这里聊了一下午，”南希学着木偶的声音不耐烦地回答，“但是我已经受够了替你圆谎了，”她接着抱怨道，“你为什么要这么做，嗯？”

“因为我爱他！我太爱他了！我愿意为他做任何事情！”

“呸，真恶心，我连想都不愿去想。”

一辆蓝色福特野马停到了靠小花园边上的一条小路旁，诺拉很快就看到了它。

“他来了，”她说，“我得走了，回见，南希。谢谢，你真够朋友。”

她很快地跑到了车旁，然后一溜烟地钻了进去。“你好，卢塞。”她对司机打了招呼，然后坐到了车的后座上。车随即发动了，然后很快便跑得无影无踪。除了南希，没有人能知道这后面都藏着什么勾当。

一小时后，“野马”停到了艾力雅哈·斯腾在康科德的庄园里。卢塞带着小姑娘走到了房子里边，到这儿之后，她就知道如何走到那个房间了。

“把衣服脱了吧，”卢塞温柔地轻声说道，“我会告诉斯腾先生说你已经到了。”

1975 年 8 月 12 日

自从从马尔莎葡萄园岛回来，哈里找到了创作灵感后，每天他都会在清晨时分起床，然后在工作之前去跑步。

每天早晨，他都会跑到欧若拉的码头，在那里停下来做几组俯卧撑。这时还不到早晨 6 点，整个城市还在沉睡之中。他避免在“克拉克之家”前跑过，因为这时候已经是开张的时候，他不想在这时候碰到珍妮。她是一个美丽的姑娘，她不该受到他对她的冷遇。他在大海前停了下来，盯着旭日在海面上映出的奇妙色彩出了神。然后他突然听到有人在叫他的名字，惊得一下子跳了起来。

“哈里？这是真的吧，你起得这么早就是为了晨跑？”

他转过身来：是珍妮，她穿着“克拉克之家”的员工服。她朝哈里走了过来，想搂住他，动作却因为不自然而显得有些笨拙。

“我只是想看看日出。”他说。

她笑了，她心想如果他来这儿，应该是开始有一点点喜欢上她了吧。

“你想去‘克拉克之家’喝杯咖啡吗？”她问道。

“谢谢，但是我不想影响到我今天的安排……”

她脸上难掩失望的表情。

“那我们就坐一小会儿？”

“我不想在这儿停留太多时间。”

她露出了难过的神色：

“这些天，我都没有听到关于你的消息了，你再也没有在‘克拉克之家'出现过……"

"对不起，我在忙着写我的书呢。"

"但是生活中不是只有写书这一件事啊！如果你能抽点时间来看看我，我会很高兴的。我向你保证妈妈不会再和你发生争执了，她不应该让你一次就把所有赊下的账单都付清的。"

"这没什么。"

"我要去上班了，餐厅 6 点开门，你确定不想去喝杯咖啡吗？"

"嗯，谢谢。"

"那你会不会晚些时候再来？"

"应该不会吧。"

"如果你每天早上都来这里，我可以在码头上等你……当然，如果你愿意的话。我可以只来和你说声早安。"

"不用这么麻烦了。"

"好的，总之今天我会一直上班上到下午 3 点。如果你想来这里写作的话……我不会打扰到你的。真的，我保证。我希望你不会因为我和查韦斯一起去了舞会而生气……我不爱他，你是知道的。他只是我的一个朋友。我……我想对你说，哈里：我爱你，我从来没有像这样爱过任何一个人。"

"别这么说了，珍妮……"

市政厅的钟楼敲响了清晨 6 点的钟声，这意味着她迟到了。她在他的脸上亲了一下，然后就很快地离开了。她不应该对他说她爱他的，她说完就已经后悔了，这让她觉得自己是一个傻子。在走上通往"克拉克之家"的路时，她转过身来，想和他招招手，但是他已经走了。她对自己说，如果他会来"克拉克之家"的话，说明他对她还有点意思，还有点希望。但就当快要走到路尽头时，一个硕大和扭曲的身影从栅栏后面突然出现，挡在了她的前面。珍妮在惊吓中发出了一声尖叫，然后才突然发现这个人影就是卢塞。

“卢塞！你吓死我了！”

这时，一张歪曲的脸和一个强健的身躯在路灯下显现了出来。

“他……他想对你干吗？”

“没什么，卢塞……”

他一把抓过了她的手，紧紧地抱住了她。

“别……别……别……骗我了！他想对你干吗？”

“只是个朋友！马上放开我，卢塞！你弄疼我了，该死的！快放开我，要不然我就告诉他！”

他放开了她，接着问道：

“你考虑过我向你提出的请求了吗？”

“不可能，卢塞！我不想让你画我！现在就让我走，要不然我就告诉别人你那些偷偷摸摸的事情，你就会有麻烦了。”

卢塞听后没说什么，只是像发了疯的动物一样跑进了晨光之中。她怕极了，于是哭了起来。她飞快地回到了餐厅里，在走进大门前，她擦了擦脸上的眼泪，为了不让已经在里边工作的母亲发现有什么不对劲的地方。

哈里又开始跑了起来，从城市的一头跑到了另一头，然后准备在转到第一大道上后返回鹅弯。他想到了珍妮，他不应该给她任何虚假的希望，这个女孩儿让他心痛极了。就在他要转到第一大道口时，他的腿突然不听使唤了起来。由于在码头那边肌肉着了凉，现在他感到腿部出现了痉挛，但是现在这条路上空无一人。他现在很后悔自己一直跑到了欧若拉，他无法想象自己还能不能跑回鹅弯。就在这时，一辆之前他一直没发现的蓝色福特野马停到了他的旁边。当司机摇下了窗玻璃时，哈里才发现是卢塞·卡勒。

“需要帮忙吗？”

“我有点跑过头了……我想现在我有些不舒服。”

“上车吧，我送你回去。”

“真是多亏遇上你了，”哈里在副驾驶的位置上坐下后说，“你这么早来欧若拉干吗来了？”

卡勒没有回答，一声不吭地把哈里送回了鹅弯。在把哈里送回了家后，这辆福特野马又重新上路了，但是它前往的方向不是康科德，而是向左边一拐，朝欧若拉的方向开去了。他走的是一条没有出口的林间小路。卡勒将车子停到了松树的下边，然后，他灵巧地穿过了树丛，藏到了离房子不远处的树丛里。现在是清晨 6 点 15 分，他就躲在了一棵树的后面，等待着。

在快到 9 点的时候，诺拉到鹅弯来照顾她最亲爱的哈里来了。

1975 年 8 月 13 日

“你明白吗，雅什克罗夫特医生，我一直会这么做，做完后又会很后悔。”

“这种状况是怎么来的？”

“我不知道，这似乎是有违我本意的行为，一种冲动，我无法自我控制。然而这同时让我很痛苦，可以说是痛苦万分！但是我还是难以自持。”

雅什克罗夫特医生观察了一下塔玛拉·奎因，然后问她：

“你会对别人说你对他们的真实想法吗？”

“我……不，我从来不说。”

“为什么？”

“因为他们都知道。”

“你确定吗？”

“当然！”

“如果你不告诉他们，他们又怎么会知道呢？”

她耸了耸肩：

“我不知道，医生先生……”

“那你的家人知道你来我这儿的事吗？”

“不，不知道！我……这和他们无关。”

他摇了摇头。

"你知道吗，奎因夫人，你或许应该把你想到的写出来。写作能让人平静下来。"

"我知道，我什么都写，自从开始在这儿和你聊天后，我就会把东西写在一个本子上，然后好好保管。"

"这有作用吗？"

"我不知道，应该有一点点吧，我觉得。"

"那我们下个星期接着聊吧，现在时间到了。"

塔玛拉·奎因站起身来，朝医生挥手道别后离开了诊所。

1975年8月14日

现在大概是上午11点。从一大清早开始，诺拉就坐在鹅湾的露台上用那台雷明顿打字机一丝不苟地把哈里写好的底稿都打了出来，而哈里就在她的对面，继续进行着他的创作。"太棒了，"诺拉一边读着稿纸上的文字，一边激动地说道，"这真是棒极了！"哈里用微笑做出了回应，此刻的他感到脑子里充满了无穷无尽的灵感。

外面很热，她看到哈里的杯子里已经没喝的了，就到厨房里去给他准备些凉茶。就在她刚到房子里面时，一位不速之客从外面走到了露台上。来人正是艾力雅哈·斯腾。

"哈里·戈贝尔，你工作真是太用功了啊！"斯腾大声说道。这一声惊到了工作中的哈里，之前他一直没有听到任何人进来的声音。但是惊吓瞬间变成了一股强烈的恐惧，因为谁都不应该在这里看到诺拉。

"艾力雅哈·斯腾！"哈里几乎是用他能发出最大的声音叫出了他的名字，当然是为了让诺拉听到他的声音后留在屋子里。

"哈里·戈贝尔！"斯腾用更大的声音回应道，因为他根本不明白为什么要像这样大喊大叫，"我已经敲过门了，但是没人答应。因为我看到你的车还在，就想也许你在露台上，所以就贸然绕到这边来了。"

"你做得一点没错。"哈里接着高声道。

斯腾先是看到哈里的稿纸，然后又看到桌子另一侧的雷明顿打字机。

"你一边写，一边用打字机打出来？"他好奇地问道。

"是的，我……我能同时写几页稿纸。"

斯腾一屁股坐到了椅子上，身上也沁出了汗珠。

"同时写几页稿纸？你真是一位天才作家，哈里。你要知道我以前在这里住过，然后我就对自己说要不到欧若拉溜达一圈。这真是一座美丽的城市啊！在把我的车停在城里的主道上后，我就一个人散起步来，不知不觉就走到这儿来了。这应该是一直以来的习惯吧！"

"艾力雅哈，这所房子……真是太让人难以置信了，这真是一个梦幻般的地方。"

"我真的很高兴你能留下来。"

"这还要感谢你的慷慨相助，这都是我欠你的。"

"千万不要感谢我，你什么都不欠我。"

"等我有钱的那天，我会把这所房子买下来。"

"太棒了，哈里，这真是太棒了。我希望你一切顺利，如果它能有你这样的主人，我会很高兴的。真不好意思，我现在满身大汗，都快渴死了。"

哈里担惊受怕地朝厨房里看了看，心里希望诺拉能听到他们的对话，然后先藏起来。现在肯定得想个办法，把斯腾赶走。

"很抱歉，除了水之外，我现在没别的东西可以给你解渴的……"

斯腾放声大笑了起来：

"哦，我的老兄，别担心……我已经料到在你家里既没有吃的也没有喝的了。这正是我担心的地方。专心写作是没错，但是也别把自己身体弄坏了！你是不是该考虑找个人结婚了？让她来照顾你的生活。我建议你开车把我送回城里去，然后我请你一起吃午饭，这样我们就有时间好好聊聊了。

当然，还得看你愿不愿意。”

“当然！”哈里回答完后，突然觉得一身轻松，“完全没问题，我现在就去拿车钥匙。”

他回到屋子里，来到厨房里，然后看到诺拉躲到了桌子的下边。她看到他后，向他露出了迷人的微笑，然后将一根手指放到了她的双唇上。他也朝她笑了笑，然后就走了出去，斯腾还在外边等着他呢。

“这真是太不可思议了，”斯腾说道，“我就是出来散散步，然后就突然发现自己来到鹅弯了，我真是被这儿的风景给迷住了。”

“欧若拉和鹅弯之间的海岸线美得无以言表，”哈里回答道，“我永远都看不腻。”

“你经常走这一段路吗？”

“可以说每天早晨都走。我会每天跑步，用这样的方式来迎接新的一天的到来很美。我会在清晨时分起床，然后伴着初升的旭日一起奔跑，这种感觉真是妙极了。”

“我的老兄，你真是位运动健将啊，我也想有你这样的自律能力。”

“是不是运动健将，我不知道。就拿前天说吧，在从欧若拉回鹅弯的路上，我的身体突然出现了严重的痉挛。就在已经无法多走一步的时候，我幸运地碰到了你的司机，是他好心地把我送回了家中。”

斯腾僵硬地笑了笑。“卢塞前天早上在这儿？”他问道。

珍妮在这时候给他们重新添上了咖啡，添完后就一下子跑得没了踪影。

“是的，”哈里说，“我也很惊奇那时候能在欧若拉碰到他，他是住在这边吗？”

斯腾试着回避这个问题。

“不，他住在我的庄园里，我对我的下属们有一种依赖，但是他很喜欢这里。我们不得不说，欧若拉在黎明的晨光中不知道有多美。”

“你应该和我说过他会来鹅弯修剪那些蔷薇吧？可我从没在鹅弯看到

过他……”

“但它们还是那么美丽，不是吗？他这人做事不喜欢大张旗鼓。”

“但我基本上都在鹅弯待着……基本上可以说任何时候都在。”

“卢塞是一个很低调的人。”

“我有时候会想：他到底怎么了？因为他说话的方式很奇怪……”

“这都因为一次事故，是很久以前的事情了。这是一个很有修养的人，你知道吗……他可能有时候看上去有些吓人，但他是一个内心美好的男人。”

“我看得出来。”

珍妮过来添咖啡的时候，他们的杯子里还是满的。她就只能整理整理餐巾袋，把盐瓶装满，然后再换一个新的番茄酱瓶。她朝斯腾笑了笑，朝哈里使了个眼色，然后就跑进了后厨。

“你的书进展如何？”斯腾问道。

“进展得非常好，真的非常谢谢你能让我继续在这里住下去。现在我找到了很多灵感。”

“特别是从这位小姑娘身上找到了很多灵感吧。”斯腾笑道。

“对不起，你什么意思？”哈里的声音颤抖了起来。

“我很擅长发现这种事情的蛛丝马迹。你和她上床了，是吧？”

“我……我还是不明白你在说什么？”

“别装傻了，我的朋友。这事儿没什么不好的，我说的就是那个服务员珍妮，你和她上过床了吧？因为从我们进来后她的举动来看，她肯定和我们俩之间的一个人上过床。但是我知道这人肯定不是我，这样的话，我就很容易推测出这人是你了。哈哈，你的眼光不错，她是个迷人的小丫头。你看我是不是很明察秋毫？”

戈贝尔努力挤出个笑脸，心里释然。

“珍妮和我现在还没在一起，”他说道，“我们只是有些暧昧罢了，她是位善良的姑娘，但是我想和你说句实话，我和她在一起的时候有些无聊……

我想找到一个我深爱的姑娘，一个特别的姑娘……很不一般的姑娘……”

“嗯，我对此一点都不担心，你肯定会找到那位你深爱的人，而她会从你这里得到幸福。”

在哈里和斯腾共进午餐的时候，诺拉正一个人走在被阳光炙烤着的第一大道上，手里还抱着那台打字机。这时，一辆一直跟在她后面的轿车停到了她的旁边。这辆欧若拉警局的车里坐着的人正是普拉特警长。

“你拿着这台打字机要去什么地方？”他乐呵呵地问道。

“回家，警长。”

“走路，你是从什么地方走到这儿的？好吧，这不重要。上车，我带你回去。”

“谢谢，普拉特警长，但是我喜欢走着回去。”

“别开玩笑了，今天天热得能把人烤熟了。”

“不，谢谢了，警长。”

普拉特警长突然很不客气地说道：

“你为什么不愿意我带你回去？上车，快上车！”

诺拉最后只能被迫同意了，普拉特让她坐到了他旁边的座位上。但是他没有往城市的方向开始，而是掉了个头，往另外一个方向驶去。

“我们去哪儿，警长？欧若拉在另一个方向。”

“别担心，我的小美人，我只是想带你去个美丽的地方。别害怕，好吧？我想带你去看树林里一个美丽的地方。你想看这个美丽的地方，是吧？所有的人都不会拒绝去这样美丽的地方看一看的。”

诺拉不吭声了。车一直开到了河溪湾，然后绕到了一条林间小路上，最后来到了一处枝叶茂密的地方。警长这时解开了他的腰带，拉开了裤子上的拉链，然后一把抓住了诺拉的脖子，强迫她再做了一次她在办公室给他做过的事情。

1975 年 8 月 15 日

上午 8 点，路易莎・凯尔甘来诺拉的房间找她。诺拉这时就穿着内衣躺在床上等她。今天又是个特别的日子，这一点她很清楚。路易莎冲着她的女儿温柔地笑了笑。

“你知道我这么做的原因吧，诺拉……”

“是的，妈妈。”

“这都是为你好，这样你就可以到天堂里去了。你想变成天使，是吧？”

“我不知道我是不是想变成天使，妈妈。”

“好了，别胡说八道了，来，我亲爱的。”

诺拉站起身来，乖乖地跟着她的母亲一起到了浴室。洗澡的大盆已经在地上放好了，里面装满了水，诺拉看了看她的母亲。这是一位漂亮的女人，她有着美丽的、波浪般的金发，所有人都说她们母女俩长得很像。

“我爱你，妈妈。”诺拉说。

“我也爱你，我亲爱的。”

“我很懊悔自己成了一位坏女孩。”

“你不是一位坏女孩。”

诺拉跪在了盆前，她的母亲抓住了她的头发，然后把她的头一把摁进了水里。她慢慢地，一丝不苟地数到了 20。然后将诺拉的头从冰水中拉出，她不由得发出了一声惊恐的尖叫。“加油，我的女儿，这都是帮你在赎罪，”路易莎说道，“坚持，坚持住。”说着又把她的头重新摁到了冰水中。

此刻的牧师把自己一个人关在车库里，乐声震耳欲聋。

他被自己刚才听到的故事吓了一大跳。

“你的母亲想淹死你？”哈里问道，脸上露出了震惊的表情。

现在是正午时分，诺拉刚刚到鹅弯。她已经哭了整整一早上，虽然她已经努力在来哈里家的大房子之前将哭红的眼睛擦干，但是哈里还是很快就发现了诺拉有些不对劲的地方。

“她把我的头放到了大盆里，”诺拉解释道，“里面的水都是冰水！她把我的头放到里面，狠狠地压住。她每做一次，我都感觉自己快要死掉了……我已经受够了，哈里，帮帮我吧……”

她一下钻进了他的怀里。哈里问她要不要到沙滩上去，因为沙滩总能让她高兴起来。他带上了那个上面写着“缅因州，洛克兰留念”的铁盒子，然后一起沿着海岸的礁石给海鸥喂面包，最后他们坐在了细软的沙子上，一起凝视着远方的天际。

“我想走了，哈里！”诺拉突然大声地对哈里说，“我想让你带我到离这里很远的地方去！”

“走？”

“你和我，远离这里。你和我说过，有一天我们会一起离开这里。我想远离这个世界。你难道不想和我一起远离这个世界吗？带我走吧，我求你了。这个可怕的月份结束后，就带我走。要不就 30 日吧，这样我们还有 15 天的时间来做准备。”

“30 日？你想在 8 月 30 日的时候，我们一起离开这座城市？但是你不觉得这太疯狂了吗？”

“疯狂？哈里，疯狂的是在这座给人带来痛苦的城市继续生活下去；疯狂的是我们如此相爱，却没有相爱的权利；疯狂的是我们一直需要遮遮掩掩，好像我们是奇怪的物种！我已经受够了，哈里！我，一定得走。8 月 30 日的那天晚上，我将离开这座城市。我已经不可能在这儿继续生活下去。和我一起走吧，我求你了，不要丢下我一个人不管。”

“要是我们被人逮到了呢？”

“谁能逮到我们？我们只需要两小时就可以到加拿大去了。而且为什么要逮捕我们？出逃本身并不违法。出逃是为了获得自由，谁又能阻止我们去获得自由呢？自由是美国存在的基石，这在宪法里都写得清清楚楚的。我一定得走，哈里，我已经决定了。15 天后，我就会离开。8 月 30 日的那天晚上，我会离开这座给我带来不幸的城市，你会和我一起走吗？”

他不假思索地说：

“嗯，当然！我无法想象没有你我如何能活下去。8 月 30 日，我们会一起离开。”

“哦，亲爱的哈里，我太幸福了。那你的书呢？”

“我的书已经快写完了。”

“快完了？这太棒了！真没想到你能写得这么快！”

“我的书已经不重要了，如果我和你一起走的话，我想我不可能再成为一名作家了。这真的没什么！我现在唯一看重的人，就是你！唯一重要的事情，就是我们能在一起，一起幸福地生活。”

“你当然能继续当你的作家！我们可以把底稿寄到纽约，你的新小说让我很着迷！这可能是我看过的最棒的小说了。你肯定会成为一名大作家，我相信你。那就说好是 30 日了吧？还有 15 天了，15 天后，我们就一起离开，只有你和我！然后，只需要两个小时，我们就可以到达加拿大。我们一定会很幸福的，相信我。爱，哈里，爱是唯一能让生命变得美好的事物，其他的只不过都是生命中的附属品。”

1975 年 8 月 18 日

他坐在巡逻车的驾驶座上，透过“克拉克之家”的落地窗看着她。他们舞会过后就没有了过多的往来，她故意和他保持距离，这让他心里很难受。这段时间，她总是愁眉不展。他在猜这和他是不是有关，但是转念又记起那天在她家雨棚下面，她边哭边对他说一个男人伤了她的心。她的伤心到底是因为什么？她是不是遇到了什么麻烦？或者更糟，被人打了？又是谁呢？到底发生了什么事情？他于是决定鼓足勇气去问个究竟。正如以前一样，他等餐厅里的人稍微少一些之后才敢进去。当他终于走进餐厅的时候，珍妮正在收拾一张桌子。

“嘿，珍妮。”他朝她打了声招呼，心怦怦直跳。

“嘿，查韦斯。”

“好吗？”

“很好。”

“自从舞会过后，我们就没怎么见过面了。”他说。

“我这儿真是脱不开身。”

“我想说能成为你那天晚上的舞伴，我感到特别幸福。”

“谢谢。”

她的脸上浮现了几丝愁容。

“珍妮，这些天你似乎在疏远我。”

“没有，查韦斯……我……这和你没什么关系。”

她开始思念起哈里来，她日日夜夜都在想他。他为什么不能接受她？几天前他曾经和艾力雅哈·斯腾一起来餐厅吃饭，但是他几乎没有和她说一句话。她还听到他们在说到她的时候发出了讥讽的笑声。

“珍妮，如果你有什么心事，你可以和我说说。”

“我知道，你待我很好，查韦斯。现在我得把桌子收拾干净了。”

她朝厨房走去。

“等等。”查韦斯说。

他想抓住她的手腕。他的动作很轻，但是珍妮还是发出一声痛苦的叫声，然后手一松，盘子掉到了地上，摔得粉碎。他碰到的地方，正好是卢塞用力抓住她后留下的血肿。现在天虽然很热，但是她还是愿意穿长袖盖住它。

“真对不起。”查韦斯道歉道，说完马上帮着收拾起地上的碎片。

“这不赖你。”

他陪她回到了厨房，然后拿了一把笤帚准备把大厅打扫一下。当他回来的时候，她正在洗手，因为不想让手袖溅湿，就把它们卷了上来。这时他发现了她手腕上的瘀青。

“这是怎么了？”他问道。

“没什么，前些天不小心撞到门上去了。”

“撞的？别和我胡说八道了！”查韦斯怒声道，“你肯定是被人打了，一定是！是谁干的？”

“这不重要。”

“这当然很重要！我一定得知道让你受这么多罪的这个男人是谁。快告诉我，如果你不告诉我，我就待在这儿不走了。”

“是……是卢塞·卡勒把我弄成这样的。他是斯腾的司机。他……那天早上很生气。然后他用力抓住了我的手，就把我弄成这个样子了。但是他不是故意的，你必须得知道，而且他也不知道自己的力气有多大。”

“这太糟了，珍妮！简直糟透了！如果他再来这里，你必须立刻通知我！”

1975 年 8 月 20 日

她边走在鹅弯的小路上边哼着小曲，她感到自己被一种温暖的幸福感包围着。再过十天，他们就可以一起离开这里了。再过十天，他们就可以真正开启生活的新篇章了。她一直在为那个特殊的日子倒计时，她对自己说：已经快到了。当她看到沙石路尽头的房子时，她加快了脚步，她是那么想快点见到哈里，完全没有注意到藏在树林里的那个窥视着她的黑影。像往常一样，她没有按门铃，就直接从大门走进了房子。

“亲爱的哈里！”她喊道，用这样的方式告诉哈里她的到来。

没有人回答。房子里好像空荡荡的，她又叫了一遍，还是没人回应。她穿过餐厅和客厅，还是没有找到他。他不在书房里，也不在露台上。于是她顺着阶梯一直往下走到了沙滩，然后呼唤着哈里的名字。或许他是去游泳了？当他工作到很累的时候，他就会这么做。但是现在沙滩上也没人，这时她开始一点点感到恐惧。他到底去哪儿了？她于是返回了哈里住的房子，又叫了一次他的名字，还是没人。她又在一楼的各个房间里找了一遍，然后上了楼。当她打开哈里卧房的门的时候，她看到他正在他的床上读着一摞文稿。

“哈里，原来你在这儿啊？我到处找你已经找了快十分钟了……”

他听到她的声音后一下子跳了起来。

“对不起，诺拉，我在读稿子……我没听到你在叫我。”

他站起身来，理了理手中的稿纸，然后把它们放到了衣柜的抽屉里。

她脸上绽放出了笑容：

“是什么东西让你读得这么津津有味，连我在房里叫你的声音都没听到。”

“没什么重要的东西。”

“是你小说接下来的部分吗？给我看看吧！”

“真的没什么，我以后再给你看。”

她脸上露出了几分不高兴的神色：

“你确定没事吧，哈里？”

他笑了。

“都挺好的，诺拉。”

说完，他们一起去了沙滩。她想看看海鸥，她张开了双臂，似乎长出了翅膀一般，然后绕着圈跑了起来。

“我真想能飞起来，哈里！再过十天，十天后我们就可以一起远走高飞了！我们将一起永远离开这座给人带来痛苦的城市！”

他们认为只有他们在沙滩上，哈里和诺拉都没有察觉到卢塞·卡勒在礁石上方的森林里窥视着他们。他一直等到他们回到家里以后才从他的藏身处走出来，然后沿着鹅弯的那条小路一直跑到他那辆“野马”停靠的另一条林间小路旁。他开着车来到了欧若拉，然后把车停到了“克拉克之家”

的前面。他走到了店里：他必须把这件事告诉珍妮，这件事必须得有人知道。他有一种不祥的预感，但是珍妮根本不想见到他。

“卢塞，你不应该来这儿的。”当他走到吧台前边的时候，她这样对他说。

“珍妮……我为那天早上对你所做的事情道歉，我不应该那样抓住你的手臂。”

“我的手都被捏青了……”

“我很抱歉。”

“你现在就得走了。”

“不，等等。”

“我已经投诉你了，卢塞。查韦斯说如果你再到城里来，我就应该给他打电话，然后他就会来把你带走的，你最好在他还没有看到你之前赶快走。”

这个身形硕大的男人看上去有些失落。

“你真的已经投诉我了？”

“是的，你那天把我给吓坏了……”

“但是我得和你说一件很重要的事情。”

“没什么重要的事情，卢塞，你走吧……”

“是和哈里·戈贝尔有关的事情……”

“哈里？”

“是的，请你告诉我你认为哈里是什么样的人。”

“为什么你会和我说起他？”

“你相信他吗？”

“相信？是的，当然。为什么你要问我这个问题？”

“那我得和你说一些事情……”

“和我说一些事情，什么？”

就当卢塞正要开口时，一辆警车停到了“克拉克之家”的对面。

“是查韦斯！”珍妮惊声道，“快走，卢塞，快走！我不想你遇到什么麻烦。”

卡勒立刻离开了。珍妮看着他上了车，然后只听轰的一声就走得没影了。不一会儿后，查韦斯急匆匆地走了进来。

“我刚才是不是看到卢塞·卡勒了？”他问道。

“是的，”珍妮答道，“但是他没对我干什么，他是一个好心的小伙子，我有点后悔起诉他了。”

“我和你说过让你通知我的！没人有权利弄伤你分毫，任何人都不行！”

查韦斯转身朝车的方向跑去。珍妮在后面追着他，并把他拦在了人行道上。

“我求求你，查韦斯，别为难他了！求你了，我觉得现在他已经知错了。”

查韦斯看着她，突然一下豁然开朗了：这就是她最近对他这么疏远的原因。

“不，珍妮……别告诉我……”

“什么？”

“你不会是喜欢上这个浑蛋了吧？”

“嗯？你在胡说八道什么！”

“天啊，我怎么能蠢成这样！”

“不，查韦斯，你别胡思乱想了……”

他已经什么都听不进去了，于是他上了车，开启了警灯和刺耳的警笛，飞快开走了。

在离河溪湾路不远的第一大道上，卢塞从后视镜里看到一辆警车正在全速追赶着他的车。他停在了路边，心里十分恐惧。查韦斯怒气冲冲地从车里走了出来，这时他的脑袋里思绪万千。珍妮怎么会被这样一个怪物所吸引？为什么她又会喜欢上他？他可以说为她付出了一切，为她留在欧若拉，为的只是离她近一些，却被这么一个家伙击败了。他命令卢塞从汽车里出来，然后从上到下打量了一下他。

“你这浑蛋家伙，你给珍妮带来了多少痛苦？”

“不，查韦斯，我向你保证事情并不像你想象的那样。”

“我在她在手腕上看到瘀青！”

“我没有控制好我的力气。我真的很后悔，我不想事情变成这样的。”

“不想这样？但是正是因为你，这一切才发生的！你和她上过床了，是吧？”

“什么？”

“珍妮和你，你们上过床了？”

“没有！没有！”

“我……我想尽一切办法给她带来快乐，结果却是你和她上了床！我的上帝啊，这世界到底怎么了？”

“查韦斯……完全不是你想象的那样。”

“闭嘴！”查韦斯怒吼道，一把抓起了他的衣领，将他扔到了地上。

他完全不知道自己应该怎么做。他满脑子都是珍妮，一想到珍妮是怎样远离他的，他就感到自己如同遭受了奇耻大辱一般痛苦不堪。这时他的心里冒出了无名的怒火，他已经受够了不停地被人踩在脚下，现在应该是拿出一点男人样子的时候了。他从腰带上将警棍卸了下来，高高地举到了天上，然后疯一般地朝卢塞打去。

15.
暴风雨之前

“你觉得怎么样？”

“还不错，我觉得你现在太过于重视文字的雕琢。”

“文字的雕琢？但是这对于写作不是很重要吗？”

“可以说是，也可以说不是。文字的意义大于文字本身。”

“你想说的意思是？”

“这么说吧，一个词就是一个词，每个人都有使用任意一个词的权利。我们只需要打开字典，任意选择就行。这个时候，写作的妙处就得以显现了：我们是不是能够给我们选中的词赋予一定的意义。”

“怎么才能做到这点？”

“你需要在你的书里不停地重新使用一个词，现在我们就随便选一个词，比如说：海鸥。人们在谈到你的时候会说：‘你知道吗，戈德曼就是那个说起过海鸥的人。’然后，在看到海鸥的时候，那群人就会突然想到你。他们看着这些叽叽喳喳的小鸟就会互相说：‘我想知道戈德曼是怎么看这些鸟的。’之后，他们就会将海鸥和戈德曼联系到一起。每当他们看到海鸥的时候，他们就会想到你的那本书，甚至你所有的著作。他们从此不会用同样的眼光看待这些飞鸟。只有到那个时候，你才能懂得真正的写作。词语每个人都能使用，而你却要把这些词变为你自己的词。这就是甄别一位作家的标准。马库斯，你会明白的，一些人认为写作是一项和词相关的工作，这是错的，写作首先和人息息相关。”

2008 年 7 月 7 日　马萨诸塞州的波士顿

在普拉特警长被捕四天后，我在波士顿丽亭酒店的包房里和罗伊·巴尔纳斯基单独见了面，我们准备在这里为我下一部关于哈里·戈贝尔的案件的新书签下一份高达 100 万美元的合同。道格拉斯当时也在场，看见我上演的“绝处逢生”的大戏后，他也算松了口气。

“你真能扭转乾坤啊，”巴尔纳斯基对我说，“伟大的戈德曼又开始工作了，大家都得为你鼓鼓掌啊！”

我什么都没回答，只从我的公文包里拿出了一沓稿纸递给了他，他看到后笑得很开心。

“这就是你和我提起过的书的前 50 页……”

“是的。”

“我能抽空简单看看吗？”

“当然。”

为了让他能够一个人静静地读稿子，我和道格拉斯离开了房间，然后到了楼下的酒吧里，我们在那儿喝了两杯浓色啤酒。

“还好吧，马可？”道格拉斯问道。

“还行，过去的四天真可以用疯狂来形容……”

他点了点头，然后接着道：

“应该说整个故事都荒唐至极！你的书会获得巨大的成功，也许你还不知道，但是巴尔纳斯基知道，这也是为什么他会给你这么多钱的原因。100 万美元相对于他从中获得的利润，简直不值一提。你将来肯定会看到，全纽约城的人都会只谈论这桩案件。现在电影制作室已经开始考虑拍摄一部电影了，而且所有的出版社都想出版关于戈贝尔的书。但我们都清楚，唯一能写出一本真正关于本案的书的人，就是你。你是唯一了解哈里的人，你是唯一能从内部了解到欧若拉的人。巴尔纳斯基想要在所有人之前得到这个故事。他说如果我们是第一个出版书的商家，那么诺拉·凯尔甘肯定能成为施密特·汉森注册商标式的小说人物。"

"你是怎么看的呢？"我问他。

"这是一位作家的一次绝佳经历，也可以作为一次对戈贝尔所遭受的无耻言论的回击。难道为他辩护不是你的初衷吗？"

我默认了，然后抬头朝巴尔纳斯基所在的楼层看了看，现在他正在翻阅着我的底稿，这几天接连发生的事情又让我得以在里面"浓墨重彩"地添上了几笔。

2008 年 7 月 3 日　合同签订四天前

现在离普拉特警长被捕刚过了几个小时，我从州立警察局回到了鹅弯。在我告诉哈里在艾力雅哈·斯腾的家里发现了一幅诺拉的肖像画时，他的情绪严重失控，差点朝我迎面扔来一把椅子。我把车停到房子的前面，下车后不久，我就发现入口大门缝里夹着的小字条，这次还是一封信，但是纸上面的口吻变了：

这是最后的警告，戈德曼

我完全没有在意，这最初和最后的警告能有什么区别？我把信纸扔到了厨房的垃圾桶里，然后打开了电视机。现在电视里报道的全是普拉特警长被捕的消息，有些人甚至开始质疑当年他组织调查的案件的真实性，还有些人质问某些调查结果是不是可能被这位当年的警局头头给故意忽略掉了。

太阳终于下山了，此刻的夜晚恬静而美好。像这样的夜晚，应该和朋友一起来共享，一边喝着啤酒，一边在烤大块的牛排。我虽然没有朋友，但是我还是想到了牛排和啤酒。我打开了冰箱，但是里面什么东西都没有。我忘了去购物，我可能把自己都忘了吧。我突然意识到自己和哈里一样，家里冰箱的状况都是独居的人所特有的。于是，我叫了一份比萨拿到露台上吃，这样让我至少感到自己还有大海和一个美丽的露台。只需要加一个烧烤台，一群朋友和一位女朋友，这样的夜晚就完美了。这时，我接到了一个我很久没有新消息的朋友的电话，这人正是道格拉斯。

"马可，过得怎么样？"

"过得怎么样？我已经有两个星期没有你的消息了！你去哪里了，你可是我的经纪人啊，现在还是不是？"

"我知道，马可，我很抱歉。我们刚度过了一个艰难时期，我的意思是说你和我。如果你还是想让我做你的经纪人，我会为我能继续和你合作而感到万分荣幸的。"

"当然，我只有一个条件，就是你像以前一样继续来我家一起和我看棒球冠军联赛。"

他笑了。

"没问题。你准备好啤酒，我负责带芝士碎饼。"

"巴尔纳斯基想和我签一份巨额合同。"我说道。

"我知道，他和我说过了，你愿意吗？"

"我想是的。"

"巴尔纳斯基很兴奋，他想马上见到你。"

"为什么想见到我？"

"为了签合同。"

"现在就签？"

"是的，我想他是想确定一下你的写作是不是进展顺利。这回到截稿前的时间应该很短，你得写快点，因为他很怕受到总统大选的影响。你觉得你能行吗？”

“可以，我已经开始重新投入创作了，但是我还不知道自己应该做什么。难道我把我知道的全部都说出来？难道我要告诉大家哈里曾经计划和这个小姑娘一起私奔？道古，这个故事真的荒唐至极，我想这点你可能还体会不到。”

“说真相吧，马可，只要把诺拉·凯尔甘相关故事的真相说出来就够了。”

“那要是真相对哈里不利呢？”

“揭露真相，这是你作为作家的责任，即便这个真相很难说出口。这就是我作为朋友的建议。”

“那你作为经纪人的建议呢？”

“要学会保护你自己，不要最后弄得官司缠身。比如说，你和我说过这个小姑娘曾经被她的父母打过？”

“是的，被她母亲打过。”

“好的，那你只需说诺拉是一位被虐待的可怜的小姑娘，然后所有的人都会知道是她的父母对她做出的那些虐待行为。但是这件事，你没有明说……所以没有人能因此起诉你。”

“但是她的母亲在这桩案件里扮演着很重要的角色。”

“马可，我作为经纪人的建议是：你一定得掌握了足够确凿的证据才能指证他人，否则你就得吃官司。而且我想在过去的几个月里，你的麻烦已经够多了。你需要找一个可靠的证人，然后让他告诉你这位母亲是一个毒打女儿的恶妇，要不然你就只能写一位遭受虐待的可怜的姑娘。我们之所以要这样写，是因为法官还有可能因为诽谤罪终止书在市场上的销售。但是，因为现在大家都知道普拉特的罪行了，你就可以将那些淫秽的细节写出来，这样书肯定会大卖的。”

巴尔纳斯基约我们 7 月 7 日星期一在波士顿见一面。之所以选这座城市，是因为从纽约坐飞机一个小时就可以到这里，而从欧若拉过来也只有两小时的车程。我欣然接受了。这样一来，我可以在接下来的四天时间里拼命写出几个章节拿给他看。

“如果需要什么帮助的话，就给我打电话吧。”道格拉斯在挂电话前对我说。

“我会的，谢谢。道古，等等……”

“嗯？”

“你以前会做莫吉托，你还记得吗？”

我听到电话那头他笑了。

“我还记得。”

“那真是一段美好的时光啊！”

“生活一直很美好啊，马可。我们都过着美好的生活，即便有时会经历艰难的时刻。”

2006年12月1日　纽约

“道古，你能再做几杯莫吉托吗？”

道格拉斯就在我厨房吧台的后边，扎着一条围裙，学着裸女光着身子，然后发出了一声狼嚎。他抓起了一瓶朗姆酒，将它全部倒入了一个装满碎冰的鸡尾酒调和器里。

那时是我的第一部小说刚刚问世的三个月后，我的事业到达了一个顶峰。自从我搬进了这个高档住宅区后，我在三个星期内已经是第五次在家里举办聚会了。客厅里挤着几十个人，我连其中的四分之一都不认识。但是我开始痴迷于此。道格拉斯负责给来宾们做莫吉托，我负责做的是白俄鸡尾酒，这也是我唯一最终确定能喝的鸡尾酒。

“多么美妙的聚会啊！”道格拉斯对我说，“那边那个在跳舞的是这栋楼的门房吧？”

“是的，我请他来的。”

“还有莉迪亚·戈洛尔，我的娘啊！你看到了吗？莉迪亚·戈洛尔居然在你的公寓里！”

“谁是莉迪亚·戈洛尔？”

“我的老天，马可，这你得知道！她是现在最红的女演员，她出演了一部现在大家都在看的电视剧……好吧，除了你之外。你是怎么邀请到她的？”

“我不知道，我听到门铃响后，就给他们开了门。有朋自远方来，不亦乐乎啊！”

我带着烧烤炉和鸡尾酒调和器回到了客厅里，然后我看到窗外正在下雪。突然我想出去透透气，于是我穿着衬衣走到了阳台上。外面冰冷刺骨，我凝视着在我眼前偌大的纽约城和那些成千上万个发光的点一直延伸到世界的尽头。我突然放声大喊道：“我是马库斯·戈德曼！”这时，我听到后面有人走了过来。来的人是一位和我年纪相仿的美丽金发女子，我一生从没见过这么美的女人。

“马库斯·戈德曼，你的电话响了。”她对我说。

她的脸对我来说并不陌生。

“我是不是在什么地方见过你？”我问她。

“应该是在电视上吧。”

“你就是莉迪亚·戈洛尔……”

“是的。”

“天啊！”

我请她在阳台上等我一会儿，然后就急急忙忙地赶回客厅接电话去了。

“喂？”

“马库斯？我是哈里。”

“哈里！能听到你的声音真高兴！你最近好吗？”

“还行！我只是想和你问声好，现在你那边好像很吵闹……你请人来家里做客啦？也许我就不应该现在给你打电话的……”

“我现在的确是在我的新公寓里举办聚会呢。”

“你现在不在蒙特克莱尔了？”

“是的，我在公寓村这边买了套房子，我现在生活在纽约了！你真得来这里看看，这儿美得快让人窒息。”

“这是一定的。无论如何，你看起来很享受现在的生活，我真替你高兴，你现在肯定交了不少朋友了吧……”

“太多了……还不止如此，你大概猜不到，现在有一位美得让人难以置信的女演员正在阳台上等着我呢！哈哈，我真不敢相信！生活真是太美好了，哈里，真是太美妙了！你呢，你晚上都做些什么？”

“我……我也在家里办了个小聚会，和一些朋友烤烤牛排，喝喝啤酒，还需要什么呢？我们在这儿过得很开心，现在就差你了。我好像听到门铃声了，马库斯，应该是又有人到了。我现在得给他们开门去了。我现在真有点不确定家里装不装得下这么多人，但是老天爷，这所房子已经够大了吧！”

“祝你度过一个愉快的夜晚，哈里，玩得开心，我会给你电话的。”

我重新回到了阳台，从那天晚上我开始和莉迪亚交往，我的母亲称她为电视明星。这时的鹅弯，哈里把门打开，是送比萨的人。他接过比萨，然后坐在电视机前开始了一个人的晚餐。

那天晚上的聚会过后，我遵守了之前的约定，给哈里回了电话。但是，这离下一次我给哈里打电话足足隔了一年。那是 2008 年 2 月的一天。

“喂？”

“哈里，我是马库斯。”

“哦，马库斯！真是你在给我打电话吗？不可思议啊！自从你成了明星之后，我就再没你的消息了，上个月我曾试着给你打电话，是你的秘书接的。她说你谁也不见。”

我硬生生地打断了哈里的话，说道：“哈里，我现在糟透了。我想我已经不是作家了。”

他也立刻变得严肃起来：“你在说些什么，马库斯？”

“我不知道怎么写作了，我完了。我的稿纸上一片空白。这种状态已经持续好几个月了，甚至可能有一年了。”

他突然笑了起来，热情的笑声让人感到安心。

“马库斯，我想只是你的思维暂时‘塞’住了，就是这么回事。这种‘白纸症’和‘性功能障碍’一样愚蠢至极：这是天才们特有的恐惧，就好比你正要和一个爱慕你的姑娘做爱，想让她体验到地动山摇一般的性高潮时，你的‘小弟弟’突然疲软了。别总把自己当成天才，成天患得患失的，至少先把文字一行一行地排出来，灵感自然而然会回来的。”

“你真这样认为？”

“当然。不过你必须先远离那些灯红酒绿的聚会，放下你那些微不足道的挫败感。写作是一件严肃的事情，我应该向你反复强调过这一点吧！”

“但是我一直很努力啊！除了这件事，我什么都没干！但是即便如此，我还是什么也没能写出来。”

“如果是这样的话，你缺少的应该是一个有益于创作的环境。纽约确实很华丽美好，但也过于嘈杂。你为什么不来这儿呢？来我家，就好像你还是我学生时那样。”

2008 年 7 月 4 日—6 日

在和巴尔纳斯基在波士顿见面之前，案件的调查进展神速。

首先是普拉特警长因为强迫 16 岁以下少女和他发生性行为而被捕，但是第二天就被保释了出来。之后，他临时住在了一家蒙特贝利的汽车旅馆里，而艾米·普拉特则跑到另一个州的姐姐家里去了。州立警察局犯罪调查小组对普拉特的审讯不仅确定了塔玛拉确实给他看过她在哈里家找到的关于诺拉的稿纸，而且南希·海特薇也和他说过艾力雅哈·斯腾和诺拉之间的关系。而普拉特故意对这两条线索置之不理的原因是他担心诺拉也会向他们俩其中之一说过那件发生在警车里边的丑事，所以他不想冒险去审问这两位嫌疑人。同时，他矢口否认和诺拉以及德波拉的死有任何关系，而且宣称在案件的调查过程中再无其他偏颇的地方。

根据普拉特的这两项声明，加洛伍德最终成功地从检察官那里得到了可以搜查艾力雅哈·斯腾家的许可证。搜查当日是7月4日国庆节，警察在画室找到了那幅诺拉的肖像画并将其没收。艾力雅哈·斯腾也被带到了州立警察局进行审讯，但是他本人并没有受到控告。然而，这一新情况的发生加剧了民众对这桩案件的好奇心。就在名作家哈里·戈贝尔以及原警局警长加雷特·普拉特被捕之后，现在就连新罕布什尔最富有的人也被卷进了小凯尔甘死亡案件的旋涡中。

加洛伍德将审讯斯腾的细节告诉了我。“这真是一位气度不凡的人，”他对我说，“他表现得十分泰然自若，甚至还让他的那群私人律师在审讯室外面等着。他的强大气场，他那双蓝眼睛发出的犀利眼神差点把坐在对面的我弄得不自在起来，但是这种场面我经历得也不少。我给他看了那幅画，他对我说那幅画上的人确实是诺拉。”

“为什么这幅画会在你家？”加洛伍德问道。

斯腾很不耐烦地回答道：

“因为这幅画是我的，难道本州的法律里有规定不能在墙上挂画吗？”

“没有，但是这幅画里的人被谋杀了。”

“如果我家里有约翰·列侬的画呢？他也被谋杀了，这是不是也很严重呢？”

“你应该很清楚我的意思，斯腾先生，这幅画是哪儿来的？”

“这是我以前的一位员工画的，他叫卢塞·卡勒。”

“为什么他会画这幅画？”

“因为他喜欢画画。”

“这幅画是什么时候画好的？”

“1975 年的夏天，七八月的时候吧，如果我没记错的话。”

“正是在这位小姑娘失踪前不久。”

“是的。”

“他是怎么画成的？”

“我猜应该是拿画笔画的吧。”

“别和我装傻，我警告你，他是怎么认识诺拉的？”

“所有在欧若拉的人都认识诺拉，他从她那儿得到了作画的灵感。”

“一幅失踪了的人的画像就挂在你家里，你不担心吗？”

“不，这是一幅很美的画作，我们把它叫作艺术。真正的艺术让人深省，而平庸无奇的艺术都是世风日下的结果，政治腐化了这个世界。”

“你不知道私藏一幅 15 岁少女的裸体肖像会给你招来麻烦吗，斯腾先生？”

“裸体？但是我们既看不到她的乳房，也看不到她的生殖器部分。”

“但是我们可以看出来她是裸着的。”

“你准备好在法庭上为你的观点辩护了吗，警长先生？因为你输定了，这点你和我都很清楚。”

“我只想知道为什么卢塞·卡勒会画诺拉·凯尔甘。”

“我已经回答过了，因为他喜欢画画。”

“你知道诺拉·凯尔甘吗？”

“一点点，估计和住在欧若拉的其他人一样。”

“只是一点点？”

“是的。”

“你说谎了，斯腾先生。我有能证明你和她有过一段关系的证人，她说你曾经经常让她到你的家里去。”

斯腾大笑了起来：

“你有你刚才所言的证据吗？我有点不太相信，因为这都不是真的。我从来都没碰过这个小丫头。听好了，警长，你让我很不舒服。很显然，你的调查遇到了问题，所以你连正确地提问都做不到。那好吧，让我来帮帮你：是诺拉·凯尔甘来找我的。有一天，她来我家里对我说，她需要钱，她同意做画模来交换。”

“所以，你同意给她钱让她来做画模？”

“是的，卢塞在画画上天赋过人！他之前就画过很多幅美丽的画。新罕布什尔的美景，我们美丽祖国的日常生活场景都曾在他的画卷中出现过。我对这些画都爱不释手。在我看来，卢塞很可能成为20世纪最伟大的画家之一，而我同时认为他如果能将这位姑娘搬到画纸上的话，说不定能创作出一幅不凡的佳作。我可以说，如果现在趁着目前这桩案件闹得沸沸扬扬的声势，我可以将这幅画以至少一两百万美元的价钱卖出。有多少当代画家的画作能卖出两百万美元，你能数得出吗？”

当他一番慷慨激昂的说辞过后，斯腾表示自己已经浪费了太多时间，审讯到此结束。于是，他带着一帮律师迅速离开了，只留下了被说得目瞪口呆的加洛伍德。案件从此又新添了一层迷雾。

“你应该知道不少奇闻吧，作家先生。”在和我叙述完斯腾的审讯经过后，加洛伍德问我说，“某天一位小姑娘来到斯腾家，然后要求通过做画模来换取钱财，你能相信这种故事吗？”

“这种说法真是荒诞至极，为什么她需要钱？为了离家出走吗？”

“也许吧，但是她出逃的时候连她平时的积蓄都没带。在她的房间里，饼干盒里面还放着120美元呢。”

“你打算怎么处理这幅画？”我问道。

“我们现在需要把它好好保存起来，这可是一件罪证。”

“如果连斯腾都没有被起诉，这还能算罪证？”

“起诉卡勒的罪证。”

“所以你真的在怀疑他？”

“我真的不知道，作家先生。斯腾家里是藏了这幅画，普拉特是和诺拉发生过性关系，但是他们杀害诺拉的动机是什么？”

“怕她把这些丑事说出来？”我提醒道，“她可能威胁他们会把所有事情都说出来，所以在一时的恐惧之下，他们其中一人就把她打死，然后藏到了树林里。”

“但是怎么解释底稿上写的那行字？*永别了，亲爱的诺拉*。这句话说明这个人很爱这个小姑娘，而唯一爱诺拉的人就是戈贝尔，所以种种线索都把我们引向了戈贝尔。我们难道不可以认为当戈贝尔知道了诺拉和斯腾以及普拉特的事情之后，一怒之下，就把她给杀害了？这桩案件最终可以归结于一桩和感情纠葛相关的罪案。这也是你之前的推测，不是吗？”

“哈里由于感情的原因而犯罪？不，这完全不可能。你那该死的笔迹鉴定的结果什么时候才能出来？”

“很快了，我想还有几天时间吧。马库斯，我要和你说一件事：现在检察官想向戈贝尔提出一种解决办法，看他愿不愿意。也就是说否定绑架的可能性，然后以激情犯罪的名义判他 20 年有期徒刑，假如他表现好的话，还可以减到 15 年。这样的话，就可以避免死刑。”

“解决办法？为什么是这种解决办法？哈里什么罪都没犯。”

我感觉我们忽略了什么东西，一个重要的能解释一切的关键细节。我重新回顾了诺拉失踪前最后的日子里所发生的事情，但是直到 8 月 30 日之前，整个 8 月都没有任何值得引起注意的事件发生。老实说，和珍妮·道恩、塔玛拉·奎因以及其他几个城里人交谈过之后，我甚至觉得诺拉·凯尔甘在失踪前的几个星期里过得很幸福。哈里和我描述过诺拉的头被淹在水里的场景，普拉特承认他是如何逼诺拉和他发生性关系，南希也和我说起诺拉不知廉耻地和斯腾的约会，但是珍妮和塔玛拉向我讲述的故事和他们所说的大相径庭。据她们的说法，当时没有任何迹象会让人想到诺拉被打过，而且很伤心难过。塔玛拉甚至还和我说诺拉和她提起过想在开学后继续到“克拉克之家”打工，她也同意了。我很惊异于塔玛拉口中的故事，我甚至因此向她再三确认。如果诺拉已经准备好离家出走的话，为什么又要提继续在“克拉克之家”当服务员的事情呢？罗伯特·奎因说她当时看到过诺拉经常搬着一台打字机到处走，但是他感觉她毫不费力，还能听到她快乐地哼着小曲。我们完全可以认为在 1975 年 8 月，天堂坠落到了人间。我于是开始自问诺拉是否真的想过离开欧若拉。突然，我的脑海中冒出了连自己都不敢多想的疑惑：我能保证哈里和我说了多少实话？我怎么就能知道诺拉一定曾经请求过哈里和她一同离开？如果这只是一位阴谋家为了开脱罪名而编造的故事呢？会不会加洛伍德从一开始就是对的？

7 月 5 日的下午我在监狱里又见了一次哈里。他铁青的脸看上去有些吓人，他的额头上也浮现出那些我从没有见过的深纹。

“检察官想和你做笔交易。”我说道。

“我知道，洛特已经和我说过了。激情犯罪是吧？这样我就只需在监狱里待 15 年。”

从他说话的语气中，我已经能感觉到他开始在考虑这种办法。

“别告诉我你已经决定接受他们的‘馈赠’了！”我怒吼道。

“我不知道，马库斯，但是这样可以避免被判死刑。”

“避免死刑？这是什么意思？你就是罪犯？”

“不！但是现在任何事情都在和我作对！我已经没有心情和那些已经预判我有罪的陪审团再继续玩赌博游戏了。15 年的牢狱之灾再怎么样也比无期徒刑和死刑好吧！”

“哈里，我想最后问你一遍这个问题：诺拉是你杀的吗？”

“当然不是，我的上帝啊！我需要和你说多少遍才行？”

“那就证明给大家看看吧！”

我拿出了录音机，把它放到了桌上。

“可怜可怜我吧，马库斯，别再把这机器拿出来了！”

“我需要弄明白到底发生了什么。”

“求求你，我不想你继续录下去了。”

“那好，那我做笔录。”

我拿出了纸笔。

“我们就从你1975年8月30日出逃的那天重新开始我们的话题吧，如果我没理解错的话，当诺拉和你决定私奔的时候，你的书已经基本上写完了……”

“我在出逃的前几天就完成了，我写得很快。我似乎进入了一种忘我的状态，所有的一切都变得很特别。诺拉就在那儿，每时每刻都在。她会重新阅读我的文章，然后修改，最后再把它们用打字机打出来。我这么说可能有些做作，但是真的奇妙极了。书是8月27日白天写完的，我记得这个日子是因为那是我最后见到诺拉的日子。当时我们约好我先走两三天，以免引起大家的怀疑。所以8月27日是我们最后在一起的日子。我只用了一个月就完成了小说的创作，这真是难以置信，我也因此特别为自己感到骄傲。我还记得这两份底稿被一起放到露台的桌子上的情景，一份是手写的，和其他的任何手稿一样；另一份是诺拉辛勤劳动的结果，她把所有的文字都用打字机打了出来。我们在沙滩上待了一段时间，这是我们三个月前第一次见面的地方。我们在沙滩上走了很久，诺拉牵着我的手对我说：‘和你的相识改变了我的生活，哈里，我们将来在一起的生活肯定会很幸福的。’我们就这样一直不停地走了下去。计划是这样的：我第二天早上就从欧若拉出发，然后故意从‘克拉克之家’前经过，目的是让别人看到我，然后告诉别人我会离开一两个星期，理由是需要到波士顿去处理一些紧急的事情。然后我需要在波士顿待上两天，存好酒店房费的单据，这样假如警察问起来也有凭证可以拿出来。然后，在 8 月 30 日那天，我就到第一大道上的'海滨汽车旅馆'住下。她让我住 8 号房间，因为她喜欢 8 这个数字。我问她怎么来汽车旅馆，因为这家旅馆离欧若拉有两三英里的路程。她对我说不用担心，她走得很快，而且她知道从沙滩过来的一条小路。她会在晚上七点到房间里来找我，之后我们就马上赶往加拿大，在那边租一套不容易被别人发现的小公寓。然后几天之后，我必须再回到欧若拉，装着什么事都没发生，并保持冷静。如果有人问我的话，我就回答说我之前在波士顿，然后把酒店的票据拿给他们看。为了避免引起怀疑，我需要在欧若拉继续待上一个星期，而她就待在我们租的公寓里安安静静地等我。然后，我就会把鹅弯的房子交还给房主，永远地离开欧若拉。对此，我只需要解释说我的小说已经写完了，接下来还有联系出版的事情等着我去做。然后，我就会回到诺拉的身边，把底稿通过邮件的方式发给纽约的出版商，然后我只需要坐长途汽车周转于纽约和我们的隐秘爱巢之间，这样就可以确保我的书最后能成功出版了。"

"但是诺拉以后该怎么办？"

"我会给她办假证件，她会接着读高中，然后读大学。等到她 18 岁以后，就可以成为我的哈里·戈贝尔夫人了。"

"假证件？这也太荒唐了吧！"

"我承认，我很不可思议，真的荒唐至极！"

"那之后呢，发生了什么？"

"8 月 27 日在沙滩上，我们将这次计划重复了好几遍，然后就一起回家了。在客厅里，我们一起坐在旧沙发上。这沙发用的时间不长，但是由于我总坐在上面，也就变旧了。在那儿，我们进行了最后一次交谈。她对我说的最后的话是这样的，马库斯，我永远也忘不了那些话。她对我说：'我们会很幸福的，哈里，我会成为你的妻子。你会成为一位非常伟大的作家，还会成为大学里的教授，我一直想成为一位大学教授的妻子。我们会养一条阳光般金色的拉布拉多犬，我们会叫它风暴。等等我，就再等等我吧。’然后我回答她说：‘如果需要的话，我可以等你一辈子，诺拉。’马库斯，这就是她最后对我所说的话。之后，我就迷迷糊糊地睡着了。等我醒来之后，太阳已经下山，诺拉也已经走了。窗外玫瑰红色的阳光铺洒在海面上，那些她最喜欢的海鸥也在海上发出了一声声清鸣。在露台的桌子上，只剩下一份底稿了，给我留下的是原稿。在旁边还留下了一封信，就是那封你在盒子里找到的信。这封信里的每一个字我都记得，它是这样写的：*不要担心，哈里，不要为我担心，我会自己想办法去那边找你的，在8号房间等我吧，我喜欢这数字，这是我最喜欢的数字。晚上七点在这个房间里等我，然后我们一起远走高飞。*我没有急着找底稿，因为我知道是她拿走了，应该是为了再读一遍吧，马库斯，她之前经常这么做。第二天早晨，我离开了这座城市。和之前计划的一样，我到‘克拉克之家’喝了一杯咖啡，我很刻意地让大家都看到我，然后对大家说我会离开一段时间。和往常一样，珍妮当时在那儿。我对她说我要到波士顿办点事，我的书已经快写完了，而我有十分重要的人要见。然后我就离开了，却万万没想到我再也见不到诺拉了。”

我放下了手中的笔，此时哈里已经泣不成声。

2008年7月7日

在波士顿丽亭酒店的会客厅里，巴尔纳斯基花了半个小时浏览了前50页稿件。看完后，他立刻让人叫我们进去。

“怎么样？”我一走进房间就问他。

他神采飞扬地说：

“简直太棒了，戈德曼！太精彩了！我知道你就是一位关键先生。”

“等等，这些稿件里面很多都是我的记录，有一些内容是不能够出版的。”

“当然，戈德曼，当然。最后的校样还得由你来审核。”

他点了香槟，把合同放到了桌子上，然后开始整理合同上的内容：

“8 月底交出书稿，出版时书的封面应该已经做好了。校正和排版在两个星期之内完成，书的印刷在 9 月份进行，预计最迟出版时间为 9 月的最后一个星期。这个时间节点简直堪称完美，正好赶在总统大选之前，而且戈贝尔的案子也应该是在那个时候开庭！这真是一次完美的市场运作，我亲爱的戈德曼老兄！这真的太棒了！”

“如果调查没有结束的话，我怎么能完成我的书？”我问道。

巴尔纳斯基已经准备好了答案，而且这个答案也经过了他的法务部门的认可。

“如果调查结束了，这就算是一次真实的记录。如果没有结束，那我们就写一个开放式的结局，由你来推测一个结果，然后我们就以小说的形式出版。从法律的角度来讲，这毫无漏洞；而对于读者来说，他们对这些并不在意。而且，案件没有结束更好，我们还可以出第二部，真是天上掉下的赚钱机会啊！”

他带着一种一切就这么说定了的神情看着我，一个服务员在这个时候送上了香槟，巴尔纳斯基执意要自己亲自开瓶。我在合约上签了字，他弹飞了酒瓶盖，香槟洒了一地。他倒了两杯，一杯给了道格拉斯，一杯给了我。我问他：

“你不喝吗？”

他摆出一副厌恶的表情，然后把手在一个靠垫上擦了擦。

“我不喜欢喝，香槟都是为了作秀才喝的。而所谓的‘秀’却能给最终的产品带来 90% 的利润。”说完之后，他就走出去给华纳兄弟公司打电话谈电影版权的事情了。

就在那天下午回欧若拉的路上，我接到了洛特打来的电话，他非常激动地对我说：

“结果出来了，戈德曼！”

“什么结果？”

“笔迹！那不是哈里的笔迹！就是写在诺拉携带的书稿封面上的字！”

我高兴地大叫了一声。

“这意味着什么呢？”我问道。

“我现在还不知道。但如果这不是他的笔迹的话，就能确定在诺拉被杀的时候，那份书稿不在他的身上，要知道，书稿是控告哈里最主要的证据之一。法官刚刚确定在7月10日星期四上午11点，让哈里重新出庭受审。这么快就安排哈里出庭，这对哈里来说，绝对是一件好事情。”

我满心欢喜，哈里马上就能重获自由了。所以，他从一开始说的都是实话，他是无辜的。我盼着星期四赶紧到来，但是就在出庭的前一天，也就是7月9日星期三，发生了一件糟糕透顶的事情。那天快到下午五点的时候，我正在哈里家的书房里重读我写的关于诺拉的稿子。就在这个时候，我接到了巴尔纳斯基的电话，电话那头传来了他颤抖的声音：

“马库斯，我有一个很糟的消息要告诉你。”他一上来就这么对我说。

“怎么了？”

“东西被偷了……”

“什么被偷了？”

“你的稿件……就是那些你拿到波士顿来的稿件。”

“什么？这怎么可能？”

“我把它们放到了我办公室的抽屉里。昨天早上，我就找不到了……我一开始以为是玛丽莎来收拾过后，把它们放到了保险箱里，因为她以前这么干过。但是我问她的时候，她说没有碰过这东西，昨天我找了一天都没找着。”

我的心跳得很厉害，仿佛嗅到了狂风暴雨的味道。

“为什么你会认为这些稿件是被人偷走了呢？”我问道。

电话那边沉默了很久，然后他接着说：

“整个下午，电话一直响个不停，《环球时报》《今日美国》《纽约时报》等各大报纸都给我打来了电话……有人把你稿子的复印件发给了全美国所有的纸媒，他们现在都准备刊登那些稿件了。马库斯，估计明天，全美国人都会看到你新书的内容了。”

第二部分

作家痊愈

（书开始编撰）

如果每位作家只能写出自己的故事，文学就会变得很可悲，也会失去它所有的意义。我们有权利说出所有的事情，所有感动我们的事情，没有人能对此指指点点，因为我们在做一件事情的时候和周围其他的人都不一样，那就是写作，而所有的奥妙都藏在那里。

14.
众所周知的1975年8月30日

“你看，马库斯，在我们身处的这个社会里，总是要不断地在理智和情感之间做出选择。理智从来都不会为人所用，而情感又经常具有破坏性。所以，我真的很难帮到你。”

“为什么你要和我说这些，哈里？”

“就是这样。生活就是一种欺骗。”

“你要把薯条都吃完吗？”

“不会，如果你想吃就吃吧。”

“谢谢，哈里。”

“我刚才和你说的，你真的一点都不感兴趣？”

“不是的，我很感兴趣，我听得很认真。第14条建议：生活就是一种欺骗。”

“我的天，马库斯，你什么都没明白，我有时候感觉自己在和一个傻瓜谈话。”

16点

那一天天气好极了。夏天已接近尾声，就好像这个时期任何一个阳光明媚的星期六一样，那一天，欧若拉沐浴在一片祥和的气氛之中。在市中心，人们悠闲地逛着街，流连忘返于各个商场的橱窗之前，尽情地享受着这个夏日最后的美丽时光。在住宅区的街道上，看不到车的影子，只有一群孩子在比赛骑自行车和滑旱冰。他们的父母则在各家挑棚下一边喝着柠檬水，一边翻着当天的报纸。

在一个小时当中，查韦斯・道恩至少三次开着他的巡逻车经过特雷斯大道街区和奎因家的房前。那天下午静得几乎听不到什么声音，没有发现任何异常，也没有接到警察局总部的电话。他虽然还是照例在几条路上巡查了一番，但是他的心早就跑到了其他地方。

现在，他除了珍妮什么都不想了。她就在那里，就在挑棚下和她的爸爸在一起。他们一下午都在那里玩着填字游戏，而塔玛拉则赶着在秋天来临之前修剪花枝。快要到他们房子的时候，查韦斯放慢了车速。他希望她能发现他来了，她能转过头，然后看着他，对他招招手，只要她做出这个友好的姿态，他就能停下车，然后透过车窗跟她打个招呼。甚至于她还可能请他喝杯冰茶，跟他说说话。但是，她并没有转过头来，她没有看到他。她一直在冲她爸爸笑着，看上去是那么幸福。他将车停到了离这里几十米以外的地方，离开了她的视线范围。看了看旁边车座上放着的那一束鲜花，他拿起了旁边的一张字条，上面写下了他想对珍妮说出的话：

你好，珍妮，今天的天气真好啊。如果你今晚有空的话，我想我们是不是可以一起到沙滩上去走走，或许我们可以一起去看一场电影？蒙特贝利最近有新的电影上映。（将花送给她）

约她去散步看电影或许还不是什么难事，但是他却不敢从他的车里面走出来。他赶忙发动了车子，又开始继续巡逻。他走的正是在 20 分钟过后就能重新把他引回到奎因家门口的那条路。他把花放到了座位的下边，这样就不会有人看到了。这是一束野蔷薇，是在蒙特贝利附近的一个湖边摘的，厄恩·平卡斯跟他说起过这个湖。乍一看，这些野蔷薇是没有人工种植的玫瑰那么美丽，但是它们的颜色更加明亮鲜艳。他经常想带珍妮到那个地方，他还曾经为此精心设计过：先把她的眼睛蒙上，开车带她到那片野蔷薇跟前，然后解开缠在她眼睛上的方巾，让这片万紫千红的花海像烟火一般在她的眼前绽放。之后，他们还可以在湖边一起野餐。但是，他从来就没能鼓起勇气跟她提出这个建议。他现在开到了特雷斯大道上的凯尔甘家门前，但是他并没有多加留意。他的心完全在其他地方。

虽然天气很好，但是牧师一整个下午都待在车库里。他在修那辆哈雷·戴维森摩托车，希望以后能够让它重新跑起来。根据欧若拉警察局的报告，他只是在去厨房喝水的时候才会离开车库，而每一次，他都看到诺拉一个人静静地在客厅里读书。

17 点 30 分

就当白天渐渐接近尾声的时候，市中心路上的行人也渐渐稀少起来。而在住宅区，孩子们都回家吃饭了。各家的挑棚下面，椅子上也不见了人影，只留下乱成一团的报纸。

警长加雷特·普拉特正在休假中，他的妻子艾米跟他一起在朋友家玩了一天之后，回到了他们在城外的家中。就在同一时间，海特薇家的南希，她的两个哥哥和她的父母在格兰德沙滩上待了一个下午之后，也回到了他们位于特雷斯大道的家中。后来，南希的妈妈海特薇夫人在向警察汇报的时候说过，那一天，从凯尔甘的家里面传出了很大的音乐声。

就在离那里几英里的地方，哈里抵达了“海滨汽车旅馆”。他用假姓名办理了 8 号房间的入住手续，为了不出示身份证，他直接就付清了房费。在来汽车旅馆的路上，他买了一些鲜花，还给车加满了油。现在一切准备就绪。再过一个半小时，甚至不到一个半小时，等诺拉一到，他们就可以庆祝他们的重逢，然后一起胜利大逃亡了。到晚上 9 点的时候，他们就可以赶到加拿大了。马上，他们就能在一起，他们从此就再也不会伤心难过了。

18 点

61 岁的德波拉·库佩在她的丈夫去世之后，就一个人住到了河溪湾树林边一幢偏僻的房子里，她现在在厨房的桌子旁边做着苹果派。在把苹果削皮切块之后往窗外扔了几块给树林里面的浣熊，然后她一动不动地站在窗户后面，等着它们的到来。就在这个时候，她似乎看到在树丛中有人移动的身影。仔细一看，才发现是一个男人正在追赶一位穿红裙的少女，他们不一会儿就在树林里跑得不见了踪影。她赶快跑回客厅给警察局打电话。根据警方的记录显示，这个直接拨到报案中心的电话是傍晚 6 点 21 分打来的，通话时间为 27 秒钟，根据电话内容所做的笔录如下：

“这里是报案中心，请问你有什么事吗？”

“你好，我叫德波拉·库佩，住在河溪湾路，刚才我好像看到一个男人在树林里追赶一个小女孩。”

“你能说得具体一些吗？”

“具体我也不清楚。当时我就在窗边，正好朝树林的方向望过去，就看到一个小女孩在树林里狂奔……身后跟着个男人……她似乎正在拼命地摆脱他。”

“他们现在在哪儿？”

“我……我已经看不到他们了，他们应该还在树林里。”

“夫人，我们马上就派巡逻队过去。”

“谢谢，你快一点吧！”

刚挂了电话，德波拉·库佩就立刻回到了厨房的窗子旁边。她现在什么也看不到了，她想或许是自己眼花看错了。但她还是放心不下，还是觉得警察应该来四周巡查一下。于是她走出家门准备迎接巡逻队。

根据相关资料显示，报案中心在接到电话之后马上把信息转给了欧若拉警察局，而当时唯一在值班的警员就是查韦斯・道恩。他在接到电话之后四分钟就赶到了河溪湾路。

在迅速了解了相关情况之后，警员道恩对树林展开了第一轮搜查。在刚刚进入树林几十米之后，他就发现了一块红色的碎布。当他感到情况可能比较严重的时候，就决定立刻向普拉特警长汇报。尽管警长先生当时还在休假之中，查韦斯还是从德波拉・库佩的家里给他打了一个电话，当时是傍晚 6 点 45 分。

19 点

普拉特警长感到事态非常严重，他必须亲自来看个究竟。因为查韦斯・道恩只有在事关紧急的时候才会给他的家里打电话。

当他来到河溪湾路之后，他对德波拉・库佩说，他和查韦斯再到树林里去仔细搜一次，而在他们回来之前，她最好不要走出房门。沿着海边的小路，他们朝着那个穿红裙的小女孩有可能走的方向一直前进。警方的资料显示，这两位警察走了足足一英里之后，在树林靠近海边的一处偏僻之地发现了血迹和一些金色的发丝。当时是晚上 7 点 30 分。

很有可能，德波拉・库佩一直守在厨房的窗户边上，想要追随两位警察的踪迹。他们已经在树林小路的尽头消失了很长一段时间，突然，从树林里蹿出了一位年轻的小姑娘，身上穿着破破烂烂的裙子，脸上还带着血。她朝着房子跑过来，嘴里还喊着救命。德波拉・库佩怕极了，但她还是打开了厨房的房门让她进来，然后马上跑到客厅里重新给警察打了电话。

警方的报告显示，晚上 7 点 33 分，德波拉・库佩给报案中心拨打了第二个电话，这次的通话时间大概有 40 多秒。电话内容如下：

“这里是报案中心，请问有什么事吗？”

“喂？（声音中充满了恐惧）我是德波拉·库佩。我……我刚才给你们打过电话……我跟你们说有一个小姑娘在树林里被人追赶，她现在就在我的家里！就在我家的厨房里！”

“别急，夫人，到底发生了什么事情？”

“我不知道！她从树林里出来了，而且现在树林里还有两位警察，但是我觉得他们应该没有在树林里看到她！我让她进了我的厨房。我……我看她就是牧师的女儿……那个在‘克拉克之家’上班的小姑娘……我看就是她……”

“你家的地址是？”

“欧若拉河溪湾路，德波拉·库佩。我刚才给你打过电话的，现在小姑娘就在我家，你明白我在说什么吗？她的脸上带着血！快来吧！”

“夫人，请你待在家里别动，我这就多派一些人到你的家里去。”

当两位警察听到房里传来爆响的时候，他们正在检查地上的血迹。二话不说，他们马上带着武器，原路跑了回去。

就在这个时候，报案中心的接话员因为无法与查韦斯·道恩和普拉特警长通过警方无线电对讲机取得联系，眼看形势紧急，于是就决定通过治安官办公室和州立警察局发出紧急通告，调派当时可用的一切人员赶往河溪湾路。

19 点 45 分

警员道恩和普拉特警长上气不接下气地跑回到德波拉家中。当他们从后门进入厨房的时候，发现德波拉·库佩已经躺在地上死了，身边都是血，看得人触目惊心。他们上到二楼迅速搜查了一遍，但是并没有什么重大发现，普拉特警长迅速跑回到车里，接通了报案中心的电话，要求增援。他和报案中心接线员的对话如下：

“这里是欧若拉警察局的普拉特警长，请速派增援部队到河溪湾路与第一大道交叉的地方。现在这里有一位妇女被枪杀了，还有一位少女失踪了。”

“普拉特警长，七分钟之前，住在河溪湾路的德波拉·库佩夫人给我们打来了求救电话。她说一位少女正躲在她的家里面，这两件事有什么联系吗？”

“什么？死的人就是德波拉·库佩，而且现在她的家里也没人。快把所有能动用的警力派到我们这里来，现在这里出大事了！”

“已经派出了一个小队，警长，我这就给你再派一些人去。”

还没挂上电话，普拉特就听到了警笛的声音。增援队伍已经赶到，他几乎没有时间告诉查韦斯最新的情况，只是让他再搜一遍这个屋子。突然，对讲机里传出了噼噼啪啪的声音，仔细一听才知道，在几百米之外的第一大道上，正在上演一场公路追逐战，郡治安官办公室派出来的警车正在猛追一辆在树林边发现的可疑轿车。保罗·苏蒙德副治安官是首先赶到现场的增援人员，他刚刚在路上突然碰到一辆从树林里面蹿出来的黑色雪佛兰蒙特卡洛，车牌号码无法辨认。这辆车不顾他的指令，全速往北方驶去。

普拉特警长跳上车，准备去助苏蒙德一臂之力。他走了一条和第一大道平行的林间小道，准备赶在前面把那辆逃窜的轿车截住。当他在离河溪湾路三英里远的地方转入主道的时候，差一点点就可以把那辆黑色雪佛兰给拦下来。双方展开了一场追逐战，几辆车都以疯狂的速度飞驰。那辆雪佛兰一直在第一大道上向着北方驶去，而普拉特警长通过对讲机要求各个检查点所有在岗的警察马上设立路障，并请求派出直升机部队支援。这辆雪佛兰轿车又开了一会儿，突然转向驶进了一条辅路，不久之后，又转上了另外一条路。那辆车的速度很快，如风驰电掣一般，警车几乎难以跟上。在对讲机里，普拉特突然大叫说，这辆车眼看就要成功逃脱他的追捕了。

这场追逐大战还在狭窄的乡间小路上进行，急于逃窜的司机似乎很清楚自己要开往什么方向，一点一点地把警车越甩越远。当来到一个岔路口的时候，这辆雪佛兰差点撞到了一辆迎面而来的车上。这辆车突然一下子停在了马路中间，普拉特从路边的草坪地带绕过了这个“障碍物”，而苏蒙德却和它撞了个满怀，幸好人没什么大事。最后，雪佛兰的后面就只跟着普拉特的警车了，他一边追一边尽力指挥着增援部队展开部署，一度因此而让这辆车溜出了他的视线，过了一会儿，他又在去蒙特贝利的路上重新看到了那辆车，但最终还是被这辆雪佛兰远远地抛开。当他看到增援的警察从相反的方向迎面而来时，才意识到，这辆嫌疑犯开的车最终成功地避开了警察的追堵。他马上要求将整个大区的所有道路全部封死，并开始大规模的搜索，还向州立警察局申请增援。同一时间在河溪湾路，查韦斯·道恩在完成了他的搜寻工作之后确认：在屋子里面以及周边区域完全没有找到那个穿红裙女孩的踪迹。

20 点

大卫·凯尔甘牧师惊慌失措地拨打了报警电话，他 15 岁的女儿诺拉失踪了。第一个赶到特雷斯大道 245 号的是前来支援的副治安官，紧随其后的就是查韦斯·道恩。晚上 8 点 15 分，普拉特警长也赶到了这里。根据德波拉·库佩与报案中心接线员的对话可以毫无疑问地得出结论：德波拉在河溪湾路看到的就是诺拉·凯尔甘。

晚上 8 点 25 分，普拉特警长发出了一条新的紧急通知，警方确认 15 岁的诺拉·凯尔甘已经失踪，她最后一次被人看到是一个小时之前在河溪湾路。同时，他还发布了一条寻人启事，要找的人是一位金发白人少女，五英尺二英寸高，身穿红裙，脖子上戴着一条镶着她名字“诺拉”的项链。

警察的增援部队布满了整个郡县。第一阶段的搜寻工作在树林和沙滩上展开，大家都希望在深夜之前找到诺拉·凯尔甘，而其他的巡逻队伍则开始在整个大区寻觅那辆刚刚溜走的黑色雪佛兰的下落。

21 点

晚上 9 点，州立警察局的一队人在队长尼尔・罗迪克的指挥下到达了河溪湾路。科技刑侦队也赶到了德波拉・库佩家，他们还在周围的树林里发现了血迹。为了把这个区域照亮，警察在这里安装了一排射光灯。在炽烈的灯光下，警察找到了被拉扯下的金色发丝，一些牙齿的碎片和红色的碎布。

罗迪克和普拉特远远地看着射灯下的这一番景象，一起对当前的局势进行了研判。

"这看起来就是一场不折不扣的屠杀啊！"普拉特说道。

罗迪克点头表示赞同，然后问道：

"你觉得她现在还在树林里吗？"

"她要么在那辆逃走了的汽车里，要么就在树林里，因为沙滩的每一个角落都已经被我们仔细找过了，什么都没发现。"

罗迪克沉思了片刻。

"到底发生了什么？她现在是不是已经被带到一个离这里很远的地方了？或者就躺在这片林子的某个角落里。"

"我完全不知道。"普拉特警长叹了一声，"我现在想要做的就只是尽快找到这位少女。"

"我知道，警长。但是鉴于她失了那么多血，就算她在树林里的某个地方还活着，这会儿可能也已经危在旦夕了。我在想，她是怎么能够一直坚持着走到德波拉家的，肯定是人在绝境当中最后的挣扎吧！"

"可能是的。"

"现在还没有那辆雪佛兰的消息？"罗迪克接着问道。

"完全没有，这真是神秘至极啊。我们明明在道路的每一个方向都设下了路障。”

当搜寻人员发现，从德波拉的家到发现黑色雪佛兰的地方一路都有血迹的时候，罗迪克的脸上露出了泄气的神情。

“我并不想当乌鸦嘴。”他说，“但是，就现在的情况来看，她要么是拖着奄奄一息的身体躲到某个地方安然死去，要么就是已经在那辆车的后备厢里一命呜呼了。”

晚上 9 点 45 分，当白昼只剩下天际线上一圈光晕的时候，罗迪克要求普拉特停止夜间搜索。

“停止搜索？”普拉特表示不解，“你难道完全没有想过，她要是还在什么地方，还活着呢？也许她还在等着我们救援呢？我决不会抛弃这位可能还在树林里的小姑娘！如果有必要的话，小伙子们应该在这里待一个晚上，如果她还在那里的话，他们就一定能找到她。”

罗迪克是一位十分有办案经验的警察。他很清楚，地方警察有时候会很幼稚，而他日常工作的相当一大部分内容就是要说服这些地方警察的上级，让他们接受事实真相。

“普拉特警长，你应该终止搜寻工作了。这一片树林那么大，而且我们现在也看不清楚了。夜间的搜寻工作是徒劳而没有意义的。在最好的情况下，也就是大家都累得半死，而明天还得全部再来一次；至于最坏的情况，那就是派出去搜寻的警察在这片巨大的树林里迷了路，然后我们又得再派人去找他们。你现在肩上的担子已经不轻了！”

“可是，我们必须找到她！”

“警长，请你相信我多年以来的经验，像这样的夜间搜寻完全是徒劳无益的。如果这位小姑娘还活着，即便是受了伤，我们明天也能把她找回来。”

就在这个时候，欧若拉城里的居民已经乱作了一团。数以百计看热闹的人聚到了凯尔甘家的周围，警察的封锁线已经很难将他们隔在外面了。

所有人都想知道发生了什么事情，当普拉特警长来到这里的时候，他向大家证实了那些流言：德波拉·库佩死了，而诺拉已经失踪了。人群中突然发出了惊恐的尖叫声，但见女人们赶紧都带着孩子回了家，然后关紧了房门，而男人们都拿出了他们的旧猎枪，自发组成民兵队伍来保卫他们的街区。普拉特警长的任务就变得更加复杂了：他不能让整座城市陷入恐慌之中。于是，警方开始在街上不停地巡逻，以便让城里的居民安心。与此同时，州立警察局的探员也开始到特雷斯大道的各家各户去搜集相关线索。

23 点

在欧若拉警察局的会议室里，普拉特警长和罗迪克队长正在对当前的形势进行分析总结。就目前所掌握的情况来看，诺拉的房间里既没有入室抢劫的痕迹，也没有打斗留下的印记，只是窗子大开着。

“这位小姑娘是带着东西走的？”罗迪克问道。

“没有，既没有带行李，也没有带钱。她的存钱罐完好无缺，里面的120 美元也还在。”

“那这看起来像是一桩绑架案。”

“但是周围的邻居都没有发现任何可疑迹象。”

“这倒是可以解释的，或许有人骗了这个小姑娘跟他一起走了呢？”

“从窗户爬出去？”

“可能吧，但或许也不是，现在是 8 月份，家家户户都敞着窗。也许她是出去散步，然后遇到了歹徒？”

“可以肯定的是，一位叫格雷戈里·斯塔克的证人说他在遛狗经过凯尔甘家的时候，听到里面传来了尖叫声。时间差不多是下午 5 点的时候，但是他本人也不是很确定。”

“什么意思？不是很确定？”罗迪克问道。

“他说凯尔甘家里有很大的音乐声。”

罗迪克说道：

“我们现在真是什么都没有，没有线索，没有发现任何作案痕迹，这个罪犯就好像一个幽灵一样。我们只知道有人看到过这位少女，当时她全身带血，惊恐万分地在呼救。”

“在你看来，我们现在应该怎么做？”普拉特警长问道。

“相信我，今晚上你该干的都已经干了。现在我们应该把注意力放到接下来的工作上去。让所有人都去睡觉吧，但是路上的路障不要拿掉。现在我们需要重新设定一个树林搜索计划，明天一早就开始行动。你是唯一能够指挥这个搜寻工作的人，因为这片树林只有你最熟。你还得给所有的警员发一个通知，争取把诺拉失踪的细节都在里面说清楚。你要告诉大家她戴的项链是什么样子的，她的身体上有什么与别人不一样的地方，这样就能让可能碰到她的人辨认出她来。而我会把所有这些信息都发给联邦调查局，发给相邻州的警察局还有边境警察局。明天，我还会申请直升机和警犬支援。如果你困了的话，就睡一会儿吧。让我们一起祈祷，我深爱着我的工作，警长先生，但是绑架儿童远远超出了我所能忍受的范围。”

警车仍然在路上来来回回地穿梭，好奇的人群也仍在特雷斯大道周围迟迟不肯回家。一整夜，欧若拉市都笼罩在惴惴不安的气氛之中。一些人想跑到林子里去看个究竟，也有一些人则主动到警察局去要求加入搜寻工作，市民们都万分惶恐。

1975 年 8 月 31 日星期天

一场冰冷刺骨的大雨倾盆而至，海浪掀起的水雾向城市袭来。清晨 5 点，在德波拉·库佩家旁边临时搭起来的巨大帐篷下面，普拉特警长和罗迪克队长给最先出动的警察和志愿者发出了指令。在一张地图上，树林被分成了四个部分，每一个部分由一个小分队来负责。警犬以及守林人也准备在上午加入搜寻工作，这样，搜寻范围就可以扩大一些，而且搜寻队伍也可以轮换一下了。不过，由于能见度太低，派直升机空中搜寻的计划取消了。

早上7点，哈里突然在“海滨汽车旅馆”的8号房间里惊醒，一睁开眼，才发现他是穿着衣服睡着的。收音机还开着，里面传出了早间新闻的声音：……欧若拉市发出了紧急通告，昨晚大约7点，一位叫诺拉·凯尔甘的15岁少女无缘无故地失踪了。警方正在向所有的人搜集相关信息……失踪的时候，诺拉·凯尔甘穿着一条红色的裙子……

诺拉！他从床上跳了下来，开始喊她的名字，他一度以为诺拉跟他一起在房间里面呢。然而，他突然想起，诺拉没有来赴约，她为什么要抛下他？为什么她不在这里呢？电台里说她失踪了，那说明她像先前计划的那样从家里逃了出来。但她为什么没有带上他呢？是不是遇上了什么意外，或者跑到鹅弯躲起来了？他们的出逃计划现在看起来很不妙。

虽然当时还没有完全意识到事态的严重性，但他还是把花扔到了一边，马上从房间里跑了出来，甚至都没有来得及梳洗，没有重新系上领带。他把行李箱放回车上，然后开着车飞速返回了鹅弯。在差不多开出两英里之后，他发现前面出现了临时路障。加雷特·普拉特警长正在那里检查这个路障的情况，手里还拿着一杆滑膛枪。所有的人都是蓄势待发。普拉特在被迫停下来的一溜车中认出了哈里的车，于是走上前去。

“警长，我刚听到了广播里关于诺拉的报道。”哈里摇下窗户说道，“到底发生了什么事？”

“真无耻啊，真无耻。”他说道。

“到底发生了什么事？”

“没有人知道发生了什么，她突然就从家里消失了。昨天傍晚的时候，有人在河溪湾路看到过她，但是后来，她就突然无影无踪了。整个大区都被封锁了，整片树林也都被我们搜过了。”

哈里一度以为自己的心停止了跳动。河溪湾路，这不就是去汽车旅馆需要经过的地方吗？难道她在去赴约的路上受了伤？难道是因为她在河溪湾路被发现之后，担心警察跟着她一起来到汽车旅馆，把他们两个当场拿获？要是这样的话，她到底藏到哪里去了？

警长看出了哈里的脸色不对，还发现他这辆车的后备厢装得满满的。

“你刚刚旅行回来？”他问。

哈里觉得自己和诺拉的事情还是不要走漏一点风声的好，于是就说：

“我因为我那本书的事情去了一趟波士顿。”

“波士顿？”普拉特惊叫道，“但你是从北边过来的啊！”

“我知道。”哈里支支吾吾地说道，“我在康科德停了一下。”

警长露出了怀疑的神情。哈里当时开着的车正是一辆黑色的雪佛兰蒙特卡洛，于是他让哈里立刻熄了发动机。

“有什么问题吗？”哈里问道。

“犯罪嫌疑人开的车和你开的车一模一样，我们现在正在找这辆车呢。”

“一辆蒙特卡洛？”

“是的。”

两位警员搜查了哈里的车，但是他们在里面没有发现任何可疑的东西，于是普拉特警长也只能允许哈里重新上路了。在汽车刚要启动的时候，他走上前去说：“我建议你不要离开这个大区，当然这只是建议而已。”车上的收音机仍在继续着关于诺拉的播报：这是一个年轻的白人少女，五英尺二英寸高，体重一百磅，头发是金色的，眼睛是绿色的，身上穿着一条红裙子。她胸前戴着的项链上镶着她的名字“诺拉”。

她并不在鹅弯，不在沙滩上，也不在露台上，房子里也没有她的影子。任何地方都找不到她。他叫着她的名字，也不管别人听不听得到了。他疯了一样地在沙滩上不停地来回走动。他希望找到一封信、一条留言。但是什么都找不到。如果不是为了和他一起私奔的话，她为什么要出逃呢?

他在不知所措的情况下，来到了“克拉克之家”。在这里，他才知道德波拉·库佩在被人杀害之前曾经看到诺拉身上带着鲜血在逃跑。他完全不敢相信，到底发生了什么?他为什么要同意诺拉用自己的方式来找他?他们应该在欧若拉会合的。他穿过城市，来到了凯尔甘家附近。那里停满了警车，他加入了看热闹的人的谈话，想要了解更多一点情况。在上午快结束的时候，他回到了鹅弯，拿了一副望远镜和一些喂海鸥的面包屑，然后坐到了露台上，静静地等待。她一定是迷路了，她会回来的，她一定会回来的，这毫无疑问。他开始用望远镜查看起沙滩来，然后又重新陷入静静的等待。直到天黑。

13.
风暴

“马库斯，写书的危险之处在于，有时候你可能会出现难以控制的情况。书的出版意味着你独自一人创作的结果一下子突然从你的手里面跳了出去，然后就消失在外面的世界了。这是一种巨大的危险，你必须随时随地都掌控着局势。失去对自己的书的控制，绝对是灾难降临的开始。”

2008 年 7 月 10 日　美国东岸各大日报节选

《纽约时报》节选

马库斯·戈德曼即将揭开哈里·戈贝尔事件的真相

今日，整个文化界都传言，作家马库斯·戈德曼正在撰写一本关于哈里·戈贝尔的小说，而昨天早晨，这本书的一部分稿件却意外地被发到了各大全国性日报的编辑部，这就证实了上述传言的真实性。这部新作讲述了马库斯·戈德曼如何亲自调查在 1975 年诺拉死亡之前发生的相关事件。这位少女在 1975 年 8 月 30 日失踪之后，其骸骨于 2008 年 6 月 12 日在欧若拉哈里·戈贝尔的花园里被挖了出来。

这本书的版权已经被纽约出版业巨头施密特·汉森以 100 万美元高

价买下。这家公司的老板罗伊·巴尔纳斯基虽然没有对此书做过多的评价，但他表示，书的预计出版日期是今年秋天，书名为《哈里·戈贝尔事件》……

《康科德早报》节选

马库斯·戈德曼的揭秘

……哈里·戈贝尔的密友兼曾经的学生戈德曼在他的新书里，从一个当局者的角度讲述了欧若拉最新发生的事件。书里一开始讲的就是，他意外发现了戈贝尔和当年15岁的少女诺拉之间的恋情。

2008年的春天，在我成为美国文学界新宠差不多一年之后，发生了一件我想深埋于我记忆深处的事情：我发现我的大学老师哈里·戈贝尔，这位在全国备受尊重的作家，在他34岁的时候和一位15岁的少女有过一段非同寻常的关系。故事发生在1975年的夏天。

《华盛顿邮报》节选

马库斯·戈德曼抛出的“炸弹”

……随着戈德曼调查的进展，他似乎不断有新的发现。他的书中重点提到了诺拉·凯尔甘是一位迷失的少女，经常受到虐待和毒打。她经常受到类似于强迫性溺水以及其他形式的体罚。她和哈里·戈贝尔的友情和亲密关系给她带来了一种从未有过的安全感，让她开始对美好生活有了向往……

《波士顿环球报》节选

诺拉·凯尔甘的苦难生活

马库斯·戈德曼透露了到目前为止还不为新闻媒体所知的信息。

她是一位叫E.S.（化名）的性玩物，这个男人是康科德的一位大商人，曾经派他的亲信来接她，就好像去市场接一块肥美的鲜肉那样。这位“半女人半孩子”的小姑娘是欧若拉男人们性幻想的对象，她甚至还成了当地警察局警长的猎物，和他发生了口交。而这位警长竟然还是当年负责调查她失踪案件的人……”

我失去控制的，是一本还不存在的书。

7月10日星期四一大早，我发现各大报刊的头条都是我新书内容或长或短的节选，他们断章取义，把我的话引用到他们自己的语境当中。于是，我的猜想变成了可怕的断言，我的推断变成了事实，我的思考变成了令人不齿的评判。我的工作就这样被毁了，我的创作成果被洗劫一空，我的思想也遭到了迫害。刚刚走出低谷，正努力尝试着重新走上写作之路的戈德曼就这样被扼杀了。

欧若拉才刚刚苏醒，城里就开始躁动不安起来，市民们都带着惊异的表情，一遍又一遍地读着当天的报纸。屋里的电话开始不停地响了起来，一些人气冲冲地跑来敲我的门，要求我做出解释。现在，我只有面对和躲藏两种选择，而我决定面对。十点钟的时候，我在喝下了两杯双料威士忌之后，一个人去了“克拉克之家”。

刚走进餐厅玻璃门的时候，我感觉到众人的目光都像拳头一样打在我的身上。我在17号桌旁边坐下，心怦怦跳个不停。这个时候，珍妮带着愤怒的表情立即朝我走了过来，她对我说，我是垃圾中的垃圾，我一度以为她会将咖啡壶里的咖啡一股脑地泼到我的身上。

“我算明白了。”她气冲冲地说，“你来这里的目的就是靠我们赚钱吧，就是要来败坏我们的名声吧？”

她的眼睛里浸满了泪水，我试着缓和一下当时的气氛：

“珍妮，事情不是这样的，那些节选根本就不应该被刊登出来。”

“可是，你真的写了那些可怕的东西吗？”

“那些被刊登出来的句子，如果排除故事中叙事的语境，那的确是很糟糕的。”

“但那些文字，的确是你写的吧？”

“是的，不过……”

“没有什么‘不过’，马库斯。”

“我向你保证，我并不想丑化或者伤害任何一个人……”

“不想伤害其他人？你想让我念一念你的大作吗？（说着便打开了一份报纸）你自己看看吧，上面都写了些什么：‘克拉克之家’的服务员珍妮·奎因从一开始便深爱着哈里……你就是这么给我下定义的？一个服务员，一个想到哈里就犯花痴的邋遢女人？”

“你知道，事情不是这样的……”

“但是，书里白纸黑字写的就是这样啊，我的天！而且还写到了全国所有的报纸上！所有人都会看到这篇报道！我的朋友、我的家人、我的丈夫都会看到！”

珍妮发出了失控的尖叫声，餐厅里的客人们却一直安静地看着这一出好戏。我突然想安静一会儿，于是就离开了餐厅，独自去了图书馆。我希望在那里能看到厄恩·平卡斯，希望他能理解因那些使用不当的文字而给我招来的横祸。但即便是他也没有心情见我。

“嘿，这不是大作家戈德曼吗？”他远远地看到我就这样对我说，“你跑来挖掘这座城市的那些可怕往事了？”

“书稿泄露这个事把我也给吓到了，厄恩。”

“吓到了？别装蒜了。现在所有的人都在议论你的新书。报纸上、网络上、电视上，全都是关于你铺天盖地的新闻！你现在应该高兴了吧。事已至此，我希望你能好好利用我们为你提供的那些信息。欧若拉万能的上帝马库斯·戈德曼！他曾经贸然地来到这里，然后对我说：‘我需要了解这个，我需要了解那个。’但他却从来都没有说一声谢谢，就好像对于他来说这一切都很正常，就好像我是这位超级大作家马库斯·戈德曼跟前的奴仆。你知道我周末都干什么吗？我现在已经 75 岁了，但是每隔一个星期日，我都会到蒙特贝利的超市去工作。我需要把停车场旁边的购物推车重新整理好，然后把它们重新放到超市的门口，而这仅仅只是为了让我到月底的时候不至于兜里面没有钱。我知道我没什么大出息，我也不是像你一样的大明星，但是，我还是有权得到一点点尊重，不是吗？”

“对不起。”

“对不起？但是你根本就没有一点歉意！你不会内疚，因为你从来都不在乎。马可，马可，你从来都没有在乎过欧若拉这个城市里的任何一个人。你在乎的只有名利，但是名利也是有代价的！”

“我真心诚意地想对你说一声抱歉，厄恩。如果你愿意的话，我们可以一起去吃午饭。”

“用不着！我想你赶快在我眼前消失！我还有书要整理。这些书很重要，而你什么都不是。”

我回到鹅弯躲了起来，惊魂未定。马库斯·戈德曼，这位欧若拉的养子，出卖了他的家庭。我给道格拉斯打了电话，让他帮我发一份驳斥报纸相关内容的声明。

“驳斥？报纸上刊登的只是你写出来的东西。而且，这本书在两个月之后也要问世了。”

“报纸上的东西都被篡改过了！所有出现在报纸上面的东西和我原来的内容都不相符！”

“好了，马可。别小题大做了。你应该专心写好你的书，这才是现在的关键。你现在剩下的时间也不多了。你还记得三个星期前，我们在波士顿签订的那份 100 万美元的合同吗？你必须在七个星期内把书给写出来！”

“我知道，我当然知道！但是这并不意味着这本书就可以草草了事！”

“一本在几个星期里写出来的书也就只能达到在几个星期之内完成的书

的效果……”

“但是，哈里也就用了几个星期就写出了《罪恶之源》。”

“哈里是哈里，我希望你明白我的意思。”

“不，我不明白。”

“他是一位伟大的作家。”

“谢谢，真是太谢谢了，那我呢？”

“我其实并不想和你说这些的……你是一位我们可以定义为……摩登的作家。你之所以招人喜欢是因为你年轻而有朝气……当然，还有时尚，你是一位跟着潮流走的作家。人们并不期待你能得到普利策奖，他们喜欢你的书是因为你紧跟潮流，这能娱乐大家，能做到这一点当然也不错。”

“好吧，这真是你所想的吗？所以我是一位娱乐型作家喽？”

“别曲解我的意思，马可。你应该也知道，你的书迷喜欢你的另一个原因是……你拥有英俊的外表。”

“英俊的外表？这听上去越来越糟糕了！”

“马可，我希望你知道我说这些的用意！你是一种形象的代表，就像我刚才和你说的一样，你紧跟潮流，所有人都很喜欢你。你既是一位理想的男友，又是一位神秘的情人，还是标准的女婿……也就是由于这些原因，《哈里·戈贝尔事件》肯定会大卖。这真的有些荒唐，你的书还没问世，现在已经有很多人迫不及待了。我工作到现在，这样的事还是头一回见到。”

“《哈里·戈贝尔事件》？”

“这是书的名字。”

“什么意思，书的名字？”

“这是你在稿件上使用的书名。”

“这只是一个临时的名字，我已经在开头写上了：临时书名。临时，这个形容词的意思难道不是说某件没有确定的事情吗？”

“巴尔纳斯基没有跟你说吗？市场部觉得这是一个完美的书名。他们在昨天就书稿泄露一事召开的紧急会议上已经确定了。他们觉得，现在应该利用这一次书稿泄露事件来作为一种营销工具，今天早上，他们已经开始执行这本书的宣传计划。我以为你知道的，你在网上应该能看得到。”

“你觉得我应该知道？臭狗屎，道古！你是我的经纪人，你的工作不是去想，而是要做。你应该做的事情，是确保我能知道关于我新书的所有事情，浑蛋！”

我怒吼着挂断了电话，然后跑到了电脑旁边。施密特·汉森网站的首页变成了新书宣传专栏。上面有一张我的大幅彩色照片，一些欧若拉的黑白图片，旁边写着下面的文字：

《哈里·戈贝尔事件》

马库斯·戈德曼关于诺拉失踪案件的新作将于这个秋天面世，赶快开始订购吧！

当天下午一点，检察官因笔迹检验结果而安排的聆讯即将进行。记者们都蜂拥来到了康科德法院的楼梯前面，而在进行现场直播的电视节目里，主持人又重新回顾了报刊上的各种消息，并分析说，对哈里的控告可能会撤销，这将会令这个案子更加扑朔迷离。

就在聆讯开始前一个小时，我给洛特打了电话，告诉他，我不会到法院去。

“马库斯，你要躲到哪里去？”他责备道，“别当胆小鬼了，这本书对于大家都是个福音，它能还哈里以清白，能稳固你的事业，对我的事业也是一次极大的推动。以后，我就不是那个康科德的洛特了，我将会是你最佳畅销书里面的洛特！这本书来得正是时候，特别是对你来说，过去两年，你在写作上应该是白纸一张吧？”

“别说了，洛特！你根本不知道你在说些什么！”

“那你呢？戈德曼，别装好人了！你的新书肯定会大获成功，这一点，你应该很清楚。你的书会告诉全国人民，为什么哈里是一个变态。前段时间，你还苦于没有灵感，苦于不知道如何下笔。而现在，你却已经在写一本注定要成功的书了。”

“那些内容真的不应该被泄露到各大报刊那里。”

“但是，这些文字都是出自你的笔下。别想那么多了，我希望今天就能把哈里从监狱里弄出来。这件事，你立了大功。我想陪审团都已经看过报纸了，我也不用多费唇舌和他们解释诺拉是一个什么样的小淫娃了，他们都应该很清楚。”

我突然在电话里嚷了起来：

“不要这么说，洛特！”

“为什么不呢？”

“因为她不是这样的，而且他爱她，他深爱着她！”

他没等我说完就已经挂了电话。不多久，他就在电视里出现了。带着胜利者的笑容，一步一步走上了法院前的台阶。记者们抢着把话筒递到他的面前，他们不约而同地问着同样的问题：报纸上所说的到底是不是真的，诺拉·凯尔甘真的和城里所有的男人都有过关系？调查是不是要从头开始？他带着微笑，用肯定的口吻回答了所有向他提出的问题。

这次庭审让哈里重获了自由，整个过程还不到20分钟。在法官将事实一一罗列之后，这桩案子的宣判结果一下子就明朗了起来。此前，《罪恶之源》的底稿一直是指控哈里的主要证据，但在证实“永别了，亲爱的诺拉”这几个字不是哈里亲笔所写之后，这个证据也就失去了效力。而其他的证据也一下子变得毫无价值了：塔玛拉·奎因不能为她的指控提供任何物证，而那辆黑色的蒙特卡洛轿车在当年案发之后也根本就没有被警方认作是一件指控哈里的证据。这个案件的调查重新陷入了混乱，法官根据最新出现的这些情况，同意让哈里以 50 万美元获得保释，这意味着，检方放弃对哈里一切指控的那天也就不远了。

这个戏剧化的大转折让记者们陷入了疯狂。大家都在想这位检察官是不是想出名想疯了，所以当初才会贸然逮捕哈里，并任由他的事成为公众舆论的焦点话题。在法院门前，当事的各方陆续走出。最先走出来的是洛特，兴奋之情溢于言表，他表示，明天只要保释金一到，哈里就可以重获自由了。接着走出来的是检察官，他试图向大家解释他进行调查的依据，但似乎并不是那么有说服力。

在小小的电视屏幕上看到法院门口的这一场大“秀”，终于让我无法再忍受下去了。我马上跑出了家门。我需要到很远很远的地方去，让我的身体承受苦难；我需要切实地感受到我自己还活在这个世界上。于是，我一直跑到了蒙特贝利的那个小湖旁边，在那里还是能看到很多带着孩子的家庭。回来的路上，我就快要到鹅弯的时候看到了一前一后两辆消防车，后面还紧跟着一辆警车。这时，我突然看到松树林的上方冒起一股浓烟，我这才一下子反应过来，屋子着火了。纵火者已经开始将他的威胁付诸实践了。

我以最快的速度飞奔回去，抢救这幢我一直深爱的、属于作家的宅子。消防员已经开始行动了，但是巨大的火焰吞噬着建筑的外墙，所有的一切都被烧毁。就在距离着火地点几十米开外的小路旁边，我发现我那辆车的车身上有一行用红色油漆写下的字：烧吧，戈德曼，烧吧！

第二天上午十点，火还没有被完全扑灭，而屋子的大部分都已经被烧毁了。州立警察局的专家们已经开始在废墟中积极地展开调查，而消防队也在努力工作，确保火势不会继续扩大。从火势的强度来看，挑棚上面肯定被泼了汽油或者是其他类似的助燃物，所以大火才会一下子就攀升开来。露台和客厅已经完全被毁了，厨房也没能幸免于难。二楼虽然在一定程度上没有受到大火直接的侵袭，但是浓烟以及消防队员为了扑灭大火而喷洒的水也让它面目全非。

我穿着运动衫失魂落魄地坐在草地上，看着这一片废墟。我在那里过了一夜，身边就只有一个消防员从我的卧室里抢救出来的包，里面有一些衣服和我的电脑。

我似乎感到一辆汽车停了下来，从后面看热闹的人群中传来了一个不清楚但很熟悉的声音。来的人正是哈里，他刚刚被保释出来。我已经把大火的事情跟洛特说过了，而他肯定也已经告诉了哈里。他在离我几米远的地方看着我，什么也没有说。然后他走过来坐到了我的旁边，对我说：

"你到底是怎么了，马库斯？"

"我不知道怎么跟你说，哈里。"

"什么也别说了，看看你都做了些什么，你不需要多做解释。"

"哈里，我……"

他突然看到了我的路虎轿车上那行字。

"你的汽车没事？"

"没有。"

"那太好了，因为你得赶快钻进去，然后马上给我滚蛋。"

"哈里……"

"她曾经深爱着我，马库斯！她爱我！而我在她之后，再也没有那样爱过任何一个人。你为什么要写那些可怕的文字，嗯？你知道你的问题是什么吗？你从来都没有真正爱过！从来没有！你是想要写出一本关于爱情的小说，但是你对于什么是爱情根本就一窍不通！你现在就必须给我滚，现在就滚！以后也别回来了。"

"我从来也没有像报纸上刊登的那样写过诺拉，也从来不觉得她是那样的人。那些报纸上登出来的文章不过是断章取义罢了，哈里！"

"但是你怎么能让巴尔纳斯基把那些东西发给全国的报纸杂志呢！"

"他说是书稿被偷了！"

他发出了一声冷笑。

“被偷了？别告诉我，你会天真地相信巴尔纳斯基对你说的鬼话！我敢向你保证，他肯定是亲自复印，并且把你那些破烂玩意儿发到全国去的。”

“什么？但是……”

他没等我说完，就继续抢着说：

“马库斯，我真的希望从来都没有遇到过你这个人，你马上就给我走。你现在所在的地方是属于我的私人领域，从今往后，这里再也不欢迎你来了。”

说完之后，我们久久地看着对方，一言不发，就连消防员和警察也朝这边看了过来。我一声不吭地把包捡了起来，钻进车里，离开了这个地方。车刚开出不久，我就给巴尔纳斯基打了电话。

“能接到你的来电真是一件愉快的事情，戈德曼。”他对我说，“我也刚刚才听说戈贝尔家房子被烧的事情，现在各大电视台都在直播呢。看到你没有受伤，我真是很高兴。我不能跟你再说下去了，马上就要和华纳兄弟公司的高层开个会。现在他们已经安排编剧根据你这本书开头部分的内容来准备改编成电影剧本了。他们对你的书爱不释手，我想我们可以把版权卖给他们从中小捞一笔。”

我打断了他：“不会有新书出来了，罗伊。”

“你在说什么？”

“是你做的吧，嗯？是你把我的书稿发给报社的！这出好戏全都是你导演的吧！”

“不要听风就是雨，戈德曼。更让我受不了的是，你还真以为自己可以为所欲为啊。之前又是你自己要演这个侦探的戏码，然后现在又突发奇想，什么都不想干了？好吧，今天我就当你是刚刚经历了一个痛苦的夜晚，还没有缓过神来，我会忘记今天电话里的内容。不会有新书？哈，你以为你是谁啊？戈德曼？”

“我是一位真正的作家，写作就等同于自由。”

电话那头传来一阵冷笑。

“是谁让你的脑子里面钻进来这些奇思怪想的？你就是你的事业、欲念和成功的奴隶，你就是你的生活现状的奴隶！写作，就是一种依赖，是对于你的读者，或者是那些还没有成为你读者的人的依赖。自由本身就是一个天大的笑话！没有人是自由的，你的一部分自由还掌握在我的手里，而公司的股东又掌握着我的一部分自由。生活的真实面目就是这样子，戈德曼。没有人是自由的。如果人是自由的，那么他们会很幸福，但是你知道有多少人能够真正幸福地活着？（听我一声不吭，于是他接着说。）你知道自由是一个很有趣的概念吗？我认识一位华尔街的证券交易人，他就是一个完完全全的钻石王老五，每个人都愿意在他面前露出最美的微笑。但是有一天，他突然想做一个自由的人。因为他在电视上看到了一个有关阿拉斯加的报道，这给他了极大的冲击。所以，他决定从此以后去做一名猎人，每天都可以自由自在地活着，呼吸新鲜的空气。于是，他抛弃了他拥有的一切，然后来到了阿拉斯加南部靠近兰格勒的地方。这个在纽约城里混得风生水起的人在那里也成功地过起了自己的生活，成了一位真正自由的人。毫无牵挂，没有家庭，没有房子，只有几条狗和一个帐篷。而他是我知道的唯一曾经真正获得过自由的人。”

“曾经？”

“对，曾经。这位勇士在从 6 月到 10 月的三个多月时间里过上了真正自由的生活，但是冬季的来临却让他在绝望中吃掉了他所有的狗，最后在饥寒交迫中死去。所以，没有人是自由的，戈德曼，就连阿拉斯加的猎人也不例外。尤其是美国，就更加没有人自由了，因为这里的美国良民都要依靠制度而活。因纽特人要靠政府的补助和酒；而印第安人是很自由，但却被圈在叫作保护区的“人类动物园”里面，他们还必须在一群群来访的游客前不停地跳那些可怜的祈雨舞蹈。没有人是自由的，小伙子。我们一直都是他人以及我们自己的囚徒。”

巴尔纳斯基在电话里说着说着，后面突然响起了警笛声。原来，有一辆警方标配的警车一直跟着我，我挂了电话，马上将车停到了路边，我心想，这大概是因为我在驾驶的时候使用电话的缘故吧。但是，从警车里下来的却是加洛伍德警长。他凑到了我的窗前，对我说：

“不要告诉我你现在是要回纽约啊，作家。”

“你怎么会这样想的？”

“因为你现在不是朝着纽约的方向走吗？”

“我开车的时候什么都没想。”

“嗯……是出于逃命的本能吧？”

“你说得真是对极了，你是怎么知道的呢？”

“难道你没有发现你的车盖上用红色的漆写着你的大名吗？现在还不是回家的时候。”

“哈里的家被烧了。”

“我知道，我就是因为这件事情才来这里的，你现在还不能回纽约。”

“为什么？”

“因为你是一个勇敢的家伙。总而言之，我很少能看得到有人会这么执着。”

“他们这样做简直就是对我的书的剽窃。”

“但是你还没有写完，你的命运还掌握在你自己的手里面！你还有回旋的余地！你有创作的天赋，现在你需要做的就是重新投入工作，然后写出一本巨著来！你绝对是一位敢作敢为的人，作家。你需要的是坚持你做事的这种态度，你还有一本书要写，还有很多话要说！而且恕我直言，你把我也搞得十分狼狈不堪。现在检察官承受了很大的舆论压力，我也一样。当初是我告诉他要立刻逮捕哈里的。我认为，在事情过去 33 年后，这样突然地逮捕一个人是有充分的理由的。于是我就像一个刚刚入职不久的警察一样，满腔热情，一头扎进了案件的调查之中。然后你就突然出现了，脚上还穿着那双可以顶我一个月工资的锃亮皮鞋。我不是要在路边和你说一通煽情的话，但是……你不能走。这桩案件的调查还等着我们去完成。”

“我没有睡的地方了，房子被烧了……”

“你刚刚才拿了 100 万美元，报纸上都写出来了。快去康科德的酒店里订一间套房吧，我会把我的早餐算在你的头上的，我都快饿疯了，作家。我们还有很多事情要去做。”

在接下来的一整个星期里，我都没有再踏足欧若拉一步，我把自己关在康科德市中心一家丽晶酒店的套房里。接连数日，我都一直在专心思考这个案件的调查情况，构思我新书的创作。从洛特那里，我了解到哈里现在住进了“海滨汽车旅馆”的 8 号房间。洛特对我说，哈里不想再见到我，因为我玷污了诺拉的名声。然后，他接着说：

“跟我说老实话，为什么你要告诉全国的报社，诺拉是一位放荡的少女？”

我辩解道：

“我什么都没有说！我只是写了几页稿纸，然后交给了罗伊·巴尔纳斯基，因为他想看看我的创作进展到什么程度了。然后，这个浑蛋居然擅自把我的稿纸发给了各大报社，还找借口说是稿纸被偷走了。”

“如果你非要这么说的话……”

“天哪，我说的真的是实话！”

“总之，真的是要祝贺你了，我的大艺术家，我可没有能力干得比你更加出色。”

“你这是什么意思？”

“把受害者变成罪犯，我还从来没见过这种洗脱罪名的方式。”

“哈里是因为笔迹检测的结果而被释放的，对于这一点，你应该比我更清楚。”

“嗯……我应该跟你讲过，马库斯，法官也是一般人，他们每天早上做的第一件事，也是一边喝咖啡一边看报纸。”

洛特虽然是一位极其现实的人，但是人还不坏。为了安慰我，他说，哈里对鹅弯被烧毁这件事确实感到很难过，但是一旦警察找到了凶手之后，他肯定就会好过很多。现在，调查小组掌握了一条很重要的线索。火灾的第二天，警察对房子的周围进行了仔细搜查，他们在沙滩上发现了一个藏在树丛当中的油桶，并且在上面收集到了一个人的指纹，但是很不巧，这个指纹和警察档案系统里面的任何一个都对不上号。加洛伍德认为，如果没有更多的资料，恐怕很难查出罪犯是谁。他认为，凶手很可能是一位良好公民，没有犯罪前科，这样的人是很难找出来的。但是，他觉得我们可以把嫌疑人的范围缩小到本地区，甚至是欧若拉的市民。这个人在光天化日之下做了这样的坏事，肯定想急着销毁重要的罪证，唯恐被偶然经过的散步的路人发现。

在接下来的六个星期时间里，我需要扭转这个案件调查的轨迹，还必须拿出一本好书来。现在是时候开始战斗，努力争取成为我梦想中的作家了。于是，我把上午的时间用来写作，下午的时间用来继续和加洛伍德研究案情。我所住的套间也就此变成了他的第二个办公室，而酒店的侍应生则被他使唤来使唤去地搬运装满证词、报告、报刊摘要、图片和档案的纸箱子。

我们开始从头回顾整个案件的调查经过，重新阅读警方的报告，重新研究当年所有证人的供词。我们画了一张欧若拉市及周边地形的地图，然后计算了所有重要路段的距离，比如说：从凯尔甘家到鹅弯的距离，以及从鹅弯到河溪湾路的距离。加洛伍德也去现场测算了所有这些路段在走路和开车两种情况下，各需要用多少时间。他甚至还测算了，当案件发生的时候，警察从警察局赶到事发地点需要多长时间，结果显示，赶往事发地点所需的时间很短。

“我们找不出多少普拉特警长在工作方面的问题。”他对我说，“当年的搜查工作看起来非常专业。”

“而且我们现在也知道底稿上的字不是哈里亲手写的了。”我接着说，“但是，为什么要把诺拉葬在鹅弯呢？”

“为了不被人发现。”加洛伍德回答，“你曾经告诉我，哈里跟很多人说过他会离开欧若拉一段时间。”

“说得太对了。那在你看来，凶手知道哈里当时不在家？”

“这是可能的。但是哈里在回到家以后竟然没有发现他家的旁边被人挖了一个大坑，你不觉得这件事情很奇怪吗……”

“当时他整个人的状态不是很正常。”我说道，“他很焦虑，濒临崩溃。他一直在等着诺拉，以至于没有发现屋子旁边的土地被人翻动过。而且在鹅弯，一旦下过雨之后，土地就会变得泥泞不堪。”

“这点我同意，凶手知道没有人会来查这里，而且就算有人找到了尸体，谁会被当成罪犯呢？”

“哈里！”

“答对了，作家！”

“但是，为什么在那份书稿上面写了那行字。”我问道，“为什么有‘永别了，亲爱的诺拉’这行字？”

“这个问题的答案值 100 万美元，作家。对你来说尤为重要，请原谅我这么说。”

我们最大的问题在于我们的线索不能连成一条线，还有一些找不到答案的问题，加洛伍德都把它们写到了几张大白纸上。

——艾力雅哈·斯腾

为什么他会出钱让诺拉做他的模特？

他杀诺拉的动机是什么？

——卢塞·卡勒

为什么他要画诺拉？为什么他老是鬼鬼祟祟地在欧若拉出没？

他杀诺拉的动机又是什么？

——大卫·凯尔甘和路易莎·凯尔甘

他们真的毒打过诺拉吗？

为什么他们要隐瞒诺拉自杀以及偷偷到马尔莎葡萄园度假的事情？

——哈里·戈贝尔

他是凶手吗？

——加雷特·普拉特警长

为什么诺拉会和他发生性关系？

他杀人的动机是怕诺拉把他们的丑事说出去吗？

——真的确认是塔玛拉·奎因从哈里那里偷走那张稿纸并弄丢了？

是谁从“克拉克之家”的办公室里把它偷走的？

——是谁给哈里写的匿名信？

又是谁在这30多年来一直知道事实的真相，但是守口如瓶？

——是谁在鹅弯放的火？

谁不想让案件继续调查下去？

那天晚上，加洛伍德在把这些纸用图钉钉到我房间的墙上之后，他发出了一声绝望的长叹。

“我们现在越往前走，就越看不清路。”他对我说，“我认为有一条很重要的线索可以把所有的人和事都穿起来。这条线索绝对是调查的关键！如果我们找到这条线索，就相当于抓到了罪犯。”

他倒在了椅子上，现在已经是晚上七点，他已经完全不能再继续思考下去了。我也准备离开，去做一件我以前一直很喜欢干的事情：打拳击。我训练的地方开车 15 分钟就能到，我决定重新在那里走上拳击台。自从住进丽晶酒店开始，我就每天晚上都到这里来，这家训练馆还是酒店的门卫介绍我去的，他自己也在那里打拳。

“你这是要到哪里去？”加洛伍德问道。

“打拳，你要一起来吗？”

“当然不去。”

我把东西都收拾好放在包里，然后准备和他道别：

“你想在这里坐到什么时候都行，警长，走的时候别忘了关门就好。”

“别担心，我已经去弄了一张房卡了。你真的要去打拳吗？”

“是的。”

他迟疑了片刻，然后在我一只脚踏出房门的时候喊住了我。

“等等，作家，我还是和你一块儿去吧。”

“你怎么又改主意了？”

“因为我想狠狠揍你一顿。为什么你这么喜欢拳击，作家？”

“说来话长，警长。”

7 月 17 日星期四，我们一起拜访了尼尔·罗迪克队长，他和其他几个人一起指挥了 1975 年那起案件的调查。如今，85 岁的他住在海滨的一家养老院里，生活的范围已经局限到了轮椅之上。他的记忆里依然存留着当年艰难寻找诺拉的经过，这对他来说，是一辈子最重要的一桩案件。

“那个小丫头就这么失踪了，这简直是荒唐至极。”他叹了一口气说，“一位夫人当时看到她从树林里出来了，身上还带着血。但就在她报警的时候，小丫头就不见了。而在我眼里，最奇怪的事莫过于凯尔甘父亲那震耳欲聋的音乐声，这一直让我感到很不解，我经常问自己，天下真有父亲连自己的女儿被绑架了都不知道？”

“那对你来说，这应该算是一起绑架案吧？”加洛伍德问道。

“这很难说，证据不足。这位小姑娘会不会是出去散步的时候遇到了歹徒，被人用小卡车掳走了？这显然也是有可能的。”

“你是否还记得当时搜寻诺拉的时候，天气是怎么样的？”

“当时的天气真是糟糕透了，下着雨，灰蒙蒙一片。你为什么要问我这个问题？”

“为了知道哈里·戈贝尔有没有可能没发现有人在他的花园里挖过一个坑。”

“这有可能，因为他家的院子很大。警长，你家有花园吗？”

“有。”

“多大？”

“很小。”

“假如有人在你家的花园里挖过一个不大的坑，你觉得有可能事后你察觉不到吗？”

“事实上，有这种可能性。”

在回康科德的路上，加洛伍德问我，在拜访了罗迪克队长之后有什么新的看法。

“在我看来，带着底稿就能证明诺拉不是在她的家里面被绑架的。”我说道，“她肯定是去找哈里了，因为他们约好了在汽车旅馆里碰头。所以她不声不响地从家里逃了出来，身上带着对她来说唯一重要的东西：哈里的书。她应该是在路上遭到了绑架。”

加洛伍德浅浅一笑。

“我觉得我开始喜欢上这种猜想了。”他说，“当她从家里出来的时候，没有人听到一点动静。然后，她绕到了第一大道上，想从那里一直走到

‘海滨汽车旅馆’。她应该就是在这个时候被绑架的，或者是在路边被一个跟她很熟悉的人掳走了。别忘了，凶手在书上写了‘永别了，亲爱的诺拉’这行字。他肯定认识诺拉，然后主动提出用车捎诺拉一段路。然后，他开始在车上对她动手动脚，或许还可能把车停到了路边，把手伸进了诺拉的裙子里面。于是，她就拼命挣脱，他开始用手打她，让她乖乖地别发出任何动静。但是，他却没有把门关上，于是她趁机逃走了，然后想跑到树林里躲起来。你现在想想，是谁住在第一大道和河溪湾树林的旁边？”

“德波拉·库佩。”

“回答正确！凶手开始在后面追赶诺拉，然后把他的车就扔在了路边。德波拉·库佩看到了他们，然后报了警。就在这几分钟时间里，凶手抓住了诺拉，然后把她拉到了那个我们发现有血迹和发丝的地方。她继续挣扎着，他出手越来越重。也许他还对她实施了性暴力。这时，道恩警官和普拉特警长开始在树林里展开了搜查，一点点地迫近他。于是，他把诺拉拖到了林子的深处，但是她又一次从他的手中逃脱，然后跑到了德波拉·库佩的家里，并在那里找到了临时的庇护所。而道恩和普拉特这时已经严重偏离了罪犯和诺拉所在的方向。德波拉·库佩把诺拉领进了她家的厨房，然后就匆忙赶到客厅里给警察打电话。当她回来的时候，罪犯跑到她的家里面来抓诺拉了。他一枪击中了德波拉·库佩的心脏，随后又把诺拉带走了。他把她一直拉到了他的车旁，然后把她扔到了后备厢里面。当时她可能没有死，但是估计已经因为失血过多而失去了知觉。就在那个时候，他碰到了副治安官的车，于是开始了那场追逐大战。当成功摆脱了警察之后，他溜到了鹅弯，他知道那里没有人，也不会有其他人来这里打扰他。当时，警方的搜寻工作主要在通往蒙特贝利的路上展开。这样，他就可以把装着诺拉的车停到鹅弯，他可能还把诺拉藏到了车库里。然后，他从沙滩绕回了欧若拉。我肯定这个男人是欧若拉本地人，因为他对周边的路都很了解，对那片树林也很熟悉，他还知道哈里不在家。可以说，他什么都知道。这样，他在回家的时候也不会有人注意到他。然后，他在家里洗了个澡，换了身衣服。而警察在诺拉父亲正式报告了诺拉失踪的消息之后，迅速来到了他家。凶手也在这个时候混进了特雷斯大道旁边看热闹的人群。这应该就是我们当年怎么也找不到凶手的原因吧，因为当所有人都在欧若拉附近找他的时候，他却隐没在了欧若拉市区里面那一片喧闹和躁动之中。"

"真该死！"我叫道，"所以他一直都在那里？"

"是的，我觉得他一直都在那里。当夜深的时候，他只需要从沙滩返回鹅弯就行了。我觉得在那个时候，诺拉已经死了。然后，他就把她埋到院子靠近树林边的位置。没有人会在那里发现土地被翻动过。然后，他把车开回家，停进了他的车库。在接下来的一段时间里，他都不会把车开出来，以免引起怀疑。这样一看，凶手的犯罪方案简直是完美无暇。"

我完完全全被这一番分析震住了。

"这意味着该嫌疑人会有什么样的特征呢？"

"一位独处的男人。这样的人，不管做什么事情，别人也不会问太多的问题，完全没有人会管他为什么很长时间都不把车从车库里开出来。还有，这个人有一辆黑色的雪佛兰蒙特卡洛。"

这最后一句话让我很激动：

"也就是说，只要查出当年谁在欧若拉拥有一辆黑色的雪佛兰轿车，凶手就会最终浮出水面了！"

加洛伍德让我别激动得太早。

"其实，普拉特当年就这么想过，他什么都考虑到了。在他的报告里，列出了一份欧若拉以及周边所有拥有雪佛兰车的人的名单。他曾经调查过其中的每一个人，但是他们都有很确凿的不在场证据。当然，有一个人没有，他就是哈里·戈贝尔。"

又是哈里，我们总是会回到哈里的身上，所有用来揭开凶手面纱的新发现都能跟他对上号。

“那卢塞·卡勒呢？”我怀着一丝希望问道，“他开的是什么车？”

加洛伍德摇了摇头。

“一辆蓝色的福特野马。”他说道。

我发出了一声叹息。

“警长，在你看来，我们现在应该怎么办？”

“现在我们还没有问过卡勒的妹妹，我觉得是时候去拜访一下她了，这是我们唯一还没有真正研究过的线索。”

那天晚上，在结束了拳击训练之后，我鼓足勇气来到了“海滨汽车旅馆”。当时差不多是 9 点 30 分，哈里就坐在 8 号房间前面的一把塑料椅子上。他一边喝着一罐汽水，一边享受着夜晚的美妙。当他看到我的时候，什么也没有说。这是我有生以来第一次在看到他的时候觉得浑身不自在。

“我想来看看你，哈里，对于现在发生的一切，我非常抱歉……”

他示意我在他的旁边坐下。

“要喝汽水吗？”他问我。

“当然。”

“贩卖机就在走廊的尽头。”

我笑了笑，然后走过去买了一罐健怡可乐。回来之后，我对他说：

“你现在说的这句话正是我第一次来鹅弯的时候你对我说过的话。当时我还在读大学二年级，你做了一些柠檬水，然后问我想不想喝，我说是的，然后你就让我到冰箱里自己去拿。”

“那真是一段美妙的时光。”

“是的。”

“现在有什么改变了，马库斯？”

“什么都没有变，一切都变了，但还是什么都没有变。我们都已经变了，世界变了，世贸大厦倒了，美国又去打仗了……但是我看你的眼神依然没有变。你还是我的老师，你还是哈里。”

“马库斯，改变的是：我这位老师和你这位学生之间开始对立起来。”

“可是，我们从来没有对立的时候啊。”

“不是这样的，我教会了你如何写书，但看看你写的书都对我做了什么，你伤害了我。”

“我真的从来没有想过要伤害你，哈里。一定能查出是谁在鹅弯放的火，我可以向你保证。”

“但是，这能挽回我刚刚丢失的30多年的美好回忆吗？我的生活就这么毁了！你为什么要在书里面那样描述诺拉？”

我什么都没有说，气氛也一下子安静了下来。尽管壁灯很暗，他还是看到了我手上在千百次击打沙袋之后留下的伤疤。

“你的手。”他说道，“你又重新开始拳击训练了？”

“是的。”

“你击打的位置是错的，你一直以来都有这个毛病。你的出拳很好，但是你中指的第一个关节总是过于突出了，这样在和沙袋接触的时候就会有强烈的摩擦。”

“我们去练上一会儿吧。”我提议道。

“我随便。”

我们来到了停车场上，那儿一个人都没有。我们脱去了上衣，敞开着胸膛，他瘦了好多。他看着我说：

“你真是帅极了，马库斯。浑蛋，快去找个人结婚吧，开始你真正的生活！”

“我的案子还没有查完。”

“那该死的案子！”

我们面对面站着，然后轮换着互相出拳。一个人攻，另一个人守。而哈里的出拳总是很快。

“你难道不想知道是谁杀了诺拉吗？”我问道。

他突然停了下来。

“你知道是谁？”

“不知道，但是现在调查越来越明晰。加洛伍德警长和我将会一起去看卢塞·卡勒的妹妹。她就在波特兰，而且我们在欧若拉也还有人要再继续盘问。”

他叹了口气说道：

“欧若拉……自打我从监狱里出来以后，我就没有见过任何人。那天，我一个人站在那所被毁的屋子前面，一个消防员告诉我可以到里面去。我于是从里边拿了几样东西，然后就走到了这里。再过后，我就什么地方都没有去了。洛特会替我料理好保险赔偿以及其他相关的事情。我不能再到欧若拉去了，我没有办法看着这些人，然后对他们说我爱过诺拉，我还为她写过一本书，我甚至不能直面自己。洛特对我说，你的新书会起名为《哈里·戈贝尔事件》。”

“是这样的，在这本书里，我向世人描述了你的书到底有多美。我有多么爱《罪恶之源》！正是这本书把我引向了写作之路。”

“不要这么说，马库斯！”

“但这就是事实！这可以说是我读过的最唯美的书。你是我最喜欢的作家！”

“看在上帝的分儿上，请你闭嘴！”

“我写这本书的目的就是为了捍卫你写的那本书，哈里。当我最先知道这本书是为诺拉而写的时候，我确实很吃惊。但是，在我重新读过一遍之后，我才发现，这本书有多么美妙！你在里面说了你想说的一切！特别是在结尾的时候，你提到了一直以来那种挥之不去的痛，我不会让人玷污这本书的，因为这本书塑造了我。你应该还记得，我第一次来这里拜访你的时候，你让我到冰箱里拿柠檬水。当我打开冰箱门的时候，我发现里边什么都没有，当时我就明白了你是多么孤独。那一天，我也开始明白：《罪恶之源》是一本关于寂寞的书。你在用一种非凡的方式来诠释寂寞，你是一位伟大的作家！”

“住口，马库斯！”

“这本书的结尾真是美极了！你最终拒绝了诺拉，她从此也不见了踪影。你知道会是这样，尽管如此，你还是一直在等着她回来……既然我真正读懂了你的书，现在我唯一的问题是跟标题有关，为什么你要给如此唯美的故事加上一个这么阴暗的标题？”

“这很复杂，马库斯。”

“但是我真的很想知道……”

“太复杂了……”

我们面对面直愣愣地看着对方，就像两位严阵以待的战士。他最后开口说道：

“马库斯，我不知道我是否能原谅你……”

“会不会原谅我？我会帮你重建鹅弯！钱全部由我来出！我可以用我出新书挣来的钱给你重建一所新的房子！你千万不要就这样让我们的友谊终止。”

他开始发出了哭泣一般的声音。

“你不明白，马库斯，这完全不是因为你！这根本不是你的错，但是，我还是不能原谅你。”

“不能原谅我什么？”

“我不能对你说，你不会明白的……”

“哈里！为什么要和我玩这种猜谜游戏？到底发生了什么，浑蛋？”

他用手背拭去了脸上的泪水。

“你还记得我给你的建议吗？”他问我道，“当你还是我的学生的时候，我有一天曾经对你说：‘千万不要在我们还不知道结果的时候开始写书。’”

“是这样的，我还清楚地记得，以后也会一直记得。”

“那你的新书，结尾是怎么样的？”

“会有一个美好的结局！”

“但她最后还是死了！”

“不，这本书不会以女主人公的死而告终，在这之后，还会有新的故事。”

"是什么？"

"那个等了她30年的男人重新开始了新的生活。"

《罪恶之源》（最后一页）节选

当他明白这一切都是不可能的，所有的希望都将成为幻象的时候，他给她写出了最后一封信。在那些表达爱意的信件之后，现在是时候写一封倾诉哀愁的信了。他需要接受这个现实，从今以后，他的生活里就只剩下了等待。他将用尽一生等待她的归来，但是他知道她不会再回来了，他再也看不到她了，再也听不到她的声音了，重逢之日遥遥无期。

当他开始明白这一切都是不可能的时候，他给她写出了最后一封信。

亲爱的：

这是我给你的最后一封信，也是我对你说的最后一番话。

我写下这些文字，是要跟你道一声永别。

从今往后，就再也没有"我们"了。

相爱的人彼此分开，再也找不回对方，爱情就是这样子终结的。

亲爱的，我想你。我是那么想你。

我的眼睛在流泪，我的内心在燃烧。

我们以后再也不会相见，我该有多么想念你啊。

我希望你能够幸福。

我对我自己说，你跟我，就好像一场梦，而如今，梦醒时分到了。

我一辈子都会想着你。

永别了。我爱你。今后，我再也不会爱上其他人了。

12.
画画的人

“马库斯，我们必须学会爱上失败，失败能成就一个人，正是失败才能让胜利变得更有滋味。”

卢塞的妹妹希拉·卡勒·米歇尔住在缅因州的波特兰市，我们去拜访她的那天赶上了一个大晴天。那天是2008年7月18日，米歇尔一家住在一座小山丘附近的住宅区里，那是一幢漂亮的屋子，而市中心也在那座山丘之上。希拉在厨房里招待了我们。我们到的时候，桌子上已经放上了两个相同的杯子，里边的咖啡还冒着热气，旁边随意堆放着几本家庭相册。

加洛伍德在前一天就联系上了她，在从康科德到波特兰的路上，他向我讲述了他和她通话的内容，他感觉她已经预料到了他的来电。“我一开始就告诉她，我是警察，并且还对她说，我正在调查德波拉·库佩和诺拉·凯尔甘谋杀案。因此，我对她说我需要和她见上一面，问她几个问题。一般来说，人们一旦听到州立警察局这几个字就会很害怕，然后就会问很多问题，他们会很关心警察打电话过来到底是有什么事。但希拉·米歇尔只是冷冷地回答说：‘明天你什么时候来都行，我都会在家，我也觉得我们得要好好谈谈。’”

厨房里，她就坐在我们对面。这是一个美丽的女人，年纪应该有50多岁了，看上去很有修养，她还是两个孩子的母亲。她的丈夫当时也在，但是却一个人站在了后面，似乎生怕打扰到我们。

“所以说，这一切都是真的？”她问道。

“什么是真的？”加洛伍德反问。

“我在报纸上读到的……关于那位欧若拉小姑娘的故事，都是真的吗？”

“是的，报纸里虽然有一定程度的添油加醋，但是事情都是真的。米歇尔夫人，你似乎在我昨天打电话来的时候并不感到惊讶……”

她突然露出了愁容。

“就好像昨天我在电话里跟你说的一样。”她表示，“虽然报纸上没有把名字直接写出来，但是我也能知道 E.S. 代表的就是艾力雅哈·斯腾，他的司机就是卢塞。”她拿出了一张剪下来的报纸，然后高声念了起来，似乎要弄明白那些她之前没搞懂的地方。“E.S. 这位新罕布什尔的富豪让他的司机卢塞去市里面接诺拉，然后把她带到他住的康科德来。33 年后，诺拉的一位朋友谈到，她曾经看到那位司机来接诺拉。那一天，诺拉走的时候，似乎有几分要上刑场的感觉。这位当时还很年轻的证人在形容这位司机的时候用了‘可怕’二字，她说他体形壮硕，面目狰狞。像这样的描述除了我的兄弟还能是谁？”

说完之后，她呆呆地看着我们，显然，她想从我们这里得到答案，就在这个时候，加洛伍德摊牌了。

“我们在艾力雅哈·斯腾的家里找到了一幅诺拉·凯尔甘的肖像画，不是全裸就是半裸。”他说道，“你的兄弟画了这幅画。诺拉应该是在拿了钱的情况下才让他画的。卢塞当时到欧若拉去接诺拉，他把她带到了斯腾在康科德的家里，具体的情况我们也不是非常清楚，但是，无论如何那幅画肯定是卢塞画的。”

“他画了很多画！”希拉叫道，“他很有天赋，要是当画家的话，应该会有不错的前途。难道……难道你怀疑诺拉是他杀的？”

“我只能说，他现在在嫌疑人的范围当中。”加洛伍德说道。

一滴眼泪从希拉的眼里流了下来。

“你知道吗？警官，我还记得他去世的那天是 9 月末的一个星期五。当时我刚满 21 岁，是警察局打电话来告诉我们说卢塞在一场车祸当中丧生的。我还清楚地记得当电话响起之后，是我母亲去接的电话，我和父亲就在旁边。刚一接起电话，她就低声对我们说：是警察打来的。她听得很认真，最后说了一声：好的。我永远都忘不了这个时刻。在电话的另一头，一位警察正在向她告知她儿子的死讯。电话那头似乎是这样说的：夫人，此刻我的心情万分难过，你的儿子已经在一次车祸当中丧生了。然后她回答说：好的。之后，她挂了电话，看着我们说：他死了。”

“到底发生了什么？”加洛伍德问道。

“从马萨诸塞州萨加莫尔海边的峭壁上摔了下来，足足有 20 米。据说当时他喝醉了，而且那条路很崎岖，晚上也没路灯。”

“他当时有多大？”

“30……当时我的哥哥才 30 岁。他是一个好人，但是……你知道吗？我很高兴你能来这里。我觉得我应该给你讲一些 33 年前就应该讲的事情。”

带着颤抖的声音，希拉给我们讲述了一件在车祸发生之前三个星期的事情。当时是 1975 年 8 月 30 日。

1975 年 8 月 30 日　缅因州波特兰

那天晚上，卡勒全家人想一起到“马鞋”餐厅去庆祝希拉 21 岁的生日，那家餐厅是希拉的最爱。她的生日是 9 月 1 日，她的爸爸杰·卡勒为了给她一个惊喜，就在餐厅的二楼订了一间包间。他邀请了所有的朋友和一些亲戚，总共加起来差不多有 30 个人，其中也包括卢塞。

杰·卡勒、母亲娜迪亚·卡勒以及希拉·卡勒在傍晚六点来到了餐厅。所有的客人都已经在那里等着希拉了，当他们看到希拉走进来时发出了愉悦的欢呼声。生日派对就这样开始了，伴着美妙的音乐，客人们喝着香槟。

但是卢塞却还没有来，他的父亲一开始以为他是不是在路上遇到了什么意外的情况，但是直到晚上七点半上菜的时候，他的儿子还是没有来。一般来说，他没有迟到的习惯，杰开始焦虑起来。他给卢塞在斯腾家里住的房间打了电话，但是没有人接。

卢塞最终错过了晚餐，错过了甜食和饭后的舞会。当卢塞一家人一点钟回到家的时候，他们虽然一声不吭，但是心里万分焦虑，他们真的开始心里发毛了。卢塞是无论如何也不会错过他妹妹的生日的。杰机械地打开了家里的收音机，里边传来了一位 15 岁少女失踪的消息，现在警察正在整个欧若拉地区展开搜索行动。欧若拉，这个名字好熟悉。卢塞说他经常去这个地方，到艾力雅哈・斯腾曾经在海边住过的一幢房子里帮他照看蔷薇花。杰・卡勒宁愿相信这只是一个巧合。然后他又继续听了接下来的新闻内容，还有其他频道的新闻。他想知道路上刚刚是否有车祸发生，但是新闻里完全没有相关的报道。他很焦急，大半夜都没睡好，因为他不知道是应该告诉警察，在家里等待，还是开车到康科德去。最后，他还是在沙发上睡着了。

第二天一大早，还是没有卢塞的任何消息，于是他给艾力雅哈・斯腾打了个电话，问他有没有看到他的儿子。“卢塞？”斯腾答道，“他不在这里，因为他请假了，难道他没跟你说吗？”整件事情实在是太奇怪了，为什么卢塞什么都没说就走了？由于心情焦急，杰・卡勒一分钟也不能再等下去了，他决定亲自去找自己的儿子。

希拉・米歇尔当回忆起这段往事的时候，身子开始颤抖。于是，她从椅子上站了起来，重新泡了一杯咖啡。

“那一天，”她对我说，“当我的父亲去康科德的时候，我母亲留在了家里，以防卢塞突然回来，而我则去找我的朋友玩了。当我回到家的时候，已经很晚了。我的父母就在客厅里说着些什么，我听到我的父亲对我的母亲说：‘我猜卢塞这回闯下了大祸。’我问他们到底发生了什么事，他们却让我不要把卢塞失踪的消息告诉任何人，尤其是警察。他说自己会去把卢塞找回来的，但是一连三个星期，他一点收获都没有。直到车祸发生。”

她突然开始哽咽起来。

“到底发生了什么，米歇尔夫人？”加洛伍德用平静的声音问道，“为什么你的父亲会说卢塞闯了大祸？为什么他不想给警察打电话？”

“这太复杂了，警官，所有的事情都很复杂……”

她打开了相册，对我们说起了卡勒的一家。杰是一位慈祥的父亲，而母亲娜迪亚是前缅因州小姐，是她教会了两个孩子如何欣赏美。卢塞是长子，比希拉大九岁，他们两个都出生于波特兰。

她给我们看了他们小时候的照片、他们之前住过的房子、在科罗拉多州度假时的照片，以及她父亲公司的巨大仓库，卢塞和她在里面度过了一个又一个的夏天。其中，有几张照片是他们 1963 年在约塞米特国家公园拍的，当时卢塞只有 18 岁，很英俊，身形清瘦，散发着优雅的气息。然后，我们又看到了 1974 年拍的一张，当时希拉 20 岁。其他所有人都老了，全家人都引以为傲的父亲杰已经有 60 岁了，体形也开始发福。母亲的脸上也开始长出了抹不去的皱纹，而卢塞已经快 30 岁了，他的脸也完全变了形。

希拉对着这张照片看了好长时间。

“以前，我们曾经也是一个幸福的家庭。”她说，“我们曾经是那么幸福。”

“什么以前？”

她看了他一眼，俨然一副觉得这个问题的答案实在是太过明显的样子。

“在那次被群殴之前。”

“群殴？”加洛伍德疑惑地说，“我从来没有听说过啊。”

希拉将她哥哥的两张照片放到了一起。

“这件事就发生在我们从约塞米特度假回来的那年秋天。快看看这张照片啊……他是多么英俊。你也许知道，卢塞是一个非常特别的男孩子。他钟爱艺术，对画画特别有天赋。在他高中毕业后，便顺利地被波特兰美院录取了。所有人都说他会成为一位伟大的画家，都说他很有天赋。他当时很幸福，但是那时候正好是越战前夕，所以他必须得去服兵役。他说等他回来之后，他会专心做一名画家，然后结婚。他当时已经订婚了，未婚妻的名字叫埃莉娅诺·施密特，是他的高中同学。这么说吧，在 1964 年 9 月的那个夜晚以前，他一直都是一位幸福的小伙子。”

“那天晚上发生了什么？”

“你听说过一个叫‘射门得分’的流氓团伙吗？警长？”

“‘射门得分’流氓团伙？没有，从来没有。”

“这是警察给一个当时在这个地区胡作非为的流氓团伙起的别名。”

1964 年 9 月

晚上十点，卢塞刚在埃莉娅诺家里面待了一个晚上后出来，正走在回他父母家的路上。

第二天早上他就要到部队去报到了，埃莉娅诺和他刚刚做了一个约定，等他一回来就马上结婚。当她的妈妈在厨房里为他们做曲奇饼的时候，他们彼此表示将忠于对方，然后在埃莉娅诺的小床上第一次体验了鱼水之欢。

在卢塞从施密特家出来之后，他曾几次朝埃莉娅诺家的方向转过身来。他能看到在挑棚下面，埃莉娅诺哭红了眼睛朝他挥手道别。不久之后，他就走上了林肯路，那个时候，路上已经没有人了，而且路两边的灯光也很昏暗，但这是他回家最近的路。他回家需要走上三公里的路程。这时，一辆汽车从他的身边开了过去，车灯照亮了前方的道路。没过多久，另一辆车也飞驰着开到了他的身后。车里的人看上去很亢奋，不断发出尖叫声，似乎试图恐吓他。卢塞没有吭声。然后，汽车突然在他身前停了下来，但他还是继续向前走去。现在的他还能怎么做？他是不是应该走到马路的另一边去？当他刚从车的旁边走过的时候，司机问他：

“嘿，说你呢！你是这个地方的人吗？”

“是的。”卢塞答道。

突然，一股啤酒喷到了他的脸上。

“缅因州的家伙都是乡巴佬！”司机高声叫道。

车里的其他人也跟着大叫了起来。他们一共有四个人，但是在黑暗之中，卢塞看不清他们的脸。他感觉他们都很年轻，年龄差不多在 25 岁到 30 岁之间，喝得醉醺醺的，看上去一副想闹事的样子。他害怕极了，继续向前走去，心猛烈地跳个不停。他可不是一个喜欢挑事的人，他不想和这些人有任何纠葛。

“嘿！”司机又恶狠狠地叫道，“你这是要到哪里去，小乡巴佬。”

卢塞没有回答，他逐渐加快了脚步。

“快回来！快回来！我们要让你好好看一看我们是怎么修理你这种小浑蛋的。”

卢塞听到车门打开的声音，然后司机高声喊道：“兄弟们，追赶乡巴佬的比赛现在开始了！追到的人奖励 100 美元。”他听完之后马上飞快地向前跑去，心里期盼着会有另一辆车赶到，但是没有任何人前来救他。没多久，他就被这群流氓中的一个逮到了。他把卢塞一把扔到地上，然后朝其他人大叫：“我抓到他了！我抓到他了！这 100 美元归我了！”其他人也很快赶了上来，然后开始殴打他。当卢塞已经躺在地上的时候，他们中的一个吆喝道：“谁想踢橄榄球？我提议大家来一组射门训练吧！”其他人一呼百应，纷纷朝卢塞的脸上狠狠地踢去，就好像射门时踢球的样子。他们踢完之后，就把卢塞像死人一样扔在路边。幸好有一个骑摩托的人在 40 分钟之后发现了他，然后叫来了“救兵”。

“卢塞一连昏迷了好几天，当他醒来的时候，脸已经完全变了形。”希拉向我们解释道，“他曾经做过几次皮肤修复手术，但是都无法让他恢复原来的样貌。他在医院里一连待了两个月，出院的时候，他的面容已毁，说话也变得十分困难。当然，越战对于他来说是不可能了，更重要的是，别的一切对于他来说也都已经不可能了。接下来的日子里，他闷闷不乐地整天待在家里，不再画画，对未来也没有了任何向往。·六个月后，埃莉娅诺主动解除了他们的婚约。她甚至离开了波特兰。谁又能怪她呢？她只有 18 岁，完全没有必要牺牲她一生的幸福来照顾卢塞，他已经变成了一团忧愁的阴影，他已经不是原来的他了。”

“那些行凶的恶徒呢？”加洛伍德问道。

“他们从此消失了，很显然，这群歹徒已经在这个地区多次作恶。而每一次，他们都少不了来一组‘射门’表演。但是，卢塞遭受的是他们最狠的一次殴打，他们差点杀了他。所有的报纸都报道了这件事情，警察们也气得咬牙切齿。在这件事之后，报纸上再也没有出现有关他们行凶的报道，显然，他们开始害怕被逮到了。”

“这之后，你的哥哥怎么样了？”

“在这之后的两年里，卢塞一直在家里待着，就像一个幽灵一样，什么也不做。我的父亲总是待在车间里，能多晚回家就多晚回家，而我的母亲也尽量给自己安排外出的活动。那确实是十分艰难的两年。然后，1966 年的某一天，有人来敲响了我家的大门。”

1966 年

他在开门之前十分犹豫，因为他不想让别人看到他，但是这时家里只有他一个人，也许会是什么重要的事情。于是，他打开了门，然后发现站在门前的是一位气质优雅的男士，大概有 30 多岁。

“你好。”这位男士说，“我很抱歉在这个时候跑来敲你的门，我的车坏了，现在就停在离这里 50 多米远的地方，你懂得修车吗？”

“这要看具体是什么问题。”卢塞答道。

“没什么严重的问题，只是车胎破了，但是我现在用不了我的千斤顶。”

卢塞同意帮着去看一眼。这是一辆高档的双座轿车，就停在路边，离卢塞住的地方差不多有100米。右前轮胎被一颗钉子戳破了，而千斤顶用不了则是因为没有上油。但卢塞还是勉强用千斤顶帮他换了轮胎。

“嘿，真是够厉害的。”这位男士说，“遇到你可真幸运，你是做什么的？是机械工程师吗？”

“什么都不做。以前，我曾经会画画，但是后来我出了次车祸。”

“那你是靠什么谋生的？”

“我现在不赚钱。”

这位男人看着他，然后朝他伸出了手。

“我的名字叫艾力雅哈·斯腾。谢谢，今天的事算我欠你的。”

“卢塞·卡勒。”

“幸会，卢塞。”

他们互相看了看彼此，斯腾最终还是问了那个卢塞在开门之后就不想听到的问题。

“你的脸怎么了？”他问道。

“你听说过一个叫‘射门得分’的流氓团伙吗？”

“没有。”

“一群为了找乐子任意胡作非为的家伙，他们会像踢球一样踢那些受害者。”

“哦，真可怕……我真的很抱歉。”

卢塞耸了耸肩，露出一副无奈的表情。

“你可不能就这么消沉了。”斯腾像朋友一样高声叫道，“如果命运让你遭受了厄运，你一定得振作起来和它抗击啊！你现在是否排斥接受一份工作呢？我正在找一个可以帮我看车和开车的人。我很欣赏你，如果你觉得合适的话，可以到我这里来。”

一个星期之后，卢塞搬到了斯腾在康科德巨大的庄园中，并且把家安在了那边的员工宿舍里。

希拉认为他和斯腾的见面绝对是上天的安排。

“幸亏遇到了斯腾，卢塞才变成了另外一个人。”她对我们说，“他开始工作，开始挣钱了。他的生活有了些许新的意义。特别是他重新开始画画了，斯腾和他相处得很好，他是他的司机，但同时也是他的亲信，几乎可以说是他的朋友。斯腾当时刚从他父亲手里接过了家族的公司。对他一个人来说，那个庄园实在是太大了。我想有卢塞陪伴，他可能会稍微好过一些。他们之间的关系真的很亲密，卢塞之后在他身边一直工作了九年，直到他离开这个世界。”

“米歇尔女士，”加洛伍德问道，“你和你的哥哥关系怎样？”

她笑了：“他是一个很特别的人，性格极其温和！他喜欢花，喜欢艺术。他本来不该以司机的身份结束自己的一生的。我其实本来对司机没什么不好的印象，但卢塞真的是一个不一般的人！他经常会在星期日过来吃午饭，通常是早上到，然后在这里待一整天，晚上回去。我很怀念那些星期日，特别是在他已经改造成画室的卧室里开始作画的时候，他天赋过人，当他开始画画的时候，全身都散发出美的气息。我就拿把椅子坐在他的后面，看他画画，看着他是如何将那些一开始看起来杂乱无章的线条最后变成让人难以置信的美景。一开始，大家都感觉他在乱画一通，但是不经意间，一个图像就会慢慢显现出来，到最后，似乎他所下的每一笔都被赋予了意义。这绝对是奇妙的一个瞬间。我总是喊他继续画下去，重新考虑一下考美院的事情，他应该让别人看到他的作品。但是他已经完全没有这样的想法了，这都是因为他被毁掉的面容和变得含糊不清的言语。在被殴打之前，他一直说他画画的原因是画就在他的心中。但当他重新开始画画后，他作画却是为了感觉没有那么孤单。”

“你能给我们展示几幅他的画吗？”加洛伍德问道。

“当然，我的父亲把他的画做了收藏，里面包括他留在波特兰的画以及他死后从斯腾家取回的画。斯腾说以后我们可以把这些画送给一家博物馆，这肯定会取得巨大的成功，但是自从我的父母去世之后，他也就只是从我封存在家里的那些箱子中翻出了几幅，拿回去留作纪念了。”

希拉把我们带到了地下室，里面的一间储藏室里放满了大木箱子。有几幅大的画突了出来，而其他几幅带着画框的简图和素描就堆在了一边。画的数量之多达到了惊人的程度。

“这里真是太乱了。”她带着歉意说，“这些都算是散乱着的记忆吧，我什么都没扔。”

加洛伍德不久就在这堆画中找到了一幅年轻金发少女的肖像画。

“这就是埃莉娅诺。”希拉说道，“这些是卢塞在被殴打之前画的，他很喜欢画她，他说一辈子画她都画不够。”

埃莉娅诺是一位美丽的年轻少女，令人惊讶的是，她长得很像诺拉。这里还有其他很多妇女的肖像画，她们的头发一律都是金色，而这些画上的日期显示作画的时间都是在那次不幸的经历之后。

“这些画上的妇女都是些什么人啊？”加洛伍德问道。

“我不知道。”希拉答道，“她们有可能都是卢塞想象出来的吧。”

就在这个时候，我们突然看到了几幅碳棒素描。其中一幅画的是“克拉克之家”，上面还能看得到吧台和一位美丽但伤心的女人。而这位美貌的女人除了珍妮还能是谁呢？即便如此，我还是觉得这应该只是偶然。但当我把画翻过来的时候，我看到背面写着这样的几个字：珍妮・奎因，1974年。于是，我问道：

“你的哥哥为什么这么喜欢画不同的金发女郎？”

“这我不清楚。”希拉说道，“真的……”

加洛伍德用既严肃又温柔的眼光看了看她，然后对她说：

“米歇尔夫人，现在是时候告诉我们了，为什么 1975 年 8 月 31 日晚上，你的父亲会说他觉得卢塞闯了大祸。”

她沉默了片刻。

1975 年 8 月 31 日

上午九点，当杰·卡勒挂上电话之后，他开始意识到有不好的事情发生了。艾力雅哈·斯腾刚对他说卢塞请求不定期休假。“你在找卢塞吗？”斯腾有些惊异地说，“但是他也不在这里，我认为你应该知道的。”“不在？那他到什么地方去了？昨天，我们一家人等他回来一起给他妹妹过生日，但是他一直没有出现，我都急死了。他具体都和你说了些什么？”“他对我说，他有可能不会再在我这里工作了，这话是他星期五说的。”“不再为你工作？为什么呢？”“我也不知道，我还以为你应该知道呢。”

杰刚挂掉电话，马上又拿起来准备给警察局打电话，但是他最终还是没有那么做，他的心里有一种奇怪的预感。妻子娜迪亚这时已经在书房里急得快炸开了锅。

“斯腾说什么？”她问道。

“他说卢塞星期五的时候就已经辞职了。”

“辞职？你是什么意思，辞职？”

杰叹了一口气，一晚上没睡好，他现在感到很疲惫。

“我不知道。”他说，“我不知道到底发生了什么，什么都不知道……我现在得去找他了。”

“你到什么地方去找他？”

他耸了耸肩，表示自己也完全没有头绪。

“你留在这里。”他用命令的口吻对娜迪亚说，“万一他不久就回来了呢。我会每小时给你打一次电话，向你通报最新的消息。”

他拿上了他的小货车钥匙，然后就上路了，他甚至连从哪里开始找起都不知道，但最后还是决定先去康科德。他几乎完全不了解这座城市，到了以后就在城里瞎转悠起来。突然，他发现自己迷路了。他其实在警察局前边经过了好几次，完全可以停下来，去找警员寻求帮助，但是每一次当他想这么做的时候，在他的身体里似乎总有一种力量让他不要这么做。最后，他还是来到了艾力雅哈·斯腾的家里，但是他不在家，一个用人带他去了他儿子的房间里。杰希望卢塞能留下一封信什么的，但是他什么都没找到。房间里收拾得很整齐，没有信，也看不出任何要走的迹象。

“卢塞对你说过些什么吗？”杰问了问陪在他旁边的用人。

“没有，我才来两天，但是我听说卢塞最近是不会回来上班了。”

“最近不会回来上班？那他到底是辞职了还是休假了？”

“先生，我真的不知道应该怎么回答你的问题。”

所有这些关于卢塞的消息都让人很困惑，杰认为一定是发生了什么很严重的大事才让他的儿子突然在空气中蒸发了。他离开了斯腾的家，回到了市里。他把车停到了一家餐馆门前，准备去给他的妻子打个电话，然后顺便赶快买个三明治填饱肚子。电话里，娜迪亚对他说，还是没有他们儿子的消息。在吃饭的时候，他看了看报纸，上面全在说欧若拉发生的那一桩血案。

“失踪了，这到底是在说些什么呢？”他问了问这家店的老板。

“这事儿干得真卑鄙……就发生在离这里不到一小时车程的一个小城里。一位可怜的女士被谋杀，而一位 15 岁的少女被人绑架。现在全州的警察都出动了……”

“去欧若拉的路怎么走？”

“你得上 101 高速公路，然后一直朝着东边走。当你到海边的时候，就转进第一大道，然后再向南走就到了。”

在一种强烈的预感驱使下，杰只身一人来到了欧若拉。在第一大道上，他曾经两次被警察设的路障给拦下来。当他沿着茂密的河溪湾树林一直向前走的时候，立刻就感受到了警方搜寻工作的庞大阵势。光是紧急事故特派车就有十多辆，警车更是到处都有，甚至还出动了警犬，空气里弥漫着躁动和不安的气氛。他把车一直开到了离码头不远的市中心，在主干道上的一家餐馆前停了下来，这里已经被人挤得水泄不通。他走到餐馆里边，坐在了吧台的旁边。一位漂亮的金发女郎给他端来了咖啡。他突然觉得似乎在哪里见过这位美丽的女人，但是这确实是他人生里第一次来到这个地方。他看着她，她冲他笑笑，然后他在她的胸牌上看到了她的名字：珍妮。一下子，他都明白了。那幅卢塞用炭笔画的素描，那幅他爱不释手的作品，画的人就是她！他还清楚地记得在画的背面写的那几个字：珍妮・奎因，1974 年。

"先生，我有什么能帮到你的吗？"珍妮问他，"你看起来有些疑惑。"

"我……这里发生的事情真是太可怕了……"

"是谁告诉你的……我们现在还不知道这个女孩子到底怎么样了。她还很年轻啊！只有 15 岁，我和她很熟，她星期六的时候会在这里工作。她叫诺拉・凯尔甘。"

"你……你能再说一遍吗？"杰支支吾吾地说，他希望是自己听错了。

"诺拉，诺拉・凯尔甘。"

当他听到这个名字的时候，只觉得身体抖了一下，然后突然想呕吐。他必须赶快离开这里，越远越好。他在吧台上放了十美元，然后一溜烟走了。

他刚一回到家，娜迪亚就发现她的丈夫神色惊慌。于是她赶快跑到他的身旁，而他几乎是立刻倒在了她的怀里。

"我的天啊，杰，到底怎么了？"

"三个星期前，卢塞和我一起去钓过鱼，你还记得吗？"

"当然记得，你们钓上了一些黑鲈，肉简直没法吃，你为什么跟我说起这个？”

杰向他的妻子说起那一天的经过。那是 1975 年 8 月 10 日，卢塞前一天晚上到了波特兰，他们决定第二天早起去一个小湖旁边钓鱼。那天的天气真是棒极了，鱼也很容易上钩。他们选了一个安静的角落，没有人会打扰他们。于是，他们开始一边喝啤酒，一边谈起了人生。

“爸爸，我要跟你说个事。”卢塞说，“我遇到了一个非同寻常的姑娘。”

“是吗？”

“就像我刚才对你说的那样，她真的很不一般。她能让我的心怦怦直跳。你知道吗？她喜欢我，她对我说过。改天我会带她来见你，你肯定也会喜欢她的。”

杰笑了。

“那，这位姑娘叫什么名字呢？”

“诺拉，爸爸。她叫诺拉·凯尔甘。”

在回想起这一天的情形时，杰·卡勒对他的妻子说：“诺拉·凯尔甘就是那个在欧若拉被人绑架的女孩子的名字，我觉得卢塞这回可能闯下大祸了。”

希拉正好在那个时候回到了家中，她听到了父亲说的话。“你说这话是什么意思？”她大叫道，“卢塞干什么了？”她的父亲在向她解释了眼前的局势之后，让她不要跟任何人说起这件事。没有人会猜到卢塞和诺拉之间的关系。接下来的那个星期，他都在外边寻找他儿子的下落。一开始先在缅因州找了个遍，然后沿着加拿大的海岸一直找到了马萨诸塞州。他甚至去了一些偏远的角落，去到了一些无人问津的湖和小木屋，这些都是他儿子喜欢的。他觉得他的儿子可能会躲到这种地方，惶恐万分，被全国的警察像抓兔子一样四面追捕。但是，他没有发现儿子的任何痕迹。他每天晚上都在等他，时时刻刻注意着周围的任何一点风吹草动。当警察告诉他儿子已经死了的时候，他反而觉得一下子解脱了。他让娜迪亚和希拉不准再提起这件事情，这样他对儿子的记忆就不会存有任何污点。

当希拉讲完她的故事的时候，加洛伍德问道：

“你觉得你的哥哥和诺拉被绑架这件事情有关？”

“我必须说，他对女人有一些特殊的癖好，他喜欢画女人，特别是那些金发女郎。我知道他曾经在公共场合偷偷地画过不少女人，但是我从来不知道他为什么这么喜欢做这件事……当然，我觉得他应该同这位年轻的姑娘发生过什么事情。我的父亲想，他会不会是因为被这位姑娘拒绝了，就气得失去了理智，最终杀害了这位姑娘。当警察告诉我们我的哥哥死了的时候，我的父亲哭了好久。在他的啜泣声中，我隐约听到他在说：‘他死了还好……我觉得要是我找到了他，说不定会亲手杀了他，这样他就不用死在电椅上面了。’”

加洛伍德摇了摇头，他又看了看卢塞留下的遗物，突然发现了一个记事本。

“这是你哥哥写的？”

“是的，上面写的是如何修剪蔷薇花的方法……他曾经在斯腾家照看过他家的花，我不知道为什么我会把这本册子留下来。”

“我能把它拿走吗？”加洛伍德问道。

“拿走？当然可以，但是我觉得这本小册子对你破案应该没什么太大的帮助，我看过，不过是本园林手册而已。”

加洛伍德点了点头。

“你应该很清楚。”他说道，“我拿这个是要对你哥哥的笔迹进行一次鉴定。”

11.
等待诺拉

“狠狠地击打这个沙袋，马库斯，就好像你的全部生命都寄托在你的拳头上。写作时候的劲头和拳击没什么两样，拳击的感觉和写作也差不多，你必须倾尽全力，因为你的每一本书都有可能是你的最后一本。”

2008 年，美国的夏天很安静，总统大选候选人争夺战已经在 6 月初尘埃落定。民主党最终在蒙大拿的初选过后决定推选贝拉克·奥巴马为候选人，而共和党则在 2 月之后选定了约翰·麦凯恩。现在到了最后拉选票的时候了。从 8 月底开始，这两个全美最具历史的党派将召开总统候选人提名大会，届时将会正式提名入主白宫的候选人。

这段在总统大选暴风雨来临之前相对平静的时期给了媒体足够的空间来报道哈里·戈贝尔的案件，这也在公共舆论中掀起了前所未有的波澜。现在有“亲戈贝尔”一派和“反戈贝尔”一派。其中，那些相信阴谋论的人甚至觉得戈贝尔被保释只是因为凯尔甘的父亲被收买了。自从我的那些稿纸被搬上报纸之后，人们的口中都在谈论我的新书，所有人都期待着戈德曼在这个秋天即将推出的新作。虽然艾力雅哈·斯腾的名字没有直接出现在我的那些稿纸里面，但他还是以诽谤罪的名义提起了诉讼，为的是不让这本书发行出来。而大卫·凯尔甘也同时表示了想要上法庭的意思，他一直在努力为自己辩护，坚决不承认自己对女儿有过虐待的行为。而在这样的氛围之下，有两个人可以说是渔翁得利了，那就是巴尔纳斯基和洛特。

罗伊·巴尔纳斯基为了不让任何混乱的局面影响到书的正常出版，把他在纽约的律师团队派到了新罕布什尔州。现在，他可以偷着乐了。毫无疑问，这次稿件的泄露就是他一手策划的，而这一起事件的影响力足以确保新书在出版之后大卖，也让巴尔纳斯基如愿以偿地在媒体这块阵地上抢占了制高点。他觉得他此番计谋既不是最好，也算不上最坏。现在的出版业已经从单纯的高尚印刷艺术晋升为21世纪特有的资本主义式疯狂。现在写作的目的就是为了出版。要想出版一本书，就要有人谈论它。要想有人谈论它，就必须拥有足够的舆论空间。而这个舆论空间，如果我们自己不去努力争取的话，别人就会毫不客气地去抢占。这就是很简单的吃或者被吃的道理。

至于戈贝尔一案的审理，现在所有的刑事指控都将马上被撤销。本杰明·洛特将会成为年度最佳律师，享誉全国也是迟早的事了。他开始接受任何形式的采访，把大部分的时间都贡献给了电视录影棚和地方电台。只要能聊到他，他就去。“你能想象得到吗？我现在每小时能收1000美元。”他对我说，“而每多在报纸上出现一次，我就在我每小时的报价上再加上十美元。现在，我们根本不用管报纸上都说了些什么，重要的是要能上报纸。人们只会记住他们在《纽约时报》上看过你的照片，他们可不记得你在里面都说了些什么。”在他的职业生涯里面，洛特一直在期盼能有一桩世纪大案掉在他的头上，而现在，他终于等到了。置身于聚光灯下，他向媒体讲述了所有大家想知道的事情。他谈起了普拉特警长、艾力雅哈·斯腾，他还无数遍地重复讲诺拉是一位问题少女，也可能是整个事件背后的操控人，而哈里才是这一桩案件真正的受害者。为了吸引听众，他甚至用杜撰出来的事情隐射诺拉和欧若拉市里一半的男人有染。在这种情形之下，我不得不给他打了个电话，让他消停一下。

“你的色情故事是不是该停一停了，本杰明？你现在真是把所有人的名声都给毁了。”

“这不正好吗，马库斯，我的工作说白了不就是为哈里洗清冤屈，同时也把其他人恶心卑鄙的一面给展现出来吗？如果需要打官司，我可以让普拉特拿出供词来，我还可以让斯腾出庭，然后把所有欧若拉的男人都叫过来，让他们当场怒斥他们两个跟小凯尔甘做的那些丑事。然后，我可以最终证明，哈里只不过是被这位不知廉耻的女人勾引了而已，这和他之前的所有受害者没什么两样。”

“你到底在说些什么啊？”我怒吼道，“我可从来没有提起过这件事。”

“我的老兄，承认现实吧，她就是一个小婊子。”

“你真是让我感到恶心。”我对他说道。

“恶心？我只是把你书里的内容拿出来讲而已；难道不是吗？”

“当然不是，这你应该很清楚！诺拉从来不是什么问题少女，也不会主动去挑逗其他人。她和哈里之间，是纯粹的爱情故事。”

“爱情，还在说爱情！戈德曼，爱情可什么都说明不了。你知道什么是爱情吗？它只不过是男人们编造出来想玩完女人就走的伎俩。”

检察官办公室也被媒体“摆上了台”，饱受非议，而州立警察局刑事犯罪调查科内部的氛围也陡然紧张起来。有传言称，州长亲自在一次三方会议上要求警方在最短的时间里了结此案。自从听了希拉·米歇尔透露的故事之后，加洛伍德对案件的调查方向越来越清晰了。现在，所有掌握的证据越来越指向卢塞，加洛伍德对那本记事本的笔迹检测结果寄予了很大的希望，只盼这个结果能印证他的直觉。而在结果出来之前，他还要搜寻更多的资料，特别是要了解卢塞在欧若拉经常会去些什么地方。因此，我们在7月20日找到了查韦斯·道恩，看他能不能给我们透露更多关于卢塞的事情。

因为我还不想回到欧若拉的市中心，查韦斯答应在蒙特贝利旁边的一家路边餐厅同我们碰面。在去跟他碰面之前，我估计我可能会遭受冷遇，因为他肯定看了报纸上登出来关于珍妮的那些内容，然而，他在见面的时候却还是对我表现得彬彬有礼。

“我对于那些泄露出去的稿纸表示抱歉。”我对他说，“这些只是我为写作而私底下做的笔记，原本不应该在任何地方出现。”

“我不会因此而埋怨你的，马可……”

“你完全可以……”

“你只是说出了一些实话而已，我很清楚，珍妮喜欢过戈贝尔……我还记得当年她是怎么看他的……相反，我觉得你的调查算是走对了方向……至少这些都是事实。现在案件调查有什么进展？”

加洛伍德回答道：

“最新的情况就是我们现在强烈怀疑卢塞·卡勒。”

“卢塞·卡勒……那个疯子？所以那幅画的故事是真的？”

“是的，那个小姑娘应该经常去斯腾家。你以前知道诺拉和普拉特警长的事情吗？”

“那些下流的事？完全不知道！当我知道的时候也很吃惊。我想说的是，也许他这次是一时失足犯下了错误，但他始终还是一位好警察。现在报纸上都在说，要重新审查他以前的调查经过和搜寻工作，对此我持保留态度。”

“你现在对斯腾和戈贝尔这两个嫌疑犯是怎么看的？”

“我觉得你们在这方面是有点头脑发热了。塔玛拉·奎因说她以前就告诉过我们关于哈里的这些事情，但我想我们还是应该把这个问题放到当时的环境里面去考虑。她曾经说她什么都知道，但其实却一无所知。她完全不能够佐证她提供的信息。唯一能告诉你的就是她有一条确凿的证据，但是却神秘地消失了。没有一点是可信的。你也一样，警长，你应该很清楚，在处理那些没有确凿证据的指证时，我们需要多么警惕和审慎。现在唯一一样可以真正用来指控戈贝尔的证据就是那辆黑色的雪佛兰蒙特卡洛，但这样的证据是远远不够的。”

“一位诺拉当年的朋友对我们说，她曾经把在斯腾家发生的事情告诉过普拉特警长。”

“普拉特从来就没有跟我说过这件事。”

“那么，这样怎能不让人怀疑他对案件的调查或许就敷衍了事了呢？”加洛伍德提出了质疑。

“警长，请不要把我没有说过的话强加在我的头上。”

“那卢塞·卡勒呢？你有什么要说的吗？”

“卢塞？他是一个可笑的家伙，经常骚扰妇女。我还曾经因为他对珍妮施暴而让珍妮投诉他。”

“你从来就没有怀疑过他吗？”

“没有真的怀疑吧，我们曾经想过是他，但是我还记得，我们调查之后发现他的车是一辆蓝色福特野马。总而言之，他不太可能是我们要找的那个人。”

“为什么？”

“在诺拉失踪之前不久，我已经确定他不会再回到欧若拉来了。”

“这是什么意思呢？”

查韦斯突然有些局促起来。

“嗯……我在8月中旬的时候在‘克拉克之家’见过他，这刚好是在我劝服珍妮投诉他之后的事情……他之前对珍妮动过拳脚，然后在她的胳膊上留下了一大块瘀青。我想说的是，这对我来说是一件很严重的事情。他一看到我就一溜烟逃走了，我马上追了上去，最后在第一大道上抓住了他。嗯……我……你应该可以猜得到，欧若拉是一座安静的小城，我不想让这种人再回来制造不安的因素……”

“你都做了什么？”

“我痛打了他一顿，我并不因此感到自豪，然而……”

“然而什么，道恩警长？”

“我把手枪顶到了他的私处。我先是痛打了他一顿，然后当他在地上蜷成一团的时候，我摁住了他，然后拿出了枪，往枪里上了一颗子弹，然后用枪管顶住了他的睾丸。我对他说，再也不想见到他，他呻吟着说，他不会再回来了，并且央求我放了他，我知道这也许不是什么正确的做法，但我只是想确认他不会再回到欧若拉。”

“你觉得他真的听了你的话了？”

“当然。”

“所以你是最后一个在欧若拉看到他的人？”

“是的，我还把指令传达给了我的同事，并把他那辆车的相关信息告诉了他们。他真的就没有再出现过了，又过了一个月，我们就听说他死在了马萨诸塞州。”

“什么样的事故？”

“我猜应该是转弯的时候没有注意吧，更多的情况就不知道了。说老实话，那时我对这个根本就不感兴趣，因为我们还有更重要的事情要做。”

当我们从路边餐厅出来的时候，加洛伍德对我说：

“我想这辆汽车应该是揭开谜底的关键，我们必须搞清楚到底是谁开了那辆黑色的雪佛兰蒙特卡洛，或者换句话说，卢塞·卡勒在 1975 年 8 月 30 日那天有没有可能开了一辆黑色的蒙特卡洛轿车。”

第二天早上，我在发生火灾之后第一次回到了鹅弯。虽然警方已经在雨棚的位置贴上了禁止入内的标志，但我还是走进了这个屋子。里边的一切全都毁了，在厨房里，我发现上面刻着“缅因州，洛克兰留念”的那个铁盒子完好无损，于是把里面的干面包屑都倒了出来，再往里面放了几样在经过的房间里找到的还没有被烧毁的东西。在客厅里，我发现了一本奇迹一般没有被烧毁的相册。我把相册拿到了外边，然后在屋子旁边的一棵桦树下开始翻看起来。就在这个时候，厄恩·平卡斯走了过来，他对我说：

“我在路口处看到了你的车子。”

说完之后，他坐到了我的旁边。

“这些是哈里的照片？”他指着相册对我说。

“是的，我在房子里找到的。”

于是，我们开始静静地一起翻看相册，这些照片大概是20世纪80年代初照的，有几张照片里还出现了一只黄色的拉布拉多犬。

“这只狗是谁的？”我问道。

“哈里的。”

“我从来不知道他还养过狗。”

“它的名字叫风暴，这条狗活了差不多十二三岁。”

风暴，这个名字对我来说并不陌生，但是我记不起来到底是为了什么。

“马库斯，”平卡斯接着说道，“那天我不是要故意那样做的，如果我伤害到了你，请你原谅。”

“这并不重要。”

“不，这很重要，我不知道你受到过威胁，这都是因为那本书的原因？”

“可能吧。”

“但这到底是谁干的？”他指着被烧毁的屋子问。

“我们什么都不知道。警察说纵火者使用了助燃剂，在沙滩上还发现了油桶，但是上面查出来的指纹却不知道是谁的。”

“所以，你在受到那些威胁之后还是留了下来？”

“是的。”

“为什么？”

“我有什么理由离开呢？恐惧？只要无视恐惧就行了。”

平卡斯对我说，我真算得上是一个不一般的人，他也想在他的人生中成为一个不一般的人。他的妻子一直相信他能成功。但是，她几年前已经死于肿瘤了。临死之前，她在床上对他说了一番话，似乎还在把他当作一位前程似锦的年轻人。“爱尼[1]，你肯定会做出一番事业的，我相信你。”“我已经很老了……我的黄金年龄离我而去了。”“爱尼，任何时候都不会太晚，只要我们还没死，生活就在我们的前方。”他的妻子去世之后，他在蒙特贝利的一家超市找到了一份工作，这样既可以把妻子生前做化疗的钱一点点还清，还可以稍微修缮一下她坟头上的大理石。

“马库斯，我的工作就是整理购物的手推车。这就需要我一直在停车场盯着，我把别人丢下的手推车都收集起来，然后把它们一起放到应该停放的地方，这样，下一拨顾客就可以直接拿来用了。手推车们其实从不孤单，或者说，它们不会很长时间独自待着，因为在世界上任何一个超市里，都有那么一个‘爱尼’来找它们，然后把它们放回到它们的大家庭中间去。但是，谁又会来找‘爱尼’，然后把他带回他的家呢？为什么我们能为手推车做的事情却不能为人来做一做呢？”

“你说得对，我能为你做些什么？”

“我想出现在你新书的致谢人名单里，我希望我的名字能出现在那个名单当中，就是通常作家们都会在最后一页写上的那种。我希望我的名字能排在第一个，然后用大号的字母写出来。因为我对你在信息的搜寻过程中还是帮了一点小忙。你觉得这样可以吗？我的妻子肯定会为我感到自豪的，她的丈夫对马库斯·戈德曼这位文坛的明日之星所取得的巨大成功付出了一点绵薄之力。”

“相信我吧。”我对他说。

---

[1]译者注：厄恩的昵称。

“我会给她读你的书，马可。每一天，我都会到她的旁边去，然后念你的书给她听。”

“我们的书，厄恩，应该说是我们的书。”

突然，后面传来了脚步声，原来是珍妮。

“我在路口处看到了你的车，马库斯。”她对我说。

在听到这句话的时候，我和厄恩都笑了。我站了起来，珍妮就像妈妈一样抱住了我。然后她看了看房子，哭了出来。

那天回康科德的路上，我到“海滨汽车旅馆”去看了哈里。他当时就在他房间的门口，光着膀子，在那里重复着拳击的动作。他已经不是原来那个哈里了。当他看到我的时候，他对我说：

“快来和我练上几拳，马库斯。”

“我是来找你说说话的。”

“我们边练边说。”

我把那个在他家废墟之中找到的写着“缅因州，洛克兰留念”的铁盒子递给了他。

“我给你带来了这个。”我说道，“我刚从鹅弯过来，你的家里还有很多你的东西……为什么你不抽空去把它们拿过来呢？”

“你想让我去拿什么东西？”

“那些值得回忆的东西。”

他的脸色阴沉了下来。

“回忆只会给人带来伤痛，马库斯。我只要看到这个盒子，就会有哭的冲动！”

他用手接过了这个铁盒，然后紧紧地抱住了它。

“在她失踪之后，”他对我说，“我并没有去找她……你知道是为什么吗？”

“不知道……”

“我只是静静地在等待，马库斯，静静地等着她。要是我去找她的话，从另一种意义上来说，她就已经不在我的身边了。所以，我选择等待，我骗自己说她还会回来，当时，我很确定她有一天还会回来的。等她回来的那一天，我希望她能为我感到自豪。33 年间，我一直在为她的归来做着准备！每一天，我都会买一些鲜花和巧克力，都是为她买的。我知道她会是我唯一一个一直爱下去的人。而爱情，马库斯，对我来说一生只会有一次！如果你不相信我说的话，那就说明你还没有真正爱过一个人。每天晚上，我都会躺在沙发上盼着她回来，我对自己说，她一定会像以前一样突然出现的。当我在全国开讲座的时候，我会在我的门上贴这样一个字条：**去西雅图开讲座了，下星期二回来**。这样做就是担心她会在这个期间回来。我的门一直都是开着的，一直都是！我从来不会锁上我的门，33 年了，从来没有过。其他人都说我疯了，我总有一天会在回家的时候发现家里被小偷洗劫一空，但是在新罕布什尔的欧若拉，从来不会有入室盗窃的事情发生。你知道为什么我总是不停地在旅行，总是接受任何人向我提出的讲座邀请吗？因为我觉得我也许会在这个过程中找到她。我几乎跑遍了全美国的各大小城市，把全美国上上下下翻了个遍，我还要确保每一个地方的报纸都会报道我到来的消息，有时候甚至会自己掏腰包来打广告。这些都是为了什么？为了她，为了我们能重逢。在每一次开讲座的时候，我都会一个一个看清楚台下都坐着些什么人，我会特别注意看和她年纪相仿的金发少女，我会注意看那些和她长得相似的人。每一次，我都会对自己说，也许她就在那里。而在讲座结束之后，我一般都会满足任何听众的要求，我猜想，也许她会主动来找我吧。这么多年里，我一直在芸芸众生中探寻着她的踪迹，一开始是寻找 15 岁的女孩子，然后是 16 岁，然后是 20 岁，然后是 25 岁！如果要问我留在欧若拉的原因的话，马库斯，那是因为我在等诺拉。而终于就在一个半月以前，我们找到了她的尸体，就一直躺在我的花园下边！我一直在等她，而她却一直在那里，一直就在我的旁边！就在那个我一直以来想为她种上绣球花的地方！当我们找到她的时候，我的心都快碎了，马库斯！因为我一生的挚爱就这样离我而去了！所以，不要带着那些记忆来到这里，它们能把我的心撕碎。求求你不要这样对我，求你了。”

他走到了楼梯的旁边。

“你要去什么地方，哈里？”

“打拳，我现在只剩下拳击了。”

他下到了停车场，然后跳起了“战士的舞步”，旁边餐厅的客人都用不安的眼神看着他。我最终和他一起练了起来，他一看到我过来，马上就做好了准备的姿势。他开始尝试着连续用直拳出击，但是，现在他出拳的感觉已经和以前完全不可同日而语了。

“你到底为什么要来这里？”他在两次出右拳的间隙问我。

“为什么？当然是为了来见你……”

“你为什么这么想见我呢？”

“因为我们是朋友！”

“嘿，马库斯，我想可能你没弄明白，我们已经不再是朋友了。”

“你在说什么呢，哈里？”

“真相，我像爱儿子一样爱你，我将来还会一直爱你，但是我们已经不再是朋友了。”

“为什么？是那个房子的原因吗？我会赔你的，我向你保证，我会赔的！”

“你还是没明白，马库斯。不是那个房子的原因。”

我一下子放开了防守的姿势，他马上借机朝我右肩的上方连续来了几次重击。

“快防守，马库斯！如果刚才打的是你的头的话，你现在已经被击倒了。”

“我才不管什么防守呢！我想知道，我想知道你为什么会和我玩这种猜谜的游戏！”

“这不是什么猜谜游戏。当你明白的那一天，整个案件也就可以迎刃而解了。”

我彻底停了下来。

“我的老天爷，你到底是在跟我说些什么？你肯定向我隐瞒了一些事情，是这样的吗？你没有把所有的真相都告诉我？”

“马库斯，我什么都跟你说了，真相就在你的手上。”

“我不明白。”

“我知道，但是当你明白过来的时候，就会大不一样了。你现在正在经历人生的一段重要时期。”

我气得一屁股坐到了地上，他对我嚷嚷着说，现在还不是坐下来的时候。

“快起来，快起来！”他叫道，“我们现在正在练习的是拳击这项高贵的运动。”

但是，我现在跟他这项高贵的运动已经没有任何联系了。

“拳击对于我的意义源自于你，哈里！你还记得2002年的拳击锦标赛吗？”

“我当然记得……我怎么可能忘记呢？”

“那为什么我们以后不可能再成为朋友了？”

“因为书的原因，书曾经将我们聚到了一起，但是现在它把我们分开了。这个早就已经写好了。”

“写好了？什么意思？”

“马库斯，这一切都在书里……从我看到你的那天起，我就知道这一刻终会来临。”

“这一刻指的是什么？”

“这都是因为你现在正在写的那本书。”

“这本书？如果你喜欢的话，我可以马上停笔！你想让我将所有的事情停下来？没问题，我现在就取消！以后不会再有书了，什么都可以没有！”

“不幸的是，这完全没有用。如果不是这本书的话，还会是其他的书。”

“哈里，你到底想和我说些什么？我真的完全听不懂了。”

“你还是会继续写这本书的，而这本书注定会是一本佳作。我真的很高兴，你千万不要怀疑自己。但是我们却到了要分开的时候了。一位作家离开，另一位作家诞生。你会接过大旗，马库斯。你会成为一位大作家，你的书的底稿能值100万美元！足足100万美元！你将成为一个大有作为的人，马库斯，对于这一点，我一直深信不疑。”

“可是，看在上帝的分儿上，快告诉我你到底想和我说什么吧！”

“马库斯，在书里面自然能找得到答案。谜底就在你的眼皮底下，快好好看一看！告诉我，我们现在在什么地方？”

“在一家汽车旅馆的车库里。”

“不！不，马库斯，我们已经深深地陷在了罪恶之源里面了！我30多年来一直担心的这一刻终于来了。”

2002年2月　巴若斯大学拳击房

“马库斯，你的握拳方式不对。你的出拳很好，但是你中指的第一根关节突出得太厉害，这样在接触的时候就会有强烈的摩擦。”

“我戴手套的时候就没什么感觉了。”

“你必须学会不戴手套打拳，手套的作用只是避免你的对手被打死。你只要打过除了沙袋以外的东西之后就会明白了。”

“哈里……在你看来，为什么我总是一个人练拳？”

“这得问你自己了。”

“我觉得是因为我胆小，我害怕失败。”

“但是当你在我的建议下到洛威尔的拳击场打拳的时候，当你被那个高大的黑人狠狠地修理了一顿之后，你感到了什么？”

“自豪，在那之后，我感到很自豪。第二天，当我看到我的身上青一块紫一块的时候，我却很高兴。我做出了自我超越，我拿出了勇气！我有勇气去战斗了！”

“所以你应该觉得是取得胜利了……”

“是的，即便从技术角度来讲，那场比赛我是输了，但是我感觉那一天，我赢得了一场胜利。”

“答案已经有了。其实输赢并不重要，马库斯。重要的是在擂台上第一次锣声和最后一次锣声敲响之间，你都经受了怎样的一段历程。比赛的结果，说白了只是给别人传达的一种信息。如果你自己觉得自己赢了，谁还有权力说你输了呢？生命就如同一场长跑，总会有人跑得比你快，也会有人跑得比你慢。到最后，真正重要的是，看你在这个过程中投入了多少精力。”

“哈里，我在大堂里看到了这张海报。”

“你说的是大学拳击锦标赛？”

“是的……所有的著名大学都会参加……哈佛，耶鲁……我……我也想去。”

“那我可以帮帮你。”

“真的吗？”

“当然。你永远都可以来寻求我的帮助，马库斯。永远都不要忘记，你和我永远都是一个团队，一辈子都是。”

10.
寻找一个15岁的小女孩
（1975年9月1日—18日，新罕布什尔州，欧若拉）

“哈里，怎样才能写出我们没有经历过的情感？”

“这就是你作为作家的工作。选择写作意味着你必须能够更好地捕捉各种感受，然后把它们传达出来。写作，就是让你的读者看到一些他们可能看不到的东西。如果说，只有成为孤儿才能写出孤儿的故事的话，我们就会遇到很大的麻烦。因为，这意味着你不能说出关于母亲、父亲、狗、飞行员和俄国革命的事情，因为你既不是一位母亲，也还不是一位父亲，你不是狗，也不是飞行员，你也没有经历过俄国革命。你知道，马库斯·戈德曼，如果每位作家只能写出自己的故事，文学就会变得很可悲，也会失去它所有的意义。我们有权利说出所有的事情，所有感动我们的事情，没有人能对此指指点点，因为我们在做一件事情的时候和周围其他的人都不一样，那就是写作，而所有的奥妙都藏在那里。”

有一段时间，似乎总有人觉得在什么地方见过诺拉：在附近城市的百货商店里，在公交车站，或者是在餐厅的吧台上。诺拉失踪刚一个星期，警方还在继续搜寻，但是他们已经收到了一大堆与事实不符的消息。在柯德里基县城的电影院里，一位观众突然说在第三排看到了诺拉·凯尔甘，结果，影片不得不因此而停止放映。在曼彻斯特城附近，一位父亲在带着他的女儿去赴市集的时候被警方抓去问话，这只是因为他的女儿刚好也是一位 15 岁的金发少女。

搜寻的力度虽然很大，但是都没有什么实质性的进展。整个地区的人都被动员了起来，这也使得搜寻工作一直辐射到欧若拉周边的所有城市，但即便如此，警方也没有找到丝毫有用的线索。联邦调查局的专家们也赶过来指导工作，他们根据自己的经验和相关数据划定了重点搜寻的区域，包括停车场附近的河流以及树林的边缘地带，还有那些泛着恶臭的垃圾堆。由于案件在警方看来过于复杂，他们甚至还找来了一位曾经在俄勒冈州成功地帮助侦破两起谋杀案的通灵者，但是这一次也没能成功。

欧若拉城沸腾了，看热闹的人和记者“占据”了这座城市。在主干道上，警察们不停地巡逻，在这里协调整个搜寻工作，在这里做汇报，在这里分析信息。打电话过来的人实在太多了，电话一直响个不停。通常，从电话里得不到什么有用的信息，但是每一次的来电却还是需要花很长时间进行核对。搜寻一直延伸到佛蒙特州和马萨诸塞州，警方甚至还派出了警犬，但是同样一无所获。就连普拉特警长和罗迪克队长在警察局前面每两天一次的新闻通告也越来越像是一种无力的宣言。

在大家还都不知情的情况下，欧若拉已经成为重点监控地区。联邦调查局人员伪装成记者来监视凯尔甘的家，并对他家的电话进行了监听。如果是绑架的话，行凶的人应该不久之后就会出现。他也许会给她的家人打电话，也许会潜入特雷斯大道 245 号旁边看热闹的人群中，然后把诺拉寻求援救的信件放到她家的信箱里。如果行凶的人不是为了获得赎金的话，那就是他有一种邪恶的怪癖，而这正是大家所担心的。所以一定要在他重新开始作恶之前逮住他。

大家齐心协力，已经工作得忘记了时间，不停地在树林及其周围搜寻，在河岸周围的每一寸土地寻找。为了尽快找到诺拉，罗伯特·奎因还特意请了两天的假。厄恩·平卡斯也在获得监工的许可之后，提前一个小时下了班，加入搜寻小组一起忙到了夜幕降临的时分。在“克拉克之家”里，塔玛拉·奎因、艾米·普拉特以及其他一些人正在为城里参与搜寻的志愿者准备着小点心。现在，案件的调查情况也成为她们谈论的唯一话题。

“我这里有消息！”塔玛拉喊道，“我这里有重要的新消息。”

“什么？什么？快说！”旁边的听众一边在三明治上抹黄油一边兴奋地说。

“我可什么都不能跟你们说……这事还挺严重的。”

其实，每个人都或多或少地听说过一些小故事，一直以来，大家都怀疑在特雷斯大道 245 号发生了一些见不得人的事情，如果这里有什么意外，那真是一点都不奇怪。菲利普太太说她的儿子曾经追求过诺拉。有一次课间休息的时候，一个学生突然开玩笑，掀起了诺拉的 POLO 衫，结果大家都看到在诺拉的身上有很多疤痕。海特薇夫人则说她的女儿和诺拉是非常要好的朋友，可是听她的女儿说，在这个夏天发生了一系列非常奇怪的事情，特别是有一次诺拉整整消失了一个星期，而凯尔甘家的大门也在那一个星期之内向外人紧紧关闭。“还有那个音乐声！”海特薇夫人说，“每天我都能听到车库里传来震耳欲聋的音乐声，我一直在想，这是要让我们整个街区的人都变成聋子吗？我一直想找个机会向他们抱怨一下这个噪声的问题，但最终还是没敢去。我劝自己说，再怎么说，人家也是牧师……”

1975 年 9 月 8 日　星期一

现在是中午的时候。

哈里还在鹅弯等着。有一个问题一直不停地在他的脑海里重复闪现：到底发生了什么事情？她到底是怎么了？一整个星期以来，他都足不出户，静静地等待着。他睡在客厅的沙发上，注意着周围的任何一点风吹草动。他吃不下什么东西，他觉得自己应该是疯了：诺拉到底去了哪里？为什么警察连诺拉的影子都找不到？他越想越觉得会不会是诺拉自己要抹去任何痕迹，是不是她自己制造出了受到袭击的假象？往自己的脸上抹一些红色的果酱，让人以为这是一桩绑架案。当所有人在欧若拉找她的时候，她就有充足的时间逃去更远的地方，一直逃到加拿大内陆深处。或许在不久之后大家就会觉得她死了，然后就不再找她了？难道是诺拉自己设计了这一切，以便从此让自己过上安静的生活？如果是这样的话，为什么她不到汽车旅馆来赴约呢？难道是因为警察来得太快？她必须躲到林子里边去？然而，在德波拉·库佩的家里到底又发生了什么？这两件事情之间有什么联系吗？难道纯粹只是偶然？如果诺拉没有被绑架的话，为什么到现在还没有任何一点她活着的消息？为什么她不到鹅弯这里来，为什么不来鹅弯避难呢？他绞尽脑汁地想着，到底她到什么地方去了？莫非是在那个只有他俩才知道的地方？马尔莎葡萄园？但是那也太远了吧！厨房里的马口铁盒子让他想起了他们偷偷到缅因州度假的情形，那时候他们才刚刚相爱。她会不会藏到洛克兰去了呢？刚一想到这里，他就拿起车钥匙，飞快地跑出了家门。在打开门的一瞬间，他却和正准备按门铃的珍妮撞了个满怀。她想过来看看哈里是不是一切安好，她已经有好一段时间没见到他了，这让她感到有些不安。在她面前，哈里面容憔悴，身形消瘦，身上还穿着一个星期前在“克拉克之家”她看到他时穿的那件西装。

“哈里，你怎么了？”她问。

“我在等人。”

“等谁？”

“诺拉。”

她没听明白，接着说：

“是啊，这真是太可怕了！城里所有人都震惊了，到现在已经有一个星期了，但还是完全没有一点线索，连她的影子都没找到。哈里……你的脸色看上去糟糕透了，我看着挺难受的。你吃了吗？让我来给你准备好洗澡水吧，然后再给你做点吃的。”

他没有时间继续和珍妮在这里耗着，他必须赶快找到诺拉藏身的地方。他突然急促地用手把珍妮推开，从木头楼梯一直下到了沙石铺成的停车场，然后上了车。

“我什么都不想要。”他透过开着的车窗对珍妮说，“我现在很忙，我不想被人打扰。”

“你在忙什么啊？”珍妮伤心地接着问道。

“等待。”

他踩下油门，然后车很快消失在了一排松树的后面。而她则坐在了雨棚下方的台阶上，忍不住哭了起来。她对他的爱越深，她就越不幸福。

此刻，查韦斯·道恩又手捧鲜花来到了“克拉克之家”。自从诺拉失踪之后，他已经有些时日没有看到珍妮了。今天，他在树林中和其他搜寻队队员一起待了一个上午，当他重新回到巡逻车上的时候，他看到了倒在汽车底板上的鲜花。虽然有几朵已经枯萎了，但他突然间很想把它们送给珍妮，马上就去。就好像生命如此短暂再不送就来不及了似的。于是，他请了假去“克拉克之家”找她，但是她不在那里。

他坐到了吧台的旁边，塔玛拉·奎因马上朝他走了过来，现在她每次见到穿制服的人的时候，都会这样。

“搜寻工作进行得怎么样了？”她脸上的神情就好像是一个焦虑的母亲。

“我们什么都没找到，奎因夫人。什么都没找到。”

她叹了口气，然后静静地看着这位年轻警察写满疲惫的脸。

“你吃了吗，小伙子？”

“嗯……还没有，奎因夫人。其实，我来是想看珍妮的。”

“她现在不在。”

她给他拿来了一杯冰茶，并在他的面前放上了餐纸和刀叉。她突然发现了那些鲜花，于是问道：

“这都是给她的？”

“是的，奎因夫人，我希望她能过得很幸福。但是，由于这些天发生了这一件事情……”

“她本来不应该出去这么长时间的，我跟她说好了，让她在中午用餐的时间之前回来。但她还是迟到了，那家伙肯定让她失去了理智……”

“谁？”查韦斯突然觉得他的心猛地一跳。

“哈里・戈贝尔。”

“哈里・戈贝尔？”

“我敢肯定她是到他的家里去了。我完全不明白，为什么她要一直死缠着这个浑蛋不放……但是，我想我不应该跟你说这些的。今天的特价菜是鳕鱼和炒土豆……”

“真是太好了，奎因夫人，谢谢。”

她用手温情地拍了拍他的肩膀。

“你是一位好小伙子，查韦斯，我希望珍妮能和像你这样的人在一起。”

她说完又回到了厨房，查韦斯猛喝了几口冰茶。此时的他，心里憋闷极了。

珍妮是在几分钟之后回来的，她快速地给自己补了个妆，以免别人看出她哭过。她马上回到了吧台，系上了围裙，然后看到了查韦斯。他笑着把枯萎的鲜花递到了她的手上。

“它们看上去似乎不太高兴。”他带着歉意打趣道，“我几天前就想把这些花送给你了，这对我来说是很重要的事情。”

“谢谢，查韦斯。”

“这是一些野玫瑰。我知道蒙特贝利旁边有一个地方，那里有很多这样的花。如果你喜欢的话，我还可以再给你摘一些过来。你还好吧，珍妮？你看上去有些心事……”

“很好……”

“是最近发生的这件可怕的事情让你感到伤心了？你是害怕了吧？不用担心，现在警察到处都是，而且我知道，我们肯定能找回诺拉的。”

“我不是害怕，是其他的事情。”

“是什么？”

“不是什么重要的事情。”

“是因为哈里·戈贝尔吗？你的母亲说你很喜欢他。”

“可能吧，就这样吧，查韦斯，这不重要。我……我现在得回厨房了。我已经迟到了，妈妈这回又该说我了。”

珍妮说着就钻进了厨房，正好遇到了里面正在整理盘子的母亲。

“你又迟到了，珍妮！你知道我现在是一个人在应付餐厅里所有的人吗？”

“妈，对不起。”

塔玛拉说着就给她递了一个鳕鱼配炒土豆的盘子。

“快把这个给查韦斯送过去。”

“妈，好的。”

“这可真是个好小伙子啊，你知道吗？”

“我知道……”

“你星期天把他叫到家里来吃午饭吧。”

“来家里吃饭？不，妈妈，我不想让他来，我对他完全没意思。这样的话，他会胡思乱想的。我要是那么做的话就太不地道了。”

“就这样定了！你别忘了，当时夏日舞会你孤独一个人的时候，是他主动来邀请你的。他真的很喜欢你，这我看得出来，他会是一位好丈夫的。快忘了戈贝尔吧，我的上帝！从此再也没有戈贝尔这个人了！戈贝尔可不是什么好人！你是时候该找个好男人了，看看整天穿着围裙走来走去的你，还能有一位帅小伙子追在你的身后，你就知足吧。”

“妈妈！”

塔玛拉模仿着小孩子的样子发出了两声很傻很天真的尖叫：

“妈妈！妈妈！我说你就快别哭鼻子了，可以吗？你马上就要25岁了！你想变成个老处女吗？你中学的朋友可都结婚了！你呢？嗯？你可是当时高中的校花，到底发生了什么啊，我的天主，啊？我真是伤心死了，我的女儿。对你，我真是失望透顶了，我们星期天就和查韦斯一起吃饭，别再多费口舌了。你快去给他上菜，顺便邀请他，然后你再去把最里边的脏桌子都给我擦干净了，看你这回还敢不敢迟到。”

1975年9月10日

“医生，你明白吗，现在有一位不错的警察在追求我家珍妮。我告诉我的女儿，让她邀请他星期天来吃午饭，她不愿意，但我还是逼着她这么做了。”

“为什么你要逼她呢？奎因夫人？”

塔玛拉耸耸肩，然后一头倒在了沙发上。她想了想，然后说：“因为……因为我不想她一个人一直这样下去。”

“你原来是怕你的女儿一直孤独终老啊。”

“是的！就是这样！我怕她一直这样孤孤单单地过下去！”

“你呢，你自己害怕孤独吗？”

“是的。”

“孤独对于你来说意味着什么？”

“孤独对于我来说等同于死亡。”

“你怕死吗？”

“医生，死亡让我毛骨悚然。”

1975 年 9 月 14 日

在奎因家里，查韦斯不停地回答着问题。塔玛拉想了解这一桩无头公案的所有一切。罗伯特也表现出了他的好奇心，但是他很少开口说话，而他的妻子不一会儿就这样把他打发走了：“闭嘴，波波，这样对你癌症的康复可没什么好处。”珍妮看上去很不开心，几乎没动过桌上的菜。只有她母亲一个人在说个不停。终于，在上“苹果派”的时候，她这样问道：

“查韦斯，那么，你现在已经有嫌疑人的名单了吗？”

“还没有。我得说，现在案件的调查有些停滞，这真是太不可思议了，连一点线索都没有。”

“那么，哈里·戈贝尔是不是嫌疑人呢？”塔玛拉质问道。

“妈妈！”珍妮突然怒声喊了起来。

“怎么？我们是不是不能在这个房间里问问题了？现在，我提到他的名字当然是有原因的。他可是一个变态，查韦斯，一个心理变态！如果他跟这个小姑娘的失踪有关系，我可一点也不会感到奇怪。”

“你这样说真的不是很妥当，奎因夫人，在没有十足的证据之前，我们怎么能这么说呢？”

“我曾经有过证据啊！”她突然怒气冲天地叫了起来，“我曾经有过证据！我原来在餐馆的保险箱里有一封他亲笔写的信，这封信里面的内容对他很不利。而且我也是唯一一个有钥匙的人，你知道这把钥匙放在什么地方吗？我就把它挂到了我的脖子上，我从来都没有把它取下来过！从来没有！后来有一天，我想把这封该死的信交到普拉特警长的手里，却发现这封信不见了！在保险箱里已经找不到这封信了！这怎么可能呢，难道是被人施了法术吗？”

“也许，你是把它放到其他什么地方去了。”珍妮说道。

“闭嘴，小丫头片子。我还没疯吧？波波，我疯了吗？”

罗伯特摇了摇脑袋，看不出他是想表达是还是不是，这更加激怒了他的妻子。

“波波，我问的问题你竟然敢不回答？”

“都是因为我得了癌症。”他这样解释道。

“那好吧，你今天甭吃‘苹果派’了，医生跟你说过吃甜点会要了你的命吧？”

“我可没听医生这么说过！”罗伯特反抗道。

“瞧瞧，癌症现在已经让你变成聋子了，再过两个月，你就该去见天使了，我可怜的波波。”

查韦斯想让这场争论赶快平息下来，于是插话道：

“总之，如果你没有证据的话是没有用的。”他总结道，“警方的调查是基于确凿和科学的事实。对于这方面的情况，我还是有所了解的，在警校的时候，我就是我们年级最好的学生。”

一想到那件原本可以摧毁哈里的证据竟然不翼而飞，塔玛拉就气得火冒三丈。为了消消气，她拿起切“苹果派”的铲子粗鲁地将“派”切成了好多块，而在一旁的波波则一直在啜泣，因为他一点都不想死。

1975 年 9 月 17 日

塔玛拉现在满脑子都在想着要重新找回那张丢失的稿纸。她一连花了两天的时间把家里、车里，以及她从来不去的车库翻了个遍，但还是白忙活了一场。那天早上，在餐馆里的早餐服务时间过后，她一个人钻进了办公室，把保险箱里的东西倒了一地。除了她之外，别人都不可能有打开箱子的钥匙，所以那页稿纸应该不会不见的，它一定还在。她又查看了一遍里边的东西，但还是什么都没找到，最终，她只能气恼地重新把散落一地的东西又收拾好。就在这个时候，珍妮过来敲了敲门，然后从门缝里面把头探了进来，一下子就看到了她母亲一脸愤怒的样子。

“妈，你这是在干吗呢？”

“我现在很忙。”

“哦，妈！别告诉我，你还在找那张该死的稿纸。”

“快去做你的沙拉吧，我的乖女儿，好吗？现在几点了？”

珍妮看了看表。

“差不多八点半了。”她说。

“见鬼，我要迟到了。”

“什么要迟到了？”

“我约了人。”

“约了人？但是今天早上会有饮料和酒水送过来啊，而且上个星期，你已经……”

“你已经是位大姑娘了，不是吗？”她母亲质问道，“你也有两只手，你知道库房在什么地方。你应该不至于要去读哈佛才知道怎么把可乐一个一个装进箱子里面吧？你可别想着给送货的人抛几个媚眼，就能骗他们帮你做这个做那个。现在该是你自己动手的时候了！”

说完，她看都没看珍妮一眼，就一把拿起车钥匙走了。她走之后半小时，一辆巨大的卡车就停到了“克拉克之家”的后面。送货人在服务车辆入口处前面放下了一个很重的底托，上面装着很多箱可乐。

“你要帮忙吗？”在珍妮签收完的时候，他这样问珍妮。

“不用了，先生。我母亲希望我能自己动手完成。”

“那好吧，祝你一天好心情。”

卡车走了之后，珍妮就这样把一箱一箱的饮料扛到了库房里。就在她快要哭出来的时候，查韦斯刚好开着警车从那里经过，他看到了珍妮，马上找地方把车停好，然后下了车。

“需要帮忙吗？”他问道。

她耸了耸肩。

“还行，你应该还有其他的事情要做吧。”她一边忙着手里的活儿一边回答道。

他提起了一个箱子，打算试着和珍妮聊一聊。

“他们都说可乐的配方是个秘密，而秘方就藏在亚特兰大的一个保险箱里。”

“我不知道。”

他一直跟着珍妮来到了库房，他们把两个箱子摞着放了起来。他看她没有什么表示，于是接着说道：

“我听说喝可乐还能提高美军的士气。自从二战以来，他们就给海外的美军部队寄送可乐。这是我在一本关于可乐的书里读到的。总之，这就是我看到的内容，当然，我也会读一些更严肃的书。”

他们从餐馆里边又走到了停车场，她突然用深情的目光看着他。

“嗯，珍妮？”

“紧紧地抱着我，快把我紧紧地揽进怀里吧！我感到好孤独，好难过！好像内心深处都冰凉冰凉的。”

他紧紧地抱住了她，用他最深情的方式。

“医生，我的女儿现在已经向我问这问那了。刚才，她就在问我每星期三都到什么地方去了？”

“你是怎么回答她的？”

“我让她管好自己的事情！她应该收拾好她的可乐，我去哪里和她没半点关系！”

“你的声音告诉我，你现在生气了。”

“对！对！我当然是生气了，雅什克罗夫特医生！”

“生谁的气呢？”

“生……生……生我自己的气！”

“为什么？”

“因为我朝她大吼大叫了。医生，你知道吗？我们把孩子生下来就是想要让他们成为这个世界上最幸福的人。但是现在，生活却横亘在我们之间！”

“你说的是什么意思？”

“她做什么事情都要问我！她还需要生活在我的庇护之下：妈，这个怎么做？妈，这个东西应该放在哪儿？妈妈这，妈妈那的！妈！妈！妈！但是，我不可能永远在那里陪着她！终有一天，我将不能够再照顾她，你懂吗？每当我想到这个问题的时候，我的肚子里就会不舒服，就好像是整个胃都绞在了一起，这种身体上的痛苦让我的食欲大受影响。”

“你的意思是说，你有一些担忧，奎因夫人？”

“对！对！我就是感到担忧！我就是担心得很！我们都很想做到最好，都很想把最好的东西留给我们的儿女！但是，一旦到了我们必须离开他们的时候，他们会怎样？他们该怎么办，嗯？我怎么能确保他们是快乐的呢？怎么才能不让任何不幸的事情降临到他们的身上？这跟发生在诺拉身上的事情是一样的，雅什克罗夫特医生！我可怜的诺拉，她到底怎么了，现在到底在什么地方？”

她到底在什么地方呢？她不在洛克兰，也不在沙滩上，也不在餐厅里，也不在商店中。她什么地方都不在。他给马尔莎葡萄园的酒店打了电话，问那里的员工有没有看到一位金发少女，但是酒店前台把他当作了疯子。于是，他就这样等待着，每一天，每一夜。

他在等待中度过了星期一；

他在等待中度过了星期二；

他在等待中度过了星期三；

他在等待中度过了星期四；

他在等待中度过了星期五；

他在等待中度过了星期六；

他在等待中度过了星期日。

他在等待的时候心里充斥着焦躁和希望：她会回来的。如果他们一起走的话，他们会很幸福的。她是给他生命赋予了意义的那个人。他们可以把书给烧了，把房子烧了，把音乐和人统统都烧了，但是只要她和他在一起，其他的东西就都不重要了。他爱她，这种爱意味着，只要她还在他的身边，死亡、厄运都不会让他感到害怕。所以，他就这么等待着。当夜幕降临的时候，他对着星星发誓，他会一直等她回来。

当哈里不想丢掉希望的时候，罗迪克队长却只能在经过大规模的搜寻工作之后，承认警方这次行动最终以失败告终。事情过去两个星期了，这个地区已经被警方搜了个底朝天，但还是一无所获。在跟联邦调查局以及普拉特警长一起召开的会议上，罗迪克表达了对于这次行动失败的失落心情：“警犬什么都没能找到，我们的人也什么都没能找到，我想，我们应该是找不到这位小姑娘了吧。”

“我很同意你的说法。”联邦调查局的负责人说道，“一般在这样的案件中，要么我们能很快地找到受害人，无论死活；要么就是会出现对方要求给赎金的情况。然而，如果以上这两种情况都没有发生的话，那就应该属于未能处理的失踪案件范畴，这种案子每年都会有。就在刚刚过去的一周，联邦调查局已经收到了全国五位儿童失踪的消息，我们却还没有时间一一处理。”

“但是，这个小姑娘到底遇到了什么事情？”普特拉警长问道，他似乎还不想放弃，“是离家出走吗？”

“离家出走？不会的，要不然为什么会有人看到她身上带血，而且一副受到惊吓的样子呢。”

罗迪克耸了耸肩，然后，联邦调查局的那个家伙就提议他们一起去喝杯啤酒。

就在第二天，也就是9月18日的晚上，在一次小型新闻发布会上，普拉特警长以及罗迪克队长一起宣布终止对诺拉·凯尔甘的搜救工作。但是州立警察局的犯罪调查科将继续展开对这个案件的研究调查。不过，现在还是一点证据、一点线索都没有。在15天的时间里，连诺拉一丁点儿的踪迹都没有发现。

接下来，志愿者在普拉特警长的带领下又找了几个星期，他们甚至一直找到了与附近其他州的交界处，但始终一无所获。诺拉·凯尔甘似乎是就这么飞走了。

9.
一辆黑色的蒙特卡洛

“马库斯，你的文字不错。但是，你写作的目的不应该是让别人读你的书，写作是为了让别人听到你想说的话。”

我的书正顺利地进展着，花在写作上的每一分钟都在一点点地转化成实际成果，那种我以为已经永远丢失了的难以名状的东西又回来了。就好像我终于又重新找回了维持我的作家生命必不可少的，但之前因我出现功能性障碍而一度丧失殆尽的那种感觉；就好像有人按动了我大脑里面的一个按钮，突然重新点亮了那一片天地；就好像我又重新获得了生命。这就是一个作家独有的感觉。

我的一天是在清晨之前开启的。我会去晨跑，从康科德的一边跑到另一边，耳朵里听着迷你随身听播放的音乐。然后我会回到酒店，点上一升的咖啡，接着就开始投入到工作当中。我重新从施密特·汉森那里找回了黛妮思，而她也同意重新回到我在第五大道的办公室上班，她又一次成了我的助手。我会将写好的稿件用邮件慢慢发给她，而她就负责帮我做一些校对。每写完一章，我还会发给道格拉斯，听听他的意见。我知道他肯定会一直守在电脑的前面等我给他发稿子。他也会时不时提醒我已经临近了的交稿日期："如果我们不能在截止日期之前交稿，我们就完蛋了！"他口口声声说"我们"，其实从理论上说，他一点风险都不用担，但是这件事对于他来说和对于我来说同等重要。

我觉得巴尔纳斯基肯定给道格拉斯施加了很多压力，而道格拉斯一直很护着我。巴尔纳斯基生怕我假如不借助外力就不能按时交稿，他曾几次给我打电话对我认真地说：

"你得找些'影子写手'才行啊。要不然，你肯定完不成的。我已经为你都安排好人选了，你把重要的段落都写好，然后他们就替你写其他的部分。"

"我永远干不出这种事情。"我这样答道，"写这本书是我一个人的责任，别人无法代替我。"

"哦，戈德曼，你的道德标准和你高尚的情操都快要让你变得令人无法接受了，现在谁写书都得让别人来代笔。比如说安特尔吧，他就从来不会拒绝我的'影子写手'团队。"

"安特尔的书不是他自己写的？"

他又发出了那种他特有的讥笑声。

"当然不是他写的！要不然，你说他怎么能这么好地控制写书的节奏？现在的读者都不想知道安特尔是怎么写出书来的，或者说是谁写的。他们唯一想知道的就是每年夏天，安特尔能不能拿出一本新书来供他们在假期里面消遣。而我们就给他们提供他们想要的东西。这就叫经商头脑。"

"这就叫欺骗群众。"我答道。

"欺骗群众……啧啧，戈德曼，你绝对能成为一位伟大的悲剧演员。"

我很清楚地告诉他，不可能让别人来替我完成这部书。于是，他失去了耐心，一下子就露出了他的真实面目。

"戈德曼，要是没记错的话，我给你提供了100万美元的新书定金，所以，你最好能好好地配合我。如果我觉得你有必要用我的'影子写手'团队，我们就得用，听清楚了没有！”

“冷静点，罗伊，你肯定会在截稿日期之前收到新书书稿的，前提是你不要再不停地给我打电话，扰乱我的工作时间。”

这时的巴尔纳斯基听上去已经临近爆发的边缘：

“戈德曼，我的老天爷，我希望你能明白，我的全部身家都压在了这本书上。我的身家性命，都压上去了！我在里面砸了很多钱，我现在在玩的是全国最大出版社之一的信誉。如果这件事搞砸了，如果因为你的轻率或者其他什么狗屁原因而造成书不能按时出版，我就直接沦陷了，不过你放心，我会拉着你和我一起走的！一起走！”

“我已经记下了，罗伊，我都记下了。”

巴尔纳斯基虽然人格上有缺陷，但是在市场营销方面却可以说是天赋过人。尽管在纽约的街头巷尾，相关的巨大宣传海报才刚刚开始出现在公众的视线之中，但我的书却早已经成为纽约本年度最受期待的书了。而就在鹅弯被火烧了的第二天，他发布了一条引起巨大轰动效应的声明：“现在在美国某个不知名的角落里，一位作家正在克服一切困难帮人们找回1975年在欧若拉所发生事件的真相。但是，因为这个真相会引起轩然大波，所以有人想用尽一切办法来堵住他的嘴。”第二天，《纽约时报》就发表了一篇报道，题为《谁想杀害马库斯·戈德曼？》。我的母亲显然是看到了这篇文章，于是马上给我打电话说：

“看在上帝的分儿上，马可，快告诉我你现在在哪儿？”

“康科德丽晶酒店的205号套房里。”

“闭嘴！”她大声叫道，“我可不想知道！”

“但是妈妈，是你……”

“如果你告诉我了，我就会忍不住和肉铺的老板说，然后他肯定又会告诉他的伙计，他的伙计又会与其母亲说，伙计的母亲肯定又会忍不住对另一个人说，那该死的人肯定会跑去告诉你的校长，而校长又会和所有的老师说，不久之后，所有在蒙特克莱尔的人都会知道我的儿子在康科德丽晶酒店的 205 号套房了。然后，那个想杀你的人就会在你睡着的时候去割断你的喉咙。嘿，话又说回来了，为什么是间套房呢？你是有女朋友了吗？你要结婚了吧？”

我这时在电话里听到她对我的父亲大喊：“尼尔森，快来听电话！马可要结婚了！”

“妈妈，我没要结婚，这房间里只有我一个人。”

刚刚吃完一顿丰盛早餐的加洛伍德这时就在我的房间里，他正闲着无聊，就大喊道：“嘿，我在这儿呢！”

“是谁？”我母亲立刻问道。

“没人。”

“别和我胡说！我明明听到有男人的声音。马库斯，我得问你一个很重要的生理问题，你必须和曾经把你怀在肚子里 9 个月的老娘说句实话，你的房间里是不是一直藏着一位男同性恋？”

“没有，妈妈，是加洛伍德警长，他是一名警察，和我一起调查案件，他也顺便负责帮我增加客房送餐服务的账单。”

“他现在是裸着的吗？”

“什么？当然不是了！他可是一名警察，妈妈！我们只是在一起工作而已。”

“警察……你知道吗？我可不是什么三岁小孩子。你们是不是会放着音乐，然后一群男人在那儿唱歌？是不是会有一位全身穿着皮衣的摩托手、一位水管工、一个印第安人和一位警……”

“妈妈，他可是一位真正的警察。”

“马可，看在我们逃过大屠杀的老祖宗的分儿上，如果你还爱你善良的母亲的话，就赶快把这位裸男赶出你的房间。”

“妈妈，我谁都不会赶走。”

“哦，马可，你给我打电话就是要气我，对吧？”

“是你给我打的电话，妈妈。”

“那是因为你的爸爸和我都很担心那个罪犯会来追杀你。”

“没有人会追杀我，报纸上说得太夸张了。”

“我每天早上和每天晚上都会看看信箱。”

“为什么？”

“为什么？为什么？你居然问我为什么？因为我怕有炸弹啊！”

“我不认为会有人在你和爸爸的家里放一枚炸弹的，妈妈。”

“我们会被炸死的！而且我们还没有享受做爷爷奶奶的快乐呢！你现在满意了吧？你知道吗？你爸爸那天被一辆黑色的大轿车一直跟到了家门口，你爸爸赶快跑进了家门，然后那辆车就停到了附近的路边。”

“你们给警察局打电话了吗？”

“当然。不久之后，两辆警车就鸣着警笛赶到了。”

“然后呢？”

“原来是邻居家的车。这些坏家伙居然买了一辆新车！而且还从来没向我们提起过。一辆新车，啧啧！当所有人都说会出现大经济危机的时候，他们却买了一辆新车！这难道不可疑吗？我想她丈夫估计是贩毒了吧，或者是做了其他类似的勾当。”

“妈妈，你都在胡说八道些什么啊？”

“我知道我在说什么！别跟你可怜的母亲这么说话，你知道吗？你妈妈随时都可能会被炸死！你的书呢？”

“现在进展十分顺利。我应该在四个星期之后就能完工。”

“那么，故事是怎么结尾的？大概是那位杀死小姑娘的凶手自杀了吧？”

“这是我唯一遇到的问题，我还不知道这书应该怎么结尾。”

7 月 21 日下午，当我正在写诺拉和哈里决定去加拿大的那一章时，加洛伍德正好走进了我的房间。他看上去一副兴高采烈的样子，随手在我房间的迷你吧里面拿了一杯啤酒喝了起来。

“我刚才去了艾力雅哈·斯腾家。”他对我说。

“斯腾？怎么没叫我？”

“我要提醒你：斯腾已经对你即将出版的新书提出了上诉。总之，我是想来告诉你……”

加洛伍德对我说，他这一次并非以官方的身份正式拜访，因此也没有提前打招呼就出其不意地突然来到了斯腾的家门口。来给他开门的是斯腾的律师博·希尔福特，他是波士顿法律界的一把手。他穿着球衣，满身大汗地对加洛伍德说：“给我五分钟的时间，警长，我得先冲个澡，然后马上回来。”

“洗澡？”我问道。

“作家，正如我刚才说的那样，这个叫希尔福特的人真的在大厅里半裸着身子走来走去。我在一间小休息厅里等他，不一会儿他就回来了，换上了西装。斯腾就跟在他的旁边，一见到我就说：‘警长，你刚才应该认识过我的伴侣了吧？’”

“他的伴侣？”我重复道，“你的意思是说斯腾是……？”

“同性恋，这就能说明，他可能对诺拉·凯尔甘没有一丁点儿的感觉。”

“这到底是怎么一回事啊？”我问道。

“这也是我问他的问题，他在跟我谈的时候毫无保留。”

斯腾表示他已经彻底被我的新书激怒了，他觉得我完全就不知道自己在说些什么。于是，加洛伍德马上趁机让他说了一些他所知道的关于这桩案件的事情。

“斯腾先生。”加洛伍德说道，“我刚刚才知道你的……性取向，你能说一说你和诺拉之间到底是什么样的关系吗？”

“我从一开始就已经说过了。”斯腾淡然回答，“我和她是工作关系。”

“工作关系？”

“这就好比有人为你干了活儿，你就得给人家付钱，警长。具体一点说，就是她给我做了画画的模特。”

“那么，诺拉·凯尔甘真的是来这里给你当过画模咯？”

“是的，但不是给我。”

“不是给你，那是给谁？”

“给卢塞·卡勒。”

“卢塞？为什么？”

“为了满足他的需求。”

斯腾说的故事发生在1975年7月的一个夜晚，具体他也记不得到底是哪一天了，但他觉得应该是在月底的时候。我后来在和我所知道的事情做过一番对比之后，推断出，斯腾所说的事情应该是发生在诺拉他们去马尔莎葡萄园之前。

1975年7月末，康科德

夜已深，斯腾和卢塞两人还在露台上专心地下着棋。突然，大门的门铃响了起来，他们都很奇怪，是谁会在这个时间前来拜访？卢塞还是去开了门，当他回来的时候，旁边跟着一位迷人的年轻金发少女，她的眼睛哭得红红的。这个少女就是诺拉。

“你好，斯腾先生。”她害羞地问候道，“我希望你能原谅我这么晚还来打扰。我的名字叫诺拉·凯尔甘，是欧若拉市牧师的女儿。”

“欧若拉？你大老远从欧若拉跑到这里来？”他问道，“你是怎么来的呢？”

“我是搭车过来的，斯腾先生。因为我有很重要的事情要跟你说。”

“我们认识吗？”

“不，先生，但是我有一个非常重要的事情想要请求你。”

斯腾看着这位眼睛里还闪着泪光的少女，她为了一个非常重要的事情而深夜造访。他让她坐在了一把很舒服的椅子上，卡勒也给她拿来了一杯柠檬水和一些饼干。

“你说吧。”他看着她一口气把柠檬水喝完之后说道，“你有什么重要的事情要和我说？”

“斯腾先生，这么晚来打搅，我得再对你说一声抱歉。但是我有一件急事，我这次偷偷地来看你是为了、为了让你能雇用我。”

“雇你？雇你做什么呢？”

“你想怎样都行，先生，我什么都可以为你做。”

“雇你？”斯腾不解地重复道，“那是为什么呢？你需要钱是吗？我的小可怜。”

“作为报酬，你只需要让哈里·戈贝尔继续住在鹅弯就可以了。”

“哈里·戈贝尔离开鹅弯了？”

“他没钱继续住在那里了。他已经联系了租房中介，因为他再也没有办法支付 8 月的房租了。可是，他必须留下来啊！因为他还要写那本书，他现在才刚刚开始创作，我有预感，这本书绝对会成为一部巨著！如果他现在走了的话，他就永远都写不完了！他的事业就会毁掉！这该多可惜啊，先生，这该多可惜啊！另外，还有我们呢！我爱他，斯腾先生，我从来没有在我的生命里这样爱过一个人！我知道你可能会觉得这件事有些荒唐，可能你会觉得我只有 15 岁，我对人生还一无所知。我或许是对人生一无所知，斯腾先生，但是我了解我的心！没有哈里，我就什么都不是。”

她双手合十，做出祈求的样子。斯腾问她：“你到底需要我做些什么？”

“我没钱，否则的话我就会付清房租，让哈里能够继续在里边住下去。不过，你可以雇我做事情！我可以做你的员工，我可以一直为你工作下去，直到还清哈里剩下的全部租金为止。”

“但是，我家里的雇员已经够多了。”

“我什么都可以为你做。任何事情！又或者，你能不能让我一点一点付清房租，我现在已经有 120 美元了！（她从她的口袋里拿出了几张钞票）

这些是我所有的积蓄！我星期六的时候会在‘克拉克之家’工作，我会一直工作到还清房租为止。”

“你能挣多少钱？”

她自豪地回答：

“三美元一小时！还有小费！”

斯腾笑了，为诺拉的请求所感动。他用温柔的目光看着诺拉：说实话，其实他并不需要鹅弯那幢房子给他带来的收入，他完全可以让戈贝尔再住几个月，但是就在这个时候，卢塞突然要求和斯腾借一步单独说话。于是，他们退到了旁边的一个屋子里。

“艾力。”卡勒说，“我想画她，求求你了……求求你。”

“不，卢塞，这不行……现在还不行……”

“我求你了……让我画她吧……我已经等了好长时间了……”

“为什么？为什么是她呢？”

“因为她和埃莉娅诺长得像极了。”

“又是埃莉娅诺？够了！你得收手了！”

斯腾一开始不同意，但是卡勒坚持了很长时间，斯腾最终还是让步了。他回到诺拉的旁边，她正在吃盘子里的饼干。

“诺拉，我已经想过了。”他说，“我可以让哈里·戈贝尔想住到什么时候就住到什么时候。”

她跳起来一把抱住了斯腾的脖子！

“哦，谢谢！谢谢！斯腾先生！”

“等等，我有一个条件……”

“当然可以！你想要什么都可以！你真是个大好人，斯腾先生！”

“你得给卢塞画的一幅画做模特，到时候得脱光了让他来画。”

她惊呼道：

“不穿衣服？你是想让我什么都不穿吗？”

"是的。但只是为了画画，没有人会碰你的。"

"但是先生，脱光了衣服会让我很不舒服……我是想说……（她开始低声哭了出来）我想的是，我可以为你干些杂活儿，比如说一些花园里的零碎活儿或者是帮你整理图书馆。我从来没有想过我要……我没这么想过。"

她擦了擦脸蛋，斯腾看着这位楚楚可怜的小姑娘，这位被他逼着脱衣服的小姑娘。他想把她抱在怀里安慰她，但是他不想让一时的怜悯之心冲昏头脑。

"这就是代价。"他硬生生地说，"你只要做了这幅画的裸模，戈贝尔就能留住房子。"

她默许了。

"好的，斯腾先生。我会做你想让我做的任何事情，从今往后，我就是你的了。"

在这个故事发生了 33 年之后，斯腾的心里充满了悔恨，他带着一颗忏悔的心把加洛伍德带到了房子的露台上。当年，为了满足他的司机的独特癖好，他就是在这里逼着诺拉脱下了衣服，她只有这样做才能让心中至爱继续留在那座小城。

"好啦。"他回忆道，"诺拉就是这样走进了我的生活。她来之后第二天，我就给戈贝尔打了电话，但是没有人接。在此后一个星期的时间里，他消失得无影无踪。我曾经让卢塞守在他家的门口，最后，他终于在戈贝尔准备离开欧若拉的时候把他拦了下来。"

加洛伍德接着问道：

"你难道从来没有觉得诺拉的这个请求有些奇怪吗？还有，一位 15 岁的少女和一位 30 多岁的男人发生恋情，正常吗？"

"警长，她把爱情说得如此美妙……我自己无论如何都无法想到她用来形容爱情的那些词语。而且，我喜欢男人。你应该知道，人们原来是怎样看待同性恋的，现在应该也差不多……总之，我一直不敢以真面目示人，所以当那位戈德曼先生说我是一位性虐狂，说我曾经对诺拉实施性侵犯的时候，我也没敢说出事情的真相。如今，我派出了我的律师团，上告到了法庭，想要制止这本书的出版。其实，我只需要当着全美国人的面‘出柜’就足以洗脱冤屈了。但是我们的国民现在思想还是过于保守，而我还需要保全我的名声。”

加洛伍德听到这里又重新把话题拉了回来。

“你和诺拉之间达成了约定，后来怎么样了？”

“卢塞负责到欧若拉去接诺拉，我对他说，这件事情我完全不想过问。我嘱咐他用他自己的那辆蓝色‘野马’，而不是平时开的那辆黑色林肯。每次，他只要一去欧若拉，我就会把家里面所有的员工都打发出门，我不想让任何人留在这里。我感到万分自责，而且我也不想让他在平时他作画的那个大阳台里给诺拉画画，因为说不定就会被什么人撞见。于是，他作画的地方改到了我办公室旁边的一间屋子里。我在诺拉来到以及离开的时候都会去跟她问好。而我对他的要求就是不能出什么岔子，或者说不能出什么大乱子。我还记得她第一次来的时候，就坐在沙发上，身上裹着一张白色的床单，她当时已经脱光了衣服，身体颤抖着，十分局促不安，一脸惊恐的表情。当我和她握手的时候，她的手是冰凉冰凉的。我虽然没有和他们待在一个房间里，但一直就在旁边守着，我必须确保卢塞不会对诺拉有什么越轨的行为。为此，我甚至在他们的房间里藏了一个对讲机，而且把它开着，这样我就可以听到里面发生的任何情况了。”

“然后？”

“什么都没有，卢塞一个字都不说，由于他的下巴受过伤，他从此就变得寡言少语。他静静地画着，事情就是这样的。”

“他没有碰过她？”

“从来没有！我跟你说过，我坚决不会容忍这样的事情。”

“诺拉来过几次？”

“我不知道，有十几回吧！”

“他画了多少幅画？”

“只有一幅。”

“就是我们没收的那一幅？”

“是的。”

所以，完全是因为诺拉，哈里才能继续在鹅弯待下去。但是，为什么卢塞·卡勒一定要把诺拉画下来呢？根据斯腾的说法，他原本有意免费让哈里继续留在鹅弯。但是为什么他又会突然答应卡勒的请求，同意让诺拉当裸体画模呢？这些问题，加洛伍德暂时还没能找到答案。

“我于是问他，”他向我解释，“我问他：‘斯腾先生，我现在有一点还是不明白：为什么卢塞要画诺拉？你刚才说这能满足他的需求，你的意思是说，这能给他带来性快感，是吗？你还提到过一个叫埃莉娅诺的人，这是他曾经交过的女朋友？’他没有回答我，只是说这件事情很复杂。我已经了解到了我想要了解的事情。这次到访我算是不请自来，所以我也没办法再逼问下去。”

“珍妮和我们说过，卢塞也想画她。”我提醒他。

“那这到底是怎么回事，一种画东西的怪癖？”

“我不知道，警长。你认为，斯腾接受卡勒的请求，会不会是因为对他有爱慕之心呢？”

“这种想法也曾经出现在我的大脑里面，我问过斯腾，他和卡勒之间有没有什么故事，他很冷静地回答我说完全没有。‘我从 20 世纪 70 年代初起，就成了希尔福特先生最忠诚的伴侣。’他对我这样说道，‘除了怜悯之情外，我对卢塞·卡勒完全没有其他的想法，也是出于这个原因，我才雇用了他。他是一位从波特兰来的可怜人，他曾经被人殴打过，身体遭受了严重的伤害，从此成了一位残疾人。他的人生就这样毫无理由地被毁掉了。他懂一点机械方面的知识，而我又正好需要一个帮我管理车库、帮我开车的人。很快，我们建立起了友谊。你知道吗？我可以说，我们是很好的朋友。’作家，让我觉得蹊跷的事正是他口中所说的友谊，我总觉得他们之间的关系没有那么简单，但也应该不是性方面的关系。我觉得，当斯腾说他并没有被卡勒吸引的时候，他并没有说谎。我觉得他们之间应该是一种……更可怕的关系。当斯腾说是他答应卡勒的请求，是他让诺拉脱下衣服的时候，我就有了这种感觉。他自己说，这样的做法让他作呕，但又是他自己同意卡勒这样做的，就好像是卡勒对他有一种说不出的掌控力。而且，对于这一点，希尔福特似乎也有同感。他原本在旁边一言不发，只是静静地听着，但是当斯腾回忆起诺拉第一次来时他去跟她打招呼的情景，当他说到诺拉全身一丝不挂、惊恐万分的时候，希尔福特忍不住冒出了一句：‘艾力，什么？你说什么？这段故事是什么意思？你为什么从来都没跟我提起过？’”

“那么，关于卢塞的死呢？”我问道，“斯腾是怎么跟你说的？”

“别急，作家，好戏还在后头呢。希尔福特本来不想过多追问这些事情，但是他当时一下子被刚听到的这段故事气得失去了作为一名律师应有的理智，于是怒声道：‘艾力，快告诉我！为什么你从来都没跟我说过？为什么这些年你一直对这件事情只字不提？’这样的质问让我们的艾力一下子变得很尴尬，这你应该想象得到，于是，他反驳道：‘我是没有说，但我没说并不代表我忘了！这幅画，我一直保存了33年！每一天，我都会到画室里去，都会坐在沙发上看这幅画。我要面对她的目光，要直面她的存在。她就一直用她那鬼魂一般的眼神看着我，这难道还不是对我的惩罚吗！’”

加洛伍德马上追问斯腾，他刚才说的“惩罚”是什么意思。

“从某种程度上说，是我杀害了她，而这就是对我的惩罚！”斯腾激动地说，“我觉得，正是由于我允许卢塞给诺拉画了裸画，才把他内心的阴暗面释放了出来……我……是我让这个小姑娘不穿衣服的，是我创造了他俩接触的机会。我觉得，应该是我间接杀害了这位善良的姑娘。”

“这到底是怎么回事？斯腾先生？”

斯腾沉默了许久，带着一脸茫然的表情在房间里转着圈。很显然，他并不知道自己应不应该说起那些往事。但最后，他还是开了口：

“后来，我很快就感到卢塞疯狂地爱上了诺拉，而且他还想知道为什么诺拉会如此深爱哈里。这一点让他感到很痛苦。于是，他的全部心思都集中到了戈贝尔那里。他甚至为了监视戈贝尔的行踪而躲到了鹅弯附近的林子里。我看着他经常在欧若拉和康科德之间来来回回地跑，我也知道，有时候他在那里一待就是整整一天。我感觉这个事情马上就要失控了。于是，有一天我就跟在了他的后面，然后发现他把车停到了鹅弯附近的林子里。我把车停到了远处一个隐蔽的地方，然后就开始观察林子里的动静。我看到了他，而他却看不到我。他就一个人待在密林的后面，正一动不动地看着鹅弯的房子。我并没有出现在他的面前，但是我想给他一点教训，让他别这么肆无忌惮地想干什么就干什么。所以，我决定去趟鹅弯，去突然拜访一下哈里。于是，我从第一大道绕到了鹅弯，脸上带着一副什么都不知道的表情。我直接走到了露台上面，然后大叫：‘你好！你好，哈里！’为的就是让卢塞能听到我的声音。哈里大概是把我当成了一个疯子，因为我记得当时他也大喊大叫了起来。我对哈里说，我把车停到了欧若拉，并问他要不要和我一起回城里吃一顿午饭。在他欣然接受以后，我们就一起走了。我想卢塞这一下应该吓得不轻吧。当天，我们是在‘克拉克之家’吃的午饭，哈里在那里告诉我，前一天的清晨时分，他在晨跑的时候腿抽筋，正好遇到了卢塞，是他把他送回了鹅弯。接着，哈里问我，卢塞为什么会这么早跑到欧若拉来，我赶忙转换了话题。但是，我的担心一点也没有减少，像这样的事情是无论如何不能再发生了。那天晚上，我告诉卢塞，让他不要再到欧若拉去了，再这样下去，肯定会出事的，但是他并没有听进去。于是，在一两个星期之后，我对他说，那幅诺拉的画不能再继续画下去了，我们两个人还因此大吵了一架。1975 年 8 月 29 日，他突然对我说，他不愿意继续为我工作了，说完之后把门一摔就走了。我还以为他只是一下子心情郁闷才会这样，不久之后，他还会回来的。第二天就是 1975 年 8 月 30 日，我一大早就去赴了一些私人约会。但是在我回来的时候，并没有看到卢塞，于是，我便有了一种很奇怪的不祥预感。我赶忙出门去找卢塞，当时差不多是晚上八点，我的车正行驶在通往欧若拉的路上。一辆警车突然从我身旁飞驶而过。在到了欧若拉之后，我发现城里面已经乱成了一锅粥。所有人都在谈论诺拉失踪的事情。有人告诉了我凯尔甘家的地址，但实际上我只需要跟着一群看热闹的人以及那些因为突发事故而被派来的警车就可以找到诺拉的家了。我在诺拉家的房子前面待了一会儿，我身边的人一脸疑惑，而我则静静地看着这位善良的姑娘曾经住过的地方，这幢宁静的居所，房子是用白板搭建的，旁边一棵很粗的樱桃树上还吊着一架秋千。我回到康科德的时候已经是夜幕降临了，于是我又走到卢塞的房间里去看看他有没有回来，但是一个人影也没有。那幅诺拉的画就那么直愣愣地看着我。完成了，这幅画已经画完了。我把那幅画放到了画室里面，从此再也没有动过它。那一整个晚上，我都在等卢塞回来，但是始终没有等到。第二天，他的父亲给我打了电话，说他也在找卢塞。我告诉他，他的儿子前天就已经离开了，但其他的事情，我都没有提。一直以来，我对这件事守口如瓶，因为要是我告诉别人卢塞是绑架诺拉的凶手，那也就在一定程度上等于说我自己就是凶手。在接下来的三个星期里，我一直在等卢塞，一直在寻找他的下落，直到有一天，他的父亲告诉我，他已经在一次车祸中丧生了。”

“你的意思是，卢塞·卡勒就是那个杀害诺拉的人？”加洛伍德问道。

斯腾点了点头。

“是的，警长。我这样想已经有 33 年了。”

我被斯腾告诉加洛伍德的这些话惊得哑口无言。于是，我到迷你吧里又拿出了两瓶啤酒，然后打开了我的录音机。

“警长，你得把刚才你说的话再跟我说一遍。”我说，“为了写我的新书，我得把它录下来。”

他爽快地答应了。

“如果你想要的话，作家。”

我按下了录音开始的按钮，就在这个时候，加洛伍德的电话响了起来，于是，录音机记录下了他在这段电话里所说的话。“你确定吗？”他问道，“你都审核过了？什么？什么？我的天，这简直让人难以置信！”他让我拿一支笔和一页纸给他，他记下了电话里对方对他传达的信息，挂掉了电话。然后他就用很奇怪的眼神看了看我，对我说：

“刚才是犯罪调查科的一位实习生给我打来的电话……我让他帮我找卢塞・卡勒当年出事的报告。”

“结果呢？”

“根据当年的报告，卢塞・卡勒当年开的正是一辆挂了斯腾公司牌照的黑色雪佛兰蒙特卡洛汽车。”

1975 年 9 月 26 日

那一天雾很大，虽然太阳已经升起来几个小时了，但天色还是一片昏暗。迷雾如丝带一般飘散在天地之间，这就是新英格兰潮湿的秋季经常会看到的景象。现在是上午八点，一位以捕龙虾为生的渔夫乔治・腾已经和他的儿子一起从马萨诸塞州的萨加莫尔出港了。他捕鱼的地方一般就是海岸一带的水域。但是他和其他极少数的渔民也会到一些其他大多数渔民不常去的小海湾下网，这些小海湾不仅难以到达，而且在这种地方打鱼能否赚到钱还得看潮汐的“脸色”。就在那一天，乔治・腾打算到其中的一个小海湾收他提前下好的两张网。他开着船，行驶在一个叫落日湾的地方，这是一段两边被峭壁围着的海湾。突然，他的儿子被一束光晃到了眼睛。这是一道从云间射出的光束，然后反射到了一件不知名的东西上。尽管这束光持续的时间很短，但是却很强烈。他的儿子马上拿起了望远镜，开始仔细查看起两边的悬崖来。

“怎么了？”他的父亲问道。

“那边有一个东西，就在上边。我不知道是什么，但是我看到有一个特别亮的东西。”

根据水面浸漫岩石的程度，腾判断出这一片海水足够深，他们的船应该可以接近悬崖，这才一点一点地慢慢沿着峭壁向前驶去。

“你觉得这应该是什么东西？”乔治·腾好奇地问道。

“肯定是什么反光，但应该是发自某种不寻常的东西，比如说金属或者玻璃。”

他们继续向前走，在绕过了一片岩石之后，突然看到了那个此前引起他们关注的物体。“我的天哪！”那个父亲猛然睁大了眼睛叫道。他们赶紧打开了船上的通信设备，慌手慌脚地拨通了海岸警备队的电话。

当天 8 点 45 分，萨加莫尔警察局接到了海岸警备队关于一场人员意外伤亡事故的通报。一辆汽车从落日湾悬崖边的路上翻了下来，然后在峭壁下的石头上摔成了粉碎。达润·万斯劳警官马上赶到了现场，他对这个地区十分了解。在这一段悬崖之上有一条蜿蜒曲折的小路，从那里能看到令人叹为观止的风景。在峭壁的顶端甚至还有一个停车场，游客可以从那里领略落日湾美妙的全景。这个地方美得没话可说，但是万斯劳警官一直觉得这个地方不安全，因为这一段路完全没有可以保护车辆的护栏。他曾经几次向市政府反映这个问题，但是都没有什么效果。在夏天的晚上，来到那个地方的人还是很多的，但是那里除了一个危险警示牌之外，其他什么安全设施都没有。

在到达停车场的时候，万斯劳发现了一辆森林警备队的皮卡车，显然，这里应该就是事故发生的地方。他关掉了警笛，然后把车停到了一边。两位森林警备队队员正看着岩石下方进行着的一幕。一艘海岸警备队的汽艇正在峭壁的旁边忙得不可开交，从汽艇里面伸出了一个可折叠的机械吊臂。

“他们说下面有一辆轿车。”一位森林警备队队员这样对万斯劳说，“但是我们什么都看不见。”

警官朝悬崖边走了过去：岩壁的陡峭程度一目了然，上面还长满了荆棘、杂草，岩表也布满了褶子，从上面往下看几乎什么也看不到。

“你是说，车就在下面？”他问道。

“我们在紧急通信频道里面听到的情况就是这样的。从海岸警备队这艘船停靠的位置来看，我猜当时那辆车就在停车场上，但不知道是什么原因从这里翻到了悬崖下面。我希望不会是一些晚上来这里幽会的少男少女在车里拥吻的时候忘了拉手刹了。”

“先生，”万斯劳低声道，“我也不希望在岩石下面的是一群小孩儿。”

他们仔细地看了看停车场最靠近悬崖边的部分。在沥青和崖壁的边缘之间长了一排长草，他们想在这里找到汽车驶过的痕迹，也就是当汽车翻下去的时候在杂草和荆棘上留下的压痕。

“在你看来，汽车是一直向前开出去的吗？”他向其中一位森林警备队队员问道。

“有可能是这样的，我们一直呼吁应该在这里设一些围栏。就是一些孩子，我跟你说，那些孩子只要稍微喝多一点，就会不要命地笔直往前冲。只要喝高了，他们哪里还会知道在停车场里面就得把车子停下来呢？”

那艘汽艇完成任务之后，就慢慢离开了悬崖边。在停车场上的三个人看到那个机械折臂上挂了一辆汽车。万斯劳马上返回到他的车上，试着和海岸警卫队取得联系。

“那是一辆什么车？”他问道。

“是一辆雪佛兰蒙特卡洛。”电话另一头的人回答道，“黑色的。”

“一辆黑色的雪佛兰蒙特卡洛？你确定是一辆黑色的蒙特卡洛吗？”

“确定，车牌是新罕布什尔州的。里边躺着一具尸体，样子很吓人。”

我们在加洛伍德那辆克莱斯勒公务车上一连开了两个小时，车一边开一边发出轰轰的响声。那一天是 2008 年 7 月 21 日。

“要不让我来开吧，警长。”

“不用。”

“你开得实在是太慢了。”

“我开得很小心。”

“这辆车真应该被扔进垃圾堆里，警长。”

“这是州警察局的车子，请你对它放尊重一点。”

“好吧，那这就是一辆州警察局的破车，我们能放点音乐吗？”

“你做梦都休想，作家。我们现在是在进行调查，而不是像一群姑娘那样上街闲逛。”

“你得知道，我会在我的书里写你开车开得像个小老头儿。”

“快把音乐打开，作家。把音量调大，在到达目的地之前，我都不想再听到你的声音了。”

我笑了。

“好了，那个人叫什么来着？”我问道，“达润……”

“……万斯劳。他是萨加莫尔警察局的警察，当时，渔民在发现卢塞汽车的残骸并报警之后，是他出的警。”

“一辆黑色的雪佛兰蒙特卡洛？”

“是的。”

“真是奇怪至极！为什么从来就没有人把这件事和诺拉的案子联系起来？”

“我不知道，作家。这也是我们要弄明白的地方。”

“这个万斯劳后来怎么样了？”

“他前几年就退休了。现在，他和他的堂弟一起开了一家停车场。你现在有没有在录音？”

“在。昨天，万斯劳在电话里是怎么跟你说的？”

“没什么太多的东西。我找到他的时候，他似乎没有料到我会给他打电话。他告诉我，可以在白天的时候去他的车库里面找他。”

“那你为什么不在电话里面直接问他呢？”

“作家，没有什么比面对面交谈更好的方式了。电话这种东西太冷冰冰了，一般也就是给像你这样懦弱的人用的。”

这个停车场就在刚进萨加莫尔城区的地方，我们在那里找到了万斯劳。他的头正埋在一辆老式别克的发动机里，看到我们进来之后，他把他的堂弟打发走了，然后又把椅子上的账本放到了一边，这样，我们就有了坐下来的地方。他在盥洗盆前洗了很长时间的手，然后给我们泡了咖啡。

“好了，”他一边满上咖啡一边对我们说，“到底是什么风把新罕布什尔州警察局的警官给吹来了？”

“昨天我已经跟你说过了。”加洛伍德回答道，“我们现在正在调查诺拉·凯尔甘死亡一案。特别是 1975 年 9 月 26 日在你负责的范围之内发生的一起交通事故。”

“是不是关于那辆黑色蒙特卡洛的事情，嗯？”

“正是，你怎么知道这就是我们想要了解的东西？”

“你现在不是在调查凯尔甘案件吗？当年，我也在想，这两件事情有没有什么联系。”

“真的吗？”

“是的，也正是由于这个原因我才会记得起来。我是想说：时间一长，有一些事情是我们能记住的，有一些却是我们记不住的。而那次事故就属于我能记住的。”

“为什么？”

“你也许知道，作为小地方的警察，处理交通事故是我们很重要的一项工作内容。对于我来说，在我工作的这么些年里，我见过的有死人情况的事件都是交通事故。只是这一次不一样，因为在那之前的几个星期里，我们收到了新罕布什尔州绑架案的相关通知。大家都在找一辆黑色的雪佛兰蒙特卡洛轿车，我们接到的指令就是要留意这种轿车。我还记得，在那几个星期里，我一直在外面巡逻，目的就是要搜寻和那辆雪佛兰型号相同的汽车，不论什么颜色，然后把它们都拦截下来检查。我这样做是因为一辆黑色的轿车可以很容易地用涂料改变颜色。就这样，我跟这个大区其他的警察一样，也加入到了这桩案件的调查之中。我们不惜一切代价想要找到那个小姑娘。终于有一天早上，我接到海岸警备队的报告，他们说正在从落日湾的悬崖下拉上来一辆轿车。你们猜猜这是辆什么车……”

“一辆黑色的蒙特卡洛。”

“更巧的是，这辆车的车牌号还是新罕布什尔州的，里边还有一具死尸。我还记得我检查那辆车时的情景。当时，这辆车已经完全被砸扁了，里面还躺了一个人，已经被摔得血肉模糊。我们在他的身上找到了他的证件，他叫卢塞·卡勒。我还清楚地记得。那辆汽车是康科德一家大公司——斯腾有限公司注册的资产。我们把车里边仔细搜查了一遍，却没有什么太大的发现。海水已经把很多东西都毁坏了，我们在里边还发现了一个摔得粉碎的酒瓶。而在车的后备厢里，我们除了一个装着几件衣服的包之外什么都没有发现。”

“是行李吗？”

“对，正是，可以算是一个小行李包吧。”

“你之后做了些什么？”加洛伍德问道。

“我做了我该做的事情，一连花了几个小时研究。我问自己，这个家伙到底是谁，他是做什么的，他是怎么摔下悬崖的？我对这位卡勒做了详细的调查，你猜我发现了什么？”

“曾经有人到欧若拉警察局以骚扰的罪名控告过他。”加洛伍德有点不耐烦地说。

“对！不过，你是怎么知道的？”

“我就是知道这事。”

“当时我就在想，这不可能再是什么偶然了。我马上就开始调查是不是已经有人向警察局报告过他失踪的事情。我的意思是，根据我多年处理交通事故的经验，我知道死者的亲戚一般都会很着急，也正是靠他们提供的信息我们才能辨认出死者的身份。但是这一次事故发生之后完全没有一点消息。这是不是很奇怪？所以，为了了解更多的信息，我给斯腾有限公司打了电话。我对他们说，我刚找到了一辆他们公司的汽车，话音刚落，电话那头的人就让我稍等片刻。话筒里突然传出了转接的铃声，然后斯腾家族的继承人艾力雅哈·斯腾本人和我通上了电话。我向他解释了当时的情况，并问他有没有遗失一辆轿车。他肯定地对我说没有。我和他说起了那辆黑色的雪佛兰，他却对我说，那是他的司机在不上班的时候经常开的一辆车。然后，我又问他有多长时间没见过他的司机了，斯腾回答说司机去休假了。‘他什么时候开始休假的？’我问道。他回答说：‘几个星期前吧。’‘去什么地方休假呢？’他没有接着回答我的问题，因为他其实什么都不知道。我觉得这一切都很奇怪。”

“你接下来做了什么？”加洛伍德问道。

“在我看来，凯尔甘绑架案的头号嫌疑人已经被我发现了，于是我马上给欧若拉警方打了电话。”

“你给普拉特警长打了电话？”

“是的，普拉特警长，人们一直这么叫他。我把我的发现告诉了他，因为当时是他负责调查这个绑架案的。”

“然后呢？”

“他当天就过来了。他对我表示感谢，然后一丝不苟地研究了这一起事故的记录。他人很好。在仔细检查了那辆轿车之后，他表示很遗憾，因为那辆轿车的型号和他们当时在追缉嫌疑犯时看到的那辆车的型号不一样。他甚至开始怀疑自己当时看到的究竟是一辆黑色的蒙特卡洛，还是一辆诺瓦，因为这两种车型极为相似，对于这一点，他会跟郡治安官办公室一起去核实。他还说他早就想过会不会是这位卡勒，但是有很多能够帮他洗脱罪名的证据，所以，他就没有再继续往这条线索上查下去。不过，他还是要求我把我做的调查报告发给了他。”

“所以，这件事情，你跟普拉特警长讲过，但是他没有认可你提供的这条线索。”

“正是，他很确定地对我说是我搞错了。而且话说回来，这案子说到底还是由他在负责，他知道他自己在做些什么。他最后把这桩案件定义为一次普通的交通事故，我在我的报告里也是这么写的。”

“你难道不觉得这很奇怪吗？”

“当时不觉得，我对自己说，也许是我高兴得太早了。但是，我做的工作也不是毫无用处。我把那具尸体送到了法医那里，重点是为了搞清楚到底发生了什么事情，我想知道，这起事故是不是酒后驾车造成的，因为我不是发现了那些摔碎的酒瓶吗？但是很不幸，由于摔下来受到的巨大撞击以及海水的侵蚀，这具已经被破坏殆尽的尸体提供不了任何确定的信息。我可以告诉你们，当时那具尸体已经变成了一团糨糊。法医唯一能说的就是，尸体可能已经在那里好几个星期了。而且，天知道这具尸体如果没有被渔民发现的话，还会在那里待多久。在经过检查之后，尸体被送回了他的父母家，这段故事也就这样结束了。我可以告诉你，当时所有的一切都让人觉得这只是一次普通的交通事故。然而今天，当我知道了这桩案子最新的进展时，特别是在知道了普拉特警长和诺拉的关系之后，我就什么都不确定了。”

达润·万斯劳讲的故事真的很吸引人。在我们和他见面之后，加洛伍德就和我一起到萨加莫尔的码头去随便吃了一点东西。这个港口很小，旁边有一个杂货店和一个卖明信片的小商贩。那天天气很好，阳光把一切都照得熠熠生辉，大海也显得格外宽阔。而就在旁边，还能看到一幢彩色的房子，一边靠着海，一边是修剪整齐的花园。我们一起在一家小餐馆里吃了牛排，还喝了一些啤酒。这个餐馆架在木桩上的露台一直延伸到了海里，加洛伍德的脸上是一副若有所思的样子。

“你在想什么呢？”我问他。

“现在，种种迹象似乎都表明卢塞就是凶手。他当时带着一件行李……很明显，他已经准备出逃了，他甚至还带着诺拉……但是他的计划最终没能实现，诺拉逃跑了。库佩妈妈大概就是他杀的，然后他还可能暴打了诺拉一顿。”

“所以你觉得凶手就是他？”

“嗯，我觉得是，但是现在还不清楚……我不知道为什么斯腾没有跟我提起黑色雪佛兰轿车的事情，这是多么重要的一个环节啊！卢塞开走的可是他们公司的车，难道他就一点都没有担心过吗？而且为什么普拉特警长也不去充分地调查这件事情？”

“你觉得普拉特警长和诺拉失踪一案也有关系？”

“我很想问问他为什么在万斯劳对他做了汇报之后，还是没有考虑进一步对卢塞进行调查。我的意思是，当时在他的面前就明摆着一位八九不离十的嫌疑人，一位开着黑色蒙特卡洛轿车的嫌疑人，但他却十分肯定地认为这和案件完全没有联系。这实在是太奇怪了，难道你不觉得吗？如果他确确实实不确定车的型号，可能是一辆诺瓦，而不是一辆蒙特卡洛，那他也应该去弄个明白。但是在报告里，他却只说是一辆蒙特卡洛……”

我们当天下午就去了蒙特贝利那家普拉特警长住的汽车旅馆，旅馆是一座单层建筑。酒店里的十几间客房排成了一行，每间客房的门前都有一个车位。酒店看上去没几个人住，只有两辆车停在那里，其中还包括普拉特警长门前停的那辆，也许就是他的车吧。加洛伍德嘭嘭嘭地敲起了门，但是不见有人来开门。他接着敲，还是没有人。这时，刚好有一位酒店的服务员走了过来，加洛伍德就叫她拿房卡把门打开。

“这不可能。”她对我们说。

“什么意思，不可能？”加洛伍德一边大声嚷嚷着，一边指了指身上佩戴的徽章。

“我今天已经来过几回了。”她解释道，“我觉得这位客人应该是在我还没来的时候就出去了，他把钥匙插在了锁上，可能是在走的时候把门随手一带，却忘了把钥匙先从房间里边的锁上拔下来。有时候，客人着急的时候就会发生这种情况。不过，他的车倒是还在这里。”

加洛伍德面露愠色。他又接着使劲地敲起了门，还大声叫着普拉特的名字让他开门。他试着从窗子往里看，但是窗帘合上了，他完全看不见里面的情况。于是，他决定把门踢开。当他踢到第三脚的时候，门开了。然后，我们就看见普拉特警长瘫倒在地毯上的血泊之中。

8.
乌鸦

“胜利属于勇士，马库斯。当你要面临艰难抉择的时候就想一想这句话吧。胜利属于勇士。”

《哈里·戈贝尔事件》节选

2008年7月21日。几个星期之前，诺拉的尸体在欧若拉被发现，而几个星期之后，小城蒙特贝利也发生了一件轰动全城的案件。警察们纷纷从邻近的区域汇集到蒙特贝利工业区旁边的一家汽车旅馆。看热闹的人都在传言说有一个人被谋杀了，而他正是原来欧若拉市警察局的头头。

加洛伍德警长此时就站在房间的门前，一动不动。几位警察局科学调查组的成员正在犯罪现场忙得热火朝天，而他就在一旁那么呆呆地看着。我很好奇他这个时候到底在想些什么。他最终转过身来，然后发现我正坐在车盖上看着他。他狠狠地瞪了我一眼，然后朝我走了过来。

“你拿着录音机到底在干什么呢，作家？”

“我正在把这段故事完完整整地添加到我的新书里面。”

“你知道你现在是坐在警车的车盖上吗？”

“对不起，警官，那边到底发生了什么情况？”

“快把你的录音机关了，听懂了吗？”

我随即关掉了录音机。

“此案的初步调查结果显示，”加洛伍德对我说，“警长的后脑遭到过重物一次或者多次击打。”

“和诺拉的情况一样？”

“一样，是的，死亡时间应该是在 12 个小时之前，也就是昨天晚上的事情。我觉得他应该认识凶手，这从他把钥匙留在了房间里的门锁上就能看出来。他给凶手开了门，或者是在等这个人。凶手是从他的身后袭击他的，这说明他可能背对着凶手。他肯定完全没有提防这位‘来访者’，然后对方就抓住机会给了他致命一击。但是，我们并没有找到凶手袭击他的凶器。那个人在完事之后肯定把凶器带走了。可能是一根铁棍，或者是其他什么类似的东西。这也说明，这不会是因为争执而临时起意杀人，应该是事先计划好的谋杀。那人就是专门来杀普拉特的。”

“有什么证人吗？”

“没有，汽车旅馆里边几乎就没什么人，里边的人什么都没看到，也没听到。前台的服务员晚上七点就下班了，倒是有一个人从晚上十点到第二天七点值夜班，但是他却一直在看电视，所以他对我们也是无可奉告，而且这里也没有视频监控。”

“你看到底是谁干的？”我问道，“和鹅弯放火的是同一个人？”

“可能是吧。普拉特应该是帮这个人保守了什么秘密，所以他想杀人灭口。或许普拉特一直以来都知道杀害诺拉的凶手是谁，所以这个人才要杀了他以绝后患。”

“你是不是已经想到了什么，警长？”

“什么人能把所有这些事情都穿起来：鹅弯，黑色蒙特卡洛，而又不是哈里·戈贝尔……”

"艾力雅哈·斯腾？"

"艾力雅哈·斯腾。我已经怀疑他有一段时间了，今天在看到普拉特的尸体之后又重新考虑了一下这种可能性。我不知道诺拉是不是艾力雅哈·斯腾杀害的，但是我一直在想，这30年来，他是不是一直在袒护着卡勒。关于卡勒离奇地去休假以及那辆黑色轿车失踪这两件事情，他肯定有什么东西是没有跟任何人讲过的……"

"你是怎么看的呢？警长？"

"我认为，卡勒很可疑，而斯腾恐怕也跟这个案子有关联。想当初，我们在河溪湾路上发现了开着一辆黑色雪佛兰轿车的卡勒，但他成功地摆脱了普拉特，逃走了，我想，他后来一定是躲到鹅弯去了。当时，整个地区都被警方封锁，他知道自己根本没有可能冲出去，可是在鹅弯，没有任何人会想到去那里找他。没有任何人，除了……斯腾。没错，在1975年8月30日那一天，斯腾的确一整天都忙于跟他人会面，处理各种私人事务，正如他向我们确认的那样。不过，当白天的事情结束，他回到家却发现卢塞·卡勒还没回来，更可怕的是，卢塞还开走了一辆比他的蓝色福特野马更不起眼的配车。在这种情况下，怎能想象斯腾会翘着双手安坐家中呢？比较符合逻辑的推理是，他会出发去找卢塞，以便阻止他干傻事。事实上，我认为他一定就是这么行动的。可是，当他到了欧若拉的时候，已经太晚了：到处都是警察，他一直担心的悲剧终于还是发生了。于是，他不惜一切代价要找到卡勒。那么，作家先生，请告诉我，他第一时间想到和去的地方会是哪里呢？"

"鹅弯。"

"回答正确。就是在那儿，他知道卢塞只有在那里才会感到安全。如果没有猜错的话，卢塞甚至可能会有一把那里的备用钥匙。总之，斯腾去了鹅弯，而且他在那里找到了卢塞。"

加洛伍德想象中的 1975 年 8 月 30 日

斯腾看到雪佛兰轿车就停在车库前面，而卢塞则躲在车的后备厢里面。

“卢塞！”斯腾一边从他自己的车里跳出来一边喊道，“你都干了些什么？”

卢塞万分恐慌。

“我们……我们吵了起来……我并不想伤害她。”

斯腾靠近雪佛兰，发现诺拉缩在后备厢里，一个皮包斜挎在肩上，她的身体蜷曲着，再也没有了生机。

“你……你把她给杀了……”

斯腾开始呕吐。

“她会报警的，如果我不是……”

“卢塞！你都干了些什么？你都干了些什么！”

“可怜可怜我，帮帮我，艾力，帮帮我。”

“你得赶紧跑，卢塞。如果让警察抓到你，你就要上电椅了。”

“不！可怜可怜我！不要！不要！”卢塞嘶喊着，完全陷入了恐慌。

这个时候，斯腾留意到了插在卢塞腰间的那个武器的把手。

“卢塞！这……这是什么？”

“那个老女人……那个老女人全都看到了。”

“哪个老女人？”

“在那间屋子里，在那里……”

“上帝啊，有人看到你了？”

“艾力，我跟诺拉吵了起来……她不愿意按我的意思去做，我不得不伤害她。但是，她挣脱逃走了，她跑了，进了那间屋子……我也跟了进去，我还以为那里没人。但是，我撞到了这个老女人……我只好杀了她……”

“什么？什么！你都在说些什么啊？！”

“艾力，求求你，帮一帮我！”

必须处理尸体，一秒钟也耽搁不起了。斯腾到车库里面取了一把铲子，急急忙忙去找地方挖坑。他选在了树林的边缘，土壤很疏松，没有人会发现那里的地面被翻动过，尤其是不能让戈贝尔发现。他很快挖出了一个不算很深的坑，然后就喊卡勒把尸体搬过来。可是，卡勒不见了。斯腾转到汽车前面，看见卡勒跪倒在地，头埋在一堆纸里面。

“卢塞？上帝啊，你在搞什么名堂啊？”

他哭了。

“这是戈贝尔的书……诺拉跟我说过，他为她写了一本书……真的很美啊！”

“把她扛到那边去，我挖了一个坑。”

“等一下！”

“什么？”

“我想告诉她，我爱她。”

“嗯？”

“让我给她写几个字。就几个字。把你的笔借我用一下。我写完，你就把她埋了，然后，我就会永远消失。”

斯腾骂骂咧咧地，还是从外套口袋里掏出了他的笔递给了卡勒。卡勒在那个书稿的封面上写下了这样一句话：*永别了，亲爱的诺拉*。然后，他敬若神明一般把书稿放回到一直挂在诺拉肩头的皮包里，接着把她搬到了坑的旁边，放了进去。两个男人于是开始往坑里填土，最后还很小心地在地上铺一些松树的针叶、枝干和苔藓，这样，看起来伪装得就很完美了。

“然后呢？”我问道。

“然后，”加洛伍德告诉我，“斯腾试图想办法保护卢塞，而他想到的这个办法就是普拉特。”

“普拉特？”

“是的，我想斯腾很清楚普拉特曾经对诺拉做过什么。我们知道，卡勒曾经在鹅弯蹲守，他是要监视哈里·戈贝尔和诺拉。因此，他有可能会看到，普拉特在路边捎上了诺拉，然后逼着她为他口交……而卡勒很可能把这个事告诉了斯腾。于是在那个晚上，斯腾让卡勒待在鹅弯，而他则去警察局找到了普拉特。等到夜深之后，可能是过了晚上十一点而搜索行动暂时告一段落的时候吧，他就要单独跟普拉特谈谈，因为他打算要挟他：他会要求对方放过卢塞，想办法让他从天罗地网中遁去，而作为交换条件，斯腾将承诺在诺拉那件事上保持沉默。于是，普拉特接受了这个提议，这是很可能的，否则，卡勒怎么可能如此出入自由，竟然跑到马萨诸塞去了呢？可是，卡勒感到自己已经陷入绝境，他哪里也去不了，因为他已经迷失了自我。于是，他去买醉，想要一了百了。最后，他从落日弯的悬崖上面跳了下去。又过了几个星期，当他的汽车被发现之后，普拉特赶去了萨加莫尔，试图把这件事给压下去。为此，他百般筹划，想要洗刷卡勒的嫌疑。”

“可是，既然卡勒都已经死了，为什么还要转移大家对他的怀疑呢？”

“因为还有斯腾，斯腾什么都知道。普拉特‘洗白’卡勒，其实也就等于保护他自己。”

“也就是说，普拉特和斯腾从一开始就知道所有的真相？”

“是的，他们把这一段往事埋到了记忆的深处。在那以后，他们两个就再也没有碰过面。斯腾处理掉他在鹅弯的房子，廉价甩卖给了哈里，此后就连一步也没有踏足欧若拉。于是，在接下来的 30 年里，所有的人都相信，这个案子永远也不可能有大白于天下的一天。”

“直到人们发现了诺拉的遗骨……”

“而且，有一个固执的作家非要搅动这一潭死水。结果，有人就想尽一切办法，试图阻止这位作家去发现事情的真相。”

“也就是说，普拉特和斯腾都想把这件案子给压下去。”我说道，“不过，又是谁杀了普拉特呢？是斯腾吗？他发觉普拉特陷于崩溃的边缘而且有可能说出所有的真相？”

“这个嘛，还有待调查。不过，作家先生，在这个事情上，请不要透露一个字。”加洛伍德对我如是指令，“目前暂时不要去碰这个题目，我不希望在报纸上出现任何一点这方面的消息。接下来，我将对斯腾这个人进行梳理。这还是一个很难予以证明的假设，不过无论如何，在所有这些‘故事情节’里面存在着一个共同的突破口：卢塞·卡勒。如果真的是他杀死了诺拉·凯尔甘，那我们就有可能证明一切……”

“分析一下字迹……”我说。

“没错。”

“警长，我有最后一个问题：斯腾为什么要不惜一切代价保护卡勒？”

“这个嘛，作家先生，我也很想知道。”

对于普拉特之死的调查看起来很复杂，警方没有掌握任何可靠的证据，也没有哪怕一丝一毫调查的头绪。在普拉特死后一周，诺拉重新下葬——她的骸骨最终交还给了她的父亲。那是 2008 年 7 月 30 日星期三。我并没有出席，她的葬礼于中午过后在欧若拉的墓园进行，当时天空突然飘起了蒙蒙细雨，飘洒在参加葬礼的稀稀拉拉的人群当中。大卫·凯尔甘开着他的摩托车，一直去到了墓坑的旁边，现场没有一个人敢对他说一个不字。音乐始终充溢在他的耳机里，听人说，他当时只是说了这样一句话：“既然还是要把她埋回去，那又为什么要把她从土里挖出来呢？”他没有哭。

我之所以没有去参加葬礼，是因为正好就在仪式开始的时候，我去做了我认为更重要的事情：我去找到了哈里，一直陪着他。他就坐在停车场里，任凭温热的雨点打在他光光的头颅上面。

“来，哈里，躲一躲雨吧。”我对他说。

“他们把她安葬了，嗯？”

“是的。”

“他们把她安葬了，而我甚至都不在场。”

“这样更好……你不去那里更好……毕竟发生了这么多事情。”

“让那些流言蜚语见鬼去吧！他们在埋诺拉，而我竟然都没去跟她道一声永别，都没有去看她最后一眼。就只是为了跟她在一起。33 年了，我一直等着重新找到她的那一天，即便这只是我们最后一次‘相见’。你知道我希望自己现在待在哪里吗？”

“地下？”

“不。我想去作家的天堂。”

他把自己的身子在水泥地上伸展开来，然后就再也一动不动了。我就待在他的旁边。雨点敲打在我们的身上。

“马库斯，我情愿去死。”

“我知道。”

“你怎么会知道？”

“这些东西，朋友之间都知道。”

接下来是好一阵沉默。我最终还是加了一句：

“曾经有一天，你对我说我们再也不可能做朋友了。”

“这是真的，马库斯，我们正在一点一点地走向永别。这就好像，你知道我即将死去，而你还有几个星期的时间来接受这个事实。这是我们之间的友谊得了癌症。”

他闭上了双眼，伸开他的双臂，就好像他是躺在十字架上面一样。我照着他的样子去做了。我们就这样在水泥地上伸展开来，很久很久。

这一天稍晚一些时候，从哈里住的汽车旅馆里出来以后，我去了“克拉克之家”，想找参加了诺拉葬礼的人谈一谈。餐厅里空空如也，只有一个服务员在懒洋洋地擦着柜台，他拉动压榨机的手柄为我做了一杯啤酒，而这就好像使尽了他全身的力气似的。在这个时候，我看到了罗伯特·奎因，他坐在大厅的深处，一边嚼着花生，一边翻着桌面上摊开的旧报纸，做着填字游戏。他在躲着他的老婆呢。我径直走了过去，跟他说想请他喝一杯啤酒，他欣然接受，还在自己坐着的凳子上挪了挪屁股，腾出位置，邀请我坐下来。这真是令人感动啊，要知道，这间餐厅里现在有五十来把椅子都是空的，我原本大可在他对面的任何一把椅子上就座，但他却明确表示希望我坐到他的旁边去，跟他挤在同一张板凳上。

“你去参加诺拉的葬礼了吗？”我问他。

“去了。”

“怎么样？”

“可耻啊，就好像这整件事一样可耻。在葬礼上，来的记者比死者的亲友还多。”

我们俩接下来有一段时间都没有说话，最后还是他提了一个问题，以便打破沉默的僵局：

“你的书写得怎么样了？”

“有进展。不过，我昨天又重读了一遍，感觉还有一些疑惑的地方有待厘清。尤其是与你的老婆有关。她曾经告诉我，在她手上有一张哈里·戈贝尔亲手写的东西，内容可能会对他不利，而这张纸后来神秘地消失了。你会不会，不经意地、偶然地知道这张纸的来龙去脉呢？”

他长长地吞了一大口啤酒，然后几乎花了同样长的时间咽下了几颗花生米，最后才这样回答我：

“烧了。”他说道，“这张会带来噩运的纸，烧了。”

“嗯？你怎么会知道呢？”我问他，十分震惊。

“因为，是我亲手把它烧了。”

“什么？可是为什么呢？而且特别是，你为什么从来没有提起过这件事呢？”

他耸了耸肩膀，这个举动足以说明一切。

“因为谁也没有问过我啊。这张纸，我老婆跟我足足讲了33年。她总是那么声嘶力竭，那么号叫，那么喊：‘可是，它在那里！在后备厢！在那里！在那里！’她就从来不会像这样说话：‘罗伯特，亲爱的，你会不会偶尔在某个地方看到过那张纸呢？’既然她都没有问过我，那我也就不会告诉她。”

我尝试着掩饰心中的惊愕，以便让他继续讲下去。

“怎么会这样？究竟是怎么一回事？”

“那是在一个星期天的下午。我老婆专门为戈贝尔搞了一个可笑的花园派对，可是人家根本就没来。于是，怒极而狂的她就决定杀到戈贝尔家里去找他。那一天我记得很清楚，是1975年7月13日星期天，也就是小诺拉试图结束自己生命的那一天。”

1975年7月13日　星期天

“罗伯特！罗！伯！特！”

塔玛拉像一个泼妇一样闯进了屋子，一边用一张纸扇着风。她穿过了一楼的各个房间，然后在客厅里找到了正在看报纸的丈夫。

“罗伯特，该死的下流坯！我喊你的时候，你为什么不应我？你是不是聋了啊？你看！你看看这可怕的东西！你来看一看这有多卑鄙无耻啊！”

她把从哈里家里偷来的那张纸递了过去，他接过读了起来。

我的诺拉，亲爱的诺拉，我的爱人诺拉。你都做了什么啊？为什么要寻死呢？难道这都是由于我的原因吗？我爱你，我爱你胜过一切。不要离开我，如果你死了，我也会随你而去。在我生命中最重要的东西，诺拉，就是你。就两个字：诺——拉。

“你是在哪儿找到这个的？”罗伯特问。

“就是在这个婊子娘养的哈里·戈贝尔家里啊！哈！”

“你去他家里偷了这个回来？”

“我什么也没偷，我就是去取了过来！我就知道！这个堕落邪恶的家伙整天就会对这么个15岁的小妞想入非非。这简直令人作呕！我现在都想吐了！我现在想吐，波波，你听到了吗？哈里·戈贝尔喜欢上了一个小姑娘！这简直就是违法的！他是一头猪！一头猪啊！你说，他在‘克拉克之家’消磨时间不就是为了偷看那个小姑娘嘛，是的，没错，就是这样！他来到我们的餐馆原来就是为了偷看一个小姑娘的屁股啊！”

罗伯特又把那张纸看了好几遍，没有任何理由去怀疑其中的意思：这的确是哈里写下的示爱信。而他示爱的对象是一个 15 岁的小姑娘。

“你打算怎么处理？”他问自己的老婆。

“我哪里知道啊。”

“你会去报警吗？”

“报警？不，我的波波，暂时没这个必要。我可不希望所有人都知道这个罪犯戈贝尔宁愿喜欢上一个黄毛丫头，也不对我们人见人爱的珍妮感兴趣。对了，她在哪儿呢？在她的房间里吗？”

“你还记得那个年轻的警官查韦斯·道恩吧？你刚走没多久，他就上家里面来了，他是来邀请珍妮一起参加夏日舞会的。然后他们两个就一起去蒙特贝利吃晚饭了。珍妮自己已经找到了另外一位能陪她去夏日舞会的‘骑士’。如果这还不算好的话，那……”

“不好，不好，最不好的就是你了，我可怜的波波！闪开，现在让我一个人待一会儿！我得把这张纸藏起来，除了我任何人都不能知道藏在哪儿。”

波波执行了命令，他走到门廊下继续看他的报纸。然而，他其实根本就看不下去了，满脑子想的都是他老婆刚发现的事情。哈里，一个伟大的作家，就这么写了一封求爱信给一位比他的年龄小一半的小姑娘，那个美丽可爱的小诺拉。这真是令人心烦意乱啊。他是不是应该提醒一下诺拉呢？是不是该告诉她，哈里的心中充满了可笑的冲动，而有可能甚至会变得有点危险呢？他难道不应该通知警方，让他们找医生来给哈里做做检查，看看病吗？

这一插曲过后一个星期，举行了夏日舞会。罗伯特和塔玛拉·奎因待在大厅的一个角落里，一小口一小口地抿着一杯不含酒精的鸡尾酒。就在这个时候，他们从到场赴宴的宾客中发现了哈里·戈贝尔。“看哪，波波。”塔玛拉吹了一下口哨说，“卑鄙无耻的家伙来了！”他们长时间地观察着哈里，其间塔玛拉不停地发出各种咒骂，声音压得很低，只有罗伯特能够听得见。

“你打算怎么处理那张纸？”罗伯特最终问道。

“我还不知道呢。不过，有一点是肯定的，那就是我要开始让他把欠我的东西还回来。他在我们的餐馆里还赊着 500 美元的账呢！”

哈里看起来有点不自在。他在吧台边要了些饮料喝，做出一副一切如常的样子，然后，径直向卫生间的方向走去。

“瞧，他要去厕所了。”塔玛拉说，“看哪，看哪，波波！你知道他要去干什么吗？”

“去上大号？”

“不对，他要去一边想着那小丫头，一边撸他那根管子。”

“什么？”

“闭嘴，波波。你好烦啊，我不想再听你啰唆了。你给我待在这儿。”

“你去哪儿？”

“别动，你给我瞧好了！”

塔玛拉把她的酒杯放在了一张高台上，然后鬼鬼祟祟地走向哈里·戈贝尔刚进的那个卫生间，闪身闯了进去。仅仅过了一会儿，她又从卫生间里走了出来，加快脚步回到她丈夫的身边。

“你都干了些什么？”罗伯特问道。

“我跟你说，闭嘴！”他老婆痛斥着，同时重新拿起了她的酒杯，“闭嘴，你会害得我们被人家发现的！”

艾米·普拉特向她的宾客们宣布可以开餐了，于是大家都缓慢地朝着餐台靠拢。就在这个时候，哈里从卫生间里走了出来，他浑身是汗，一副惊魂未定的样子，加入到人群之中。

“你看一看他，像一只兔子一样落荒而逃。”塔玛拉喃喃低语，“慌慌张张的。”

“可是，你到底都干了些什么？”罗伯特坚持着他的问题。

塔玛拉笑了。神不知鬼不觉地，她在自己的手里把玩着那一管她刚刚在卫生间的镜子上使用过的唇膏，然后很简短地回答了她丈夫的问题：

“这么说吧，我给他留了一个小信息，他会时不时想起来的。”

坐在“克拉克之家”的大厅深处，我十分震惊地倾听着罗伯特·奎因讲述的故事。

“这么说，在那个镜子上留言的是你的老婆？”我对他说。

“是啊，哈里·戈贝尔简直都让她患上强迫症了。她后来老是跟我提起那张小字条，还说要彻彻底底地搞垮哈里。她跟我讲，很快所有的报纸都会在头版头条打出这样的标题：大作家原来是个大变态。最后，她把所有这一切都告诉了普拉特警长。大概是在那场舞会过后15天吧，她跟他什么都说了。”

“你怎么会知道呢？”我问。

他犹豫了一会儿才回答：

“我知道是因为……诺拉告诉我的。”

1975年8月5日 星期二

当罗伯特从手套厂回来的时候，已经是傍晚六点了。如同平时一样，他把自己那辆老克莱斯勒停到了巷子里。在关掉汽车引擎的同时，他照着后视镜整了整自己的帽子，然后模仿演员罗伯特·斯泰克的样子朝后视镜里投去了深深一瞥，就好像斯泰克在电视剧里的角色埃利奥特·内斯准备给予匪帮们沉痛一击之前所做的那样。他经常在自己的汽车里进行这样的训练。有很长一段日子了，他已经逐渐失去了第一时间赶回家的动力。有时候，他会故意兜一个圈，为的就是能够晚一点回去；而有时候，他还会去冰激凌店里耽搁一段时间。那天晚上，当他终于费尽气力从汽车驾驶舱里爬出来的时候，他隐隐约约好像听到从身后的矮树丛那边传来一个声音，在呼唤着他的名字。他转过身，在四周打量，找了一会儿，然后就发现了藏身在杜鹃丛中的诺拉。

“诺拉？”罗伯特说道，“你好啊，小家伙，一切还好吗？”

她低声细语：

“奎因先生，我得跟你谈一谈。这很重要。”

他继续大声而清晰地说着：

“那就到家里来吧，我给你弄一杯清凉的柠檬水。”

她向他示意小点声。

“就不去家里了。”她说，“我们得找个安静点的地方。能搭你的车走远一点吗？在蒙特贝利路边有一个卖热狗的地方，我们到那里应当能够安静一些。”

尽管觉得这个要求有点奇怪，罗伯特还是没有拒绝她。他让诺拉上了车，然后开车朝着蒙特贝利的方向奔去。把车停在几里之外，来到那个出售外卖快餐的木棚屋前，罗伯特给诺拉买了薯条和苏打水，给自己买了一份不含酒精的啤酒和热狗。然后，他们就在附近草坪上的一张台子前面坐了下来。

“什么事呢，小家伙？”罗伯特一边狼吞虎咽地吃着热狗，一边问道，“有什么事这么严重，你甚至都不能来家里喝一杯柠檬水？”

“我需要你的帮助，奎因先生。我知道，这对于你来说有点奇怪，但是……今天在‘克拉克之家’出了一些状况，而你是唯一有办法帮到我的人。”

诺拉随后讲述了她在大约两个小时之前，因机缘巧合而偶然经历了的事情。当时，她去了“克拉克之家”找奎因夫人，想要去拿她在试图自杀之前每个星期六在那里打临工应得的工钱。是奎因夫人自己跟她说她可以随时方便就过去拿的。诺拉在大约下午四点来到“克拉克之家”，在那里她看到只有几个客人在安静地用餐，还有就是正忙着摆放碗碟的珍妮，她告诉诺拉，她的母亲在她的办公室里面，不过珍妮并没有想到应该进一步说明，她的母亲并不是一个人在那里。所谓“办公室”对于塔玛拉·奎因来说，就是这样一个地方，她能够在里面算账，能够把餐馆全天的收入存到那儿的保险箱里，能够在那里打电话跟那些延迟交货的供应商吵架，又或者更简单一点，当她想一个人安静地待一会儿的时候，她可以随便找一些蹩脚的借口，把自己反锁在“办公室”里。这是一个很狭小的单间，房门总是关着，门上写着“私人用地”。到那里去要穿过餐馆后厅背面的职员通道，这条通道同时还连接着员工卫生间。

诺拉来到“办公室”门口，正当她想敲门的时候，一阵对话声传入她的耳朵。房间里除了塔玛拉，还有另外一个人。那是一个男人的声音。她试着听了听，结果听到这样一段对话：

“这是一个罪犯，你明白吗？”塔玛拉在说，“可能是一个色情狂！你必须采取一些措施。”

“你确定是哈里·戈贝尔写了那些话？”

诺拉辨认出了，这是普拉特警长的声音。

“确定无疑。”塔玛拉回答道，“是他的笔迹。哈里·戈贝尔盯上了凯尔甘小姑娘，于是就对她写了那些淫秽的垃圾话。你必须采取什么措施了。”

“好，你把这个情况告诉我就对了。不过，你是非法闯入了他的家里，并偷回了这张字条。因此，在这件事情上，我暂时是无能为力了。”

“无能为力？你说什么呢？难道非要等到这个疯子对那个小姑娘做出什么坏事来，你才可以行动吗？”

“我可从来没这么说过。”警长连忙否认，“我会盯着戈贝尔的一举一动。不过，你得把这张字条藏好了。至于我，我可不能留着这个，这会给我带来麻烦的。”

“我把它放在这个保险箱里面。”塔玛拉说，“没有其他任何人能够打开，它在这里面很安全。警长，我请求你无论如何采取一些措施，这个戈贝尔是一个罪恶的下流坯！他是一个罪犯！一个罪犯！”

“奎因夫人，你就别为这个担忧了。你很快就会看到，在这里，人们是怎么对付像他这样的家伙的。”

诺拉听到一阵脚步声走向门口，于是她赶紧逃离了餐馆，甚至都顾不得去向奎因夫人讨要她的工钱了。

诺拉所讲述的事情令罗伯特的心中翻江倒海。他想：可怜的小姑娘，听说哈里给她写了那么些可笑的龌龊话，她该有多么震惊啊。她需要找个人倾诉，于是找到了他。他可不能辜负了人家的期望，必须要向她解释清楚她所处的境况，要告诉她，男人都是一些可笑的东西，哈里·戈贝尔尤其如此；还要提醒她应该离那家伙远一点，而如果她害怕他会做出什么不好的事情的话，她就应该去报警。话说回来，哈里会不会已经对她做出了什么不好的事情呢？她会不会想要找人倾诉她被哈里性侵的事情呢？如果真是这样的话，那么罗伯特他自己能不能处理好这种情况呢？要知道，按照他老婆的说法，他可是连怎么摆放晚上用餐的台子都不会的啊！胡乱吞下了一大口热狗，他想到了几句可以用来安慰对方的话，可是，他甚至连一个字都没来得及说出口，因为在他准备说话的时候，她先开了口：

“奎因先生，你得帮助我拿到那张字条。”

听到这个，他险些被自己口里还没有咽下的香肠憋死。

“戈德曼先生，我就没必要跟你展开来说了。”罗伯特·奎因在“克拉克之家”的大厅深处对我说，“总之，当时我什么都想到了，就是没有想到这个：她想要我去碰那个该死的字条。你还想再来一杯啤酒吗？”

“乐意至极。还是同样那一种就好。”我说，“奎因先生，如果我把你说的话录下来，你介意吗？”

“录下来？我求之不得。这可是第一次有人对我说的话这么感兴趣啊。”

他唤来了服务员，又点了两杯啤酒。而我就拿出了我的录音机，打了开来。

“也就是说，在那个卖热狗的棚子前面，她请求你的帮助。”我这么说是为了重新连上之前的话题。

“是的。很明显，我老婆竭尽全力想要搞垮哈里·戈贝尔，而诺拉则是不惜一切代价想要保护他。至于我嘛，当时进行的那一次谈话都快把我吓坏了。就是在那个时候，我才知道，诺拉和哈里之间还真的产生了感情。我到现在都记得，她当时就那样看着我，目光炯炯，无比坚定。而我嘛，我就对她讲：‘什么？你要我去拿那张字条，这是什么意思啊？’她的回答是：‘我爱他。我不想让他感到烦恼。他如果写了那些话，是因为我之前想要自杀。全都是我的错，我原本就不应该去自杀。我爱他，他是我的全部，是我能够幻想的全部。’然后，在我们之间就进行了这样一段关于爱情的对话。‘那么，你是想说，你跟哈里·戈贝尔，你们……’‘我们相互爱慕！’‘爱？你究竟在跟我说什么呢！你不能爱上他！’‘可是，为什么不行呢？’‘因为对于你来说，他太老了。’‘年龄不是问题。’‘年龄当然是问题！’‘啊哈，我觉得年龄就不应该是问题！’‘大家都知道，像你这个年龄的女孩子跟像他那把年纪的家伙之间，根本就不应该发生任何事情。’‘我爱他！’‘别再说这些恐怖的话了，吃你的薯条吧，好吗？’‘可是，奎因先生，如果我失去了他，我也就失去了全世界！’我简直不敢相信我的眼睛，戈德曼先生，这个小女孩疯狂地爱上了哈里。而且她所体验的那种强烈的感情是我自己都没有经历过的，又或者说是我已经不记得对我的老婆是否曾经也这样爱过了。就是在那一刻，拜这个 15 岁的小姑娘所赐，我这才意识到，我可能从来就没有见识过什么是真正的爱情。是，没错，我们许多人的确从来没有见识过真正的爱情。我们总是抑制自己内心最深处的情感；我们总是躲在看似舒适安逸而实际上平庸乏味的人生里面，却让那些美好的感觉就这么从自己的身边溜走，而实际上这种美好的感觉才可能是判断我们这些人作为个体在人世间生存是否有意义的真实依据。我的一个侄儿，家安在波士顿，人在法国工作。他每个月赚到的美元如果堆起来估计能有山那么高。他结了婚，有三个孩子，老婆很可爱，还有一辆很拉风的汽车。理想的人生，对吧。可是有一天，他回到家对他老婆说，他要离开了，因为他找到了真爱，那是一个哈佛大学在读的学生，论年龄都可以给他当女儿了，他们是在一次研讨会上相遇的。所有的人都认为他失去了理智，他这是要在这个小女孩身上寻找自己的第二段青春，而我不是这么想，我认为他就是遇到了真爱，就是那么简单。人们总是以为自己爱了，然后就结婚了。直到有那么一天，真爱不期而至，甚至连自己都没有意识到。于是，他们就这样兜头盖脸地撞上了爱情，而也就是从那一刻起，就好像是氢气与空气接触的后果一样：先是石破天惊的一声巨响，然后一切的平静都被扰乱。30 年令人沮丧的婚姻就好像一个响屁一样一放就没了，又好像是一个巨型的化粪池，被弄得沸腾起来，然后爆炸，把周围的所有人全都搞得一团糟。人到 40 岁时的危机，人生半途遇到的魔鬼，其实只是这些家伙认识到爱情的真谛太晚，结果任由自己的生活因此而天翻地覆。”

“那么，你当时做了些什么呢？”我问。

“为诺拉做了什么？我拒绝了她的要求。我跟她讲，我不想掺和到这件事情里面来，况且不管怎么说，我实际上什么也做不了。那张字条是藏在保险箱里面的，而唯一一把开锁的钥匙日日夜夜都挂在我老婆的脖子上。木已成舟，我无能为力。于是，她开始求我，说什么如果警察染指那张字条，那哈里就会有大麻烦，他的作家生涯恐怕会到此为止，他甚至有可能要进监狱，尽管他实际上什么坏事也没干过。我还记得她当时闪闪发光的眼睛、她的态度、她的姿势……在她的身上有那么一种狂热和激情，美极了。到现在我依然记得，她是这么跟我说的：‘奎因先生，他们会把一切都给毁了的！这座城里的人们完完全全疯掉了！这让我想起了阿瑟·米勒的舞台剧《塞林小镇的女巫》[1]，你看过米勒的东西吧？’她的眼中满满的都是如小珍珠一般的眼泪，似乎随时都有可能夺眶而出，淌下她的脸庞。是的，我读过米勒的作品。当年他那个舞台剧在百老汇上演时引起的轰动至今依然历历在目。那是在罗森伯格夫妇被处决之前不久发生的事。有好长一段时间，我一想起这事就浑身都会起鸡皮疙瘩，因为罗森伯格夫妇的儿女那时候几乎不比珍妮大多少，而我总是禁不住会去想：如果我也被那样处死的话，珍妮该怎么办呢？因此，我为自己不是共产主义分子而长长地舒了口气。”

“诺拉为什么要来找你，而不是其他人呢？”

“可能是因为她觉得我能打开保险箱吧。可惜这并不是事实。正如我跟你说的那样，除了我的老婆，没有其他任何人能碰保险箱的钥匙。她小心翼翼地看着这把钥匙，把它拴在一条项链上，整天挂在她的胸口。而我嘛，她的胸口，我可是有相当长一段时间没办法靠近了呢。”

“那么，后来发生了什么呢？”

“诺拉一个劲儿地夸我。她跟我讲：‘你既头脑聪明又行动灵活，你知道该怎么办的！’于是，我最后就接受啦。我告诉她，我会去试一试的。”

“为什么呢？”我问道。

“为什么？这就是为了爱情呀！我不是跟你讲过了嘛，她只有15岁，可是她对我说的那些，却是我以前从来没有听说过的，而且如果不是她，我甚至可能永远也认识不到这些东西。尽管老实讲，我对她与哈里的这一段故事更多地还是感到厌恶，但我做这件事是为了她，而不是他。我问诺拉，对普拉特警长，她打算怎么办。不管那张字条算不算得上是证据，反

[1]译者注：美国塞林小镇（Salem）位于波士顿以北25公里处，被人称为“女巫城”，早在1692年有一场声明狼藉的女巫审判，当时小镇上的1500人当中，有150人被误认为是女巫而被吊死。

正普拉特警长是知道所有的底细了。她直直地盯着我的眼睛说：‘我不会让他使坏的。我要让他变成一个罪犯。’她那么说的时候，我还不明白那是什么意思。一直到几个星期前，当普拉特被逮捕的时候，我才恍然大悟，他肯定经历了什么很奇怪的事情。”

1975 年 8 月 6 日　星期三

没有耽搁片刻，他们两个在那次谈话过后第二天就分头行动起来。快到下午五点的时候，罗伯特·奎因来到康科德药店买了一些安眠药。与此同时，在欧若拉警察局的密室里，诺拉为了保护哈里，跪在普拉特警长的办公桌下面为他口交，就这样把他变成了一个罪犯，而这在接下来的 30 多年里，令他陷入了一直难以自拔的深渊。

那一天晚上，塔玛拉睡得心满意足。用完晚餐之后，她感到无比疲倦，甚至都没来得及卸妆就倒头睡下。她的身体就好像一个铁榔头一样砸到床上，深深地进入了梦乡。她那么快就陷入沉睡，令罗伯特有那么几秒钟的时间，一度怀疑自己是不是在她的水杯里放了太多剂量的安眠药，以至于把她给害死了。不过，他老婆很快就如同一个军人一般发出了有节奏而威严的呼噜声，使得他那颗悬着的心放了下来。他一直等到大约凌晨一点钟才开始行动。他不仅要确认珍妮已经睡了，而且还得确保在这个城里不会有其他人看见他。采取行动的一刻来临时，他首先是肆无忌惮地摇了摇他的老婆，以便确认她已暂时失去意识。果然，她还是一动不动，这令他感到十分开心。人生第一次，他觉得自己很强大：这条“暴龙”此刻瘫倒在自己的床褥上，再也不能吓到任何人了。他从她的脖子上摘下项链，拿到了那把钥匙，一切都很成功。在完成“任务”的时候，他还顺便用手把她的乳房捧在手中，但很遗憾的是，他意识到，这已经不能再令他产生任何反应了。

悄无声息地，他离开了屋子。为了尽量保持安静，以免引起任何人的怀疑，他借用了女儿的脚踏车。就这样在黑夜之中骑车前行，怀揣着“克拉克之家”和那个保险箱的钥匙，他感觉自己体内有一股冲破禁忌约束的兴奋感油然而生。他已经不知道，自己这么做究竟是为了诺拉，还是仅仅为了贬损他的老婆。当他全速骑行，穿过整个城市的时候，他突然感到那么自由，以至于他都要决定离婚了。珍妮都已经长大成人了，他实在没有任何理由再跟他的老婆过下去了。他早就受够了这个女人的狂暴，现在是时候去拥抱新生活了。骑在车上，他有意识地绕了几个圈，为的只是让自己心中这种令人陶醉的感觉能够持续得更长久一点。来到城中的那条大道，他开始下车推行，以便能有时间更从容地观察周围的动静：整个城市很平静地在“安睡”，没有一点光亮，也没有一点声响。于是，他把脚踏车斜靠在墙上，打开“克拉克之家”的大门，溜了进去。他没有开灯，只是借助于街上的公共照明设施透过观景窗射进来的光亮，一直走到了办公室。在此之前，如果没有他老婆的特许，他半步也别想踏进来，而如今，他却已经成为这间办公室的主人；他把它踏在脚下，尽情蹂躏，这是一片被他征服的土地。他把从家里带来的手电筒打开，开始在这间房子里的搁架和文件夹中摸索。多少年了，他一直憧憬着有一天能搜一搜这个地方：他老婆会在这里面藏些什么呢？罗伯特抓起了各种文件，很快速地浏览着，他突然意识到自己在找的其实是关于爱情的信件。他老婆会不会背叛他呢？他希望答案是肯定的：她怎么可能对像他这样的人感到满意呢？可是，他找来找去，都只是一些订货的单据以及财务统计的报表。于是，他转向了那个保险箱。这是一个钢铁铸就的大家伙，看上去能有一米高，安放在一块木头底板的上面。他把钥匙塞进锁孔，然后转动。听到钥匙带动开锁而机械转动的声音，他全身都在颤抖。他拉开保险箱厚重的那道门，用手电筒往里照了照，里面分成了四层。这还是他第一次看到这个保险箱打开的样子，他不禁因为兴奋而战栗起来。

在第一层搁架上，他找到了一些银行的单据，最近的财务报表，货物进出的收条，以及餐馆员工的工资单。

在第二层搁架上，有两个马口铁的盒子，其中一个里面装着“克拉克之家”的库存现金，而另外一个装的则是日常用于支付供货商的流动现金。

在第三层搁架上，有一块木板，看起来像一只熊的模样。他笑了起来：这是他第一次跟塔玛拉约会时送给她的第一个礼物。想当年，他可是细心准备了好几个星期，为了带他的“小塔米”到当地最好的馆子“让·克劳德之家”吃饭，他在学习之余去一个加油站做了好长一段时间的临时工，那一家餐馆做的是法国菜，其中有一道小龙虾，看起来那是相当美味。事前，他研究了整个菜单，算了一算如果她点了最贵的菜，那他得要花多少钱。一直到攒够了钱之后，他才对她发出邀约。在那个美好的夜晚，当他来到她爸妈家找她，并告诉她打算带她去哪里的时候，她禁不住请求他不要为了她而毁了自己。“哦，罗伯特，你真是好有爱。不过，这有点过了，这真的有点过了。”她是这么说的。没错，她当时的确说了“爱”这个词。而为了说服他放弃原来的计划，她还建议去康科德的一家意大利小餐馆吃面条，那可是她垂涎已久了的。于是，他们就一起去吃了意大利面条，喝了西昂蒂葡萄酒和家酿的格拉巴酒[1]，然后有些微醺的他们还去参加了附近的一个嘉年华。在回家的路上，他们停在了大洋之滨，一直在那里等到日出。在沙滩上，他找到了一块木板，看起来像一只熊的模样。在早晨第一道阳光照耀下，她蜷曲身子靠着他，而他则把那一块木板递了过去。她对他说，会把这块木板永远都留下来，而且还第一次吻了他。

有些感慨的罗伯特继续在保险箱里找着，就在那块木板的旁边，有一大堆他自己这些年来的照片。而在每一张照片的背后，塔玛拉都写下了注释，即便是最近的那一批照片也是如此。最近的一张是在4月份照的，当时他们一起去看了一场汽车竞速赛。在照片里，罗伯特手中高举着望远镜，

[1]译者注：用酒渣酿制的一种白兰地。

口里还点评着比赛的进程。而在这张照片的背后，塔玛拉写道：我的罗伯特，永远都是如此对生活充满激情。我爱他直到我呼出最后一口气。

除了这些照片，保险箱里还有许多他们共同生活中的回忆：他们的结婚喜帖、珍妮的出生证明、一家人出游的照片，另外就是一堆微不足道的小东西，他还以为这些小玩意儿早就被扔掉了呢。这些小礼物中包括一个不值钱的胸针、一支纪念笔，以及这个在加拿大度假时买的蛇纹石镇纸，为了这个，他可是受尽了他老婆各种尖酸刻薄的叱责，还要听她在那里抱怨："可是，波波！你倒是希望我拿这种毫无价值的东西怎么办呢？"想不到，现在她却把这些东西全部都郑重其事地保存在这个保险箱里。罗伯特心想，原来他老婆在这里收藏的是她自己的心啊。可是，他不禁问自己，为什么会这样呢？

在第四层搁架上，他找到一个折叠起来用皮包裹着的厚本子。打开来一看，上面写着《塔玛拉日记》。他的老婆会写日记，他怎么一点也不知道？于是，他随便翻开了其中的一页，就着手电筒的光读了起来：

1975 年 1 月 1 日

我们去理查森家里庆祝圣西尔维斯特节。

当晚的评分：5/10。饮料倒是不赖，但理查森家的人有点烦。我以前还从来没有留意到这个。我认为，圣西尔维斯特节还真是了解你的朋友是否令人讨厌的好日子。波波很快就发现我被惹毛了。他想让我分散注意力。于是，他就像一个小丑一样，讲起了笑话，同时手里还拿着他的黄道蟹，让大家感到就好像是他的螃蟹在讲话一样。理查森家里的人笑倒了。保罗·理查森甚至站了起来要去记下罗伯特讲的笑话。他说要确保自己能够记住这个笑话才行。而我，我当时成功做到的唯一一件事情就是跟罗伯特吵架。回家的路上，我在汽车里对他说了一些很可怕的话。我说："你那些没品位的笑话让谁也笑不起来。你真是个可怜虫。谁让你来演小丑的，嗯？你是一家大工厂里的工程师，不是吗？说说你的职业啊，显示出你是很严肃很有地位的啊。你又不是在马戏团里面，该死的！”他对我说，保罗听到他的笑话笑了啊。而我却喊他闭嘴，还说再也不想听他讲话了。

我也不明白我为什么这么歹毒。我是那么爱他。他是那么温柔，那么体贴。我不知道我为什么要对他这么糟糕。事情过后，我就恨我自己，讨厌我自己，结果，我也就愈发下贱了。

在这新年的第一天，我下定决心要有所改变。好吧，我每年都会下这样的决心，但却从来都没有坚持下去。最近几个月以来，我开始去康科德看雅什克罗夫特医生。是他建议我写日记的。我每周都会写一次。没有人知道这个。如果别人知道我去看心理医生的话，我一定会深感耻辱的。他们会以为我疯了。可是我没有疯，我是感到痛苦。我感到痛苦，但我不知道是为了什么。雅什克罗夫特医生说我总是倾向于摧毁任何对我好的人。他们管这叫作“自我毁灭”。他还说，我对死亡怀有恐惧，而这或许是我痛苦的根源。我不知道这个。我只知道我在承受着痛苦。我知道我爱我的罗伯特。我只爱他一个。如果没有了他，我会变成什么样子？

罗伯特盖上了小本子。他哭了。他的老婆从来也没能当着他的面说的话，都写在了这里。她爱他。她真的爱他。她只爱他。他想，这应该是到现在为止他曾经读过的最美的语句了。他擦了擦自己的眼睛，以免泪水玷污了这些纸，然后继续读下去。可怜的塔玛拉，“塔米”亲爱的，她在默默地承受着痛苦。关于去看雅什克罗夫特医生的事，她为什么要对他守口如瓶呢？如果她在受苦的话，他情愿跟她一起受苦，而这不正是他当初娶她的原因吗？他用手电筒又照了照保险箱的第四层，视线碰到了哈里的那张字条，于是思绪瞬间被带回了现实。他想起了他的任务；他想起了他的老婆此刻正瘫倒在床上，被他下了药，而他则应该处理掉眼前的这一张字条。突然，他开始痛恨自己正在做的这件事情。他几乎就要放弃了，可是就在这个时候，他又想到，如果处理掉这一张字条，他的老婆就不会再那么老想着要对付哈里·戈贝尔了。重要的是他而不是戈贝尔，她爱他，这在《塔玛拉日记》里写着呢。是最后这一个想法，最终推动他去拿起了那张字条，然后在平静的暗夜之中溜出了“克拉克之家”，在走之前，他还特别留意确保没有留下“到此一游”的任何痕迹。骑着车穿过整个城市，在一个寂静的小巷子里，他用自己的打火机点燃了哈里·戈贝尔的字条。他看着那张纸在面前燃烧、变黑，卷成了一个火球，先是金黄色，继而变成蓝色，然后慢慢地消失在黑夜之中。没过多久，那张字条在这个世界上就再也不存在了。于是，他就回了家，把钥匙放回到他老婆的胸前，然后在她的旁边躺了下来，久久地搂着她不放手。

两天之后，塔玛拉才发现字条不在原来的位置上了。她觉得自己都快疯掉了：明明是把那张字条放到了保险箱里，可是它怎么就不见了呢？除了她没有人能打开保险箱，她把钥匙好好地随身携带，而保险箱也没有被人撬过的痕迹。她会不会是忘记把字条放在办公室里的哪个角落了呢？又或者她会不会不经意间把它搁到其他地方去了呢？她花了好几个小时把办公室翻了个底朝天，清空一个个文件夹里的东西，然后又把它们一一放回去；摊开一张张纸，然后再把它们重新整理好。可是，一切都是徒劳：这一小块纸片神秘地消失了。

罗伯特·奎因告诉我，几个星期之后，当诺拉消失不见的时候，他的老婆简直气出了病。

“她不停地重复着说，如果她还留着那张字条，那么警察就有可能对哈里展开调查。而普拉特警长对她说过，没有那一张纸，他什么也做不了。于是，她就歇斯底里了。每一天，她能跟我说上一百遍：‘就是戈贝尔，就是戈贝尔！我知道，你也知道，我们都知道！你跟我一样曾经看过他写的那些话，难道不是吗？’”

“你为什么没有对警方说出你所知道的这一切呢？”我问道，“你为什么不说诺拉曾经来找过你，曾经跟你谈到了哈里？这可能是一条线索，对不对？”

“我曾经想过那么做。我当时特别矛盾。戈德曼先生，你能关掉你的录音机吗？”

“当然。”

我关掉了录音机，把它放回到我的口袋里。于是，他再度开口：

“当诺拉消失了以后，我很恨自己。烧掉了那张可能把她跟哈里联系起来的字条，我感到很后悔。我对自己说，依靠这个证据，警察本来有可能询问哈里，关注哈里，进行更深入的调查。而他如果没有什么可以指责的地方的话，那他也就没有什么需要担心的。不管怎么说，无辜的人没有必要自己给自己增添烦恼，对不对？总之一句话，我恨我自己。于是，我就开始给他写匿名信，我就趁他不在家的时候，去把信搁在他家的大门上。”

“什么？那些匿名信，是你写的？”

“是我啊，我在康科德手套工厂的秘书有一台打字机，我借用来打了好多份，作为‘库存’嘛。我写的是：**我知道你对这位15岁的少女做了什么。很快，全城的人都会知道。**我把这些信收在我汽车的工具箱里。每一次，只要在城里碰到哈里，我就会赶紧跑到鹅弯去，把信放到他家里。”

“可是，为什么要这样做呢？”

“为了让我的良心好过一点。我老婆不停地跟我说，他就是最大的嫌疑犯，而我自己也认为这种可能性是存在的。如果我这么做能让他感到不胜其烦，让他感到害怕的话，他说不定最后会去自首呢。反正，我就这么坚持了好几个月，然后就放弃了。”

“又是什么使得你放弃了呢？”

“是他的悲伤。在诺拉失踪之后，他是那么悲伤……简直都变成另外一个人了。我对自己说，这不可能是他干的了。于是，我就终于不再给他写匿名信了。”

刚刚获悉的这一切令我深深震惊，久久不能平息。为了以防万一，我还是追问了一句：

“奎因先生，告诉我，你该不会碰巧还把鹅弯那间屋子给烧了吧？”

他笑了，显然我的问题令他觉得很可笑。

“没有。你是一个很棒的家伙，戈德曼先生，我可不会对你干那样的事。我不知道是哪个神经错乱的家伙该为这件事情负责。”

于是，我们喝完了杯中的啤酒。

“事实上，”我重新挑起了话题，“你最终还是没有离婚。那么，你跟你老婆的关系处得怎么样了呢？我是说，在那个保险箱里发现了所有那些过往的回忆，还有她的私密日记之后，你们还好吧？”

“情况是越来越糟了，戈德曼先生。她还是那样对我骂个不停，而且她从来就没有跟我说过她爱我，从来没有。在那之后好几个月，甚至好几年，我时不时会用安眠药再把她放倒，这样我就可以去打开保险箱，一遍又一遍地读她的日记，我就可以对着那些纪念品痛哭流涕，期盼着将来的某一天一切都会变得好起来。或许，这就是爱吧。”

我点着头表示赞同。

“可能是这样的。”我说道。

我在丽晶酒店的套间里继续写着我最美的一部小说。我讲述着 15 岁的诺拉·凯尔甘不惜一切保护哈里的故事。她是如何全身心投入，哪怕自己受苦受难，也要让哈里能保住他的房子，能够继续写作，而不至于担惊受怕。她是如何一点一点地构建起自己的双重身份——既是哈里著作的缪斯女神，能激起他创作的灵感，同时又是其著作的守护神。而她又是如何最终在他的周围设了一个防护罩，这样他就能专心写作，从而创作出了他一生中最伟大的作品。随着我讲述的故事越来越深入，我甚至自己也吃惊地意识到，诺拉·凯尔甘正是全世界所有作家都肯定会梦寐以求的那个独一无二的梦中情人。有一天下午，黛妮思从纽约给我打来了电话，她在那边全情投入地以一种在她身上很罕见的效率整理修改着我的文稿，她对我说：

“马库斯，我想我都看哭了。”

“为什么呢？”我问她。

“都是为了这个小姑娘，这个诺拉。我想，我也爱上她了。”

我笑了，然后对她说：

“我相信，所有的人都会喜欢她的，黛妮思，所有的人。”

接下来，两天之后，也就是8月3日，我又接到了加洛伍德的电话，他很兴奋。

“作家！”他像牛一样吼叫着，“我从实验室那里拿到了结果！神圣的上帝啊，你简直要不敢相信你的耳朵了！写在那个书稿上的笔迹就是卢塞·卡勒的！没有任何怀疑了。我们‘逮’到他了，马库斯，我们‘逮’到他了！”

7.
诺拉死后

“珍重爱情吧，马库斯。把爱当作你最美的战利品，你唯一的志向。人死了以后，还会有其他的人。书写完以后，还会有其他的书。一次的荣耀过后，还会有其他的荣耀。钱花完了以后，也还会有其他的钱来到。唯有在爱情过后，马库斯，爱情没有了，剩下的就只有眼泪风干之后的盐了。”

诺拉死后，这个世界就不再是原来那个世界了。在欧若拉，所有人都说，在她失踪之后的那几个月里，整个城市的气氛慢慢地变得越来越消沉，大家都很担心会再出现一次绑架事件。

秋天来了，树叶都变了颜色。然而，孩子们再也不能像以前那样跑到树林边，在厚厚的树叶铺成的“地毯”上翻滚玩耍了。担惊受怕的家长们几乎一刻不停地看着自己的孩子。从那个时候开始，家长们就要陪着孩子们去等校车，而在他们放学回来的时候，又要站到街边去等着接他们回家了。从下午三点半开始，母亲们就会站到自家门前的人行道上，在空旷的马路边排成了一道人墙，她们就好像是沉着稳健的哨兵，警惕地守候着儿女们的到来。

孩子们再也不被允许独自出门。当初街道上到处都是开心欢叫的小朋友的幸福时光已经成为往事；各家车库门前再也看不到孩子们穿着旱冰鞋打曲棍球了；在中央大街上再也看不到跳绳比赛或者孩子们玩造房子游戏时用粉笔在柏油路面上画的巨大方格了；而在“汉多夫家”的总店门前，再也看不到密密麻麻铺满人行道的自行车了，以前大家聚到这里来，用不到五美分就能买一把糖果吃。如今街道上笼罩着一种死一般的沉寂，这里好像是一座鬼城，令人惴惴不安。

在城里，屋子现在都要上锁了，而当夜幕降临的时候，做父亲的和做丈夫的自发组成了市民巡逻队，每晚都在轧马路，保护着他们的街区和他们自己的家庭。他们中的大多数人装备的是一根粗木棍，但也有几个人扛着猎枪。他们说，只要真的有必要，就会毫不犹豫地开枪杀人。

人与人之间的信任被打破了。路过这里的人，不管是来出差还是半途歇歇脚，再也不会像以前那样受到很好的接待了，而且他们还总是处于当地人的监控之中。更糟糕的是，在当地居民之间也出现了相互不信任的感觉。有一些邻居，原本都已经是超过 25 年的朋友了，现在也开始各自留意对方的一举一动。在这个城里面，如今每一个人都在心中猜疑，自己身边的亲友或者其他人，1975 年 8 月 30 日那个下午究竟在做什么。

警车以及治安官办公室的公务车不停地在城里巡逻、穿梭。没有警察的时候让人不安，可是警察太多的时候又会让人恐慌。而每当一辆州警标配、辨识度很高的黑色福特车停靠在特雷斯大道 245 号门前的时候，所有人都不禁会想，是不是罗迪克队长又带来了什么新的消息。凯尔甘家的屋子里一直拉着窗帘，事发之后好几天，好几个星期，然后好几个月，一直都是如此。大卫·凯尔甘再也不去主持弥撒了，一位从曼彻斯特被派来的牧师，代替他在圣雅各教堂履行职责。

到了 10 月底，雾气开始降临。整个地区就好像笼罩在朦胧潮湿的乌云里面，很快，一场淅淅沥沥却冰冷入骨的秋雨落了下来。在鹅弯，哈里越来越萎靡不振，孑然一人。有两个月的时间，人们都没有看到他走出家门。

他日日夜夜把自己锁到书房里，在他那堆积了大量手稿纸张的打字机上工作，这些草稿，他会一遍又一遍地重读，然后小心翼翼地重新打出来。哈里总是很早就起床，然后细心地收拾打扮：哪怕是明知道当天可能不会出门，也不会接见任何人，他也要把胡子刮干净，穿上雅致好看的衣服，然后坐到书桌前面埋头工作。他几乎一刻不停，除了偶尔走开去往咖啡机里加一点咖啡豆，他其余大部分时间就是在重新誊写，再读一遍，修改校正，有时候也会把原稿撕得粉碎，然后再重新开始。

他活在自己孤独的世界里，唯有珍妮的到访能够让他稍微“走”出来。每一天，她在干完活儿之后都会来看一看他，看到他的生命在这样慢慢地消逝，她感到很担心。通常，珍妮会在大约傍晚六点时过来，而就是从她的汽车到哈里家的门廊这一小段距离，她却总是会被雨水淋得透湿。每次来，她都会带满满一篮子从“克拉克之家”“捡”来的食物：鸡肉三明治、蛋黄酱鸡蛋，再加上她用金属盘子装过来还热气腾腾的乳酪奶浆面条，此外，还有一些夹心蛋糕。她在餐馆工作的时候往往要把蛋糕藏起来，以免给顾客看到，这样就能确保哈里有的吃了。就是这样带着篮子，她叩响了哈里家的大门。

听到敲门的声音，他一下子从椅子上蹦起来。“诺拉！诺拉，亲爱的！”他一边喊着一边跑向门口。她就在那里，在他的面前，容光焕发、美不胜收。他们紧紧地抱在一起，他把她揽在怀中，抱起来转圈圈，整个世界也在跟着他们旋转，然后他们就吻在了一起。“诺拉！诺拉！诺拉！”他们吻个不停，如同在跳舞。多么美好的夏天，夜幕降临前，天边泛起了鲜艳靓丽的晚霞，在他们的头顶有一群群海鸥，正在像夜莺一样歌唱。她微笑了，然后是大笑，她的脸就好像是一个太阳。她就在那儿，他可以紧紧地搂住她，可以触碰她的肌肤，可以抚摸她的脸庞，可以闻到她的芳香，可以把玩她的头发。她就在那儿，她还活着。他们两个都还活着。“可是，你跑到哪里去了？”他把她的手捧到自己的手心里问道，“我一直在等你！你知道吗，我怕死了！所有人都说你遇到了可怕的事情！他们还说，库佩妈妈在河溪湾看到你浑身淌血的样子！到处都是警察！他们搜遍了整个树林！我知道你肯定是碰到了糟糕的事情，但又不知道具体是什么，我都快疯掉了。”她把他紧紧抱住不放手，安慰着他：“哈里，亲爱的，你别担心！什么事都没发生，我就在这里。我就在这里啊！我们会永远在一起！你吃东西了吗？饿坏了吧？还没吃饭吧？”

“你吃饭了吗？哈里？哈里？还好吧？”珍妮问着这个刚为她打开门，身形消瘦如同一个活幽灵的人。

这个年轻女子的声音把他拖回了现实。外面的天很灰很冷，如洪水一般的大雨倾盆而下，声如雷鸣。现在马上就要进入冬天，海鸥们早就不知道跑到哪里去了。

“珍妮，”他呆若木鸡地说，“是你？”

“是的，是我，我给你带吃的来了。哈里，你得吃点东西，你看起来很不好，一点也不好。”

他看到她浑身湿透，瑟瑟发抖，于是让她进了屋。她在这里只停留很短的时间，也就是把篮子放到厨房里面，然后再把昨天的碗碟收拾一下而已。她留意到，昨天带来的食物几乎就没有怎么动过，便很温柔地责怪了他。

“哈里，还是要吃点东西！”

“有时候，我就忘了。”他回答道。

“天哪，人怎么可能会忘记进食呢？”

“都是由于我正在写的这本书……我完全沉浸到这里面去了，所以就忘记了其他的东西。”

“这该是一本很棒的书！”她说。

“一本很美的书。”

她不理解，为了一本书怎么会搞到像他现在这个样子。每一次，她都期盼着他能喊她留下来跟他一起吃饭。她都是准备好了两个人的分量，可是，他从来就没有留意到这一点。她就这样原地待了几分钟，站在厨房和餐厅之间，不知道说些什么才好。他总是犹豫要不要建议她再多待一会儿，但又总是放弃了这样的念头，以免带给她虚幻的希望，因为他知道自己永远也不可能喜欢她了。当安静的气氛变得有些令人难堪的时候，他对她说了一句："谢谢。"然后去打开了大门，示意她是时候离开了。

她回到家里，有些失望，有些不安。她的父亲为她准备了一杯热巧克力，在里面放了一块方糖，还在客厅的烟囱里燃起了火。他们一起坐在了沙发上，面对壁炉，她开始向父亲讲述哈里是如何在苦苦地等待。

"他为什么这么悲伤呢？"她问道，"看起来，他好像快要死的样子。"

"这，我可什么都不知道。"罗伯特·奎因回答。

哈里有点不太敢出门了。他此前就没有离开过鹅弯几次，而回来的时候总会发现那些恐怖的留言。有人在监视着他。有人想给他制造麻烦。有人就等着他出门，然后把一个小信封贴到他家的门框上。在信封里面，总是有这样同样的话：

"我知道你对这位 15 岁的少女做了什么。很快，全城的人都会知道。"

谁？是谁可能怨恨他？谁知道他跟诺拉的事情，而且现在又想要毁了他？他深受其苦。每发现一封信，他就会感到体内有一股热浪向上涌。为了这个事，他感到头痛，感到焦虑，甚至有几次出现了呕吐或者失眠的症状。他好怕自己会被控告对诺拉做了什么坏事情。他怎么能够证明自己的清白呢？于是，他就开始想象可能出现的最糟糕的场景：他会被关到联邦监狱的高危监区里度过恐怖的余生，还是就此终结自己的生命——上电椅，还是进毒气室呢？由此开始，他在心中逐渐地萌发出对警察的恐惧：只要是看到一个穿制服的，或者是看到一辆警车，他都会陷入一种极端的神经质状态。有一天，当他从超市里出来的时候，留意到有一辆州警的巡逻车就泊在停车场里面，车里有一位警官，视线一直跟着他。他试图保持平静，手里捧着采购来的东西，而脚下加快了步伐走向自己的汽车。可是，突然，他好像听到有人在喊他。就是那个警察！他假装没有听见。身后却传来车门开关的声音，那个警察下了车。哈里听到了他的脚步声，还有他那腰带上配着的手铐、手枪和警棍叮当作响的声音。快步来到自己的车前，哈里把采购来的东西扔到了后备厢里，准备赶紧开溜。他感到自己正在颤抖，浑身淌汗，连瞳孔都缩小了：显然他已经完完全全陷入了恐慌。这个时候尤其需要保持镇定，他在心里对自己说，上车走人马上消失，而且就不要再回鹅湾了。然而，他根本就没有时间去做任何的事情：一只有力的大手已经按住了他的肩膀。

他以前从来没有打过架，他也不知道怎么去跟别人打。他应该怎么办呢？是不是应该把对方往后推一下，然后抓住机会以迅雷不及掩耳之势跳上汽车逃跑呢？还是出手打对方几下？又或者抢过他的武器把他撂倒？他转过脸来，做好了一切准备。就在这个时候，那个警察向他递上了一张 20 美元的钞票：

“从你的口袋里掉出来的，先生。我喊了你，但你没有听到。还好吧，先生？你的脸色好白……”

“还好啊。”哈里回答道，“还好……我……我刚才……我刚才在想着事情呢，所以……总之，谢谢了。我……我……现在得走了。”

警官向他做了一个表示同情的手势，然后转身走向了自己的汽车。哈里一直在颤抖。

在经历过这个小插曲之后，他去报名参加了一个拳击班，在那里，他练得全情投入。可是，最后他还是下定决心去看看医生。在做了一番研究之后，他去康科德找了罗杰·雅什克罗夫特医生。显然，他是这个地区最好的心理医生之一。两人商量约定今后每个星期三上午从 10 点 40 分到 11 点 30 分前来就诊。在雅什克罗夫特医生这里，他没有提及那些匿名信，而是谈起了诺拉。尽管没有说出她的名字，但他终于第一次可以把他和诺拉的故事告诉别人了。这使得他感觉好了很多很多。雅什克罗夫特总是坐在他那配有衬垫的扶手椅上，专心致志地听着哈里讲故事，而每当需要介入进行解读的时候，他的手指就会在一个带有吸墨纸的垫板上敲动。

“我想，我是看见了死亡。”哈里向医生解释道。

“也就是说，你的女朋友死了？”雅什克罗夫特如是说。

“我不知道……而正是这一点都快把我逼疯了。”

“戈贝尔先生，我不认为你这是疯了。”

“有时候，我会走到沙滩上去，大声喊着她的名字。一直到我再也没有力气喊叫的时候，我就会倒在沙滩上哭泣。”

“我想，你这是处于一种哀悼的阶段。在你的体内有两部分的意识，有一部分是理性、明智而清醒的，而另一部分则不愿意接受在它看来难以接受的东西，这两个‘你’一直在你的体内相互争斗。当现实过于难以承受的时候，你的潜意识就会尝试否定并改变它。或许，我可以给你开一些弛缓药，这样能帮助你松弛下来。”

“不，千万别。我还得专心写我的书呢。”

“跟我谈一谈你的书吧，戈贝尔先生。”

“这本书讲的是一段美丽的爱情故事。”

“具体是说什么的呢？”

“说的是在两个人之间出现了原本不应该存在的爱情。”

“这是关于你和你女朋友的故事？”

“是，我恨死这本书了。”

“为什么呢？”

“这本书快把我逼疯了。”

“到点了。下星期我们再来吧。”

“很好，谢谢你，医生。”

有那么一天，在候诊室里，他遇到了塔玛拉·奎因，她正好从诊室里面出来。

书终于在 11 月中旬写出来了。那是一个天色阴沉得日夜难分的下午。他用手把厚厚的一叠手稿压紧，然后仔细地重读了一遍封面上用大写字体书就的标题：

罪恶之源

哈里·L. 戈贝尔

他突然感到很想有一个人倾诉一下，于是就马上去了“克拉克之家”找珍妮。

“我写完我的书了。”他对她说，有一点狂喜，有一点激动，“我来到欧若拉就是为了写一本书。喏，现在好了。我写完了，终于完了，写完了！”

“这真是太棒了。”珍妮回答道，“我敢肯定，这一定会是一本很伟大的书。那你接下来打算做什么？”

“我要去纽约待一段时间，去向出版社编辑们推荐这本书。”

他把书稿交给了纽约五家大的出版社。不到一个月，这五家出版社都来找他，他们坚信这必将是一部伟大的作品，因此竞相出价想要买下这本书的版权。一段全新的生活就此展开，他聘请了一位律师和一个助理。而在离圣诞节还有几天的时候，他最终与其中一家出版社签署了价值十万美元的超级大合同。看起来，他正走在通往光荣的大道之上。

12 月 23 日，他开着一辆崭新的克莱斯勒–科多巴轿车回到了鹅弯。他还是想在欧若拉过圣诞节。在门缝里面夹着一封匿名信，已经放了好几天了。这是最后的一封，而他并没有看到。

第二天的整个白天都用来准备晚上的晚餐：他烤了一只巨大的火鸡，

把青豆涂上黄油，然后用油炸了一些土豆，还烹制了一个巧克力配新鲜奶油的蛋糕。留声机的转盘上播放着《蝴蝶夫人》的曲子，他在餐桌旁，紧挨着圣诞树，摆好了两个座位。在这个过程之中，他并没有留意到，在蒙上了水汽的窗子后面，罗伯特·奎因正观察着他。也就是在这一天，罗伯特暗自发誓，从今往后再也不会来这里投放匿名信了。

用过晚餐之后，哈里对着他对面座位前面空空的碗碟说了一句："不好意思。"然后消失在他的办公室里。待了一会儿，等他回来的时候，手里多了一个大盒子。

"这是给我的吗？"诺拉喊了起来。

"这可不是那么容易找得到啊。不过，一切皆有可能。"哈里一边把盒子放在地上一边回答她。

诺拉跪到了盒子的跟前。"这是什么？这是什么呀？"她重复着问道，同时打开了盒子并没有贴封条的上盖。一个小嘴露了出来，然后是一个小小的、黄黄的脑袋。"一只小狗！这是一只小狗！一个颜色像太阳一样的小狗！哦，哈里，哈里，亲爱的！谢谢！谢谢！"她把小狗从箱子里面抱出来，然后揽在了自己的怀里。这是一只刚刚才两个半月大的拉布拉多犬。"你的名字叫'风暴'！"她对着小狗说，"风暴啊，风暴！你就是我一直梦想的小狗啊！"

她把小狗放到了地上。小狗开始一边叫唤着一边探索这个新的环境。而她则把双手挂在了哈里的脖子上。

"谢谢，哈里，跟你在一起我真幸福。可是，我感到好害臊啊，因为我都没有给你准备什么礼物。"

"你的幸福就是我的礼物，诺拉。"

他把她拥在自己的怀里，可是他觉得她好像一下子滑开了，然后很快，他就再也感觉不到她的存在，再也看不到她了。他喊着她的名字，然而她却没有回答。他独自一个人，站在餐厅的中央，在抱着他自己的胳膊。在他的脚底下，小狗钻出了盒子，正在舔玩着他的鞋带。

《罪恶之源》在 1976 年 6 月问世。从它刚推出来的那一刻起，这本书就取得了巨大的成功。文艺评论界对这部作品顶礼膜拜，天才的哈里·戈贝尔当时才 35 岁，就已经被视为他那个年代最伟大的作家了。

在这本书上市之前两个星期，出版社的编辑意识到这可能会引起很大的轰动，于是就一路找到了欧若拉，亲自来跟哈里碰面。

“我说，戈贝尔，他们告诉我，你不想来纽约？”那个编辑问道。

“我不能离开这里。”哈里说，“我要在这儿等人。”

“你在等人？你这究竟是跟我说什么呢？整个美国都想看到你。你将成为一个巨星。”

“我不能离开这里，我有一条狗。”

“好吧，我们带着它一起走。你就等着瞧吧，我们会让它集万千宠爱于一身的：它将会有自己的保姆、自己的厨师，还会有专人陪它散步，帮它上厕所。来吧，收拾好你的行装，我的朋友，请走上通往光荣的康庄大道。”

于是，哈里离开了欧若拉，在整个美国进行了长达几个月的巡游。在此期间，大家谈论的话题就只是哈里和他那令人震惊的小说了。无论是在“克拉克之家”的餐厅，还是在她自己的睡房里，珍妮通过收音机或者电视一直在关注着他。她买下了所有对他进行报道的报纸，还把所有相关的文章都郑重其事地保存了下来。不仅如此，每一次当她上街在店里看到这本书，都会买下来，结果，累积下来已经超过十本了，而这十本书，她每一本都从头到尾读过。有时候，她也问自己，他会不会再回来找她。因此，每当有邮递员经过的时候，她总是无意中发现自己原来一直在期待着有寄给她的信。而每当电话铃响起来的时候，她也会期盼这是来找她的。

她就这样等了一整个夏天。有一次，她在街上碰到了一辆看起来跟他的座驾很像的车，那一刻，她的心不由自主地狂跳。

她又等了一个秋天。每当“克拉克之家”的大门被打开，她就会想，是不是他来找她了。不用说，他就是她一辈子的爱情。在等待的时候，为了让自己不那么空虚，她会在脑子里回想当初他每天都来“克拉克之家”，坐在17号台旁边工作的那些幸福时光。就在那里，紧挨着她，他写下了这部她现在每天晚上都会读上几页的伟大作品。假如他是打算在欧若拉住下来生活，他可以继续每天来这里啊。这样，她就每天都能快乐地待在他的旁边，就为了这个，她也愿意一直留在这里干活儿，哪怕是穷尽余生只能当一个为人家端汉堡包的服务生，那又有什么关系呢？只要能够在他的身边就好。于是，她一直为他留着那张桌子，每一天都是如此。另外，尽管她的母亲坚决反对、百般斥责，她还是自己掏钱定做了一个金属牌，然后让人用螺丝固定在17号台，上面刻着这样一句话：

1975年夏，哈里·戈贝尔在此写出了《罪恶之源》。

1976年10月13日，她的26岁生日。哈里在费城，这是她从报纸上看到的。自从离开之后，他在她的世界里再也没有留下哪怕一点点痕迹。而查韦斯·道恩每个星期天都会来奎因家吃饭，这已经有一年的时间了。而就是在那一天的晚上，查韦斯当着珍妮父母的面，在客厅里向她求了婚。而她，由于已经不再抱任何希望了，也就答应了这门婚事。

1985年7月

又过了十年，诺拉疑似被绑架并失踪之谜已经消逝在时间的长河之中。欧若拉的大街小巷，早已经恢复了旧日生活的节奏和秩序：孩子们又再度大呼小叫地踩着旱冰鞋，打起了曲棍球；跳绳比赛又重新开始了；街边的人行道上，跳房子游戏的巨大方格子再度随处可见。城中主干道上“汉多夫家”的总店门前又出现了密密麻麻的自行车，只不过，现在买一把糖果要花大概一美元了。

那一年 7 月第二个星期的某一天接近傍晚的时候，在鹅弯哈里的家里，他坐到了露台上，享受着晴朗夏日的阳光，修改校正他最新一部小说的书稿。在他的旁边，那条名叫“风暴”的狗正在打着盹儿。一群海鸥从他的头顶飞过，吸引了他的目光，随后落在了沙滩上。他立即站起来，走进厨房，从一个外表刻着“缅因州，洛克兰留念”的马口铁盒子里面取出他保存好的干面包，然后拿着走下沙滩，撒给海鸥们吃。在他的身后，亦步亦趋地跟着已经变老了的“风暴”，它因为有关节炎的缘故，有些步履蹒跚。他坐在海边的鹅卵石上，出神地看着那些鸟，而那只狗也就那么坐在了他的身旁。他用手久久地抚摸着它。“我可怜的老‘风暴’。”他对它说，“你走路有点痛苦吧，嗯？这是因为啊，你已经不再年轻了……我还记得我把你买下来的那一天，正好是在 1975 年圣诞节之前……你那时候还是一个讨厌的、毛茸茸的小肉球，还没有我的两只拳头那么大呢。”

突然，他听到一个声音在喊他。

“哈里？”

在他家的露台上，有一位来访者呼唤着他。哈里眯起眼睛，认出了这是埃里克·兰达尔，马萨诸塞州巴若斯大学的校长。他们在一年前的一次学术研讨会上相识，两人当时相谈甚欢，后来也就一直保持着联系。

“埃里克，是你吗？”哈里问。

“正是本人。”

“待在那儿别动，我这就上来。”

过了没多久，哈里带着辛辛苦苦紧随他的拉布拉多犬回到了露台上。

“我之前曾经尝试跟你联系。”校长解释道，似乎是为了说明他这次不请自来的理由。

“我不是那么习惯接电话。”哈里笑了。

“这是你的新小说？”兰达尔发现了散布在台面上的手稿。

“是的，这本书得在这个秋天拿出来。我已经写了两年了……还要重新读一读校样，不过你知道的，我想我接下来能写出来的东西，永远也比不上《罪恶之源》。”

兰达尔用一种同情的眼神打量着哈里。

“事实上，”他说，“作家一辈子往往也就只能真正地写好一本书。”

哈里点头表示赞同，并给他的客人递了一杯咖啡。然后，两人坐到了桌子旁边。兰达尔开口说：“哈里，我冒昧前来找你，是因为我记得你跟我讲过，有兴趣到大学来教书。而现在在巴若斯大学文学院，就有一个教授的位置空了出来。我知道，我们不是哈佛，不过，我们也是一所高品质的大学。如果你对这个位置感兴趣的话，那它就是你的了。”

哈里转向他那条有着太阳一样颜色的狗，挠了挠它的脖子。

“你听到了，‘风暴’。”他贴在它的耳朵边低声细语，“我就要成为大学的教授啦。”

6.
巴尔纳斯基法则

“你看着吧，马库斯，语言是很好，可是有时候啊，语言会显得太空洞而无能为力。总是会有某些时刻，有某些人，就是不愿意听你的。”

“那么，遇到这种情况的话，应该怎么办呢？”

“抓住对方的衣领，把你的绳子套在他们的脖子上，使劲拉。”

“这是为什么呢？”

“把他们掐死啊。当言语无能为力的时候，就应该靠拳头说话。”

2008 年 8 月初，鉴于案件的调查出现了新的进展，新罕布什尔州检察官办公室向负责此案的法官递交了新的报告，其结论如下：卢塞·卡勒是杀死德波拉·库佩和诺拉·凯尔甘的凶手，他绑架了诺拉，将她殴打致死，然后埋在了鹅弯。根据这份调查报告，法官传召哈里出席了一次紧急听证会。在会上，此前针对哈里的全部指控都最终被撤销。这一戏剧性的转变，令这个夏天备受瞩目的这起案件充满了如同长篇电视连续剧一般曲折的色彩：明星作家哈里·戈贝尔先是被人揭发历史上有“污点”，因而身败名裂，一度面临死刑的威胁，并且眼看着他的职业生涯就要毁于一旦，可是到了故事的结尾，他却洗刷罪名，重新获得了清白。

相反，卢塞·卡勒背上了卑鄙无耻的声名，报纸上连篇累牍地讲述着他的人生，而他的名字也就此被钉上了全美国最臭名昭著罪犯的耻辱柱。公众的注意力很快就完全转移到了他的身上。他的一生被翻了个底朝天。许多画报周刊花钱从卢塞·卡勒的亲友那里买来大量他的旧照片，追述着这个人物一生的故事：他在波特兰无忧无虑的生活；他曾经有画画的天赋；他后来开始抽烟，最终堕入了地狱的深渊。他有为裸体女性画画的欲望，而这一点尤其令公众感兴趣。心理学家们被要求对这个人物进行分析，予以解读：这是一种已知的心理疾病吗？这种病态的心理是否能够用来解释后来发生的悲剧性事件呢？而就在这个时候，从警方内部泄露出来一些在艾力雅哈·斯腾家里找到的油画影像资料，并很快传播开来，这使得对于这件事情的讨论发展到了最不可思议的程度：每个人都在想，为什么如同斯腾这般有影响力而且备受尊敬的人物，竟然会去支持以一个 15 岁的小女孩为模特来画裸体画这样的行为？

与此同时，州检察官也招来了非议。有人认为他根本就没有考虑清楚就采取行动，急急忙忙地把戈贝尔逼入了绝境，应该为此负上很大责任。更有甚者声称，既然这位检察官 8 月份在那一份众所周知错误不堪的案件调查报告上签下了自己的大名，那他的职业生涯估计也就此要画上一个句号了。关键时刻，可以说是加洛伍德在某种程度上搭救了这位仁兄。作为警方调查这起案件的负责人，加洛伍德忠实地把自己的职责履行到底。他召集了一次新闻发布会，在会上表示，是他亲手逮捕了哈里·戈贝尔，但也是他本人最终让哈里无罪释放。出现这种情况并不是警方自相矛盾，也不是有谁失职，这其实恰恰表明了司法系统是在按照既定的程序正确运转。“我们并没有错误地把任何人关进监狱。”他对蜂拥而至的记者们说，“我们只是有时候会产生怀疑，而有时候又要想办法去消除这些疑问。必须在这两个方面找到平衡点，见机行事，这就是我们警察的工作。”至于为什么过了这么多年才锁定疑凶，他用自己所谓的螺旋理论进行了解释：诺拉是整件事的核心，而其他人其他要素都围绕着她来运转。因此，要想找到杀死诺拉的真凶，就必须把外围的这些要素一个个剥离开来，直到最后只剩下一个核心要素。可是，所有这一系列工作又只有在找到了诺拉的尸首之后才有可能展开。“你们说，我们警方要花 33 年的时间才能侦破这桩谋杀案。”他对面前的“听众”说，“但实际上，我们是仅仅用时两个月就破了案。而其余的时间，既然没有尸体，那自然也就没有谋杀，有的只是一个未成年少女的失踪案。”

在所有人里面，至今还没有搞清状况的恐怕就只有本杰明·洛特了。有一天下午，我偶然间在康科德一个大商业中心的化妆品柜台遇到了他。他对我说：

“真不可思议啊，我昨天到汽车旅馆去看望了哈里。我得说，对他的所有指控都被撤销了，但这好像并没有让他怎么高兴起来啊。”

“他很伤心。”我解释道。

“伤心？他赢了官司，还感到伤心？”

“他伤心是因为诺拉死了。”

“可是，诺拉都死了 30 年了呀。”

“这一次，她是真的死了。”

“我简直听不懂你在说什么，戈德曼。”

“我对此倒是并不感到惊讶。”

“好吧，总之我去找他是要提醒他该考虑一下那套房子的事情了。我认识保险公司的人，他们可以把一切都安排好。不过，他得跟一个建筑师联系一下，告诉人家他究竟想怎么搞。可是，他看起来好像完全没有听进去，而只是对我说：‘把我带到那里去吧。’于是，我们就去啦。那间屋子现在还是一团糟，到处都是脏东西，这你知道吗？他把所有的东西都丢在那里了，包括一切家具，还有其他一些完好无损的东西。他说他再也不需要那里的任何东西了。我们在屋子里总共待了超过一个小时，但这简直就是浪费时间。我向他指出了屋子里有什么东西还能用，尤其是那些古董家具不要浪费。我建议他打掉一面墙，这样就能扩大客厅的面积。另外，我还提醒他可以向政府提起诉讼，算是补偿他因这一事件而遭受的精神损失，如果是这样的话，他还是很有可能拿到一大笔钱的。可是，对于我说的这些，他全都无动于衷。于是，我又提出了一个建议，他可以去找一家搬家公司，把那间屋子里没有遭到破坏的所有物件全部搬到某个家具储藏室去，这样就好了，因为那里既没有日晒雨淋，也不用担心东西被人偷走。可是，他回答我说这根本就没必要。他甚至还跟我讲，如果真的有人到他的屋子里来偷东西，那也没有什么大不了的，那样的话，至少那些家具还能够派得上用场。你说，戈德曼，你能听明白他说的这些话吗？”

“是的，那间屋子对他来说已经没有任何意义了。”

“没有任何意义？怎么会这样呢？”

“因为他在那里是再也等不到要等的人了。”

“等人？可是，他等谁呢？”

“诺拉。”

“可是诺拉已经死了啊！”

“说得没错。”

洛特耸了耸肩膀。

“实际上，”他对我说，“我从一开始就是对的。这个小凯尔甘就是一个婊子，她让整个城里面的所有男人都从她身上爬了过去。而哈里简单来说就是一个可笑的蠢货，有点傻里傻气的所谓浪漫心上人，他给那个女孩写那些情话，甚至还写了一整本书，这简直就是搬起石头来砸了自己的脚啊。”

他的脸上露出了下流的笑容。

这太过分了。以迅雷不及掩耳之势，我单手抓住了他的衬衣领口，把他推到紧挨着墙，各种香水的瓶子被我们带得摔在了地上，然后我用另外一只胳膊的前臂顶住了他的喉咙。

“诺拉改变了哈里的人生！”我对他狂吼，“她为他贡献了一切！我不准你再跟任何人讲什么诺拉是婊子。”

他试图挣脱，但徒劳无功。我听到他的小喉咙被我勒到快要透不过气来。人们聚集在我俩的周围，商场的保安正在赶过来，我最终放开了他。他的脸红得就好像一个西红柿，衬衣都被扯烂了。但见他结结巴巴地说：“你……你……你这是疯了吧，戈德曼！你简直疯了！就好像戈贝尔一样疯了！你知道，我可以告你的！”

“想告你就去告吧，洛特！”

他转身离开，非常愤怒，而当走远了一点之后，他大声喊了一句：“是你说她是一个婊子的，戈德曼！在你的连载故事里，难道不是吗？所有的这一切，全部都是你的错！”

我现在只是希望我的书能够弥补此前的连载故事造成的灾难性后果。还有一个半月，这本书就要正式上市了，罗伊·巴尔纳斯基兴奋极了，一天要给我打好几次电话，希望让我也一起感受他的激动之情。

“一切都太完美了！”他有一次跟我通话时喊着说，“时机正好，太完美了！检察官的报告刚刚出来，大家都还在对这件事吵吵嚷嚷的，这可真是所谓的天赐良机啊。要知道，再过三个月就要举行总统大选了，到那个时候啊，估计再也没有人会对你的这本书以及这段故事感兴趣了。你知道，信息的意义就是在一个有限的空间里无限地流通。信息通过大众传播是持续而快速的，但每一个人给予这些海量信息的关注却是有限而无法延伸的。对于各种信息，人类中的大多数会奉献多少时间呢？每天一个小时？早上在地铁里看 20 分钟免费报纸，在办公室里上半个小时网看新闻，再加上回家睡觉前看 15 分钟的 CNN？要填满这一个小时的时段，那可是有海量的内容啊！在这个世界上，每天发生那么多卑鄙肮脏的事，可是大家连提都不提一下，这都是因为时间有限！大家不可能同时谈论诺拉·凯尔甘以及苏丹问题，没时间啊，你懂的。公众关注度能够维持的时间也就是晚上

CNN 那 15 分钟罢了。再晚一点的时候，大家就要看他们的电视连续剧了呀。所以说，人生的问题其实无非是争夺优先权而已。”

“罗伊，你可真是有点厚颜无耻啊。”我评价道。

“不，天哪，不是这样的！你别再指责我这样，指责我那样了，我只是生活在现实当中而已。至于你，你就是一个开开心心追蝴蝶的人，整天想着要穿越整个大草原，去寻找你的灵感。不过，你可以给我写一本关于苏丹的著作，没问题，只不过我不会把书稿交去印刷而已。这是因为，人们根本就不在乎这个！他们根本就不感兴趣！好吧，是的，你可以认为我是一个浑蛋，但其实我在做的只不过是因应市场的需求而已。如果你的书是关于苏丹的，所有人都会拍拍手转身离开，现实就是如此。如今，到处都在谈论哈里·戈贝尔和诺拉·凯尔甘，那我们就要好好利用起来。再过两个月，大家关注的就会是新总统，而你的书恐怕到时候都不知道到哪里去了。所以，要赶在这个前面多卖几本，这样到那个时候，你就可以安安静静地待在你巴哈马的新房子里享福了。”

没什么好说的了，巴尔纳斯基拥有一种抢占媒介空间的天赋。所有的人都在谈论着我的这本书，而人们越是感兴趣，他就越积极地进行推广，为他们提供更多的谈资。正如媒体所介绍的那样，《哈里·戈贝尔事件》是一本价值百万美元的书。我终于开始意识到，巴尔纳斯基为我提供的天文数字般的稿酬，其实只是一种广告而已。他自己后来在媒体上不停地强调这个金额，给人留下了深刻印象。而与其把这笔钱用于新书推广活动或者印制海报等，还不如像这样，用一笔付给作者的超高稿酬来吸引普通大众的关注。当我向他提出这个问题的时候，他毫不掩饰，还跟我解释了他在这个方面的理论：按照他的说法，随着因特网和社交网络的出现，这个市场的商业原则已经发生了天翻地覆的改变。

“你想一想，马库斯，在纽约，地铁里一块固定的广告牌值多少钱？那可是相当大的一个数目。以前，花那么一大笔钱，买到的其实只是一个可用时间有限，而且能够看到的人数也有限的广告载体。它面对的目标人群首先是要在纽约，还要在限定的时间范围之内，坐这一趟地铁并在这个站下车，才会有可能看到这个广告牌。而在如今这个时代，我们只需要以这种或者那种方式引起大家的关注，或者说制造出所谓的‘轰动效应’就可以了。为此，不仅要让公众在平日生活中谈论你，还要让他们在各自的社交网络里面也以你为谈资。这样一来，你就等于进入了一个免费而且无限的广告空间。全世界各个地方的人在无意识中参与了进来，使得你这本书的推广活动具有了全球性的规模。这听起来是不是有点不可思议啊？脸书的用户们就好像是身体前后挂上广告牌在游街的‘三明治人’，而且他们还是免费劳动的。如果这都不拿过来加以利用，那我们简直就太笨了。”

“这就是你现在正在做的事，嗯？”

“把 100 万美元塞给你？是的，用一个 NBA 或者 NHL（国家冰球联盟，是由北美冰球队伍组成的职业运动联盟）职业球员的薪金标准来给一个家伙一大笔钱，让他去写一本书。可以肯定的是，这样一来，所有的人都会对这个家伙津津乐道的。”

纽约，施密特·汉森出版社总部，紧张的气氛已达巅峰。整个工作团队的全部成员都动员起来，以确保《哈里·戈贝尔事件》的生产制作。联邦快递为我提供了一套可视电话会议系统，这样我就能够在丽晶酒店的套间里参加曼哈顿举行的各种会议了。与市场部开会讨论本书的推广活动；与设计部开会讨论书的封面图案；与法律部开会讨论研究与书有关的各方面事务；最后，还要跟一个所谓“影子写手”的团队开会，这是巴尔纳斯基为他的几个明星作家配备的“辅助工具”，而如今他又竭尽全力想要向我推销。

第 2 次电话会议：“影子写手”

“马库斯，这本书必须在三个星期之内完工。”巴尔纳斯基已经是第十遍对我重复这句话了，“然后，我们用十天的时间来修改，再然后用一个星期来印刷。也就是说，到9月中旬，我们就要让这本书在全国遍地开花。怎么样，能办到吗？”

“是的，罗伊。”

“如果有必要，我们马上赶过来。”在巴尔纳斯基后方发声的是“影子写手”的头儿，他自称弗朗索瓦·兰卡斯特，“我们可以乘坐来康科德的第一趟航班，这样，明天我们就能到你那儿帮你了。”

我听到整个团队的人都在大声喊：“没错，他们明天就到，这简直太棒了。”

“如果能让我安静工作，这才是太棒了。”我回答道，“这本书，我要一个人完成。”

“可是，他们也很出色啊。”巴尔纳斯基坚持道，“如果让他们一起来写，就算是你自己恐怕也看不出有什么区别！”

“是的，就算是你自己也不会看出来有任何区别。”弗朗索瓦也说，“你明明可以不用工作了，为什么还要坚持自己干呢？”

“你们不要来，我会在截稿时间到来之前交稿。”

第4次电话会议：市场部

“戈德曼先生，”市场部的桑德拉对我说，“我们需要你提供在写这本书时候的工作照，还要一些你与哈里的历史照片，以及欧若拉的风景照。另外，还需要你为这本书准备的笔记、摘要和注释什么的。”

“对，你所有的笔记都要！”巴尔纳斯基加了一句。

“是吧……好啊……可是，为什么呢？”我问。

“我们打算出一本关于你这部作品的书。”桑德拉对我解释道，“就好像一本以插图为主的航海日志。这肯定会大获成功的。所有那些将来购买你这本书的人，都会希望同时拥有关于这本书的日志，反之亦然。你就等着瞧吧。”

我叹了一口气：

“你难道就不觉得，现在除了为我那还没有完工的书再准备另外一本书之外，我还有更加重要的事要去做吗？”

“还没有完工？”巴尔纳斯基歇斯底里地喊道，“我马上就把‘影子写手’团队给你派过来！”

“谁你也别给我派过来！看在上帝的分儿上，你就让我安安静静地写完我的这本书吧！”

第 6 次电话会议：“影子写手”

“我们是这么写的：当他埋下那小姑娘的时候，卡勒哭了起来。”弗朗索瓦·兰卡斯特对我宣布。

“说什么呢？什么叫‘我们是这么写的’？”

“是啊，他埋下了那个小女孩，他哭了，泪水洒落在墓穴里面，化作了泥浆。这一场景感觉很美啊，你就瞧好吧。”

“可是，天哪，难道我请求过你写一段卡勒埋葬诺拉时的美丽场景吗？”

“呃……倒是没有……不过巴尔纳斯基先生对我说……”

“巴尔纳斯基？ Hello，罗伊，你在吗？ Hello？ Hello？”

“呃……是的，马库斯，我在这里呢……”

“这到底是怎么回事？”

“马库斯，你别生气。这本书必须按时完成，我不能冒任何风险。于是，我就叫他们稍微提早准备一下，以防万一嘛。这仅仅是为了保险起见。你如果不喜欢的话，不用他们写的内容就是了。可是，你想一想，假如你不能按时完成的话，这可就是我们的救生圈了！”

第 10 次电话会议：法律部

“戈德曼先生，你好。这里是理查德森，法律部的。我们在这里研究了所有的细节，可以很肯定地说：你可以在你的书里面使用这些人物真实的姓名，斯腾、普拉特、卡勒，都可以。所有你提及的这些名字都出现在了检察官的报告当中，然后又被各大媒体转载采用。因此，你在这方面是很保险的，不会有什么风险。在你的书里面既没有虚构捏造，也没有诽谤污蔑，全都是事实。”

“他们认为，你也可以在书里面增加一些描写性爱和狂欢的情节，但是要以书中人物做梦或者臆想的形式出现。”巴尔纳斯基补充道，“是不是啊，理查德森？”

“绝对正确。我好像之前也跟你讲过吧？你在书中的人物可以想象与别人做爱，这样你就能够在你的书里面添加一些关于性爱的内容，而不必担心会因此惹上官司。”

“是啊，马库斯，就多那么一点点性爱的部分吧。”巴尔纳斯基继续说，“弗朗索瓦有一天跟我说，你的书很棒，就可惜还差那么一点点‘刺激’。她只有 15 岁，而戈贝尔那个时候已经 30 多岁了！得把那个情绪给调动起来！就好像墨西哥人说的那样，加一点‘热度’吧。”

“唉，你真是完完全全疯掉了，罗伊！”我对他吼道。

“戈德曼，你这是要把这一切都糟蹋了。”巴尔纳斯基叹着气说，“你这些伪君子假正经的故事，让我们每个人都觉得恶心。”

第 12 次电话会议：罗伊·巴尔纳斯基

“Hello，罗伊？”

“怎么回事？罗伊？”

“妈妈？”

“马可？”

“妈妈？”

“马可？是你吗？谁是罗伊啊？”

“见鬼了，我搞错了电话号码。”

“搞错了电话号码？有人给他妈打电话，说什么‘见鬼了’，还说打错电话了？”

“我不是这个意思，妈妈。其实就是我必须给罗伊·巴尔纳斯基打个电话，但我不由自主就拨了你的号码。这一段时间，我脑子里面一直在想着其他事呢。”

“有人打电话给他妈妈，因为他脑袋里面在想着其他事……这可真是越来越棒了啊。你给了他生命，而回过头来你得到了什么？没有，什么都没有。”

“对不起，妈妈，替我抱一下爸爸。我回头再给你打过来。”

“等等！”

“什么？”

“你就连一分钟也给不了你可怜的妈妈？你的妈妈，把你培养成一位这么帅这么棒的作家，难道这还不值得你抽出几秒钟的时间和她聊一聊？你还记得那个小杰雷米·约翰森吗？”

“杰雷米？记得啊，我们当初在一起上学的。你为什么要跟我提起他？”

“他妈妈死了。你想起来了吗？你该不会相信他现在还能拿起电话打给他那在天堂里跟天使们待在一起的亲亲小妈咪吧？这个世界上没有通往天堂的电话线，马可，但是通到蒙特克莱尔这里的电话线，那是肯定有的！时不时试着提醒你自己想一想这一点吧。”

“杰雷米·约翰森？可是他妈妈没有死啊！他倒是一直想让大家相信他妈妈死了，因为她的面颊上长了一些深色的绒毛，看起来简直就好像长了胡子一样。于是，其他所有的孩子都拿这一点来取笑他。结果，他就跟别人说他的妈妈已经死了，而那个女人只是他的保姆而已。”

“什么？约翰森家那个长胡子的保姆是他母亲？”

“是的，妈妈。”

我听见我的母亲激动地喊着我的父亲："尼尔森，你过来一下，赶紧的。有件事你绝对必须知道一下：约翰森家那个长胡子的保姆就是他妈妈！怎么，你早就知道？那你为什么一直都不告诉我呢？"

"妈妈，我现在得挂电话了。我跟人家有个电话约会。"

"这个'电话约会'是什么东西？"

"就是大家约好了在电话里谈啊。"

"那为什么我们不能'声音约会'谈一谈？"

"'电话约会'，妈妈，那是为了工作。"

"这个罗伊是谁啊？亲爱的？是不是那个藏在你房间里面的裸体男啊？你什么都可以跟我说的，我准备好了接受你说的任何事情。你为什么要跟这个龌龊的男人搞什么'声音约会'呢？"

"罗伊是我在出版社的编辑，妈妈。你也认识他啊，在纽约你们碰过面。"

"你知道，马可，我跟教士谈过你在性取向方面的问题。他说……"

"够了，妈妈。我现在就挂电话了。替我抱一下爸爸。"

第 13 次电话会议：设计部

为了选好我这本书的封面，大家搞了一次"头脑风暴"。

"可以用你的一张照片作为封面啊。"设计部的头儿斯蒂芬建议道。

"或者是诺拉的一张照片，也行。"另外一个人说。

"还是用卡勒的照片吧，看起来很棒，不是吗？"坐在后排的某人提出了第三种意见。

"要不，我们放一张树林的图片上去？"一位设计助理加入了讨论。

"是啊，用一些看起来很灰暗很令人不安的元素，这似乎蛮不错的。"巴尔纳斯基评价道。

"或者是一些朴实无华的东西？"我最后提了一个建议，"主图是欧若拉的风光，而前景有两个中国式的剪影，无法确定具体是谁，但可能会让大家想到这是哈里和诺拉，他们肩并肩地走在第一大道上面。”

“朴实的东西要特别小心。”斯蒂芬说，“朴实就意味着平淡乏味，而所有看起来乏味的东西都卖不动。”

第 21 次电话会议：法律部、设计部和市场部

我听见了法律部理查德森的声音：“你要来点甜甜圈吗？”

我回答道：“嗯？我吗？不了。”

“他这不是在跟你说话呢。”设计部的斯蒂芬告诉我，“他是在问市场部的桑德拉。”

巴尔纳斯基怒了：“大家能不能不要再相互干扰，拖慢节奏？在讨论事情呢，别再说什么热咖啡、薄煎饼之类的了。我们到这里来是要玩过家家游戏，还是要打造史上最畅销的图书呢？”

当我的小说以全速推进的时候，对普拉特警长被谋杀一案的调查却陷入了僵局。加洛伍德差遣了犯罪调查科的好几个探员跟进此案，但他们都无法取得进展。没有任何罪犯的行迹，没有丝毫可以追踪的线索。我跟加洛伍德在城市出口处一个为大货车司机而设的酒吧里碰了头，他时不时会躲到这里来玩几把桌球。于是，我们就在这间酒吧里进行了一番长谈，讨论普拉特警长被杀一案。

“这里是我的秘密避难所。”他一边递给我一根桌球杆示意开球，一边说，“最近这段时间，我经常来这里。”

“生活不简单哪，嗯？”

“现在嘛，还好啦。至少我们算是解决了‘凯尔甘事件’，这个很重要，尽管它所引起的连锁反应比我之前想象的更糟糕。这主要是由于检察官在里面扮演了很不好的角色，而他一直都是这个样子，因为他是被选出来的嘛。”

“那你呢？”

“政府满意，警察局的头头满意，因此所有人也就满意了。另外，那些大领导想设立一个新的调查小组，专门负责一些长年没破的疑案，他们希望我能加入这个小组。”

“长年没破的疑案？可是，如果整天对着的都是一些既没有罪犯又没有受害者的案子，那会不会令人感到很沮丧啊？说到底，这无非是为了那些死者而已。”

“不，这其实是为了还活着的人。以诺拉·凯尔甘案为例，父亲有权知道他的女儿遭遇了什么事情，而戈贝尔险些错误地经受法庭的审判。司法部门必须想办法做好自己的分内事，即便是在案发多年以后也理应如此。”

“那么，卡勒呢？”我问道。

“我相信，这个家伙是有点迷失了自我。你知道，像这种案件，犯案的人通常有两种情况：要么是一个惯犯，可是在诺拉遇害之前以及之后两年的时间里，她那个地区并没有任何类似的案件发生；要么呢，凶手就是因为一时的疯狂之举而犯下罪案。”

我点头表示赞同。

“现在唯一令我感到困惑的就是普拉特的事了。”加洛伍德说，“谁杀了他？为什么要杀他？在此案因果关系的‘方程式’里，还有一个未知的疑点，我很担心我们永远也找不到正确的答案。”

“你始终认为是斯腾？”

“我只是有一些怀疑。我跟你解释过我的理论，照此分析，在他和卢塞的关系当中还有一些看不清的阴暗部分。他们之间存在着怎样的联系？为什么斯腾没有交代他的汽车失踪这件事？这里真的有一些很奇怪的东西。他会不会在某种程度上卷入了这起案件？这种可能性是存在的。”

“你没有去找他问话？”我说。

“去了，找了他两次，他总是那么彬彬有礼。他说，在跟我坦白了那些画的问题之后，他自我感觉好多了。他还告诉我说，他有时候会答应让卢塞开那辆黑色的雪佛兰蒙特卡洛去办点私事，因为卢塞平时开的那辆蓝色福特野马车况很糟糕。我不知道他说的是不是实情，但至少这个理由还说得过去。实际上，他所有的方面都说得通，简直很完美。我用了十天的时间来研究斯腾这个人，但什么破绽也找不到。我还去找希拉·米歇尔谈了谈。我问她是否知道她哥哥那辆福特野马出了什么状况，但她说对此一无所知。那辆破车就这么凭空消失了。总之，我没有找到任何对斯腾不利的线索，没有任何一点足以让人怀疑他牵涉到了这起案件当中。”

“为什么像斯腾这样的人竟然会完全被自己的司机所左右呢？那么纵容他任性妄为，还把一辆车交给他使用……这里面，肯定有什么东西是我还没有想到的。”

“我也是这么认为的，作家，我也是的。”

我把我要打的球放到了台面上。

“我的书还有两个星期就要完工了。”我说。

“这就完工了？你写得很快嘛。”

“也不是那么快啦。你可能会听人家说这本书两个月就写出来了，但实际上，我是花了两年的时间。”

他笑了。

2008 年 8 月底，我竟然有幸稍微赶在截稿时间到来之前写完了《哈里·戈贝尔事件》，这本书在两个月之后获得了绝对惊人的成功。

现在是时候回纽约了，巴尔纳斯基等在那里为我安排了各种摄影活动和记者见面会，进行新书推广。

没有刻意安排而只是在日历上随意挑了一个日子，我在 8 月结束前两天离开了康科德。离开的路上，我绕了点道去欧若拉，在汽车旅馆里找到了哈里。如同往常那样，他就坐在他房间的门口。

“我回纽约了。”我对他说。

“那么，就是永别了……”

“应该说是再见。我很快就会回来的。哈里，我要重塑你的名声。再给我几个月的时间，我会让你重新成为这个国家最受尊重的作家。”

“马库斯，为什么要这么干呢？”

“因为是你让我成为现在的我。”

“那又怎样？你觉得对我欠下了债要还？我让你成为一个作家，而如今在公众舆论眼里，我自己却已经不再是一个作家了，于是你就想要把我给你的东西还给我？”

“不是的，我捍卫你是因为我一直都相信你，一直如此。”

我递给了他一个厚厚的信封。

“这是什么？”他问。

“我的书。”

“我不会看的。”

“在把这本书付印之前，我想取得你的认可。这本书，是属于你的。”

“不，马库斯，这是你的书。而这恰恰是问题之所在。”

“什么问题？”

“我认为这是一本很棒的书。”

“那，这有什么问题吗？”

“这很复杂，马库斯，有一天你会明白的。”

“可是，明白什么呢？老天啊，跟我说说，好吧！跟我说啊！”

“有一天，你会明白的，马库斯。”

接下来，是很长一段时间的沉默。

“你现在有什么打算？”最终还是我问道。

“我不会留在这里。”

“这里指的是哪里？这家汽车旅馆，新罕布什尔州，还是美国？”

“我要去属于作家的天堂。”

“作家的天堂？这是什么玩意儿？”

“作家的天堂，就是这样一个地方，在那里你可以按照自己的意愿重新谱写你的生活。因为，马库斯，作家的权力就是他们能够决定一本书的结局。他们有权让人生、让人死，他们有权改变一切。作家们在他们的指尖拥有一种力量，通常，他们对此毫不怀疑。只要闭上眼睛，就可以颠覆过往的人生。马库斯，1975 年 8 月 30 日那一天会变成什么样子，如果……”

“没有人可以改变过去，哈里，你想都不要去想。”

“可是，我怎么可能不去想呢？”

我把小说的手稿放到了他旁边的椅子上，然后向他示意要走了。

“你的书是写什么的？”他还是问了我。

“这个故事讲的是一个男人爱上了一个年轻的女人。她对他们两个的未来满怀憧憬，希望能跟他生活在一起，希望他能成为一位伟大的作家、一位大学教授，希望他们能够拥有一条颜色像太阳一样的狗。可是有一天，这个年轻女子消失不见了，人们再也找不到她。而这个男人，他就待在家里，一直等着她。他成为伟大的作家，他成为大学教授，他养了一条颜色像太阳的狗。他完全做到了她当年要求他的一切事情，然后，他就这样等着她。他没有再爱过其他任何人。他一直忠诚地等着她回家，然而，她永远都没有再回来。”

“因为她已经死了！”

“是的，不过现在这个男人可以为她守灵了。”

“不，太晚了！这都已经有 33 年了！”

“重新找回心中的爱，永远也不会太晚。”

我对他做了一个友好的手势。

“再见，哈里。我到了纽约就给你打电话。”

“还是不要打了吧，这或许更好。”

我走下了汽车旅馆外墙通往停车场的楼梯。就在我准备上车的时候，我听到有人在二楼的栏杆处向我呼喊：

“马库斯，今天是几日？”

“8月30日，哈里。”

“那现在是几点了？”

“差不多上午十一点了。”

“还有八小时了，马库斯！”

“什么事还有八小时？”

“到晚上七点之前还有八小时。”

我一时没听明白什么意思，于是问他：“晚上七点有什么事？”

“我们约好了，她跟我，你该知道的。她会到这里来。你就等着瞧吧，马库斯！瞧一瞧我们在哪里！我们这是在‘作家的天堂’。只要把它写出来，一切都会改变。”

1975年8月30日　作家的天堂

她决定不走第一大道，而是沿着大洋边，这更保险一点。紧紧地把书稿抱在怀里，她在鹅卵石和沙子上奔跑着。差不多快到鹅弯了，离那家汽车旅馆还有两三里的路程吧。她看了看表：刚刚过了下午六点，再有45分钟吧，他们约定的碰面时间是下午七点。于是，她继续赶着路，一直来到了河溪湾路。她估计，这个时候，他正在穿过树林的边缘走向第一大道吧？她爬过一堆堆石头，从沙滩走进了树林，然后很小心地穿越一排排的树，时刻留意着不要让灌木丛刮破或者撕烂她美丽的红裙。而透过树丛，她看到远处有一间屋子，在厨房里面，一个妇人正在做着苹果煎饼。

她重新踏上了第一大道，而就在她刚离开树林的瞬间，一辆汽车高速从她旁边开过。那是卢塞·卡勒，他正在返回康科德的路上。她继续沿着公路走了两里路，很快就赶到了汽车旅馆。现在正好是晚上七点。她穿过停车场，爬上外墙的楼梯，悄悄潜入了汽车旅馆。8 号房在二楼。她三步并作两步跨上台阶，来到门前把门敲得咚咚作响。

房间里，他一直坐在床上，随时准备起身，而一听到敲门的声音，他马上冲过去打开了门。

“哈里！哈里，亲爱的！”刚一看到他在门后现身，她就喊了起来。

她跳到他的怀里，揽着他的脖子一顿狂吻，而他则把她举了起来。

“诺拉……你在这儿呢。你来了！你来了呀！”

她看着他，觉得有点好笑。

“很明显我是来了啊，这是怎么回事呀？”

“我大概是打了个盹儿吧，结果做了一个噩梦……我在这间房里等你。我等着你，而你没有来。我等啊等啊等啊，可是你一直都没有来。”

她紧紧抱着他。

“好恐怖的噩梦啊，哈里！我现在就在这里！我会永远跟你在一起！”

他们紧紧地拥抱在一起，过了很久，然后哈里把一束鲜花献给了她。这束花一直放在盥洗室的洗手盆里，浸着水。

“你什么都没带来？”哈里留意到她没有背包，于是问道。

“什么都没带，这样就不会引起别人注意啦。我们可以在路上买一些必需品。不过，我把书稿带来了。”

“这个书稿，我那里到处都是啊！”

“这一本，我一直带在身边。我看完了……真是太喜欢了，哈里。这真是一部伟大的作品！”

他们再次紧紧拥抱在一起，然后她说：

“我们走吧！赶紧走！马上走！”

“马上？”

“是啊，我想离这里远远的。可怜可怜我，哈里，我可不想冒险，要是被人找到就糟了。我们马上就走吧。”

夜幕降临。那是 1975 年 8 月 30 日。两个黑影闪出了汽车旅馆，快步走下了外墙的楼梯，一直来到了停车场，钻进了一辆黑色的雪佛兰蒙特卡洛。然后在第一大道上，这辆汽车一直向北，高速前进，直至逐渐消失在地平线上。很快，它的影子就已经难以辨明了：先是变成了远端的一个黑点，然后是一个很小的黑斑。有那么一瞬间，似乎还勉强能看到车灯画出的一个小小的光点，再然后，它就完完全全地消失不见了。

哈里和诺拉，他们奔向了属于他们的人生。

第三部分

作家的天堂

（书出版了）

书并不是辞藻的堆砌，

而是对人生的反映。

5.
感动全美的女孩

“马库斯，一本新书就等于是一段新生命的开始。这是一个大公无私的举动，因为你等于是在把自己的一部分贡献出来，与任何想一探究竟的人分享。有些人喜欢，有些人讨厌。有些人当你是明星，有些人却瞧不起你。但你其实并不是为了他们而写作，马库斯，你写作是为了所有那些在日常生活之中，因马库斯·戈德曼而得以度过一段美好时光的人。你对我说，这没什么大不了的，然而，这已经很不错了。有一些作家想要改变这个世界的面貌，可是，谁又真的能够改变这个世界的面貌呢？”

所有人都在谈论我的书。我再也不能在纽约的街头巷尾悠闲漫步，也无法在中央公园的小道上自在地慢跑了，在那儿散步的人总会认出我来，然后惊呼：“嘿，是戈德曼，那书就是他写的！”甚至有人会跟着我跑上几步，然后问我一些困扰着他们的问题：“你书中所写的是真的吗？哈里·戈贝尔真的能干出这样的事？”在那家我常去的西村咖啡馆里，一些客人为了能和我聊聊也总会毫不犹豫地在我的桌边坐下：“我正在读你的书呢，戈德曼先生，我根本停不下来！你的第一本书已经很棒了，但这一本！你写这本书时真收了他们100万美元吗？你多大了？得有30岁了吧？ 30岁！你就已经发了这么大一笔财了。”甚至我楼里的门房，也在工作之余抓紧时间翻阅我的书。他刚一读完，就把我堵在了电梯口，好好地和我倾诉了一番他的读后感：“嘿，这就是诺拉·凯尔甘的遭遇吗？实在太可怕了，这事是怎么发展成这样的？嗯？戈德曼先生，这怎么可能呢？”

从上市的那一天起，《哈里·戈贝尔事件》就在全国各地占据了新书销售榜的第一位，而在整个美洲大陆，这本书也很可能成为全年度的销售冠军。到处都在谈论着这本书：电视、收音机、报纸都是如此。那些文学评论家，原本以为我会一蹶不振，如今却都对我不吝赞美之词。他们说，我这部新小说是一部伟大的作品。

在新书上市之后，我马上动身去参加马拉松式的推广活动，为此我必须在两个星期之内走遍美国各个角落。为什么仅仅有两个星期的时间呢？这是因为，总统的换届选举在两个星期之后就要开始了。巴尔纳斯基认为，这两个星期正是能够完全由我们支配的最长时段。此后，公众的视线就会转向华盛顿，转向 11 月 4 日的总统选举。在回到纽约之后，我还要无休止地出席各种电视活动，以满足追星族对我的关注，而这种关注甚至还延伸到了我父母那里，有一些好奇的人，还有一些记者不停地摁响我父母家的门铃，想看看我在不在那里。为了安慰父亲和母亲，我送了一辆野营车给他们，这样他们就能开着去实现一个多年以前的梦想了：重游芝加哥，然后顺着 66 号公路向南一直奔向加利福尼亚。

《纽约时报》在它的一篇报道中把诺拉形容为“感动全美的女孩”，这个称呼马上风行起来。而我所接收到的读者来信众口一词地表达了这样一种感受：所有人都被这个不幸并且备受磨难的小女孩所打动。这个小女孩在遇到哈里·戈贝尔之后，脸上重新出现了笑容，仅仅 15 岁的她为了心中的爱人而蒙难，但却使得他得以写完那本《罪恶之源》。有些文学评论家甚至还认为，只有在读过我的书之后，才有可能正确地理解哈里的这本书想表达的意思。他们据此提出了一种新的思路，即诺拉不再代表一种可望而不可即的爱情，而是一种无比强烈的真实情感体验。正因如此，在四个月前一度被全美几乎所有的书店撤下架的《罪恶之源》现在又重新焕发了生机，销售量大涨。在这种情况下，针对将要到来的圣诞销售季，巴尔纳斯基的市场营销团队开始准备推出一个需要通过抽签才可能获得的限量版礼包，里面包括《罪恶之源》《哈里·戈贝尔事件》以及一篇由某个叫弗朗索瓦·兰卡斯特的家伙推荐的评论分析文章。

至于哈里，自从我在“海滨汽车旅馆”与他分道扬镳之后，就再也没有了他的消息。我曾经无数次尝试与他联系：他的手机总是关机，而当我打电话到那一家汽车旅馆，请他们转到 8 号房时，电话又总是无人接听。不仅是哈里，总的来讲，我与整个欧若拉再也没有了任何联系，其实这样或许也好，我可一点也不想知道那边的人是怎么看待我这本书的。唯一一个我所了解的相关信息来自施密特·汉森出版社的法律部，据悉，艾力雅哈·斯腾竭尽全力想要把这家出版社告上法庭，控诉的理由是，我的书中涉及他的部分有诽谤的成分，尤其是我在书里面提出疑问：他为什么不仅遂了卢塞的意，要求诺拉做裸模，而且后来在面对警方询问的时候，也绝口不提他那辆黑色蒙特卡洛失踪之事。可是，我在这本书出版之前，明明打电话找过他，想听听他对于这些事情是怎么解释的，但他根本就不屑于做出回应。

从 10 月份的第三个星期开始，正如巴尔纳斯基所预料的那样，总统选举占据了所有的媒体空间。与此同时，公众对我的关注度大大下降，而我则感到有些如释重负。在过去的两年时间里，我经历了太多太多：先是第一本书的成功，然后患上了所谓的“作家病”，写不出东西来了，而后是这第二本书的纷纷扰扰。因此，我现在心态平和了很多，只想给自己放放假，找个地方去待一段时间。由于我不想一个人度假，而且也确实需要感谢道格拉斯一直以来的支持，所以我就买了两张去巴哈马的票。这是朋友之间的友谊之旅，自从中学毕业就好久没有这样了。我本想给他一个惊喜。有一天晚上，他来我家看比赛直播的时候，我告诉了他这件事。但是令我感到非常不安的是，他竟然拒绝了我的邀请。

“这听起来很棒啊。”他对我说，“不过，我打算带着凯利去加勒比群岛，正好也是在那个时候呢。”

“凯利？你一直跟她在一起？”

“是啊，当然啦。你不知道？我们打算订婚了呢。事实上，我就是想去那里向她求婚啊。”

“哈，那简直太棒了！我真心为你们两个感到高兴。祝贺你们啊。”

我一定是在脸上露出了有点伤心的表情，因为他对我这样说道：

“马可，你已经拥有这个世界其他人梦寐以求的一切，是时候结束你的单身生活了，一劳永逸啊。”

我点了点头。

“只是……我太久没有约过会了。”我为自己做着辩护。

他笑了。

“别担心这个啊。”

正是这一番谈话促使我们两个去参加了第三天的一个晚会，那是在2008年10月23日星期四，这个晚上改变了一切。

道格拉斯帮我安排了与莉迪亚·戈洛尔的约会，他从她的经纪人那里打听到，她一直都爱着我。于是，他就说服我给她打了电话，我们约定在苏荷中心的一家酒吧里碰面。当晚七点整的时候，道格拉斯来到我家里给我打气。

“你还没准备好？”他看到我在给他开门的时候还光着膀子，禁不住问。

“我决定不了该穿哪一件衬衣。”我在胸前举起两个衣架，对他说。

“就穿蓝色这件吧，看起来不错。”

“你确定我跟莉迪亚约会没错吗，道古？”

“你又不是要马上跟她结婚，马克。你只是去跟一个你喜欢她而她也喜欢你的美女一起喝一杯而已。接下来，你们再看一看相互之间是不是还有感觉嘛。”

“那，在喝完酒之后，我们干吗？”

“我帮你在一家意大利餐厅里订好了台子，那家餐厅离酒吧不远，等会儿我给你发个短信，告诉你地址。”

我笑了。

“没有你，道古，我还能干什么？”

“朋友，不就是派这个用场的吗？对吧？”

就在这个时候，我的手机响了起来。如果不是看到显示屏上闪亮的是加洛伍德的号码，我想很可能我是不会接的。

“你好，警长。能接到你的电话，我很高兴。”

电话里，他的声音听起来不太好。

“晚上好，作家。很抱歉打搅你了……”

“完全没有的事。”

他的情绪好像不太愉快。他对我说：“作家，我想我们遇到了一个大麻烦。”

“发生了什么事？”

“是诺拉·凯尔甘的妈妈。你在书里讲，她曾经打过她的女儿。”

“路易莎·凯尔甘，是的，怎么了？”

“你现在能上网吗？我得给你发一封邮件。”

我走进客厅，打开了电脑。一边与加洛伍德保持着通话，我一边连上了邮箱。他刚刚给我传来了一张照片。

“这是什么？”我在电话里问他，“你开始让我感到有点担心了。”

“打开图片。还记得吗，你曾经跟我提起过亚拉巴马？”

“当然记得。凯尔甘一家就是从那里搬过来的嘛。”

“我们搞砸了，马库斯。我们完完全全没想到应该去亚拉巴马了解一下。更何况，你还跟我提过了这一点！”

“我跟你说过了什么？”

“你告诉我，应该去看看在亚拉巴马发生了什么事情。”

我点开了照片，这是一片墓园里面的一块墓碑的照片，墓碑上面刻着以下内容：

路易莎·凯尔甘

1930—1969

我们深爱的夫人、母亲

我完全震惊了。

“上帝啊！”我大喘着气，“这个，说明了什么呢？”

“诺拉的母亲在1969年就已经死了，也就是说在她的女儿失踪之前六年，她就已经死了！”

“谁给你传的这张照片？”

“康科德的一个记者。明天，这就将成为报纸的头版头条。你也知道，接下来会发生什么事情：用不了三个小时，全美国都会质疑你的这本书，同时也会质疑我们警方办案搞错了方向。”

那个晚上，我没有跟莉迪亚·戈洛尔吃饭。道格拉斯喊来了原本有约，正在跟人家谈公事的巴尔纳斯基。巴尔纳斯基喊来了原来待在家里的法律部理查德森，我们几个就在施密特·汉森总部的一间会议室里面召开了一次应对特别凶险危机的紧急会议。那张照片其实是翻拍于《康科德先驱报》，这家发行于杰克逊地区的报纸竟然有了这样的大发现。巴尔纳斯基刚刚花了足足两个小时，想要说服《康科德先驱报》的总编辑，不要把这张照片用作第二天的头版头条，但可惜没有成功。

“当人们听说你这本书里面充满了谎言的时候，你应该可以想象他们会说些什么吧！”他对着我一通乱吼，“可是，上帝啊，戈德曼，你难道就没有核实一下你的消息来源是否准确吗？”

“我都搞不懂，这也太离奇了！是哈里告诉我有关诺拉母亲的情况的！事实上，他经常跟我说起这个。我现在也不明白是怎么回事。诺拉的母亲打她！是哈里跟我说的！他告诉我，诺拉的母亲不仅动了手，还曾经把布蒙在她的脸上，然后往上浇水。”

“那么戈贝尔现在又是怎么说的呢？”

“找不到他。今天晚上，我至少试着给他打了十次电话。事实上，我已经快两个月没有他的消息了。”

“再试试！你得想办法解决问题！谁能回答你的问题，你就去找谁谈！你必须给我一个解释，这样明天上午我才能够去应付那些对我狂轰滥炸的媒体记者。”

于是在晚上十点，我最终打了电话给厄恩·平卡斯。

“说到底吧，你是怎么得出这么个结论的——她的母亲还活着？”他问我。

我被这个问题震得头昏脑涨，最终只能很愚蠢地回答说：

“没有任何一个人跟我说过她死了！”

“可是也没有任何一个人告诉你她还活着啊！”

“有，哈里跟我说过。”

“那他就是耍你了呢。凯尔甘的父亲一个人带着女儿来到欧若拉，从来就没有什么母亲。”

“我现在是彻底被搞糊涂了！感觉好像疯掉了一样。这下，我会被别人怎么看啊？”

“大家会认为你是一个狗屎一样的作家，马库斯。我可以告诉你的是，在这里，大家可不太喜欢你的故事。这一个月来，我们看着你神气活现地出现在报纸上和电视上，大家都在说，你可真是什么都敢乱说啊。”

“为什么就没有人提醒我一下呢？”

“提醒你？跟你说什么？问问你是不是碰巧搞错了，竟然把一位在事发的时候早已去世的母亲摆上了台？”

“她是怎么死的？”我问道。

“我怎么知道？”

“可是，那些深夜的音乐呢，还有她身上的伤痕？我有证人向我证实所有这一切。”

“证明什么？证明那个牧师把他的半导体收音机开到最大声，这样他就能安安静静地揍他女儿？是，我们所有人都在怀疑这个。不过，在你的书里面，你说当凯尔甘家的母亲折磨小姑娘的时候，她的父亲一个人躲到了车库里。可是，问题在于她妈妈从来就没有踏足过欧若拉一步，因为早在他们家搬过来之前，她就已经死了。在这种情况下，你叫大家还怎么相信你在书里面写的其他那些事情？更何况，你还跟我说过要把我的名字放到致谢辞里去……”

“我放了啊！”

“你把我跟其他人的名字放到了一起，而且是这么写的：欧若拉的E. 平卡斯。我不要简写，我想要你把我的全名标出来。我也想让大家都来讨论讨论我。”

“什么？可是……”

我的话还没有说完，他就猛地挂断了电话。巴尔纳斯基斜着一只阴沉的眼看我，然后用一根手指气势汹汹地指着我说：

“戈德曼，明天一早就搭第一趟航班去康科德。你必须把这个臭狗屎给我摆平了。”

“罗伊，如果我现在去欧若拉，那里的人会把我狂揍一顿的。”

他在脸上挤出了一丝笑容说：“如果他们只是把你揍一顿就感到满足的话，那你就自己偷着乐吧。”

“感动全美的女孩”会不会是一位作家文思枯竭的时候，在自己病态的头脑里臆想出来的呢？像这样的一个细节怎么可能被这么大意地忽略掉呢？《康科德先驱报》透露出来的这个信息在每个人心中撒下了疑问的种子，《哈里·戈贝尔事件》说的是真实的故事吗？

10月24日星期五上午，我搭飞机去了曼彻斯特。我是在当天下午刚开始的时候抵达的。到了之后，我就在飞机场租了一辆车，然后直接开去了康科德。在州警察局总部，加洛伍德正在等着我。他告诉了我所了解到的关于凯尔甘家庭在亚拉巴马生活的往事。

“大卫·凯尔甘和路易莎·凯尔甘在1955年结了婚。”他对我解释道，“他当时已经在一个很兴旺的教区当上了牧师，而他的老婆则在帮助他更好地发展。诺拉生于1960年。接下来的那几年没有什么值得记录的事情。不过，在1969年一个夏天的晚上，一场火灾吞噬了他们的屋子。那个小女孩在最后一刻被救了出来，可是她的母亲却死了。几个星期之后，牧师就离开了杰克逊。”

“几个星期之后？”我觉得有点奇怪。

“是的，而他们就是在那个时候来的欧若拉。”

“可是，哈里为什么要跟我说诺拉是被她的母亲施暴的呢？”

“应该说，施暴的是她的父亲才对。”

“不对，不对！”我吼了起来，“哈里跟我说的是她的母亲！就是母亲！我甚至还录了音！”

“既然如此，那我们就来听一听你录了些什么吧。”加洛伍德向我提议。

我随身带着我的那些录音卡带。于是，我就把它们都摊在了加洛伍德的书桌上面，逐一辨认卡带上的标签，试图找到我想要找的东西。事实上，我的卡带都是按照人物和日期做了详细的归档，但这一次我却没能够一下子找出来。直到清空了整个袋子，我才发现，里面还有一盘并没标注日期的卡带，于是，我赶紧把它塞到了录音机里。

“真奇怪。”我说道，“为什么我没有写下这盘卡带的日期呢？”

我按下了播放键，听见我自己的声音传了出来，那是2008年7月1日星期二，我在监狱的访客室里对哈里做了如下录音：

“这就是你们想要离开的原因吗？你们约好了在8月30日晚上一起离家出走，为什么？”

“这个嘛，马库斯，这里面有一个悲惨的故事。你在录音吗，现在？”

“是的。”

“为了让你能够理解我们的决定，接下来我要向你讲述一段很沉重的插曲。不过，我不希望这件事情传得满城风雨。”

“相信我，放心吧。”

“你知道的，我们在马尔莎葡萄园待了一个星期。她后来跟家里说是跟一个女性朋友一起外出玩一玩，但其实就是离家出走了，因为她走的时候跟谁都没有说。而在我们从葡萄园回来之后的第二天，当我再看到她的时候，我发现她非常非常伤心。她告诉我，她的母亲打了她，打得她的身上青一块紫一块的。说着说着她就哭了。就是在那一天，她对我说，她的母亲会毫无缘由地惩罚她，不仅用铁尺子打她，还用上了关塔那摩美军虐囚的那一套肮脏的办法：在一个盆子里放满水，然后抓着女儿的头发，把女儿的脑袋死命摁到水里去。她说这是为了拯救她的女儿。”

“拯救她？”

“从痛苦之中拯救她。我猜，这是一种宗教仪式，有一点像耶稣基督在约旦河的经历那样。刚听到这个的时候，我简直不敢相信自己的耳朵，可是，证据就明明白白地在那儿。于是，我就问她：‘可是，谁对你做出了这种事情呢？’‘妈妈。’‘那你的父亲就一点反应都没有吗？’‘爸爸把他自己锁在车库里听音乐，而且开得很大声。当妈妈惩罚我的时候，他总是这样子。他那是不想听见这一切。’诺拉再也坚持不下去了，马库斯，她再也没办法坚持下去了。我想解决这个问题，去凯尔甘家找他们谈一谈。这件事必须到此为止了。不过，诺拉却请求我什么都不要做。她说否则的话，就会有很大的麻烦，她的父母肯定会带着她离开这个城市远走高飞，那样一来，我们两个恐怕就再也见不到面了。但是，显然也不能让当时的那种状况就这么无休无止地继续下去了。于是，到了 8 月底的时候，大概 20 日吧，我们就决定必须一起离开那里，越快越好，而且当然要悄悄地走。最后，我们约定了 8 月 30 日出发，原本打算一路向北，奔往加拿大，在佛蒙特州穿过边境，可能会去不列颠哥伦比亚省吧，就在那里找一个木头小屋定居下来，在湖边过上美好幸福的生活。而到了那个时候，就再也没有人会知道我们的陈年往事了。”

“那么，这就是你们两个打算一起离家出走的原因喽？”

“是的。”

“可是，你为什么不希望我把这件事说出去呢？”

“这个嘛，马库斯，这只是整件事情的开端而已。接下来，我又发现了关于诺拉母亲的一些更恐怖的事情……”

铃声响起，然后是监狱看守宣布探监时间已到的声音。

“我们下一次再继续聊这个话题吧，马库斯。在此期间，务必保守秘密，别说出去。”

“哎，关于诺拉的母亲，他后来又跟你说了什么呢？”加洛伍德很不耐烦地问道。

“我不记得了啊。”一边回答着，一脸困惑的我一边继续在其余的卡带里翻找着。

突然，我停了下来，脸色瞬间变得苍白。

“不会吧！”我喊了起来。

“作家，什么情况啊？”

“这是我给哈里做的最后一次录音！就是因为这个，所以在卡带的外面才会没有记录日期！我把这件事给忘得一干二净了。关于这个主题，我们根本就没有继续谈下去。因为就在那天之后，关于普拉特的那些事情曝光了。接下来，哈里就不让我给他录音了。于是，我再跟他谈话的时候，就在一个小本子上做记录。再然后，这个本子里的一些内容被泄露了出去，结果哈里就生了我的气。你说，我怎么就白痴到这种地步啊？”

“必须马上跟哈里谈一谈。”加洛伍德一把抓起他的外套说，“我们得搞清楚，关于路易莎·凯尔甘，他究竟知道些什么。”

于是，我们就出发去了那家“海滨汽车旅馆”。

完全出乎我们的意料，打开 8 号房房门的并不是哈里，而是一个金发碧眼的大个子。我们去前台询问，服务员只是很简单地回应我们说：

“最近一段时间，我们这里就没有叫作哈里·戈贝尔的客人。”

“这不可能。”我说，“他都已经在这里待了好几个星期了。”

按照加洛伍德的要求，服务员查了查最近六个月的住房登记记录。然而，他还是断然表示：

“没有哈里·戈贝尔。”

“不可能！”我很激动，“我看到他了，就在这里！那是一个满头乱糟糟白发的大个子！”

“啊，他啊！是的，是有这么个人，他总是在停车场瞎转悠。不过，他从来就没有住过这里的房间。”

“他就住在 8 号房！”我发火了，“我知道的，因为我经常看见他坐在 8 号房的门口。”

“是的，他总是坐在那儿。我跟他讲过，叫他离开，但每一次，他都会塞给我一张 100 美元的大钞票！给这么一大笔钱，他爱在那儿坐多久就可以坐多久。他说，在这里待着能勾起他美好的回忆。”

“那么，从什么时候起，你再也没有看见他了？”加洛伍德问道。

“这个嘛……至少有好几个星期了。我只记得他在走的那一天，又塞了一张 100 美元的钞票给我，如果以后有人打电话过来找 8 号房的话，他要我假装好像是把电话转过去，但实际上就让电话一直空响着。那一天，他看起来好像很急的样子。就是在发生了那一次争执之后不久……”

“争执？”加洛伍德问道，“什么争执？你刚说的这一次争执到底是怎么回事？”

“嗯，你们的这位兄弟，他跟另一位家伙吵了一架。有一个小个子老头儿开着车赶过来，很明显就是要来找他吵架的。他们吵得可真凶啊，又喊又叫的。我都准备去劝架了，结果那个老头儿又上车走了。也就是在那个时候，你们的朋友终于决定要走了。其实，就算是他不说，我也打算叫他走了，因为我可不想他们再这么吵吵嚷嚷地来一次。要是店里的客人投诉的话，那我就要挨训斥了。”

“可是，他们那一次吵架，是为了什么呢？”

“关于一封信的事吧，我想。‘就是你干的！’那个小老头儿当时这么吼了你们的朋友。”

“一封信？什么信啊？”

“这我哪里知道啊！”

“然后呢？”

“那个小老头儿就走了，而你们的朋友也跟着火急火燎地离开了。”

“你能认得出他吗？”

“那个小老头儿？不，我估计不行。不过，你可以去问问你的同事。因为他后来又回到我们这里来了，这个搞笑的老东西。我嘛，我敢说他这是要回来找你们朋友麻烦的。我很懂犯罪调查的，我看了好多这方面的电视剧呢。你们的朋友倒是急匆匆地走了，但我感觉他是不是在我们这里留下了什么可疑的东西。于是，我就打电话喊了‘条子’。有两个公路巡警很快就赶了过来，控制住了那个家伙。不过，他们后来又把他给放了，说是没有什么问题。”

加洛伍德马上打电话给警务中心，要求查询最近在“海滨汽车旅馆”被公路巡警盘查的那个人的身份信息。

“他们找到之后就会给我打电话。”他挂了电话之后对我说。

我彻底被搞糊涂了。我一边用手挠着头发，一边说道：

“这真荒唐！太荒唐了！”

那个服务员突然用一种很奇怪的眼神看着我说：

“你是不是马库斯先生？”

“是，怎么了？”

“你的朋友给你留下了一封信。他说，会有一个年轻人来这里找他，这个年轻人肯定会说：‘这真荒唐！太荒唐了！’他告诉我，如果这个年轻人来了，我就要把这个交给他。”

他递给我一个小的牛皮纸信封，里面装着一把钥匙。

“就一把钥匙？”加洛伍德感到很奇怪，“就没有其他东西了？”

“没了。”

“可是，这把钥匙是用来开什么的呢？”

我仔细地看着钥匙的形状。突然，我想了起来：“这是蒙特贝利健身房更衣柜的钥匙！”

20 分钟之后，我们来到了那家健身房的更衣室。在 201 号柜子里，有一叠装订好的稿子，还有一封用手写的信。

亲爱的马库斯：

如果你读到了这封信，那肯定是由于你的这本书搞得纷纷扰扰、满城风雨、一团糟，而你急需找到问题的答案。

这个或许能够引起你的兴趣。这本书，就是真相。

哈里

这份书稿是用打字机打出来的，并不是很厚，封面上的题目是：

欧若拉的海鸥

哈里·L.戈贝尔 著

“这究竟是什么意思啊？”加洛伍德问我。

“我也不知道。可以说，这是哈里撰写的一本从未出版的书吧。”

“页码上标出了日期。”加洛伍德很仔细地检查了一遍书稿。

我很快地翻了翻内文。

“诺拉提到过海鸥。”我说，“哈里曾经告诉我，她喜欢海鸥。这里面或许会有一些联系。”

“可是，他为什么说这是真相呢？这里面难道说的是1975年发生的事情吗？”

“我也不知道。”

我们决定迟一点再研究书稿，当务之急还是先去欧若拉。我的到来备受瞩目，经过的人都在向我表示不满，他们都想要我马上离开。在“克拉克之家”门口，珍妮由于对我在书里面描写的她母亲的内容深感愤怒，而且一直不愿意相信她的父亲就是给哈里寄匿名信的人，于是狠狠地痛骂了我一顿。

这个小城里唯一还愿意与我们聊一聊的是南希·海特薇。我们在她的店里找到了她。

“我搞不懂。”南希对我说，“我可从来都没有跟你讲过诺拉的母亲。”

“可是，你曾经告诉我，在诺拉的身上看到了一些被打过的痕迹。还有就是，当诺拉离家出走整整一个星期的时候，她家里的人试图让你相信她是生病了。”

“但是，她家里只有父亲啊。当诺拉在7月份那个大家都知道的星期里消失得无影无踪的时候，是她的父亲拒不让我进门的。我可是从来都没有跟你提到过她的母亲。”

“你跟我讲过在诺拉的胸部有铁尺子击打的伤痕。你还记得这个吗？”

“那些伤痕。对，没错。不过，我可没说过是她的母亲把她打成那样子的。”

“我给你录了音！那是在6月26日。我还随身带着那盘磁带呢，你瞧一瞧，上面写着日期呢。”

我把磁带放到录音机里按下了播放键：

“你对凯尔甘牧师的介绍让我感到有些奇怪，海特薇小姐。我几天前见过他，我觉得，他是一个很慈祥的父亲。”

“他可能会给人这种感觉，至少在公共场合。他好像在亚拉巴马创造过什么奇迹，于是便被叫来重振濒临废弃的圣雅各教区。果不其然，在他接手之后不久，圣雅各教堂里每个星期都会坐满了人。但是除此之外，在凯尔甘家里真正发生的事情，真的很难说……”

“你想说什么？”

“诺拉曾经被打。”

“什么？”

“是的，她遭受了严重的家暴。戈德曼先生，我现在都还记得一件恐怖的事情。就在那个夏天刚开始的时候，我第一次在诺拉的身上看到那些伤痕。当时，我们两个一起去海里游泳。诺拉看起来很伤心。我还以为她这是为某个男孩子而难过。那个时候，有个二年级的叫科迪的家伙老是围着她转。可是，她后来告诉我，伤心是因为在家里老是受欺辱，被当成不听话的坏女儿。我问她为什么会是这个样子。她提到了在亚拉巴马发生的一些事情，但又不愿意进一步告诉我更多的情况。后来，在沙滩上，当她脱下衣服的时候，我发现在她的胸口位置有一些看起来很恐怖的伤痕。我马上问她这究竟是怎么回事，你想想，这多恐怖啊，而她回答我说：‘是妈妈，她在星期六用一根铁尺子打了我一顿。’听到这样的话，我当然无比震惊，我想我是不是听错了。可是，她还在继续说：‘这是真的。就是她跟我说，我是一个不听话的坏女儿。’诺拉看起来很绝望，因此我就没有再坚持跟她谈下去。从沙滩回来之后，我们回到了家里，我给她的胸部擦了一些镇痛药膏。我对她说，她应该找个人谈一谈有关她母亲的情况，比如说可以去找一找校医院的护士桑德夫人。可是，诺拉回答我说，她再也不愿意聊这个话题了。”

“这儿！”我按下了录音机的暂停键，喊了起来，“你瞧瞧，你谈到了她的母亲。”

“不是的。”南希辩解着，“我告诉你，当诺拉提到她母亲的时候，我感到很惊讶。这是为了跟你解释清楚，在凯尔甘家里发生了一些很不正常的事情。在跟你说这个的时候，我是那么确信你应该知道她的母亲已经死了。”

“可是我什么都不知道！我想说的是，我知道她的母亲死了，但我还以为她是在她女儿失踪之后才死的。我还记得，当我第一次去找大卫·凯尔甘的时候，他甚至还向我展示了一张他老婆的照片。我现在都还想得起来，当时对于他的热情接待，我甚至感到有一点奇怪。而且我还记得对他说过大概这样一句话：‘你的夫人呢？’他回答我说：‘死了很久了。’”

“好吧，现在听过了这盘磁带，我觉得你有可能是被误导了。戈德曼先生，这真是一个可怕的误会。我对此感到很遗憾。”

我继续按下了录音机的播放键：

“……去找一找校医院的护士桑德夫人。可是，诺拉回答我说，她再也不愿意聊这个话题了。”

“在亚拉巴马发生了什么呢？”

“我不知道，我一直都不知道。诺拉也从来没有跟我说过。”

“这和他们离开那里有关系吗？”

“我不知道。我希望我能够帮到你，但是我不知道。”

“这全都是我的错，海特薇夫人。”我说，“在这之后，我的注意力就转移到亚拉巴马去了……”

“那么，也就是说如果她遭遇了家暴的话，是她的父亲干的喽？”加洛伍德问道，他看起来有些困惑。

“可能是，也可能不是。这不好说。在她的身体表面有些伤痕。我问她到底发生了什么事，她就告诉我说，这是在家里受到了惩罚。”

“为了什么要受罚呢？”

“这个她没有详细讲。不过，她也没有说是她爸爸打了她。总之，这件事的真相谁也不知道。我的母亲有一天在沙滩上看到了诺拉身上的那些伤痕，再加上诺拉的父亲每隔那么一段时间就会在家里把音乐开得震耳欲聋，因此，城里的人都在怀疑凯尔甘家的父亲会经常揍他的女儿。不过，在这个问题上，谁也不敢多说一句。不管怎么样，他毕竟是我们教区的牧师啊。”

跟南希·海特薇聊完以后，加洛伍德和我在她家店门前的长凳上安静地坐了好长一段时间。我感到很绝望。

“这个该死的误会！”我最终吼了起来，“所有这一切都是由这个该死的误会造成的！我怎么能够这么愚蠢呢？”

加洛伍德试图安慰我。

“作家啊，安稳一点，不要对自己那么苛刻。我们两个都陷进去了，一直被我们的调查进程牵着鼻子走，而恰恰没有看到那最显而易见的东西。这是一种由主观导向而带来选择性的心理盲区，每个人都会碰到这种情况的。”

就在这个时候，电话响了起来。他接通了。那是州警指挥调度中心给他回拨的电话。

“他们找到了那个大闹汽车旅馆的家伙。”他一边听着电话里对方的通报，一边在我耳边低声说道。

但见他的脸上显示出一种很古怪的表情，然后他把话筒从耳朵边移开，对我说：

“是大卫・凯尔甘。”

特雷斯大道245号的上空一直回荡着音乐的声音，无休无止：凯尔甘家的父亲显然在家里。

“必须一定以及肯定要搞明白他为什么怨恨哈里。”加洛伍德从车里钻出来的时候对我说，“不过，作家啊，行行好，你就让我来跟他谈吧！”

在“海滨汽车旅馆”对大卫・凯尔甘进行盘查的时候，公路巡警在他的汽车里找到了一支猎枪。不过，这并没有给他带来什么麻烦，因为他是合法拥有枪支的。他对警察解释说，他正在前往射击俱乐部的路上，而停下来只是为了到汽车旅馆的餐厅里去买一杯咖啡。公路巡警对这一番解释挑不出什么毛病来，于是只好放他走了。

“警长，把他的心里话都掏出来。”当我们走在通往凯尔甘家的石板路上时，我说道，“我很想知道，那两个人关于什么信的纠纷到底是怎么一回事……可是，凯尔甘明明对我说过，他并不怎么认识哈里。你认为，他是不是对我撒了谎？”

“这就是我们将要去了解的情况啊，作家。”

我猜大卫・凯尔甘应该是看到了我们走过来，因为我们甚至都还没有来得及按响门铃，他就已经打开了房门，手上还拿着他的那支猎枪。他看起来有些失控，脸上带着一副非常渴望把我给杀了的表情。“你玷污了我对我夫人和我女儿的回忆！”他扯着嗓子嘶吼，“你就是一个浑蛋！婊子娘养的私生子！”加洛伍德试图让他安静下来，要求凯尔甘放下猎枪，并对他解释说，我们来这里就是想要搞明白当年诺拉究竟遇到了什么事情。街上的路人被这一番吼叫和喧闹所吸引，纷纷赶过来看热闹。很快，在凯尔甘家门前就围拢了一圈好奇的看客。而大卫·凯尔甘一直在不停地大声叫骂，与此同时，加洛伍德向我做了一个手势，暗示我们慢慢地退后。欧若拉警察局的两个巡逻小队都拉着警笛赶来了。查韦斯·道恩从其中一辆警车里走下来，显然并不是很乐于看到我在这里出现。他对我说：“都已经给这个城市添了这么多乱，难道你觉得还不够吗？”然后，他转向加洛伍德，问他作为一个州警来到欧若拉却没有提前通知当地警方，能否对此给出一个合理的理由。就在这个时候，考虑到我们的时间已经不多了，于是我冲着大卫·凯尔甘喊了起来：

“尊敬的牧师，回答我：你把音乐开到最大声，这样就能让你从心里感到快乐吗，嗯？”

他又摆弄起了他的猎枪。

“我从来没有对她动过一根指头！她从来就没有被打过！你就是一坨屎，戈德曼！我要去找一个律师，我要把你告上法庭！”

“哦，是吗？那你为什么还不赶紧行动呢？嗯？你为什么到现在都还没有上法庭呢？难道是因为你并不太愿意让大家关注你的陈年往事？在亚拉巴马究竟发生了什么事情？”

他朝着我的方向啐了一口唾沫。

“像你这种家伙是不会理解的，戈德曼！”

“在‘海滨汽车旅馆’，你跟哈里·戈贝尔之间又是怎么一回事？你们两个到底有什么事情一直瞒着我们？”

事情演变到这一步，查韦斯也终于扯着嗓子喊了起来，他警告说要向加洛伍德的上司汇报这件事，并要求我们两个立即离开。

当我们安静地开车驶往康科德的时候，是加洛伍德最终打破了车厢里的沉寂：

“作家啊，我们到底忽视了什么东西呢？有什么是在我们的眼皮子底下发生，而我们却没有留意到的呢？”

“我们现在所能知道的是，哈里掌握了有关诺拉母亲的一些信息，而他并没有告诉我。”

“那我们可以假设的是，诺拉父亲知道哈里知道了这些事情，可是他知道了什么事情呢？该死的！”

“警长，你认为，诺拉父亲会不会牵扯到这个案子里来呢？”

对于这一番风云突变，最高兴的恐怕是媒体了。

《哈里·戈贝尔事件》出现新转折：在马库斯·戈德曼讲述的故事里发现了一些与事实不符的内容，这不免令人怀疑他的这本书是否真实。而在此之前，文学评论界对这本书给予了极高评价，北美出版社巨头罗伊·巴尔纳斯基在推介这本书的时候甚至曾经表示，戈德曼完全再现并复述了在1975年导致年轻的诺拉被杀的一系列往事。

有鉴于此，在澄清这件事之前，我是别想再回纽约去了。于是，我又躲到了在康科德丽晶酒店的套间里。而唯一知道我藏身情况的人是黛妮思，这是为了让她可以随时向我汇报纽约最新的动向，同时，通过她，我也可以了解到关于诺拉母亲之谜是否有什么新的进展。

有一天晚上，加洛伍德邀请我到他家里吃饭。他的女儿们最近全都在忙着支持奥巴马，当然，她们也为我们准备了晚餐，但同时也给了我一些竞选标语，要求粘贴在我的汽车上。吃完饭后，我到厨房里帮助海伦收拾碗碟，她对我说，我看起来脸色好差。

“我不明白我究竟都干了些什么。”我向她解释，“我怎么能够把自己折腾到这种地步呢？”

“这肯定是有原因的，马库斯。你知道，佩里非常信任你。他说你是一个很特别的人。我都认识他 30 年了，以前他从来没有这样形容过一个人。我相信你是绝对不会瞎干一气，不会乱来的，对于现在发生的这一切，肯定会有一个合理的解释的。”

那天晚上，加洛伍德把我和他自己反锁在他的书房里待了好久好久，我们一起研究哈里留给我的那一份手稿。读着读着，我发现这本没有出版的小说《欧若拉的海鸥》写得真是棒极了。在这本书里，哈里讲述了他与诺拉的故事。哈里并没有明确标出写作的时间，但我想应该是在《罪恶之源》出版之后吧。因为，在《罪恶之源》里，讲述的是一种可望而不可即的爱情，空灵但从不具象。而《欧若拉的海鸥》并非如此，哈里告诉我们，诺拉是如何激发他的灵感，又是如何由始到终都相信他、鼓励他，最终令他成为一位伟大的作家的。不过，在这个故事的结尾，诺拉并没有死：小说的男主人公哈里取得了事业的成功，赚够了钱，几个月之后，他一个人去了加拿大，在边境湖畔的一个美丽的小屋里，诺拉正在等待着他的到来。

已经是凌晨两点了，加洛伍德为我们俩泡了咖啡，然后问我：

“可是，说到底，通过这本书，他究竟想告诉我们什么呢？”

“他在想象诺拉没有死的生活。”我说，“这本书，就是作家的天堂。”

“作家的天堂？这是什么玩意儿？”

“意思就是说，当一个作家进行创作的力量反过来超越了他的控制范围的时候，他就无法再确定，小说中的人物是仅仅存在于创作者的脑海之中呢，还是在这个世界上真实存在。”

“那么，这对我们有什么帮助啊？”

“我还不知道，完全没头绪。这是一本写得很棒的书，而他从来就没有想过把它拿去印刷出版。为什么要把这本小说收藏在箱底呢？”

加洛伍德耸了耸肩。

“或许他不敢拿去印刷，是因为这里讲的是一个失踪的少女的故事。”他表示。

“可能吧。不过，在《罪恶之源》里，他也提到了诺拉，而这并不妨碍他把书拿去到处推荐给出版社的编辑。还有，他为什么要在写给我的信里面说‘这本书，就是真相’呢？这是关于什么的真相？关于诺拉吗？他到底想表达什么？难道是想要告诉我们，诺拉永远都不会死，她一直都住在一个木头小屋子里吗？”

“这种说法一点意义都没有。”加洛伍德下了定论，“相关的分析已经很明确了，我们找到的肯定是诺拉的骸骨。”

“那怎么办？”

“那也就是说，作家，我们可没有取得什么进展啊。”

第二天早上，黛妮思打来电话告诉我，有一个女人打电话到施密特·汉森出版社，结果他们把电话转给了黛妮思。

“她想跟你谈一谈。”黛妮思跟我解释着，“她还说这很重要。”

“重要？是关于什么的呢？”

“她说当年在欧若拉，她跟诺拉在同一所学校上学。她还说，诺拉跟她谈到了自己的母亲。”

2008 年 10 月 25 日　星期六　剑桥，马萨诸塞

她的确在欧若拉中学 1975 年的“年鉴”里，名字叫斯蒂芬妮·汉多夫。就在诺拉的头像前面，有她的两张照片。她是厄恩·平卡斯为我弄的那份联系人名单中缺少联系方式的同学之一。由于嫁给了一个波兰裔的美国人，她现在的名字是斯蒂芬妮·拉津季亚科，住在波士顿美丽郊区剑桥郡的一座豪宅里，而我跟加洛伍德正是在那里跟她见了面。她已经 48 岁了，诺拉如果还在世，现在也应该是这个年纪吧。眼前的这个女人很漂亮，结过两次婚，有三个小孩儿，曾经在哈佛大学教艺术史，后来主要的精力用于打理她自己的画廊。她当年是在欧若拉长大的，在那里，她跟诺拉、南希·海特薇以及其他许多我在调查的过程中遇见的人都是同班同学。在等待她讲述往事的时候，我不禁在心里想，这是一个人生的幸存者。这个世界上既有 15 岁就被谋杀了的诺拉，也有眼前的这一位斯蒂芬妮，她拥有了生存下去的权利，开了属于自己的画廊，甚至还结了两次婚。

在她家客厅的矮茶几上，摊开了几张她少年时候的照片。

“我从一开始就一直关注着这件事。”她对我们解释说，“我还记得诺拉失踪的那一天，我还记得所有的一切。我想，那个时候在欧若拉跟我同样年纪的所有女孩子都不会忘记那一天的。后来，他们找到了诺拉的骸骨，而哈里·戈贝尔被抓起来了，我就特别受触动。这都是什么事啊……我很喜欢你的书，戈德曼先生。你写诺拉写得真好。借助于你这本书，我好像又多少找回了对她的回忆。他们说这本书会改编成电影，这是真的吗？”

“华纳兄弟电影公司想要买下改编的版权。”我回答道。

她向我们展示了照片：那是一场生日会，诺拉也参加了，时间是 1973 年。然后，她接着说：

“诺拉和我，我们曾经走得很近。那是一个很可爱的女孩子。在欧若拉，每个人都喜欢她。可能是因为大家被她和她父亲展示出来的形象所打动了吧：一个鳏居而慈爱的牧师带着一个忠实的女儿，他们总是满脸笑容，从来不会去抱怨什么。我还记得，那个时候，当我耍小脾气的时候，我的母亲就会跟我讲：‘你看看人家小诺拉！可怜的孩子，上帝把她的母亲带走了，但是她始终是那么讨人喜欢，心里总是充满了感恩。’”

“该死。”我说道，“我怎么就没搞明白她的母亲已经死了呢？你刚才说喜欢我的书？其实，你作为知情人尤其应该会想，这是一个多么拙劣的作家啊！”

“不，完全没有。事实上，恰恰相反！我甚至会想，这是你故意这么写的。因为，我跟诺拉一起经历过那一切。”

“你们‘经历过那一切’，怎么回事？”

“有那么一天，发生了一些很奇怪的事情。在那天之后，我就逐渐跟诺拉拉开距离了。”

1973 年 3 月

斯蒂芬妮的父母在欧若拉的主干道上开了最大的一间店。有时候，在学校放学之后，斯蒂芬妮会带着诺拉到那里去，偷偷地躲在储藏室里吃糖果。那一天下午，她们两个又来了，藏在面粉袋的后面，把橡皮糖放到嘴里大快朵颐，一直吃到胃胀了，她们就开始笑起来，还要把手捂住自己的嘴巴，以免被人听见。可是，突然，斯蒂芬妮留意到，诺拉好像有什么不对劲。她的眼神有点改变，似乎也听不见斯蒂芬妮说什么了。

“诺拉，还好吧？”斯蒂芬妮问她。

没有任何回答。于是，斯蒂芬妮又重复了一遍她的问题。最后，诺拉对她说：

“我……我……要走了。”

“这么快？可是为什么呢？”

“妈妈想让我回家了。”

斯蒂芬妮以为自己是不是听错了。

“嗯？你母亲？”

诺拉站起身，显得很惊慌。她重复着说：

“我要走了！”

“可是……诺拉！你的母亲已经死了啊！”

诺拉急急忙忙地冲向储藏室的门口，斯蒂芬妮试图抓住她的手留住她，她转过身来，揪住了斯蒂芬妮的裙子。

“我的母亲！”她嘶吼着，十分惊恐的样子，“你不知道她要对我干什么！当我表现得不好的时候，我就会受惩罚！”

然后，她跑着离开了。

斯蒂芬妮待在原地一动不动很长时间。当晚，她在家里把这一幕告诉了自己的母亲。可是，汉多夫夫人一点也不相信她说的话。她只是温柔地抚摸着女儿的头发。

“我不知道你是从哪里听来的这些故事。亲爱的，来吧，别再说这些蠢话了，去洗洗手吧。你爸爸刚刚回到家，他饿了，让我们一起上餐桌吃饭吧。”

第二天，在学校里面，诺拉看起来似乎很平静，就好像什么也没有发生过一样。而斯蒂芬妮也没敢跟她提起前一天晚上在储藏室里的那一幕。不过，斯蒂芬妮还是感到很担心，过了十几天之后，她最终还是直接去跟凯尔甘牧师谈了这件事。她是到教区办公室里找他的，如同往常一样，他很和蔼地接待了她。牧师先是递上了一杯糖汁饮料，然后很专心地准备听她讲话，一心想着她肯定是为教区的事来找他的。可是，当她告诉了他那天晚上的经历之后，他同样根本不相信她的话。

“你应该是听错了。”他对她说。

“我知道这听起来很疯狂，牧师。不过，这却是事实啊。”

“总之，这没什么意义啊。诺拉为什么要跟你讲这样的蠢话呢？你不知道她的母亲已经死了吗？你想要让我们两个都感到痛苦吗？是这样的吗？”

“不是的，可是……”

大卫·凯尔甘不想再继续谈下去了，然而斯蒂芬妮依然在坚持。牧师的脸色突然变了，她从来没有见过他这个样子：第一次，热情的牧师脸上乌云密布，甚至可以说是令人不寒而栗。

“我不想再听见你说这件事！”他对她下达了命令，“不仅是对我，对任何人都不许再提起这件事，你听明白了吗？否则的话，我就去跟你父母说，你是一个小骗子。而且我还会告诉他们，你来偷教堂的东西，被我亲自逮住了。我会说，你从我这里偷了50美元。你应该不会想要招惹上这样的大麻烦吧，对不对？那么，就做一个乖乖听话的小女孩吧。”

斯蒂芬妮讲完了故事，她把那些相片拿在手里看了一阵子，然后转过来对着我。

“后来，我再也没有提起这件事情。”她说，“不过，我从来都没有忘记。而随着时间的流逝，我一度说服了自己，让自己相信当初是听错了，或者理解错了，实际上什么事情也没有发生过。可是，当你的书出来以后，我在里面读到：诺拉有一个虐待她的妈妈，而且那个形象活生生的。我也说不出来这个故事到底对我有什么影响，但我想说，戈德曼先生，你真是一个天才。然后就是这些天，那些报纸开始说你简直是不负责任乱写一气，于是我想我得找你谈一谈，因为我知道你说的全都是事实。”

“可是，这算什么事实啊？”我喊了起来，“她的母亲早就已经死了。”

“这个我当然知道。不过，我同样也知道你这么写是有理由的。”

“你是不是认为诺拉被她的父亲虐待了？”

“总之，大家都这么说。在学校里，我们都看到了诺拉身上的那些伤痕。可是，谁能站起来反对我们教区的牧师呢？在1975年的欧若拉，没有人愿意牵涉到其他人的事情里面去。别忘了那是跟现在完全不同的另外一个时代，每个人时不时都会碰到自己的烦心事。”

“关于诺拉和我这本书，”我继续问她，“还有没有其他什么事情让你觉得印象深刻呢？”

她想了一会儿。

“没有了。”她最后回答说，“只不过，在这么多年之后我才发现诺拉爱上的那个人原来是哈里·戈贝尔，这让我觉得简直可以说是有那么一点……搞笑。”

“你这是什么意思？”

“你知道，我当时还是一个没开窍的小孩儿……在那一次经历之后，我跟诺拉接触得就少了。不过，在她失踪的那个夏天，我倒是又经常会跟她碰面。1975 年，我整个夏天都在爸爸妈妈的商店里帮忙，我们的商店正对着当时的邮局。你想想，我那一段时期，就不停地碰到诺拉，因为她老是来邮局寄信。我知道的，因为她经常从我们家店门前经过，我忍不住问了她。终于有一天，她在我面前放下了心里的包袱。她告诉我说，她疯狂地爱上了某个人，他们两个通过写信来传达爱意。不过，她从来都不肯跟我说那个人是谁。我当时还以为是科迪，那是一个正在读中二的家伙，学校篮球队的队员。我也一直没有机会看到信封上对方的名字，不过有一天，我扫了一眼看到那个地址是在欧若拉本地。我在心里面想，既然两个人都在欧若拉，还有什么必要写信呢？”

当我们从斯蒂芬妮·拉津季亚科家里走出来的时候，加洛伍德用十分慎重的眼神看着我说：

“可是，作家，当时到底发生了什么事情啊？”

“警长，先让我来问你一个问题。按照你的分析，我们现在应该怎么办？”

“我们现在要做的事情其实早就应该做了：去亚拉巴马的杰克逊调查。你跟往常一样提出了一个很好的问题，作家，那就是：在亚拉巴马究竟发生了什么事情？”

4.
亚拉巴马甜蜜之家

“当你写到最后的时候，马库斯，记得要在最后一分钟给你的读者来一个大反弹。”

“为什么呢？”

“为什么？那还不是因为要让读者屏住呼吸一直到最后一刻嘛。这就好像是在玩纸牌游戏一样：当最后的一刻到来时，你要在手里攥着几张王牌。”

2008年10月28日　杰克逊，亚拉巴马

于是，我们就去了亚拉巴马。

当我们来到杰克逊机场的时候，有一个年轻的州警前来迎接我们，他的名字叫菲利普·托马斯，加洛伍德几天前就跟他取得了联系。这位警官守候在到达区，身穿制服，站得笔直，就好像一棵树一样，大盖帽的帽檐一直压到了他的眼睛上方。但见他尊敬地向加洛伍德敬了个礼，然后视线转向我，稍稍抬了抬帽檐，以示敬意。

“我会不会是在哪里见过你啊？”他问我，“在电视里？”

“可能吧。”我答道。

“让我来给你点提示。”加洛伍德插话进来，“最近每个人都在谈论他的那本书。你要小心这个家伙啊，他总是能引起一些乱七八糟的事情，你事先想都想不到。”

“也就是说，凯尔甘家的那些事，就是你在书里提到的喽？”托马斯警官问我，脸上带着掩饰不住的惊讶。

“没错。”加洛伍德又代替我回答了，“离这个家伙远一点，警官。以我为鉴吧，在碰到他之前，我的日子过得可平静了。”

托马斯警官对他的工作非常上心。按照加洛伍德的要求，他已经为我们准备好了关于凯尔甘一家的全套资料。于是，我们就在机场旁边的一间餐馆里快速浏览起来。

“大卫・J. 凯尔甘 1923 年出生于蒙哥马利。”托马斯向我们解释着，“他在那里完成了神学院的学业，成了一位牧师，然后就来到了杰克逊，在普莱森特山教区主持弥撒。1955 年，他跟路易莎・博纳维尔结了婚，他们居住在城市北面一个安静的小区里。1960 年，路易莎・凯尔甘生下了一个女儿，也就是诺拉。除此之外，他们一家就没有什么值得一说的了。这也就是亚拉巴马常见的一个安静而有信仰的家庭。一直到 1969 年，发生了那场悲剧。”

“那场悲剧？”加洛伍德重复了一遍这个词语。

“他们家遭遇了一场火灾。有一天晚上，房子着火了。路易莎・凯尔甘在火场里丢了性命。”

托马斯在他给我们的材料里面附上了当地报纸报道那一场火灾的文章的复印件。

罗尔街的致命火灾

一位妇女昨天晚上在她位于罗尔街的房子着火时不幸丧生。根据消防员的说法，一根一直燃烧的蜡烛有可能是这一场悲剧的根源。那间房子因此完全被烧毁了。遇难者是本区一位牧师的夫人。

而警方关于此事的报告则指出，在1969年8月30日深夜大约一点钟，牧师大卫·凯尔甘去了一位快要过世的教友家里为他做临终弥撒，而路易莎和诺拉则在睡梦中被火灾惊醒。牧师在回到他家门口时才发现那里冒起了一团团浓烟，他冲进家里，看到火苗已经蹿了起来，但他仍然摸到了他女儿的房间，在床上抱起了已经失去意识的小姑娘。他把女儿抱到了门外的花园里，然后掉过头来想再去找他的老婆，可是这个时候，火苗已经彻底吞噬了上楼的楼梯。附近的邻居听到呼喊声纷纷跑过来帮忙，不过他们也只能眼巴巴地看着而无能为力。当消防员赶到的时候，整层楼都已经被烧得通红，火苗不停地从窗口蹿出来，最后还吞噬了整个屋顶。当人们找到路易莎·凯尔甘时，发现她已经死了，她是因窒息而死。警方的调查报告得出的结论是，一根一直燃烧着的蜡烛很有可能点着了窗帘，然后火苗就很快在这个由木板搭出来的屋子里肆虐开来。此外，凯尔甘牧师也对警方表示，他的妻子经常会在睡觉前点燃一根芳香蜡烛，放到五斗柜的上面。

“这个日子！”我读着报告不禁喊了起来，“警长，瞧一瞧这场火灾是在哪一天发生的！”

“上帝啊，1969年8月30日！”

“调查这件事的警官有很长一段时间都在怀疑这一家人的父亲。”托马斯向我们解释。

“你怎么会知道呢？”

“我跟他谈过。他叫爱德华·霍洛维茨，现在退休了，整天在他家屋子前面摆弄他那艘船，以便打发时间。”

“有可能去见一见他吗？”加洛伍德问道。

“我已经安排好了，他在三个小时之后可以见你们。”

退休探员霍洛维茨待在他家门口，面无表情，专心致志地打磨着一艘小船的船壳。天气并不是很好，于是他打开了车库的大门用来挡一挡风。他示意我们从摆放在地上已经开了封的箱子里拿啤酒喝，而在跟我们聊天的时候，他虽然始终没有停下手里的活儿，但同时却能让我们感受到他一直都在留意倾听。他的话语把我们带回到了凯尔甘家着火的那个夜晚，不过他讲述的一切，我们全部都已经在警方的报告里看到过了，并没有什么新鲜的内容。

“总之，这场火灾，真是一件可笑的事情。”他总结道。

“为什么这么说呢？”我问。

“我们很长一段时间都怀疑是大卫·凯尔甘点着了自己家的房子，把他的老婆烧死了。他对警方描述的故事版本完全没有任何佐证：就好像是奇迹一般，他能够及时赶到救了自己的女儿，却又恰恰来不及救出自己的妻子。因此，很自然地，大家就会想，是他自己放火烧了自己的房子。特别是在几个星期之后，他就举家离开了这个城市，这就更可疑了。房子烧了，老婆死了，而他呢，他跑了。这里面肯定有什么不对劲的，但我们从来没有找到哪怕一点点证据，足以指认他为犯罪嫌疑人。”

“他的女儿失踪一案也是这么一种情况。”加洛伍德表示，“1975年，诺拉消失不见了，很可能是被谋杀了，但没有任何证据可以真正地证实这一点。”

“警长，你是怎么看的呢？”我问，“这个牧师先是杀了自己的妻子，然后又杀了自己的女儿？你认为我们搞错了谋杀诺拉的嫌疑犯？”

“如果真是这样的话，那简直就是一场灾难。”加洛伍德用近乎哽咽的声音说，“霍洛维茨先生，如果要想进一步了解案情的话，我们能去盘问谁呢？”

“这很难说。你们可以去普莱森特山教堂看一看。他们可能会有一份本堂教友的登记表，其中有些人跟凯尔甘牧师打过交道。不过，39年过去了……你们恐怕要浪费很多很多的时间。”

“我们没有什么时间了。”加洛伍德咒骂着说。

“据我所知，大卫·凯尔甘曾经跟本地某个五旬节教派组织走得很近。”霍洛维茨再度开口，“那都是一些疯狂信教的人，他们集体生活在一个农场里面，距离这里也就是一个小时的路程。凯尔甘牧师在那场火灾之后也住到了那里。我知道这一点是因为我当时为了调查要找他谈话，而正是在那个地方，我找到了他。后来，在离开这个城市之前，他一直都是住在那里。你们可以去找刘易斯牧师谈一谈，如果他还待在那个农场的话。此人正是这个组织的精神领袖。”

霍洛维茨提到的这个刘易斯牧师主导着“救世主新教社团”。我们在第二天早上到那里去拜访了他。托马斯警官一早就来到公路边的假日酒店找到了我们。我们在这家酒店里开了两个房间——其中一间由新罕布什尔州政府埋单，而另外一间嘛，当然就是我自己掏钱喽。托马斯一路开车带着我们到了一个巨大的农场。这个农场有很大一片都是由种植了各种作物的农田组成。我们来到了一条两边都是一望无际玉米地的路上，结果迷失了方向，就在这个时候，我们遇到了一个开着拖拉机的家伙，他引领着我们到了一片房子面前，并且把牧师住的那一间指给我们看。

在房间里，有一个和蔼的胖女人很有礼貌地招待了我们，她把我们引到了一间办公室里，然后又过了几分钟，此前提到的那个刘易斯终于出现了。据我所知，他应该有 90 多岁了，可是看上去至少要年轻 20 岁。表面上看，他甚至可以说是有点热情，与霍洛维茨此前跟我们描述的那个形象完全是两码事。

“警察？”他在逐个跟我们握手的时候问道。

“我们是来自新罕布什尔的州警，还有亚拉巴马的州警。”加洛伍德表示，“我们正在调查诺拉·凯尔甘死亡一案。”

“我有那么点印象，好像最近大家一直都在谈这件事。”

在跟我握手的时候，他盯着我看了一阵子，然后问我："你莫非是……"

"是的，是他。"加洛伍德替我回答，似乎有些不高兴。

"那么……好吧，先生们，我能为你们做些什么？"

加洛伍德随即开始了他的盘问。

"刘易斯牧师，如果我没有搞错的话，你应该认识诺拉·凯尔甘？"

"是的。确切一点说，我更了解她的父母。他们都是很热情的人，跟我们的社团走得很近。"

"你们的社团，是什么呢？"

"我们是属于五旬节教派的一支，警长，仅此而已。我们拥有基督教的理想，而且相互之间愿意分享。是的，我知道，有些人说我们是邪教。相关的社会机构每年都会到我们这里来查访两次，看看我们的孩子是不是会去上学，饮食有没有保障，又或者有没有受到虐待。他们有时候来还会检查我们是否藏有武器，又或者看一看我们是不是在宣扬白人至上主义。这可真是搞笑啊。我们这里的孩子全部都去城里上学，我这辈子就从来没佩过枪，而且我还积极地参加贝拉克·奥巴马在我们州举行的总统竞选活动。所以，你们到底还想从我这里打听些什么？"

"1969 年发生了什么事情？"

"阿波罗 11 号飞到了月球上面。"刘易斯回答，"那是美国对于苏维埃敌人的一次伟大胜利。"

"你很明白我在说什么。凯尔甘家的那场火灾，当时的真实情况是怎样的？路易莎·凯尔甘究竟遭遇了什么事情？"

刘易斯盯着我看了很久，而我一句话都没有说，他最后开了口：

"最近一段时间，我经常在电视上看到你，戈德曼先生，我认为你是一个很好的作家，不过，你在写作之前怎么都没有好好了解一下有关路易莎的事情？我猜，这正是你们来到这里的原因，嗯？你的这本书偏离了轨道，或者我该用最朴实的大白话，我估计你现在是恐慌到不能自已了吧？我说对了吗？你们来这里究竟是想要得到什么？是为了证明你没有撒谎吗？”

“是为了找到真相。”我说。

他悲哀地笑了。

“真相？可是，戈德曼先生，哪一个真相？上帝的真相，还是人的真相？”

“你的真相。关于路易莎·凯尔甘的死亡，你真实的版本是什么？大卫·凯尔甘是不是杀死了他的妻子？”

刘易斯牧师从他一直坐着的扶手椅上站了起来，走到书房门口关上了此前半开的大门，然后又来到了窗户前面，打量着窗外的情况。这一场景立即让我想起了当初我们访问普拉特警长时的情形。加洛伍德随即向我做了个手势，示意接下来由他继续发问。

“大卫曾经是那样的一个好人。”刘易斯最终叹着气说道。

“曾经？”加洛伍德捕捉到了这个信息。

“我有 39 年没有见过他了。”

“他会打自己的女儿吗？”

“不！不会。他是一个心灵纯净、充满信仰的人。当他刚刚来到普莱森特山教堂的时候，教堂里的椅子都是空的。而仅仅在六个月之后，他就能够让星期天早上的教堂挤满了人。他永远也不可能对他的妻子或者女儿做出哪怕一点点不好的事情。”

“那么，他们是怎样的一家人呢？”加洛伍德温柔地问道，“凯尔甘一家人的情况是怎样的呢？”

刘易斯牧师唤来了他的夫人，让她为我们每个人准备一杯蜂蜜茶。他重新回到他的扶手椅上坐下，然后挨个儿看着我们。他的眼神很温柔，声音暖暖的，对我们说：

“闭上眼睛吧，先生们，闭上你们的眼睛。现在是 1953 年，我们正在亚拉巴马的杰克逊。”

1953 年 1 月　杰克逊，亚拉巴马

这是美国人喜欢的那种故事。在 1953 年年初的某一天，一位来自蒙哥马利的年轻牧师走进了位于杰克逊市中心、已经衰败破烂的普莱森特山教堂。那一天天气很糟糕：倾盆大雨从天而降，超级暴虐的狂风扫荡着整条街道。树木在剧烈地摇摆，街边卖报的小贩躲到了商店橱窗前的帘子下面，一些报纸随风飘走，在空中摇曳。街上的行人奔跑着，在每一个可以避雨的地方歇一会儿，然后继续冲往下一个“安全的港湾”，艰难地在风暴中前行。

牧师推开了教堂的大门，在风的带动下，这扇门发出了咔咔的声响。门里面光线很暗，也很冰凉。他慢慢地沿着通道往前走。雨点穿过破烂开裂的屋顶飘洒进来，在地下汇成了一个个水洼。这个地方完全荒废了，看不到一个信徒，甚至没有一点人气。在原本是放大蜡烛台的位置，现在只剩下一点点蜡烛的余烬。他向着祭坛走去，然后就看到了布道台。于是，他踏上了木楼梯的第一层台阶，打算走到台上面去。

“不要上去！”

在一片虚无中突然迸发出来的这个声音吓了他一大跳。他转过身来，看见一个圆滚滚的小个子男人正在从阴影中现身。

“不要上去。”他重复着说，“楼梯都被虫蛀空了，你这样会摔断脖子的。你是凯尔甘牧师吗？”

“是的。”大卫回答，感到一丝不安。

“欢迎来到你的新教区，牧师。我是杰雷米・刘易斯牧师，我主导着‘救世主新教社团’。在你的前任离开以后，我受托看管这个地方。现在，它属于你了。”

两个人热烈地握了握手。大卫・凯尔甘在瑟瑟发抖。

“你在打哆嗦啊。”刘易斯留意到了这一点，“看把你给冻的！来吧，在这条街的转角处有一个咖啡吧。让我们去喝一杯格罗格酒，然后好好

聊一聊。”

杰雷米·刘易斯和大卫·凯尔甘就是这样认识的。他们在附近的咖啡吧里安坐下来，等待着这一场风暴停息。

“我听说普莱森特山教堂情况不太好。”大卫·凯尔甘有些窘迫地笑着说，“但我得承认，还真没想到会是这个样子。”

“是的。我不想瞒你，你准备接手的这个教区的确是糟糕得有点可悲。那些教友都不来了，没有人再给这个教堂捐款。房子都快垮了。接下来还有很多工作要做啊。我希望你不会被吓到。”

“你瞧着吧，刘易斯牧师。要想吓到我，就这点东西还不够。”

刘易斯笑了。他已经被眼前这个年轻人极强的个性以及他的热情所打动。

“你结婚了吗？”他问道。

“还没有，刘易斯牧师。我暂时还是单身。”

新来的凯尔甘牧师花了六个月的时间逐个走访教区里的每一栋房子，向教友们介绍自己，并且说服他们在星期天重新坐到普莱森特山教堂的板凳上去。接下来，他建立了一个基金，用于修缮教堂的屋顶。他虽然没有去韩国服役，但还是想为当时的那一场战争出一份力，于是就开展了一项帮助退伍老兵重新融入社会的计划。而这些老兵中的一些人后来就主动承担了教堂相连厅室的翻修工作。逐渐地，这个社区重新恢复了生气，普莱森特山教堂再度变得富丽堂皇起来，而很快，大卫·凯尔甘也就被视作杰克逊地区一颗冉冉上升的新星了。属于这个教区的名流显贵们认为他可以在政界寻求发展。大家觉得他可以去竞选市长，接下来或许再谋取一个州政府的职位，甚至有可能成为参议员，谁知道呢？反正他有这样的潜力。

1953年年末的一个晚上，大卫·凯尔甘来到教堂附近的一家餐馆吃饭。他像往常一样，坐在柜台前面。突然，在他的旁边，有一位他之前没有留意到的女士转过身来，认出了他，对着他微笑。

“你好，牧师。”她说。

他回了一个微笑，有那么一点模仿对方的意思。

“对不起，小姐，我们认识吗？”

她爆发出一阵笑声，金黄色的耳环上下摇曳。

“我是你教区的一分子。我叫路易莎。路易莎·博纳维尔。”

因为没能认出对方而感到有点尴尬，他脸红了。而她则笑得更开心了。他点着了一根香烟，以便稍稍平息一下心情。

“我也能抽一根吗？”她问道。

他把整包烟递了过去。

“你可不要跟别人说我抽烟啊，嗯，牧师？”路易莎说道。

他笑了。

“我保证不说。”

路易莎是这个教区里一位名流的女儿。大卫和她从此就经常来往了。很快，他们两个就坠入了爱河。所有的人都认为他们将会是欢欢喜喜、天造地设的一对。到了1955年夏天，他们结婚了。两个人憧憬着幸福的生活，想要好多好多孩子，至少六个，三个男孩和三个女孩，这些小家伙一个个都会很开心很欢乐，让家里充满生气。那个时候，年轻的凯尔甘夫妇已经搬到了罗尔街的那栋房子里。可是，路易莎一直没能怀上孩子。她去咨询了好几个专家，始终都没有什么效果。一直到了1959年夏天，她的医生宣布了一个好消息：她怀孕了。

1960年4月12日，在杰克逊市立医院，路易莎·凯尔甘产下了他们第一个，也是唯一的孩子。

“是一个女孩。”医生告诉在病房门外走廊踱了无数步的大卫·凯尔甘。

“一个女孩！”凯尔甘牧师叫喊着，因感到幸福而无比欢乐。

他迫不及待地见到了他的妻子，后者把新生的婴儿抱在了怀里。他搂着妻子，看着眼睛还闭着的宝宝。早就有人跟他说，他的孩子一定会有一头金黄的头发，就好像她的妈妈一样。

“我们给她取名诺拉，好吗？”路易莎提议道。

牧师觉得这个名字美极了，于是点着头。

“欢迎你，诺拉。”他对女儿说。

在接下来的那些年里，凯尔甘一家在各方各面都被视作模范家庭。父亲善良仁慈，母亲温柔体贴，女儿无与伦比。大卫·凯尔甘工作不遗余力，他的脑袋里面总是充满了各种想法和计划，而他的妻子也总是支持着他。在夏天周末的时间，他们时常会去“救世主新教社团”的农场野餐，与杰雷米·刘易斯牧师叙叙旧。自从几年前在那一场暴风雨中相遇以来，大卫·凯尔甘就跟他一直保持着很紧密的联系。在那个时候，每一个跟凯尔甘一家经常见面的人都会羡慕这一家子的幸福。

“我还从来没见过看起来比他们更幸福的人。”刘易斯牧师对我们说，“大卫和路易莎两个人对对方都充满了爱意。真不可思议，好像天主创造他们两个就是为了让他们相爱一样。而且，这两个人也是很了不起的父母。而诺拉更是一个精力旺盛、令人快乐、非同寻常的小姑娘。总之，这就是每个人都会梦想拥有的家庭，他们能让我们对人生充满永恒的希望。看见这一切，真好。特别是在20世纪60年代那个被种族隔离分子搞得乌烟瘴气的亚拉巴马，尤其如此。”

“可是，这一切突然完全变了样。”加洛伍德说道。

“是的。”

“那是怎么回事呢？”

好长一段时间沉默。刘易斯牧师的表情渐渐变了样。他又一次站了起来，似乎没有办法安静地待在原地，他在房间里踱着步。

"为什么一定要谈这个呢？"他问我们，"这都过去那么长时间了……"

"刘易斯牧师，在1969年到底发生了什么？"

牧师转向墙上挂着的一个巨大的十字架，然后对我们说：

"我们给她驱了魔，可是，效果并不怎么好。"

"什么？"加洛伍德惊问，"你都在说些什么呢？"

"那个小……小诺拉。我们给她驱了魔。可是，那简直是一场灾难。我想，在她的身体里面是有太多的恶灵了。"

"你到底想要跟我们说什么呢？"

"那场火灾……那天晚上的火灾。那一个晚上，事情并不是完全像大卫·凯尔甘对警方描述的那样。他的确是去了一位即将过世的教友家里。而当他在大约凌晨一点回到家的时候，他发现自己的屋子着了火。可是……怎么跟你们说呢……那件事并不是像大卫·凯尔甘对警方描述的那样。"

1969年8月30日

杰雷米·刘易斯还在沉睡中，并没有听到门铃的声音。是他的夫人玛蒂尔达走去开了门，然后又马上回来叫醒了他。当时是凌晨四点。"杰雷米，你醒一醒！"她眼中含泪说，"发生了一件悲剧……凯尔甘牧师来了……他家着火了。路易莎……她死了！"

刘易斯从床上一下子蹦了起来。他赶到客厅，看到了惊恐不已、濒于崩溃、泪流满面的大卫·凯尔甘。他的女儿就在他的身边。玛蒂尔达带着诺拉到客房里去睡觉了。

"天主啊！大卫，发生了什么事情？"刘易斯问道。

"发生了一场火灾……房子烧着了。路易莎死了，她死了！"

大卫·凯尔甘再也控制不了自己的身体，一屁股坐在扶手椅上，几近虚脱，任由泪水滑过他的脸庞。他的整个身体都在颤抖。杰雷米·刘易斯给他端来了一大杯威士忌。

“诺拉呢，还好吗？”他问道。

“是的，感谢上帝。医生检查了，她什么事都没有。”

杰雷米·刘易斯的眼睛湿润了。

“天主啊……大卫，真是一场悲剧。这真是一场悲剧啊！”

他把双手放到了好友的肩膀上，试图给他带来安慰。

“我不明白到底发生了什么，杰雷米。我去了一位即将过世的教友家。当我回来的时候，家里面已经着了火。火势还很大。”

“是你把诺拉救出来的吗？”

“杰雷米，有些事我必须告诉你。”

“还犹豫什么呢？全都告诉我，我听着呢！”

“杰雷米……当我回到家门口的时候，火已经燃起来了……整座楼都着了火！我想冲上去救我的妻子，但楼梯已经坍塌了！我什么也做不了！完全无能为力！”

“天哪……那么诺拉呢？”

大卫·凯尔甘作势想呕。

“我跟警察讲，我冲到了楼上面，把诺拉救了出来，但是我却没有办法再回去救出我的妻子……”

“事情并不是这样的？”

“不是的，杰雷米，当我赶到的时候，房子已经被点燃了。而诺拉……诺拉她站在门廊下面唱歌。”

第二天早上，大卫·凯尔甘单独跟他的女儿待在客房里，想要告诉她，她的母亲已经死了。

“亲爱的，”他对她说，“你还记得昨天晚上发生的事情吗？着火了，你还记得吗？”

“是的。”

“发生了一些很严重的事情。特别特别严重，特别特别悲惨，会让你感到很伤心的。当房子着火的时候，妈妈还在房间里面，她没能逃出来。”

“是的，我知道。妈妈死了。”诺拉解释着，“她好坏，所以我就放火烧着了她的房间。”

“嗯？你在说什么？”

“我到她的房间里去，她在睡觉。我感觉她看起来好坏。坏妈妈！坏人！我想要她死。于是，我就在她的柜子上拿到了火柴，然后点着了窗帘。”

当她的父亲要求她再说一遍的时候，诺拉笑了，然后又说了一遍。就在这个时候，大卫·凯尔甘听到了木板咔咔作响，他转过身来，看到了刘易斯牧师，后者过来是想看看小姑娘情况的，结果却听到了他们之间的这一段对话。

他们两个把自己反锁在书房里。

“是诺拉放火烧了你的屋子？诺拉杀死了她自己的母亲？”刘易斯喊叫着，被这个意外震惊得头昏脑涨。

“嘘！别那么大声，杰雷米！她……她……是说放火点燃了屋子，可是，天主啊，这不可能是真的啊！”

“诺拉的身体里面是不是住进了魔鬼？”刘易斯问。

“魔鬼？不，不！偶尔有时候，她妈妈跟我是留意到她有些行为反常，不过，从来也没有觉得她很有恶意啊。”

“诺拉杀死了她自己的母亲，大卫。你意识到这个问题有多严重吗？”

大卫·凯尔甘颤抖了起来，他哭着，摇着头，各种想法在他的头脑里交锋纠缠。他感觉自己都要呕吐了。杰雷米·刘易斯递给他一个废纸篓，让他得以舒缓一下。

“什么也不要跟警察说，杰雷米，我求求你了！”

“可是，这件事很严重啊，大卫！”

“什么也别说！上帝啊，什么也不要说。如果警察知道这个情况，诺拉就会被关到教养所或者天知道什么鬼地方去。她只有九岁啊……”

“如果是这样的话，那就必须治一治她。”刘易斯说，“恶灵占据了诺拉的身体，必须让她恢复健康。”

“不，杰雷米！别这样！”

“必须给她驱魔，大卫。这是唯一能把她从恶魔手中解救出来的方法。”

“我为她驱了魔。”刘易斯牧师对我们解释说，“用了好几天的时间，我们尝试着让魔鬼离开她的身体。”

“这都是什么乱七八糟的啊？”我喃喃自语。

“够了！”刘易斯站了起来，“你为什么要如此质疑呢？诺拉已经不再是诺拉了：魔鬼占据了她的身体！”

“你们对她干了什么呢？”加洛伍德质问。

“一般来说，只要祈祷就足够了，警长！”

“让我猜一猜：这一次，祈祷没有用了？”

“那个魔鬼很强大！于是，我们就把她的头放在一盘圣水里面，一直到她不能忍受为止。”

“这就是模仿溺水惩罚法。”我说道。

“可是，这个也不行，还不够。于是，为了把魔鬼打得落花流水，为了让他放弃诺拉的身体，我们打了她。”

“你们打了那个小女孩？”加洛伍德发作了。

“不，不是打那个小姑娘，我们打的是恶灵！”

“你简直是疯了，刘易斯！”

“我们必须拯救她！事实上，我们还以为我们成功了呢。可是，诺拉开始出现各种症状，时不时会发作一下。她和她父亲在我们这里待了一段时间，但这个小姑娘逐渐变得难以控制。她觉得她自己能看见她的妈妈。”

“你的意思是说，诺拉产生了幻觉？”加洛伍德问。

“比这个还糟糕。她开始呈现出一种双重人格。有时候，她会‘变身’成为她的母亲，然后为了她自己做过的事情惩罚自己。有一天，我看见她在洗澡间里号叫。她把浴缸灌满了水，然后用一只手很决绝地抓住自己的头发，强硬地把自己的脑袋摁到冰冷的水里面去。再也不能让这种情况继续下去了。于是，大卫决定远走高飞，越远越好。他说必须离开杰克逊，离开亚拉巴马，他认为距离和时间必定能帮助诺拉慢慢地变好起来。就在那个时候，我听说欧若拉教区正需要一位新的牧师，而大卫连一秒钟也没有犹豫就答应了下来。就是这样，他离开了这里，在这个国家的另一端——新罕布什尔州安顿了下来。”

3.
选举日

“你的人生将会经历一些伟大的事件。把它们都写到你的书里去吧，马库斯。就算这些事情看起来特别糟糕，但至少也还是值得在历史的长卷里留下几页痕迹的。”

《康科德镜报》2008 年 11 月 5 日文章节选

贝拉克·奥巴马当选美国第 44 任总统

民主党候选人贝拉克·奥巴马战胜了共和党候选人麦凯恩，赢得了总统选举，成为美国第 44 任总统。新罕布什尔州在 2004 年曾经帮助乔治·W.布什赢得大选，而如今又回归了民主党的阵营……

2008 年 11 月 5 日

选举结束的第二天，整个纽约喜气洋洋。人们聚集在大街上，欢庆民主党的胜利，一直到深夜，就好像要用这种方式来驱走此前连任的那些“魔鬼”。至于我嘛，我并没有到街上去参加这个全民狂欢，而是守在我的办公室里通过电视见证了这一切。我已经把自己关在这间办公室里整整三天了。

这一天早上，黛妮思八点钟就来到了办公室，她戴着一条印有奥巴马头像的围巾，还带来了印有奥巴马头像的杯子、支持奥巴马的徽章以及一整包奥巴马的贴纸。“哦，你已经来了，马库斯。”她在走进大门的时候看到房间里面灯火通明，“你昨天晚上出去了吗？多伟大的胜利啊！我给你带来了一些贴纸，这样你就能贴到你的车上去了。”她一边说着话，一边把那堆东西放到她的台子上，打开了咖啡机，关掉了电话自动留言系统，然后就走进了我的办公室。可是，当看清楚房间里的状况之后，她不禁瞪圆了眼睛喊道：

“马库斯，天哪，这里到底发生了什么？”

我坐在我的扶手椅上，从我的位置可以看到在书房里的一整面墙上，都是各种做记录的告示帖和用于分析案情的线路表，在刚过去的这个晚上，我又完完整整地重听了一遍对哈里、南希·海特薇以及罗伯特·奎因做的录音。

“在这个事件里，有一些东西，我一直没搞明白。”我说，“这都快要把我给逼疯了。”

“你一整个晚上都待在这里？”

“是的。”

“哦，马库斯，我还以为你出去了，能稍微放松一下呢。已经有很久很久，你都没有好好放松了。还是你的小说一直在困扰着你吗？”

“令我感到困惑的是我上个星期发现的事情。”

“你发现了什么？”

“确切一点讲，我还不能很肯定。当发现自己一直崇敬、一直把他当作学习典范的人背叛了你而且还欺骗了你的时候，应该怎么办？”

她想了一阵子，然后对我说：

“这种情况我遇到过。那是我的第一任丈夫。他跟我最好的朋友上床，被我撞了个正着。”

“那你当时是怎么反应的呢？”

“没有任何反应。我什么也没有说。我什么也没有做。那是在汉普顿，我们跟我最好的朋友以及她的丈夫一起去那里度周末，住在海边的一间酒店里。那个星期六，快到黄昏的时候，我一个人沿着海边散步。一个人，因为我的丈夫说他感到有点累了。后来，我比原计划提早了很多回来，毕竟，一个人散步并不是一件很愉悦的事情。我回到了我们的房间，用磁条门卡打开了房门，就在那里，我看见他们两个在床上。他压在她的上面，在我最好的朋友身上。真可怕，用这种磁条门卡，你可以静悄悄地走进房间而不发出任何一点声音。他们没有看到我，也没有听到我。我就这样看了他们好一会儿。我看着我的丈夫四面摇晃做着动作，而她就像一条小狗一样颤抖。于是，我退出了房间，没有发出任何声响。出来以后，我到前台借用卫生间呕吐了一阵，然后重新出发去散步。一个小时之后，我才回到酒店。我的丈夫正在大堂的酒吧里一边喝着杜松子酒，一边冲着我最好的朋友的丈夫一个劲儿地笑。我什么也没有说。后来，我们四个人一起吃了晚餐。我装作好像什么都没有发生一样。那一天晚上，他睡得就好像一头死猪。他对我说，在这里什么事都不做，反而令他感到筋疲力尽。而我，还是什么都没有说。接下来的六个月里，我也什么都没有说。”

“而最后，你还是提出了离婚……”

“不，是他为了她离开了我。”

“你现在为当初没有任何反应感到后悔吗？”

“没有一天不后悔。”

“所以，我应该有所反应。这就是你试图告诉我的，对吗？”

“是的。反击吧，马库斯。不要当像我这样被人家愚弄的大笨蛋。”

我笑了。

“你什么都可以是，但就不会是一个大笨蛋，黛妮思。”

“马库斯，上个星期发生了什么事情？你发现了什么？”

五天之前

10 月 31 日，与加洛伍德相熟的美国东岸地区最杰出的儿童心理学家吉东·阿尔卡诺教授向我们确认了一个如今已经很明显的事实：诺拉患有非常严重的心理疾病。

从杰克逊回来的第二天，加洛伍德和我立即驱车去了波士顿，阿尔卡诺在他位于儿童医院的办公室接见了我们。根据我们之前传给他的材料分析，他觉得基本上已经可以断定诺拉幼儿时遇到了精神障碍问题。

“说到底，这究竟是什么意思啊？”加洛伍德跺着脚说。

阿尔卡诺取下了眼镜，用布慢慢地擦拭着镜片，就好像在思索接下来要说些什么。最后，他转过身来对着我说：

“也就是说，戈德曼先生，我认为你是对的。几个星期之前，我看过你的书。而根据你在书里所描述的情况，以及佩里传给我的材料分析，我认为，诺拉时不时会失去理智。而或许正是在这种心理疾病发作的情况下，诺拉点火烧死了自己的母亲。在 1969 年 8 月 30 日那个晚上，诺拉与现实生活之间的联系扭曲崩溃掉了：她想杀死自己的母亲，但是在那个确定的时刻，对于她来讲，杀人这个行为其实一点意义都没有。她只是完成了这么一个动作，而对于这个动作会有什么后果，她自己一无所知。在这第一层悲剧之后，她又经历了所谓的驱魔行动，对于这一段经历的回忆后来成为引发她双重人格的完美诱因。在这种情况下，她会把自己当成已经被她杀死的母亲。而就是这个样子，事情变得越来越复杂了：每一次当她失去理智，与现实生活脱节的时候，有关母亲及其行为的回忆就会缠绕着她，令她苦不堪言。”

我感到十分震惊。

“也就是说，你的意思是……”

阿尔卡诺点着头，还没有等我把话说完，他就继续说了下去：

“在心理失调的时候，诺拉会自己虐待自己。”

“可是，在什么情况下，这种病会发作呢？”加洛伍德问道。

“很有可能是当情绪出现剧烈波动的时候，比如说，在一段持续的压力作用下，又或者是心里感到非常悲伤时，都会出现这种情况。就好像你在书里描述的那样，她遇到了哈里·戈贝尔，疯狂地爱上了对方，可是后来当被人家拒绝的时候，她甚至想到要去自杀。这几乎可以说是一种‘典型’的症状。当情绪激动的时候，她就会心理失调。而当她心理失调的时候，她的母亲就‘回来’了，针对她以前做过的错事来对她进行惩罚。”

原来这么多年以来，诺拉跟她的母亲都是合为一体的。接下来，我们只需要再找到她的父亲印证一下这一点。于是，在2008年11月1日星期六这一天，加洛伍德、我和查韦斯·道恩一起去拜访了特雷斯大道245号。在此之前，加洛伍德已经把我们在亚拉巴马调查的结果通知了道恩，以便说服他跟我们一起行动，有他在场，大卫·凯尔甘或许能更自在一点。

可是，当大卫·凯尔甘在门口看到我们的时候，他还是马上喊了起来：“我跟你们没有什么好说的，我不想跟任何人说话。”

“是我有些事情要跟你说。”加洛伍德很平静地讲，“我知道在1969年8月份发生了什么事情，我知道那场火灾是怎么回事。事实上，我什么都知道。”

“你什么都不知道。”

“你还是听一听他们说的吧。”查韦斯说，“让我们进去，大卫，要讨论这个，最好还是在房间里。”

大卫·凯尔甘最终还是让步了，把我们让进家门，然后引着我们走到了厨房。他给自己冲了杯咖啡，却并没有问我们要不要也来一杯，接着就安坐在了餐桌旁边，加洛伍德和查韦斯也跟着坐到了他的对面，而我则一直站着，缩在角落里。

“说吧，怎么了？”凯尔甘问道。

“我去了杰克逊。”加洛伍德说，“我跟杰雷米·刘易斯牧师谈过了，我知道诺拉干了些什么。”

“闭嘴！”

“她很小的时候就患有心理疾病，时不时会出现精神分裂的症状。1969年8月30日，她放火烧着了自己母亲的房间。”

“不！”大卫·凯尔甘吼了起来，“你在撒谎！”

“那一天晚上，你看到诺拉在门廊下唱歌。后来，你终于明白了到底发生过什么事情。你还给她驱了魔。一心想着这样是为了她好，但其实这却是一场灾难。结果，她就开始陷入了双重人格的噩梦，而每当出现这种情况，她就会想要惩罚她自己。于是，你决定远远地逃离亚拉巴马，满心希望这样横穿整个美国远走高飞，就能够把那些幽灵统统抛在你们的身后。殊不知你妻子的幽灵其实一直都紧追着你们，因为她一直就存在于诺拉的脑袋当中。”

两行热泪滑过了他的脸庞。

“她时不时会发作。”他哽咽着说，“我什么也做不了。她总是打她自己，既是女儿又是母亲。她会用力揍自己，然后又哀求自己停下来住手。”

“所以，你才会把音乐开那么大声，而且还躲到车库里去，因为，这种场面简直难以忍受？”

“是的！是的！无法忍受！可是，我没有办法。我的女儿，我的宝贝女儿，她病得太厉害了。”

他开始抽泣。查韦斯在旁边看着他，被他眼前发生的这一幕深深震撼。

“你为什么不让她去接受治疗？”加洛伍德问道。

“我害怕他们会把她从我身边夺走，我怕他们把她关起来！况且，随着时间的推移，她发作得渐渐没有那么频繁了。有那么几年，我甚至觉得关于那场火灾的记忆越来越淡薄了，以至于我甚至一度认为，她的那些症状也会完全消失。情况变得越来越好，一直到 1975 年那个夏天。我还没有反应过来为什么，她就突然又重新出现了强烈发作的症状。”

“那是因为哈里。”加洛伍德说，“对于她来说，与哈里的相爱这种情感波动实在是太剧烈了。”

“那真是一个可怕的夏天。”凯尔甘说，“我能感觉到她又要发作了，而且几乎能够预言她发作的时间。真是太残忍了。她用尺子打自己的手指，还打自己的胸部。她把脸盆装满了水，把自己的头摁进水里去，同时却哀求着她的母亲住手。而她的母亲，通过她自己的声音，以各种名义对她施加惩罚。”

“这种模仿溺水的惩罚，当初不正是你对她做过的事吗？”

“杰雷米・刘易斯发誓说，我们只能这样去做了。我听说过刘易斯自称是驱魔师，但我们之前从来没有聊过这方面的话题。而突然，他就跳出来声称恶魔占据了诺拉的身体，还说我们必须拯救她。我答应了他的要求，而这仅仅是为了让他不要向警方告发诺拉。是，杰雷米是完完全全疯掉了，可是，如果不这样，我又能怎么办？我完全没的选择……在这个国家，连小孩子都能被关到监狱里！”

“那一次离家出走又是怎么一回事？”加洛伍德问。

“她是曾经离家出走过。就一次，走了整整一个星期。我还记得，那是在 1975 年 7 月马上就要结束的时候。我能够怎么办呢？报警吗？可是我能说什么呢？跟他们说，我的女儿是个疯子？我跟自己讲，就等到周末，如果她还不回来，那也只好去报案了。接下来，不分白天黑夜，我整整找了她一个星期。然后，她就自己回来了。”

“8 月 30 日那一天，发生了什么？”

“她又出现了很严重的症状。我从来没有见过她那个样子。我试图让她安静下来，但没有用。于是，我就躲到了车库里面，修那辆该死的摩托车。我把音乐开到了最大的声音，然后在那里待了大半个下午。接下来的事情，你们都知道了：当我回到房间里的时候，我发现她消失不见了……于是，我就在小区周围转了一圈，然后就听说有人看到一个女孩浑身是血，出现在河溪湾。我感到事态严重了。”

“你当时是怎么想的？”

“老实讲，我首先想到的是，诺拉逃出了我们的屋子，而她身上那些伤痕其实是她自己对自己造成的。我想，德波拉·库佩看到诺拉的时候，她可能还在发病。别忘了，那可是8月30日，正好是我们在杰克逊的房子被烧的那一天。”

“她以前在这个日子里也这么严重地发作过吗？”

“没有。”

“那么，究竟是什么事情促使她这样发作呢？”

大卫·凯尔甘犹豫了好一阵子没有回答。查韦斯知道，在这个时候，要刺激一下他，才能让他开口。

“如果你知道什么事情的话，大卫，你必须告诉我们。这很重要。为了诺拉，说出来吧。”

“那一天，当我回到她房间里的时候，她已经不在那里了。我看到，在她的床上有一个已经开了口的信封。信封上写着她的名字，里面有一封信。我想，就是这封信刺激她，令她发作了。那是一封断交信。”

“一封信？可是，你从来就没有跟我们说过有这么一封信！”查韦斯喊道。

“因为，从这封信的笔迹来看，写这封信的那个男人，以他的年纪，是不可能跟我的女儿发展出一段爱情的。你想我怎么办？让整座城里的所有人都认为诺拉就是一个荡妇？在那个时候，我还一直以为，警察很快会找到她并把她带回家。如果真是这样的话，我一定会送她去接受治疗的！真的！”

“写那封断交信的人是谁？”加洛伍德问。

“是哈里·戈贝尔。”

我们全都惊呆了。凯尔甘牧师站了起来，消失了一阵子，然后带着一个装满信件的盒子走了回来。

“在她失踪之后，我找到了这个，藏在她的房间里一块翘起来的木板下面。她跟哈里·戈贝尔一直保持着通信。”

加洛伍德很随机地抽出其中一封信，快速浏览了一遍。

“你怎么知道这就是哈里·戈贝尔？”他问道，“信里并没有署名啊……”

“因为……因为那些句子，他全部写到了他的书里。”

我翻看了一下盒子里的信件。果然没错，都是《罪恶之源》里的那些信，至少是诺拉收到的那部分，全都在这里了：不仅有关于他们两个的信，还有关于夏洛特山诊所的。看着眼前这些清晰而保存完好的手写信，我简直觉得有点恐怖：所有这一切，竟然都是真的啊！

“这就是我提到的那最后一封信。”凯尔甘牧师说着，把一个信封递给了加洛伍德。

他看了一遍，然后转给了我。

亲爱的：

这是我给你的最后一封信，也是我对你说的最后一番话。

我写下这些文字，是要跟你道一声永别。

从今往后，就再也没有“我们”了。

相爱的人彼此分开，再也找不回对方，爱情就是这样子终结的。

亲爱的，我想你。我是那么想你。

我的眼睛在流泪，我的内心在燃烧。

我们以后再也不会相见，我该有多么想念你啊。

我希望你能够幸福。

我对我自己说，你跟我，就好像一场梦，而如今，梦醒时分到了。

我一辈子都会想着你。

永别了。我爱你。今后，我再也不会爱上其他人了。

“这封信跟《罪恶之源》的最后一页是相对应的。”凯尔甘对我们解释道。

我点了点头。对这本书很熟悉的我深感震惊。

“你是从什么时候开始知道哈里和诺拉相互通信的呢？”加洛伍德问道。

“仅仅是在几个星期之前，我才明白过来。有一天在超市里，我正好看到了一本《罪恶之源》。这本书刚刚才被商家重新摆出来卖。我都不知道为什么我会把它买下来。我需要读一读这本书，以便更好地了解过去发生的事情。没读多久，我就发现，好像在哪里看到过这些句子。记忆的功能真不可思议。我想了又想，突然茅塞顿开：这不就是我在诺拉房间里面找到的那些信吗？在那一年之后，我有30年没有碰过那些信了。可是，我的确把它们印到了我的脑海里。于是，我就重读了那些信，结果，一下子就明白过来了……警官，这封该死的信令我的女儿发了疯，痛苦不堪。卢塞·卡勒或许是杀了诺拉，但在我的眼里，戈贝尔跟他一样罪不可赦。如果不是因为受到刺激而发作的话，她可能就不会离开家，而如果不离开家的话，她可能也就不会碰到卡勒了。”

“所以，你就去那家汽车旅馆找了哈里……”加洛伍德分析道。

“是的！整整30年了，我都在问我自己，到底是谁写了那些该死的信。而这个问题的答案原来一直就在整个美国的各个图书馆里。后来，我就去了‘海滨汽车旅馆’，在那里跟他吵了一架。我当时实在是太生气了，于是就回去拿了我的猎枪。可是，当我赶回汽车旅馆的时候，他已经不见了。否则的话，我想我可能真会杀了他。他明明知道她很脆弱，却还要把她逼上绝路！”

听到这里，我回过神来了。

“你刚才说‘他明明知道’，这到底是什么意思啊？”我问。

“他知道有关诺拉的一切事情！全都知道！”大卫·凯尔甘吼叫着。

“你的意思是，哈里知道诺拉患有精神疾病？”

“是的！我知道诺拉有时候会带着打字机到他家里去。可是，我当时不知道他们之间还有其他事情，我甚至一度认为她认识一个作家也没什么不好的。那可是在假期中，这样能让她分散一下注意力啊。可是，后来这个坏蛋作家跑过来找我的麻烦，因为他还以为我的妻子打了诺拉。”

“那个夏天，哈里来找过你？”

“是的。8 月中旬，就在诺拉失踪之前几天。”

1975 年 8 月 15 日

那是在下午刚过了一半的时候。透过他办公室的窗户，凯尔甘牧师留意到有一辆黑色的雪佛兰停到了教堂旁边的停车场里。哈里·戈贝尔从车里下来，快步走向教堂的大门。凯尔甘心中在想，是什么风把他吹到这里来的？自从来到欧若拉之后，哈里从来就没有进过教堂。他听到教堂大门被哈里拍响的声音，然后走廊里传来了脚步声，没过多久，他就看到哈里出现在大门敞开的办公室门口。

“哈里，你好。”他说，“多么惊喜啊。”

“你好，牧师。打搅你吗？”

“一点也没有啊。请你进来吧。”

哈里闪进房间，然后关上了房门。

“一切都好吗？”凯尔甘牧师问道，“你的脸色看起来有点奇怪啊。”

“我是来跟你谈一谈诺拉的……”

“哦，你来得正巧。我本来就想当面谢谢你。我知道，她有时候会到你那里去，而她每次回来都很高兴。但愿她没有干扰到你……多亏了你，她的假期才会这么充实。”

哈里的脸色很凝重。

“她今天早上又来了。”他说，“她哭了，还告诉了我关于你妻子的事情……”

牧师的脸色唰的一下子白了。

“关于……我的妻子？她跟你说了些什么？”

“她说她的母亲打她，还把她的头摁到装满冰水的脸盆里面。”

“哈里，我……”

“别装了，牧师，我全都知道了。”

“哈里，这要比你想象的更加复杂……我……”

“更复杂？你这是想要让我相信，你们对诺拉实施家暴，有很正当的理由？嗯？我这就去找警察，牧师，我要把这一切都抖出来。”

“不，哈里……别这样……”

“啊哈，我这就去。你以为会怎样？你以为我不敢揭发你，就因为你是教会的人？可是，你简直没一点出息！什么样的家伙会让自己的妻子虐待自己的女儿呢？”

“哈里……我求求你听我说。我相信这里面一定有很大的误会，你还是安静一点慢慢听我讲好吧。”

“我不知道诺拉对哈里说了什么。”牧师对我们解释道，“这也不是第一次有人怀疑我们家有问题了。不过，在此之前，我需要应付的还只是诺拉的朋友。对这些孩子，我还能够比较轻易地糊弄过去。可是，那一次，情况就不一样了。最后，我只能向他坦白，告诉他，诺拉的母亲其实只是存在于诺拉自己的脑袋里面。可是，这个家伙偏偏要插手跟他自己无关的事情，还想要告诉我该如何管好我自己的女儿。他想让我把诺拉送去治疗！我就跟他讲：见鬼去吧……结果，两个星期之后，她就失踪了。”

“接下来的日子里，整整 30 年，你就一直对哈里避而不见。”我说，“因为在这个世界上只有你们两个知道诺拉的秘密。”

“她是我唯一的孩子，你懂吗？我想让她给每个人都留下美好的印象，而不是让大家都把她看作疯子。更何况，她并不是疯子！她只是有点脆弱罢了！还有，如果警察知道她一直在犯病的事，就不会花那么大工夫去找她了。他们会说，她只是个疯子，这一次也就是自己离家出走了而已。”

加洛伍德转身对着我。

“作家，这一切说明了什么？”

“说明哈里对我们撒了谎。他并不是在汽车旅馆里等她。他其实是想要跟诺拉分手。他早就知道迟早要跟她分手，从来就没有想过跟她一起远走高飞。1975 年 8 月 30 日，她收到了哈里的最后一封信，在信里，哈里告诉她，他不会跟她在一起，而要一个人离开。”

从凯尔甘牧师那里获悉这个秘密之后，加洛伍德和我立即动身去康科德的州警察局总部，在那里，我们把凯尔甘给我们的信以及在诺拉骸骨旁边发现的书稿上的留言进行了一番对比，发现两封信的笔迹是一致的。

“他早就预见到会出现这种情况！”我不禁喊了起来，“他知道自己总有一天会离开她，他早就知道。”

加洛伍德点了点头：

“当她向他提议离家出走的时候，他知道他肯定不会跟她一起走。被一个 15 岁的小姑娘缠着，他会觉得很麻烦。”

“可是，她也看过了手写的书稿。”我提示道。

“当然没错，不过她相信那只是一本小说。她没有想到，哈里写的正是他们之间真实的故事。而这个故事的结局早就已经定了下来：哈里不想要她。斯蒂芬妮·拉津季亚科曾经告诉我们，那两个人一直在通信，而诺拉每天都在等着邮差到来。那个星期六的上午，也就是原计划出走的那一天，她还以为自己马上就要跟一生的爱人一起离开这个城市，去寻找属于他们的幸福。那天早上，她最后一次去翻邮箱里的信，以便确定没有遗漏什么有可能涉及他们出走计划的重要信息。可是，她找到的哈里那封信，跟她讲的却是一切都结束了。”

加洛伍德研究着那个装有最后一封信的信封。

“信封上写着地址，但是既没有贴邮票也没有盖印戳。”他说，“这封信是直接被投到诺拉家邮箱里的。”

“你的意思是说哈里？”

“是的。他可能是前一个晚上，在远走高飞之前投的这封信。在星期五到星期六的那个晚上，他可能是在最后关头才决定这么做的，目的是让她不要去汽车旅馆，想要让她明白，他不想跟她约会了。星期六，当她发现那封信之后，就陷入了疯狂，她行为失常，严重地发作，开始虐待自己。大卫·凯尔甘感到十分惊慌，又一次把自己锁到了车库里。当她恢复理智之后，诺拉想到了哈里的书稿，就想去找他，听听他如何解释。于是，她带上了书稿，开始上路前往那家汽车旅馆。她希望这一切都不是真的，希望哈里在那里等她。可是在半路上，她遇到了卢塞，结果就发生了悲剧。”

“不过，哈里为什么在诺拉失踪的第二天又回到了欧若拉呢？”

“他听说诺拉失踪了。由于此前留下了那封信，他就有点害怕了。他肯定会为她感到担心，但更可能的是，他觉得自己难辞其咎，尤其是，我想他会担心有人拿到他的那封信，又或者是他的书稿，那样的话他就麻烦了。因此，他更情愿待在欧若拉，关注这件事的进展，可能的话，甚至要想办法取回那些他认为可能有损于他的证据。”

必须找到哈里。我无论如何都要跟他谈一谈。他为什么要让我相信他在等着诺拉，但其实他早已经给她写了绝交信呢？加洛伍德展开了一次深入调查，想从哈里的信用卡账单以及通话记录着手，寻找蛛丝马迹。然而，他的信用卡一直就没用过，他的电话也没有接通过。后来，我们检查了海关的通关记录，这才发现，他已经在佛蒙特州的德比路口岸穿越边境，进入了加拿大。

“好嘛，他穿越了美加边境。”加洛伍德说道，“为什么是加拿大呢？”

“他以为那里是‘作家的天堂’。”我回答，“在他留给我的手稿《欧若拉的海鸥》里，他最后跟诺拉就是去了那里。”

“是的，没错，不过我要提醒你，他在书里讲的并不是真实的故事。不仅诺拉已经死了，而且他也从来就没有想过要跟她一起远走高飞。他给我们留下了这个手稿，其中讲到诺拉跟他一起去了加拿大。可是，真相到底在哪里？”

“我也不知道！”我咒骂着说，“该死的，他为什么要逃走呢？”

“因为他还隐瞒着什么东西，而我们现在还不知道究竟是什么。”

我们在那个时候还不知道他瞒着我们什么，可是令人感到惊讶的事情陆续到来。接下来发生的两件大事很快就让我们知道了问题的答案。

那天晚上，我告诉加洛伍德，第二天我就会搭乘飞机回纽约。

“怎么，你要回纽约？可是，作家啊，你是不是彻底疯了，这件事情马上就要水落石出了啊！把你的身份证给我，我要把它没收了。”

我笑了。

“我不会抛下你不管的，警长，不过现在是时候了。”

“是时候干什么？”

“去投票啊。美国的历史等待着我们去见证呢。”

那是2008年11月5日，中午时分，正当纽约还在庆祝奥巴马当选的时候，我跟巴尔纳斯基约好了在“皮埃尔”餐厅一起吃午饭。民主党的胜利使得他心情很愉悦。“我喜欢黑人！”他对我说，“我喜欢那些长得漂亮的黑人！如果你哪一天能被白宫邀请前去做客，记得要带我一起去！嗯，好吧，你有什么事情这么重要要现在跟我说？”

我对他讲述了我所发现的关于诺拉的故事，我告诉他诺拉在很小的时候就患有精神疾病。听到我这么说，他的眼睛一下子亮了起来：

“那么，你在书里描述的那些诺拉母亲虐待她的事，其实都是诺拉自己干的？”

“是的。”

“这简直太好了！”他在餐馆里喊了起来，“你的这本书就好像是某种预言，书里面的母亲既存在但又不是真实存在，看到这里，你的读者恐怕自己都要精神错乱了吧。你真是天才，戈德曼，一个天才！”

“才不是呢，我就是被钉在那儿了，实际上是哈里玩了我一把。”

“哈里知道这件事？”

“是的。然后他就从这个地球上消失了。”

“怎么回事？”

“找不着了呗。很显然，他越过边境到加拿大去了，而只是给我留下了一个含混不清的信息，还有就是一份从未出版、关于诺拉故事的手稿。”

“你拥有版权吗？”

“你说什么？”

“那个从未出版的手稿，你有版权吗？我可以从你这里买下来。”

“可是，该死的，罗伊！问题的关键根本就不是这个呀！”

“哦，对不起，我也就只是问一下。”

“这里面有一个细节还没有弄清楚，所以有些东西我也还没搞明白。这个关于青少年心理疾病的故事，还有哈里消失之谜，整个拼图还缺少了一块，我知道，可是我现在就是找不着方向。”

“你真是一个容易焦虑的家伙，马库斯，相信我，焦虑实际上一点用也没有。去找一找弗洛伊德医生，让他给你开一点缓解压力的药吧。而我这边，我会联系媒体，我们要准备好一份关于诺拉所患心理疾病的通告，要让每一个人都相信，你从一开始就了解这个情况，之所以在书里那样写，就是为了要准备一个‘大彩蛋’，让读者大吃一惊。我们的意图是想告诉大家，真相有时候并非那么显而易见，因此不要根据自己的第一印象而妄下结论。当初把你‘打倒’的那些人现在将会受到所有人的嘲笑，而你将会被视作一个伟大的‘预言家’。这下，大家又要谈论你的这本书了，而且这本书一定会再度大卖，因为经过这一番折腾，就算是那些原本压根儿就没想过要买你这本书的人，如今恐怕也难抵好奇心的诱惑，想要看看你在书里面是怎样描述诺拉的母亲了。戈德曼，你是一个天才。这一顿午餐，算我的了。”

我撇了撇嘴，然后对他说：

“我并不是很确信应该这么做，罗伊，我情愿花多一点时间再去挖掘一下其中的奥秘。”

“你从来就没有确信过任何事情，我可怜的老朋友！我们没有时间像你说的那样去‘挖掘’了。你是一个诗人，你认为流逝的时间总是有意义的，但时间流逝实际上的意义是：要么你在此期间赚到了钱，要么你就亏了钱。而我的时间，毫无疑问，一直都是以赚钱为最大目的的。话说回来，你大概也应该听说过了，从昨天晚上开始，我们有了一位新的总统，长得帅气，是黑人，很受欢迎。根据我的分析，接下来一整个星期，大家会了解他的各个方面。也就是说，这个星期，人们的心里只有他而装不下其他东西。因此，我们没有必要在这一段时期去主动联系媒体，否则的话，关于我们这个事的消息报道恐怕最多也就只会在猫猫狗狗走失或被轧死等消息之间的夹缝里勉强占据一点点位置。所以，我在一个星期之后才会跟媒体取得联系，这样一来，你就还能有一点时间继续调查。当然，如果有哪个戴着高尖帽的南方种族歧视团伙要刺杀我们的新总统的话，那么有一整个月，我们就别想拿到新闻头条了。是啊，这个至少要一个月。你想一想，要真是那样的话，该有多糟糕啊：再过一个月就是圣诞节，到那个时候，就再也没有人会对我们的这些故事感兴趣了。所以说啊，一个星期之后，我们就要开始宣传这个青少年患精神疾病的故事，要在各家报纸推出增刊，以及类似的、相关的所有玩意儿。如果还有操作空间的话，我还要让人紧急出版一本给相关父母看的书。类似于这样的：《留意观察孩子的精神问题》，或者是《如何避免你的小孩成为下一个诺拉·凯尔甘，小心不要让你自己在睡眠中被活活烧死》。这样的东西一定会引起轰动的。只可惜，我们现在是没时间去运作了。"

在巴尔纳斯基全面发动他的宣传攻势之前，我只有一个星期的时间。在这一个星期中，我要搞清楚，到底还有什么是我不知道的。四天的时间很快就过去了，可是这四天一无所获。我不停地给加洛伍德打电话，但他最终只能承认自己无能为力。此案的调查走入了死胡同，他毫无进展。不过，到了第五天晚上，发生了一件事情，改变了整个调查的进程。那是 11 月 10 日，午夜刚过，公路巡警迪恩·弗尔西斯在从蒙特贝利到欧若拉的路上偶然查获了一辆违章汽车，该车不仅在检查站不停车闯关而过，而且还超速驾驶。这原本只是一起很普通的交通违章案件，可是车辆驾驶员看起来很激动，大口大口地吸着气，他的行为引起了警察的注意。

"你是从哪儿来的，先生？"弗尔西斯警官问道。

"蒙特贝利。"

"你在那里干什么？"

"我……我待在朋友那里。"

"你的姓名？"

对方迟疑了片刻，而弗尔西斯警官留意到他的眼神闪烁，略显惊慌，因此就更加起了疑心。他用手电筒照了照此人的脸庞，发现他的脸上有一道抓痕。

"你的脸，是怎么回事？"

“是一棵树垂下来的枝干刮的，我没有看到。”

弗尔西斯警官并不是很相信。

“你开这么快干什么？”

“我……很抱歉。我有点赶时间。你说得没错，我不应该……”

“你喝酒了吗，先生？”

“没有啊。”

酒精测试显示，这个人的确没有喝酒。这辆车也资料齐全，没有什么问题。弗尔西斯警官借着手电筒的光，扫视了一遍车里面的情况，并没有看到任何已经使用过的医疗箱，或者是其他在瘾君子的汽车后座经常能发现的用具包。不过，直觉还是告诉他，眼前这个人有点不对劲，他看起来有时候太激动，但同时又刻意保持平静，显然是为了避免警察的怀疑而招致进一步的检查。突然，警察发现了此前没有留意到的东西：这个人的手很脏，鞋子上满是泥泞，而且裤子还弄湿了。

“请你下车，先生。”弗尔西斯命令道。

“为什么？嗯？嗯？”这位司机结结巴巴地说。

“听从命令，下车。”

这个人还在犹豫踌躇，而弗尔西斯警官已经被激怒了，他最终逼迫此人下车，并且以违反警方指令的名义逮捕了对方。他把人带到了社区警察中心，在那里，他自己给对方拍照留证，并且提取了此人的指纹样本。在与警方罪犯数据库进行比对之后，出现在电脑屏幕上的信息令弗尔西斯愣了好一阵子。尽管已经是凌晨一点半，他还是拿起了电话，因为刚才发现的事情是如此重要，必须立即通知州警察局犯罪调查科的佩里·加洛伍德警长。

三个小时之后，大约是在凌晨四点半吧，轮到我被电话铃声吵醒了。

“作家？”电话里的是加洛伍德，“你在哪里啊？”

“警长？”我回答着，还在半梦半醒之间，“我在纽约，在床上。你认为我能在哪儿？发生了什么事情？”

“我逮到了我们要找的‘鸟儿’。”他说。

“你说什么？能不能再说一遍？”

“放火烧哈里房子的家伙……我们今天晚上把他给抓住了。”

“什么？”

“你坐稳了吗？”

“我躺着呢。”

“那更好，因为我要说的这件事肯定会让你吓一跳的。”

2.
游戏结束

“有时候，你会感到很沮丧，马库斯，这很正常。我跟你说过，写作就好像拳击，但写作有时候也像跑步。正因如此，我才会经常让你到街上去溜溜：如果你有这样的精神力量，能够完成长跑，刮风也好下雨也好，不管是多寒冷的天气，如果你能够一直坚持到底，用上你全部的力量，用上你全部的心思，直达你的目标，那样的话，你就可以开始写作了。永远也不要让疲倦或者恐惧占据你的心。恰恰相反，你要利用这些压力来促使自己前行。”

当天早上，我搭乘飞机去了曼彻斯特，此时的我已经完全被刚刚获知的消息深深震撼。飞机在下午一点落了地，半个小时之后，我就来到了警察局总部，加洛伍德在门口迎接我。

“罗伯特·奎因！”我一看到他就喊了起来，就好像是从来都没敢相信这件事情一样，“那么，是罗伯特·奎因烧了那间房子？这么说的话，也是他留下了那些信息喽？”

“是的，作家。油桶上的确是他的指纹。”

“可是，他为什么要这样干呢？”

“我要是知道就好了。他一直不肯开口，拒绝跟我们对话。”

加洛伍德把我带到了他的办公室里，然后递给我一杯咖啡。他告诉我，犯罪调查科的警察已经在今天早些时候搜查了奎因的屋子。

“你们找到什么了吗？”我问道。

“什么也没找到。”加洛伍德回答，“毫无收获。”

“他的老婆呢？她怎么说？”

“这倒是有点奇怪。我们是在早上7点半到他家搜查的，但她睡得像猪一样，根本吵不醒。她甚至都不知道她的丈夫离开了家。”

“他给她下了药。”我解释道。

“怎么回事，他给她下了药？”

“罗伯特·奎因想要一个人安安静静地待着的时候，就会在他老婆喝的水里放一粒安眠药。他昨天晚上可能又是这么干的，目的就是要避免让他的老婆起疑心。可是，他这是担心她知道什么呢？大半夜的，他这是要去干什么呢？他为什么会满身泥泞呢？他是不是去埋了什么东西？”

“奥妙就在于此……可是，他还没有招供呢，我现在还没办法给他定多大的罪。”

“但那个汽油桶总是铁证吧。”

“他的律师已经在辩解说，罗伯特是在沙滩上捡到了这个油桶，还说他最近经常去沙滩散步，有一天他看到这个油桶就那么躺在那里，于是就捡了起来，扔到灌木丛里，以免被其他的散步者踩到。我们还需要更多的证据，否则的话，他的律师轻而易举就能把人给‘捞’出去。”

“他的律师是谁？”

“你不会相信的。”

“还是说吧。”

“本杰明·洛特。”

我叹了口气。

“那么，你认为是罗伯特·奎因杀了诺拉·凯尔甘？”

“须知一切皆有可能。”

“让我跟他谈谈。”

“这可不行。”

就在这个时候，一个家伙没有敲门就闯进了办公室，而加洛伍德的脸色立即凝重起来。这是朗斯达尼，州警察局警长。他看起来不是很高兴。

“我整个早上，不停地在跟州长、记者和洛特这个坏蛋律师通电话。”

“记者？关于什么呢？”

“还不是你们昨天晚上抓的那个家伙。”

“是的，警长先生，我想我们这一次找到了一条很靠谱的线索。”

警长很友好地把手搭到了加洛伍德的肩膀上面。

“佩里……我们不能再查下去了。”

“怎么回事？”

“这个案子没完没了了。老实讲，佩里，你更换嫌疑犯就好像换衬衣一样频繁。洛特说，这简直就是一桩丑闻。而州长希望到此为止。现在是时候给这个案子封档了。”

“可是，头儿，我们找到了新的线索！搞清楚了诺拉的母亲死亡的原因，现在又抓到了罗伯特·奎因，我们眼看着马上就能破案了。”

“先是戈贝尔，然后是卢塞，现在又是那个父亲或者是奎因，要么是斯腾？天哪。那个父亲，有什么证据吗？没有。斯腾？没有。这个奎因？也没有。”

“我们还有那个该死的油桶……”

“洛特说，他不费吹灰之力就能说服法官，让他相信奎因是无辜的。你想要正式检控他吗？”

“那当然。”

“那么，你就等着输掉这场官司吧。佩里，我再说一次，你会输的。你是一个好警察，佩里，甚至有可能是最好的。可是，有时候，人也要学会放弃。”

“但是，头儿……”

“可别让你自己的职业生涯晚节不保啊，佩里……我不会要求你现在立刻中止调查，否则这就是当面侮辱你了。考虑到我们之间的友谊，我再给你 24 小时。明天最晚到十七点，你到我的办公室里来找我，我要你亲口向我报告，了结凯尔甘这个案子。也就是说，你还能有 24 小时的时间去通知你的手下，说你打算中止调查，这样的话，也就能保住你的面子喽。然后，接下来，你就带着家人去好好过个周末吧，辛苦那么久，也应该了。”

“头儿，我……”

“人要懂得放弃，佩里。明天见。”

朗斯达尼离开了办公室，而加洛伍德一下子瘫倒在了自己的椅子上。就好像这一切还不够烦似的，我在这个时候又接到了罗伊·巴尔纳斯基的电话。

“戈德曼，你好啊。”他欢快地对我说，“明天就满一个星期了，你肯定知道的吧。”

“什么满一个星期，罗伊？”

“一个星期啊。我不是跟你说过要在一个星期之后向媒体公布诺拉·凯尔甘事件的最新进展嘛，你该不是忘记了吧？话说回来，我猜你那边暂时还没有什么其他的新发现吧？”

“听着，罗伊，我们正在追踪一条新线索。我想，你还是把新闻发布会推迟举行比较好。”

“哎呀呀……线索、线索，永远都是线索，戈德曼……可是，这简直就好像是马戏团表演啊，是的，没错，就是这样！好吧，好吧，是时候停止这套把戏了。我已经通知媒体明天下午五点开会。我希望你到时候能够出席。”

“这不可能。我现在在新罕布什尔州。”

“什么？戈德曼，你是明天新闻发布会的焦点！我需要你！”

“我很遗憾，罗伊。”

我挂掉了电话。

“这是谁啊？”加洛伍德问道。

“巴尔纳斯基，我们的编辑。他想在明天下午晚一点的时候召集媒体‘大爆料’，说出诺拉患有精神疾病的情况，并由此把我的那本书吹嘘成天才小说，因为在这本书里，大家能够清楚地看到一个15岁孩子的双重人格。”

“好吧，也就是说，明天黄昏之前，我们就要正式宣告失败喽？”

加洛伍德还有24小时的时间，他可不想就这么待着什么事都不做。他向我建议，一起去欧若拉询问塔玛拉和珍妮，以便了解有关罗伯特更多的情况。

在前往欧若拉的路上，他打电话给查韦斯，告诉他我们正在赶来。于是，在奎因家的门前，我们跟查韦斯碰了面，他看起来显然还在为他岳父的事情震惊不已。

“唉，油桶上留下的真是罗伯特的指纹？”他问我们。

“是的。”加洛伍德回答。

“该死的，我简直不敢相信！可是，他为什么要这么干呢？”

“我也不知道……”

“你们……你们认为他跟诺拉的死有关？”

“在目前这个阶段，我们还不能下任何结论。珍妮和塔玛拉现在怎么样？”

“糟糕，糟透了！她们两个都还在震惊之中。当然，我也一样。这简直就是一场噩梦！一场噩梦！”

他愤愤地一屁股坐到了他的汽车引擎盖上。

“怎么了？”加洛伍德意识到有什么不对劲，于是问道。

“警长，从这个早上开始，我就不停地在想……这件事勾起了我太多的回忆。”

“什么样的回忆？”

“罗伯特·奎因对这个案子极其感兴趣。在案发之后的那段时间，我经常会看到珍妮，每个星期天，我都要去奎因家吃午餐。那个时候，罗伯特总是不停地问我调查的情况。”

“难道不是他的妻子一直在喋喋不休地说这个案子吗？”

“是的，在餐桌上是这样的。不过，每当我去他家，珍妮的父亲都会给我拿一瓶啤酒，带我坐到露台上，然后就跟我聊。有没有找到嫌疑犯啊？有没有什么线索啊？而在吃完饭以后，他也会陪我一直走回车上，一路上我们还要聊这个话题。当时，我都感到有点难以应付了。”

“你想告诉我的是……”

“我什么都没有说。不过……”

“不过什么？”

他在外套的兜里掏了一会儿，然后拿出了一张照片。

“我在珍妮放到我们家的相册里找到了这个。”

照片里的背景是“克拉克之家”大门口，罗伯特·奎因站在一辆黑色的雪佛兰蒙特卡洛旁边。在相片背面，写着一行字：1975 年 8 月，欧若拉。

“这说明了什么呢？”加洛伍德问道。

“我问过了珍妮。她告诉我，在那个夏天，她的父亲曾经想买一辆车，但他还拿不定主意买哪一款。于是，他就经常去附近的汽车 4S 店试车。有那么几个周末，他不停地换着开各种牌子的车。”

“其中就包括一辆黑色的蒙特卡洛？”加洛伍德问道。

“其中就包括一辆黑色的蒙特卡洛。”查韦斯确认道。

“你的意思是说，在诺拉失踪的那一天，罗伯特·奎因有可能就驾驶着这么一辆车？”

“是的。”

加洛伍德摸了摸自己的脑袋。他要求查韦斯把照片交给他保管。

“查韦斯。”我接着说，“我们必须跟塔玛拉和珍妮谈一谈，她们在房间里吗？”

“是的，当然可以。来吧，她们都在客厅。”

塔玛拉和珍妮像虚脱了一样躺在沙发上。我们用了一个小时的时间想要跟她们聊一聊，可是，她们两个是如此震惊，以致都很难集中注意力。最后，泪流满面的塔玛拉终于还是向我们回忆了事发前一天晚上的情形。她跟罗伯特好好地享受了一顿晚餐，接下来就一起看了电视。

“你注意到了你的丈夫有什么行为怪异的地方吗？”加洛伍德问她。

“没有……哦，有的。他很想让我喝下一杯茶。而我，我不愿意。但是，他不停地跟我讲：‘喝吧，我的小宝贝儿，喝吧。这是一杯利尿的药茶，喝下去对你有好处。’最后，我还是喝了他那杯该死的药茶。然后，我就躺在这个沙发上睡着了。”

“那是几点钟？”

“我觉得大概是晚上十一点钟吧。”

“然后呢？”

“然后，就是一片空白了。我就像一头死猪一样睡熟了。当我醒来的时候，已经是早上七点半了。我仍然还是躺在这个沙发上，是警察的敲门声把我吵醒的。”

“奎因夫人，据说你的丈夫当年曾经考虑过购买一辆雪佛兰蒙特卡洛，是这样的吗？”

“我……我不知道……嗯，是吧……可能……不过……你认为他可能对那个小姑娘干了什么坏事吗？你认为是他？”

说完这句话，她就快步冲到厕所里呕吐了起来。

这样的谈话对于我们来说没有任何意义。当我们离开那里的时候，实际上并没有获得任何新的信息。时间很紧迫，在回程的汽车里，我向加洛伍德建议，用那张背景是黑色蒙特卡洛汽车的照片去拷问罗伯特，我认为这应该是一个很有力的证据。

“这个一点用都没有。”他回应我说，“洛特知道朗斯达尼马上就要熬不住了，所以他很有可能会建议奎因想办法消磨时间。奎因什么都不会说的。而我们就等着被糊弄吧。明天下午五点，我们的调查将会封档，而巴尔纳斯基也会在全国各家电视台抛出他的重磅头条新闻。罗伯特·奎因将会重获自由，而我们两个则将成为整个美国的笑柄。”

“除非……”

“除非是一个奇迹，作家。除非我们能够搞明白，奎因昨天晚上那么急急忙忙的到底是去干什么。他的老婆说她是在夜里十一点睡着的，而他则是在午夜十二点被逮着的。也就是说，其间相隔了一个小时。至少，我们知道他一定就在这个地区活动，可是，他到底去了哪里呢？”

加洛伍德表示，我们现在就剩下一条路可走了：那就是去到罗伯特·奎因昨晚被捕的那个地点，看看能不能从那里找到线索，追溯他活动的轨迹。为此，加洛伍德甚至把本在休假的弗尔西斯警官也叫到了事发现场。一个小时之后，我们在欧若拉上高速公路的出口与弗尔西斯碰了面。接着，他把我们带到了通往蒙特贝利的某个路段。

“就是在这里。”他对我们说。

这条路很笔直，两边都是矮树丛，看上去并不能给我们的调查带来什么进展。

“当时的情形到底是怎样的？”加洛伍德问道。

“我从蒙特贝利过来，常规巡逻。突然，那辆汽车就横切到我面前。”

“怎么说，‘横切’？”

“从这里再往前五六百米有一个交叉口。”

“什么交叉口？”

“我不知道那里是跟哪一条路相交，但可以肯定的是前面有一个交叉口，还有一个检查站。我知道这个就是因为那里有一个检查站，而这也是这一路段唯一的检查站。”

“那边有一个检查站，嗯？”加洛伍德望着远方继续问。

“那边有一个检查站。”弗尔西斯确认道。

突然，我的脑袋开始急速运转，大喊一声：

“那是通往湖边的路！”

“什么，湖？”加洛伍德很疑惑。

“相交的那条路，可以去到蒙特贝利湖边。”

我们上车直奔前面的交叉口，然后转到了通往湖边的路。往前开了100米，我们就抵达了停车场。眼前这个湖边的环境特别糟糕，最近的几场秋雨在湖岸上划出了一道道“伤痕”，剩下的就只有烂泥了。

2008 年 11 月 11 日　星期二　8 点

警方的一排车队来到了湖边的停车场。加洛伍德和我此前在他的汽车里已经等了好一会儿了。看到警方蛙人小分队的卡车驶来，我问他：

“警长，你确定这样干能有效果吗？”

“不确定，不过我们别无选择。”

这是我们能打出的最后一张牌了，游戏即将结束。罗伯特·奎因肯定来过这里。他千辛万苦在泥浆里跋涉，穿行到湖边，为的就是要把什么东西扔到湖里。至少，我们是这么假设的。

我们从车里走下来，跟已经开始做准备工作的潜水员们会合。他们的队长先是向手下发出了一些具体的指示，然后就跟加洛伍德聊了起来。

“我们要找的是什么呢，警长？”他问道。

“不管是任何东西，一切都有可能。比如材料、武器什么的。其实我也不知道，总之就是要找跟凯尔甘那个案子有关的东西。”

“你知道这个湖简直就是一个大粪坑吗？如果你能够说得更加明确一点的话……”

"我觉得吧，我们要找的东西肯定特征很明显，你们队的小伙子只要把手按上去，就会知道的。只是，我现在还不知道具体是什么东西。"

"那么，依你看来，我们在湖里搜索的范围是……？"

"在湖的边缘搜就可以了。这么说吧，就是从岸边往湖里扔一个东西的距离。我个人更倾向于在湖对面的那片区域。我们的嫌疑犯满身都是泥泞，而且脸上还有擦痕，很可能是被低垂的树枝刮伤的。他肯定想要把那个东西扔到任何人都不会去找的地方。因此，我认为，他会去到湖的对岸，那片矮树丛和荆棘密布的地方。"

水下的大搜查开始了。我们站立在靠近停车场的水边，看着潜水员们一个个消失在水中。天气冰冷。一个小时过去了，什么也没有发生。我们就站在蛙人小分队队长的身边，聆听着从他的步谈机里偶尔传来的通话声音。

到了九点半的时候，朗斯达尼给加洛伍德打来了电话，严厉地训斥了他一顿。他在电话里吼得如此大声，以至于站在旁边的我都能听到他们对话的内容：

"告诉我，佩里，这不是真的！"

"什么不是真的，头儿？"

"你动用了蛙人小分队？"

"是的，先生。"

"你简直是完全疯掉了。这是把自己放在火上烤呢。就冲着你这样自作主张的表现，我随时都可以撤销你的职务！今天下午五点，我召集了一场新闻发布会。你给我赶过来。我要让你来宣布停止调查这个案子。你必须自己想办法去搞定那些记者。我再也不要给你擦屁股了，佩里！我已经受够了！"

"好吧，先生。"

他挂掉了电话。我们静静地待在那里。

又是一个小时过去了，水底的搜查还是没有任何收获。尽管天气寒冷，加洛伍德和我也没有离开我们的“观察哨岗”。最后，我忍不住对他说：

“警长，如果……”

“请你给我闭嘴，作家。不要说话。我现在不想听你的问题，更不想听到你的怀疑。”

我们继续等着。突然，蛙人小分队队长的步话机异常地噼里啪啦响了起来。显然，有什么事情发生了。潜水员们纷纷从水底冒出来，他们看起来都很开心，所有人都在快速向岸边靠拢。

“发生什么事了？”加洛伍德问蛙人小分队的队长。

“他们找到了！他们找到了！”

“可是，找到什么了？”

在距离岸边十几米的水底，潜水员刚刚找到了一个瓶子，里面有一把左轮手枪，还有一条上面刻着诺拉名字的金项链。

这一天的中午时分，我站在州警察局总部询问室的单面反光玻璃墙外面，看到当加洛伍德把我们在湖里找到的武器和项链摆出来之后，罗伯特·奎因招供了一切。

“前一天晚上，你就是去干这个的？”加洛伍德用一种近乎柔和的声音询问道，“你这是要毁灭可能给你带来麻烦的证据？”

“你们……你们怎么会……？”

“游戏结束了，奎因先生。你的游戏结束了。这辆黑色的蒙特卡洛，是你的吧，嗯？4S 店试用的车，没有任何编号和记录。如果你不是那么傻，竟然在这辆车旁边拍照的话，恐怕没有任何人能够追查到你这里。”

“我……我……”

“为什么，嗯？为什么要杀这个小姑娘？为什么要杀那个可怜的女人？”

“我不知道。我想，那个时候的我简直就不是我了。说到底，这只是一场意外。”

“当时发生了什么事？”

“诺拉在路边走着，我说我可以捎她一段，她接受我的邀请，上了车……然后……我感到很孤独，深深的孤独，于是就想稍稍抚摸一下她的头发……她逃到森林里去了。我必须抓住她，要让她保证不向任何人提起这件事。然后呢，她就躲到德波拉·库佩家里去了。我没有办法。如果不那样干的话，她们可能就到处去说这件事。那是……那个时候，我简直是精神错乱了！”

说到这里，他整个人崩溃了。

走出询问室的时候，加洛伍德给查韦斯打了一个电话，告诉他罗伯特·奎因已经在完整的口供记录上面签字画押。

“下午五点有一场新闻发布会。”他对查韦斯说，“我想，你不应该从电视上才得知这个消息。”

“谢谢，警长。我……我该怎么对我的夫人说啊？”

“我不知道。不过，要说就快点说吧。这个消息马上就会像一颗炸弹一样爆发的。”

“我马上就去说。”

“道恩警长，你能不能抽个时间到康科德来一趟？我有些关于罗伯特·奎因的情况想跟你再核实一下。这个时候，我就不想再给你的夫人和你的岳母增添烦恼了。”

“当然没问题。我现在还在值班，正等着处理一单交通事故呢。接下来，我还得跟珍妮好好谈一谈。因此，我今晚或者明天过来，可能会好一点。”

“先处理好其他事，明天你再安安心心地过来吧。现在，倒也没有什么是特别需要赶时间的了。”

加洛伍德挂掉了电话，他的脸色有些严峻。

“现在该怎么办呢？”我问他。

“现在，我邀请你跟我一起去大吃一顿。我认为，这个值得犒劳一下。”

我们就在警察局总部的咖啡厅里吃了午餐。加洛伍德看起来心事重重，几乎就没有碰眼前的碟子。他随身带着诺拉一案的材料，就放在台子上，而有那么足足一刻钟的时间，他一直盯着罗伯特和那辆黑色蒙特卡洛的车子在看。我问他：

“警长，什么事让你这么困扰？”

“没什么。我只是在想，奎因为什么会随身带着一把手枪……他跟我们讲，是在开车出去溜达的时候偶然遇到那个小姑娘的。可是，要么他早就有所预谋，才会准备了那辆车和一把枪；要么他就是跟诺拉偶然相遇。而在后面这种情况下，我不禁要问，他为什么会随身带着一把手枪？这把枪，他又是从哪里搞到的呢？”

“你认为他是早有预谋，如今这么说只是为了尽量减轻自己的罪责？”

“有可能。”

他依然凝视着那张照片，还把照片拿到眼前仔细观察。突然，他好像发现了什么东西，眼神瞬间改变。我问他：

“怎么了，警长？”

“那张报纸的标题……”

我转到台子另一面他的旁边，看着那张照片。他用手指着照片里景深处靠近“克拉克之家”的一个报箱。如果仔细地辨认，可以看到其中报纸的大标题：

尼克松辞职

“理查德·尼克松是在 1974 年 8 月辞职的！”加洛伍德喊道，“这张照片不可能是 1975 年 8 月照的！”

“可是，那是谁在照片的背面写上了错误的日期呢？”

“我不知道。不过，这说明罗伯特·奎因对我们撒了谎。他没有杀任何人！”

加洛伍德从咖啡馆里蹦出来，跑上了警察局总部的大楼梯，三步并作两步冲了上去。我跟着他穿过走廊和过道，一直来到了监房。他对看守说，要立刻提审罗伯特·奎因。

“你想要保谁？”刚一看到监房铁栏杆后面的罗伯特·奎因，加洛伍德就喊了起来，“你试开黑色蒙特卡洛，并不是在1975年8月的时候！你在保护某个人，我想知道是谁！你的太太，还是你的女儿？”

罗伯特的脸上写满了绝望，坐在铺了软垫的小椅子上一动不动，他喃喃自语：“珍妮。我要保护的是珍妮。”

“珍妮？”加洛伍德重复了一句，无比震惊，“是你的女儿……”

他拿出了电话开始拨号。

“你这是要打给谁？”我问他。

“查韦斯·道恩。我要让他别告诉他老婆。她如果知道她的父亲坦白了一切，一定会感到惊慌，甚至逃走的。”

查韦斯没有接听电话。加洛伍德随即又打给了欧若拉的警察局，想要让人通过警方通信系统联系上查韦斯。

“这里是新罕布什尔州警察局的加洛伍德警长。”他对电话那头值班的警员说，“我必须立即跟道恩警长通话。”

“道恩警长？打他的手提电话吧。他今天不值班。”

“怎么回事？我之前刚刚才打电话给他，他告诉我正在处理一起交通事故啊。”

“不可能，警长。我跟你再说一遍，他今天不值班。”

加洛伍德挂掉了电话，脸色变得苍白，马上启动了警方的紧急预警系统。

几个小时之后，查韦斯和珍妮·道恩在波士顿洛根国际机场正打算登上前往阿拉斯加的飞机时，被警方逮了个正着。

当加洛伍德和我走出康科德警察局总部的时候，天色已晚。一大群记者仍然守候在大楼的出口处，一看到我们，立刻展开了“围攻”。我们两个奋力穿过人群，一句话也没有说，然后快步钻进了加洛伍德的汽车。他把车开了起来，但一直保持着沉默。我问他：

“我们现在去哪里，警长？”

“我不知道。”

“在这种时候，警察通常会怎么做？”

“他们会去喝一顿。作家呢，会怎么做？”

“他们会去喝一顿。”

他把车一直开到了康科德出口处那间他经常去逛的酒吧。我们两个坐在酒吧的柜台前面，要了双份威士忌。在我们的身后，电视机上闪现的大字标题宣布了这样的消息：欧若拉的一名警察承认谋杀了诺拉·凯尔甘。

1.
哈里·戈贝尔事件的真相

“一本书的最后一章，马库斯，从来都应该是整本书写得最棒的部分。”

2008 年 12 月 18 日　星期四　纽约　真相大白之后一个月

这是我最后一次看到他。

那是在晚上九点钟。我在自己家，听着之前录下的卡带，就在这个时候，他摁响了门铃。我打开门，然后我们两个默默地相互凝视了很长一段时间，最后是他打破了沉默：

“晚上好，马库斯。”

犹豫了那么一秒钟之后，我回答道：“我还以为你已经死了。”

他点点头表示赞同。

“我现在只是一个幽灵了。”

“你想来一杯咖啡吗？”

“乐意之至。你是一个人吗？”

“是的。”

“不应该再这样一个人待着了。”

“进来吧，哈里。”

我走进厨房热咖啡。他等在客厅里，略显紧张不安，一直翻着在我的书架隔层上放置的相框。当我带着咖啡壶和杯子回到客厅的时候，他正在看着其中一张他跟我的合照，那是我在巴若斯大学领取毕业证的时候留下的回忆。

“这是我第一次到你家里来。”他说。

“客房一直为你准备着。有好几个星期了。”

“你知道我会过来，嗯？”

“是的。”

“你很了解我啊，马库斯。”

“朋友之间，应该知道的。”

他的脸上露出了一丝悲伤的笑容。

“感谢你的热情接待，马库斯，不过，我不会在这儿待太久。”

“那为什么要来呢？”

“为了来跟你道声永别。”

我极力掩饰着心中的不安，把咖啡倒到了两个杯子里。

“如果你舍我而去，那我就再也没有朋友了。”我说。

“别这么说。我们之间远甚于朋友，马库斯，我其实就像爱自己的儿子一样爱着你。”

“我也像爱父亲一样爱着你，哈里。”

“就算知道了事实真相之后，也还是这样吗？”

“真相并没有改变一个人甘于为别人做任何事的事实。这是由情感而引发的大悲剧。”

“你说得对，马库斯。那么，你全都知道喽，嗯？”

“是的。”

“你怎么会知道的呢？”

“我最终搞明白了。”

"你是唯一一个能够揭开我面具的人。"

"所以，这也就是你在那家汽车旅馆的停车场上对我说那句话的意思了。你当时跟我说，我们之间再也不会像以前一样了，那是因为你知道，总有一天，我会发现所有的秘密。"

"是的。"

"你怎么能走到那一步，哈里。"

"我不知道……"

"我这里有警方盘问查韦斯和珍妮·道恩的录像带，你想不想看？"

"想啊，如果可以的话。"

他安坐在沙发上。我把DVD放进碟机，摁下了播放键。很快，珍妮就出现在了屏幕上。那是在新罕布什尔州警察局总部的一个房间里，镜头聚焦在她的脸上，珍妮哭了。

警方询问珍妮·E.道恩笔录节选

P.加洛伍德警长：道恩夫人。你知道这件事有多久了？

珍妮·道恩（涕泗交流）：我……从来就没有怀疑过。从来没有！直到那一天，诺拉的骸骨在鹅弯被找到了。结果，整个城市都轰动起来。"克拉克之家"挤满了人：有顾客，还有记者，他们到处找人问问题，简直就像地狱一样。我感到有点不舒服，于是就比往常提前了一点回家，想好好休息一下。在我们家门口停着一辆我不认识的车。走进家门，我就听见屋子里有人在很大声说话。我听出来了，那是普拉特警长的声音。他正在跟查韦斯争吵着什么。他们都没有听见我走了进来。

2008年6月12日

"保持冷静，查韦斯！"普拉特大声吼叫，"没有人会知道发生了什么，你就等着瞧吧。"

“可是，你怎么就能够这么肯定？”

“戈贝尔将会承担所有的一切！尸体是在他的屋子旁边找到的！所有人都会把矛头对准他！”

“该死的，如果他被证明是无罪的呢？”

“他不会被无罪释放的。以后再也不要提这件事，明白吗？”

珍妮听到了有人移动的脚步声，于是躲到了客厅里。她看到普拉特警长走出了屋子。刚一听到他的汽车发动起来，她就快步冲进了厨房，并在那里找到了她呆若木鸡的丈夫。

“到底发生了什么事，查韦斯？你们的谈话，我全都听到了！你对我隐瞒了什么？关于诺拉·凯尔甘，你对我隐瞒了什么？”

珍妮·道恩：就是在那个时候，查韦斯向我坦白了一切。他给我看了那条金项链，还对我说，他留着这个，就是为了永远都不要忘记他曾经干过的事情。于是，我就拿过了那条项链，告诉他接下来的事情全都交给我来处理。我想要保护我的丈夫，我想要保护我们的婚姻。我一直都很孤独，警长，我没有小孩儿，在这个世界上唯一拥有的，就是查韦斯。我可不能冒任何失去他的风险……我一度很期盼调查能够很快结束，很期盼哈里成为罪人……可是，来了一个马库斯·戈德曼，他到处翻查我们的过去，而且深信哈里是无辜的。他是对的，可是我不能让他就这么查下去。我不能让他找到事实真相。于是，我就给他留了那些威胁短信……于是，我就放火烧了哈里那辆该死的科尔维特轿车。可是，他根本就不理会我的这些警告！所以，我就决定去放火烧他的房子。

警方询问罗伯特·奎因笔录节选

P. 加洛伍德警长：你为什么要这么做？

罗伯特·奎因：为了我的女儿。自从诺拉的尸骸被发现之后，整个城市就动荡起来，而她似乎为此非常担心。我发现她一副心事重重的样子，行为很怪异。有时候，她还会没有任何理由地离开“克拉克之家”。当报纸上刊登出戈德曼的调查笔记之后，那一整天，她都处于一种极度狂怒的状态之中，甚至让人感到有点害怕。当我从员工卫生间里走出来的时候，正好看到她蹑手蹑脚地穿过员工通道走出去，于是，我就决定跟上去看一看。

2008 年 7 月 10 日　星期四

她把车停在了横穿树林的路边，然后从车里蹦了出来，手里拿着一个汽油桶，还有一个油漆喷雾剂。她非常小心，戴上了在花园里劳动时的手套，以免留下任何指纹痕迹。他远远地跟着她，跟得有点辛苦。当他跨出树林边缘的时候，她早已在马库斯·戈德曼的那辆路虎车上用油漆留下了信息。此刻，她正在把汽油倾倒在哈里屋子门前的雨棚下面。

“珍妮！住手！”她的父亲对她喊叫着。

她加快速度划着了一根火柴，扔到了地上。那间屋子的门廊立刻被火苗吞噬。她没想到火焰那么强烈，不得不往后退了几米，一边用手遮盖保护着自己的脸庞。就在这个时候，她的父亲抓住了她的肩膀。

“珍妮！你疯了啊！”

“你不会明白的，爸爸！你来这里干什么？走！赶紧走！”

他一手抓过了她的油桶。

“快跑！”他对她命令道，“在被别人抓到之前，赶紧跑！”

她转身就走，消失在树林之中，重新上了车。他必须想办法处理那个油桶。可是，由于过于惊慌，他已无力思考。最后，他快步冲到了沙滩边上，把油桶藏到了一个矮树丛里。

警方询问珍妮 · E. 道恩笔录节选

P. 加洛伍德警长：后来又怎么样了？

珍妮 · 道恩：我请求我的父亲不要插手这件事，因为我不想把他也给牵扯进来。

P. 加洛伍德警长：可是，他已经被牵扯进来了。你们接下来又干了些什么？

珍妮 · 道恩：自从普拉特警长承认曾经迫使诺拉给她口交之后，他承受的压力越来越大了。他当初是那么自信，而到了这个时候也几乎要崩溃了。他打算把所有的一切都供认出来。必须解决这个问题，而且要从他那里拿到那把左轮手枪。

P. 加洛伍德警长：他有一把左轮手枪……

珍妮 · 道恩：是的。那是他的佩枪，很多年了……

警方询问查韦斯 · S. 道恩笔录节选

查韦斯 · 道恩：我所干过的事情，警长，我自己都永远不能原谅我自己。我对这件事念念不忘已经有 33 年了。33 年啊，一直困扰着我。

P. 加洛伍德警长：我不能理解的是，你是一个警察，而你却一直留着这条金项链，你应该知道这是一个无可辩驳的物证。

查韦斯 · 道恩：我没有办法把它处理掉。这条项链就是对我的惩罚。它时刻提醒我回忆过去。自从 1975 年 8 月 30 日以来，我每一天都会把自己关在某个角落，呆呆地看着这条项链，没有一天不是这样。况且，能把它藏到哪里去呢？如果被人找到了，那该有多危险啊？

P. 加洛伍德警长：那么，普拉特呢？

查韦斯 · 道恩：他打算招供。自从你发现了他跟诺拉之间的那些事之后，他害怕极了。有一天，他给我打电话说，想跟我见一面。于是，我们就在沙滩上碰了头。他对我讲，打算坦白一切，还说要跟检察官达成妥协。他建议我也像他那样去做，因为他认为不管怎样，真相最终会大白于天下。当天晚上，我去他所在的汽车旅馆找到了他。一开始，我尝试让他恢复理智。可是，他断然拒绝。他还向我展示了他藏在床头柜抽屉里的那把老式 0.38 口径左轮手枪，并且告诉我说，他第二天就会带着这把枪去找你。他打算什么都说出来，警长。于是，我就等到他转过身去的时候，用警棍敲死了他。然后，我拿上了那把左轮手枪，逃走了。

P. 加洛伍德警长：用警棍？就好像对诺拉那样！

查韦斯·道恩：是的。

P. 加洛伍德警长：同样的凶器？

查韦斯·道恩：是的。

P. 加洛伍德警长：这根警棍现在在哪里呢？

查韦斯·道恩：就是我配发的警棍。这是我们当初跟普拉特讨论决定的。他说，隐藏犯罪凶器最好的办法，就是让所有人都看见，都知道这些东西就在那里。实际上，我们后来奉命去寻找诺拉的时候，佩在腰间的左轮手枪和警棍，就是当初犯案的工具。

P. 加洛伍德警长：如果是这样的话，那为什么你们最终还是想要处理这两个东西呢？而罗伯特·奎因又是如何拿到那把左轮手枪和金项链的呢？

查韦斯·道恩：珍妮给我施加了压力。而我让步了。自从普拉特死后，她就再也没有好好睡过。她已是强弩之末。她跟我讲，不要把那两个东西藏在家里。否则，如果对普拉特之死的调查追踪到我们这里的话，我们就完蛋了。她最终说服了我。我打算把这两个东西扔到深海里去，那样的话，就再也没有人能够找到了。可是，珍妮很害怕，她没有征询我的意见就提前采取了行动。为此，她求助于她的父亲去处理这件事情。

P. 加洛伍德警长：为什么要找她的父亲呢？

查韦斯 · 道恩：我想，她这是对我没有信心了。过去的 33 年里，我没有办法让这条项链离开我的视线。她担心我最终还是不能克服这个心魔。一直以来，她都坚定不移地相信着她的父亲。她认为，他是这个世界上唯一能够帮到她的人。更何况，他是那么不可能引起别人的怀疑……这个和蔼可亲的罗伯特 · 奎因。

2008 年 11 月 9 日

珍妮像龙卷风一样冲进了她父母的房子。她知道她的父亲这个时候一个人在家。在客厅里，她找到了他。

“爸爸。”她喊道，“爸爸，我需要你的帮助。”

“珍妮？发生了什么事情？”

“别提什么问题。我想要你帮我处理这个东西。”

她把一个塑料袋递给了他。

“这是什么东西？”

“别问了，也别打开看。这事很重要。你是唯一能帮到我的人。我想要你把这个东西扔掉，扔到一个没有任何人能够再找到的地方。”

“你碰到麻烦了？”

“嗯，我想是的。”

“那好，亲爱的，我这就去办。安心吧，只要能保护到你，我什么事情都愿意干。”

“千万别打开袋子看，爸爸，你只要把这个东西一劳永逸地处理掉就好了。”

可是，他的女儿刚一走开，罗伯特就打开了那个袋子。他完全被袋子里的东西所震惊，还以为他的女儿就是杀人凶手，于是他决定等到天黑就把袋子里装着的东西扔到蒙特贝利湖里去。

警方询问查韦斯·S. 道恩笔录节选

查韦斯·道恩：当我听说奎因被逮捕之后，我就知道，这下完蛋了。必须采取行动，我对自己说，要想办法让他成为嫌疑犯，至少，暂时要这样。我知道，他很想保护他的女儿，他只要能拖上一两天，珍妮和我就能逃到一个没有签引渡条例的国家去。于是，我就开始去找，看有什么对罗伯特不利的证据。我在珍妮收藏的家庭相册里翻来翻去，想看看是不是能找到一张罗伯特和诺拉的合照，然后在照片后面写上一些对罗伯特不利的东西。可是，我没发现他跟诺拉的合影，却看到了一张他站在黑色蒙特卡洛汽车旁边的照片。多么棒的巧合啊！于是，我就用圆珠笔在照片背面写下了“1975 年 8 月”这个日子，然后把这张照片带给了你。

P. 加洛伍德警长：道恩警长。现在，让我们来谈一谈，在 1975 年 8 月 30 日，到底发生了什么事情……

“把它关了，马库斯！”哈里号叫着说，“求求你，关了它！我不忍心再听下去了。”

我马上关了电视。哈里哭了起来。他从沙发上站起来，靠到了窗户边上。窗外正下着鹅毛大雪，整个城市都被光点亮着，看上去简直美极了。

“我很抱歉，哈里。”

“纽约是一个无与伦比的地方。”他喃喃自语地说，“我时常问我自己，如果 1975 年那个夏天刚开始的时候，我没有去欧若拉而是待在纽约的话，我的人生会是什么样子？”

“那样的话，你可能就永远也体会不了真爱的滋味。”我说。

他凝视着外面的黑夜。

“你是怎么想到的呢，马库斯？”

“想到什么？你是指，《罪恶之源》并不是你写的这件事？就在查韦斯·道恩被逮捕之后没过多久。当时，各家报纸关于这个事件的报道开始重新发酵，过了没几天，我接到了艾力雅哈·斯腾的电话，他说无论如何都要跟我见一面。”

2008 年 11 月 14 日　星期五　新罕布什尔州康科德附近艾力雅哈·斯腾的私宅

“感谢你能够来这里，戈德曼先生。”

艾力雅哈·斯腾在他的书房里接见了我。

“你的电话令我感到有点吃惊，斯腾先生。我想，你应该不会很喜欢我。”

“你是一个很有才华的年轻人。报纸上写的关于查韦斯·道恩的那些事情，都是真的吗？”

“是的，先生。”

“这真是卑鄙可耻啊……”

我点了点头，然后对他说：

“关于卡勒，我完完全全搞砸了。我很遗憾。”

“你并没有搞砸。如果我没有理解错的话，正是你的执着，最终使得警方能够侦破这个案子。那个警长一直对你深信不疑……佩里·加洛伍德，这是他的名字，对吧？”

“我已经要求我的编辑把《哈里·戈贝尔事件》从书架上撤下来了。”

“我很高兴听到你这么说。你打算过再写一本更正版的书吗？”

“有可能。我现在还不知道应该用什么样的方式，但无论如何，正义必将得到伸张。我曾经为了捍卫戈贝尔的名义而战。将来，我也一样会为卡勒洗清罪名。”

他笑了。

“说得好，戈德曼先生。我想要见你正是为了这个。我必须告诉你事实的真相。这样，你就会明白，尽管你在好几个月的时间里一直深信卢塞就是杀人嫌疑犯，但我并不会为此而指责你，因为我自己在33年的时间里，内心其实也一直确信就是卢塞杀死了诺拉·凯尔甘。”

“真的吗？”

“我一度对此深信不疑。百分之百确信。”

“你为什么从来都没有跟警方讲过这个呢？”

“因为我不想让卢塞再死一次。”

“斯腾先生，我不是很明白你想要对我说什么。”

“卢塞对诺拉很痴狂。他总是在欧若拉待很久，悄悄地看着她……”

“我知道。我知道你曾经在鹅弯偶遇正在窥伺诺拉的卢塞，你跟加洛伍德警长讲过这个。”

“那么，我想你是低估了卢塞对这段感情痴迷的程度了。在1975年8月，他几乎天天都去鹅弯，藏在树林里，窥视哈里和诺拉。无论他们是在露台上，还是到沙滩去，他到处都跟着去。每一个地方！简直完完全全疯掉了，他知道他们两个之间的一切事情！一切！而他回到这里，又总跟我讲这些东西。一天接着一天，他告诉我他们干了些什么，他们之间讲了些什么。他跟我讲述了那两个人所有的故事：他们是在沙滩上相识的，他们正在写一本书，他们一整个星期都待在一起。他什么都知道！所有的一切！渐渐地，我明白了，原来他是在那两个人的身上感受着自己的爱情。由于他那讨人嫌的外貌所限，他不可能亲身经历这样的爱情，于是他就通过‘代理’的方式，借由别人来感受这一切。他是如此痴迷，以至于整个白天都看不到他，结果我只能亲自开车外出赴约办事了！”

“对不起，打搅你一下，斯腾先生，可是有些东西我没搞懂：你为什么不干脆炒掉卢塞呢？我想说的是，这听起来有点傻，但大家有一种印象，当他自称可以为诺拉画像的时候，当他把你一个人撇下，为的只是在欧若拉待着的时候，感觉就好像是你一直在听命于你的雇员啊。请原谅我提出这样的问题，可是你们之间到底是怎么回事？难道你们……”

“你想问我们是不是同性恋人？不是。”

“那为什么你们之间的关系这么奇怪呢？你是一个有权势的人，怎能任由别人骑到自己的头上。可是，在这一方面……”

“这是因为我对他欠下了债。我……我……你马上就会明白的。总之，卢塞对哈里和诺拉的爱情着了魔，可是渐渐地，事情开始恶化了。有一天，他回到家的时候，身上很脏而且还被人打伤，流了血。他告诉我，有一个欧若拉的警察发现他在那里闲逛，就把他痛殴了一顿，还有一个‘克拉克之家’的女服务员甚至向警方投诉了他。这件事眼看就要变成一场灾难。于是，我就对他说，希望他以后不要再去欧若拉。我还告诉他，可以去休假，离开一段时间，回他在缅因州的家里去，或者是到任何一个其他的地方都行。而相关的费用，全部由我来支付……”

“可是，他拒绝了。”我说。

“他不但拒绝了，还要求我借一辆车给他开，因为按照他的说法，他之前开的那辆蓝色福特野马如今已经被警方盯上了。当然，我拒绝了他的要求，这太过分了。就在那个时候，他对我喊了起来：‘你怎么就不明白，艾力！他们马上就要走了！十天之后，他们两个就会一起离开，他们不会回来了！再也不会回来了！他们是在沙滩上决定的！他们想在30日那一天出发！30日，他们就会远走高飞，再也看不见了。我只是想跟诺拉说一声永别，这将是我跟她最后的一段日子。你现在不能把她从我身边夺走，因为我已经知道马上就要失去她了。’接下来的几天，一切都在掌控之中，我一直盯着他。可是，到了那该死的8月29日，那一天，我到处都找不到卢塞，他消失不见了。可是，他的蓝色福特野马仍然停在原来的位置上啊。最后，我的一个雇员忍不住交代了实情，他告诉我，卢塞开着我公司的一辆车，一辆黑色蒙特卡洛，走了。卢塞跟他们说，是我让他开那辆车的，而所有人都知道，我什么都能给他，所以没有一个人提出质疑。这简直要把我逼疯了。我马上去搜了他的房间。在那里，我找到了那幅让我忍不住想呕的诺拉画像。然后，在他的床底下藏着的一个盒子里面，我又找到了一些信……那些他从人家那里偷来的信……也就是哈里跟诺拉之间的通信，他显然是跑去从人家的邮箱里偷了过来。于是，我就在那里等着他，当他在那天夜幕降临之前回来的时候，我们两个大吵了一架……"

斯腾沉默不再说话，眼神空洞。

"发生了什么事情？"我问道。

"我……我希望他不要再去那里，你懂的！我希望他对诺拉的这一份痴恋就此终止！可是他，完全听不进去！什么也不愿意听！他说，诺拉跟他之间的感情比以往任何时候都更强烈！还说没有任何一个人可以阻止他们两个在一起。我不知道该怎么办了。结果，我们两个就吵了起来，而我还打了他。我就那样抓住他的衣领，对他吼叫，还打了他，就像对待一个乡巴佬儿那样。他倒在了地上，鼻子碰出了血。我惊呆了。而他却对我说……他对我说……"

斯腾再也讲不下去了，这一段故事似乎令他倒了胃口。

"斯腾先生，他对你说了什么？"我问道，希望引领他回到故事当中来。

"他对我说：'是你！'他号叫着说：'是你！原来是你！'而我却像石化了一样。然后，他就趁机跑开，到他的房间里收拾了一些东西，接着上了那辆雪佛兰，在我反应过来之前，他就开车走了。他……他听出了我的声音。"

讲到这里，斯腾哭了，他的双拳紧紧地握在一起。

"他听出了你的声音？"我重复了一遍，"你这是什么意思？"

"曾经……曾经有那么一个时期，我整天跟我那帮哈佛的同学混在一起，就好像是某种很愚蠢的'兄弟连'。我们经常去缅因州度周末：两天都住在大酒店里，喝酒，吃龙虾。那个时候，我们很喜欢跟人吵架，很喜欢找一些可怜人的碴儿，然后把他们狠狠揍一顿。他们说，缅因州的人都是一些乡巴佬儿，而我们的任务就是去那里找人痛扁。我们那群人当时都还不到 30 岁，都是有钱人的孩子，一个个自命不凡。我们有那么一点种族歧视，更多的是卑鄙无耻，而且还充满了暴力。那个时候，我们发明了一种游戏，叫‘射门得分’，也就是说要用力击打被我们选中的受害者的脑袋，就好像是在橄榄球比赛里大脚开球那样。1964 年的一天，在波特兰附近，我们喝了很多酒，很亢奋。在路上，我们遇到了当地一个年轻的家伙。当时，是我在开车……我停了下来，向他们提议找点乐子……”

“你就是袭击卡勒的人？”

他一下子爆发了：

“是的！是的！我永远也不会原谅我自己！第二天，我们在一间豪华酒店的套房里醒来，宿醉之后头痛欲裂，难受死了。所有的报纸都在讲述我们前一天晚上的侵害行为，那个孩子一直昏迷不醒。警方到处在搜寻我们，还给我们安了这样一个名称：射门得分流氓团伙。于是，我们决定从此封口，再也不提这件事情，就让它烂在我们的肚子里。可是，我却一直饱受折磨，接下来的日日夜夜，好几个月的时间，我心里只想着这件事情，都快被折磨出病来了。我甚至还会跑到波特兰去，看一看这个被我们痛殴的孩子有什么进展。两年的时间就这样过去了，有一天，我实在忍不下去了，于是决定去给他一个工作的机会，让他能够走出这个噩梦。那一天，我假装要给我的车换轮胎，敲开他家的门，请他帮一帮忙，然后就顺便雇他成为我的司机。他要什么，我就给什么……我在我家的观光露台里为他搞了一个画画的工作室，我给他钱花，我给他车开，可是所有这一切都不能稍微减轻我心中的罪恶感。我一直还是想着怎么样才能为他多做一点事情！当初，是我毁掉了他的绘画生涯，所以我现在就不惜任何代价资助他尽可能地开画展，我还任凭他经常用一整天的时间去画画。后来，他又跟我讲，他感到很孤独，没有任何一个人想跟他在一起。他说，他现在与女人在一起唯一能做的事就是为人家画画。他很想给那些金发碧眼的姑娘画，因为这样能够让他回忆起当年受袭之前曾经拥有的那个未婚妻。于是，我就招来了许多许多金发碧眼的妓女，脱下衣服让他尽情地画。可是有一天，在欧若拉，他偶遇了诺拉，对人家一见钟情。他告诉我，这是他当年解除婚约之后第一次重新感受到爱情。接着呢，哈里来了，这是个天才作家，而且还是个长得很帅的小伙子。卢塞是多么想他自己也像这个样子啊。结果，诺拉爱上了哈里。而卢塞也在心中拿定了主意，他把自己当成了哈里……至于我，你说我能怎么办？我拿走了他的人生，我从他那里拿走了一切。而如今，我怎能阻止他去恋爱呢？”

“也就是说，所有这一切，都是为了减轻你心中的愧疚？”

“你爱怎么说都行。”

“8 月 29 日……后来又发生了什么事呢……”

“当卢塞明白过来当初是我……他就收拾包袱，开着那辆黑色的雪佛兰走了。我马上就动身去追他，想去跟他解释一下，求得他的原谅。可是，哪里也找不到他。我找了一整个白天，还有大半个晚上，却徒劳无功。我真是恨死自己了。我一度还希望他能够自己回来，可是第二天快到黄昏的时候，收音机里传来了诺拉·凯尔甘失踪的消息，还说嫌疑犯开着一辆黑色的雪佛兰汽车……没必要再跟你详细复述了。总之，我当时就决定此后永不再向任何人提起这件事，这样，卢塞就不会被人怀疑了。或者也可以这么说，其实，归根结底，我以为自己跟卢塞一样难辞其咎。这就是为什么当你来到这里重新‘唤醒’旧日的‘幽灵’时，我反应那么强烈。不过，最终恰是因为你，我才知道卢塞并没有杀死诺拉。这就好像我自己也脱罪了一样，我也没有杀死那个姑娘。戈德曼先生，是你让我卸下包袱，如释重负。”

“那辆福特野马呢？”

“就在我的车库里，用一块篷布盖着。我把它藏在车库里，藏了 33 年。”

“那些信呢？”

“我也一直留着。”

“如果你愿意的话，我想看一看。”

斯腾从墙上摘下了一幅画，露出后面的一个小保险箱，把它打开，然后拉开门，从里面取出一个装满了信的鞋盒。就是在那个时候，我才发现了哈里和诺拉之间所有的通信内容，而正是这些信使得《罪恶之源》这本书有了创作的可能。在这些信里，我很快就找出了第一封，也就是《罪恶之源》开篇的那封信。这是诺拉在 1975 年 7 月 5 日写下的，信里充满了悲伤的情绪，因为哈里刚刚宣布要跟她分手，此外她还了解到，前一天晚上，也就是在 7 月 4 日晚，哈里是跟珍妮·道恩待在一起的。于是，诺拉就在 7 月 5 日把一个信封塞进了哈里家的门口，信封里面装有这一封信，还有两张在洛克兰拍摄的照片，其中一张拍的是海边成群的海鸥，而另一张则是他们两个的合影，是他们一起野炊时候的场景。

“卢塞怎么能搞到这些东西呢？”我问道。

“我不知道。”斯腾对我说，“但他如果曾经偷偷潜入哈里的房子里的话，这倒是一点也不会让我感到吃惊。”

我想了一想：在哈里离开欧若拉的那几天里，卡勒是完全可以偷到这些信的。不过，哈里为什么从来就没提过他的这些信被人偷走了呢？我问斯腾能不能带走那个鞋盒，他同意了。此时此刻，我的心里充满了疑惑。

面对纽约的夜景，听完我讲述的故事之后，哈里默默地流着泪。

“当我看到这些信的时候，”我对他解释道，“我的脑袋里简直是一团乱麻。我又想到了你在健身房的储物柜里留给我的那本书——《欧若拉的海鸥》。我开始意识到之前那么长时间都没有留意到的事实：在《罪恶之源》

里并没有提到海鸥。我怎么能忽略这一点那么久呢，根本就没有海鸥！但是，你明明言之凿凿地告诉我，你在书里写到了海鸥啊！就是在这个时候，我终于明白过来，你其实并没有写《罪恶之源》。在1975年那个夏天，你写的是《欧若拉的海鸥》。对，你写的就是这本书，而诺拉用打字机誊写的也是这个。当我请求加洛伍德把诺拉收到的信中的笔迹与在她尸骸旁边发现的书稿上留言的笔迹进行比对之后，我最终证实了自己的推测是正确的。他告诉我，那两个笔迹完全相符，于是我这才明白，你为什么要叫我烧毁那份手写的书稿，你可真是把我利用到了极致啊。那就不是你的笔迹……你并没有写出那本让你作为作家名满天下的书！那是卢塞写的，你窃取了他的成果！”

“闭嘴，马库斯！”

“我说错了吗？你窃取了那本书！一个作家难道还有可能犯下比这更恶劣的罪行吗？《罪恶之源》，这就是你要将这本书命名为此原因吧！当初，我就不太明白，为什么要给一段这么美丽的爱情故事取一个这么阴暗的书名！原来，这个书名跟书里的故事无关，反而是跟你有关。况且，你一直是这么跟我说的：书并不是辞藻的堆砌，而是对人生的反映。这本书就是你一直以来犯下的罪恶之源，就是你对自己窃取他人成果的懊悔和自责！”

“别再说了，马库斯，马上闭嘴！”

他哭了。而我则继续讲下去：

“有一天，诺拉把一个信封塞到了你家大门里。那是1975年7月5日。这个信封当中装着一些海鸥的照片，还有一封用她最喜欢的信纸写的信，在信里，她对你谈到了洛克兰，她还对你说永远都不会忘记你。那个时候，其实你正在想方设法地避开她。结果，你根本就没有看到这封信，因为卢塞一直在你的屋子旁边窥视，诺拉前脚刚走，他就去拿走了信封。于是，就是从那一天起，他开始跟诺拉通信。最开始，他是以你的口吻回复了诺拉写给你的那封信。她接着也回了信，还以为是写给了你，但其实卢塞从你的信箱里拿走了所有诺拉的信。然后，他继续给诺拉回信，而且一直扮演着你的角色。这也就是他要一直在你的屋子周围转悠的原因了。诺拉一直以为是在跟你通信，而实际上她跟卢塞·卡勒的通信最终成就了《罪恶之源》这本书。可是，哈里，天哪！你怎么可以……"

"我太害怕了，马库斯！那个夏天，我写东西写得万分痛苦。我想，我是不是永远都写不出来了。我写了这本《欧若拉的海鸥》，但是我发现写得很糟糕。诺拉倒是说她很喜欢，但是这并不能让我感到安心。我是彻底陷入了疯狂的危机。她用打字机整理我的手稿，而我重新读过之后，总是忍不住要把她打印出来的书稿全部撕得粉碎。她恳求我住手，对我说：'不要这样，你是那么出色。行行好，写完它吧。哈里，亲爱的，你要是不把它写完，我可真是受不了！'可是，我不相信她的话。我当时还以为，我永远也不能成为作家了。然后有一天，卢塞·卡勒来摁响了我家的门铃。他说不知道该找谁，于是就来找了我：他写了一本书，但他不是很确定是否值得把书稿寄给出版社的编辑。你知道的，马库斯，他认为我是来自纽约的大作家，他以为我能够帮到他。"

1975 年 8 月 20 日

"卢塞？"

打开自己家大门的时候，哈里难以掩饰心中的诧异。

"早……早上好，哈里。"

接下来是一段令人尴尬的沉默。

"我能为你做些什么吗，卢塞？"

"我是以私人名义来看你的，我想听听你的意见。"

"意见？我听着呢。你要进来吗？"

"谢谢。"

两个男人走到了客厅里。卢塞有点坐立不安。他随身带来了一个很厚的信封，一直紧紧地抱在怀里。

“那么，卢塞？有什么事呢？”

“我……我写了一本书，一本关于爱情的书。”

“真的吗？”

“是的，但我不知道我写得好不好。我想说的是，怎么才能判断一本书是不是值得出版呢？”

“我不知道。如果你认为你已经尽力做到了最好……你把文稿带来了吗？”

“是的，不过这还是一份手写的样稿。”卢塞不好意思地说，“我也是刚刚才发现。我有一份打印的，但我在从家里出来的时候搞错了信封。你想要我回去找一找，然后稍晚一点再过来一趟吗？”

“不必了，还是拿给我看吧。”

“这个……”

“来吧，别再害羞了。我敢肯定，你的笔迹一定是很清晰的。”

他把那个信封递了过去。哈里从信封里取出了书稿，快速地翻阅了几页，这份手稿写得端正，堪称完美，令他大吃一惊。

“这是你的笔迹？”

“是的。”

“我的天哪，简直可以说……这……这个字写得简直是令人难以置信。你是怎么做到的？”

“我不知道，我就是这样写了。”

“如果你愿意的话，把这个留在我这里，我要花点时间读一读。读完之后，我会告诉你我真实的想法。”

“真的吗？”

“当然。”

卢塞心甘情愿地把书稿留下，然后就走了。可是，他并没有离开鹅弯，而是躲在附近的矮树丛里，就像往常一样，等着诺拉。没过多久，她就来了，因为想到马上就能跟哈里远走高飞而满心欢喜。她并没有留意到，有一个黑影蜷缩在浓密的树丛里，正在窥视着她。她从大门走了进去，并没有摁响门铃，最近每一天她都是这个样子。

“亲爱的哈里！”她喊道，用这样的方式告诉哈里她的到来。

没有人回答，房子里好像空荡荡的。她又叫了一遍，还是没人回应。她穿过餐厅和客厅，还是没有找到他。他不在书房里，也不在露台上。于是她顺着阶梯一直往下走到了沙滩，然后呼唤着哈里的名字。或许他是去游泳了？当他工作到很累的时候，他就会这么做。但是现在沙滩上也没人，这时她开始感到恐惧起来。他到底去哪儿了？她于是返回了哈里住的房子，又叫了一次他的名字，还是没人。她又在一楼的各个房间里找了一遍，然后上了楼。当她打开哈里卧房的门的时候，她看到他正在床上读着一摞文稿。

“哈里，原来你在这儿啊？我到处找你已经找了快十分钟了……”

他听到她的声音后一下子跳了起来。

“对不起，诺拉，我在读稿子……我没听到你在叫我。”

他站起身来，理了理手中的稿纸，然后把它们放到了衣柜的抽屉里。

她脸上绽放出了笑容：

“是什么东西让你读得这么津津有味，连我在房里叫你的声音都没听到。”

“没什么重要的东西。”

“是你小说接下来的部分吗？给我看看吧！”

“真的没什么，我以后再给你看。”

她脸上露出了几分不高兴的神色：

“你确定没事吧，哈里？”

他笑了。

“都挺好的，诺拉。”

说完，他们一起去了沙滩。她想看看海鸥，张开了双臂，似乎长出了翅膀一般，然后绕着圈跑了起来。

“我真想能飞起来，哈里！再过十天，十天后我们就可以一起远走高飞了！我们将一起永远离开这座给人带来痛苦的城市！”

他们认为只有他们在沙滩上，都没有察觉到卢塞·卡勒在礁石上方的树林里窥视着他们。他一直等到他们回到家里以后才从他的藏身处走出来，然后沿着鹅弯的那条小路一直跑到他那辆“野马”停靠的另一条林间小路旁。他开着车来到了欧若拉，然后把车停到了“克拉克之家”的前面。他走到了店里：他必须把这件事告诉珍妮，这件事必须得有人知道。他有一种不祥的预感，但是珍妮根本不想见到他。

“卢塞？你不应该来这儿的。”当他走到吧台前边的时候，她这样对他说。

“珍妮……我为那天早上对你所做的事情道歉，我不应该那样抓住你的手臂。”

“我的手都被捏青了……”

“我很抱歉。”

“你现在就得走了。”

“不，等等。”

“我已经投诉你了，卢塞。查韦斯说如果你再到城里来，我就应该给他打电话，然后他就会来把你带走的，你最好在他看到你之前赶快走。”

这个身形硕大的男人看上去有些失落。

“你真的已经投诉我了？”

“是的，你那天把我给吓坏了……”

“但是我得和你说一件很重要的事情。”

“没什么重要的事情，卢塞，你走吧……”

“是和哈里·戈贝尔有关的事情……”

“哈里？”

“是的，请你告诉我你认为哈里是什么样的人。”

“为什么你会和我说起他？”

“你相信他吗？”

“相信？是的，当然。为什么你要问我这个问题？”

“那我得和你说一些事情……”

“和我说一些事情，什么？”

就当卢塞正要开口时，一辆警车停到了“克拉克之家”的对面。

“是查韦斯！”珍妮惊声道，“快走，卢塞，快走！我不想你遇到什么麻烦。”

“很简单，”哈里对我说，“那是我曾经读过的写得最美的书。那个时候，我甚至还不知道这是写给诺拉的！书里并没有出现她的名字。这可真是一个非凡的爱情故事啊。后来，我再也没有见过卡勒，也就再也没有机会把他的书稿还给他。因为接下来发生的那些事情，你也都知道了。四个星期之后，我听说卢塞·卡勒在路上自杀了。而我知道，在我这里放着的这份手写的书稿无疑是一部伟大的作品。于是，我就决定据为己有。是的，就是这个样子，我的职业生涯以及我余下的生命全都是建立在这样一个谎言上面。我怎么想象得到，这本书竟然取得了如此非凡的成就呢？而这个成就接下来却如噩梦一般萦绕着我的一生！我整个人生！ 33 年过去了，警察突然在我的花园里找到了诺拉的骸骨，还有那份打印的书稿。在我的花园里啊！那个时候，我简直太害怕失去一切了，于是就告诉大家，我写《罪恶之源》就是为了诺拉。”

“害怕失去一切？你情愿被指控谋杀，也不要说出这份手写书稿的真相？”

“是的！是的！因为我整个人生就是一个谎言，马库斯！”

“所以诺拉从来就没有在你这里偷走什么书稿，你这么说是为了确保没有人会怀疑你不是这本书的作者。”

“没错。可是，她随身带着的那份书稿又是从哪里来的呢？”

“是卢塞把它塞到她的信箱里的。”我说。

“她的信箱里？”

“卢塞知道你马上就要跟诺拉远走高飞，他听到你们两个在沙滩上这么说的。他知道诺拉马上就要离开他了，况且他其实在小说里也就是这么结束他的故事的：女主角最终还是离开了。他给她写了最后一封信，祝愿她拥有一个美好的人生，而这封信就被记录在他后来带给你的那份手稿里。卢塞什么都知道。然后，要离开的那天到来了，很可能是在8月29日到30日的那天晚上，他觉得要给这一切做个了断了：他想要像他在手稿里写的故事那样来结束他跟诺拉的故事。于是，他就把写给诺拉的最后一封信塞到了凯尔甘家的信箱里。或者其实应该说是最后一个包裹，因为里面不仅有一封告别信，还有他的那份书稿，为的是想要让她知道他有多么爱她。而且，由于他知道接下来再也看不到她了，于是就在书稿的封面上写下了：**永别了，亲爱的诺拉**。那一天晚上，他一定是像往常一样一直等到了天亮，以便确认是诺拉而不是其他人来打开信箱。可是，诺拉看到那封信和那份书稿，还以为是你给她写的信。她相信你不会再来了，于是就心绪失调了，像一个疯子一样。”

哈里濒于崩溃，他用两只手捂着自己的胸口。

“跟我说一说，马库斯！你，告诉我。我希望听你来说！因为你总是字斟句酌，要选用最合适的语句！告诉我在1975年8月30日到底发生了什么。”

1975年8月30日

8月底的一天，一个15岁的小女孩在欧若拉被杀。她的名字叫诺拉·凯尔甘。你接下来听到的关于她的一切描述都说明，这是一个对生活充满热情、充满梦想的小姑娘。

很难说她的死仅仅是由于1975年8月30日发生的那些事。而更可能的是，归根结底，这一切都是源自更早一些的年代。在20世纪60年代，有很多为人父母的都没有注意到，他们的孩子其实已经有病了。大概是在1964年的某一个夜晚，有一个年轻人被一群醉醺醺的流氓痛殴并毁了容，而这群流氓当中的一个后来被悔恨所折磨，最终偷偷地接近并关注着他的受害者，希冀着能够努力完成自我救赎。还有1969年的那个夜晚，一位父亲决心把他女儿的秘密深埋于心底。又或者也有可能，一切其实源于1975年6月的一天下午，那一天，哈里·戈贝尔遇到了诺拉，他们坠入了爱河。

这个故事讲述的是那些不愿意正视孩子们真实情况的父母。

这个故事讲述的是一个富二代，在他年轻的时候，有那么一点顽劣，摧毁了另一个年轻人的人生梦想，但结果自己却为此懊悔不已，饱受良心的折磨。

这个故事讲述的是一个梦想成为伟大作家的人，逐渐被自己的野心所吞噬。

在1975年8月30日凌晨，一辆汽车停靠在了特雷斯大道245号门前。卢塞·卡勒来这里是为了向诺拉道一声永别。他的脑子里一团乱麻，已经搞不清楚他究竟是真的在跟诺拉谈恋爱，还是这一切都只是他心中的幻想；他也不知道自己是不是真的跟诺拉相互写了所有这么多的信。不过，有一点他是确定的，那就是诺拉和哈里约定在这一天一起远走高飞。他自己也打算离开新罕布什尔州，有多远就走多远，反正离斯腾越远越好。他的思绪完全被搞紊乱了：这个帮助他重新找回人生意义的人竟然就是当初摧毁他人生希望的那个人。这真是一场噩梦啊。如今，对于他来说唯一重要的事情就是去给他的这一段爱情故事画上一个句号。因此，他必须把这最后一封信送给诺拉。早在三个星期之前，当他听到哈里和诺拉讨论决定在 8 月 30 日这一天远走高飞的时候，他就已经写好了这封信。然后，他就加快速度完成了他的小说，甚至还把书稿交给了哈里・戈贝尔：他想知道，这份书稿是不是值得拿去出版社投稿。可是，到了这一天的这个时候，再也没有什么其他的事情值得去做了。他甚至都懒得去拿回自己的那份原稿。反正他这里还有一份打印本，装订得很漂亮，因为这是要送给诺拉的。8 月 30 日星期六，这是他要去在凯尔甘家的邮箱里投入给诺拉的最后一封信的日子，这封信将会给他跟诺拉之间的故事画上一个句号，而除了这封信，他还要留给诺拉一份书稿，这样她就能时常想起他来了。他应该给这本书起什么样的书名呢？对此，他还一点概念都没有。反正估计这本书的出版是没指望了，既然如此，还要什么书名呢？能够在这份书稿的封面上留言祝她一路顺风，他就已经很满足了。他写下的那句话是：永别了，亲爱的诺拉。

把车停在街上，他静静地等待着天亮，等待着她走出家门。他只是想要确认是她而不是别人来打开信箱。他就这样等着，尽可能地隐藏着自己：不能让人看见他在这里，尤其是那个野蛮的查韦斯・道恩，否则这家伙就会要他好看。他这一辈子已经承受了太多太多的暴力。

十一点钟，她终于走出了家门。她看了看周围，一如往常一样。这一天，她容光焕发，穿着一件红色的裙子，美极了。但见她快步冲向信箱，当看到有一封信和一个包裹的时候，脸上露出了笑容。她迫不及待地打开信读起来，突然，她的身体晃了两晃，然后哭着跑回了家。他们不会一起离开这里了，哈里也不会在汽车旅馆里等她。他寄给她的最后一封信只是要跟她说一声永别。

她逃到自己的房间里，瘫倒在床上，痛苦万分。为什么？他为什么要抛弃她？他为什么要让她相信他们两个相爱永远？她翻起了那份书稿，这本他之前从来就没有跟她讲过的书，里面到底写了些什么？她的眼泪滴了下来，打湿了书页。这是他们之间的通信，所有的信都在这里了，其中最后一封终结全篇的信告诉她，他一直都在骗她，他从来就没有想过要跟她一起逃走。她感到头好痛，哭得稀里哗啦。怎么那么痛啊，她宁愿自己死掉算了。

她的房间门慢慢地打开了。她的父亲听见了哭声。

“发生了什么事情，亲爱的？”

“没什么，爸爸。”

“别跟我说没什么，我知道一定发生了什么事情……”

“哦，爸爸！我真伤心！太伤心了！”

她跳到牧师的怀里，揽住了他的脖子。

“放开她！”突然，路易莎·凯尔甘吼道，“她不值得这份爱！放开她！大卫，听见没有！”

“别，诺拉……别这样！”

“闭嘴，大卫！你就是一个窝囊废！你根本就不知道该怎么办！现在，我只好自己来做这件事了。”

“诺拉！老天啊！平静下来吧！快平静下来！我再也不能让你这样伤害你自己了。”

“大卫，你让我们单独待一会儿！”路易莎猛地一下推开她丈夫，大声喊道。

他退到了走廊里，无能为力。

“过来这里，诺拉！”那个母亲声嘶力竭地吼叫，“过来这里！看看你应该怎么办吧！”

房间门关了。凯尔甘牧师浑身都在颤抖，他什么也干不了，只能隔着墙板听房间里发生的一切。

“妈妈，可怜可怜我！停下来！住手！”

“来，拿好了！那些杀死自己母亲的女儿就该受到这样的惩罚。”

牧师快步走到车库里，打开了他的电唱机，把音量调到了最大。

一整天，震耳欲聋的音乐都回荡在屋子内外。经过的路人纷纷向这间房子的窗户投去不满的目光。其中也有一些人相互交流着只可意会不可言传的眼神：他们知道当凯尔甘家响起音乐的时候，屋子里在发生什么。

卢塞一动不动，一直坐在他的雪佛兰汽车驾驶舱里，这辆车就藏身在沿着人行道停满了的一溜儿汽车当中，而他的视线一刻也没有离开那幢房子。她为什么会哭呢？不喜欢他的那封信和他的书？难道她也不喜欢吗？为什么要哭成这个样子呢？他感到心里好痛好痛。他为她写了一本爱情小说，爱情不应该让人哭啊。

他就这样一直等到了下午六点钟。他不知道自己应该继续等待下去，还是干脆直接去摁响她家的门铃。他想看看她，他想对她说，不要哭。就是在这个时候，他看到她出现在花园里——她是从窗户里爬出来的。先是观察了一下周围以便确定没有人看到，然后她就偷偷地闪到了人行道上。她斜挎着一个皮包，很快就撒开腿跑了起来。卢塞马上开动了车子。

黑色的雪佛兰停到了她的旁边。

"卢塞？"诺拉说。

"不要哭……我过来就是想跟你说不要哭了。"

"哦，卢塞，我遇到了一些让我感到很悲伤的事……捎上我吧！捎上我吧！"

"你去哪儿？"

"世界尽头。"

还没有等卢塞回答，她就一下子跳上了车，坐到了副驾驶座位上。

"开吧，我勇敢的卢塞！我必须去一趟'海滨汽车旅馆'。他不可能不爱我的！这个世界上就没有其他人能够像我们两个那样相爱。"

卢塞遵命行事。可是无论他还是诺拉都没有注意到有一辆巡逻的警车来到了十字路口。查韦斯 · 道恩今天早上已经无数次从奎因家门前经过，他要等待珍妮一个人在家的时候，去她面前献上他为她采摘的野玫瑰。突然，他看到诺拉上了一辆以前从来也没有见过的车，这不禁引起了他的怀疑。然后，他就认出了坐在驾驶位上的卢塞。他看着那辆雪佛兰渐渐远去，等了一会儿才开车跟了上去——不能跟丢了，但也不能靠得太近。他真的很想知道，卢塞在欧若拉待那么长时间究竟是为了什么。他是来这里窥伺珍妮的吗？那为什么他现在又要带上诺拉呢？他是不是在谋划着干什么坏事？一边开着车，他一边拿起了车上配的步谈机，想要呼叫支援，万一一会儿逮捕卢塞的时候遇到反抗，他要确保有足够的人手抓住他。可是，他马上就改变了主意：还是没有必要劳烦同事了，他想用自己的方式来解决这个问题。欧若拉是一个安静的城市，他现在需要做的就是尽力维护这一份平静。为此，必须要给卢塞一个教训，一个他将来永远都不会忘记的教训。这将是他最后一次踏足这里。而在查韦斯的心里，他还在问自己，珍妮当初怎么会爱上这样一个怪物。

"是你给我写的那些信？"当在车里听到卡勒的解释之后，诺拉问道。

"是的……"

她用手背抹去了眼角的泪水。

"卢塞，你疯了！你怎么可以偷别人的信！你的行为很不好！"

他低下了头，感到很羞愧。

"我很抱歉……我感到太孤独了……"

她把一只手友好地搭在了他强有力的肩膀上。

"好吧，这没什么大不了的，卢塞！因为这也就意味着，哈里还在等着我！他等着我！我们将会一起离开这里！"

就最后这一个念头已经足以让她容光焕发。

"你很幸运，诺拉。你们彼此相爱……也就是说，你们永远都不会孤独。"

他们在第一大道上飞驰，穿过了与通往鹅弯的小路相交的路口。

“天哪，鹅弯！”诺拉喊了起来，一脸幸福，“这个房子是我在这里唯一留下美好回忆的地方。”

她大笑了起来。毫无缘由，卢塞也跟着笑了。他跟诺拉是马上要分开了，但以这样的方式分手，挺好的。突然，他们听到后面传来警车的鸣笛声。他们来到了一片树林的旁边，而就是在这个地方，查韦斯决定截下卡勒，修理他一顿。在树林里，没有人会看到他们的。

“是查韦斯！”卢塞尖叫，“他如果追上我们，我们就完了。”

恐惧感也立刻攥紧了诺拉的心。

“警察，不要！哦，卢塞，我求求你，想想办法。”

雪佛兰加快了速度，这辆车的马力很足。查韦斯咒骂着，通过高音喇叭命令卢塞停下来，把车靠到路肩上去。

“别停下来！”诺拉恳求他，“踩油门！加油！”

卢塞又加快了速度，雪佛兰稍微拉开了与查韦斯警车的距离。经过鹅弯以后，第一大道有连续好几个弯道，卢塞总是压到尽头才转弯，这样也就进一步甩开了查韦斯。他听到警笛声渐渐地远去。

“他会呼叫警队支援的。”卢塞说。

“他们如果追上我们，那我就永远别想跟哈里离开这里了！”

“如果是这样的话，那我们还是躲到树林里去吧。树林那么茂盛，没有人能找到我们的。从那里走，你也可以到‘海滨汽车旅馆’。如果我被他们抓到的话，我什么都不会说的。我不会告诉他们，你曾经跟我一起在这辆车上，这样的话，你就可以跟哈里一起远走高飞了。”

“哦，卢塞……”

“答应我，留着我的这本书！答应我，为了怀念我，留着它。”

“我发誓！”

说完这几句话，卢塞猛地转了一下方向盘，汽车穿过了树林边缘的几处矮树丛，最后在茂密的荆棘丛面前停了下来。他们急急忙忙地下了车。

“快跑！”卢塞对诺拉说，“快跑！”

他们穿过带刺的荆棘丛。诺拉的裙子被扯破了，而卢塞的脸也被擦伤了。

查韦斯咒骂着。他再也看不见那辆黑色的雪佛兰了。他继续踩着油门，并没有注意到被树丛遮盖的黑色车身。他顺着第一大道继续开了下去。

他们在树林里跑着。诺拉在前，卢塞在后，身材魁梧的他在矮树丛之间穿行几乎毫不费劲。

“快跑，诺拉！不要停下来！”他在后面喊道。

他们还没有意识到，其实已经接近了树林的边缘，来到了河溪湾路的边上。

透过厨房的窗户，德波拉・库佩望着外面的树林。突然，她好像感觉到有什么东西在动。定睛一看，她看见一个小女孩正在全力奔跑着，后面紧跟着一个男人。于是，她赶紧拿起了电话，摁下了警方的号码。

查韦斯听到监控中心在呼叫：有人在河溪湾路附近看到一个男子正在追逐一个小姑娘，于是他把车停到了路肩上。在跟监控中心确认收到上述信息之后，他马上掉转车头，向河溪湾路的方向驶去。警灯闪烁，警笛长鸣。在开了半里路之后，他的眼睛捕捉到了路边的一道闪光：风挡玻璃！就是那辆黑色的雪佛兰，藏身在树丛之中！他停下车，慢慢地靠近雪佛兰，手里拿着武器：车里没有人。他立即回到自己的车上，大力踩着油门，向德波拉・库佩家开去。

他们在沙滩边上停了下来，暂时缓一口气。

“你认为这样好吗？”诺拉问卢塞。

他的耳朵转了转，周围并没有什么杂音。

“我们还要在这里等一下。”他说，“树林里比较好躲藏。”

诺拉的心跳得很快。她想到了哈里，她想到了母亲。她有一点想念她的母亲了。

“一个穿着红裙子的女孩。”德波拉向道恩警官描述道，“她向着沙滩的方向跑去了。还有一个男的在后面追着她。我看得不是很清楚。不过，他看起来很强壮。”

“是他们了。”他说，“我能用一下你的电话吗？”

“当然可以。”

查韦斯打到了普拉特警长的家里。

“头儿，很抱歉，你在休假我还给你打电话，不过，我这有件奇怪的事情。我在欧若拉又碰到了卢塞·卡勒……”

“他还来啊？”

“是的。不过这一次不同的是，他让诺拉·凯尔甘上了他的车子。我曾经想拦下他，但是他把我给甩掉了。现在他跟小诺拉逃到树林里去了。我认为，他可能会对她有所不轨，头儿，那片树林很大，我一个人什么也做不了。”

“天哪。你打电话给我就对了！我马上就赶过来。”

“我们将会去加拿大。我喜欢加拿大。我们要住在一间美丽的房子里，就在湖边上。到时候，我们肯定无比幸福。”

卢塞笑了。他坐在一个已经枯死的树桩上，听诺拉讲述着她的梦想。

“这个计划真好。”他说道。

“是的。现在几点了？”

“快到傍晚 6 点 45 了。”

“那么，我就要上路了。我们约好了傍晚七点在 8 号房见。现在，无论如何，我们再也不会有什么风险了。”

可是，就在这个时候，他们听见树林里有了动静，接着传来了人说话的声音。

“警察！”诺拉惊恐不已。

普拉特警长和查韦斯在搜查森林。他们沿着森林的边缘，顺着沙滩往前走，在树丛之间穿行，手里拿着警棍。

“快跑，诺拉。”卢塞说，“快跑，我留在这里。”

“不！我不能留下你一个人！”

“快跑，该死的！快跑！你现在还有时间跑到汽车旅馆去。哈里正在那里！你们赶紧跑！有多快就跑多快。赶紧跑，而且你们一定要幸福。”

“卢塞，我……”

“天哪，诺拉。开心一点。请你像我希望你爱我那样爱我的那本书。”

她哭了。她跟他握了握手，然后就消失在树丛之中了。

两个警察小心翼翼地前行。又走了几百米之后，他们看见前方有一个黑影。

“是卢塞！”查韦斯大声喊着，“是他！”

他坐在树桩上，一动不动。查韦斯快步冲了过去，一把抓住了他的领口。

“那个小姑娘在哪里？”他摇晃着他吼道。

“什么小姑娘？”卢塞问。

他在脑袋里盘算着，诺拉还需要多久才能抵达汽车旅馆。

“诺拉在哪里？你对她做了什么？”查韦斯继续说。

卢塞没有回答。普拉特绕到后面，抓住了他的一条腿，然后用警棍狠狠地敲了下去，打碎了他的膝盖。

诺拉听见了一声号叫。她停下不再奔跑，全身都在颤抖。他们找到了卢塞，现在正在打他。她犹豫了几秒钟：应该返回去亮相给他们看。如果卢塞因为她而惹了麻烦，那对他也太不公平了。她正想转身走回到树桩那里去，突然，她感到有一只手抓住了她的肩膀。她转过身，被吓了一跳。

“妈妈？”她说。

两个膝盖都被敲破了，卢塞滚到了地上，呻吟着。查韦斯和普拉特或者用脚踢，或者用警棍，一下一下地打着他。

“你对诺拉干了什么？”查韦斯吼叫着，“你对她干了坏事？嗯？你是个精神错乱婊子养的，对不对？你就是不由自主地要对她干坏事！”

卢塞在雨点一般的击打中号叫，哀求着两个警察住手。

“妈妈？”

路易莎·凯尔甘对她的女儿温柔地笑着。

“亲爱的，你在这里干什么？”她问她。

“我在逃跑。”

“为什么？”

“因为我想去找哈里，我是那么爱他。”

“你不能就这样抛下你的父亲。你的父亲如果没有你的话，他会难过死的。你不能就这么走了……”

“妈妈……妈妈，我曾经对你做过的事情，我感到很抱歉。”

“我原谅你了，亲爱的。不过，从现在开始，你不要再伤害自己了。”

“好的。”

“你发誓？”

“我向你发誓，妈妈。现在，我应该怎么办？”

“回到你父亲那里去。你父亲需要你。”

“可是，哈里呢？我不想失去他。”

“你不会失去他的。他会一直等你。”

“真的吗？”

“是的。他会等你一直等到天荒地老。”

诺拉又听到了喊叫声。卢塞！她全速向树桩的方向跑去。她喊叫着，用尽全身力气大声地喊警察停下来。当她从树丛当中现身出来的时候，她看到卢塞瘫倒在地上，死了。在他的面前站着的是普拉特警长和查韦斯警官，他们盯着卢塞的尸体看，惶恐不已。地上，到处都是鲜血。

“你们都干了些什么？”诺拉吼着说。

“诺拉？”普拉特说，“可是……”

“你们杀了卢塞！”

她冲向普拉特警长，后者一耳光把她扇了回去。马上，她的鼻子就淌出了血。她的身子因为恐惧而在颤抖。

“对不起，诺拉，我并不想伤害你。”普拉特结结巴巴地说。

她向后倒退。

“你们……你们杀了卢塞！”

“等一等，诺拉！”

她全速跑了起来。查韦斯试图抓住她的头发，但只抓下了几缕金黄色的发丝。

“抓住她，该死的！”普拉特向查韦斯吼道，“抓住她！”

她在树丛中穿行，树枝擦破了她的双颊，她冲过了森林边的最后一排树木。眼前是一幢房子。一幢房子！她冲向厨房的门，鼻子里还在淌着血，脸上也有血迹。十分惊恐的德波拉·库佩为她打开门，把她放了进来。

“帮一帮我。”诺拉呻吟着说，“赶紧找人帮忙。”

德波拉又一次快步冲向电话，通知了警方。

诺拉感到有一只大手掩住了她的嘴。查韦斯用力把她夹着举了起来。她奋力反抗，但是他的力气太大了。他还没来得及退出屋子，德波拉·库佩就已经回到了客厅里面。她用力发出了一声尖叫。

“你不必惊慌。”查韦斯结结巴巴地说，“我是警察，一切都在控制之中。”

“救命！”诺拉拼命想挣脱，喊叫着，“他们杀了人！这些警察杀了一个人！树林里有一个死人！”

时间仿佛停滞了一般，谁也不知道究竟过了多久。德波拉·库佩和查韦斯静静地盯着对方：她没敢冲向电话，而他也没敢逃走。然后，一声枪响在屋子里回荡，德波拉轰然倒在地上。普拉特警长用他的佩枪撂倒了她。

“你疯了！”查韦斯吼道，“完完全全地疯了！你怎么能这么干！”

“我们没的选择，查韦斯。如果这个老女人告发我们的话，你知道这对我们意味着什么吗……”

查韦斯颤抖起来。

“我们现在该怎么办？”年轻的警官问。

“我也不知道。”

惊恐万分的诺拉积聚了体内因绝望而生的最后一丝气力，抓住他们犹豫不决的一瞬间，从查韦斯的手里挣脱开来。普拉特警长还没有来得及做出反应，她已经蹿出厨房门，跑到屋子外面去了。她在台阶上失去平衡，摔倒了又马上站起来，可是，普拉特警长孔武有力的大手已经抓住了她的头发。她发出了一声号叫，抓住他伸到她面前的胳膊，一口咬了下去。警长放开了她，但她还没有来得及跑开，查韦斯的警棍已经敲到了她的天灵盖上。她一下子瘫倒在地上，而他则惊恐地向后倒退。到处都是鲜血，她死了。

查韦斯俯身看了一阵子尸体，强抑心中想呕吐的欲望。普拉特也在颤抖着。树林里，小鸟正在歌唱。

“我们都干了些什么，警长？”查韦斯喃喃自语，惶恐不安。

“冷静，冷静一点。现在不是惊慌的时候。”

“是的，警长。”

“我们必须处理卡勒和诺拉的尸体。这个，能送我们上电椅，你懂吧？”

“是的，警长。那库佩呢？”

“我们要让别人以为这是谋杀。有人入室抢劫造成恶果。你赶紧完完全全地按照我跟你说的去做。”

查韦斯当场哭了起来。

“是的，警长。只要有必要，我什么都可以做。”

“你跟我说过，你在第一大道旁边发现了卡勒的车？”

“是的。钥匙还插在上面呢。”

“太好了。我们把尸体放到那辆汽车里面去。然后，你去处理掉，好吗？”

“好。”

“你一走，我就呼叫支援，这样就没有人会怀疑到我们了。赶紧行动，知道吗？当刑警队来的时候，你早就走得远远的了。到时候场面乱糟糟的，谁也不会留意到你不在这里。”

“好的，警长……不过，我想老库佩刚才又一次打了报警电话。”

“该死的！那我们更得赶紧了！”

他们把卢塞和诺拉的尸体一直拖到了雪佛兰汽车里。然后，普拉特穿过森林跑向了德波拉·库佩的屋子，跑回到了警车的旁边。他抓起了车上的步谈机，通知监控中心，说是他刚刚发现德波拉·库佩被人开枪打死。

查韦斯坐到了雪佛兰的方向盘前面，启动了车子。就在他蹿出树丛的时候，隶属治安官办公室的一辆巡逻车与他擦肩而过。这是德波拉·库佩第二次报警之后，监控中心呼叫过来的支援队伍。

普拉特正在跟监控中心联系，突然听见不远处传来警车的鸣笛声。通过步谈机，他得知，原来是治安官办公室的警车在河溪湾路附近锁定了一辆可疑的黑色雪佛兰，如今正在第一大道上与对方展开追逐。于是，普拉特警长立即通知报案中心，他将赶去支援。他发动了车子，拉响了警笛，在林间小道上穿行。当他转上第一大道的时候，差一点就撞到了查韦斯的那辆雪佛兰。两人面面相觑，都很惊恐。

在一场公路追逐战中，查韦斯把治安官办公室的警车猛地撞开，最终摆脱了对方。然后，他重新回到了第一大道上，起初是向南开去，然后转向了鹅弯。普拉特跟在他后面，假装好像还在追逐他。可是，通过车上的步谈机，他却给出了错误的方位，谎称是正在通向蒙特贝利的公路上面。他关掉警笛，猛地冲进了通往鹅弯的路，然后在那间屋子前面跟查韦斯又碰了头。两个人从各自的车里出来，都很惊慌，如履薄冰。

“你停到这里来，是不是疯了啊？”普拉特问。

“戈贝尔不在这里。”查韦斯回答，“我知道他离开这个城市已经有一段时间了。他对珍妮·奎因说的，而珍妮又告诉了我。”

“我已经要求在各条公路设置路障。我是被迫的。”

“该死的！该死的！”查韦斯呻吟着说，“我们无路可走了！现在该怎么办呢？”

普拉特看了看周围，发现车库是空的。

“把车停到那里面去，锁上门，然后你赶紧沿着沙滩边回到河溪湾路去。到那里以后，你装装样子搜一搜库佩的屋子。接下来的事情就交给我来办吧。我们今天晚上再回来处理这两个人的尸体。你的车上还有外套吗？”

“有。”

“穿上外套。你现在全身都是血。”

一刻钟之后，普拉特在蒙特贝利附近遇到了前来支援的警方车队，而与此同时，已经穿上了外套的查韦斯连同从新罕布什尔州各地赶来的同事一起封锁了河溪湾路周边区域，在那里，德波拉·库佩的尸体刚被发现。

当晚半夜时分，查韦斯和普拉特回到了鹅弯。他们在距离屋子 20 米的地方埋下了诺拉的尸骸。普拉特此前已经跟州警察局的罗迪克警长一起划定了搜索范围，他心里很清楚，鹅弯并不在上述区域之内，没有人会跑到这里来搜查。她依然斜挎着那个皮包，他们把包跟她一起埋于地下，甚至都没有看一看包里面到底是什么东西。

当地上的坑被填平以后，查韦斯重新上了那辆黑色的雪佛兰，然后消失在第一大道上，而卢塞的尸骸还在这辆车的后备厢里。查韦斯一路开往马萨诸塞州，在这条路上，他必须经过两个由警察设下的路障哨所。

“出示车辆证件。”每一次，警察看到这辆车的时候都会有些紧张。

而每一次，查韦斯都会向对方晃动他的警察徽章。

“我是欧诺拉警察局的，伙计们，我现在正在追踪我们的嫌疑人。”

于是，那些警察就尊敬地向查韦斯致敬，并且祝他好运。

他一直开到了海岸边的一个小村庄。他很熟悉这个地方：萨加莫尔。他沿着海岸线一路前行，这条路旁边就是落日湾的大峡谷，附近有一个荒废的停车场。白天，那里的风景无限好，他常常想，要是能把珍妮带到这里来闲逛一下，那该有多么罗曼蒂克啊。他停下了汽车，把卢塞移到了驾驶位上，在他的嘴里灌下了一些劣质的烈酒。然后，他把车挂上了空挡，并用力推了起来：汽车先是在斜草坡上缓慢地滑行，接着就滚下了岩石峭壁，在空中翻滚，发出了噼里啪啦的金属撞击声音。

他沿着来时的路往回走了数百米，有一辆车正停在路肩上等着他。他坐上了副驾驶位，汗流浃背，身上还沾着血。

“办好了。”他对坐在驾驶位上的普拉特说。

警长发动汽车。

“我们以后再也不要提及这件事，查韦斯。将来如果有人发现这辆车的残骸，我们要想办法把案子给压下去。没有锁定的嫌疑犯，这就是让我们将来避免烦恼的唯一可行的办法。你明白吗？”

查韦斯点了点头。他把手伸到口袋里面摸了摸他在埋葬诺拉的时候从她的脖颈上偷偷摘下来的项链。那是一条漂亮的金项链，上面镌刻着诺拉的名字。

哈里坐在沙发上。

“他们就是这样子杀死诺拉、卢塞和德波拉·库佩的。”

“是的。他们后来也想办法让案件的调查误入歧途。哈里，你知道诺拉有精神方面的问题，嗯？而且你在那个时候还去找凯尔甘牧师谈了谈……”

“我不知道烧房子的事。不过，当我去凯尔甘家想要解决他们虐待诺拉的问题的时候，我发现她的精神状况有点不太稳定。是，我曾经答应诺拉不去找她的父母，可是我不可能就这样坐视不理，你明白吗？也就是在那个时候，我才知道，原来所谓的凯尔甘爸爸妈妈早就已经只剩下牧师一个人了。他……他不愿意面对事实的真相。我必须带着诺拉远远地离开欧若拉，我要带她去治病。”

“那么，你想逃离欧若拉，就是为了带她去治病……”

“对于我来说，这就是理由。我们将会去找最好的医生，她一定会痊愈的！那是一个非凡的女孩，马库斯！她将会令我成为一个伟大的作家，而我，我将会驱走她头脑里痛苦的回忆！她激发我的灵感，她在引导着我！她引导了我一辈子！你知道的，嗯？你比这个世界上其他任何人都更明白这一点！”

“是的，哈里。不过，你为什么什么都不告诉我？”

“我曾经想要跟你说的！如果当初你写书的草稿不是意外泄露的话，我可能早就告诉你了。但是在那之后，我认为你辜负了我对你的信任。我当时对你很生气。我想我是希望你的那本书以失败告终：因为我知道当大家知道你把诺拉母亲的事情写错了以后，就再也没有人会把你的书当一回事了。是的，就是这样：我希望你的第二本书以失败告终。总之，就像我那本书一样。”

我们两个静静地待了一阵子。

“我很抱歉，马库斯。所有这一切，我都很抱歉。你肯定对我非常失望……”

“没有。”

“我知道你是的，因为你曾经在我身上寄予了那么大的希望。我的整个人生就是建立在一个谎言的基础之上！”

“一直以来，我尊敬的就是你本人，哈里。不管你是不是写了这本书，对于我来说都不重要。是你的为人教会了我许多人生的道理。而这一点，没有谁可以否认。”

“不，马库斯。你以后不可能再像以前那样对待我了！你知道的。我只是一个大骗子！一个冒名顶替的家伙！这也就是为什么当初我要对你讲我们再也不可能做朋友了：一切都完了。一切都完了，马库斯。你正在成为一个无与伦比的作家，而我，我以后什么都不是了。你才是一个真正的作家，而我，我从来就不是。你为了你的书而奋斗，你为了找回写作的灵感而奋斗，你最终超越了人生的障碍！可是我，当我面临跟你现在一样的处境时，我却选择了欺骗。”

“哈里，我……”

“这就是人生，马库斯。你知道我说得没错。从今往后，你再也不可能跟我面对面相处了。至于我，以后只要再看到你，就难免会在心中产生足以摧毁一切的妒忌，不能自抑，因为你恰是在我曾经倒下的地方取得了成功。”

他把我拥到怀里。

“哈里，”我喃喃自语，“我不能失去你。”

“你很清楚，你一定应付得来的，马库斯。你已经是一个特别好的人，已经是一个特别棒的作家。你一定可以做得很好的！我就知道。从现在这一刻开始，我们两个就要永远地分道扬镳了。这就是人们所说的命运。我从来就不曾有这样的运气能成为一个伟大的作家。可是，我竟然还想要改变命运：为此不惜偷了一本书，还撒谎撒了 30 多年。然而，命运是不会被愚弄的，最终获胜的终归是它。”

“哈里……”

“而你的命运，你，马库斯，一直就是要成为一个伟大的作家。我从来都是这样认为的。而且，我也一直都认为，我们此时此刻的这一幕迟早都会到来。”

“你永远都是我的朋友，哈里。”

“马库斯，写完你的书吧。这本关于我的书，写完它吧！既然你现在知道所有的一切了，就把真相告诉全世界吧。真相能让我们两个都得到解脱。你写出关于《哈里·戈贝尔事件》的真相，就能把我从困扰了 30 多年的痛苦中解救出来。这就是我请求你为我做的最后一件事。”

“可是，怎么办呢？过去发生的事情，我不可能将其一笔抹去。”

“是不行，可是你可以改变现在。这就是作家的力量。你还记得‘作家的天堂’吗？我想你肯定知道该怎么做的。”

“哈里，是你让我成长的！是你让我变成现在这个样子的！”

“这只是你的幻觉，我什么也没有做，马库斯。你是靠自己成长起来的。”

“不！这不是真的！我听从了你的建议！我就是按照你的 31 条建议去

做的！这样我才能写出我的第一本书！还有接下来这本！还有其他所有的书！你的31条建议，哈里？你还记得吗？”

他露出了一丝苦涩的笑容。

“我当然还记得，马库斯。”

1999年圣诞节，巴若斯

“圣诞快乐，马库斯！”

“一个礼物？谢谢，哈里。这是什么？”

“打开看看。这是一个使用迷你卡带的录音机，好像是最新的科技成果。你这一辈子都在记录我说的每一句话，可是然后呢，你说不定就搞丢了你记下的笔记，那样我就得全部重复一遍了。所以啊，我就想，用这个东西，你就可以把所有的东西都录下来了。”

“很好。那么就来吧。”

“什么？”

“告诉我你的第一条建议。我要精确地录下你所有的建议。”

“那好吧，你想要听哪种建议？”

“我不知道……关于如何成为作家的建议，还有如何成为拳击手的建议，还有如何做人的建议。”

“这些都要？好吧。你想要多少条？”

“至少100条！”

“100条？我必须留点压箱底的东西，这样才能继续教你啊。”

“你从来都不用担心没有东西教给我。你可是伟大的哈里·戈贝尔。”

“我会给你31条建议。不过，我要在接下来的这些年里逐条告诉你，而不是一次性全部告诉你。”

“为什么是31条？”

“因为31岁，这个年纪很重要。十多岁的时候，你就是个孩子。20多岁，你算是成人了。到了 30 岁的时候就会决定你是否能够成为一个真正的男人。而 31 岁就意味着你已经跨过了这道坎。你想象得到，当你 31 岁的时候是什么样子吗？”

“像你一样。”

“来吧，别说这些蠢话了，还不如现在就开始录呢。我将会按照降序来告诉你这些建议。第 31 条建议是关于写作的。那就来吧，第 31 条：第一章是至关重要的，马库斯，如果读者不喜欢它，就不会再读剩下的部分了。你准备怎样给你的小说开头呢？”

“我不知道，哈里。你认为我有一天会成功吗？”

“怎样算成功？”

“写一本书。”

“确信无疑。”

他盯着我看，笑了起来。

“你马上就 31 岁了，马库斯。看吧，你做到了：你现在已经是一个神奇的男人了。当年你曾经被称作‘神奇小子’，诚然，这个称号并没有什么意义，但如今真正成为神奇的人，却是你一直以来努力跟自己进行不懈斗争的成果。我真为你感到骄傲。”

他重新穿上外套，缠上了围巾。

“你去哪里，哈里？”

“我现在要走了。”

“不要走！留下来！”

“我做不到……”

“留下来，哈里！再待一会儿。”

“我做不到。”

“我不希望失去你！”

“再见，马库斯。我这辈子，能够跟你相交一场是最惬意的事情。”

“你要去哪里？”

“我要去找个地方等诺拉。”

他又一次拥抱了我。

“找到你的爱情吧，马库斯。爱情赋予生活意义。当一个人恋爱的时候，就会变得更加强大！就会变得更加成熟！也就能看得更远了！”

“哈里！别留下我一个人！”

“再见，马库斯。”

他走了，走的时候没有关门，而我也任由大门敞开了好一段时间。因为，这是我最后一次看到我的导师和朋友哈里·戈贝尔。

2002 年 5 月　大学拳击锦标赛决赛

“马库斯，你准备好了吗？再过三分钟就要上拳击台了。”

“我有点害怕，哈里。”

“肯定会的。这样更好：如果一个人不会害怕，他就赢不了比赛。别忘了，拳击就好像是在构建一本书……你想起来了吗？第一章、第二章……”

“是的。第一步，冲击。第二步，狠狠地打击……”

“很好，冠军就是你的了。来吧，准备好了吗？哈，你已经进入了这场锦标赛的决赛，马库斯！决赛！要知道，不久以前，你还只能够跟沙袋较劲，而现在你已经进入了决赛！你听到广播里的话了吧：‘马库斯·戈德曼和他的教练哈里·戈贝尔，来自巴若斯大学。’说的就是我们啊！前进，冲啊！”

“等一等，哈里……”

“什么？”

“我有一个礼物送给你。”

“礼物？你确定现在是送礼物的好时候吗？”

“确定无疑。我希望能够在比赛之前送给你，就在我的袋子里，你去拿吧。我没办法亲手拿给你，你瞧，我戴着手套呢。”

“一张碟？”

“是的，这是一个合集！里面收录了你教给我的最重要的 31 句话。关于拳击，关于人生，还有关于写作。”

“谢谢，马库斯。我非常感动。现在你准备好去打了吗？”

“从来没有感觉这么好过……”

“那就上去吧。”

“等一下，还有个问题要琢磨一下。”

“马库斯！到时间了！”

“可是，这很重要！我听了很多遍录音，但你一直就没有回答我这个问题。”

“好吧，说说看。我听着呢。”

“哈里，怎么才能知道一本书要结束了呢？”

“书就好像是人生，马库斯，从来就不会真正地结束。”

结局

（2009 年 10 月　书出版之后一年）

“一本好书，马库斯，并非仅仅是由它最后的那几句话所决定的，而应该是此前所有的内容共同作用所产生的合力的结果。在看完你的书，读完最后一个字的瞬间，读者应该能够感受到体内正涌起一股强有力的情感。有那么一段时间，读者在心里应该一直想着刚刚读完的这个故事，然后再看一看封面，脸上露出一丝悲哀的笑容，因为书里的人物遭遇始终令其难以割舍。一本好书，马库斯，应该会让人觉得，结束阅读是一件很遗憾的事情。”

2009 年 10 月 17 日　鹅弯沙滩

“坊间传言，你已经准备好了一份新的书稿，作家。”

“没错。”

我跟加洛伍德坐在一起，面对大海，喝着啤酒。

“天才马库斯·戈德曼的又一部伟大新作！”加洛伍德喊道，“说的是什么故事啊？”

“你大概很快就能看到了。而且，你还出现在这本书里呢。”

“真的？我现在能瞟一眼吗？”

“警长，你想都不要想。”

“总之，如果写得不好，你得给我补偿。”

“戈德曼再也不会给谁补偿了，警长。”

他笑了。

“告诉我，作家，是谁促使你决定重建这个屋子并且把它弄成一个‘年轻作家营地'的？"

"没有谁，这个念头就是这么蹦出来的。"

"'**哈里·戈贝尔的作家营地**'，这很棒啊，反正我是这么觉得的。说到底啊，你们这些作家就是会享受平静的生活。来这个地方看看大海写写书，这样的职业，我也喜欢啊……你看过今天《纽约时报》上的文章了吗？"

"没有。"

他从口袋里面掏出了一页报纸，摊开然后读了起来：

"特别报道：《欧若拉的海鸥》，一本你务必要去看一看的新小说。卢塞·卡勒曾经被错误地指控谋杀了诺拉·凯尔甘，但他其实是一个天才作家，只可惜大家一直都不知道他的才华。施密特·汉森出版社为了还他公道，正准备以他身后之名，出版他关于诺拉·凯尔甘和哈里·戈贝尔之间故事的重磅小说。这个杰出的作品讲述了哈里·戈贝尔是如何被他与诺拉·凯尔甘之间的爱情经历所激励，从而创作出了《罪恶之源》。"

他突然停了下来，然后开始爆笑。

"怎么了，警长？"我问他。

"没什么。你绝对是一个天才，戈德曼！天才！"

"并不是只有警察才能还人公道，警长。"

我们喝干了手中的啤酒。

"我明天就回纽约。"我对他说。

他点了一下头。

"时不时来这里转一下吧，来跟我们打个招呼。我们，尤其是我老婆，她会为此感到高兴的。"

"乐意之至。"

"对了，你还没有告诉我，你的新书书名是什么？"

"《哈里·戈贝尔事件的真相》。"

他一时陷入了沉思。然后，我们一起回到了车上。一队海鸥滑过天际，我们的视线跟着它们飞了一段。最后，加洛伍德再度向我发问：

“那么现在，作家，你打算干什么呢？”

“有一天，哈里曾经跟我说过：‘让你的生活更有意义吧。有两个东西能够赋予一个人生活的意义，那就是书和爱情。’我已经拥有了属于我的书。拜哈里所赐，我找到了属于我自己的书，而如今，是时候出发去寻找属于我自己的爱情了。”

（全文完）

巴若斯大学
感谢

2002年度大学拳击锦标赛冠军
马库斯・P.戈德曼
以及他的教练
哈里・L.戈贝尔

致谢

我要全心全意地感谢来自新罕布什尔州欧若拉的厄恩·平卡斯，感谢他给予我的宝贵帮助。

至于新罕布什尔州和亚拉巴马州警方，我要感谢佩里·加洛伍德警长（新罕布什尔州警察局犯罪调查科）以及菲利普·托马斯警官（亚拉巴马州警察局公路执勤科）。

最后，还要特别感谢我的助理黛妮思，如果没有她的话，我是没有办法完成这本书的。

图书在版编目（CIP）数据

真相 /（瑞士）迪克（Dicker,J.）著；陈睿，杨通译 . —长沙：湖南文艺出版社，2014.10
ISBN 978-7-5404-6876-7

Ⅰ . ①真… Ⅱ . ①迪… ②陈… ③杨… Ⅲ . ①长篇小说–瑞士–现代
Ⅳ . ① I522.45

中国版本图书馆 CIP 数据核字（2014）第 203843 号

著作权合同登记号：18–2014–130

真相

作　　者：［瑞士］若埃尔 · 迪克
译　　者：陈　睿　杨　通
出 版 人：刘清华
责任编辑：薛　健　刘诗哲
监　　制：蔡明菲　潘　良
策划编辑：马冬冬
特约编辑：温雅卿　汪　璐
版权支持：辛　艳
营销支持：周　逸　尤艺潼
版式设计：李　洁
封面设计：棱角视觉
出版发行：湖南文艺出版社
（长沙市雨花区东二环一段 508 号 邮编：410014）
网　　址：www.hnwy.net
印　　刷：北京鹏润伟业印刷有限公司
经　　销：新华书店
开　　本：880mm × 1230mm 1/32
字　　数：516 千字
印　　张：20.5
版　　次：2014 年 10 月第 1 版
印　　次：2014 年 10 月第 1 次印刷
书　　号：ISBN 978-7-5404-6876-7
定　　价：49.00 元
（若有质量问题，请致电质量监督电话：010-84409925）